17965

A. J. WIERTZ

—

# OEUVRES COMPLÈTES

Bruxelles. — Imprimerie de Vᵉ Parent et Fils.

# A. J. WIERTZ

---

# ŒUVRES LITTÉRAIRES

(ÉDITION RÉSERVÉE A LA FRANCE)

PARIS

LIBRAIRIE INTERNATIONALE

15, Boulevard Montmartre, 15

1870

I

# LA PEINTURE FLAMANDE.

———

— ÉLOGE DE RUBENS. —

— CARACTERES CONSTITUTIFS DE L'ÉCOLE FLAMANDE. —

1

# ÉLOGE DE RUBENS.

## — 1840 —

On demande l'éloge de Rubens. Je ne sais si c'est aux écrivains ou aux artistes qu'il convient de s'occuper de ce travail. Sans prétendre ici contester les raisons qui font préférer les premiers, je me permettrai de faire remarquer que l'éloge d'un peintre, et d'un peintre tel que Rubens, est tout entier dans ses œuvres, et que l'homme de lettres, eût-il même des notions de peinture, n'a pas suffisamment étudié les secrets de l'art pour y découvrir

---

' Ce Mémoire a été couronné dans un concours ouvert à Anvers à l'occasion des fêtes bi-séculaires en l'honneur de Rubens (1840). J'aurais désiré qu'il ne fût point livré à l'impression, mais on s'est avisé de copier à mon insu le manuscrit avant qu'il me fût remis, et j'apprends qu'il en circule, contre mon gré, quelques mauvaises copies. Ce procédé, que je m'abstiens de qualifier, m'oblige à publier le texte exact de cet éloge, en déclarant que je ne reconnais pour mon œuvre que ce qui est contenu dans cette brochure.                          (*Note de l'auteur. 4ʳᵉ édition.*)

Sauf un fragment, publié par le *Journal d'Anvers* du 16 août 1840, ce Mémoire n'a paru qu'en 1858 : *Revue trimestrielle,* t. XX, pp. 5 et suiv., et brochure in-12 de 48 pp. Bruxelles, Schnée, 1858.

tout ce qui mérite d'y être observé. Qu'un peintre, un musicien, un architecte s'avisent de porter un jugement sur Homère ou Virgile, quels reproches ne se croira-t-on pas en droit de leur adresser?

Dépourvu des talents nécessaires à l'accomplissement de ce travail, si j'ai la témérité de l'entreprendre, c'est que, plein d'une juste admiration pour le grand maître dont j'ai étudié les secrets pendant vingt ans, je crois qu'apprécier les beautés qui brillent dans ses ouvrages est le plus bel éloge, le seul qui soit digne de lui.

Faire un éloge n'est pas chose facile : on s'expose au reproche de louer quand même, et de taire tout ce qui peut diminuer la gloire de son héros. Ce que l'on va lire est moins un éloge que l'expression d'une conviction profonde, le cri d'une conscience qui s'élève contre les injustes critiques de l'ignorance ou de la mauvaise foi.

Quoi! Rubens, aujourd'hui si connu, si populaire, a-t-il besoin qu'on le loue? La voix des siècles l'a proclamé le plus grand peintre du monde!

L'admiration, tel est le sentiment qu'inspirent désormais les œuvres de Rubens; mais cet instinct général suffit-il à sa gloire, si souvent contestée? Pénétrons plus loin; soulevons le voile qui cache aux yeux de la foule les secrets du maître; cherchons à montrer quelques-uns de ces ressorts habiles, de ces rouages savants que lui seul a connus, et Rubens apparaîtra, dans la théorie comme dans la pratique, pour le savant qui l'admire comme pour le vulgaire qu'il émeut, l'artiste phénomène, le géant de l'art.

Afin de mettre, autant qu'il nous est possible, de la clarté dans ce que nous allons dire, posons une méthode.

L'art du peintre se divise en quatre parties principales : l'*invention*, la *composition*, le *dessin*, le *coloris*.

Établir un parallèle entre les œuvres des grands maîtres est le plus sûr moyen de les apprécier à leur juste valeur.

Dans chacune de ces parties de l'art, nous allons donc comparer le talent du grand peintre aux maîtres les plus illustres.

C'est une sorte de lutte à laquelle nous voulons faire assister le lecteur.

De même que, dans les champs troyens, le plus robuste guerrier combattait tour à tour les plus redoutables adversaires, ainsi nous verrons notre héros lutter corps à corps, pour ainsi dire, avec tout ce que l'art compte d'athlètes les plus fameux.

Michel-Ange, Raphaël, Titien, Corrége paraîtront successivement dans la lice. Le fougueux Michel-Ange va devenir l'antagoniste de Rubens, sous le rapport de l'invention et de la composition; le divin Raphaël, sous celui du dessin et de l'expression; le vigoureux et harmonieux Titien lui disputera la palme du coloris; enfin, Corrége, Rembrandt, Velasquez, Veronèse soutiendront la partie du clair-obscur et tout ce qui tient aux moyens pratiques de l'art.

Avant de donner le signal de la lutte, quelques mots encore : à l'exemple d'Homère, la généalogie du héros, avant le combat.

Pierre-Paul Rubens naquit d'une famille noble, en 1577.

Deux villes se disputent le grand peintre : Cologne se vante d'avoir donné le jour à l'enfant, Anvers d'avoir donné naissance au grand homme.

Gloire à la ville d'Anvers!

C'est au sein de cette cité illustre que Rubens fit ses premières études; il se distingua d'abord avec tant de succès dans les lettres qu'on put lui présager une brillante carrière.

Son rang, son éducation le firent bientôt placer en qualité de page chez la comtesse de Lalaing; mais un penchant irrésistible l'entraînait vers la peinture. Ce ne fut qu'après les plus vives instances qu'il obtint de sa mère la permission de se livrer tout entier à son art. Il devint l'élève de Van Ort, ensuite d'Otto Venius, peintre fort estimé de ce temps-là.

Quelques années suffirent pour mettre Rubens à même

d'aller étudier en Italie les chefs-d'œuvre de l'antique et des grands maîtres. Sa réputation se répandit bientôt dans ce pays. Son talent, sa qualité de gentilhomme du duc de Mantoue lui donnèrent accès partout. Il fit à Rome plusieurs ouvrages pour le pape et les cardinaux.

Après sept années d'étude dans la terre classique des beaux-arts, une douleur profonde vint frapper tout à coup le cœur de Rubens. Il apprend que sa mère est dangereusement malade ; il abandonne ses travaux, arrive dans sa patrie : sa mère avait cessé de vivre !

Rubens fut longtemps inconsolable ; enfermé dans l'abbaye de Saint-Michel d'Anvers, il se livra tout entier à son affliction. Ce ne fut qu'après de longs mois de cette douloureuse retraite que l'amour de l'art reprit accès sur son cœur et qu'il songea à revoir l'Italie.

L'archiduc Albert et l'infante Isabelle, sentant combien le grand artiste honorait sa patrie, firent de vains efforts pour le retenir.

Quand il revint, indépendant par son talent et par sa fortune, recherché dans toutes les cours de l'Europe, son génie l'avait placé si haut qu'il put servir son pays dans les affaires publiques autant qu'il l'illustrait par son art. Chargé par l'Infante d'une importante mission, il se rend à la cour d'Espagne, y prépare des bases solides à ses négociations, passe en Angleterre pour achever l'œuvre et conclut la paix entre les deux puissances rivales, qui le comblent d'honneurs.

Son ambassade en Hollande, en vue de réconcilier les provinces du Nord et du Midi, fut moins heureuse pour son pays, mais non moins glorieuse pour l'artiste.

Il est peu d'hommes dont la vie ait été si laborieuse. Le génie qui créa près de 1,500 ouvrages fut en même temps chargé de différentes négociations avec les Provinces-Unies, avec Marie de Médicis, Gaston d'Orléans, Wladislas, roi de Pologne, et d'autres princes de l'Europe, dont il marchait l'égal.

On raconte que pendant son séjour à Madrid, le roi de Portugal l'invita à Villa-Viciosa. Rubens se mit en route avec un train et une magnificence si extraordinaires que le roi de Portugal, craignant de ne pouvoir subvenir aux frais de cette visite, lui envoya un gentilhomme chargé de lui offrir un présent et de le prévenir que des affaires imprévues l'empêchaient de le recevoir. Rubens refusa le présent et dit à l'envoyé que son intention n'était point de séjourner à Villa-Viciosa, mais qu'il avait apporté mille pistoles qu'il comptait y dépenser avec ses amis.

Doué par la nature des dons les plus précieux, il joignait à la beauté du corps, l'esprit, l'éloquence et toutes les qualités du cœur qui font aimer l'homme. Étranger à tout sentiment d'envie, il voyait dans les artistes des frères et non des rivaux, savait se mettre à la portée de chacun, n'humiliant jamais ses inférieurs, encourageant les plus jeunes et faisant partager à tous les avantages de sa grande fortune.

Rubens fut marié deux fois. En 1609, il avait épousé Isabelle Brandt; l'archiduc Albert voulut tenir sur les fonts baptismaux le premier enfant né de cette union et lui donna son nom. En 1630, il épousa Hélène Fourment; leur premier fils eut aussi pour parrain le gouverneur des provinces belgiques, qui était alors le comte d'Œssone.

Rubens mourut en 1640, âgé de 63 ans, arrivé à l'apogée de son talent et de sa gloire.

Maintenant que nous connaissons le héros dans sa vie privée, ouvrons la lutte.

# DE RUBENS ET DE MICHEL-ANGE.

## PARTIE DE L'INVENTION ET DE LA COMPOSITION.

—

Rubens semble être né avec une organisation telle qu'on ne peut en concevoir de plus propre aux conceptions de l'art. Son imagination vaste embrasse d'un trait tous les détails de l'œuvre la plus gigantesque et la plus compliquée. Nul artiste n'a montré tant de grandeur dans la pensée, tant de promptitude dans la conception, tant de verve dans l'exécution. Ses compositions sont toujours des improvisations sorties tout d'une pièce de son cerveau, comme une statue de bronze de son moule. Il composait avec une facilité telle qu'il produisait en un instant cinq et six esquisses différentes du même sujet.

Son génie lui suggéra tous les moyens d'émouvoir par le sens de la vue : il comprit que la *Grappe de raisin*, donnée par le Titien comme le modèle le plus parfait d'un groupe, n'était point propre à exprimer toute chose. Il s'attacha donc à donner à l'ensemble de ses masses une forme plus variée, plus ondulée, plus caractérisée. Il trouva que les masses, parfois tiraillées, ramassées ou allongées, présentaient à l'imagination des idées de terreur ou de colère, de calme ou d'effroi. Ainsi, nous voyons dans ses ensembles variés, tantôt l'image d'un mont qui s'écroule, tantôt l'aspect d'un nuage poussé par les vents. Ici, dans des scènes tumultueuses, les objets semblent se mouvoir comme des serpents qui s'entre-déchirent; là, c'est une mer en révolte dont les flots montent jusqu'aux nues. Veut-il nous donner l'idée d'une puissance entraînant une autre puissance par sa force ou par son poids? l'ensemble de ses groupes semble calqué, par exemple, sur les masses touffues d'un grand chêne qui tombe et entraîne avec lui tout ce qui l'environne.

Voyez *la Conversion de saint Paul :* ce magnifique groupe, coupé en deux par des rayons de lumière, ne ressemble-t-il pas à un rocher pourfendu par la foudre? les soldats culbutés roulent dans la poussière, comme des quartiers de roc.

Souvent, il donne à l'ensemble de sa composition la forme serpentante de l'S. Quelquefois, il jette comme des gerbes de lignes parallèles qui multiplient et fortifient la rapidité d'un mouvement. Ainsi, dans *le Combat des Amazones*, les masses groupées se poussent, se pressent, se renversent les unes sur les autres : les hommes, les armes, les chevaux, le feu, la fumée, tout semble se mouvoir et comme emporté par la tempête. Rubens s'est inspiré sans doute d'un orage impétueux qui fond sur une forêt immense : les arbres, les animaux, la poussière, tout penche ou fuit devant la violence de la grêle et des vents.

Dans l'art de composer de notre grand maître, il faut remarquer une chose importante : Nul avant lui n'avait songé à exprimer le sujet par la disposition de l'ensemble général. Nul avant lui n'avait songé à donner à cet ensemble un caractère propre au sujet.

Homère presque toujours exprime ses grandes pensées par des comparaisons; Rubens, lui, nous fait sentir la comparaison dans l'ordonnance et dans l'ensemble.

Jamais peintre n'a possédé à un aussi haut degré tous ces moyens d'expression.

Quant aux règles ordinaires de la composition, aucun peintre n'a mis autant d'art que Rubens dans la grâce et le pittoresque des contrastes; ses lignes toujours s'enchaînent et s'harmonisent; rien n'est inutile, rien n'est languissant, rien n'est confus; ses idées se développent sans gêne et sans effort; savant et profond dans ses contours, nerveux et concis dans ses groupes, sobre et judicieux dans ses accessoires, il n'oublie jamais que l'expression est une des choses à laquelle il faut songer d'abord, et qu'il faut toujours parler à l'âme en charmant les yeux.

Qu'on examine bien toutes les qualités du peintre dans l'art de composer, et l'on dira qu'il est arrivé à un idéal au-dessus de l'humain.

S'il n'a pas toujours cherché le calme qui convient aux affections douces et tranquilles, en revanche il a jeté dans les scènes tumultueuses un emportement, un feu, une verve qui vous effraye et vous terrifie.

Avec un génie non moins fortement organisé, Michel-Ange possédait aussi cette puissance d'imagination qui convient aux sujets grands et terribles. L'audace, l'imposant, le grandiose sont aussi les caractères distinctifs de ses compositions. L'aspect des œuvres de Michel-Ange anima sans doute le génie de Rubens, mais combien le feu de celui-ci devint plus ardent que l'étincelle qui l'avait allumé !

Si nous voulons voir, par un exemple frappant, où se trouve la supériorité, plaçons *le Jugement dernier* de Michel-Ange à côté de *la Chute des réprouvés* de Rubens.

Ce qui distingue particulièrement le génie du peintre d'Anvers, ce qui le place au-dessus des plus grands maîtres dans l'art de composer, c'est, nous l'avons vu, la science avec laquelle il sait, par la seule disposition de l'ensemble, présenter, au premier coup d'œil, l'image vivante de son sujet.

De même que le peintre de la chapelle sixtine, Rubens avait choisi un sujet vaste, terrible, épouvantable. De même que lui, il le composa d'un nombre infini de figures et lui imprima les grandes lignes que comporte l'idée.

Il chercha d'abord dans la nature des images capables de présenter à l'esprit cette chute, cette chute épouvantable d'hommes lancés de la hauteur des cieux aux profondeurs des enfers. Il suffit de jeter un coup d'œil sur le tableau pour voir que Rubens puisa sa grande image, son image à la manière d'Homère, dans l'explosion d'un effroyable volcan[*].

Les tourbillons de feu et de flammes ; les tonnerres, les éclairs ; les torrents de laves dévorantes ; les scories lancées au ciel ; la fumée furieuse et folle ; les colères, les rages des éléments aux prises ; les étrangetés furibondes qui se cherchent et se déchirent ; les feux qui pétillent, éclatent, tonnent, tombent et disparaissent dans l'abîme :

---

[*] Dans son manuscrit envoyé à Anvers, comme il le fit plus tard dans son Mémoire couronné *Sur les caractères constitutifs de la peinture flamande,* l'artiste avait ajouté des dessins à son texte. Il avait placé ici deux dessins, l'un représentant l'explosion d'un volcan ; l'autre, une esquisse du premier aspect de *la Chute des réprouvés.*

c'est à ces grandes convulsions de la nature que l'imagination de Rubens s'échauffa; il eut l'art de trouver non-seulement tous les mouvements de lignes qu'il pouvait emprunter à la scène solennelle qu'il se représentait, mais encore les masses imposantes de l'ombre et de la lumière, les effets surprenants du clair-obscur, la magie des tons et des reflets.

Voyons-le à l'œuvre : son premier soin est de tracer la grande masse, la masse des masses, cette silhouette si essentielle à l'expression générale; il lui imprime l'ondulation de l'S, la plus propre aux grands mouvements. Une fois cet ensemble tracé, il distribue tous les objets : les groupes principaux vers le centre, les moins importants sur les côtés. A la partie la plus élevée du tableau, l'archange Michel poursuit des légions de réprouvés; la gerbe de rayons sur laquelle il descend lui donne un mouvement de rapidité étonnante : ce sont les éclairs lancés de la bouche du volcan. Sur le passage de l'ange, d'innombrables groupes s'amoncellent, tombent, reculent, se refoulent en tourbillons nombreux : ce sont les noirs nuages roulant dans l'abîme. Parmi ces masses de chairs entassées, on distingue des figures suspendues perpendiculairement les unes sous les autres : c'est l'effet des longs sillons que trace l'horrible pluie de pierres et de scories; ici le choix de l'image est vraiment sublime, en ce qu'elle donne bien l'idée que cette pluie décrite par le pinceau est une pluie d'hommes. Mais au milieu de ce grand ensemble de corps qui roulent dans l'espace, le maître sent la nécessité de rompre la monotonie des lignes perpendiculaires par un mouvement de lignes diagonales; dans ce but, il rassemble des figures à la suite les unes des autres et en forme comme une chaîne dont chaque homme est un chaînon : c'est l'effet des traînées de feu qui s'échappent du cratère dans des directions transversales.

Au centre, apparaît un groupe serré de larges masses, fortement éclairées, dont l'union amène au point culminant de la composition les plus grandes portions de lumière.

Ce n'est pas tout; le maître songe à la richesse, à la variété, à l'abondance : les formes bizarres d'animaux fantastiques, les serpents féroces, les démons rageurs, les monstres aux mille formes et aux mille couleurs… Qui pourrait dire toutes les qualités pittoresques agglomérées dans cette gigantesque page!

Des vides cependant restent sur les côtés de la masse principale; l'esprit inventif de l'artiste ne reste pas un moment oisif; tout autre serait fatigué, refroidi; lui, son imagination est semblable à la marche rapide d'un incendie qui grandit, grandit sans cesse; il jette dans les vides, comme à pleines mains, des légions d'hommes et de monstres, avec un art qui étonne; ici, des combats de démons et de damnés dont les lignes expriment si bien la lutte acharnée, que vous reculez en frémissant; là, des groupes allongés en lignes parallèles qui semblent si bien entraînés vers le gouffre prêt à les engloutir, que vous pâlissez d'horreur.

Enfin, et comme pour terminer le drame par un dénouement éclatant, l'infatigable génie se surpasse lui-même là où il pouvait finir l'œuvre et se reposer : Au bas de cette espèce de trombe de feu, de fumée et de corps humains, on voit l'enfer et ses plus horribles épisodes. Quelle prodigieuse imagination ne fallait-il pas pour nous faire sentir de si grandes scènes par la seule distribution des lignes pittoresques. Ces expressions de rage inouïe, ces tiraillements de chairs déchirées, ces contorsions de damnés qui se désespèrent, ces mouvements de rotation, d'arrachement, de poussée, d'entraînement, ces bizarres contours qui se meuvent au milieu de choses sans nom et de formes indéfinissables, toutes ces idées tourmentent si fortement l'esprit, agitent si vivement le cœur, troublent l'âme de pensées si profondes, que le spectateur étourdi se sent défaillir, pour ainsi dire, sous le poids vainqueur de la puissante imagination de Rubens!

*Le Jugement dernier* de Michel-Ange n'a rien de comparable à ce que nous venons de voir*. Un seul regard suffit pour comprendre que le peintre n'a pas même songé à donner un ensemble pittoresque à ses masses; qu'il s'est contenté d'une ordonnance soumise aux conventions gothiques et qu'il fut complétement étranger aux artifices des masses liées et du clair-obscur qui les enchaîne. Aussi, l'unité, cette qualité éminente de Rubens, n'est que faiblement sentie dans l'œuvre de l'artiste florentin. A part ces défauts qui caractérisent l'époque, cette page est d'une grandeur et d'une magnificence qui la rend bien digne d'être comparée à *la Chute des réprouvés*.

Les deux peintres ont cherché à développer la puissance de leur génie, et tous deux ont atteint le *nec plus ultra* des efforts de leur imagination. Michel-Ange sans doute voulut jeter un défi à tous les peintres à venir, Rubens voulut sans doute répondre à ce défi. L'un invente et compose presque toujours sous l'inspiration de l'antique, l'autre ne pense et ne travaille que sous l'inspiration de son génie et de la nature. Michel-Ange a tant d'habitude

---

* L'artiste, dans son manuscrit, avait placé ici un dessin du *Jugement dernier* de Michel-Ange.

de composer qu'il s'aide à peine du modèle dans la composition de ses nombreuses figures ; Rubens a tant d'imagination que, sans le secours même du modèle, il place ses figures et ses groupes dans les dispositions les plus inusitées et les plus difficiles. Le premier s'attache à lier les figures entre elles pour en former des groupes, le second à lier les figures entre elles et les groupes entre eux pour n'en former qu'un seul tout. Dans celui-là, on admire la simplicité des poses ; dans celui-ci la vérité, la vie et le mouvement. D'un côté, l'expression du sujet est dans les détails ; de l'autre, elle est dans les détails et dans l'ensemble. Les figures et les groupes du peintre italien sont plus propres au développement du dessin ; ceux du peintre flamand sont plus favorables à l'expression, au clair-obscur et à la couleur. L'un compose en statuaire, l'autre en peintre. Ici, on voit plus de ces pensées qui tiennent à la poésie écrite et qui plaisent aux hommes de lettres ; là, de ces pensées qui tiennent à la véritable poésie représentée et qui plaisent aux peintres. Michel-Ange possède les règles de la composition et semble chercher une perfection plus grande encore ; Rubens, arrivé aux dernières limites du possible dans l'art de composer, ne cherche plus, il semble avoir atteint la perfection que rêvait Michel-Ange. Enfin, si l'on résumait, d'après ces tableaux, le talent des deux maîtres dans la composition, peut-être pourrait-on dire que l'on voit dans Michel-Ange le grand peintre des sujets mystiques et allégoriques des Prophètes, dans Rubens le grand peintre des convulsions de la nature et des passions humaines, le talent le plus fougueux, l'imagination la plus vaste, le génie le plus élevé des temps modernes, l'Homère de la peinture !

# PARALLÈLE
# DE RUBENS ET DE RAPHAËL.

PARTIE DU DESSIN.

—

Bien des gens ont contesté à Rubens la qualité de dessinateur pour l'accorder surtout à Raphaël. Il faut ici poser une bonne fois cette question : ces critiques se sont-ils jamais avisés de donner leurs preuves? se sont-ils jamais avisés, par exemple, de placer l'une à côté de l'autre des œuvres de ces grands maîtres, d'analyser les qualités qui les distinguent, de peser leur valeur propre, de les comparer ensuite, de donner des raisons valables qui fassent préférer l'un à l'autre?

La réputation, attachée à certaines œuvres comme à certains noms, ressemble fort à ces contes populaires qui se répètent sans conscience, sans conviction, mais par tradition seulement.

*Le dessin de Rubens est d'un fort mauvais choix* : cette espèce de dicton est un véritable conte de bonne femme.

Deux choses ont contribué à accréditer ces appréciations : la première est le nombre infini de tableaux attribués faussement à notre grand peintre; la seconde, la

2

crédulité aveugle de la plupart des hommes pour le jugement des gens de lettres, crédulité qui, disons-le en
passant, est une véritable calamité pour l'art.

L'idée du beau en poésie est souvent diamétralement
opposée à l'idée du beau en peinture. Le poète trouve
admirable un ciel bleu, des arbres verts, un linge blanc.
Pour le peintre, ces beautés sont quelquefois des défauts
contraires à l'harmonie. Le régulier, le poli, le léger, le
délicat sont des qualités qui ne sont pas toujours celles
qu'exige un tableau. Un teint de lis et de rose, des membres fins, un sein d'albâtre, un pied mignon, une taille
de guêpe, cette poésie-là n'est point la poésie pittoresque.

Le sentiment de la beauté à la manière des poètes est
malheureusement en vogue chez tous les peuples. C'est
en France surtout que ce sentiment est porté aux dernières limites du ridicule : on n'y conçoit point la perfection dans l'art du dessin au delà du *joli*, du *gentil*.
Aussi cette nation se sentit toujours peu de sympathie
pour les œuvres de Rubens.

A l'époque où les chefs-d'œuvre de l'Europe furent
réunis par Napoléon Ier au Musée de Paris, les tableaux
du peintre flamand subirent les plus injustes critiques.
La nation petite-maîtresse * se révolta tout entière à
l'aspect de ces œuvres viriles ; on les trouvait sauvages,
repoussantes, outrées, et l'homme de guerre, comme
l'homme de lettres, tombait en syncope à l'aspect de ces
formes vigoureuses et énergiques.

---

* Je ne me servirais plus aujourd'hui de cette expression : ceci fut écrit à l'époque où
la plupart des écrivains français poursuivaient la Belgique de misérables plaisanteries.
Depuis, les temps sont un peu changés : les Français sont les premiers à reconnaître
que partout les hommes sont des hommes ; que la grandeur des peuples se mesure,
non à l'étendue de la population, mais à celle de l'intelligence, et que, tout bien compté,
enfin, il n'y a qu'une seule grande nation, la nation des hommes habitant la terre.

(*Note de l'auteur. Première édition.*)

Ce que l'on ne pouvait comprendre, on le ridiculisa, et Rubens, que l'on ne trouvait ni *gentil,* ni *joli,* mais seulement hardi et effrayant, fut traité de *franc barbouilleur.* Ces absurdités répandues par les écrivains français firent un tort considérable, non pas à Rubens, mais à l'art en général, en ce qu'elles détournaient les artistes du vrai sentier du beau, pour les jeter à corps perdu dans les mignardises de la mode et du mauvais goût.

Ces sarcasmes étaient d'autant plus nuisibles, qu'ils paraissaient fondés : on ne citait que des esquisses, ou des tableaux lâchés, presque entièrement peints par des élèves. Cette façon de critiquer, à l'aide de laquelle on pourrait prouver aussi que Raphaël est médiocre, constituait un acte d'ignorance ou de mauvaise foi auquel il eût été facile de répondre.

Le dessin est ce qu'il y a de moins généralement compris, parce que généralement le sentiment du vrai beau est rare et les conditions du beau pittoresque ignorées. A l'époque dont nous parlons, on s'imaginait que le dessin consiste dans l'observation exacte de certaines mesures, dans la régularité de certaines proportions, ou encore dans la justesse avec laquelle l'artiste copie le modèle. Eh bien! non. Le rendu minutieux du contour le plus difficile, le linéament le plus délié, la recherche la plus pénible des os et des muscles, toute cette exactitude mathématique, toute cette patience d'enfant à copier, préciser, compasser, non, ce n'est pas le dessin. Prenez un tableau de Raphaël, prenez un tableau de Michel-Ange, armez-vous d'un compas, placez là le modèle : mesurez, comparez ; que voyez-vous? rien que le compas approuve, rien que le modèle autorise, rien qui soit juste, rien qui soit exact, rien qui soit mathématique.

Il est une science cachée que ne comprend point le

vulgaire, que ne comprennent pas même la plupart des artistes. Cette science, ce sont les prestiges des maîtres, ce sont les grandes lignes, les masses imposantes, les grands jets d'ensemble ; ce sont les ruses savantes qui accusent la justesse sans le compas, le vrai sans le modèle ; c'est cet art qui copie d'après nature la foudre qui tombe, l'oiseau qui vole, la chose qui ne pose point. Le dessin peut être dans ce bras que le vulgaire croit estropié, dans ce torse qu'il croit impossible, dans ce mouvement qu'il croit exagéré. Le dessin, c'est la chose prise sous certains aspects, choisie dans certaines formes ; c'est la chose comme on la voit et non comme elle est ; c'est l'apparence d'une bonne proportion, l'apparence de la précision, l'apparence de la réalité.

Cette science qu'ont possédée les plus grands artistes, est celle dans laquelle Rubens les surpasse tous.

Remarquons-le bien, non-seulement Rubens dessine pour le dessin, mais il dessine pour le clair-obscur, il dessine pour la couleur, il dessine pour le mouvement, il dessine pour l'expression. Son dessin à lui n'est pas un simple contour sec et découpé : c'est tout ce qui frappe, émeut, enchante ; c'est la vérité, c'est la passion, c'est la vie.

Critiques aux doigts noircis d'encre, connaisseurs savants et profonds, le dessin, dites-vous, ce sont les formes antiques.

Voici ce que le maître lui-même vous répond :

« Il est constant que les statues les plus belles sont » utiles comme les mauvaises sont inutiles et même dan- » gereuses : il y a des jeunes peintres qui s'imaginent être » bien avancés quand ils ont tiré de ces figures je ne sais » quoi de dur, de terminé, de difficile et de ce qui est le

" plus épineux dans l'anatomie : mais tous ces soins vont
" à la honte de la nature, puisqu'au lieu d'imiter la
" chair, ils ne représentent que du marbre teint de
" diverses couleurs. Car il y a plusieurs accidents à
" remarquer ou plutôt à éviter dans les statues, même
" les plus belles, lesquels ne viennent point de la faute de
" l'ouvrier; ils consistent principalement dans la diffé-
" rence des ombres, vu que la chair, la peau, les carti-
" lages, par leurs qualités diaphanes, adoucissent, pour
" ainsi dire, la dureté des contours et font éviter beaucoup
" d'écueils qui se trouvent dans les statues, à cause de
" leur ombre noire qui, par son obscurité, fait paraître
" la pierre, quoique très-opaque, encore plus dure et
" plus opaque qu'elle n'est en effet. Ajoutez à cela qu'il
" y a, dans le naturel, de certains endroits qui changent
" selon les divers mouvements, et qui, à cause de la
" souplesse de la peau, sont quelquefois tantôt unis et
" tendus, et tantôt pliés et ramassés, que les sculpteurs
" pour l'ordinaire ont pris soin d'éviter, que les plus habiles
" n'ont pas négligés, mais qui sont absolument nécessaires
" dans la peinture, pourvu qu'on en use avec modération.
" Non-seulement les ombres des statues, mais encore
" leurs lumières sont tout à fait différentes de celles du
" naturel; d'autant que l'éclat de la pierre et l'âpreté des
" jours dont elle est frappée élèvent la superficie plus
" qu'il ne faut ou du moins font paraître aux yeux des
" choses qui ne doivent point être. "

Ici, une question se présente, une question souvent
faite, souvent débattue : les formes de Raphaël peuvent-
elles se marier aux charmes de la couleur ?

Le dessin de Raphaël tient en partie de l'antique; c'est
le dessin que tout le monde comprend, que tout le monde

approuve. Raphaël l'approuva-t-il toujours lui-même?
Non : arrivé à l'âge mûr, il abandonnait l'antique, le
contour dur, la ligne roide, la forme de marbre ; il devenait plus moelleux sans être moins ferme, plus large sans
être moins beau, plus varié, plus ondulé, sans être moins
vrai. Son dessin devenait plus effet, plus clair-obscur,
plus couleur, plus Rubens enfin.

Rubens, c'est Raphaël continué.

La question de l'alliance du dessin et de la couleur est-
elle résolue? Non, et nous n'avons pas la prétention de la
résoudre ici ; tâchons seulement de la débrouiller un peu.

D'un côté, les qualités qui constituent le dessin ; d'un
autre, les qualités qui constituent la couleur : mettons ces
deux choses en regard ; le lecteur décidera lui-même.

| Le dessin de Raphaël demande : | La couleur de Rubens demande : |
|---|---|
| Le poli des surfaces. | L'inégalité des surfaces. |
| Le contour par d'accidents. | Le contour avec accidents. |
| La forme sobre de détails. | La forme riche de détails. |
| Lumière et ombres détachant chaque objet. | Lumières et ombres par masses sur les objets. |
| Effets de lumière simple. | Effets piquants, accidentés, pittoresques. |

Il résulte, par exemple, de tout ceci, que la forme
ondulée d'un Hercule est plus propre à la couleur que la
forme polie d'une Vénus, le front ridé d'un vieillard que
la joue ferme et unie d'une jeune fille, la colonne en ruine
que la colonne toute neuve, un ciel nuageux qu'un ciel
sans nuage, un bâton noueux qu'un jonc droit et sans
tache.

C'est en partant de ce principe que Rubens choisit la
forme accidentée, ondoyante, mouvementée ; c'est en partant de ce principe qu'il obtint : variété de tons où il y a
variété de surfaces, variété de teintes où il y a variété de

détails, variété d'ombre, de lumière, où il y a variété dans les lignes ; la couleur enfin, et toujours la couleur.

D'autres raisons encore déterminèrent Rubens dans le choix de son dessin, mais ce que nous venons de dire suffira peut-être pour faire réfléchir les critiques.

Un mot encore :

Une démonstration palpable.

Rappelez-vous *le Massacre des innocents* de Rubens, et ce soldat que l'on y voit attaqué par une femme qui lui déchire le visage : à l'aspect de ces formes extraordinaires, le critique s'écrie : Quelle exagération ! quelles formes impossibles ! quelles incorrections !

Eh bien! critiques judicieux, ce dessin, ce dessin que vous blâmez est admirable. Ce dessin se meut, il vit, il respire : quelles savantes exagérations ! quelle science! quelle connaissance de l'anatomie ! Voyez comme ces muscles agissent ! Voyez le deltoïde, voyez le biceps, voyez ces suppinateurs, voyez ces extenseurs, quelle justesse dans leurs fonctions ! quel mouvement dans leur ensemble! quelle vie dans le tout ! quelle vérité enfin dans ces savants mensonges! et puis quel caractère, quelle énergie, quelle expression ! et comme le choix de la forme est propre à la couleur! Voyez aussi cette femme dans son expression de rage : ces bras tordus, ces mains crispées, cette fureur dans les doigts, rien de tout cela n'est fait d'après le modèle, et cela est vrai; rien de tout cela n'est exact, précis, compassé, et cela est juste, juste dans l'attitude, juste dans le mouvement, juste dans l'expression, juste dans le dessin.

Rubens ignorer les proportions ! Rubens ignorer l'anatomie ! Rubens maladroit! inhabile à « tirer de l'antique le dur, le terminé, le difficile ! »

Malheureux ! osez-vous croire Rubens moins fort qu'un rapin d'académie !

Cette scène du *Massacre des innocents* conduit naturellement à observer une autre scène du même genre par Raphaël, dans le même sujet[*] :

Un soldat aussi et une femme pleine de colère qui lui arrache les yeux.

Le dessin de cette figure est beau sans doute ; les contours sont coulants, les muscles bien attachés, les proportions bien observées. On y voit l'étude de l'antique et du modèle ; mais tout cela est froid, compassé, tout cela pose, tout cela sent le marbre, tout cela est sans mouvement, sans vie, auprès de l'œuvre de notre immortel maître.

N'établissons point de parallèle : ce serait peu généreux. Ceci n'est qu'un accident, une lance brisée ; l'illustre émule de Rubens va se relever, saisir des armes plus formidables, porter des coups plus terribles. Le combat sera acharné, furieux. Les dieux de l'Olympe assemblés sont attentifs ; Jupiter prend la balance d'or, et chacun attend, dans une anxiété profonde, l'issue du combat.

*La Transfiguration*, la *Dispute du sacrement*, l'*École d'Athènes*, l'*Incendie de Borgo*, sont les armes imposantes du peintre italien.

*La Descente de croix*, la *Chute des réprouvés*, la *Bataille des Amazones*, l'*Érection de la croix*, sont les forces puissantes de notre héros.

Si l'on se rappelle ces chefs-d'œuvre, on voit d'abord

---

[*] L'artiste, dans son manuscrit, avait donné ici deux dessins, représentant les épisodes de Rubens et de Raphaël qu'il décrit.

que les deux artistes se sont élevés à un idéal qui leur était propre.

Raphaël dirige son génie vers une perfection fondée plus particulièrement sur l'antique, Rubens vers une perfection plus particulièrement fondée sur la nature. Le dessin de Raphaël a plus de grâce, plus de simplicité, plus de sagesse; celui de Rubens, plus de grandeur, plus d'énergie, plus d'expression. Le premier rend mieux les formes féminines d'une nature idéale; le second, les formes viriles, qui accusent la force, la vigueur, la puissance. Les contours de celui-ci charment par une ondulation douce et harmonieuse; les contours de celui-là saisissent, entraînent, par leur variété et leur mouvement. L'un connaît tous les moyens de donner à la forme un sentiment de beauté sereine que l'on voudrait rencontrer dans la nature; l'autre a tant de prestige dans le choix de ses formes qu'elles paraissent plus palpitantes, plus vraies que la nature elle-même. Le dessin de Raphaël est si pur qu'il semble qu'il perdrait infiniment si l'on cherchait à y appliquer les avantages de la couleur; le dessin de Rubens est si parfaitement lié aux autres parties de l'art et les complète si bien qu'il ne peut en être séparé. Enfin, l'on pourrait dire que, par la beauté de ses contours, Raphaël est le plus grand dessinateur des temps modernes, et que, par le choix et la combinaison de ses formes, Rubens en est le plus grand peintre.

EXPRESSION.

Sous le rapport de l'expression, le peintre d'Urbin aura-t-il plus d'avantages? Cette partie de l'art est intimement liée à la composition et au dessin; nous avons déjà vu quel jugement l'on peut porter sur ces deux côtés du talent de Rubens. Si Raphaël peut ici lui être comparé, c'est qu'il s'est montré grand dans l'expression de certains sentiments, tandis que Rubens est grand dans tout ce qu'il exprime.

Aucun peintre n'a rendu avec autant de charme que Raphaël, la douceur, l'humilité, la tendresse toute céleste de la Vierge. Aucun peintre n'a exprimé avec autant de vérité, de force et d'énergie que Rubens, la colère, la frayeur ou le désespoir. Raphaël plaît, charme, attache; Rubens émeut, saisit, étonne; le premier excelle dans l'expression d'une tête, d'une main, d'un doigt même, dans lequel il met une pensée; le second est sans égal dans l'expression générale de l'ensemble, qu'il fortifie par le clair-obscur et par la couleur. Raphaël est magnifique d'expression dans *la Transfiguration, la Dispute du sacrement, la Bataille de Constantin*: mais l'on peut citer en faveur de Rubens, *la Descente de croix, la Chute des réprouvés, la Bataille des Amazones*.

Enfin, si l'on prétendait donner à Raphaël la palme de l'expression par rapport aux affections douces et tranquilles, l'on pourrait répondre que Rubens ne lui cède pas même cet avantage; car, le jour où il voulut calmer la fougue de son génie, plein d'un sentiment inexprimable, il créa le chef-d'œuvre d'expression le plus suave, le plus étonnant, le plus élevé, le plus accompli qui fut jamais: *l'Accouchement de Marie de Médicis*.

# PARALLÈLE

# DE RUBENS ET DE TITIEN.

## PARTIE DE LA COULEUR.

Nous avons vu que les ouvrages de Rubens subirent en France les critiques les plus injustes sous le rapport du dessin; c'est encore en France et à la même époque, qu'ils furent méconnus sous le rapport de la couleur; mais cette fois l'influence de la critique française n'eut pas un retentissement aussi pernicieux pour l'art; l'école de Venise était là tout entière pour protester contre des attaques faites à la plupart de ses principes, et le monde continua, comme par le passé, d'admirer l'un des plus grands coloristes qui aient jamais existé. Cependant, au milieu de cette admiration générale, il s'est trouvé des critiques qui prétendirent donner la préférence au Titien sur Rubens. Tâchons de montrer jusqu'à quel point ces prétentions sont fondées.

Le génie de Rubens est si extraordinaire dans les diverses parties de l'art, qu'il ne se manifeste pas à tout le monde d'une manière intelligible : pour la plupart des

hommes, ses ouvrages sont, comme ceux du créateur, des
énigmes sublimes que l'on ne peut facilement appro-
fondir. Si quelques doutes, quelques contestations se sont
élevés sur le véritable mérite de sa couleur, c'est que,
souvent, ainsi que nous l'avons vu plus haut, l'ignorance
condamne ce qu'elle ne peut comprendre.

Rubens, on ne peut le nier, puisa dans l'école de
Venise, comme à une source profonde, les secrets de la
couleur : il étudia les maîtres de cette école et particulièrement le Titien, qu'il regardait comme le plus parfait
modèle dans cette partie. Mais son génie supérieur sut
mettre à profit l'expérience des maîtres : il remarqua
combien les empâtements par couches réitérées de cette
école poussaient au noir; il sentit que la plupart de ces
grands coloristes n'obtenaient une certaine harmonie
qu'aux dépens du brillant et de la virginité des teintes, et
que la manière de peindre par glacis et retouches, due
aux nombreux tâtonnements des premiers essais, pourrait
bien se remplacer par un procédé aussi riche, plus brillant et plus expéditif. Il observa que le ton des chairs des
peintres vénitiens ressemblait quelquefois à la couleur
du bois ou de la brique, que souvent une trop grande
monotonie régnait dans leurs teintes; qu'ils manquaient
peut-être de ces oppositions qui font sentir que les chairs
rougeâtres ou jaunâtres ne sont pas précisément jaunes
ou rouges. Il remarqua que la lumière et l'ombre étaient
souvent éparpillées dans leurs œuvres, ce qui nuisait à la
force, à la vigueur, à l'harmonie. Il comprit qu'ils
ne faisaient pas toujours le choix de formes favorables au
coloris, et qu'enfin ils étaient tellement esclaves du modèle, qu'ils imitaient quelquefois des choses contraires
aux effets que demande la couleur.

Après avoir médité sur toutes ces choses, Rubens fut

saisi d'un brûlant enthousiasme ; son imagination lui fit entrevoir l'idéal d'un coloris plus parfait, et, plein de cette confiance que donne le génie, il résolut de combattre le Titien même, en faisant faire à son art un pas immense.

Examinons les savantes combinaisons au moyen desquelles il atteignit son but.

Rubens comprit que si, en observant la même harmonie et la même vigueur, on déployait plus de variété, on obtiendrait un type de couleur plus séduisant et plus parfait. Il chercha donc à donner à ses ouvrages de plus belles masses d'ombres et de lumières ; à cette distribution particulière, base fondamentale de son coloris, il mit toute son étude, tous ses soins, et, de même qu'il avait fait choix d'un dessin propre à la couleur, il fit choix d'oppositions de teintes si brillantes et si variées, d'un clair-obscur merveilleux, si favorable au développement de cette partie, que ce procédé seul le place au rang des plus grands coloristes.

Pour obtenir la variété, Rubens s'imposa d'abord l'obligation d'établir sur différents points du tableau les cinq couleurs primitives dans toute leur pureté, le blanc, le noir, le rouge, le bleu, le jaune ; ces points posés deviennent une sorte de diapason sur lequel se règlent tous les tons intermédiaires ; ainsi, une draperie du rouge le plus pur et le plus éclatant l'autorisait à peindre des carnations vigoureusement sanguines ; le voisinage de deux draperies, l'une jaune, l'autre d'un bleu brillant, lui donnait la faculté de glisser dans ces mêmes carnations des teintes jaunâtres et bleuâtres au plus haut degré. Déjà le choix de formes constamment accidentées l'aidait puissamment dans la variété de ses teintes ; il rechercha en outre les corps brillants et satinés, parce que ces corps réfléchissent davantage les diverses nuances de la

lumière et des reflets, et il se proposa le satin comme
modèle dans la représentation des lumières qui se
jouent sur la surface de la peau d'une belle chair.
Usant de ce moyen, même pour tous les objets qu'il
avait à peindre, il parvenait à donner à ses teintes une
variété telle que nul autre que lui ne nous en montra
l'exemple.

Le diapason, indiqué par les cinq couleurs vierges qu'il
savait toujours placer dans toute leur pureté, lui donna
aussi la faculté d'associer sans discordance les carnations
les plus disparates, depuis la teinte blanche et rosée d'un
jeune enfant jusqu'aux teintes rouges et enflammées de
la tête d'un vieillard. Ses carnations, quelque chaudes,
quelque brûlées qu'elles fussent, n'eurent jamais l'inconvénient de rappeler la couleur du cuir ou du bois.

Avec non moins de prestige, Rubens sut donner à sa
couleur un brillant, un éclat dont le Titien est loin
d'approcher. Il tenait beaucoup à surpasser le maître
vénitien sous ce rapport; il y parvint en montant au plus
haut degré de force le diapason de ses couleurs primitives,
en les empâtant sans les fatiguer, pour les maintenir dans
toute leur fraîcheur, et en adoptant l'excellente pratique
de peindre au premier coup. De longues études lui avaient
appris que la vigueur ne consiste pas à rembrunir, à
renforcer les ombres, ainsi que l'avaient pratiqué quelques
Vénitiens, mais bien à maintenir toujours la pureté
primitive des couleurs au milieu des nombreux sacrifices
qu'exigent le clair-obscur et l'harmonie. Partant de ce
principe, au lieu de peindre les chairs par teintes rom-
pues comme l'avait fait le Titien, il les traitait avec des
couleurs vierges. Ainsi, l'ocre jaune pur servait quelquefois de *rehaut* à des têtes au teint hâlé; le carmin mêlé
au blanc colorait souvent la joue d'une jeune fille, et

chaque objet enfin, sous son pinceau, se rapprochait du brillant des couleurs primitives.

Les glacis employés par l'école de Venise présentaient des avantages; le maître d'Anvers en découvrit les défectuosités et sut les rendre plus beaux et plus durables par l'application *au premier coup* des matières colorantes sur un fond d'un blanc éclatant. Cette manière expéditive, brillante, fut peut-être le rêve du Titien; Rubens l'a réalisé.

Ajouter l'harmonie à tant de vérité, à tant de brillant, à tant de vigueur, avait été pour le Titien la pierre d'achoppement, l'idéal impossible; Rubens l'entreprit et réussit.

Là où les difficultés augmentent, le génie de Rubens semble grandir pour les vaincre; il n'est point de procédé artistique que son imagination n'invente, que son pinceau n'accomplisse. Ce sont ces artifices habiles, ces manœuvres savantes, dont on trouve partout des traces palpables dans ses ouvrages, qui font l'admiration, le désespoir de l'artiste, ou l'objet des erreurs et des critiques de l'ignorant. L'harmonie de Rubens résulte aussi du concours des qualités particulières de son clair-obscur : avec quel art infini il sait, par l'enchaînement de ses lumières, accorder les tons les plus vigoureux avec les tons les plus tendres! avec quelle adresse extraordinaire il parvient, au moyen des reflets d'une couleur dans l'autre, à marier le bleu au rouge, le blanc au noir! quelles ressources d'harmonie dans ces masses d'ombre ou de demi-teintes, jetées tantôt sur des couleurs trop criardes, tantôt sur des tons discordants! quelles ressources encore dans ces tons chauds, bitumineux, avec lesquels il *glace!* avec quelle adresse il applique ces glacis savants qui corrigent les couleurs, ou trop brillantes, ou trop lumineuses, ou ennemies! comme

ces coups de pinceau heurtés, ces teintes non fondues,
ces parties inachevées, ces négligences adroites, ces
oublis prémédités, ces exagérations combinées contribuent
puissamment à produire d'un commun accord l'harmonie
la plus étonnante, la plus ravissante qu'il soit possible de
voir! Que de fois cependant le critique malin, le prétendu
connaisseur, en voyant ces choses, s'est écrié : Ceci est
trop rouge, cela est trop bleu! Ces accessoires sont
négligés, ces détails sont peu finis! pourquoi ces taches
de rouge et ces taches de jaune dans les chairs? pourquoi ces ombres ainsi placées? Le Titien est bien plus
naturel : ses teintes sont moins heurtées; tout est bien
plus fondu, plus fini; le clair-obscur est bien plus conforme à la nature. Pourquoi Rubens n'a-t-il pas suivi ce
système? Pourquoi? pauvres gens! ce sont bien là des
mystères pour vous! Voyez l'œuvre de Rubens à la distance
où un ouvrage de peinture exige d'être vu : examinez le
résultat de ce mécanisme, qui de près vous étonne et vous
surpasse. Placez à côté de cette œuvre un tableau du
Titien, et dites-moi alors si cet ensemble de Rubens n'attire pas plutôt vos regards et ne vous enchante pas
davantage. Titien a une harmonie admirable! mais ne
voyez-vous pas que l'harmonie de Rubens, non moins
admirable, est plus variée, plus surprenante d'effet, plus
complète? Titien charme par la vérité de ses chairs,
la fonte insensible de ses teintes? mais les chairs de
Rubens, non moins vraies, vous charment par un éclat
brillant comme un soleil. Le premier semble chercher à
rendre la nature par l'imitation de la couleur *propre* de
chaque chose : le second nous la rend plus sensible, plus
vraie, en donnant à chaque objet la couleur *locale*, telle
qu'elle apparaît, harmonieuse avec tout ce qui l'entoure.
L'un entend la couleur d'une façon toute matérielle,

l'autre la conçoit d'une façon toute spirituelle. Titien avait si bien le sentiment de la couleur qu'il en créa pour ainsi dire les principes; Rubens les comprit si bien qu'il sut s'en emparer et y ajouter tous ceux qui devaient les perfectionner. Le peintre de Venise fut imité par le peintre d'Anvers, mais celui-ci atteignit si bien la perfection que cherchait l'autre, que, si le maître italien revenait au monde, il serait charmé de pouvoir imiter à son tour les productions du maître flamand.

Si l'on doute encore de la supériorité de Rubens dans la science du coloris, qu'on aille à Venise, qu'on examine les plus belles pages de Titien, *l'Assomption de la Vierge, la Mort de saint Pierre, la Présentation au temple;* que, libre de toute prévention, l'on compare ces œuvres à *la Descente de croix,* à *l'Assomption de la Vierge,* au *Christ entre les larrons.* Si après ce parallèle, le doute pouvait subsister, qu'on se donne la peine de se rappeler qu'il reste encore dix ou douze cents tableaux du grand artiste qui peuvent soutenir la lutte!

Pour nous, nous n'hésitons pas à le proclamer le premier coloriste du monde.

3

# PARALLÈLE

# DE RUBENS, CORRÉGE ET REMBRANDT.

PARTIE DU CLAIR OBSCUR.

———

Nous avons dit précédemment que le clair-obscur de Rubens a des qualités particulières et propres au développement du coloris : ces qualités, entièrement dues à son génie, sont d'une si haute importance, qu'on ne peut hésiter un seul instant à donner à Rubens le pas sur le Corrége. Si ce dernier sut donner à son clair-obscur cet idéal qui charme et attache, Rubens sut composer le sien de toutes les qualités précieuses qui constituent un bon tableau. Corrége recherche davantage les effets factices qui trompent et éblouissent. Rubens a, dans ses effets de lumière, plus de vérité, plus de force, plus de contrastes, plus d'éclat. Le premier établit souvent dans ses tableaux une seule masse de lumière, autour de laquelle les objets sont moins éclairés à mesure qu'ils s'éloignent du centre lumineux. L'autre, plus fidèle aux effets de la nature, et songeant à la fois aux intérêts de la couleur et de l'expression, jette partout des échos et des *réveillens,* fait

serpenter davantage ses lumières et enchaîne ses masses
de telle sorte qu'elles produisent, non-seulement de beaux
effets, mais encore expriment des mouvements et des
passions. L'un a dans son clair-obscur une certaine mollesse, une certaine grâce efféminée que l'on tolère dans
les sujets doux et tranquilles; l'autre a dans le sien des
qualités mâles et accentuées, qui expriment le mouvement, les sujets d'une haute portée et d'une grande
étendue. Enfin, le clair-obscur de Corrège semble être
fait pour plaire à des femmes; celui de Rubens plaît
généralement à tout le monde, mais surtout aux esprits
initiés aux grands secrets de l'art.

Des systèmes d'école ont fait quelquefois préférer le
clair-obscur de Rembrandt à celui de Rubens; il ne faut
qu'un peu de connaissance de l'art pour reconnaître
combien cette préférence est injuste.

Le clair-obscur de Rembrandt n'offre le plus souvent
que deux masses distinctes et uniformes, l'une toute clair,
l'autre toute noire! Ces masses, essentiellement mono-
tones, ne peuvent fournir les ressources qu'exige la couleur. Le jeu de la lumière et de l'ombre, cet entrelacement
continuel de clair et d'obscur, les passages fins de la demi-
teinte, tous les accidents variés enfin dont les plus grands
coloristes ont fait si bon usage, Rembrandt ne les possède
qu'à un faible degré. Son clair-obscur donc ne peut guère
entrer en parallèle avec celui de Rubens, si ce n'est sous
le rapport d'une certaine vigueur d'effet, qu'il nous suffi-
rait de comparer à *la Chute des réprouvés,* à *la Descente de
croix* et à beaucoup d'autres toiles, pour prouver que
Rubens, quand il le voulait, savait aussi donner à ses
effets de lumière de ces aspects piquants, vigoureux et
fantastiques, sur lesquels Rembrandt semble avoir fondé
la plus grande partie de sa gloire.

En tout ce que nous venons de dire, nous avons vu Rubens supérieur à ses rivaux, dans l'invention, la composition, le dessin, l'expression, le coloris, le clair-obscur. Il nous reste à le comparer aux maîtres les plus habiles, dans la pratique de l'art.

Nous voilà arrivés à ce dénouement suprême où le héros se montrera dans toute la puissance de sa force et de sa gloire.

Achille pour la dernière fois va combattre.

Si le génie de Rubens est extraordinaire dans la théorie, il l'est davantage encore dans la pratique. Sa facilité est telle qu'il semble, comme un dieu, n'avoir besoin que d'un acte de volonté pour l'accomplissement de ses œuvres.

Veut-on se faire une idée de cette prodigieuse aptitude? établissons un concours, évoquons un instant ces grands maîtres, voyons-les accomplissant une œuvre d'art. Voyons Rubens, Titien, Véronèse, Rembrandt, Velasquez, la palette à la main, devant une toile prête à recevoir les inspirations de leur génie.

Déjà l'impatient Véronèse brûle du désir de montrer la franchise et l'énergie de son pinceau ; Rembrandt, plein de confiance dans les ressources de son faire, ne croit devoir craindre aucune supériorité ; l'audacieux et facile Velasquez s'anime et rêve la victoire ; une confiance moins grande, mais plus réfléchie, tempère l'empressement de Titien : son expérience est profonde ; nul ne semble pouvoir lutter contre son étonnante habileté.

Voilà les grands artistes qui travaillent avec ardeur : le seul Rubens, les yeux fixés sur sa toile, reste calme.

Ses émules crayonnent sur le panneau de rapides traits : déjà l'on aperçoit des masses esquissées, des figures ébauchées, des détails commencés ; partout les lignes se multiplient et se confondent, partout l'on efface et l'on corrige. Les uns, déjà satisfaits, arrêtent des contours ; les autres, plus avancés, préparent les couleurs ; mais hélas ! une idée quelquefois mal conçue s'écroule et s'anéantit ; de nouveaux essais paraissent et disparaissent, et l'imagination épuisée devient moins prompte. Vainement Véronèse et Titien ont tenté d'assembler avec justesse le plan de quelques groupes, le mouvement de quelques figures ; vainement ils essaient de dessiner d'un trait assuré quelques raccourcis difficiles, quelques muscles en action. Ces deux maîtres, ainsi que Rembrandt et Velasquez, sentent le besoin impérieux de prendre le modèle ; mais cette ressource augmente l'embarras et les difficultés : ce que l'imagination avait ébauché, le modèle le détruit, et de pénibles travaux doivent recommencer encore. Cependant, avec une patience indomptable, Titien et Rembrandt cherchent, par des couches superposées, par des glacis redoublés, à rendre, d'après le modèle, le dessin, le modelé et la couleur. Ce n'est

qu'après de nombreux essais, des hésitations pénibles,
qu'ils déterminent le mouvement des figures, le jet des
draperies; mais cette nature froide, ce mannequin ina-
nimé les induisent en erreur; bien des choses encore
doivent être refondues, recommencées, soumises à de
nouvelles recherches : ce n'est pas sans quelque peine que
Véronèse parvient à réunir des masses de lumière, que
Titien obtient son harmonie, que Rembrandt arrive à
ses effets; ce n'est pas sans quelques tâtonnements que
Velasquez arrive à donner à son pinceau les grâces d'un
beau faire. La pensée est prompte, mais la brosse est
lente et s'embarrasse.

Rubens, toujours absorbé dans sa pensée, n'a rien
encore exprimé sur l'immense toile qui l'attend; son
génie seul agit et travaille. Comme un ouragan impétueux s'amasse au loin dans un ciel enflammé d'éclairs,
ainsi se préparent en silence, dans le cerveau du maître,
les merveilles qui vont éclater à nos yeux. Ce n'est point
par les moyens ordinaires dont se servent ses rivaux que
le grand artiste exécute ses œuvres sublimes : ce n'est
ni le modèle, ni le mannequin qui lui inspirent ses étonnants mouvements, ses admirables expressions, ses frappantes vérités, son rendu merveilleux. Ce n'est point
non plus par les vains essais d'un crayon timide et mal
assuré qu'il commence le premier jet de son œuvre.
Sa pensée mûrie, il saisit ses pinceaux, s'élance à la
toile, y jette des flots de couleurs : les lignes, les masses,
les formes, les ombres, les lumières naissent sous les
coups de la brosse rapide : à droite, à gauche, en haut,
en bas, la fée va, vient, vole, et la toile frémissante
bourdonne comme un tonnerre lointain. C'est la digue
qui se rompt, c'est le torrent qui bondit, c'est l'éclair qui
passe, c'est le feu qui pétille, c'est la flamme qui dévore,

c'est la force électrique qui agit, c'est la puissance d'un
démon qui, tout à la fois, veut, crée, accomplit.

Déjà les grandes lignes générales apparaissent, les
grandes masses d'ensemble se dessinent, les effets de
lumière resplendissent : le sujet vit tout entier ! Comme
l'enceinte d'un grand cirque s'emplit tout à coup, au
moment où ses portiques s'ouvrent à la foule empressée,
ainsi se couvre rapidement de masses agitées le vaste
champ où le pinceau brûlant de Rubens porte le mouvement et la vie.

Le grand coloriste a posé sur divers points les cinq
couleurs primitives. A voir comment l'ombre et la
lumière naissent, grandissent et détachent les objets,
on se figure l'apparition subite du soleil sortant de la
mer et éclairant par degré la nature plongée dans les
ténèbres : autant les effets éblouissants de l'astre sur-
prennent et enchantent, autant les capricieux accidents
de lumière qui surgissent sous la main de Rubens, saisissent et étonnent. La fée va, vient, vole, et la toile
frémissante bourdonne comme un tonnerre lointain.
Avec quelle écrasante rapidité, la brosse large et hardie
attaque l'ensemble et les détails ! Avec quelle adresse
inouïe, elle sait donner à tous les corps leur forme, leur
caractère, leur couleur ! Ici, elle établit des masses
resplendissantes qui sont le foyer le plus étendu de la
lumière ; là, elle débrouille et détache des parties sourdes,
renforce des parties faibles, atténue des parties fortes, et,
tournoyant sans cesse dans une pâte fraîche et brillante,
étend ses soins prestigieux jusqu'aux moindres détails.

Mais cette multitude d'objets, ces êtres aux mille
formes et aux mille couleurs attendent la vie. Rubens,
dont le génie entrevoit d'un coup d'œil ce qui manque à
la perfection, s'éloigne un instant et parcourt des yeux

son œuvre. Rapide comme l'éclair, il reprend sa palette
chargée de nouvelles couleurs. La fée va, vient, vole!
Partout les objets changent, se développent, grandissent; partout se produisent des effets nouveaux. Doit-il
rendre la douleur, le calme, l'effroi? une touche juste et
hardie l'exprime. Ce bras est-il trop long? ce torse est-il
trop court? le pinceau, d'un trait, rétablit les proportions. Songeant ensuite aux intérêts de la couleur, il tempère ces parties trop brillantes; réveille ces parties trop
sourdes, salit celles-ci, illumine celles-là, ranime par des
teintes vierges les points principaux, revient rapidement
vers les détails qu'il arrondit, détache, modèle et finit.
La fée va, vient, vole! Son impétuosité ne s'arrête pas un
instant; elle fouille les ombres obscures et profondes,
rehausse de lumières vives tous les corps saillants, les
empâte, les fait jaillir de la toile. Ainsi s'achève l'œuvre,
lorsque enfin le peintre attaque une dernière fois toutes
les parties du tableau, les frappe vivement de touches
fines et légères, les creuse de noirs vigoureux, les
pique de blancs étincelants, et, comme si la matière dont
il imprègne ses pinceaux était dérobée au feu du ciel, il
donne à tout ce qu'il vient de créer l'expression et la vie.

Telle est la prodigieuse facilité de Rubens, telle est son
incomparable habileté dans la pratique; tandis qu'em-
barrassés dans les difficultés de l'exécution, ses rivaux
commencent à peine leur œuvre, le grand artiste a terminé la sienne, où brillent, tout à la fois et au plus haut
degré, les qualités les plus précieuses de l'art.

Et c'est ainsi que tu fis ta *Descente de croix,* ô fils
immortel d'Anvers!

## APPENDICE.

Depuis l'époque où ces pages ont été écrites, j'ai beaucoup étudié, beaucoup médité, beaucoup appris; Rubens
n'est plus à mes yeux ce qu'il me paraissait alors :
Michel-Ange, Raphaël, Titien, Rembrandt, Velasquez,
sont comme de brillantes étoiles dans l'écrin des cieux;
mais il ne me semble plus possible d'établir de parallèle...

On ne compare pas le soleil aux étoiles.

# ÉCOLE FLAMANDE DE PEINTURE.

CARACTÈRES CONSTITUTIFS DE SON ORIGINALITÉ.

— 1863* —

———————

*A Messieurs les Membres de l'Académie,
(classe des beaux-arts).*

Messieurs,

Au point de vue où j'ai traité la question du concours, j'étais loin de m'attendre à une récompense.

J'ai osé m'affranchir de certaines exigences du programme. Je me suis permis d'éviter ce qu'il avait de stérile, pour n'en voir que le côté important, le côté utile, nécessaire, glorieux pour le pays.

(*) Ce mémoire, couronné le 24 septembre 1863, a paru en 1834 dans les *Mémoires couronnés* de l'Académie. La lettre-préface est inédite. Les planches lithographiques et les bois gravés, employés pour la présente édition, sont les mêmes que ceux qui ont été exécutés sous les yeux de l'artiste et revus par lui, pour servir à la publication académique.

J'ai osé, malgré certains engouements, citer courageusement l'école de Rubens, comme seule digne du nom flamand.

J'ai osé, ce qui est plus fort, passer sous silence la peinture primitive, qui, selon moi, n'est point l'école flamande et dont le caractère peu national est un exemple dangereux pour notre école moderne.

Je me suis permis encore de dire des choses qui soulèveront peut-être bien des colères. J'ai signalé les causes fatales de la dégénérescence de notre école. J'ai exprimé cette pensée dominante de mon travail :

« L'école de Rubens possède les plus hautes qualités de l'art. C'est à cette école que nos peintres doivent demander des enseignements, c'est dans cette école qu'ils puiseront la vraie science, la véritable originalité. C'est en faisant revivre cette grande école qu'ils pourront continuer notre ancienne réputation, notre vieille gloire artistique. »

Malgré tout cela, Messieurs, vous avez fait bon accueil à mon œuvre.

Vous avez oublié un instant le programme, pour vous associer à ma pensée.

J'ai osé attaquer et vous avez applaudi.

Je vous remercie. Votre approbation est un acte de courage répondant à un autre acte de courage.

Poursuivons, Messieurs, nos tentatives de régénération ; et puisse cet accord exercer une salutaire influence sur l'avenir de notre école moderne !

Agréez, *etc*.

WIERTZ.

# ÉCOLE FLAMANDE DE PEINTURE.

CARACTÈRES CONSTITUTIFS DE SON ORIGINALITÉ.

« Déterminer et analyser, au triple point de vue de la composition, du dessin et de la couleur, les caractères constitutifs de l'originalité de l'école flamande de peinture, en distinguant ce qui est essentiellement national de ce qui est individuel. »

Cette question, posée par l'Académie, est une idée heureuse; voici pourquoi :

L'art aujourd'hui est entré dans une période de décadence; les bonnes traditions s'oublient, les grands maîtres sont incompris. En vain l'on cherche des routes nouvelles, des principes nouveaux; on ne produit que de malheureux résultats. A défaut de qualités solides, on vise à l'originalité, une originalité, hélas! qu'on ne saurait louer. L'extravagance, la fantaisie, le caprice, les modes, tout cela semble remplacer le génie, l'étude et le talent. On nie Phidias, on nie Raphaël, on nie Rubens, on nie tout ce que la raison a de tout temps admiré, tout ce que les siècles ont constamment approuvé. Le culte du beau est dans un désarroi complet.

Cet état de choses a des conséquences funestes. L'Académie l'a senti et elle s'en est émue. Elle a compris le danger que courent nos jeunes artistes; en bonne mère, elle a jeté un cri de rappel, et ce cri, c'est la question qu'elle vient de poser.

Parler de l'école flamande alors qu'on ne l'étudie plus, parler de composition alors qu'on ne sait plus composer, parler de dessin alors qu'on ne sait plus dessiner, parler de couleur alors qu'on ne sait plus colorier, parler d'originalité alors qu'on cherche l'originalité dans le faux, dans l'absurde; parler de tout cela, n'est-ce pas ébranler l'esprit des successeurs de nos grands maîtres? N'est-ce pas leur dire : « Revenez au giron de la grande école! Secouez le joug des modes corruptrices! Abandonnez les principes erronés, les puérilités ridicules! Revenez, revenez aux études sérieuses et viriles! Tâchez de régénérer cette superbe école flamande, l'admiration des siècles, la gloire de votre patrie! »

Telles sont les raisons qui nous font dire :

La question posée par l'Académie est une idée heureuse.

Nous savons combien nous sommes téméraire en écrivant ces lignes, combien la tâche que nous nous imposons ici est au-dessus de nos forces; mais on nous pardonnera, nous l'espérons, en faveur de notre sincérité et de nos convictions.

Sans autre préambule, entrons en matière; nous tâcherons d'être clair, vrai et concis.

Nous divisons ce travail en trois parties : la première est consacrée à la composition, la deuxième au dessin, la troisième à la couleur. Nous terminerons par un chapitre concernant l'école flamande moderne.

# L'ÉCOLE.

L'école flamande, c'est l'école de Rubens; c'est cette pléiade d'artistes qui marcha sur ses traces. Avant eux, notre peinture a peu d'éclat, elle n'a pas *un caractère national* bien décidé. Après eux, l'école flamande tombe dans une dégénérescence fatale. L'époque glorieuse de notre peinture est donc celle de Rubens et de ses disciples, et cette époque, si féconde en grands peintres, finit pour ainsi dire avec eux.

De notre temps, une dernière étincelle des vieux maîtres brillait encore... sur la palette d'Herreyns.

Si l'on étudie attentivement l'école flamande, si l'on cherche les bases sur lesquelles s'appuient ses principes, on reconnaît tout d'abord quelle est son origine :

L'Italie est sa mère.

Florence l'inspire dans le choix de la forme et l'agencement des groupes. Venise lui apprend les charmes de la couleur, les secrets du clair-obscur. Michel-Ange, Raphaël, Vinci, Corrége, Titien, Véronèse, sont tour à tour interrogés par elle.

De tous les sucs recueillis en Italie, le fondateur de l'école composa son miel. C'est à ce trésor de science que tout un peuple d'artistes vint puiser à pleines mains.

Les grands peintres impriment toujours dans leurs œuvres deux cachets : l'un, celui de leur originalité propre; l'autre, celui des maîtres qu'ils ont étudiés. C'est une loi éternelle.

Ainsi, le chef de l'école flamande allie à l'art italien ses qualités individuelles, et cette association lui permet d'atteindre aux plus heureux résultats. Le génie greffé sur le génie produit des fruits merveilleux.

L'originalité est ou n'est pas une qualité louable : certains talents, certaines écoles se caractérisent par une originalité blâmable. Disons aussitôt que l'école flamande, elle, se distingue avantageusement par les qualités qui lui sont propres. Son originalité est tout au profit de sa gloire.

# PREMIÈRE PARTIE.

---

## COMPOSITION.

Par composition, il faut entendre l'assemblage des divers objets contenus dans un tableau. Cet assemblage a des règles nombreuses; elles sont généralement connues : nous ne citerons que celles qui sont nécessaires à nos observations.

Bien composer, c'est à la fois charmer les yeux et parler à l'âme.

La composition charme les yeux lorsqu'elle offre :

Variété dans le choix des objets, — Grandeur dans la disposition des lignes. — Mouvement dans l'ensemble des masses, — Perfection dans la forme des groupes, — Harmonie dans le jet des lignes, — Disposition heureuse dans les effets du clair-obscur, — Choix d'objets favorables aux charmes de la couleur.

Elle est expressive lorsqu'elle présente :

Une ligne synthétique, caractéristique du sujet, — Richesse d'idées caractéristiques, — Unité, économie et concision, — Choix convenable de caractères, de formes et d'accessoires.

Pour faire comprendre clairement notre pensée sur la composition, analysons un tableau de Rubens. Les œuvres du maître serviront souvent dans le cours de ce travail : le caractère de l'école flamande est tout entier dans son chef.

Le mouvement des lignes, l'arrangement des groupes.

4

la variété des formes, la disposition des masses, tout cela peut-il s'exprimer par le discours? La plume peut-elle suivre le pinceau? La phrase peut-elle préciser les ondoiements de la ligne? Nous ne le pensons pas.

Qu'on nous permette donc de joindre le crayon à la plume.

Voilà l'esquisse au trait d'un tableau du grand peintre flamand : *le Portement de la Croix*.

Nous indiquons par lettres alphabétiques les parties auxquelles nous renvoyons le lecteur. Ainsi notre analyse sera plus facile, et nos observations plus intelligibles.

Dans la composition, Rubens recherche avant tout le pittoresque ; toujours l'idée est subordonnée à l'aspect, soumise à cet arrangement séduisant sans lequel un tableau n'a point de charme.

La première ligne que trace le maître, en composant, c'est la ligne synthétique (A) : elle embrasse toute l'étendue de la scène et, par son mouvement, elle exprime déjà le caractère du sujet. Dans le tableau des Amazones, cette ligne est une déroute ; dans celui de Constantin contre Maxence, elle est un choc ; dans la Chute des Réprouvés, un écroulement.

Dans le tableau qui nous occupe, la ligne synthétique représente une marche.

La première ligne tracée (A), Rubens dessine les grandes lignes secondaires (B) : elles forment des masses mouvementées que j'appellerai embryonnaires.

Au milieu de ces lignes harmonieuses, on devine déjà des êtres animés, de nombreux groupes d'hommes ; on voit de l'agitation partout, partout de la vie. Il y a là tumulte, empressement, effort. Il y a là un effrayant mouvement de sinistre présage. Il se passe là quelque chose de grand, d'imposant, de terrible.

Telles sont les impressions que produit ici le mouvement des masses embryonnaires.

Voici maintenant la composition complétée [*] :

Dans cette seconde partie de son travail, Rubens apporte la *variété dans le choix des objets :* peuple, soldats, femmes, enfants, vieillards, chevaux, étoffes, cuirasses, ciel, arbres, plantes. Après cette opération, le grand peintre cherche la *perfection dans la forme des groupes :* contrastes, rondeur, variété, harmonie, mouvement, tout ici est réuni. Les groupes s'étalent tantôt en pyramide, tantôt en grappes. Rubens applique la forme arrondie aux sujets tranquilles, la forme élancée aux sujets mouvementés. Cette dernière forme est adoptée ici; les deux figures (AA) en sont un exemple frappant : elles caractérisent à elles seules la manière du maître : les jambes (BB) sont, au point de vue de l'agencement, un trait de génie : elles expriment merveilleusement l'empressement de la marche et impriment à toute la composition un entraînement harmonique. Ces trois lignes parallèles sont comme un coup de fouet donné au mouvement général.

*Les dispositions heureuses dans les effets du clair-obscur* favorisent tout à la fois le dessin, le mouvement, la couleur, l'expression et le relief. Ici, les masses d'ombre et de lumière sont distribuées avec un art infini. Il y a variété, contraste, opposition, balancement; l'objet se détache tantôt en clair sur ombre (C), tantôt en ombre sur clair (D); de toute part, jeu continuel du lumineux et de l'obscur; de toute part, moyens ingénieux d'obtenir des reliefs, des contrastes propres aux effets et des effets propres à la couleur. Voyez cette masse lumineuse partir du pied de la figure d'avant-plan (A); elle marche, marche, gagne le dos d'un larron (E), la croupe d'un cheval (F), l'homme qui le monte (G), et se perd dans les clartés

[*] Voir la photographie ci-jointe.

du ciel. Voyez cette autre masse lumineuse commencer à droite, au pied de l'enfant (H), s'étendre sur la Madeleine, sur le bras d'un bourreau (I), sur le soldat à cheval, et s'évanouir dans les groupes supérieurs du tableau. Merveilleux enchaînements dont Rubens seul connaît le secret !

Dans le *choix favorable aux charmes de la couleur,* le maître est inépuisable en ressources ingénieuses : ici, ciel, terre, figures, draperies, accessoires, tout concourt à la splendeur du coloris.

Les chairs de l'esclave qui pousse (A), celles des bourreaux, celles des larrons, des enfants et de la Madeleine, sont dans des conditions de pittoresque admirable. Au moyen de la masse d'ombre (K), le dos de l'esclave prend de la vérité et de l'éclat ; au moyen du manteau sombre de la Vierge (L), la Madeleine devient fraîche et brillante. Au moyen des tons sourds du terrain, le groupe d'enfants resplendit de fraîcheur.

Passons à la *richesse d'idées caractéristiques.*

Voici un chemin tortueux, exprimant la montée du Calvaire ; des hommes à cheval, exprimant une grande escorte ; un homme sonnant la trompette, exprimant un grand événement. Les enfants jouant au milieu de ce drame navrant, sont une antithèse frappante. Le bourreau saisissant le Christ par les cheveux, offre une scène de férocité caractéristique.

*Le choix du caractère, des formes et des accessoires* est parfait dans cette admirable composition. L'esclave qui pousse affecte un saisissant cachet de grandeur, ses formes herculéennes sont bien adaptées au sujet. Le dessin en général a la puissance qui convient aux temps bibliques. Cette page est homérique par le fond, elle devait l'être par la forme. Peu d'accessoires caractérisent la scène. La corde dont s'est armé le bras d'un bourreau, la pique dont le Christ est frappé, sont d'une grande force d'expression : deux accessoires bien choisis et bien placés.

*L'unité, l'économie et la concision* sont des qualités où excelle encore le grand maître flamand. Les lignes harmonieusement jetées, les lumières savamment concentrées, les repos heureusement distribués, les forces adroitement placées, constituent une parfaite unité. Ici, les regards sont attirés partout, mais l'œil est ramené sans cesse vers un point : la croix. Effet merveilleux! cette croix semble le lien qui unit toutes ces grappes d'hommes.

L'économie dans les objets accessoires et la concision dans l'agencement des groupes produisent tout à la fois force, grandeur, clarté. Nous ne voyons pas ici un objet inutile ; les groupes sont serrés et bien nourris; pas une figure ne peut être ajoutée; pas un objet ne peut être retranché; tout est sagement mesuré; espaces occupés et espaces vides sont ce qu'ils doivent être, rien ne peut être changé.

La ligne de Rubens ne se corrige point. C'est un vers de Corneille.

# DEUXIÈME PARTIE.

—

## DESSIN.

Il est une beauté que n'apprécie point le vulgaire, c'est la *beauté pittoresque*.

Généralement, l'on confond le beau pittoresque avec le beau sensuel. Cette confusion a donné lieu à bien des appréciations fausses. On accuse de laideur, par exemple, les formes pittoresques d'une tête de vieille; pourquoi ? Parce que ces formes n'éveillent point d'idées qui flattent les sens. C'est dans cet esprit d'appréciation que l'on juge trop souvent le beau en peinture. Aussi, quelle opinion se fait-on généralement du dessin? Les hommes peu versés dans les secrets de l'art vous disent : « Le dessin,

c'est la forme svelte, élancée, polie, arrondie; le dessin,
ce sont des contours bien nets, des détails bien exacts,
bien finis. » Cette définition vulgaire a été funeste à la
renommée de l'école flamande : longtemps on n'a vu dans
les œuvres de nos maîtres que des formes lourdes, communes et incorrectes, des contours indécis et négligés.
Ce préjugé, comme tous les préjugés, est accepté sans
réflexion et sans examen.

Il importe de combattre ici ces erreurs populaires.

On compare sans cesse le dessin de l'école flamande à
celui de l'école italienne; on voit dans celle-ci les qualités les plus parfaites, et dans celle-là les défauts les
plus grossiers. Nous en demandons pardon au préjugé,
nous ne sommes pas du tout de son avis. Nous avons des
raisons pour cela; nous allons chercher à les faire
valoir.

Le dessin n'est précisément ni l'exact, ni le fini. Le
dessin est plutôt l'ensemble, le caractère, le mouvement,
l'expression, l'ampleur, la variété, la grâce, la vérité,
la vie.

Nous trouvons toutes ces choses dans le dessin italien,
il est vrai; mais nous les retrouvons souvent plus complètes dans le dessin flamand. Il est tel tableau de Jordaens, ce dessinateur si calomnié, qui ne le cède point à
certaines pages de Michel-Ange. Ce que nous disons là
doit sembler bien hasardé; qu'on nous permette d'expliquer notre pensée.

L'école italienne a l'habitude d'accuser la forme par
un contour sec, découpé; l'école flamande, par un contour moelleux, fondu. Ces deux manières produisent sur
les yeux peu exercés des effets opposés : le contour sec,
découpé, emporte avec lui l'idée de justesse, de précision;
le contour moelleux, fondu, semble au contraire de

l'inexactitude, de l'invraisemblance. Que Michel-Ange dessine la chose la plus impossible, on a foi dans ses contours : ils sont accusés avec force, avec netteté. Mais que nos maîtres flamands montrent les choses les plus vraies, on ne les croit pas : ils n'affirment point par le contour sec et découpé. L'un est semblable au menteur qui en impose par un air consciencieux et vrai; les autres, à l'homme véridique auquel manque l'aplomb qui fait des dupes.

Ce que nous venons de dire n'attaque point les beautés réelles de l'école italienne. Si nous dévoilons ces petites ruses de métier, c'est qu'elles égarent l'opinion sur le véritable caractère du dessin de notre école.

Ce que nous venons d'avancer, nous allons chercher à le prouver. Qu'on nous permette encore la démonstration du crayon jointe à celle de la plume.

Et d'abord, commençons par justifier Jordaens; ce maître porte souvent à lui seul le fardeau des reproches adressés à l'école.

Voici un fragment de dessin d'après le grand peintre flamand :

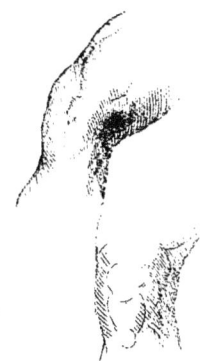

En voici un autre d'après Michel-Ange :

Dans le premier [*], le vulgaire ne trouve point ce qu'il appelle la forme correcte.

Dans le second, il croit voir la forme exacte.

Dans le dessin de Jordaens, les détails sont rendus avec le moelleux des chairs; dans le dessin de Michel-Ange, avec cette sécheresse, cette fermeté qui trompe.

Plaçons un autre dessin de Jordaens à côté d'un dessin de Michel-Ange.

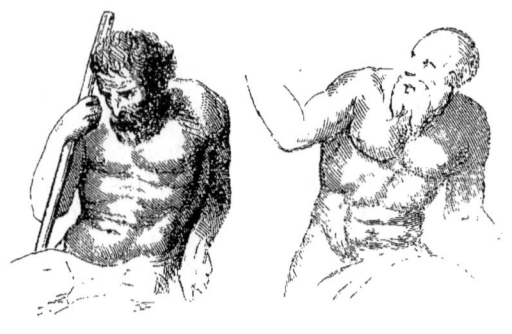

Jordaens [*].                    Michel Ange.

Le dessin du maître florentin présente de la grandeur et du style, des muscles larges et bien attachés, l'étude de l'antique et le choix idéal; le tout modelé avec force et précision. Mais remarquons ceci : la figure de Jor-

---

[*] Les dessins du manuscrit étaient au crayon, et les peintures, à l'huile. La reproduction n'a pu être d'une exactitude rigoureuse, on le comprendra.

(*Note de l'auteur, 1re édition*).

daens a des qualités non moins estimables : le muscle n'est pas sculpté, mais on le sent sous la peau ; la forme n'est point grecque, mais elle est *nature ;* le modelé n'est point ferme, mais il peint la *chair.* Cette figure n'a point la beauté de la statue, mais elle a la beauté de l'homme vivant.

Que l'on accuse l'école flamande d'incorrection, d'invraisemblance, soit ; mais pourquoi cette sévérité, si souvent réservée à elle seule ?

Le jugement dernier de Michel-Ange fourmille d'impossibilités sans nombre : la proportion, la perspective, le modelé, l'anatomie même, y souffrent des négligences saillantes.

Horace Vernet disait un jour : Michel-Ange sait, quand il lui plaît, placer des muscles où il n'y en a pas.

Nous croyons que c'est un devoir de ne pas s'incliner devant le préjugé.

Qu'on nous permette donc de demander :

Si la main de ce bras est proportionnée ?

Si, derrière cette montagne lointaine, la perspective permet des figures de cette dimension ?

Nous donnons ces deux exemples empruntés à la chapelle Sixtine, parce qu'ils frappent les plus simples intelligences.

Nous croyons inutile d'en dire davantage sur ce sujet. On a suffisamment compris ceci : que l'on pardonne à l'art italien ce que l'on ne pardonne pas à l'art flamand.

La peinture n'exige point le vrai réel, le vrai-mesure, le vrai-compas; la peinture exige le vrai qu'on peut appeler le *vrai apparent*.

L'école flamande se distingue en cela. Son dessin n'a point la correction du réel, mais il a la correction du *vrai apparent*. Au premier aspect, le dessin italien l'emporte; mais le dessin flamand prend bientôt sa revanche : ses écarts sont des combinaisons habiles; ses fautes de dessin, d'adroits stratagèmes; ses négligences, de savants mensonges. L'école flamande sait plier un contour intelligent en faveur, soit de l'expression, soit du caractère, soit du mouvement, soit de la couleur ou de la vraisemblance. Ces artifices, ces mensonges sont les vraies illusions de l'art, les véritables secrets du dessin.

Ces deux figures, l'une de Rubens, l'autre de Michel-Ange, viennent ici à l'appui de nos assertions.

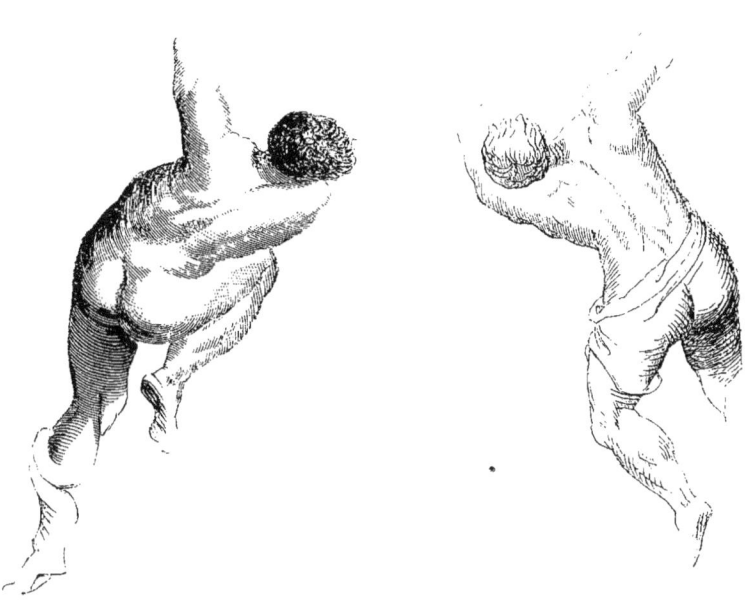

Ni l'une ni l'autre de ces figures n'ont la justesse mathématique, la précision photographique; chacune d'elles a ses incorrections intentionnelles, ses recherches intelligentes.

Les deux maîtres sont, dans l'art d'imiter, d'habiles prestidigitateurs. Mais on remarque dans ces figures des différences qu'il est important de signaler : elles caractérisent, tout à la fois et d'une manière bien nette, l'individualité de Rubens et de son école.

Si nous jetons un regard sur les dessins ci-dessus, il est facile de saisir les similitudes et les divergences qui les distinguent : d'abord une analogie frappante s'aperçoit dans la pose, le mouvement et le caractère. Mais voici en quoi les différences sont sensibles : la pose de Michel-Ange est énergique et variée; celle de Rubens plus variée encore et plus énergique. Le mouvement du maître florentin est bien senti; celui du maître flamand est plus grand et plus expressif. Le premier a des formes athlétiques à la manière antique; le second, des formes athlétiques trouvées dans la nature.

Remarquons dans le dessin de Rubens cette grande ligne générale de la tête au pied, cette courbure de la colonne vertébrale, cette grande flexion de la cuisse et de la jambe droite, cette ondulation constante des lignes d'ensemble et des lignes de détail, cette variété soutenue dans tous les contours, cette morbidesse dans les chairs et ces muscles palpitants sous la peau. Puis, remarquons l'épine dorsale s'effaçant là où la lumière est appelée, ces parties d'ombres sacrifiées à la couleur, ces muscles lombaires se perdant dans les replis si vrais de la peau. Toutes ces choses sont les traits caractéristiques du maître. Elles deviennent plus sensibles, plus faciles à saisir dès qu'on les cherche dans son antagoniste. Ici, la ligne d'ensemble est moins étendue, la colonne vertébrale a moins de mouvement, les cuisses et les jambes ont moins d'action, la souplesse des chairs est moins sentie, et l'on n'aperçoit nulle part des sacrifices en faveur du clair-obscur, du relief ou de la couleur.

Les combinaisons de Michel-Ange tendent à obtenir d'autres résultats. Nous n'avons pas à nous en occuper.

Voici maintenant un autre exemple caractéristique du dessin de Rubens.

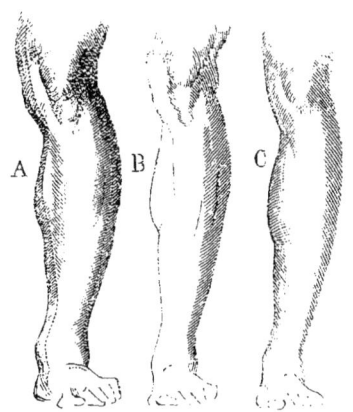

Ces formes (A) ne sont point la copie fidèle d'un modèle vivant, elles ne sont point celles que choisissaient les Grecs : ces formes sont l'idéal du beau pittoresque dans toute l'acception du mot.

A côté de ce dessin (A), nous en plaçons un second, puis un troisième. Le second (B) rappelle les formes de Michel-Ange; le troisième (C), celles de l'antique. Ce parallèle nous fournira des démonstrations nouvelles.

Nous avons pointillé sur le dessin flamand le contour antique; par ce moyen, nous déterminons le caractère du dessin de Rubens, nous le rendons sensible aux yeux et en quelque sorte palpable. L'originalité peut ici se mesurer par millimètres.

Le dessin de Michel-Ange (B) nous montre un terme moyen, un milieu entre deux grandes époques de l'art :

l'époque de Phidias et celle de Rubens. Michel-Ange est la transition de la forme grecque à la forme flamande : l'acheminement vers le mouvement, la morbidesse et la vie.

Pour terminer, caractérisons d'un trait l'école flamande :

Les cinq lignes ci-dessous tracées représentent cinq caractères de maîtres différents :

La première rappelle la roideur de la Renaissance, la naïveté un peu gauche de Giotto ;

La seconde, le dessin déjà moins guindé et plus nourri d'Albert Durer ;

La troisième, se ressentant encore des deux premières, rappelle la beauté et la grâce de Raphaël ;

La quatrième, la force et l'ampleur de Michel-Ange ;

La cinquième, l'énergie, le mouvement, la variété, le pittoresque de Rubens.

GIOTTO.   A. DURER.   RAPHAEL.   MICHEL-ANGE.   RUBENS.
Ecole flamande.

# TROISIÈME PARTIE.

## COULEUR.

Généralement, on accorde une bonne couleur à l'école flamande. C'est son côté caractéristique le mieux connu, c'est aussi le moins contesté. Quelques erreurs cependant se mêlent aux appréciations vulgaires. Nous avons vu que l'on compare sans cesse le dessin flamand au dessin italien. De même, la couleur flamande est souvent opposée à la couleur vénitienne. L'école flamande, dit-on, a du brillant, mais les Vénitiens sont plus vrais, plus harmonieux. Voilà ce que répète la foule. Nous avons dit pourquoi il est bon de combattre les préjugés : ici encore nous les rencontrons, ici encore nous chercherons à rétablir la vérité.

Qu'entend-on par une bonne couleur ?

Les uns s'imaginent qu'elle consiste dans l'imitation parfaite de la couleur propre à chaque objet. Les autres la cherchent dans certains tons dominants sur toute la surface d'une œuvre : il y a des admirateurs de tableaux roux, des admirateurs de tableaux gris, des

5

admirateurs de tableaux noirs, et indépendamment de
ces diverses opinions, il règne une opinion générale, une
opinion souveraine, qui dure un temps, passe et se renou-
velle. Ces manières de voir changent comme la pluie et
le beau temps. Le vent de la mode apporte à son gré les
tons bruns, les tons gris ou les tons jaunes. Tout le
monde se conforme à ces variations. On dit de la couleur
d'un tableau : « C'est la mode », comme on dit : « C'est la
mode » en parlant de la forme d'un chapeau.

Nous ne nous laisserons point guider par cette autorité
d'un jour : notre travail est sérieux. Nous avons à invo-
quer les lois du beau éternel ; ces lois seules serviront de
base à notre examen.

La couleur donc n'est pas une chose de fantaisie ; la
comopsition et le dessin ont des règles, la couleur a des
règles aussi.

Une bonne couleur, c'est la réunion des qualités suivantes :

Vérité, — Variété, — Lumière, — Vigueur, — Harmonie,
— Opposition, — Richesse, — Éclat.....

Les ressources du peintre sont très-restreintes : le blanc
de sa palette, par exemple, n'est que de l'ombre. Pour
que le blanc devienne lumière, il faut des oppositions.
Plus il y a opposition, plus il y a lumière ; plus il y a
lumière, plus il y a relief ; plus il y a relief, plus il y a
vérité.

Il résulte de ceci que la gamme des tons brillants est la
plus propre aux saillies, aux profondeurs, à la rondeur,
à l'illusion, à la vérité.

La gamme des tons sombres a moins de puissance ;
seulement, elle conduit le peintre à une harmonie plus
facile.

La gamme aux tons brillants va du blanc pur aux noirs les plus intenses.

La gamme aux tons sombres va d'un blanc sale aux grands noirs.

Si cette gamme est comme un instrument à trois octaves, la première est comme l'instrument à quatre octaves, plus puissante que l'autre.

Avec une gamme bien composée, l'artiste n'est pas encore coloriste; s'il a l'instrument, il lui faut encore l'art de s'en servir.

La distribution de l'ombre et de la lumière, le choix des tons convenables à cette distribution, l'opposition des teintes chaudes aux teintes froides, l'économie dans l'intensité des brillants, l'harmonie, etc., tout cela doit être connu du peintre coloriste. Une science qu'il ne peut ignorer surtout, c'est la science du clair-obscur.

Le clair-obscur, en effet, est presque à lui seul la couleur. Voyez une estampe d'après Rubens, un de ces clairs-obscurs traduits par Bolswert : cette estampe n'est pas une estampe, c'est un tableau complet; on y voit toutes les richesses de la palette.

Si la plume a peine à décrire l'accident de la forme, quelle doit être son impuissance à décrire la nuance des tons!

Nous avons à parler des couleurs, c'est avec des couleurs que nous devons expliquer notre pensée.

Prenons deux esquisses, d'après Rubens et Titien.

Si nous recherchons les traits caractéristiques dans de simples esquisses, qu'on ne s'en étonne point. — L'esquisse, — supposons-la suffisamment exacte, — renferme les qualités constitutives de la couleur. En effet, la couleur est bien plutôt dans l'ensemble que dans le détail.

Les masses d'ombre et de lumière, les oppositions, la
variété, l'éclat, la vérité, l'harmonie, toutes ces qualités
ne sont-elles pas dans l'effet général? Au premier coup
d'œil, on juge la couleur d'un tableau; on la juge bonne
ou mauvaise, avant l'examen du détail. Au milieu d'une
vaste galerie, on saisit, on trouve aussitôt l'œuvre la
mieux coloriée. L'effet du premier coup d'œil, c'est l'effet
de l'esquisse.

Le premier regard jeté sur ces esquisses nous dit
qu'elles sont dans les conditions de la bonne couleur.
Toutes deux ont le brillant, le lumineux qui attire. Toutes
deux ont cette vigueur, cette force qui étonne, cette
vérité, cette harmonie qui enchantent.

Les différences caractéristiques sont faciles à saisir.

### DIFFÉRENCES DANS LE CLAIR-OBSCUR.

La lumière et les ombres de Titien offrent des masses
découpées (A), peu liées entre elles, nuisibles à l'harmonie. La lumière et l'ombre de Rubens offrent des
masses mieux liées, plus propres à former un bon
ensemble. Le peintre vénitien dispose indifféremment
ses clairs sur tous les objets (B). Le peintre flamand dispose toujours ses clairs au profit du brillant des chairs (A).
Titien distribue, sur toute la surface, des forces de même
valeur (A C C C). Rubens distribue les forces avec économie et gradue sans cesse leur degré d'intensité (B B B).
Le premier varie peu ses oppositions d'ombre et de
lumière; le second varie sans cesse le jeu du clair et de
l'obscur.

lithographie de Simonau et Toovey.

DIFFÉRENCES DANS LE CHOIX DES TEINTES.

Dans l'œuvre de Titien, nous voyons la gamme des teintes sombres. Dans celle de Rubens, la gamme des teintes brillantes. Titien semble rechercher les teintes chaudes que donne parfois le crépuscule. Rubens semble imiter hardiment l'éclat que donne la lumière du jour. Les carnations de Titien sont d'une teinte généralement brune, dorée, uniforme. Les carnations de Rubens sont tantôt brûlantes (C), tantôt rosées, tantôt argentines. Le premier donne aux ombres de ses chairs des teintes rousses, brunes ou noires (D D). Le second des ombres légères, transparentes, aériennes (DD).

DIFFÉRENCES DANS L'HARMONIE DES TEINTES.

Ici une grande analogie existe entre les deux maîtres. Le peintre flamand s'est moins écarté du peintre vénitien. Rubens, aussi bien que Titien, sait où placer une draperie rouge (E E E), bleue (B) ou jaune (F F); il sait, comme lui, accorder par des glacis, équilibrer par des rappels, lier par des échos. L'harmonie de Rubens ne diffère de celle de Titien que par l'éclat.

Placez un tableau de Titien au soleil, vous aurez l'harmonie de Rubens.

DIFFÉRENCES DANS LE CHOIX DU VRAI.

La nature se montre sous bien des aspects : elle se colore de rouge au soleil couchant, elle prend des tons argentins au soleil du midi, elle devient sombre et bleuâtre au clair de lune. Quelle que soit la couleur qu'elle emprunte à la lumière, elle est toujours vraie. Une vaste latitude est donc laissée à l'imitation; de là résulte un grand embarras pour le peintre : que doit-il choisir?

Au point de vue de l'art, la nature a deux vérités : la vérité *rare* et la vérité *ordinaire*.

Une *vérité rare*, c'est par exemple un ciel rayé par le feu des éclairs, ce sont des chairs éclairées par la lueur des flammes. Une *vérité ordinaire*, ce sont des objets hors de toute influence qui les dénature, hors de toute condition qui en change la couleur propre.

Le coloris *vrai rare* et le coloris *vrai ordinaire* sont tous deux possibles, excellents, puisque tous deux sont vrais. Mais ce qui est le *vrai rare* semble, en peinture, moins vrai que ce qui est le *vrai ordinaire*. D'un côté, il y a la vérité simple, de l'autre la vérité vraie.

Rubens a la *vérité vraie*.

Ce que nous venons de dire de l'harmonie et de la vérité combattra-t-il suffisamment ce dicton populaire : « Les Vénitiens sont plus vrais, plus harmonieux ? »

Si nous n'avons pas réussi à nous faire comprendre, que l'on jette un regard sur nos esquisses : la démonstration peut-être sera plus frappante; peut-être pourra-t-on se convaincre que l'harmonie des teintes de Rubens n'est pas moins parfaite que celle des teintes de Titien, et que la vérité y est mieux choisie.

On objectera sans doute que nos esquisses sont des exceptions, et que c'est par l'ensemble des œuvres qu'il faut juger un maître. A cela, nous répondons que ces deux exemples représentent assez la manière de nos grands coloristes, et que, eussions-nous sous les yeux vingt autres tableaux, nous n'aurions pas d'autres traits caractéristiques à signaler.

---

Et maintenant, quelques remarques sur le clair-obscur.

Le clair-obscur, on le sait, fait partie intégrante du coloris.

Les deux dessins ci-joints résument, le premier, le clair-obscur de Titien ; le second, le clair-obscur flamand.

Supposons que, dans le tableau de Titien, un maître flamand apporte des changements à sa manière, ajoute ce qu'il croit devoir y substituer selon ses principes, jetant ici des ombres, là des lumières. Supposons enfin qu'il transforme le clair-obscur vénitien en clair-obscur flamand. Cette transformation donnera un résultat curieux, elle jettera un grand jour sur un point important de l'originalité de l'école flamande.

Disons d'abord ce que le maître flamand admet, ce qu'il ne change point :

L'opposition des masses obscures (AA, *premier dessin*) aux masses de lumières (BB), — la lumière ménagée sur les chairs (CCC), — les échos (DD).

Ce qu'il n'admet pas, le voici : les trois masses obscures, divisées et dirigées parallèlement (EEE) ; la ligne des apôtres, découpée en silhouette noire sur le ciel clair (FF) ; les masses tranchées de la figure de la Vierge (G) et des figures du haut de la toile (HH) ; les chairs peu lumineuses de la Vierge et celles de quelques apôtres ; la lumière papillotée des anges, dispersés dans le ciel ; la masse vide et uniforme de l'espace (1) ; l'éten-

due vide et uniforme du ciel à l'horizon (KK); l'égalité de
force dans toute l'étendue du tableau; l'uniformité générale dans les chairs, les draperies et les accessoires.

Signaler ce que le peintre flamand désapprouve, c'est
appeler les regards sur les points qu'il transforme :

Les trois masses d'ombre divisées et parallèles sont
corrigées d'abord par les deux moyens suivants : Une
masse obscure, rocher, muraille ou tombeau, (A, *second
dessin*) lie la ligne des apôtres à celle des anges. Une
autre masse, nuages ou figures, va de la ligne des anges
à la troisième ligne qui couronne le tableau (B). Ces
deux masses posées comme trait d'union amènent deux
autres changements importants. Premièrement, elles
rompent la monotonie de la masse vide du haut du ciel;
secondement, elles coupent l'étendue vide du ciel à l'horizon. Deux moyens rendent aux chairs sombres de la
Vierge une lumière resplendissante : l'éclat du fond
atténué par les nuages déjà ajoutés, et la lumière vivement frappée en échos. Des clairs répandus çà et là lient
les chairs brillantes des anges et en font un seul tout.
L'uniformité générale devient un ensemble varié par les
oppositions, les rappels et les réveillons. L'égalité de
force est rompue par quelques points d'un brun puissant,
faisant trombone dans cette harmonie pittoresque de
lumière et d'ombre (CCC).

Voilà le tableau italien devenu une œuvre flamande.

lithographie de Simonau et Toovey.

# RÉSUMÉ.

———

Après ce que nous venons de dire, nous croyons pouvoir nous résumer ainsi :

Ce qui constitue l'originalité de l'école flamande, c'est :

Au point de vue de la *composition* :

L'habileté dans la variété, la grandeur, le mouvement, l'expression, l'harmonie, les lignes synthétiques, l'agencement.

Au point de vue du *dessin* :

Le choix de la forme pittoresque, de la forme grande, mais vraie, de la forme qui se prête au mouvement, à l'expression, au coloris.

Au point de vue de la *couleur* :

La supériorité sur toutes les écoles dans l'art de distribuer la lumière et l'ombre, de porter haut l'éclat, la vigueur, la vérité, l'harmonie.

### CARACTÈRE GÉNÉRAL DES ÉCOLES.

L'école florentine se distingue par le dessin.

L'école vénitienne se distingue par la couleur.

L'école lombarde se distingue par la grâce et le clair-obscur.

L'école hollandaise se distingue par la vérité et le fini.

L'école flamande, elle, se distingue par ce qu'il y a de plus important dans l'art : *Le beau pittoresque*.

### INDIVIDUALITÉS DANS L'ÉCOLE.

Quelques individualités se distinguent dans l'école, nous citerons les principales.

Van Dyck a toutes les qualités du chef de l'école, mais à un diapason moins élevé. Sa composition a du mouvement, de la vie ; son dessin, de la vérité et de la grâce. L'originalité de ce maître se manifeste en ceci : Gamme de tons généralement sombre, grise parfois. Harmonie d'une incomparable perfection. Emploi d'un certain brun auquel on a donné son nom. Clair-obscur plein de mystère et de charme. Modelé parfait.

Jordaens compose avec une fougue qui le place bien près de Rubens. Son dessin a beaucoup de grandeur et de vérité. Comme Van Dyck, son originalité est toute dans la couleur. Il se distingue par le choix des tons brûlants, par les oppositions violentes, par une gamme dans les teintes de l'arc-en-ciel. Au milieu d'une galerie où Rubens même étale ses splendeurs, Jordaens est un feu, un volcan, un soleil.

Crayer est simple, tempéré, dans les diverses parties de l'art. Il se distingue par une harmonie parfaite et une vérité qu'on ne se lasse pas d'admirer.

Teniers semble n'ambitionner qu'une chose : égaler les plus grands maîtres dans l'art d'exprimer le vrai. Son originalité est saillante dans le choix des sujets, dans la manière de les composer et de les rendre.

# ÉCOLE FLAMANDE MODERNE.

L'art est un édifice où chacun apporte sa pierre. C'est une pyramide aux proportions gigantesques ; d'intelligents ouvriers l'ont élevée au point où nous la voyons. Depuis Phidias jusqu'à Rubens, le monument a progressé. Jusque-là tout s'appuie sur un plan unique, régulier. Les grandes assises sont taillées dans de bonnes conditions de solidité et de durée ; elles s'enchaînent, se combinent, se soutiennent mutuellement. L'édifice de l'art est l'œuvre des génies les plus renommés ; il est le type immuable du beau ; nul n'oserait le démolir.

Les générations qui se succèdent sont appelées à continuer l'œuvre ; mais quand des ouvriers nouveaux sont impuissants, quand le découragement les saisit, étourdis, éperdus, ils s'écartent du plan primitif et cherchent à en établir de nouveaux. Alors, il y a confusion parmi les travailleurs ; l'édifice de l'art cesse de s'élever : il s'arrête dans son achèvement, il devient Babel.

Un spectacle navrant alors frappe le regard. A côté de

l'édifice majestueux, surgissent de petits édifices monstrueux. Ce sont les œuvres de nos travailleurs découragés, enchaînés aux caprices des modes, livrés aux
folies de l'individualisme.

Cette situation s'appelle décadence.

ÉDIFICE DE L'ART.

Trois choses principales amènent la décadence : la
première, c'est l'incapacité et le découragement; la
seconde, l'amour de la nouveauté; la troisième, les
caprices de la mode.

La nouveauté a tant d'attraits pour nous qu'un bonheur continu nous fatigue, qu'un excellent mets, souvent
servi, nous fatigue, que l'aspect constant d'un beau ciel
nous fatigue.

Quand Paris oublie Talma et admire un danseur de
corde, c'est qu'il est fatigué; quand il s'écrie « : A bas
Racine! Vive le romantisme! » c'est qu'il est fatigué;
quand il demande qu'on le délivre des Grecs et des
Romains, c'est qu'il est fatigué.

L'amour de la nouveauté est si grand parmi les hommes,
qu'ils changeraient, s'ils le pouvaient, la nuit en jour, le
soleil en lanterne.

La mode, troisième cause de décadence, est d'une
influence immense : la mode trompe les yeux, trompe

l'esprit, trompe le bon sens. La mode nous habitue au ridicule, à l'absurde, à l'impossible. C'est elle qui a inventé cette belle définition : *le beau, c'est le laid !*

Notre époque, nous l'avons dit en commençant, est une époque de décadence.

Ce mot *décadence*, à propos de nos peintres modernes, doit sonner mal à certaines oreilles. Un des symptômes de la décadence, c'est d'être invisible à ceux qui la subissent. Ainsi, un brouillard répandu dans l'atmosphère ne semble point exister là où se posent nos pieds.

Avant d'aller plus loin, acquittons-nous d'un devoir ; au milieu des apostasies qui nous environnent, il y a d'honorables exceptions.

Cela dit, continuons.

Après la glorieuse époque des grands maîtres flamands, les imitateurs pullulèrent : ils ne furent point imitateurs comme Rubens l'avait été de Titien, comme celui-ci l'avait été de Giorgione ; ils suivirent un bon principe sans y ajouter leur originalité propre.

Ces copistes avaient du bon cependant ; les nombreuses toiles qu'ils ont laissées ne sont point sans charme. C'est que le souffle de Rubens avait passé par là, c'est qu'ils avaient puisé à une source féconde, à une école où tout pinceau se trempe vigoureusement, prend des allures de grand maître, colore chaudement, brosse hardiment et accomplit des œuvres de mérite, sinon des œuvres de génie.

Pourquoi, parmi ces imitateurs, ne s'est-il point trouvé un grand peintre ? C'est qu'ils ont manqué de courage et de persistance, c'est qu'ils se sont laissé subjuguer par la mode et l'amour de la nouveauté.

Le désir de voir du nouveau était grand à la fin du dix-septième siècle ; il prit des proportions effrayantes à la fin du dix-huitième. Alors, nos peintres flamands s'éloignèrent toujours davantage de la peinture mère.

Bientôt, ils l'oublièrent complétement, pour se livrer à l'étude des œuvres de nos voisins. A cette époque, la réputation de David faisait grand bruit, elle entraîna la plupart de nos artistes; la peinture de David était devenue la peinture à la mode.

Les choses continuèrent ainsi jusqu'en 1830.

La révolution politique amena la révolution artistique. L'amour de la patrie éveilla l'amour de l'art. On avait combattu pour le bon droit, on voulut combattre pour la bonne peinture. Ce fut un élan superbe : le fusil donnait du cœur au pinceau. Toutes les têtes alors s'enflammaient au mot de patrie. La patrie! chacun voulait sacrifier sur son autel. Les uns offraient leurs bras, les autres leurs capacités, leur fortune. Le peintre sentit qu'il devait aussi quelque chose au pays. Tous les hommes de l'art n'eurent plus qu'une pensée : ressusciter l'école flamande, relever ce glorieux fleuron national. On criait : « Vive la Belgique ! » on criait : « Vive Rubens ! »

Il fallait voir alors cette jeunesse ardente! Il fallait la voir, dans nos musées, s'attacher à nos vieux maîtres, les étudier, les analyser, les expliquer! Il fallait la voir empoigner des toiles immenses, répandre à flots d'éclatantes couleurs, faire trembler nos grands hommes sur leur piédestal! Singulière époque et heureux effet de l'enthousiasme! on maniait le pinceau, on maniait la carabine; au feu des barricades s'allumait le feu du génie. Toutes les palettes sentaient à la fois le bitume rubénien et la poudre à canon!

La bonne route était reprise enfin, la peinture nationale allait renaître et de grands peintres nous étaient promis. Du courage et de la persistance encore, et la

vieille école reprenait vie! Encore un peu de temps et
l'on poursuivait l'édifice de l'art, on continuait Rubens!

Hélas! tout cet enthousiasme, tout cet élan, s'écroula
bientôt : l'amour de la nouveauté et la mode reprirent
leur empire.

La renaissance de l'art flamand parut chose monstrueuse : c'était beau, mais c'était usé; « il fallait du
nouveau! »

A cette époque, les Français étaient fatigués du romantisme; une mode nouvelle éclata parmi eux. Cette mode,
comme toujours, ne fit qu'un saut de Paris à Bruxelles.
C'est alors qu'apparut la peinture *grise*, la peinture qui
règne encore aujourd'hui.

Supposez qu'une personne étrangère à l'art s'avise de
peindre : son œuvre n'aura ni composition, ni dessin,
ni couleur; les formes, s'il y en a, seront plates, découpées, impossibles; la couleur sera froide, blafarde et
grise; les tons seront tourmentés, barbouillés, salis; les
plans, collés et les objets, sans relief. Il y aura ce que l'on
remarque dans les peintures d'enfants : la couleur vraie,
la couleur locale; le ton juste de la culotte du polichi-
nelle, le ton juste du bleu de son habit. L'ensemble sera
d'un gris sale et rappellera les enseignes de village.

Tel est l'aspect de la peinture à la mode, importée de
France.

La peinture grise a des admirateurs passionnés, on se
prend d'amour pour le ton local, le ton juste, les tons
vrais et les tons gris; on sait comment les enfants trouvent facilement toutes ces belles choses.

L'individualisme a des principes fort curieux; qu'on
en juge par les maximes suivantes :

L'étude des grands maîtres est pernicieuse !

Il faut être soi, ne rien faire de ce qui a été fait !

L'individualité est la qualité qui fait le grand peintre !

On conçoit quel débordement dut suivre de tels conseils, quelle latitude surtout ils laissèrent à l'ignorance et à la paresse ! Chacun visant à l'individualité, il en est résulté des prétentions à la célébrité, des plus ridicules.

Notre école moderne n'est pas une école.

Où il y a école, il y a un principe accepté de tous ; un principe auquel tout le monde a foi et obéit.

Où il y a école, il y a la force collective qui fait les grandes choses.

Où il y a école, chacun vise au même but, et ce but est bientôt atteint.

Une école, c'est un gros de soldats s'élançant vers la brèche.

Loin de suivre la route parcourue des grands hommes, chacun de nos peintres se blottit dans son petit coin, avec sa petite idée, son petit caprice et sa petite originalité. Pourquoi chercherait-on à faire mieux ? Ce qu'on fait ne ressemble point aux maîtres, est unique dans son genre, on n'a rien vu de pareil. Pourquoi chercherait-on à faire mieux ? Ce qu'on fait est *individuel !* Pourquoi chercherait-on à faire mieux enfin ? Ce qu'on produit ne rapporte-t-il pas de beaux bénéfices ?

Et croirait-on qu'il y ait des admirateurs et des acheteurs de toutes ces folies !

Oui, cela est ainsi. La corruption du goût est générale : il n'y a plus de règles, plus de lois. C'est commode pour tout le monde. Tout le monde ainsi juge sans être connaisseur. Tout le monde est artiste sans avoir étudié. Les encouragements ne peuvent manquer. Chacun apprécie le beau selon ses goûts, selon ses connaissances spéciales. Des archéologues, par exemple, vous disent : « Le

beau dans l'art, c'est l'archéologie » ; des chroni-
queurs : « c'est l'exactitude des faits et des dates » ;
les antiquaires à leur tour : « ce sont les costumes, les
armures, » etc.

La mode a si bien troublé toutes les cervelles, que
des hommes sérieux ont posé des questions telles que
celles-ci :

Est-il bien vrai que la peinture moderne soit supérieure à l'ancienne ?

Est-il vrai que la peinture n'ait pas besoin d'être
enseignée ?

Est-il vrai que les académies n'aient pas besoin de professeurs ?

Dans la confusion générale, les impuissants exploitent
les esprits abusés. Sous prétexte d'originalité, l'ignorance
se pavane, — elle produit des monstruosités et dit : « J'ai
fait cela *exprès*. »

Notre peinture moderne, on le conçoit, n'a pas de
*caractère national :* on peut dire même qu'elle n'a pas de
caractère.

Dans les œuvres de nos maîtres, il y a de l'école française et de l'école espagnole. Le style renaissance s'y fait
aussi sentir. Quant aux vieux Flamands, ils sont peu
rappelés : il semble qu'on ait Rubens en horreur.

Les sujets sont presque toujours des sujets de genre.
Nul ne s'élève à ces grands agencements du nu qui font
la gloire de Rubens et de Michel-Ange. Le nu est soigneusement évité, parce que le nu est difficile. Des costumes, des accessoires, des modèles faciles à poser, tels
sont les éléments recherchés de nos maîtres. Ils ne dépas-
sent point les études élémentaires académiques. Point
d'élévation de pensée, point de style surtout. Les scènes
historiques sont traitées comme les scènes de taverne.

Nous croyons avoir des peintres d'histoire, erreur! Pour peindre l'histoire, il faut en avoir le style; le sujet historique ne fait point le peintre d'histoire; l'épée ne fait point le héros.

Il y a une prétention générale à atteindre le vrai. On dédaigne les sujets où l'imagination crée. Peindre ce que *l'on sent*, ce *que l'on voit*, ce *qui pose*, telle est la loi de nos artistes à la mode.

Selon eux, Rubens eut tort de peindre la Descente de croix, Raphaël eut tort de peindre des saints et des anges. Tout cela, faux prétextes : Histoire du renard et des raisins verts.

Tout est matériel dans les œuvres de nos peintres d'aujourd'hui. Ils s'attachent à la vérité historique, à l'exactitude chronologique et archéologique, au rendu des étoffes, des cuirasses, des hallebardes.

Toutes choses petites, communes, niaises, faciles.

Dessiner le poil des sourcils à l'Apollon du Belvéder, voilà notre époque.

On a dit : « Qui nous délivrera des Grecs et des Romains? » On dira dans peu : « Qui nous délivrera du réalisme? » Rien de fatigant comme une constante réalité. On reviendra sans cesse aux œuvres d'imagination. Les mensonges d'Homère seront toujours préférés aux vérités historiques, les magnificences fabuleuses de Rubens à toutes les friperies exactement copiées d'après le mannequin.

Le peintre-machine passera, le peintre-cerveau restera : toujours l'esprit l'emporte sur la matière.

Au point de vue de la composition, du dessin et de la couleur, examinons maintenant nos maîtres.

Notre méthode de parallèle va nous servir encore.

Supposons, à côté des toiles modernes, une œuvre de Rubens ou de Van Dyck.

*Au point de vue de la composition,* que voyons-nous?

Dans nos vieux maîtres, l'aspect imposant des lignes, la majesté, l'ampleur, l'agencement, les beautés du nu.

Dans nos peintres modernes, un ensemble sans grandeur, la science des lignes ignorée, le nu dissimulé, des assemblages d'écoliers, le sentiment pittoresque peu développé.

Chez les premiers, le mouvement, l'unité, l'expression, la vie. Chez les seconds, l'action sans vigueur, le sujet mal exprimé, le froid du modèle partout, la raideur du mannequin partout, partout l'inexpérience et l'ignorance des principes éternels.

Là où il y a tendance à l'individualisme, la règle se perd, l'art recommence, Giotto renaît.

*Au point de vue du dessin,* que pouvons-nous dire de nos novateurs? Ils ont pour principe de ne faire rien de ce qui fut fait, de tourner le dos aux traditions. Nous ne pouvons donc mieux caractériser le dessin moderne que par ces mots : Tout ce qui est contraire aux bonnes qualités des grands maîtres.

*Au point de vue de la couleur,* l'individualisme s'ingénie à trouver les choses les plus extravagantes.

Ce n'est pas ainsi que les grands peintres du passé cherchaient l'originalité : ce qu'ils faisaient pour y parvenir n'outrageait point la raison. Pour ne pas ressembler à Titien, Rubens ne salit point ses pinceaux, ne les plonge point dans des tons impossibles. Ses teintes sont chaudes, pures, brillantes et vraies. Pour ne pas ressembler à Rubens, Van Dyck et Jordaens n'enfarinent point leur palette, n'imitent point la maladresse des enfants, n'oublient point le clair-obscur, la perpective, le modelé.

En résumé, notre peinture moderne a tout ce qu'il faut pour plaire à la foule ignorante. Malheureusement, ce que l'on croit nouveau est vieux comme la terre ; ce que l'on appelle *innovation* ressemble aux premiers essais de l'art, rappelle ce que firent d'abord les Égyptiens, puis les Grecs, puis les hommes de la Renaissance.

Chose singulière, l'art a son flux et son reflux.

Depuis *nos peintres d'histoire* jusqu'à nos peintres de cabarets, tous travaillent pour la foule.

Notre peinture moderne peut à bon droit porter ce titre : *Peinture bourgeoise.*

Si l'on compare l'art moderne à l'art ancien, un sentiment de tristesse profonde vous saisit. La belle école flamande devait-elle engendrer de pareils enfants ?

Quand on songe que toutes ces têtes désorientées sont pleines d'heureuses dispositions ; que, parmi ces victimes de l'erreur, il en est qui ont du talent, du génie ; que tout cela se fourvoie et se perd ; que pour s'élever il ne faudrait à ces imaginations en déroute qu'un peu d'amour de la gloire, un peu d'amour de la patrie, qu'une énergique volonté de renverser le démon de la mode, de se réveiller comme en 1830, de se jeter dans les bras de nos glorieux maîtres ; quand on y songe, la pitié vous prend, et un peu la honte aussi.

Si notre voix était puissante, nous dirions à nos artistes :

« Ouvriers de l'édifice de l'art, plus de découragement, plus de mutinerie ! A l'œuvre ! à l'œuvre ! rentrez sous la discipline ! plus d'isolement, plus d'individualité ! L'individualité, vous l'entendez mal ; car, seuls, vous ne pouvez

rien. Voyez le grand édifice, regardez-vous à ses pieds :
comme vous êtes petits, comme vous êtes ridicules! A
l'œuvre! suivez les sublimes architectes. Écoutez, ils
vous appellent, suivez leurs avis. C'est au sommet qu'ils
sont, c'est là qu'est la perfectibilité, c'est là qu'est le progrès! c'est au sommet! Allons, à l'œuvre! là, vous serez
forts; là, vous serez utiles, vous serez grands; là, vos
travaux seront bons, ils seront soutenus, ils seront liés.
liés à la masse solide, à l'édifice éternel. Montez donc.
montez votre pierre et voyez où il faut la poser.

« Qui a posé le dernier degré? C'est le grand maître
flamand, c'est Rubens, c'est lui qui s'est élevé jusqu'à
la cime. C'est donc lui qu'il faut suivre, c'est lui qu'il
faut atteindre, c'est lui qu'il faut surpasser! c'est sur sa
pierre qu'il faut poser votre pierre, élever votre talent,
couronner votre individualité! »

# II

## PEINTURE MATE

### PROCÉDÉ NOUVEAU

# PEINTURE MATE

---

## PREMIÈRE PARTIE.

### A PROPOS DE L'EXPOSITION DES CARTONS ALLEMANDS.

### — 1859* —

> Il faut que celui qui défriche un marais se résigne
> à entendre les grenouilles coasser autour de lui.
>
> V. HUGO.

---

## ESPÈCE DE PRÉFACE.

Une préface d'ordinaire est une prière adressée au lecteur.

Notre préface à nous sera une sorte de défi.

---

(*) Cette première partie a paru d'abord dans la *Revue trimestrielle*, tome XXIII, p. 5 et suiv., et a été reproduite en brochure. Bruxelles : in-8° de 44 pages, Fr. Van Meenen et C° 1859. On peut voir pour les mêmes idées un article de 1847, sur la peinture à l'huile et un chapitre du *Salon de 1851*. (Voir plus loin.)

Nous ne demandons point grâce à celui qui nous lit;
nous ne voulons point mendier d'approbation; si le lecteur sourit de notre audace, nous sourions de son amour-
propre; s'il s'avise de nous mordre, nous avons les dents
acérées.

Vous qui consacrez vos veilles à la gloire de vos concitoyens, mettez au jour une œuvre qui vous honore, cette
œuvre fût-elle au profit de tous, vous entendrez aussitôt
la foule, la foule envieuse, crier haro!

Ne faites donc rien pour cette foule ingrate; mieux vaudrait, si tous les hommes n'en faisaient qu'un, souffleter
cet homme et lui cracher à la face.

Faites tout pour l'art!

En dépit des passions haineuses, parlez; en dépit des
nullités, des impuissants, parlez, parlez. Dites ce que
vous ont appris vos études, ce que vous inspirent vos
convictions.

Nous ne prétendons pas persuader. Non! on ne persuade plus personne aujourd'hui. De nos jours, chacun
reste ferme dans ses idées, dans ses erreurs, dans ses
caprices, dans ses opinions, dans ses folies!

Vers quel abîme marchons-nous, grand Dieu!

Un homme nie la lumière du soleil, il a des raisons
pour soutenir cela. Fort de vos convictions, vous combattez cet homme et vous écrivez un volume; à vos
raisonnements, cet homme répond par deux volumes
d'absurdités; vous répliquez par trois volumes qui les
réfutent; votre adversaire écrit quatre volumes de diatribes; vous en écrivez cinq, il en écrit six et ainsi
jusqu'à cent.

Sans doute, l'avenir fera justice. Peut-être! Mais que
résulte-t-il pour le moment de ce choc des passions! La
lumière, répondez-vous! Erreur, erreur! Il en résulte

le dégoût, la haine, l'obscurité, l'incertitude, qui fait parfois désespérer de voir jamais la vérité triompher sur terre.

En attendant que la lumière se fasse en ce monde maudit, concluons :

Attendu que toute vérité peut être combattue, toute erreur soutenue ;

Attendu qu'à tout argument qui affirme, il y a un argument qui nie ;

Attendu qu'ainsi aucune discussion ne peut finir, aucune discussion ne peut convaincre ;

Nous conseillons ceci à tout homme qui écrit un livre : À chaque phrase susceptible de controverse, poser le signe suivant :

Ce signe représente une pile de volumes, qui rappellerait au lecteur un avis ainsi conçu :

— Voici mon idée, voici mon opinion, voici ma conviction : quelles que soient vos attaques, quelles que soient vos objections, quelles que soient vos paroles, je puis sans cesse vous répondre ; j'ai cent volumes de répliques à vous opposer. Attaquez ! pérorez ! cherchez à me combattre ! dites ce que vous voulez ! vous n'aurez point le dernier mot. »

## L'ART AUJOURD'HUI.

—

Qu'il y ait progrès ou qu'il y ait décadence, ne désespérons point de l'avenir de l'art. Les temps de progrès donnent les exemples à suivre; les temps de décadence, les exemples à éviter.

Toute tentative tourne au profit de la science; l'avenir saura en tirer parti. Gloire cependant à ceux qui montrent le bon chemin!

### LE PROGRÈS.

Tous nos désirs, tous nos travaux tendent sans cesse à l'entier accomplissement de notre volonté. Dompter le feu, dompter l'eau, dompter l'air, marcher comme l'éclair, parler aux deux pôles à la fois, déjà nous faisons toutes ces choses; notre volonté déjà commande. Nous ne nous arrêterons pas. Ceci n'est qu'un commencement. Bientôt nous dirons à la vie : « Nous connaissons tes mystères. » Bientôt nous dirons à la mort : « Cesse de nous atteindre. » Bientôt nous dirons à la matière : « Prends cette forme, que ce corps prenne vie, qu'il marche ! » Et le corps vivra, marchera.

La puissance attribuée à Dieu, un jour sera la nôtre. Tout ce que nous voyons ou touchons, tout ce que nos sens perçoivent est à nous. Terre, cieux, vous êtes notre domaine, nous vous possèderons un jour en maîtres et vous obéirez à notre voix.

Le côté impur de l'humanité, le côté qui sans cesse s'oppose au côté intelligent, n'empêchera point le progrès.

Amas odieux ! vils crapauds, vils serpents, tas d'insectes gonflés d'envie, de bêtise et de lâcheté, foule stupide, de quelle fange sortez-vous ?

Chaque jour nous sommes étonnés par de nouvelles découvertes, chaque jour la science révèle un monde nouveau, chaque jour l'esprit monte vers des régions inconnues, et toujours nous devenons plus haletants, plus émerveillés, plus étourdis des promesses de l'avenir.

Qu'est-ce que nos occupations journalières devant ce rêve éblouissant ? Brouhaha d'un parterre avant le lever du rideau !

A mesure que l'humanité se rapprochera de sa phase divine, elle portera ses regards vers les sciences qui nous initient aux secrets de la nature. Quand l'œuvre de la création sera devenue vieille, quand les grands engrenages seront usés, les soleils éteints, les mondes ébréchés ; quand Dieu, fatigué de diriger ces machines, dira : « il est temps de laisser à l'homme cette tâche facile ; » à quels hommes pense-t-on que Dieu confie le gouvernement des affaires du monde ?

Sera-ce à des rois, sera-ce à des ministres, à des diplomates, à des généraux ? sera-ce à de grands financiers, à d'adroits joueurs de bourse, à d'habiles spéculateurs, à de riches particuliers?

Non, Dieu choisira des hommes de génie, des philosophes, des physiciens, des mathématiciens, des mécaniciens : les tout-puissants de l'art et de la science! les maîtres de l'idée et de la matière!

## DE L'INDIVIDUALISME.

Sommes-nous en période ascendante? Sommes-nous de ceux que l'avenir répudiera?

Nous avons parlé de la foule stupide; elle comprend aussi la foule des idiots de l'art. Le mal fait des progrès toujours croissants. La sottise triomphe, le ridicule a du succès, la folie trouve des approbateurs. On ne saurait trop s'élever contre cet état de choses.

On veut aujourd'hui de l'originalité, mais hélas! c'est une originalité mal entendue, rêve cornu de notre époque!

L'art est l'œuvre de plusieurs, il ne peut être l'œuvre d'un seul.

Le premier qui traça le profil grossier d'un nez, d'une bouche, fit tout ce qu'il pouvait faire. Le second qui corrigea ce profil, fit tout ce qu'il pouvait faire. Le troisième qui le rendit meilleur, fit tout ce qu'il pouvait faire.

Quel que soit le génie d'un seul, il n'a qu'une petite part à donner, qu'une petite pierre à ajouter à l'édifice de l'art.

Sans l'étude de ce qui nous a précédés, nous ne pouvons rien. Les grands talents toujours sont le résumé de l'expérience des autres. Sans l'étude des Grecs, du Pérugin, de Bartholoméo, de Michel-Ange, Raphaël restait médiocre. Sans l'étude de Vinci, de Michel-Ange, de Véronèse, de Titien, de Raphaël, Rubens n'était pas Rubens.

Chose remarquable! l'originalité des grands talents, c'est l'assemblage de toutes les originalités, c'est le suc de toutes les fleurs, formant un miel qui ne ressemble point aux sucs qui l'ont composé.

Nous sommes infectés aujourd'hui d'une étrange prétention, d'invention toute moderne :

« Soyez original, disent nos grands maîtres à la mode; soyez vous-même! Que nous importent les œuvres du passé? » Et sur ce, les voilà qui barbouillent, qui entassent monceaux de couleurs sur monceaux de couleurs. Une peinture à gâchis, une peinture à moellons! n'est-ce pas original? Peindre avec le doigt, le coude ou le pied, c'est original. Colorer tout en bleu, tout en gris, tout en blanc, c'est original. Peindre nuageux, nébuleux, c'est original. Dessiner comme les Étrusques, les Égyptiens ou les enfants, c'est original. Découper toute chose comme des objets de carton, c'est original. Ne faut-il pas aussi, pour être soi, se créer un genre? Déjà, nous avons plusieurs genres d'invention nouvelle. Nous avons le genre simple, le genre grotesque, le genre cocasse, le genre bizarre, le genre bête, le genre niais, le genre échevelé, le genre fou. Le tout s'exécute au mépris du vrai, au mépris du bon sens, du bon goût, des bonnes traditions.

On a toujours dit : « Suivez les grands modèles. » Nos génies à la mode se sont bien gardés d'écouter le conseil. Suivre! se sont-ils dit, non pas! Fuir, c'est plus original. Donc, au lieu d'étudier Rubens, on a étudié les Étrusques; au lieu d'étudier Michel-Ange, on a étudié Carlo Dolce; au lieu d'étudier Raphaël, on a étudié n'importe quel malheureux barbouilleur oublié.

Cela est capricieux, cela est sot, cela est déplorable, soit! C'est original : on n'a point suivi les maîtres.

On ne ressemble ni à Raphaël, ni à Rubens, ni à Michel-Ange! Mais, ô malédiction! on ressemble à tout ce qu'il y a d'ordinaire, de médiocre, de mauvais, de pitoyable, accompli dans les temps primitifs ou de décadence!

L'originalité, mal entendue, à tout hasard, ignorante, c'est le plus grand fléau dont l'art puisse être atteint.

L'originalité, la véritable originalité, c'est l'originalité aux qualités belles, grandes et sublimes. C'est l'originalité de Raphaël, nourrie des meilleures choses qui l'ont précédé; c'est celle de Michel-Ange, nourrie des meilleures choses qui l'ont précédé; c'est celle de Rubens, nourrie des meilleures choses qui l'ont précédé.

Nous l'avons dit plus haut, chaque intelligence n'a qu'une petite part d'individualité. Isolez un homme, que cet homme essaie de la poésie, de la peinture, de la musique : s'il n'a rien vu, rien étudié, s'il n'a souvenir de rien, il sera original, mais quelle sera cette originalité? Des chefs-d'œuvre à la manière des enfants, des enluminures comme en font les Chinois, des images dignes de l'admiration des peuples sauvages!

L'abandon des types éternels du beau en vue d'être original, cette déplorable désertion de l'art a amené des conséquences graves :

La rage de l'individualisme a poussé chacun à interpréter le beau à sa façon; il en est résulté pour tout le monde une obscurité, un désordre d'idées, tels que dans l'appréciation d'une œuvre, nos jugements ressemblent à du délire, à de la folie.

Il n'est plus possible, à l'heure qu'il est, de savoir : ce qui est beau, ce qui est laid, ce qui est vrai, ce qui est

7

faux ; ce qui est grand, ce qui est petit ; ce qui est gracieux, ce qui ne l'est pas ; ce qui est esprit, ce qui est
bêtise ; ce qui est dessin, ce qui est couleur ; ce qui est
ombre, ce qui est lumière ; ce qui est chaud, ce qui est
froid ; ce qui est harmonieux, ce qui est sans harmonie.
L'art, au milieu de ce chaos, s'est arrêté. Son char reste
embourbé au milieu des incertitudes et des tâtonnements.

Supposez que, dans l'art d'écrire, chacun se serve, selon
son caprice et sa fantaisie, d'une langue, d'une orthographe, d'un style que personne ne comprenne ; supposez
que vous appeliez cheval ce que j'appelle porc ; rocher,
ce que j'appelle nuage ; rivière, ce que j'appelle prairie ;
supposez que vous écriviez ces mots avec des caractères
hiéroglyphiques, bizarres, impossibles ; supposez tout
cela jeté au hasard dans un amas monstrueux d'idées
sans nom, de discours sans forme, où le commencement
soit le milieu ; le milieu, la fin ; et vous aurez une idée
bien faible encore de la peinture d'aujourd'hui.

L'individualisme, c'est la confusion des langues, la
Babel de l'art !

Sauf quelques exceptions, l'artiste moderne est livré
aux systèmes les plus drôles, les plus faux, les plus
pitoyables qui se soient jamais vus. Tous les cerveaux
sont tournés. On n'y voit plus, on ne s'entend plus, on ne
se comprend plus. Pour sortir de là, pour nous rendre à
la raison, que faudra-t-il ? Une révolution, un cataclysme,
un déluge artistique quelconque !

Aimez-vous à rire, aimez-vous les contes bleus, les coq-
à-l'âne, les surprises bouffonnes, les idées échevelées ;
trouveriez-vous curieux, amusant, par exemple, de voir
des gens se disputer sérieusement, se prendre aux cheveux sérieusement pour des questions du genre de celles-

ci : « La lune a-t-elle plus d'éclat que le soleil? Un veau
est-il ordinairement plus gros que sa mère? Ce qui est
blanc est-il réellement noir? » ou bien : « Ce qui est noir
est-il réellement blanc? »... Si de pareilles discussions
vous amusent, entrez dans une salle d'exposition. Mais,
si vous aimez les arts, si vous déplorez les époques de
désordre, n'y entrez pas. Un penseur sérieux, s'il en
franchit le seuil, éprouvera une pénible émotion. Il sera
placé dans cette alternative singulière où, comme le dit
un poète, on hésite entre le rire et le sanglot.

Après des siècles de perfection, disait Voltaire,
viennent les siècles de décadence.

En effet :

Nous avons vu Léonard de Vinci, nous avons vu
Michel-Ange, Raphaël, Rubens : on s'est attaqué à ces
géants, on a tenté de s'élever à leur taille; on a travaillé
beaucoup, on a lutté beaucoup. Mais, rebuté, épuisé,
découragé, on a abandonné la partie. C'est alors que,
dans leur impuissance, les *génies* modernes se sont
écriés : « Il faut de l'individualisme! Les grands modèles,
cela est trop commun!... »

Oui...

Les raisins sont trop verts.

### ORIGINE DU MAL.

Toute cette ignorance, toutes ces bizarreries, tout ce
dévergondage, voulez-vous en connaître l'origine, la
cause, la véritable cause? la voici :

Il est un point sur le globe, un point où s'assemble un
million d'hommes. Là s'agite une foule qui veut vivre,
vivre de luxe et de voluptés; là il faut de l'or, et toujours de l'or; au pauvre, il en faut pour du pain; au

riche, il en faut pour ses jouissances. Poussée par la
rage des besoins, cette fourmilière humaine, va, vient,
court, se presse, se coudoie, grouille, fouille, trompe,
joue, s'endette, fait banqueroute, vole, assassine, pleure,
hurle, grelotte, sue, pue le luxe, le crime et la faim.
Rien ne l'arrête; ne faut-il pas tout acheter? La science
s'achète, le talent s'achète, la réputation s'achète, la
gloire s'achète. Si vous n'achetez pas, vous êtes perdu,
vous êtes oublié, vous êtes mort. Fussiez-vous génie,
fussiez-vous Dieu, il faut acheter le succès, acheter le
succès même qui vous est dû, la réputation qui vous est
due, la gloire méritée.

De l'or! de l'or! s'écrie sans cesse la nécessité: de
l'or! Et à chaque jour, à chaque heure, il faut une idée,
une idée nouvelle, une chose nouvelle, un spectacle
nouveau. Il n'importe que cette chose soit mauvaise, que
cette idée soit fausse, que ce spectacle soit immoral.
C'est nouveau, conséquemment bon! La nouveauté a
touché son but, elle a donné un déjeuner à son auteur.

Les œuvres éphémères, sorties du lieu que nous
décrivons, inspirées par l'amour du gain, par les
caprices de la mode, se répandent dans tous les coins
de l'Europe. Elles y sont expédiées dans le même ballot
avec les atours et les parures à la mode du jour.
Aussitôt déballée, la marchandise envahit les ateliers de
nos maîtres, et, semblable à la contagion qui ne res-
pecte rien, elle porte la trace de ses poisons jusque
dans les œuvres des artistes les plus sérieux.

Savants, artistes, hommes de lettres, n'allez pas là
brûler votre génie : restez chez vous, comme a fait
Michel-Ange, comme a fait Milton, comme a fait le
Tasse, comme ont fait tant d'autres. On peut être grand,
très-grand, sans passer par là. Gardez-vous d'approcher

du gouffre! En restant chez vous, vous conserverez votre force native, vos facultés vierges, vos inspirations originales; vous n'aurez point passé par le creuset commun, le creuset par où tout le monde passe, le creuset de la mode, du caprice, de la fantaisie. Là, plié, tordu, broyé, le génie tombe, se traîne dans la fange, se fatigue, désespère. Puis, un mal se déclare, la fièvre du luxe, la fièvre des jouissances; un mal qui donne la soif, la soif épidémique, la soif mortelle, la soif de l'or.

Tout foyer de corruption qui fait de l'art sublime une vile marchandise est un cancer au sein de l'humanité : lieu maudit! fût-il ma patrie, fût-il ma demeure, je dirais à toute la terre : « Ne vous laissez pas attirer vers l'abîme; ou plutôt, courez, courez-y, armés de torches flamboyantes, et portez le fer et le feu dans la plaie! »

# LA FRESQUE.

—

L'origine de la peinture murale est très-ancienne; les premiers essais furent des plus grossiers : on ne songea d'abord qu'à des dessins d'ornementation, avant d'essayer de peindre des figures humaines. Quels que fussent les sujets à représenter, une idée dominait sans cesse, celle de soumettre les inventions du peintre aux lignes de l'architecture. Examinez les peintures de Pompéi : tout se plie, s'assouplit, se combine à la courbure du cintre, à l'angle du panneau, à la rondeur de la colonne. Orner, orner seulement, orner toujours, tel était alors le travail constant du pinceau. Le naturel, le vrai, le possible, on n'y songeait point. Le bizarre et le fantastique, mieux que l'objet fait d'après nature, remplissaient le but voulu.

D'âge en âge, cette manière de voir s'est propagée, et les procédés matériels mêmes se sont continués jusqu'à nos jours.

Si l'on se reporte aux temps reculés, cette façon de

comprendre l'art, ces moyens de l'exprimer, tout cela est charmant, naïf, plein de candeur. Les anciens veulent peindre des murailles, c'est sur la muraille même qu'ils appliquent la couleur. Ils veulent représenter des hommes, des animaux : ils les représentent avec la simplicité enfantine de leur époque. Mais pourquoi vouloir aujourd'hui, dans la peinture à fresque, l'imitation du passé? Pourquoi vouloir être naïfs, quand nous ne pouvons plus l'être; simples, quand nous ne pouvons plus l'être; ignorants, quand nous ne pouvons plus l'être? Quelle grâce peut avoir l'âge mûr à se donner de petits airs d'enfant?

La naïveté simulée est une grimace, la simplicité simulée est de la gaucherie, l'ignorance simulée est une faute coupable.

Quoi! le papier est inventé, et vous écrivez sur le sable! Quoi! la tasse et le verre sont inventés, et vous buvez dans votre main! Quoi! on tisse la laine et le lin, et vous marchez nus dans la rue! Quoi! la vapeur vous conduit à cent lieues d'ici, et vous allez à pied! Quoi! les arts nouveaux, les sciences nouvelles, les découvertes nouvelles vous tendent la main, et vous la refusez! Quoi! tout se meut, tout grandit, tout progresse autour de vous, et vous ne vous en apercevez pas! Et cette insouciance, cette indifférence, cet aveuglement serait un fait exprès!

Vous n'êtes point naïfs, vous n'êtes point simples, vous n'êtes point candides : vous êtes une insulte aux lumières et aux progrès.

Des hommes d'un talent rare, des hommes de génie ont surgi vers le Nord. L'Allemagne aujourd'hui oppose des rivaux à Raphaël, à Michel-Ange. Nous avons toujours admiré, dans l'élite des peintres allemands, la pensée pro-

fonde, le style élevé, le contour savant. Ce n'est point à
ces honorables exceptions que nous allons faire allusion.

L'art a-t-il pour but la décoration d'un édifice, ou a-t-il
pour but d'instruire et de charmer les yeux?

Dans un prochain travail, que nous intitulons *Du beau
dans l'art,* nous traiterons cette question avec quelque
développement. En attendant, nous ne dirons, sur cette
matière, que ce que notre procédé exige. Nous espérons
être suffisamment compris.

La peinture aujourd'hui n'a ni règle ni lois : donc chacun en parle à son aise.

Qu'est-ce que la peinture sans l'idée poétique, dit le
poète; sans l'idée philosophique, dit le philosophe; sans
l'idée morale, dit le moraliste; sans l'idée humanitaire,
dit le penseur; sans l'idée religieuse? dit l'homme religieux.

Ces exigences diverses ont produit de déplorables
effets : des artistes ont pris les critiques au sérieux, et il
en est qui prétendent enseigner, sur la toile, la morale,
la philosophie, la religion. L'Allemagne, la rêveuse Allemagne ne pouvait manquer de se livrer à son penchant.
La peinture allemande en général est toute philosophique,
toute littéraire, comme la peinture flamande est toute
matérielle, toute pittoresque.

Disons-le tout d'abord :

La peinture purement littéraire n'est pas de la peinture.

Il faut distinguer dans cet art deux parties : la partie
qui s'adresse à l'esprit, la partie qui s'adresse aux yeux.

La partie qui s'adresse à l'esprit forme le canevas de
l'œuvre.

La partie qui s'adresse aux yeux forme l'œuvre elle-
même.

Il suit de là que la partie qui s'adresse aux yeux seuls peut faire tableau, tandis que la partie qui s'adresse à l'esprit seul ne peut former une œuvre d'art.

Le tableau, privé de la partie de l'esprit, mais pourvu des qualités qui charment les yeux, peut être un bon tableau.

Le tableau, privé des qualités qui charment les yeux et pourvu seulement des qualités qui charment l'esprit, n'est pas même un tableau.

Qu'on ne s'étonne donc pas qu'un magot de Teniers, une bambochade d'Ostade, une friperie quelconque, soient des chefs-d'œuvre; mais qu'on s'étonne encore moins qu'une page pleine d'idées mystiques, philosophiques, élevées, morales, puisse être une œuvre détestable.

De tout ceci, peut-on conclure qu'un tableau doive s'adresser uniquement aux yeux?

Non.

La combinaison des parties qui s'adressent à l'esprit et des parties qui s'adressent aux yeux, constitue l'œuvre complète, l'œuvre sublime; mais à une condition cependant, c'est que la partie des yeux soit portée à la plus haute perfection.

Allier la partie de l'esprit à la partie des yeux offre une difficulté immense, et cette difficulté semble aujourd'hui généralement ignorée.

Ici prend place un des points principaux dont nous avons à parler.

L'alliance de la partie de l'esprit à la partie des yeux est rarement bien comprise.

La plupart des peintres de nos jours procèdent de cette manière:

On cherche une pensée, une belle pensée, soit philoso-

phique, soit poétique, soit morale; cela fait, on se dit :
cette idée fera tableau, un tableau magnifique, un tableau
qui impressionnera.

Qu'arrive-t-il souvent? que le tableau n'est point magnifique, qu'il n'impressionne pas; le tableau n'est pas
un tableau.

Quel est le secret de ce mécompte? C'est que l'artiste
n'a point trouvé l'idée convenable, l'idée qui se plie, qui
se prête, qui se soumet aux exigences de la partie spéciale de son art, la partie des yeux.

Il ne suffit donc point de trouver une belle idée pour
accomplir une belle œuvre; il faut l'idée qui se formule,
pour ainsi dire, sous l'action du pinceau: il faut L'IDÉE
PITTORESQUE.

Tous les arts puisent au même fonds, mais chacun
d'eux a un langage, une façon d'exprimer ou de rendre
qui lui est propre.

Le peintre peut penser comme le poète, mais non
exprimer sa pensée comme le poète.

Les écrivains, les philosophes, les gens d'esprit n'admirent que l'idée, fût-elle mal choisie et contraire aux préceptes de l'art. Les savants ne réfléchissent pas à ceci :
que l'idée qu'ils admirent peut avoir été trouvée dans un
livre, inspirée par un ami, soufflée par un voisin officieux.

D'après ce que nous venons de dire, on comprend que
nous n'admettons pas comme œuvre d'art les peintures
mystiques, symboliques, morales, religieuses, humani-
taires; en un mot, que nous ne considérons pas comme
tableau et bon tableau cette peinture que nous appelle-
rons *littéraire*, à moins qu'elle ne contienne les qualités
voulues de *pittoresque*, de dessin, de couleur et de clair-
obscur.

Nous croyons que la mission de l'art est de plaire aux
yeux d'abord, pour plaire à l'esprit ensuite ; nous pensons que la peinture est impuissante quand il s'agit
d'instruire, que ce n'est pas là son affaire, qu'une page
écrite en dit plus cent fois que quarante tableaux
ensemble.

Mais nous pensons aussi que l'art ne peut avoir pour
but la décoration d'un édifice et que le style décoratif nuit
à l'expression d'une idée. De quelle impression croit-on
frapper les yeux par une peinture où l'ornement brille
aux dépens du vrai ? Ne rira-t-on pas, par exemple, des
anges de bois nageant dans un ciel d'or ? Qui prendra au
sérieux le saint, ridiculement symétrique, risiblement
enluminé ? Le peintre moraliste n'atteindrait-il pas plutôt son but, si son ciel et ses anges paraissaient vrais,
si le saint de carton prenait apparence de vie ?

La grande peinture d'histoire est chose sévère. Il faut
qu'elle soit traitée libre de toute recherche symétrique ou
ornementale, dans ses formes, dans son coloris, dans ses
effets. Nous admettons que l'ornement joue, badine, si
l'on veut, autour du cadre ; mais nous voulons que
l'œuvre soit respectée ; que le pinceau, une fois entré
dans le panneau qui lui est destiné, devienne sérieux,
rationnel, vrai ; que, semblable au diamant enchâssé
dans son alvéole d'or, l'œuvre brille par les qualités qui
charment les yeux et qui seules disposent l'âme aux
impressions de l'idée. Nous voudrions que le peintre
d'histoire cherchât moins l'harmonie de son œuvre avec
celle de l'architecte et du maçon ; que son dessin fût
vrai, malgré le style de l'architecte ; que son coloris fût
vrai, malgré la pierre, le plâtre ou le mortier. Le
tableau ne doit pas sembler être fait pour l'édifice, mais
l'édifice pour le tableau ; c'est-à-dire que le peintre doit

s'arranger de manière à faire de l'édifice le cadre naturel de son œuvre ; le contraire fait perdre à l'œuvre son importance, sa dignité, ses moyens de toucher le véritable but.

Nous le répétons, la grande peinture d'histoire est chose sévère, et cette sévérité implique le vrai sans les conventions puériles des premiers temps de l'art.

Plaçons la *Descente de croix* de Rubens à côté d'une peinture aux sublimes pensées mystiques, mais dénuée de la vérité et du rendu de nos peintres flamands. Plaçons l'œuvre pleine de vie près d'un de ces murs enluminés. Supposons notre parallèle sous les voûtes sacrées d'un temple. Des groupes intelligents se succèdent ; de bonnes gens pour qui vous travaillez sont agenouillés et prient : on s'émeut, on s'extasie, les yeux s'emplissent de larmes ; dites-moi, peintres à fresque, dites-moi, pensez-vous que ce soit votre peinture énigmatique, invraisemblable, qui les impressionne ?

La peinture des yeux est la seule bonne, parce que la peinture est l'art qui s'adresse aux yeux, que c'est par les yeux que la peinture trouve le chemin de l'âme.

La peinture littéraire passera.

La peinture des yeux est éternelle.

# PEINTURE MATE.

------

On nous demandera en quoi ce qui précède se rattache à notre procédé.

Nous répondrons que, dans la peinture murale, nous voulons le vrai et que notre procédé, mieux que la fresque ancienne, se prête à l'exprimer; que notre procédé se prête merveilleusement à la couleur, à la force, à l'effet, au modelé, au rendu, à toutes les qualités enfin qui font la gloire de notre vieille école flamande, la gloire de nos vieux maîtres, si habiles à trouver l'idée pittoresque.

On se tromperait grandement, si l'on s'imaginait que les procédés de l'art sont sans importance. Pour certaines aptitudes, le procédé est tout. Il faut vingt ans d'exercice au maniement de la peinture à l'huile. Il est même des artistes qui passent leur vie, impuissants à se rendre maîtres de la matière. Souvent le défaut de pratique tient le génie en laisse; il en est qui possèdent une imagination ardente, et force leur fut toujours de s'arrêter à quelques croquis.

Généralement une invention nouvelle est toujours

assez mal accueillie. Celui qui dit : « Je viens d'inventer, » soulève contre lui des contradicteurs sans nombre. Un inventeur est l'ennemi naturel de ceux qui n'inventent pas; il blesse souvent bien des vanités cachées, et la foule des mécontents se dit tout bas ce mot menaçant : « Je ne suis pas inventeur, je serai juge! »

Il y a trois siècles que l'on cherche, il y a trois siècles que l'on sent le besoin d'un procédé nouveau; il y a longtemps qu'on désire une peinture sans *miroitement,* une peinture mate qui offre tout à la fois la vigueur de l'huile, sa transparence, sa force et son éclat.

Nous avons cherché, et nous croyons avoir trouvé. Nous ne prendrons pas ici de ridicules détours de modestie. Nous dirons tout de suite et franchement que nous avons été au delà de tout ce que nous avions souhaité.

Nous affirmons que notre procédé est préférable à tous les anciens procédés. Certaines qualités déjà peuvent en être appréciées ; notre atelier contient des tableaux peints depuis six ans * dans la manière nouvelle.

Tous les procédés ont leurs qualités comme ils ont leurs défauts.

La fresque ancienne a la promptitude, mais ne souffre point de retouche. La détrempe est facile, mais manque de solidité. L'aquarelle est brillante, mais difficile à conserver. Le procédé à l'huile, le plus parfait de tous, a la vigueur, mais il *miroite* et il est difficile à manier. Sans doute, il est possible de corriger le miroitement au moyen de l'inclinaison, mais combien cette position inclinée jure avec les lignes architecturales! A l'aspect d'une galerie de tableaux à l'huile, ne se croirait-on pas au moment d'un tremblement de terre?

---

* L'artiste écrivait ceci en 1859. Ses premiers tableaux peints d'après son procédé remontent en effet à 1855.

Notre procédé est destiné surtout à remplacer la fresque ancienne.

La fresque ancienne a des inconvénients.

La muraille, considérée dans sa solidité, a fait penser que la peinture sur muraille doit être solide. Erreur, cependant. Exposée à mille accidents causés par son immobilité, la muraille souffre, et conséquemment la peinture avec elle. Tantôt c'est l'humidité qui la pénètre, tantôt c'est une lézarde qui l'éventre, tantôt c'est un incendie qui la détruit. Ce n'est pas tout : des événements politiques surviennent-ils? rien n'échappe aux dévastations du soldat. Que de précieuses fresques en Italie sont dégradées! Elles portent des mutilations de toute espèce, et dans les flancs de plusieurs l'on voit encore la trace des clous où furent pendues des armes.

La salle où Léonard de Vinci peignit sa fameuse *Cène* servit un jour de corps de garde; les soldats voulurent communiquer à une pièce voisine : que firent ces vandales? Ils percèrent une porte, une large porte, au milieu du chef-d'œuvre!

La conservation d'une chose tient souvent moins à sa solidité matérielle qu'aux moyens faciles de la garantir des causes de destruction.

Un incendie se déclare-t-il dans un édifice? vite on emporte ce que l'on peut : les meubles sont sauvés, les livres sont sauvés, les papiers sont sauvés, les moindres objets sont sauvés, tout est sauvé, excepté la peinture à fresque.

L'idée de peindre sur le mur même nous vient d'ancienne tradition. Mais continuer à imiter les fresques antiques et peindre sur le mur, plus rien ne justifie cette vieille habitude. Pour suivre cette méthode, que de peine ne dut-on pas se donner! Il fallut lutter avec la brique, lutter avec la chaux, lutter avec le mortier. Il fallut composer des ciments particuliers, se soumettre à des difficultés sans nombre, prodiguer du temps et de la dépense. Puis, des obstacles d'une autre nature se sont présentés, des obstacles funestes au succès de l'œuvre. Le peintre à fresque n'est jamais sûr de faire bien, ou du moins de faire ce qu'il sait faire; car il ne peut revenir sur le travail de la veille. Hier il a commis une erreur, aujourd'hui il est trop tard pour la réparer. S'il est coloriste, il n'a qu'une gamme restreinte à sa disposition; s'il est dessinateur, il ne peut se corriger; s'il sait étudier, trouver un ton, une forme, un effet, il opère avec les plus grandes difficultés.

Ces inconvénients sont connus de tout le monde. Ajoutons seulement ceci. On s'imagine que la peinture murale doit nécessairement faire corps avec le mur. Les préjugés parfois offrent de singuliers spectacles. Notre attachement à certains usages, à certaines vieilles pratiques, est des plus réjouissants. Qu'on se demande le pourquoi de bien des habitudes, et l'on ne trouvera d'autre raison que celle-ci : cela se fait, parce que cela se fait. De bonnes gens vous disent, et il n'y a pas à répliquer :

« Il faut se servir de la main droite plutôt que de la gauche.

« Le nombre 13 est pernicieux.

« La lune noircit le teint.

« Saint-Médard amène la pluie. »

Les peintres à fresque, eux, vous disent : « On ne peut peindre que sur le mur. »

Résumons en peu de mots les avantages de notre procédé :

Plus de miroitement possible; exécution facile, comme si l'on travaillait à quatre mains; emploi de toutes matières colorantes; plus de gerçures, comme à l'huile; plus d'écailles, de jaunissement; solidité à toute épreuve, résistance à l'humidité; faculté de peindre sur tous les corps et dans toutes les dimensions, facilité à revenir sans cesse sur le travail, possibilité de raccorder la retouche à l'ancienne peinture; éclat dans la lumière, supérieur à celui de la peinture à l'huile; combinaisons chimiques qui assurent une existence prolongée bien au delà de celle des peintures vernies.

La toile écrue que nous employons dans notre peinture murale offre d'autres avantages :

Elle conserve sa souplesse après l'application des matières colorantes, et cette souplesse permet à la toile de suivre toutes les formes architecturales.

Quelques pointes suffisent pour attacher la toile.

Elle se détache promptement de la muraille, et, en cas d'incendie, une seule main, par une secousse vigoureuse, peut l'enlever.

De plus, les échelles, les échafaudages, les casse-cou, les déplacements, mille autres inconvénients ne sont plus à redouter.

L'artiste, sans sortir de son atelier, travaille tout à son aise; l'œuvre terminée, il en charge un ouvrier; l'ouvrier prend un marteau, quatre clous, va à cent lieues, deux cents lieues, où on lui a dit d'aller; là, sur le mur, sur le plafond, sur un panneau d'un palais, d'une cathédrale, l'ouvrier l'étendra, l'attachera par ses quatre clous; puis, cela fait, il s'en retournera. Le mur sera peint, un tableau immense apparaîtra, la *fresque* sera établie.

Veut-on déplacer le tableau, soit pour un essai de jour, soit pour un changement d'architecture, soit pour une cause quelconque, la *muraille peinte* a bientôt disparu.

Voit-on s'approcher l'incendie ou toute autre dévastation? on sait combien est facile le moyen de sauver notre peinture murale.

Nous allions oublier la question d'économie; elle n'est peut-être pas à dédaigner. Les frais matériels ne s'élèvent pas à un dixième de ceux qu'exigent la peinture à l'huile et l'ancienne fresque.

Les moyens d'exécution sont d'une facilité sans égale.

Supposons un jeune peintre faisant l'essai de notre procédé; nous lui dirons :

Étendez la toile sur le mur ou sur un châssis; placez les couleurs sur la palette dans le même ordre, de la même manière que les couleurs à l'huile; vos brosses, vos pinceaux seront les mêmes que ceux qui vous sont connus.

Comme essai, peignez une boule, une simple boule. La boule donne l'exemple d'un beau modelé. Rendez cet objet avec son ombre, sa lumière, son reflet, son point brillant.

La couleur ne sera pas empâtée lourdement comme à l'huile; la brosse effleurera hardiment, vivement et légèrement la toile. La matière colorante imprègnera peu à peu le tissu. La teinte de la peluche jouera avec la teinte appliquée; c'est le mécanisme de l'aquarelliste ménageant le papier. Usez de l'adresse, de l'économie, de la légèreté de l'aquarelliste. La touche hardie, l'empâtement audacieux, le fouillis profond seront le travail qui achève.

Au premier moment d'essai, ne vous rebutez pas; toute méthode nouvelle est d'un abord étrange; persistez dix minutes, la main s'affermira; persistez vingt minutes, vous y prendrez goût; persistez une heure, vous y éprouverez un vrai plaisir. Alors, vous serez comme allégé, vous respirerez à l'aise, et vous ne pourrez vous empêcher de penser à l'huile, à cette indomptable huile, qui poisse, qui colle, qui sèche, qui entraîne le pinceau, s'en fait un esclave, le tourmente, l'alourdit, le fatigue, le fait hésiter, détruire et recommencer sans cesser l'œuvre qui, malgré votre adresse, malgré votre savoir, malgré votre génie, devient, sous le pinceau dominé par la matière, un assemblage d'objets où la forme, la couleur, le modelé sont souvent d'un effet peu agréable aux yeux.

Ainsi, notre procédé vous épargnera bien des sacrifices. Vous n'userez pas votre jeunesse, votre intelligence, votre vie à un exercice pénible et ridicule. Vous aurez, toujours prête à vous obéir, prête à suivre les ordres de la volonté, une matière docile, soumise, facile à manier, facile à se plier à tous les caprices de l'imagination, à toutes les inspirations du génie.

Le peintre habitué à combattre les difficultés de la couleur à l'huile, le peintre habitué à ce travail pénible trouvera, dans notre procédé, tout un monde d'éléments nouveaux. Au premier coup de brosse, il se sentira puissant : il lui semblera que les masses d'ensemble surgissent comme par enchantement; que les corps se détachent, se modèlent, s'arrondissent au gré de la pensée. Il lui semblera qu'il est devenu plus dessinateur, plus coloriste, plus peintre. Il se sentira plus d'ardeur, plus d'enthousiasme; il se sentira grandir de dix coudées.

S'il a l'adresse du mécanisme, cette adresse qui fait de la main du peintre l'instrument le plus intelligent de la création, s'il a ce feu sacré de la main joint à celui de la tête, il trouvera dans notre méthode des ressources pittoresques immenses.

Sous sa brosse exercée, les tons, les formes, les effets s'offriront comme d'eux-mêmes sur la toile. Dans le

tourbillon de l'ébauche, dans les masses qu'il aura facilement jetées, facilement fondues, facilement coordon-
nées, l'accident, ce fantastique enfant de la brosse,
l'accident se montrera souvent favorable, souvent il
fournira l'idée imprévue, la forme non rêvée, le motif
bon à saisir. L'œuvre s'avancera, se développera, se
perfectionnera, s'accomplira de telle sorte que, ravi,
enthousiasmé, il s'écriera : « Sans doute, des esprits invisibles m'ont aidé dans ce travail ! »

# CONCLUSION.

—

Nous terminons ici le résultat de nos recherches, et
nous remettons à un autre moment la publication des
secrets du procédé.

Si notre invention est bonne, si elle est utile, l'approu-
vera-t-on?

Non.

Pourquoi?

Parce que nous sommes votre contemporain, parce
que nous sommes votre confrère, parce que nous ne
suivons point votre voie, votre voie *individuelle;* parce
que nous avons fait nous-même notre éloge; parce que
nous ne nous sommes pas fait humble, petit, misérable;
parce que nous avons marché à pieds joints sur la
modestie, cette *vertu* inventée pour flatter la vanité

d'autrui ; parce que la race de Caïn a pullulé sur terre, et qu'avec elle ont grandi la sottise, la vanité, l'envie,

Le fol orgueil, l'opiniâtreté,
Et la paresse et la crédulité.

Être approuvé!... Pouvons-nous seulement espérer qu'on nous lise?

# DEUXIÈME PARTIE.

## LE PROCÉDÉ[*].

———

Dans une précédente brochure, nous avons parlé des avantages de la peinture mate; nous venons divulguer aujourd'hui les matières qui constituent notre procédé et nous y ajoutons trois autres combinaisons, espérant satisfaire ainsi à toutes les exigences.

Certaines aptitudes, certains tempéraments demandent telle ou telle méthode : à ceux-ci, il faut les moyens prompts; à ceux-là, les moyens faciles; tel se complaît à finir, à polir, à lisser; tel autre aime à heurter et à brosser largement; on désire généralement ne pas sortir de ses habitudes, et les peintres à l'huile surtout sont peu disposés à changer de manière.

Les divers procédés que nous proposons, peuvent se prêter à tous les genres, à toutes les aptitudes, satisfaire

[*] Ce mémoire est inédit. L'artiste en a laissé un premier brouillon très-confus, et deux copies, dont l'une, visiblement la dernière, a servi à l'impression, sauf quelques variantes empruntées à l'autre.

à toutes les façons de voir, de sentir et de rendre. Si, par exception, quelqu'artiste ne pouvait s'accommoder d'aucun d'eux, nous avons les moyens de lui en offrir d'autres; l'étude que nous avons faite du luisant et du mat, permet de trouver indéfiniment des combinaisons nouvelles.

## DES MATIÈRES EMPLOYÉES ET DE LEURS COMBINAISONS.

Nous voici arrivé à cet instant où l'on va s'écrier avec la satisfaction de l'orgueil :

N'est-ce que cela ?

### PEINTURE MATE.

#### Procédé Nº 1.

Trois matières sont employées dans ce procédé :

La matière colorante ;
La matière adhérente ;
La matière délayante.

Toute matière colorante peut servir ; dans l'usage ordinaire, on emploie :

Le blanc de zinc ;
Le noir d'ivoire ;
L'ocre jaune ou jaune de Naples;
La terre de Sienne ;
Le bleu de Prusse ;
Le vermillon de Chine;
Les laques ordinaires.

La matière adhérente est la térébenthine de Venise.

La matière délayante est l'essence de térébenthine ou l'alcool[*].

## PROPORTION ET PRÉPARATION DES MATIÈRES.

La matière colorante doit être broyée en poussière impalpable.

Les matières, colorante, adhérente et délayante, seront mesurées dans la proportion suivante :

> Couleur :      3 parties.
> Térébenthine :  1 partie.
> Essence :      2 parties[**].

On fera dissoudre au feu doux la térébenthine de Venise, dans l'essence, jusqu'à homogénéité parfaite. A ce liquide, on ajoutera la couleur. Le tout sera conservé dans des vases hermétiquement fermés ou dans des flacons bien bouchés.

Les couleurs, ainsi préparées, seront en tout temps à la disposition du peintre.

## OBSERVATIONS.

Les chiffres indiqués pour les proportions peuvent être plus ou moins élevés, selon le degré de solidité que l'on voudra donner à la peinture.

---

[*] Une note préparatoire dit ici : « Les essences ou les alcools. »

[**] Les manuscrits diffèrent ici. Le premier brouillon dit : « Couleur 8 parties, résine 1, essence 8. » — La seconde copie dit : « Couleur 5 parties, térébenthine de Venise 1, essence 8. » — Le brouillon ajoute : « Huit parties de couleur ne sont pas de rigueur, ce chiffre peut être plus ou moins élevé ; les matières aux molécules ténues, telles que le blanc de zinc, peuvent se passer d'une forte dose d'adhérence. On peut ajouter à la pâte colorante le délayant *ad libitum*. On emploie l'essence soit pour rafraîchir les couleurs séchées par la palette, soit pour faciliter le travail. »

L'usage fera comprendre que les couleurs grossière-
ment broyées ont besoin d'une plus haute dose d'adhérence. Le blanc de zinc et généralement les couleurs à
molécules impalpables seront suffisamment fixés par un
cinquième de matière adhérente[*].

## LA TOILE.

La toile joue un grand rôle dans le procédé; on la
choisira écrue, d'un tissu plus ou moins fin, selon le
genre d'exécution projeté. Outre les avantages dont nous
avons parlé dans la première partie, la toile écrue offre
des qualités précieuses, notamment sa surface pelucheuse
et veloutée et sa nature spongieuse et absorbante. C'est
à la peluche de la toile que l'on devra la force, la profondeur, la fraîcheur[**] des tons bruns. C'est à son tissu
spongieux que l'on devra la facilité d'obtenir dans le
modelé une belle fonte de teinte[***].

## DU VELOUTOIR.

Le veloutoir est une sorte de brosse composée d'ai-
guilles longues et tenues assemblées sous forme de
blaireau.

Cet instrument sert à rendre le velouté à la toile
engorgée de couleur; la partie obstruée doit être
passée[****] à l'essence, avant l'action du veloutoir. Celui-

---

[*] Le premier brouillon dit : « Trois cinquièmes, » et la seconde copie : « Une septième
partie. »

[**] Ce mot manque dans le dernier manuscrit.

[***] Ici le premier brouillon ajoute : « Nous ne serons pas bornés à l'emploi de la toile
écrue. La toile lisse, la pierre, le bois, le verre peuvent aussi se couvrir d'une peinture
mate. Nous donnerons dans les autres procédés les moyens de traiter les surfaces polies.

[****] Variante : « Légèrement passée. »

ci se manie comme la brosse; il s'emploie le plus souvent dans les parties obscures que l'on veut assombrir
encore.

C'est un agent très-utile dans les touches fortes et les
tons d'un brun vigoureux.

## EXÉCUTION.

Nous avons déjà dit un mot, dans la première partie,
sur la manière d'appliquer la couleur, sur le maniement
de la brosse et le jeu de la teinte de la toile mêlée aux
tons de la palette. Nous ne reviendrons pas sur cet
objet; l'usage fera connaître tout ce qui y est relatif.
Nous nous bornerons à quelques renseignements pratiques.

Tant que les couleurs sont conservées dans les flacons
bouchés, elles se maintiennent à l'état liquide; une fois
déposées sur la palette, la dessication en devient rapide.
Le peintre doit donc, en tant que de besoin, rafraîchir
la couleur au moyen de l'essence.

La rapidité de la dessication n'est pas un inconvénient; au contraire; on sentira, dans le cours du travail,
tout le parti qu'on peut en tirer.

De plus, la peinture pouvant toujours, sous l'action de
l'essence, redevenir humide, même après plusieurs
années, les retouches dans la pâte sont toujours possibles
et les teintes nouvelles se marient aux anciennes sans
que l'on ait à redouter ces taches, si difficiles à éviter
dans la peinture à l'huile.

Avant l'application des dernières retouches, on passera la main mouillée ou une éponge humide sur la
surface de la peinture. Cette opération est nécessaire
pour enlever les quelques molécules colorantes qui

auraient échappé à l'action du corps adhérent. Si, après ce frottement, de légères altérations se laissaient apercevoir, il serait facile d'y remédier par des retouches.

Un autre moyen d'affermir la couleur est à la disposition du peintre ; le voici :

Prenez et faites dissoudre ensemble :

> Résine, mastique ou autre : 1 partie.
> Essence de térébenthine : 3 parties.

Ce mélange formera un léger vernis qui, passé sur la surface de la peinture, la fixera sans en altérer le mat.

Cette opération peut être réitérée si on la juge nécessaire à l'affermissement. Mais il ne faudrait pas en abuser : l'excès des couches anéantirait le mat et ramènerait l'œuvre à l'état de peinture vernie.

Dans les toiles de petite dimension, l'on peut faciliter l'exécution au moyen de l'eau. On en imbibera la toile jusqu'à rassasiement complet, et l'on pourra peindre hardiment sur la surface humide. Cette méthode procure une merveilleuse promptitude de brosse et une fonte de teintes surprenante.

Les peintres habitués à l'huile trouveront une grande facilité d'exécution, en employant comme délayant l'essence de lavande.

Pour le cas où l'on voudrait peindre avec abondance de délayant, il serait bon d'attacher à sa palette un certain nombre de godets, afin d'y maintenir la couleur fortement liquéfiée.

## DU NETTOYAGE.

On a pour habitude de nettoyer la peinture à l'huile par un lavage assez rude ; le plaisir de la faire revivre pour un instant donne lieu à un abus que nous ne saurions trop blâmer. — Ce lavage, réitéré une fois par an, peut, en moins d'un siècle, amener des détériorations faciles à deviner : par suite de nombreux frottements, la poussière s'incruste dans les moindres interstices et on ne peut guère l'expulser sans dégrader la peinture ; et, si ce danger existe pour les toiles lisses et vernies, on comprend combien le frottement doit être plus nuisible aux surfaces rugueuses. La poussière doit être secouée ou soufflée de toute peinture, et surtout de la peinture mate.

Le moyen est prompt et facile : prenez un châssis couvert de sa toile, tenez le châssis comme le vannier fait de son van, placez-vous en face de la toile et, par une action à peu près semblable à celle de vanner le grain, vous épousseterez facilement le tableau. Pour les toiles sans châssis et clouées au mur, on les nettoie avec succès en les prenant par un des coins sans les détacher entièrement du mur et en leur imprimant une vigoureuse secousse.

## PEINTURE MATE A L'HUILE.

### Procédé N° 2.

Ceux qui aiment la peinture à l'huile et la croient seule durable trouveront dans les procédés suivants de quoi les satisfaire.

Nous employons la couleur à l'huile telle qu'on la prépare d'habitude et nous l'appliquons sur la toile écrue sans préparation. Pour faciliter la fonte, on peut ajouter à la pâte huileuse un peu d'essence de térébenthine. Cette manière de peindre est très-agréable, le modelé s'accomplit avec une facilité étonnante et l'ébauche est toujours d'un beau mat, quoique peinte à l'huile. Mais bientôt la retouche amène le miroitement. C'est le moment d'y remédier. On rétablit le mat à l'aide du veloutoir, et l'opération doit se faire avant la dessiccation. Si l'action du veloutoir était impuissante, il faudrait se servir de la houppe absorbante (V. nᵒ 3). Ces deux moyens, employés à propos, sont tout le secret de la peinture mate à l'huile.

*N. B.* Quoique cette peinture puisse se laver à l'eau, nous n'aimons pas, nous l'avons déjà dit, le lavage rude; nous préférons qu'on expulse la poussière d'après les indications données plus haut pour le nettoyage de toute peinture, quel que soit le procédé.


*Procédé Nᵒ 5.*


Peignez à l'huile sur un objet lisse, travaillez comme d'habitude dans cette manière; puis confiez-nous votre œuvre un instant : trois minutes après, la peinture, toute luisante, vous sera rendue dans l'état mat le plus parfait.

C'est dans la couleur nouvellement étendue que se fait l'opération; on sème hardiment, sur la partie fraîchement peinte, de la poudre de pierre ponce, pulvérisée à la molette au plus haut degré possible; puis, on passe le blaireau. Une partie de la poudre tombera, l'autre s'attachera, s'incorporera à la matière colorante, et la peinture aura un mat aussi beau que le pastel.

Veut-on faire des retouches? on le peut encore, en ayant soin de recommencer l'opération sur les retouches faites.

La pierre ponce peut se remplacer par la poudre d'amidon ou le verre broyé. Ces diverses matières sont légères, transparentes, incolores; elles se fondent facilement dans la pâte coloriée sans en altérer le ton.

Ce procédé convient surtout aux surfaces polies, le bois, le marbre, le verre, etc., etc. Pour l'application de la pierre ponce, on peut se servir d'une houppe qui la distribue d'une manière sûre et uniforme.

*Procédé N° 4.*

Broyez vos couleurs à l'eau, peignez sur la toile écrue préalablement imbibée d'eau; si vous avez un travail de plusieurs jours à faire, il faudra arroser la peinture d'eau, chaque fois que vous devrez y retoucher. Le tableau terminé, le résultat sera semblable au pastel; il s'agira de le fixer.

Prenez alors :

> Térébenthine de Venise : 1 partie.
> Essence : 5 parties.

Ce vernis servira de fixatif; vous le passerez, à l'aide d'une brosse de queue de morue, sur le côté de la toile opposé à la surface peinte.

Il faut autant que possible étendre le vernis également. Cela est nécessaire pour éviter les taches qu'occasionnerait, en certains endroits, la surabondance du vernis.

Après l'application du fixatif, la retouche n'est plus possible par le même procédé; il faudrait se servir alors de couleurs préparées d'après le procédé n° 1.

On sera surpris de la promptitude et de la facilité que permet ce procédé.

Dans certains travaux destinés à être vus à distance, nous avons pu terminer des toiles de plusieurs pieds en un jour, et l'habitude de cette méthode conduirait à plus de promptitude encore.

Le nettoyage comme au n° 1.

## DE LA SOLIDITÉ ET DE LA DURÉE.

On ne s'entend généralement point sur le mot : solidité.

De bonnes gens s'imaginent qu'une peinture doit être solide au point de résister à tous les chocs, à tous les frottements possibles.

Un quidam, un jour, me fit cette question : « Votre peinture mate est-elle solide? — Oui, répondis-je, autant qu'il est nécessaire à la peinture de l'être. — Voyons, continua-t-il en fouillant dans sa poche; voyons si elle résiste aux frottements du canif. — A quoi bon? dis-je vivement. — Eh mais! ne serait-ce pas une preuve de solidité? — Pardon, monsieur, on entend par solidité la résistance d'une chose placée dans les conditions ordinaires, à l'abri de ce qui peut l'endommager. Quand un tableau est en place, quelles circonstances pouvez-vous prévoir qui puissent amener sur sa surface des lames de canif? — Et l'humidité,

monsieur, l'eau, la pluie! si la pluie tombait dessus!
— Une pluie même n'y ferait pas de mal. — Et l'essence,
monsieur, l'essence de térébenthine! — Ah pardon! C'est
vrai! il tombe si souvent des averses d'essence de térébenthine! ..

La solidité est suffisante dès qu'elle est en rapport
avec les dangers auxquels l'objet est exposé. Quelle
toile résisterait à la hache ou à la torche! Ce que l'on
doit exiger d'une peinture à ce point de vue, c'est
qu'elle résiste à l'humidité; qu'elle soit facile à nettoyer
sans s'altérer; qu'elle ne soit pas exposée aux changements de teintes, et enfin qu'elle puisse facilement être
déplacée et restaurée, dans les cas de danger les plus
imprévus.

Notre procédé réunit tous ces avantages.

On s'imagine généralement que le vernis est nécessaire à la durée; c'est une erreur.

Le vernis, empâté jusqu'au luisant comme dans la
peinture à l'huile, est plutôt un superflu d'adhérence
nuisible. Sous cette croûte, l'évaporation des huiles
devient difficile et amène inévitablement le jaunissement. De plus, la surface luisante se gerce, tombe en
éclats, et c'en est fait de la peinture.

Notre procédé n'a aucun accident de ce genre à
redouter. Convenablement conservé par des moyens
simples et faciles, déjà indiqués, nous ne prévoyons
pas de cause possible à sa destruction. La matière
colorante n'a pas besoin d'une forte dose d'adhérence
pour résister au temps. Chaque molécule de couleur
est semblable à la brique dans une muraille : un peu
de mortier suffit à la fixer fortement. Qu'est-il besoin
de plâtrage ou de vernis, et qu'ajoutent-ils à la solidité? L'un et l'autre se gercent et tombent en écailles.

Pour la muraille au moins, la brique reste en place et
l'œuvre de l'architecte est conservée; mais le plâtrage
d'un tableau à l'huile entraîne dans sa chute l'œuvre
du peintre.

Si l'on objectait la fragilité de la toile, je répondrais
que la peinture à l'huile emploie aussi la toile. Dira-t-on
qu'une toile préparée résiste mieux au temps et à l'humidité? qu'à cela ne tienne! on peut se servir d'une toile
préparée et peindre à la peinture mate sur le côté
opposé. L'imperméabilité de la toile est facile à obtenir,
du reste; l'industrie moderne ne manque pas de moyens
pour cela. Le caoutchouc, le sulfate de cuivre, les corps
gras, etc., appliqués sur la toile ou sur le mur, peuvent
les garantir de toute atteinte nuisible. En outre, la toile
que nous employons peut être tendue sur châssis et placée
à distance d'un mur menacé d'humidité.

On parle encore quelquefois de la solidité des fresques
anciennes, de leur résistance au grand air. Je doute fort
qu'on puisse citer beaucoup de ces peintures qui se
soient conservées d'une manière satisfaisante. Nous
avons dit ailleurs l'état dans lequel se trouvent bien des
fresques, quoique convenablement abritées.

Sachons gré à Michel-Ange, à Vinci, à Raphaël et à
la plupart des grands maîtres d'Italie de n'avoir point
exposé leurs fresques en plein vent.

Quoiqu'il soit très-rare que l'on place des travaux
sérieux à ciel ouvert, nous avons pensé au moyen de
faire l'application du procédé à l'extérieur des édifices.
Il suffira pour cela d'observer un certain mode de placement que nous indiquerons dans un prochain travail *.

---

* L'auteur n'a pas fait ce travail.

Faut-il résumer les qualités qui recommandent notre procédé? les voici [*] :

Possibilité de peindre sur toute matière, dans toutes les dimensions et dans tous les jours ;

Emploi *facile* de toute matière colorante ;

Étonnante facilité dans l'application des couleurs, rapidité d'exécution, qui est à la peinture à l'huile ce que la presse est à la plume ;

Gamme de couleurs plus étendue qu'à l'huile ;

Mat parfait, chose tant cherchée ;

Solidité plus grande qu'à l'huile, durée plus longue.

Point de jaunissement, ni de gerçures, ni d'écailles ;

La plus grande facilité de sauvetage, en cas de danger.

La fresque ordinaire n'est pas propre aux coloristes : la peinture mate leur prête de puissantes ressources.

———

Qu'on ne s'y méprenne pas cependant ; le procédé est facile, mais il ne suppléera pas au talent. Tout le monde peut inventer une peinture sans luisant ; il n'appartient qu'à l'artiste de bien employer un procédé quelconque. Les charlatans qui se figureraient qu'il suffit de connaître le secret pour faire de la peinture mate, seront étonnés d'apprendre que les bons résultats dépendent du mécanisme de la brosse.

———

Un dernier mot :

Le miroitement est une sorte de barbarisme resté dans la peinture. Il est étrange de le voir subsister et régner

[*] Tout ce qui suit est extrait de notes détachées.

encore. Nous croyons fermement que tout procédé qui en
est entaché sera abandonné dans un avenir prochain.
Nous sommes loin de prétendre que ce sera en faveur de
notre procédé, mais nous osons affirmer que ce sera au
profit d'une peinture mate quelconque. Le jour où l'on
reconnaîtra qu'il est possible de peindre sans luisant, le
jour où l'on sera certain de trouver dans le mat, la
vigueur, l'éclat et la solidité, ce jour-là sera le dernier
jour de la peinture miroitante.

—

Nous voudrions que des hommes de talent en fissent
l'épreuve, mais l'épreuve avec bonne volonté.

# III

## REVUES DE SALON

1842 — 1843 — 1848 — 1851

# SALON DE 1842. — BRUXELLES[*]

Un jour, c'était à Paris, je résolus de faire un tableau qui réunît assez de
perfections pour contenter tout le monde. Que faire, me disais-je, pour arriver à ce but? Consultons tout le monde, ou, du moins, consultons les
hommes les plus compétents; suivons exactement leurs conseils et leurs
corrections, et ne nous arrêtons pas qu'ils n'avouent franchement leur
satisfaction.

Voilà une idée merveilleuse, pensai-je; et nul critique, cette fois, n'aura
la moindre chose à me reprocher. Après cette courte et juste réflexion, je
me mis à l'œuvre. Le tableau que j'entrepris représentait Adam et Ève
après leur chute. On voyait nos premiers parents assis tristement dans les
environs enchantés d'Éden; à côté d'Ève, le jeune Caïn, montrant au loin le
paradis perdu.

Je dois avouer que j'éprouvai quelqu'embarras pour faire un choix de
mes conseillers et de mes critiques : tant de gens parlent des arts aujour-
d'hui! Pourtant, je me décidai pour les peintres et les écrivains. Le premier homme auquel je m'adressai fut M. Guérin, un des peintres français
les plus distingués, un homme parfaitement compétent, il n'y avait point
de doute.

Voici les observations qu'il fit sur mon tableau : « Je n'aime pas trop la

[*] Brochure in-32 de 10 pages. Bruxelles, imprimerie de P. A. Parys, 1842.

pose de votre Adam, me dit-il ; selon moi, elle n'exprime pas assez le sujet...
Ne pourriez-vous changer cela ? La jambe de l'enfant me paraît un peu
longue. Quel est ce disque à l'horizon ? — C'est la lune. — C'est inutile,
changez cela... cette idée nuit au sujet. — Que croyez-vous, monsieur,
qu'il faille faire encore ? — Changer le fond ; et puis, tâchez d'être plus correct : votre dessin est un peu flamand... étudiez l'antique. »

Toutes ces observations me semblaient fort justes, j'étais enchanté. Je
remerciai M. Guérin de sa bonté, et, chargé de mon tableau, je pris la résolution d'aller frapper à la porte de M. Gérard. Ce grand peintre recevait
avec beaucoup de bienveillance les jeunes gens désireux de recueillir ses
conseils. Moins classique que M. Guérin, M. Gérard ne professait pas la
même horreur pour le romantisme ; il tolérait fort les tendances vers la
couleur ; c'était une autre opinion enfin. En m'adressant à M. Gérard, je me
gardai bien de lui dire que je venais de voir M. Guérin : je ne voulais pas
influencer son jugement.

Après que je l'eus prié de me donner son opinion : « C'est bien, me dit-il,
très-bien : je comprends le sujet. Votre groupe est bien disposé, l'ensemble
de la composition me plaît... — Mais, monsieur, répondis-je, un peu ennuyé
de ce qu'il ne faisait point d'observations utiles, la pose d'Adam, ce me
semble, n'exprime pas assez bien le sujet... — Au contraire, je la trouve
excellente, et c'est une des meilleures choses de votre composition. Je ne
puis en dire autant d'Ève... Tâchez de changer cette pose. Changez aussi
ce ciel. — Et la lune ? — C'est une bonne idée... Vous avez mis de la
richesse dans votre fond... C'est bien. — La jambe de l'enfant n'est-elle
pas un peu longue ? — Non. — Que pensez-vous du dessin en général ? —
Pas mal : c'est nature... — Ne faut-il pas y rappeler davantage les formes
antiques ? — Non, parbleu ! je ne vous le conseille pas... »

Sur presque tous les points, l'opinion de M. Gérard avait été contraire à
celle de M. Guérin ; j'étais désespéré. Quel parti prendre ? Ces artistes
avaient tous deux parlé de bonne foi, tous deux juges compétents. Je me
trouvais dans cette position terrible de Sganarelle, dans l'Amour médecin,
lorsqu'après avoir consulté plusieurs savants docteurs sur la maladie de sa
fille, il s'écrie : « Me voilà un peu plus incertain qu'auparavant ! »

Dans l'impossibilité de suivre un avis sans agir contrairement à l'autre,
j'allais laisser là le tableau en repos, dans quelque coin, lorsqu'un peintre
de mes amis essaya de me remettre un peu de courage au cœur : « Ah ! la
belle composition ! me dit-il, l'admirable couleur ! (Celui-ci était un romantique.) Quel effet de lumière ! Mais, il faut le dire sincèrement, ces formes-là
sont détestables... Cela sent furieusement la perruque, la forme antique.
Quoi ! toujours étudier l'antique ! Allons, changez-moi cela, et ce sera
magnifique. »

Pour le coup, je fus à bout : ce nouvel avis était tout aussi contraire aux deux premiers, que ceux-ci l'étaient l'un à l'autre.

Ce n'est pas tout : peu de jours après, j'eus la visite de plusieurs hommes savants, parmi lesquels des poètes, des journalistes, des architectes, et même des géologues.

« Vous avez fait là un tableau superbe, me disait le poète ; avec quel art vous avez rendu cette nature vierge encore, ces bois, ces eaux, et ces prairies émaillées de fleurs!... J'entends la timide fauvette et le cri des hiboux... Comme ce bleu du ciel se parsème agréablement des blanches étoiles du soir ! — Je vous ferai observer, monsieur, que mon ciel n'a pas d'étoiles. — S'il n'y en a pas, monsieur, je vous conseille fort d'en mettre : ce sera plus mélancolique, plus poétique... Et puis, cela prête davantage à la description... Écoutez bien : le ciel bleu parsemé de blanches étoiles... — Je vous remercie ; mais vos étoiles, ici, seraient autant de petites taches fort nuisibles à l'harmonie de mon tableau. Qu'en dites-vous, monsieur le journaliste?—Vous avez raison ; mais je suis de l'avis de monsieur, il faut de la poésie. Je ne mettrais point d'étoiles ; au contraire, je ferais un ciel tout en feu, pour exprimer ainsi poétiquement le courroux de l'Éternel à ce moment suprême où nos premiers parents nous plongèrent pour jamais dans le péché originel. — Messieurs, vos pensées sont grandes et sublimes ; mais pourtant, que voulez-vous que je fasse d'un ciel tout en feu, derrière la figure d'Adam, déjà d'une teinte rougeâtre ? Il n'y aurait plus de contraste, plus de relief, plus d'harmonie. Vous êtes poètes, messieurs, mais qu'a de commun votre poésie avec la poésie de la peinture? »

Le géologue, qui jusqu'alors n'avait dit mot, et qui, pour cela seul, me semblait plus raisonnable que les autres, s'avisa cependant d'exprimer aussi sa pensée. « S'il m'est permis, disait-il, d'émettre ici mon opinion, je dirai que je suis tout à fait de l'avis de l'auteur de ce tableau. En effet, ce qui me semble encore de la plus exacte vérité, c'est que personne ne comprend mieux la peinture que les peintres, la poésie que les poètes, la musique que les musiciens, et qu'il en est de même en tout art et en tout métier. Je me garderai donc bien de donner ici des conseils à l'artiste : seulement je lui ferai une petite observation fort juste et dont il pourra tirer grand profit ». Le géologue n'en dit pas davantage. Le lendemain, le savant m'apporta un morceau de terre cuite. Cet objet était d'un rouge foncé. « Tenez, me dit-il, remarquez cette terre ; mes expériences m'ont appris qu'elle a dû appartenir aux premiers âges du monde. Je vous prie, monsieur, de copier cette teinte et de la reproduire dans les terrasses de votre tableau d'*Adam et Ève* ; car je sais que la terre, au temps de la création, a dû être d'un rouge foncé... » Ici je ne pus m'empêcher de rire...

« Ne riez pas, me dit-il, je vous parle très-sérieusement, et si vous voulez donner à votre Adam une couleur vraiment poétique, donnez-lui la teinte rouge de cette pétrification; cette idée sera sublime en ce qu'elle est conforme au texte de la Bible, qui nous apprend que Dieu, à l'aide d'un peu de terre, créa notre premier père. »

Allez donc vous fier aux lumières des autres! Consultez un peintre classique ou un romantique, un admirateur d'Albert Durer, de Rubens, de Murillo ou de Rembrandt; consultez des savants de toute espèce, des hommes d'esprit et de bon sens, et vous aurez autant d'avis!

Mais, dira-t-on, ce n'est point l'opinion d'un peintre, quel qu'il soit, d'un savant ou d'un journaliste, qu'il faut rechercher, c'est l'opinion générale. Eh! mon Dieu! en serai-je plus avancé! Ce qui est généralement admiré aujourd'hui, le sera-t-il encore dans trente ans? L'opinion générale n'a-t-elle pas, à de certaines époques, préféré Pradon à Racine, méprisé *Athalie*, repoussé Milton? et, pour parler des peintres, serait-il nécessaire de citer ici les époques où elle admira tour à tour l'école italienne et celle de Rubens, si nous n'avions de nos jours un exemple bien frappant de cette inconstance de l'opinion, dans l'oubli où est tombé, depuis quinze ans, le classicisme si bien représenté par David et son école?

Il faut l'avouer, il naît de tous ces jugements, en matière d'art, un doute, un doute pernicieux, qui égare et qui perd. Nous tournons sans cesse dans le même cercle, sans cesse nous revenons sur nos pas. Le but auquel nous voulons atteindre nous est indiqué en cent endroits; et nous éprouvons l'embarras d'un voyageur égaré et auquel des routes différentes ont été indiquées chacune comme la meilleure. *Où est donc le beau dans les arts? Et qu'est-ce que le beau?*

Je dois rapporter ici un fait où l'on verra comment cette question est ordinairement débattue par des hommes compétents.

Me promenant un jour dans les musées du Vatican, j'eus l'avantage d'y rencontrer un groupe d'artistes et de savants distingués, discutant sur le mérite des chefs-d'œuvre qui les environnaient. Parmi ces hommes, se trouvaient un Allemand, un Flamand et un Anglais. L'Allemand était grand admirateur du Pérugin; le Flamand, de Rubens, et l'Anglais était fort passionné pour les ouvrages de Titien.

« Quelle admirable chose! s'écriait l'Allemand, en présence de la *Vierge* du Pérugin : peut-on s'arrêter devant d'autres tableaux que celui-là?

— Et le *Saint-Sébastien* de Titien, répondit l'Anglais, n'est-ce pas le chef-d'œuvre du musée?

— Pour moi, répartit le Flamand, je ne vois rien d'aussi beau que Rubens.

L'ANGLAIS.

Monsieur, votre admiration pour le Pérugin me semble un peu exagérée : vous devez avouer que ces contours sont secs, que ces lignes sont raides, qu'il n'y a là ni couleur, ni clair-obscur, ni perspective aérienne...

L'ALLEMAND.

Ah! monsieur, que dites-vous là? Ces lignes, au contraire, sont admirables. Quelle simplicité, quelle vérité, quel caractère! c'est arrêté cela, c'est étudié...

L'ANGLAIS.

Mais, monsieur, c'est raide, c'est plat, ce n'est pas de la chair...

L'ALLEMAND.

Comment? mais c'est d'une rondeur parfaite, d'un modelé admirable ; ces chairs sont naturelles...

L'ANGLAIS.

Je crois, monsieur, que vous vous moquez de moi. Placez donc un tableau de Titien à côté du Pérugin, et vous verrez de quel côté est le beau.

L'ALLEMAND.

Dites-moi, monsieur, ce que vous entendez par le beau?

L'ANGLAIS.

J'entends par le beau ce qui me plaît, ce qui me fait plaisir.

L'ALLEMAND.

Et moi, monsieur, je vous soutiens que c'est du côté du Pérugin qu'est le beau, parce que cela me plaît, parce que cela me fait plaisir aussi.

LE FLAMAND.

Messieurs, vous êtes dans l'erreur l'un et l'autre. C'est dans les ouvrages de Rubens que l'on trouve le vrai beau.

L'ANGLAIS.

Monsieur, Rubens n'est rien à côté de Titien : ses chairs sont des taches : elles ne sont pas modelées, sa manière de peindre n'a point de solidité : ses teintes sont transparentes comme du verre... Oh! Titien, Titien!

LE FLAMAND.

Et moi, je vous dis que les tableaux de Titien sont noirs comme du charbon, les carnations brunes comme de la brique : ce n'est pas cette transparence admirable de Rubens... ce...

— De grâce, interrompit un des auditeurs, impatienté de toutes ces contradictions, de grâce, de quel côté est la vérité? En conscience, dites-moi, je vous prie, somme toute, quel est le peintre que l'on doit considérer comme le plus parfait modèle? »

Cette question éveilla l'attention de tout le monde; chacun voulut y répondre.

« C'est Rubens, c'est Pérugin, c'est Titien, disaient à la fois nos adversaires. — C'est Murillo, dit un Français. — Raphaël, dit un Italien. — C'est Rembrandt, dit un Hollandais.

— Pardieu, répliqua l'interlocuteur, voilà une question bien résolue! auquel de vous me faut-il croire? »

Des faits que je viens de rapporter, voici les conséquences qui résultent, conséquences terribles, désespérantes, et qui s'opposent aux progrès des arts comme une barrière d'airain :

La première, c'est que non-seulement les individus, en général, ont une idée différente du beau dans la peinture, mais aussi les nations; si bien qu'une chose peut être aussi méprisée dans un pays qu'elle est admirée dans un autre.

La seconde, c'est que n'ayant point de principes fixes sur le beau, point de règles d'après lesquelles nous puissions dire, avec la certitude de ne point nous tromper aux yeux de l'avenir : *Voilà le bon, voilà le mauvais*, nous sommes, pour juger de la peinture, dans cet état de barbarie et d'ignorance où en serait la société s'il n'y avait point de religion, point de lois, et que chacun eût le droit de rendre soi-même la justice.

Ces conséquences en amènent encore une autre que voici :

*C'est que tout jugement individuel sur les œuvres de peinture, devient, quelque rationnel qu'il paraisse, absurde pour les uns, ridicule pour les autres, et, tout bien considéré, parfaitement inutile pour tout le monde.*

O peintres! vous tous que la critique émeut, jeunes artistes, écoutez : voici des réflexions qui vous feront sourire de pitié à la face de tous ceux qui vous prodigueront la louange ou le blâme, fussent-ils des savants, des feuilletonistes, ou même des peintres.

Souvenez-vous toujours :

1° Que la louange ou le blâme n'est souvent que le résultat d'une impression ou d'un sentiment tout individuel, qui peut changer du jour au lendemain. Que, si cette louange ou ce blâme est général sur vos œuvres, il ne peut l'être longtemps : la réaction, enfant du caprice et de la mode, remettra demain sur le trône ce qu'hier elle a jeté dans la poussière.

2° Qu'il y a des millions d'hommes qui habitent l'Italie, l'Allemagne, l'Angleterre, avec des idées sur la peinture, aussi différentes, aussi contraires entre elles, que le sont leurs modes, leurs mœurs, et les pays qui les ont vus naître.

3° Que si tous ces hommes faisaient des feuilletons sur votre compte, vous en auriez au moins, selon toute probabilité, quelques milliers d'une opinion contraire à celle de vos admirateurs ou de vos critiques.

Après ces simples réflexions, que devient le jugement d'un seul homme? Quel feuilletoniste, critique ou admirateur, ne ressemble alors à un atome parmi les atomes, à une goutte d'eau perdue dans la mer?

« Mais que voulez-vous donc, me dira-t-on, vous qui allez aussi porter un jugement sur les œuvres exposées au salon? »

A cela je réponds que, semblable à tant de milliers d'autres qui s'avisent de parler de peinture, ma manière de voir est toute individuelle, et que je n'y tiens pas plus que chacun ne tient à la sienne; que, vu la diversité d'opinions sur le beau en peinture, j'ai sur cette matière une opinion aussi, dont personne n'a pas plus le droit de me blâmer, que je n'ai le droit de blâmer celle des autres, et qu'enfin j'ai le droit, aussi bien que les poètes, les savants et les feuilletonistes, de porter mon jugement sur un tableau.

Ainsi que tant d'autres, me voilà donc assis dans mon tribunal, prêt à condamner ou à absoudre, n'ayant comme appuis de mes jugements ni code, ni lois. En face de moi, sont les artistes assis sur leurs bancs, qui, écoutant leur sentence, prétendent avec raison qu'aucun article de loi ne peut les condamner, et qu'ils me jugeront aussi, moi, qui viens les juger. Je vois plus loin la foule des spectateurs qui, avec les mêmes raisons que les peintres, prétendent aussi qu'eux seuls sont les véritables juges en peinture.

En présence d'une telle confusion, et voulant donner à mes jugements les raisons que je crois les plus justes, je sens la nécessité d'établir comme base les principes sur lesquels je puisse fonder mes observations.

Mon opinion là-dessus sera une opinion comme une autre, approuvée et combattue mille fois par autant de milliers d'opinions de toute espèce, et qui, si elle paraît juste dans un temps, paraîtra fausse dans un autre.

Selon moi, le moyen le plus sûr d'apprécier le mérite des œuvres de peinture, serait d'établir un parallèle entre ces mêmes œuvres et celles des grands maîtres qui ont obtenu, pendant des siècles, les suffrages les plus constants et les plus unanimes [*]. Si nous n'avons aucune idée fixe sur le beau, n'est-il pas raisonnable, au milieu de cette divergence d'opinions, de nous en rapporter à ce qui a été le plus généralement approuvé? « L'antique et constante admiration que l'on a toujours eue pour un ouvrage, a dit Boileau, est une preuve sûre et infaillible qu'on le doit admirer. » Ce que Boileau disait à propos des écrivains, peut fort bien, ce me semble, s'appliquer aux arts en général.

Je n'hésite donc pas à poser en principe : 1° que les ouvrages des peintres qui ont été le plus unanimement admirés des siècles peuvent être considérés comme des modèles du beau; 2° que, si ces ouvrages peuvent être considérés comme tels, on doit raisonnablement conclure que les œuvres qui en approchent le plus sont aussi celles qui doivent être rangées parmi les productions d'un mérite supérieur.

Ces deux principes posés, il me reste maintenant à nommer les maîtres qui vont me servir de terme de comparaison. D'après les recherches les plus consciencieuses sur les succès qu'obtinrent tour à tour et à

[*] Il y a deux ans à l'époque de l'exposition d'Anvers, j'avais soumis au ministre un projet qui avait pour but de ramener nos peintres vers les grands principes de l'art [**]. Ce projet consistait à placer, au milieu de nos expositions, les tableaux des plus grands maîtres et d'ouvrir même des concours où les artistes eussent été appelés à lutter contre ces maîtres, en laissant à la postérité le soin de prononcer son jugement.

Cette idée, qui dut sourire à tout artiste qui aime la gloire, à tout homme qui sent ce que peut une aussi noble émulation, était adressée à un ministre. Elle ne pouvait manquer d'être rejetée : ces hommes-là sentent-ils des choses aussi peu matérielles?

Je viens d'apprendre que le journal le *Globe*, dans son feuilleton du 1er septembre, a donné ce projet comme sien. On le voit, ce journal a peu de mémoire. En attendant, puisse mon idée se réaliser un jour!          (*Note de l'auteur.*)

[**] Cette lettre au ministre figure dans le présent volume; on la trouvera sous la rubrique *Premiers articles et fragments.*

diverses époques les peintres dont nous connaissons l'histoire, il est certain que ceux qui emportent le plus grand nombre de suffrages sont : Raphaël, Rubens, Michel-Ange, Titien, Rembrandt, Gérard-Dow, le Lorrain.

C'est donc aux ouvrages de ces hommes immortels que je vais comparer sans cesse les tableaux du Salon. Suivant la tâche que je me suis imposée, je me bornerai à signaler ce qui approchera le plus des beautés de ces maîtres, et je garderai le plus complet silence sur ce qui s'en éloignera. Je ne chercherai nullement à exprimer mes sentiments personnels ni sur les défauts, ni sur les moyens de les corriger, chaque artiste étant à même de sentir son côté faible toutes les fois qu'il voudra bien supposer ses œuvres placées à côté de celles des maîtres. Je dois ajouter que, autant que possible, je comparerai aux ouvrages exposés les tableaux des maîtres qui y sont analogues. Ainsi, les œuvres qui annoncent plus de dessin que de couleur, d'expression que de clair-obscur, seront comparées aux ouvrages de Raphaël ; celles qui montreront une tendance vers les compositions fougueuses, les effets de couleur et de lumière, trouveront leurs modèles dans les ouvrages de Titien, de Rubens, de Rembrandt, etc. Il est bon de faire observer ici que je ne regarderai comme un rapprochement vers les maîtres aucune œuvre pastiche, mais bien ce qui se soutiendra à côté des modèles par une juste observation des mêmes principes qui constituent la beauté de ces chefs-d'œuvre.

Je commence mon examen par le tableau qui occupe le fond de la salle et, poursuivant à gauche jusqu'au bout de la galerie qui s'étend au delà des objets de sculpture, je reviens par la droite au point d'où je suis parti.

Que le lecteur se rappelle sans cesse que, dans chaque tableau que je vais citer, je n'indiquerai que les parties qui approchent le plus des œuvres des grands maîtres.

M. NAVEZ.

430. *Résurrection de Lazare.* — La composition générale. L'expression du sujet. Le dessin de la tête du Christ, de la tête de saint Jean, de la femme agenouillée près du Christ. Le dessin de plusieurs têtes du second plan, le jet de la draperie du Christ.

P. VAN BRÉE.

585. *Godefroid de Bouillon déposant son épée sur le Saint Sépulcre.* — Le dessin du personnage vêtu de rouge. Le jet et la couleur de ses draperies. Le dessin de la tête du jeune homme portant une tiare.

SLINGENEYER.

519. *Le vaisseau le Vengeur.* — La composition et l'expression générale. Le clair-obscur. Le dessin de la figure du jeune homme horizontalement couché au bas du tableau. La couleur de la tête coiffée d'un bonnet rouge.

VAN EYCKEN.

406. *Le Christ descendu de la Croix.* — La composition. La disposition de la lumière. Le dessin de la tête de la Madeleine.

CELS.

67. *Jésus en prière au jardin des Olives.* — Le dessin de la tête de l'Ange. Le jet de la draperie de cette même figure.

GISLER.

266. *Sainte Geneviève.* — La couleur générale. La disposition des masses de lumière.

COIGNET, de Paris.

78. *Une forêt en Auvergne.* — La couleur générale.

10

Van Ysendyck.

635. *Saint Alphonse de Liguori en extase*. — Le clair-obscur. La couleur de l'enfant tenant des livres. Le jet de la draperie de l'Ange soutenant le Saint.

Melzer.

411. *Une kermesse flamande*. — La composition générale. La disposition des masses d'ombre et de lumière. La couleur générale.

De Biefve.

201. *Une Almée*. — La composition. Le jet de la draperie.

Gallait.

231. *Un portrait*. — La couleur. Le clair-obscur. L'harmonie générale.

Portaels.

159. *Un portrait*. — Le dessin général.

Fany Geefs.

234. *Sainte Cécile*. — Le clair-obscur. La couleur.

P. Van Brée.

589. *Un portrait*. — Le dessin. La couleur de la tête.

Vieillevoye.

639. *Scène de massacre à Liége*. — Le clair-obscur. Le dessin.

Le Hon.

372. *Détresse sur l'Océan*. — L'harmonie.

Vereydt.

647. *Exécution de Jacques Molay*. — La couleur. Le clair-obscur.

Navez.

431. *La Vierge et Marie-Madeleine*. — Le dessin des deux têtes.

Decorron.

182. *L'Ermitage du frère Luce*. — L'harmonie générale.

MATHIEU.

403. *Jacob et Rachel.*—La couleur de l'homme levant une pierre. Le clair-obscur. L'harmonie générale. Le dessin de la tête de Rachel.

WITTKAMP.

681. *Le Prisonnier de Chillon.* — La couleur et le clair-obscur.

DE LOOSE.

131. *Une Leçon de musique.* — Le rendu de la robe de satin blanc.

GENISSON.

262. *Vue prise des stalles de la cathédrale d'Amiens.* — La distribution de la lumière. La couleur.

CLAES.

75. *La Visite du parrain.* — La couleur générale.

DUWÉE.

195. *Henri IV, empereur d'Allemagne, excommunié.* — La couleur.

CAUTAERTS.

66. *André Vésale.* — La couleur.

KOEKKOEK.

350. *Hiver.* — Le rendu.

LEYS.

314. *L'Hôtellerie.* — La couleur. Le clair-obscur. Le rendu des têtes.

BELLANGÉ, de Paris.

49. *Le Retour du soldat.* — La couleur.

DILLENS.

171. *Un dimanche en Flandre au* XVIIᵉ *siècle.* — La couleur de la tête de la vieille.

BECKER.

15. *Des paysans du Westerwald surpris par l'orage.* — Le dessin.

HALLAUX.

284. *Paysage.* — L'harmonie générale.

De Block.

107. *Ce qu'une mère peut souffrir.* — Le clair-obscur. La pensée.

Bellangé, de Paris.

18. *Les nouvelles de la guerre.* — La couleur.

Naigeon, de Paris.

129. *La Berceuse napolitaine.* — Le dessin.

Roussin.

183. *Paysage.* — La couleur. Le clair-obscur.

Hallez.

285. *Un portrait.* — La couleur générale des carnations. Le clair-obscur.

Hauzeur.

289-291. *Paysages.* — La composition générale.

Mathieu.

404. *Une Sainte-Famille.* — La couleur. Le clair-obscur. L'harmonie générale.

Hendrickx.

292. *Un Portrait.* — Le clair-obscur. La couleur générale.

Mathieu.

402. *La fille de Jaïre.* — La composition. La couleur générale. Le clair-obscur. Le dessin de la tête du Christ. Celle du Pharisien. Le jet de la draperie du Christ.

Leys.

365. *La cour du cabaret.* — Le clair-obscur. La vigueur du coloris. Le rendu des têtes.

Marinus.

101. *Halte d'un chariot.* — La couleur générale.

De Block.

118. *Une kermesse flamande.* — L'harmonie.

P. Van Brée.

581. *La piété filiale.* — Le dessin de quelques parties.

LAPITO.

365. *Paysage.* — Les lignes de la composition.

JACOB JACOBS.

309. *Vue de Constantinople.* — Le choix des lignes. La couleur générale.

GISSLER.

267. *Ecce homo.* — La couleur. La disposition des masses de lumière.

DE CAISNE.

111. *Françoise de Rimini.* — La couleur générale. Le dessin général de la femme.

MADOU.

394. *Le croquis.* — La couleur générale. L'expression de la jeune fille et de l'homme qui lui parle.

MATHIEU.

405. *Un portrait.* — La couleur. Le clair-obscur. Le faire en général.

M^me VAN MARCK.

618. *Fleurs et fruits.* — La disposition de la lumière. La couleur et le modelé des pêches.

M^me GEEFS.

229. *Piété, Amour, Douleur.* — La couleur générale. Le clair-obscur du tableau ayant pour titre : *Amour.*

MOLS.

424. *Vue d'Athènes.* — Le choix des lignes. La disposition de la lumière.

JACQUAND.

313. *Le Ministre médecin.* — La pensée. La couleur. L'harmonie générale.

NAVEZ.

433. *Une Sainte-Famille.* — Le dessin général. La couleur de l'Enfant Jésus.

HUNIN.

307. *Les Derniers conseils d'un père.* — La composition de quelques groupes. La couleur. L'harmonie.

JACOPS.

312. *Une Halte de chasseurs.* — La couleur. La disposition générale de la lumière.

STARCK.

337. *Le Christ au tombeau.* — Le choix des lignes.

VIEILLEVOYE.

660. *Pierre Debex.* — La composition. La distribution de la lumière. La couleur générale.

P. VAN BREE.

587. *Dibutade.* — La composition. Le dessin de la tête du jeune homme.

VAN YSENDYCK.

634. *Laissez venir à moi les petits enfants.* — La disposition des groupes. La couleur générale.

ROBBE.

468. *Animaux au pâturage.* — La disposition de la lumière. Le dessin de quelques animaux. Le rendu.

KREMER.

333. *Interrogatoire de don Carlos.* — La composition générale. La couleur. Le clair-obscur.

WAUTERS.

673. *Arrivée des croisés devant Jérusalem.* — La composition. Le dessin. La couleur. Le choix des plis.

TSCHAGGENY (EDM.).

568. *Intérieur d'étable.* — La couleur. Le clair-obscur.

MIOEN.

419. *Le Christ au tombeau.* — Les masses de lumière.

JACQUAND.

314. *Le Benedicite.* — L'harmonie générale.

Telle est, au point de vue établi plus haut, l'analyse succincte des principaux tableaux de l'exposition. Maintenant, pour que l'on voie bien quelle foi il convient d'ajouter aux comptes rendus de MM. les feuilletonistes, il me suffira d'opposer les uns aux autres quelques passages des journaux, où les divers critiques sont tombés dans les plus étranges contradictions.

Que le lecteur juge.

*Le Commerce Belge* du 7 septembre dit, en parlant du grand tableau de M Van Ysendyck : Le Christ est d'une belle expression.

*Le Globe* du 6 août dit : Le Christ a une expression niaise et commune.

*Le Commerce Belge* du 7 dit encore, en revenant sur le tableau de M. Van Ysendyck : Le ton général est cru.

*Le Globe* du 26 août ajoute de son côté : La couleur est sage et harmonieuse.

*Le Commerce Belge* du 7 septembre dit, en parlant du *saint Liguori* du même artiste : Le saint est une fort belle étude.

*Le Globe* du 26 août dit : Le saint frise presque la niaiserie.

*Le Globe* du 6 août avait déjà dit : M. Mathieu lutte contre une organisation rebelle. Nous ne nous sentons pas le courage de critiquer la *Fille de Jaïre*.

*L'Émancipation* du 7 septembre dit : On trouve dans ce tableau de belles parties qui n'appartiennent pas à un homme ordinaire... Son avenir est dans ses mains.

*L'Émancipation* dit encore : Les têtes de la mère et de la figure qui se trouve derrière elle sont pleines d'expression.

*Le Commerce belge* du 13 septembre dit : L'expression manque de grandeur; nous signalerons surtout la mère de la jeune fille, et un grave personnage placé sur le second plan.

*Le Globe* du 26 août dit du *Don Carlos* de M. Kremer : Les draperies sont riches et hardies.

*L'Observateur* du 9 septembre dit : Les draperies ne sont pas toujours heureuses.

*L'Observateur* du 9 septembre dit, en parlant du *Godefroid* de M. Wauters : Cette toile accuse un progrès dans la manière du peintre.

*L'Emancipation* du 4 septembre dit : M. Wauters est resté stationnaire !

*Le Globe* du 26 août dit du *Lazare* de M. Navez : La figure du Christ manque de grandeur et de cette poésie profonde sans laquelle on ne pouvait aborder un pareil sujet.

*Le Commerce Belge* du 13 août dit : Les lignes de la figure du Christ sont nobles; ce visage est empreint de majesté, de confiance et de sérénité.

Le même numéro de ce journal dit encore : *Lazare* sortant du tombeau est d'un dessin, d'une expression, d'une couleur irréprochables.

*Le Globe* du 26 août dit : Le *Lazare* semble sortir d'un sac plutôt que d'un tombeau... Nous reprochons à M. Navez ces chairs molles, cette fraîcheur efféminée qu'il semble affectionner, mais qui chez un homme sortant d'un tombeau est au moins déplacée.

*L'Observateur* du 12 septembre dit, en s'adressant à M. Hunin : Vos petites filles ne sont pas des petites filles, ce sont des demoiselles de 16 ans ; grossissez-leur la tête sans augmenter le corps.

*Le Commerce Belge* du 13 septembre dit : Son dessin est toujours correct et distingué.

*Le Globe* du 1er septembre dit, en parlant du tableau de M. Vieillevoye : Les étoffes sont riches, moelleuses, et d'un faire hardi.

*Le Commerce Belge* du 13 septembre dit : On désirerait que l'artiste évitât la monotonie dans sa manière de peindre les étoffes... Il nous semble voir des étoffes sculptées en marbre et enduites de couleur.

*L'Emancipation* du 4 septembre dit, en parlant de la *Dibutade* de P. Van Brée : Quel charme dans la figure du jeune homme... et quelle pureté de dessin !

*Le Commerce Belge* du 31 août dit : Le corps du jeune homme est un peu fort en proportion de la tête; puis, le sein de la jeune fille et l'épaule ne sont pas non plus irréprochables.

*Le Globe* du 11 septembre dit, en parlant de la *Révolte de l'Enfer* *. Cette avalanche de bras et de jambes sans grandeur comme sans pensée..

Le même journal du 5 septembre avait dit : Le groupe de gauche a des parties dignes de Rubens.

*Le Commerce Belge* du 18 septembre dit, en parlant du tableau de M. Leys : Mettez à côté de ses tableaux des Ostade, des Metzu, des Terburg, etc., et alors vous distinguerez tout l'éclat de son originalité.

*L'Émancipation* du 24 septembre répond : Quant à l'éclatante originalité de M. Leys, nous l'avons en vain cherchée.

*Le Commerce Belge* du 18 septembre dit encore : Les ouvrages de Leys peuvent marcher de pair avec les belles productions des grands maîtres.

*L'Émancipation* du 24 septembre répond : Nous sommes fâché de ne pouvoir mettre M. Leys au rang de ces excellents artistes.

*L'Émancipation* du 8 septembre dit, en parlant de la *Françoise de Rimini* de M. Decaisne : Les étoffes de la femme sont traitées de main de maître.

*Le Globe* du 9 août dit : Les draperies de ce tableau sont raides, lourdes et tourmentées.

*L'Émancipation* du 8 septembre dit encore du même tableau : La couleur de ce tableau est vraie et forte.

*L'Observateur* du 12 septembre dit : Le tableau pèche d'abord par la couleur.

*L'Émancipation* du 8 septembre dit, en parlant du *portrait* de M. Gallait : La main droite est digne de Van Dyck.

*Le Globe* du 6 août dit : Nous reprochons à M. Gallait de n'avoir pas soigné les mains... Il y a une main qui ressemble à une serre de vautour.

* Par Wiertz.

La crainte d'abuser de la patience du lecteur me force à terminer ici ces citations. Qui a tort ? Qui a raison ? Je crois que le lecteur sera fort embarrassé de répondre à cette question. Que serait-ce, grand Dieu ! si tout le monde faisait des feuilletons.

Je ne puis m'arrêter, sans exprimer ici à ceux de mes confrères qui cherchent avec constance les secrets de nos grands maîtres, combien je fais de vœux pour que tant de nobles efforts soient un jour appréciés. Bien des luttes, bien des déboires, je le sais, les attendent dans cette carrière difficile : la mode et le mauvais goût des prétendus protecteurs des arts sont souvent des obstacles presqu'impossibles à surmonter. Cependant, ne nous plaignons pas : depuis quelques années, le retour vers les grands maîtres s'est fait sentir d'une manière bien sensible : Rubens, Titien, l'école hollandaise, je dirai plus, le véritable sentiment du dessin des maîtres d'Italie, se sont fait jour à travers l'atmosphère d'erreurs où nous avait plongés le siècle passé. Profitons de ce moment de réaction, puisqu'il est favorable aux progrès de l'art. Dans vingt ans peut-être, son règne sera passé. Rappelons-nous toujours que les œuvres qui ont été *le plus constamment admirées des siècles peuvent être regardées comme les meilleurs modèles ;* qu'il est absurde et même dangereux d'imiter, comme le font certaines gens, les premiers essais de l'art. Oublions, s'il se peut, la sécheresse d'Albert Dürer et tous les tâtonnements de cette époque. On a fait mieux depuis, et cette perfection, approuvée par le temps, ne nous permet plus aujourd'hui de reculer devant le sentier sûr et lumineux qu'elle nous a tracé. Selon moi, ce serait aussi déraisonnable de nous en écarter, qu'il serait ridicule aujourd'hui de rétablir l'usage de la flèche et de la lance, quand nous avons la poudre et le canon ; de nous faire lentement voiturer sur les vieilles routes quand nous pouvons voyager en chemin de fer. Nos artistes belges, il faut le dire, se sont opposés comme une digue non seulement à l'invasion de cette tendance vers l'imitation des premiers essais de l'art, mais encore à l'imitation des maîtres du quatrième et du cinquième ordre. Ils ont compris que Rubens et Titien valaient mieux que Murillo, Velasquez ou Salvator-Rosa ; que Raphaël et Michel-Ange étaient des maîtres bien préférables à ceux de l'école espagnole et de l'école française.

Honneur donc à la Belgique ! Elle possède des artistes qui ramèneront, il faut l'espérer, les temps renommés de la grande et bonne peinture. Déjà bien peu de contrées, j'ose le dire, nous fourniraient des tableaux modernes où les qualités du dessin, de la couleur, du clair-obscur, brillassent à un aussi haut degré de perfection que dans les toiles de Wappers, Gallait, de Keyser, Mathieu, Wauters, de Biefve et Decaisne. Où trouverons-nous, excepté en Allemagne, le dessin châtié de Navez, les compositions savantes et gracieuses de P. Van Brée? A tous ces noms qui honorent la patrie de Rubens, on doit ajouter encore ceux de Verboeckhoven, Leys, Robbe, Jacob Jacobs, Van Eyken, de Block, Slingeneyer, Vieillevoye, Génisson, Duwée, Cremer, Hunin, Van Rooy, Van Ysendyck, et tant d'autres qui m'échappent dans le moment.

Après avoir rendu justice aux artistes, l'auteur de cette brochure se permet de dire un mot sur son compte. Ce n'est point de ses ouvrages qu'il sera ici question; mais, à l'exemple de beaucoup de gens, il veut parler de l'homme à propos de ses œuvres.

L'auteur croit donc fermement que, si l'on a fait de lui un orgueilleux, un ambitieux, un homme vain, rempli d'amour-propre, c'est : 1º que dans tout ce qu'il dit, dans tout ce qu'il fait, il a trouvé lui-même le secret de blesser l'amour-propre de beaucoup de gens; 2º qu'il n'a point l'habitude de louer pour être loué, d'admirer pour être admiré, et qu'en un mot, il ne veut point avoir recours à toutes les ruses de la flatterie et de la fausse modestie, pour se faire des amis et des approbateurs. Son système à lui est tout à fait opposé à ces roueries-là, et il tient que les hommes qui se consacrent aux beaux-arts ne sauraient trop s'environner d'ennemis. Nos ennemis sont les véritables amis de notre avenir : ils veillent sans cesse à nos défauts, ils nous corrigent quand nous faisons mal, ne nous flattent jamais quand nous faisons bien. Nos ennemis, en un mot, sont comme les valets de notre renommée : ils nous servent comme de marche-pied pour nous grandir et nous élever.

L'auteur donc prévient ceux à qui ses manières d'agir paraissent étranges, que son vœu le plus cher est de soulever contre lui les hommes vains et orgueilleux, et que, s'il n'est ni humble ni flatteur, c'est qu'il sait que c'est là le moyen le plus sûr de blesser l'amour-propre de ces hommes, les plus propres à devenir des ennemis utiles.

L'auteur finit en souhaitant vivement que cette dernière provocation, adressée à toutes les susceptibilités orgueilleuses, lui amène des ennemis aussi nombreux que les grains de sable de la mer.

# LES FEUILLETONISTES DÉMOLIS

## PAR EUX-MÊMES[*].

Les uns disent que non, les autres que oui
et moi je dis que oui et non.

SCANARELLE.

___

## EXTRAIT DE DIVERS COMPTES RENDUS DE L'EXPOSITION D'ANVERS

### (1843).

#### QUELQUES CONTRADICTIONS DE NOS SPIRITUELS FEUILLETONISTES.

*Journal de Bruxelles,* 26 août. — Tableaux de Kremer. — La couleur est harmonieuse, savante, le dessin correct, la touche facile.

*L'Observateur,* 23 août. — Je voudrais trouver quelque chose de bien dans les tableaux de M. Kremer et je m'empresserais de vous le dire.

*Journal de Bruxelles,* 26 août. — Tableau de Slingeneyer. — *Guillaume Tell.* — Un coloris vigoureux, un dessin correct, hardi.

*L'Observateur,* 25 août. — La couleur est terne, le dessin lourd, raide et sans hardiesse.

*L'Indépendance,* 6 septembre. — Tableau de Hamman. — *L'Entrée des archiducs Albert et Isabelle, à Ostende.* — Il n'y a pas de confusion dans l'ensemble.

*Journal de Bruxelles,* 23 août. —Les divers plans ne sont pas assez distincts.

*Le Politique,* 21 août. — Tableau d'Émile Signol. — *La Vierge mystique.* — Un journal d'Anvers l'appelle une enluminure, un journal de Bruxelles

___

[*] Autographié et signé, sur une feuille volante, avec cette suscription : « Lith. par Hippol. de la Ferté, d'après le manuscrit et le dessin de M. A. W. »

en parle avec une irrévérence plus grande encore. — L'enfant Jésus. — Dans un coin de ses lèvres d'enfant, il y a un magnifique mépris des douleurs qui l'attendent.

*L'Indépendance*, 6 septembre. — L'enfant Jésus a une expression de mauvaise humeur, un mouvement disgracieux dans les lèvres.

*Journal d'Anvers*, 27 août. — Tableau de Wauters. — *Le Dante récitant ses vers devant Béatrix et ses compagnes, à Florence.* — Et ce Dante! voyez comme il est fièrement campé!

*Le Commerce belge*, 18 août. — A la place du Dante, nous voyons une espèce de troubadour écarquillant les jambes.

*Le Politique*, 16 août. — Tableau de M^me Geefs. — La *Sainte-Agnès* l'emporte de beaucoup sur ce que nous connaissons de cette artiste. — Sa *Jeune Fille* n'a ni chair qui frémit, ni cœur qui bat.

*Journal d'Anvers*, 12 août. — Nous préférons de beaucoup à la Sainte-Agnès, la jeune fille.

*Le Journal d'Anvers*, 27 août. — Tableau de De Keyzer. — *Raphaël et La Fornarina.* — Beauté de coloris, carnation vraie et bien sentie.

*Le Commerce belge*, 29 août. — Ton jaunâtre, ton conventionnel, faux. *Le Journal d'Anvers*, 27 août. — Correction de dessin...

*L'Observateur*, 18 août. — Quel type trivial! cette femme est flétrie, sa chair est flasque et jaune.

*Le Journal d'Anvers*. — L'artiste a été blâmé pour avoir mis Raphaël au second plan. — Nous ne sommes pas de cet avis.

*Le Journal de Bruxelles*, 23 août. — Tableaux de Melzer. — Ce qui distingue son talent, c'est une grande délicatesse de touche et une rare entente de la couleur.

*Le Politique*, 31 août. — Le coloris se compose de touches étagées, qui se lient comme des ardoises sur un toit.

*Le Journal de Bruxelles*, 19 août. — Tableau de Wappers. — *Pierre le Grand à Saardam.* — L'expression de Pierre I^er exprime bien une volonté ferme, une intelligence puissante, une noble satisfaction de soi-même.

*L'Émancipation*, 29 août. — Cette figure n'a aucune action, n'exprime aucun sentiment, ne paraît animée d'aucune passion.

*L'Observateur*, 18 août. — Le dessin ne manque pas de correction.

*Le Politique*, 12 août. — Le dessin est souvent incorrect.

*Journal de Bruxelles*, 23 août. — Tableau de Deblock. — *Fête de pêcheurs aux environs d'Anvers*. — M. Deblock a une bonne touche.

*Le Politique*, 12 août. — Sa touche est sabrée et tourmentée.

*L'Observateur*, 18 août. — Tableau de Wiertz. — *L'Éducation de la Vierge*. — La Vierge est ravissante, sa pose a une naïveté, un abandon, une innocence qui frappent et émeuvent ; sa tête est d'une pureté inexprimable.

*Journal d'Anvers*, 12 août. — Nous n'aimons pas, sur ces traits privés d'animation et presque de vie, cette expression de simplicité qui va jusqu'à l'affectation.

*Le Politique*, 12 août. — Tableaux de Biard. — M. Biard s'est surpassé cette fois comme coloriste.

*Journal de Bruxelles*, 19 août. — On reproche à M. Biard une grande négligence de coloris.

*Journal d'Anvers*, 12 août. — Tableau de Vandenberghe. — *Saint-Jean*. — Il y a du style dans l'ordonnance de la composition.

*Le Politique*, 16 août. — Nous ne louerons pas l'ordonnance de la composition.

*L'Indépendance*, 6 septembre. — Tableau de Kruseman. — *Bergers de la campagne de Rome*. — La couleur est chaude et solide.

*Revue d'Anvers*, 20 août. — La couleur est grise et pâle.

———

Le temps ni l'espace ne me permettent de continuer à relever ici toutes les plaisantes contradictions de nos prétendus critiques ; il n'est, du reste, plus besoin aujourd'hui de signaler ces preuves irrécusables de leur incompétence en matière d'art. La terrible phalange de ces grands démolisseurs de réputations a bien changé de ton depuis quelque temps. Il ne reste plus maintenant que quelques plumes enfantines, inconnues, *qui désirent se faire connaître.* Parmi ces nouveaux aristarques, j'en connais plusieurs qui, dans l'espoir d'obtenir les honneurs de la caricature, m'ont attaqué dernièrement dans les colonnes de leur estimable journal.

Grâce au bon sens public, les calembours et les bons mots ne sont plus reçus aujourd'hui comme principes de peinture; on revient enfin à des idées plus saines, et Don Quiblague lui-même, Don Quiblague, de burlesque mémoire, et avec lui son confrère de *l'Indépendant,* ont senti, eux aussi, que le public en avait assez de leurs aimables plaisanteries. Ces deux messieurs, que j'ai réduits à garder désormais le plus parfait silence sur mes ouvrages exposés, se sont dépouillés enfin du masque grotesque dont ils s'étaient affublés, pour venir, de concert avec les artistes, rire de toutes les folies qu'ils ont écrites et jetées en pâture à la crédulité publique.

Je profite de cette petite occasion pour dire encore une fois aux peintres, que le plus puissant moyen de s'instruire dans leur art, c'est de comparer leurs ouvrages à ceux des grands maîtres; de les comparer, non pas *en eux-mêmes* comme l'a imaginé un de nos innocents feuilletonistes, mais en les plaçant côte à côte avec les chefs-d'œuvre qui doivent leur servir de guides. C'est dans une exposition générale, — là où le jour, la distance et l'entourage de nombreux objets d'art influent sur l'aspect d'un tableau, — qu'ils doivent juger de leurs travaux. Il se trompe celui qui, environné de toutes les flatteuses illusions de l'atelier, se contente de juger son œuvre par des comparaisons faites *en lui-même.*

Il faut que les peintres osent se prendre corps à corps, pour ainsi dire, avec les grands maîtres; il faut surtout que chacun d'eux ait le courage de mépriser les beaux mouvements d'indignation que cette généreuse résolution inspire à de certains amours-propres; il faut enfin que les hommes à qui il est donné de protéger les arts, veuillent bien ne point se sentir humiliés en suivant une idée que j'ai si souvent émise : celle de placer, au milieu de nos expositions modernes, les chefs-d'œuvre des grands maîtres anciens.

Le jour où cette idée sera réalisée (car il faut qu'elle se réalise tôt ou tard), ce jour-là, les peintres auront fait un pas immense dans leur art. Ce jour-là, le public, lui aussi, aura appris à juger, et les feuilletonistes, toujours si empressés d'aider les peintres de leur lumière, pourront alors formuler une opinion avec connaissance de cause. Ils auront là devant eux des modèles du beau, qui les guideront, et les dispenseront de chercher des calembours et de tomber dans les plus étranges contradictions.

# EXPOSITION NATIONALE DES BEAUX-ARTS

## SALON DE 1848

# PEINTRE, PEINTURE ET CRITIQUE *

## § 1er.

### DE LA CRITIQUE.

« La critique n'est qu'un besoin de l'amour-propre, a dit un philosophe, et la louange et le blâme ne sont que les vengeances de la vanité. »

Si l'on en excepte les idiots, il n'est peut-être pas un seul homme sur cette terre, séjour de passions et de misères, qui ne soit pourvu d'une dose assez forte d'amour-propre. L'aspect d'une belle œuvre, le récit d'une action glorieuse, le bruit d'un grand nom apportent toujours dans l'âme, même la plus modeste, une sorte de trouble et de perturbation. La supériorité des autres excite en nous un secret mouvement, y anime une puissante envie d'attirer les regards d'autrui sur notre propre mérite. Louer ou blâmer sont les petits moyens commodes, faciles, souvent mis en usage en pareille occasion.

---

* Imprimé d'abord en feuilleton dans le journal *la Nation*, et publié ensuite en une brochure in-8º, de 74 pages. Bruxelles, Racs. 1848.

11

Quelle âme est assez bonne, assez candide pour ignorer qu'au fond du cœur des hommes, *louer* veut dire : « Je suis juste, je suis généreux, je suis connaisseur, je suis né pour le grand, je sais apprécier le beau, je sens vivement le sublime ! » que *blâmer* veut dire : « Je suis difficile, je suis éclairé, je suis capable, et, moi aussi, je pourrais faire de belles choses, je pourrais même devenir un jour un grand homme ! »

Quand, par la louange ou le blâme, nous croyons être parvenus à faire pressentir que nous possédons *aussi* de belles qualités, que nous sommes *aussi* dignes d'admiration, un baume salutaire se répand dans toute notre âme, le mérite d'autrui s'abaisse devant nous, l'amour-propre est satisfait.

Ainsi est faite notre chétive nature. Hélas !

### PETITE PRÉROGATIVE DE LA CRITIQUE.

La critique a l'immense avantage d'être absurde sans danger et d'avoir toujours beau jeu, alors même qu'elle a tort. Attaque-t-elle des hommes dont le talent, par son éclat, blesse généralement les amours-propres, elle trouve de toutes parts des approbateurs nombreux. On est toujours charmé de voir la critique rabattre un peu d'une gloire qui n'est pas la nôtre. Malheur à qui regimbe contre la critique ! Quels que soient les droits à la plainte ou à la justification, il faut se laisser piquer, mordre et déchirer à belles dents, sous peine d'être battu jusqu'à ce que mort s'ensuive. Un pauvre diable se plaint de ce que son œuvre est jugée avant même d'avoir vu le jour : tout le monde s'écrie qu'il n'est pas *modeste* et que la critique a bien raison !

Les prérogatives de la critique sont belles, en vérité ; elles sont même consolantes : il est juste, après tout, que nous ayons le droit de battre tout à notre aise ceux qui, par des chefs-d'œuvre, nous font un peu souffrir dans notre amour-propre.

### LA CRITIQUE CEPENDANT PEUT ÊTRE BATTUE.

Au temps du malin Apelles, la critique ne se serait point avisée, comme aujourd'hui, de fustiger impunément les malheureux artistes. Les méchants esprits, si empressés à faire la leçon aux peintres, seraient bien attrapés si ceux-ci, à l'exemple du peintre grec, se cachaient derrière leurs tableaux afin d'épier le moment où passe le bout de l'oreille du censeur ; les pauvres critiques seraient bien intimidés si une voix cachée derrière la toile était toujours là, prête à leur dire : « *Cordonnier, pas plus haut que la chaussure !* »

Les critiques, aujourd'hui, peuvent être fort tranquilles : les peintres de notre temps sont les meilleurs enfants du monde et leurs tableaux, d'innocentes toiles qui se laissent dire les plus grosses drôleries qu'on puisse entendre. Aucune voix, aucun rire moqueur ne vient troubler le *connaisseur* dans la jouissance des petits plaisirs qu'il se donne.

Pourquoi se fait-on moins de scrupule d'attaquer le talent que la probité? Je ne sais. On ne songe pas que, porter atteinte au talent du pauvre artiste, est peut-être, pour lui, chose aussi sensible que porter atteinte à sa moralité. Les artistes ne feraient-ils pas bien de prendre la défense de leurs ouvrages, alors qu'ils les croient injustement attaqués? Est-il donc inutile de dire le *pourquoi* et le *comment* qui nous justifieraient aux yeux des gens sensés? La modestie, hélas ! nous réduit toujours au silence ! — C'est une belle chose que la modestie !

S'il y avait, pour la défense des ouvrages de peinture, un tribunal, un code, des lois, que de gens seraient condamnés pour calomnie !

En attendant que le tribunal, le code et les lois s'établissent, il serait à souhaiter que les peintres, les poëtes et généralement tous les hommes exposant des œuvres au jugement de la foule, prissent la résolution de suivre la méthode d'Apelles.

Profiter de la critique des cordonniers en ce qu'elle a de juste et de sensé, se moquer de ces bonnes gens quand la petite vanité les porte trop loin, ce procédé ne manque point d'esprit, n'est point dépourvu de sagesse.

Une réflexion cependant : que les peintres ne se laissent point emporter trop loin. Railler tous les cordonniers de notre temps donnerait peut-être trop grande besogne : recueillir leurs bons avis donnerait peut-être trop peu de profit.

## LES FEUILLETONISTES, ET EN GÉNÉRAL LES GENS D'ESPRIT, SONT-ILS PLUS HABILES A JUGER UN TABLEAU QUE LES HOMMES SIMPLES ET SANS INSTRUCTION ?

Il est tout naturel de croire les gens d'esprit plus habiles que les ignorants à juger une œuvre d'art. L'expérience souvent prouve le contraire.

Des observateurs judicieux ont fait les remarques suivantes :

Dans un salon d'exposition, la critique d'un homme simple, d'un ignorant est souvent juste.

Celle des écrivains, des gens d'esprit, rarement raisonnable.

Celle des peintres, rarement de bonne foi.

Celle des poëtes, presque toujours ridicule.

D'où viennent ces diverses nuances?

Il est à présumer que la vanité ici encore joue son rôle.

Il faut cependant remarquer que la vanité ne contribue pas seule à formuler le jugement des hommes de lettres sur des œuvres de peinture : une autre cause encore induit ces messieurs en erreur.

Les hommes de lettres répètent souvent que la peinture et la poésie sont sœurs. C'est vrai. Mais qu'est-ce que cela prouve dans un compte rendu ?

Ce que l'homme de lettres s'imagine être un beau sujet pour le peintre, une pensée sublime, souvent ne fournit qu'une brioche de rapin !

Homère fait baisser le sourcil de Jupiter, tout l'Olympe tremble. Cette idée est poétique, sublime. Un peintre traite le même sujet, il fait baisser aussi le sourcil de son Jupiter, mais l'Olympe ne tremble pas. La peinture ne rend point les pensées qui ne s'expriment pas d'une façon matérielle.

Encore une chose qui peut inspirer bien des sottises aux feuilletonistes, c'est le beau pittoresque.

Un palais bâti de pierres bien taillées, soutenu de colonnes bien polies, bien alignées, peut nous donner l'idée du beau dans le sens généralement compris. Une chaumière bien pauvre, bien sale, couverte de mousse, peut nous donner l'idée du beau pittoresque.

Un ciel bleu et sans nuage, un teint de lys et de rose, un sein d'albâtre, une robe d'une entière blancheur sont peut-être des beautés en poésie. En peinture, elles seraient contraires aux principes de cet art : elles produiraient des images, des enluminures d'enfant.

Ce que nous venons de dire des feuilletonistes, des poètes, des peintres, des gens d'esprit et des ignorants porte à conclure ceci :

Pour juger de la peinture, les gens d'esprit sont des ignorants, et les ignorants sont des gens d'esprit.

Molière, dit-on, consultait sa servante. Si cette fille simple et illettrée fût choisie parmi les beaux esprits du temps comme le meilleur juge, il est constant qu'elle ne dut l'emporter sur ses spirituels rivaux qu'à cause de sa naïveté et de son ignorance.

Que les disciples d'Apelles consultent les cuisinières et les cordonniers : ce sont là les meilleurs critiques, les hommes les plus compétents.

## LES ÉCRIVAINS SONT-ILS MEILLEURS JUGES EN PEINTURE QUE LES PEINTRES ?

Que devons-nous penser de cette idée, généralement accréditée chez les hommes de lettres : que *les écrivains sont meilleurs juges en peinture que les peintres eux-mêmes ?* Je sais que les écrivains s'appuient généralement de l'exemple de cette bonne servante de Molière ; mais, s'il est vrai que leur ignorance en peinture lutte avantageusement avec l'ignorance de la naïve paysanne en littérature, pourrait-on en dire autant de la simplicité de leur esprit, de la sincérité de leur conscience, de l'innocence de leur amour-propre? Sont-ils assez dépourvus de prévention et de préjugés pour se comparer à la simple et naïve servante de Molière?

Voici comment les feuilletonistes nous prouvent l'incompétence des peintres en matière de peinture :

Les peintres ne peuvent juger les peintres; les rivalités, les systèmes d'écoles, les penchants particuliers vers telle ou telle manière les induisent en erreur et les aveuglent. Si l'on recueillait les diverses opinions de la plupart des peintres sur les œuvres de leurs contemporains, ou même sur les peintres anciens, on resterait convaincu que, pour porter un jugement sain sur des œuvres de peinture, il vaut mieux cent fois ne pas s'y entendre du tout.

Ils ajoutent :

Les peintres, en général, sont pleins de vanité et d'amour-propre. Ils ne souffrent aucune critique de la part des écrivains. On ferait bien de laisser tous ces barbouilleurs se perdre dans une foule d'erreurs, qui malheureusement conduiraient bientôt l'art à une décadence complète.

Ce que disent les feuilletonistes des conséquences de la rivalité des peintres entre eux est un excellent argument, mais ils oublient qu'une rivalité peut exister entre un peintre et un écrivain : une rivalité d'hommes de talent. Ce qu'ils disent encore de la divergence des opinions des peintres sur le mérite des tableaux est parfaitement vrai. Nous reviendrons là-dessus. Il est vrai aussi que si l'on n'a pas étudié les choses, il est impossible d'avoir des systèmes d'écoles, des penchants particuliers. Si les feuilletonistes sont heureux d'être des ignorants en peinture, partant des juges habiles, je ne veux pas cependant conclure de là qu'il serait à souhaiter que les peintres fussent des ignorants dans l'art qu'ils professent. S'il est bien vrai que l'ignorance constitue la capacité de corriger les défauts, ainsi que les écrivains le prétendent, on se demande comment il se fait qu'un tableau, résultat d'une suite infinie de corrections, soit l'œuvre d'un peintre.

Vous dites que le peintre ne sait point juger les œuvres de peinture.

Tout homme qui crée est son propre juge! A chaque heure, chaque minute, chaque seconde consacrée à l'exécution de son ouvrage, l'artiste ne doit-il pas se juger lui-même? Or, s'il est constant qu'il est juge de son œuvre pendant tout le temps de la création, pourquoi cesserait-il de l'être, l'œuvre terminée?

On objectera que l'artiste, y ayant mis la dernière main, a épuisé tout son savoir, tous ses moyens, qu'alors il est fatigué, ébloui, aveuglé; mais le jour où il expose son tableau, serait-il celui où il ne voit plus rien à retoucher? N'est-ce pas, au contraire, dans ce moment solennel que, entouré de tant d'ouvrages divers, opposés à son tableau, il sait mieux que jamais découvrir ses défauts?

J'ai vu bien des peintres le jour d'une ouverture d'exposition, je ne me souviens pas d'en avoir rencontré un seul qui n'ait témoigné, en ce jour terrible, le plus vif désir de recommencer son œuvre.

Ce jour est pour le peintre un jour de lumière, jamais il ne voit mieux, ne sent mieux, ne comprend mieux, jamais il n'a été plus peintre, jamais il n'a été meilleur juge.

Il est remarquable que ce jour-là est précisément celui où messieurs les feuilletonistes disent aux infortunés artistes :

« Nous y voyons plus clair que vous. »

Généralement les peintres sont un peu entêtés et connaissent mal leurs propres intérêts : les feuilletonistes, y voyant plus clair qu'eux, étant de meilleurs juges, pourquoi ne point captiver leur amitié, afin de profiter constamment de leurs conseils? Un peintre serait assuré de produire toujours des chefs-d'œuvre si, toujours près de lui, planté là, à côté de son chevalet, un feuilletoniste voulait bien, à chaque coup de pinceau, apporter son jugement, indiquer ces corrections successives, sans lesquelles un tableau ne peut s'achever.

Car, si, comme le dit Wattelet, la peinture n'est qu'un continuel raisonnement, on ne peut douter qu'avec les heureuses dispositions dont messieurs les feuilletonistes sont doués, ils ne s'acquittassent merveilleusement de la tâche difficile de peindre des tableaux.

Une seule objection se présente : — L'amour-propre des peintres cédera-t-il à l'idée de voir passer aux mains des feuilletonistes la palette et les pinceaux? Si messieurs les feuilletonistes exposaient à leur tour leurs chefs-d'œuvre, ne pourrait-il prendre envie aux peintres de s'emparer de la plume des feuilletonistes, et de faire de la peinture des écrivains une sévère et terrible critique? Les passions sont les mêmes chez tous les hommes placés dans les mêmes circonstances. Oserait-on assurer que les feuilletonistes remplaçant les peintres ne devinssent aussi furieux, aussi révoltés contre la critique des peintres, que les peintres le sont aujourd'hui contre la critique du feuilletoniste? Voici une chose plus grave encore : Quelle colère les feuilletonistes ne seraient-ils pas en droit de faire éclater à la lecture du feuilleton d'un peintre? Comment l'homme de lettres pourrait-il contenir sa fureur si cet homme, étranger à l'art d'écrire, lui disait : « Vos passions, vos systèmes, vos penchants particuliers vous aveuglent; vous ne pouvez juger une œuvre littéraire; jugez de la peinture, c'est là votre affaire; votre ignorance en cette matière vous le permet, de même que mon ignorance en littérature me permet de juger de ce qui appartient à votre profession. »

Au train dont vont les choses, il est à craindre qu'un jour messieurs les peintres et messieurs les feuilletonistes ne se brouillent sérieusement.

S'il n'est plus permis de citer le vieux proverbe qui dit : *A chacun son métier*, est-il impossible d'entendre un jour les feuilletonistes et les peintres se dire avec humeur des choses à peu près semblables à celles-ci : « Croyez-moi, mon cher, mêlez-vous de *mes* affaires, et laissez-moi, je vous prie, me mêler tranquillement des *vôtres*. »

## PETITE DIFFICULTÉ.

En conseillant aux peintres de s'associer à des feuilletonistes qui voulussent bien se charger de faire toute la besogne, je n'avais pas prévu une petite difficulté. Si l'opinion des feuilletonistes est partagée sur le mérite d'une œuvre de peinture, tout aussi bien que celle des peintres eux-mêmes, Dieu merci, cela a été assez prouvé par un relevé que j'ai fait de divers comptes rendus de l'exposition de 1843 à Anvers, sous le titre de : *Les feuilletonistes démolis par eux-mêmes*. Ce relevé renferme trente-trois contradictions où chaque peintre reçoit quatre et quelquefois cinq, six conseils différents sur son œuvre.

Le peintre qui désirera s'aider des leçons des feuilletonistes, fera-t-il bien de choisir un ou plusieurs de ces messieurs?

S'il n'en prend qu'un, il court grand risque d'être en butte à la critique des autres.

S'il en prend deux, l'un dira peut-être : « Je veux là du noir, » précisément à l'endroit où l'autre dira : « Je veux là du blanc. » La position du malheureux peintre serait intolérable.

S'il les prend tous à la fois, n'est-il pas à craindre que chacun d'eux, voulant soutenir son opinion, ne laisse l'artiste dans cette terrible alternative du pauvre Sganarelle qui, après avoir consulté plusieurs médecins s'écrie : « Qui croire des deux et quelle résolution prendre sur des avis si opposés? »

Quel sera donc le meilleur parti à prendre? Je renonce à décider la question.

## LES FEUILLETONISTES POURRAIENT ÊTRE DE FAMEUX PEINTRES.

Quelle organisation que celle d'un feuilletoniste! Le feuilletoniste donne des leçons aux peintres, aux musiciens, aux danseurs; comme si lui-même était peintre, musicien, danseur. Rien ne l'embarrasse, rien ne l'arrête : il a des mots pour tout dire, tout exprimer, même les choses dont il n'a pas la moindre idée. Qui n'a été souvent surpris en lisant dans un journal le compte rendu d'une exposition de l'industrie, où l'auteur parle avec une facilité étonnante de tous les arts et de tous les métiers?

La surprise des bons lecteurs serait bien plus grande encore s'ils apprenaient que la plupart des choses si bien décrites, si bien appréciées, n'ont quelquefois pas été examinées, pas même vues.

Faut-il s'étonner de ce que les feuilletonistes parlent si bien peinture sans avoir jamais étudié cet art? Que serait-ce, bon Dieu! s'ils s'avisaient de manier le pinceau?

## POURQUOI LES HOMMES DE LETTRES SONT-ILS DES SAVANTS EN PEINTURE, MALGRÉ LEUR IGNORANCE EN CETTE MATIÈRE?

> SGANARELLE.
>
> Cabricias arci thuram, catbalamus singularites.......
>
> GÉRONTE.
>
> Ah! que n'ai-je étudié!

D'où vient qu'il est échu à l'homme de lettres une si large part de connaissances universelles? D'où vient son aptitude à tout connaître, à tout expliquer? En voici les causes :

Ceci s'adresse seulement aux honnêtes bourgeois peu initiés aux ressources de l'esprit et de la plume.

Trois choses font la science du feuilletoniste dans les matières qui lui sont étrangères.

La première, c'est l'ignorance du lecteur.

La seconde, les séductions de l'esprit et du style.

La troisième, le singulier respect qu'impose, à tout homme qui lit, la *lettre moulée*.

Ces mots : *c'est vrai, puisque c'est dans mon journal*, sont dits plus souvent qu'on ne pense, avec la plus profonde conviction. On ne fait pas attention à l'idée absurde que vient de débiter un ami; mais on trouve belle, admirable, pleine de justesse et de bon sens, la même idée exprimée le lendemain avec style, esprit et *en lettres moulées*.

### PETITS RENSEIGNEMENTS INUTILES AUX FEUILLETONISTES.

Puisqu'il est nécessaire, pour bien juger un tableau, *de ne point s'y connaître du tout*, les quelques lignes que l'on va lire ne s'adressent point aux feuilletonistes. Ces messieurs sont donc priés de vouloir bien ne pas les lire : elles pourraient peut-être gâter les heureuses qualités qui les distinguent comme juges en peinture, et ce serait dommage, en vérité.

Ceci s'adresse seulement aux personnes qui, — entendant souvent dire en présence de tels tableaux : « Voilà un beau dessin, voilà une belle couleur ! » où elles ne voient qu'affreux barbouillage de couleurs rousses, jaunes ou vertes, — sont curieuses d'avoir une petite explication sur ces prétendues beautés qui parfois plongent les amateurs en de si douces extases.

Il est certains objets d'art ou d'industrie difficiles à apprécier : ce sont ceux dont la beauté n'est que le résultat d'une difficulté vaincue, de l'exacte observation de certaines règles établies.

Il est des choses mêmes qui n'ont de mérite, qui ne sont belles que parce qu'elles sont rares, utiles ou conformes à quelque mode.

J'admirais un jour de la dentelle faite à la mécanique. Comparée à la dentelle de Malines, j'en trouvais le travail beaucoup plus beau, plus régulier. Des dames se prirent à rire de moi. J'appris bientôt ce que mon ignorance ne me permettait point de comprendre. La dentelle de Malines est *plus belle* que la dentelle à la mécanique, et pourquoi ? C'est que la dentelle de Malines est faite à la main, qu'elle est de mode, qu'elle est plus durable, qu'elle est plus..., etc., etc.

Vous avez devant vous deux gravures, l'une en taille douce, l'autre sur bois. Celle-là vous plaît davantage, remplit mieux le but de l'art ; il se peut cependant qu'un connaisseur préfère celle-ci. Vous êtes étonné ? S'il vous explique les difficultés de rendre par la gravure sur bois les effets rendus facilement par le cuivre, vous admirez alors avec lui la gravure sur bois. C'est une *beauté de difficulté vaincue.*

Un violoniste, jouant de son instrument, le tient sous le menton. N'allez point le blâmer de ce qu'il ne le tient point sur la hanche, sous prétexte que, placé là, cela serait plus beau, plus gracieux, etc. Évidemment, c'est un *principe.*

C'est ainsi qu'en peinture il est une foule de règles, de principes, de conventions qui constituent le beau et qu'il faut nécessairement connaître avant d'apprécier l'œuvre d'un peintre.

Soyez donc prudent, cher lecteur, en présence d'un tableau, fût-il à vos yeux la plus grande *croûte* du monde. Nous prononcer sur une question qui nous est étrangère, c'est courir le danger de faire rire de nous ceux qui l'ont étudiée toute leur vie.

Je le répète, soyez prudent. — La poitrine de cet Hercule n'est point faite comme la vôtre, ni la jambe de cette nymphe tournée comme celle de madame votre épouse : s'ensuit-il de là que cela soit mauvais, que cela ne soit point dans la nature?

Ces chairs rouges comme de la brique, jaunes comme de la cire, bleues comme les chairs d'un noyé, de telles chairs, vous n'en avez jamais vu. Il n'est pas constant pour cela qu'elles n'existent pas dans la nature, que le peintre ait eu tort de les faire ainsi.

Ceci vous étonne? Vous pouvez vous tromper :

1° Parce que vous ne connaissez point les règles, les principes qu'a suivis ou voulu suivre le peintre, et qu'il faut bien, après tout, savoir ce qu'il a voulu faire, avant de condamner ce qu'il a fait.

2° Parce que la nature est infinie dans la variété de ses formes, de sa couleur, de ses mouvements, de ses accidents, et qu'il est impossible à vous d'avoir tout vu, tout étudié.

3° Que le peintre peut bien avoir vu ce que vous n'avez pas vu vous-même, et qu'il est à présumer que les milliers de modèles qui lui ont servi d'études, lui ont appris des choses que vous n'aurez pas observées, vous qui n'avez vu de la nature sans voile, que votre ami entrant au bain, ou votre frère au moment où il se couvrait de son bonnet de nuit.

Et maintenant si je vous disais par quelle règle, quel principe doivent être distribués tous les objets d'un tableau; quel usage doit faire le peintre des lignes droites, des lignes courbes; par quel moyen il parvient à donner l'action, le mouvement, l'expression, la grandeur, la force, la simplicité, la naïveté, la grâce; si je vous disais les proportions, la forme, le caractère dû à chaque chose; si je vous disais enfin tous ces mystères qui font la science du peintre, peut-être conviendriez-vous qu'il est aussi téméraire à vous, cher lecteur, de donner au peintre des leçons de peinture, qu'il le serait à lui de vous en donner sur la fabrication des plus beaux draps, des plus beaux cachemires, ou des meilleurs sucres de betterave.

## QU'EST-CE QUE LE BEAU EN PEINTURE?

Hippocrate dit oui, mais Galien dit non.

Voilà une immense question. Les grands maîtres ont formé, comme on sait, des écoles dont les principes sont souvent opposés.

Est-ce en l'école italienne que nous devons avoir foi? Est-ce en l'école flamande, ou française, ou espagnole, ou hollandaise?

Chacune de ces écoles a des milliers d'adeptes ; et si nous adressons cette question à ce monde immense de peintres, d'amateurs et de connaisseurs : « Quelle est, de toutes ces écoles, celle qu'il faut préférer, celle qui nous montre le véritable type du beau? » chacun la résoudra en faveur de son école, et vous voilà un peu plus embarrassé qu'auparavant !

C'est à propos de cette incertitude où sont les peintres sur le beau, que les feuilletonistes leur ont dit : « Nous sommes en peinture de meilleurs juges que vous. Si, parmi vous, les uns trouvent beau ce que d'autres trouvent laid, si même tous les systèmes, toutes les manières de voir ont leurs admirateurs ou leurs critiques, nous, qui jugeons par impression, notre manière vaut mieux que celle des peintres et des connaisseurs. »

L'accusation des feuilletonistes est grave, il faut bien l'avouer. Si j'ai promis plus haut de revenir sur cette question, ce n'est pas dans l'espoir de disculper ici les peintres d'une accusation qui tend si bien à prouver leur ignorance dans les éléments qui constituent le beau, mais afin d'examiner si l'accusation sur laquelle les feuilletonistes fondent l'importance de leur critique, n'est pas au contraire ce qui la rend douteuse et peut-être inutile.

« Des goûts et des couleurs, il ne faut point disputer. » Il n'est peut-être point d'occasion où ce vieux proverbe puisse être mieux appliqué que lorsqu'il s'agit de porter un jugement sur un tableau. J'ai là devant moi une toile dont je désire connaître le mérite : j'interroge des peintres, des amateurs, des connaisseurs, des feuilletonistes. Qu'arrive-t-il? Les uns me disent : « L'ouvrage est excellent ; » les autres : « Il est détestable. » — En matière de jurisprudence, il est facile de juger ; les lois sont là. En peinture, ainsi que nous l'avons dit, point de loi ; la seule loi, c'est le goût, le caprice, la fantaisie, et Dieu sait combien tout cela est varié dans la nature ! On répondra peut-être que les seules lois en peinture sont les règles, les principes, l'étude de la nature et des grands maîtres. Nouvel embarras, même dissidence d'opinions ! J'admets les règles, les principes, l'étude de la nature et celle des grands maîtres. J'admets tout cela comme le code des lois de la peinture. Je pose ce code à côté du tableau dont je désire connaître le mérite. Je fais de nouveau appel à tous nos peintres, nos amateurs, nos connaisseurs, nos feuilletonistes, et je leur dis : « Jugez selon le code que vous avez sous les yeux. »

Cette question posée, que répondront-ils?

Voici à peu près le colloque qui s'établira :

*Un peintre.* Si l'exemple des grands maîtres, les principes qu'ils ont établis, et la nature sont des lois, ce tableau est admirable : j'y vois un dessin digne de Michel-Ange, un coloris beau comme celui du Titien, une vérité conforme à celle de la nature.

*Un autre peintre.* Si je base mon jugement, ainsi que mon confrère, sur l'exemple des grands maîtres, les principes qu'ils ont établis et la nature, je trouve ce tableau détestable : le dessin en est tout différent de celui de Michel-Ange, le coloris ne rappelle en aucune façon celui du Titien : quant à la vérité de la nature... Mon cher confrère, voyez-vous la nature aussi rouge, aussi jaune...?

— Je la vois même plus rouge et plus jaune.

*Un troisième peintre.* Et moi je ne la vois ni rouge, ni jaune, je la vois bleue.

*Un amateur.* S'il faut dire mon opinion selon les lois que l'on vient d'établir, je dirai que l'ouvrage est assez médiocre : on n'y voit point l'empâtement, la transparence, la touche délicate et spirituelle des grands coloristes.

*Un feuilletoniste.* Messieurs, vous êtes tous de fort mauvais appréciateurs : vos systèmes, vos règles et vos principes faussent votre jugement : c'est par impression qu'il faut juger un tableau ; et pour exprimer franchement mon opinion sur celui qui nous occupe ici, je dirai qu'il me paraît bien mauvais : car il me cause une impression fort désagréable. Et vous monsieur A., quelle impression vous cause-t-il?

— Une impression contraire à la vôtre, mon cher monsieur, une impression agréable : le tableau est excellent. Et vous, monsieur B., quelle est votre impression?

— Impression médiocre.

— Et vous, monsieur C.?

— Impression singulière.

— Et vous, monsieur D.?

— Impression inexplicable.

— Et vous, monsieur E.?

— Aucune impression.

De tout ceci que faut-il conclure?

Que, vu les petites libertés que prennent nos goûts et nos impressions dans l'appréciation d'une œuvre d'art, la règle du beau pourrait bien être celle-ci :

LE BEAU N'EST AUTRE CHOSE QUE CE QUI NOUS PLAIT.

Le peintre a donc le droit de dire : Mon tableau est beau, *parce qu'il me plaît.*

Le critique a celui de dire : Votre tableau n'est pas beau, parce qu'il ne me plaît pas.

Le peintre peut dire encore : Cette critique et ce feuilleton n'ont pas le sens commun, *parce qu'ils ne me plaisent pas.*

Le censeur peut répondre : Ma critique et mon feuilleton sont excellents, *parce qu'ils me plaisent.*

Que pourrait-on conclure encore des petites libertés que prennent nos goûts et nos impressions ?

1° Que les peintres sont de grands sots de s'enquérir de l'avis des autres, et ceux-ci de bien bonnes gens de chercher à leur en donner.

2° Que les hommes sont fous, ou tout au moins munis de bien petites cervelles ; que Dieu, dans sa bonté infinie, jugeant sans doute l'homme assez malheureux de posséder la science du bien et du mal, ne voulut point lui révéler celle du *beau* et du *laid,* afin que, en vertu de la faculté de trouver plein de charme ce que d'autres regardent avec horreur, chacun en ce monde trouvât sa petite part de bonheur et de jouissance ; car rien dans la nature n'est perdu pour nous. O prévision vraiment paternelle du créateur de toutes choses !

## § 11.

QUELQUES IDÉES SUR LES PEINTRES ET LA PEINTURE.

Il existe parmi les peintres deux sectes : l'une a pour but l'argent, ou bien l'argent et la gloire tout à la fois ; l'autre, la gloire seulement.

Cette dernière est peu nombreuse et peu connue.

Voici quelques-uns de ses principes :

N'être dominé que par une seule passion, celle de la gloire.

Chercher à porter la perfection de l'art aux dernières limites du possible.

Tâcher d'atteindre ce but avec un courage, une constance, un héroïsme dignes des plus hautes vertus antiques.

Sacrifier à l'amour de l'art tout ce qui, dans la vie matérielle, s'appelle fortune, bonheur, plaisir, amour.

L'art n'est point arrivé à son apogée, il n'a pas même fait la moitié du chemin qu'il doit parcourir.

Raphaël, Rubens, Michel-Ange semblent les plus avancés dans la perfection de l'art : il faut chercher à les égaler, à les surpasser même.

Le génie chez les hommes n'est point inné, les grands hommes ne sont point de grands hommes, ils sont seulement les enfants gâtés des circonstances et des accidents : leur succès ne doit ni nous effrayer ni nous décourager.

Tous les hommes dont l'organisation physique et intellectuelle est complète, peuvent devenir de grands peintres.

Faire bien n'est qu'une question de temps.

Les peintres passionnés pour la gloire ne doivent point vendre leurs ouvrages, cette résolution devant leur permettre de les corriger sans cesse ou de les anéantir s'ils sont indignes de porter leur nom dans l'avenir.

Ne point craindre de se faire des ennemis. Les ennemis, par leurs sarcasmes ou leurs critiques, réveillent en nous le désir de nous élever, de les combattre par des chefs-d'œuvre.

L'ambition, l'orgueil, — la vanité, l'amour-propre même, — sont des vertus de l'artiste : elles le stimulent, l'encouragent et le soutiennent dans ses travaux.

La modestie est une vertu dangereuse : elle tend naturellement à affaiblir toutes ces qualités.

Tels sont la plupart des principes qui constituent la doctrine des peintres de la secte nouvelle.

Nous allons examiner quelques-unes de ces questions, si différemment résolues par les amis du luxe et de la bonne chère, par les peintres qui se nourrissent des fumées de la renommée.

### EST-CE UNE FOLIE QUE DE PEINDRE POUR LA GLOIRE?

Quand on jette les regards vers la voûte des cieux, quand on considère les milliers de mondes qui roulent dans l'espace, quand on songe au petit grain de sable sur lequel nous rampons, qu'est-ce que l'homme? et puis qu'est-ce que la gloire?

Bien des gens rient de la gloire, la traitent de chimère. Ces gens ont peut-être bien raison. Mais quand ces philosophes passent leur vie à dicter des lois au monde ou à amasser les dons précieux de la fortune, pensent-ils faire quelque chose de sérieux? Hélas! l'atôme qui s'appelle l'homme ne semble naître que pour mourir, et mourir pour grossir de sa poussière le sol qui l'a porté! Tout est chimère!

Ne blâmons point ceux qui aiment la gloire : cette chimère n'en vaut-elle pas une autre? et les plus heureux ne sont-ils pas ceux qui savent le mieux se bercer en ce monde des plus douces et des plus nombreuses illusions?

Admettons qu'il y ait des hommes assez fous pour chercher à porter l'art de la peinture aux dernières limites du possible. Placés au point de vue d'où ils voient les choses, ont-ils tort de se fortifier de tout ce que l'amour de la gloire donne de force, de courage et d'enthousiasme?

Si nous lisons l'histoire de la Grèce et de Rome, si nous nous reportons au temps du moyen-âge, quelle passion, en effet, autre que celle de la gloire, sut accomplir dans les arts, dans les sciences, comme dans le métier de la guerre, tant de prodiges qui frappent notre imagination?

Les temps, hélas! sont bien changés!

L'amour de la gloire a bien dégénéré, et avec lui la création des grandes choses qu'il sait faire naître!

La civilisation, — cette déesse à la froide raison, aux sentiments secs et compassés, à la recherche de tout ce qui est nécessaire, utile, sensé, — a éteint les grandes passions. On rit, on a pitié des héros d'Homère, des chevaliers du moyen-âge, peut-être même de ces héros non moins sublimes qui abreuvèrent de leur sang les lions du Colysée.

Où nous conduira la civilisation? Finira-t-elle par nous persuader que bien boire, bien manger, bien dormir, vaut mieux que toutes les chimères de la gloire, que les rêves sublimes dont s'enivre quelquefois notre imagination?

Le bonheur né de la pensée appartient à l'homme.

Le bonheur né des sens appartient aux animaux.

La perfection, chez l'homme, le rapprocherait-elle de la brute?

Des gens soutiennent que l'amour de l'or n'empêche point de faire des chefs-d'œuvre; que les Raphaël, les Michel-Ange, les Rubens, les Van Dyck, nous l'ont souvent prouvé. Ils prétendent que l'on peut travailler tout à la fois et pour la gloire et pour l'argent.

Voici ce que les peintres de la secte nouvelle répondent à cela :

« Si de grands peintres ont produit des chefs-d'œuvre, alors même qu'ils étaient guidés par l'amour de l'or, on doit en rendre grâces à leur génie, et non aux intentions qui les inspiraient. Quand les hommes puissants, distributeurs des fortunes, ont dicté à leur pinceau des fantaisies et des caprices, est-il bien constaté qu'alors leur génie prenait tout son essor, s'élevait à toute la sublimité dont ils eussent été capables, livrés à eux-mêmes, libres, sans contrainte et sous l'inspiration seule de l'amour de la gloire?

» De grands peintres ont produit de belles choses, il est vrai, guidés seulement par l'appât du gain; mais aussi une foule d'ouvrages sortis de leurs mains doivent leur médiocrité à l'influence même de cet appât. Nos musées, nos galeries, nos cabinets, ne sont-ils pas remplis de ces œuvres indignes du nom qu'elles portent et où des idées souvent ridicules, bizarres et mal assorties n'accusent que trop l'aveugle obéissance du génie à la main qui paie?

» On peut concilier l'amour de l'argent avec celui de la gloire, dites-vous?

» Le peintre pourra-t-il concilier les idées, le goût, les penchants d'un amateur avec les grands principes de l'art?

» Si l'amateur est un *connaisseur*, ses idées, ses goûts, ses penchants, choses si variées chez tous les hommes, seront-ils d'accord avec les grandes traditions? et s'ils sont d'accord, combien de *connaisseurs* de ce genre le peintre est-il sûr de rencontrer dans le cours de sa vie?

» Si le *connaisseur* laisse au peintre peu de liberté, que sera-ce lorsqu'il lui faudra travailler au gré de l'ignorant ne payant que ce qui lui plaît, que ce qu'il comprend; au gré du marchand de tableaux, qui, quoique *connaisseur*, n'achète que ce qu'il espère vendre à des amateurs, souvent fort capricieux ou fort peu éclairés, ou amoureux d'une mode passagère? »

## LES PEINTRES DOIVENT-ILS VENDRE LEURS OUVRAGES?

Le plaisir de bien boire, bien manger, bien dormir, fait-il le bonheur suprême d'un artiste? Alors, on ne peut que louer cet artiste de plier son talent aux circonstances de la mode, aux divers goûts des amateurs, afin de vendre aussi bien que possible des ouvrages dont le prix doit amener au foyer domestique ces douceurs matérielles que chacun sait apprécier.

Mais l'approbation, accordée à l'homme qui cherche à satisfaire des goûts et des plaisirs matériels, serait-elle refusée à celui qui cherche à satisfaire des goûts et des plaisirs d'une nature tout opposée?

Je ne le pense pas.

Si, brûlant d'atteindre les plus hautes régions de l'art, l'artiste ne vend point ses ouvrages, afin de les retoucher sans cesse ou de les *anéantir s'ils sont indignes de porter son nom dans l'avenir*, quelle raison peut faire condamner une telle conduite? Cette folie ne trouve-t-elle pas son excuse dans le noble but qu'elle se propose? Et en dernière analyse, toute folie n'est-elle pas sagesse, dès l'instant qu'elle nous rend heureux? Si l'on cite à ce propos l'exemple de quelques grands peintres qui, malgré leurs nombreuses erreurs, n'en ont pas moins acquis beaucoup de gloire, les peintres de la secte nouvelle répondront : « Ces grands peintres ne seraient-ils pas plus grands encore, s'ils avaient eu le courage ou de retoucher ou d'anéantir des œuvres indignes d'eux? Quelle haute idée n'aurions-nous pas de Rubens et de tant d'autres s'ils n'avaient laissé subsister que leurs meilleurs ouvrages? »—Pauvres fous! dira-t-on, plus ou moins de gloire, est-ce la peine d'y songer? Mais il faut se souvenir ici qu'au point de vue de la secte nouvelle, l'art est une religion : une seule imperfection qui échappe au pinceau est donc chose aussi grave, aussi importante que peut l'être, aux yeux du saint anachorète ou du saint martyr, le péché mortel qui lui ferme à jamais les portes de la vie éternelle.

## SI LES ARTISTES PASSIONNÉS POUR LA GLOIRE NE PEUVENT VENDRE LEURS OUVRAGES, QUELS SERONT LEURS MOYENS D'EXISTENCE?

A cette question, souvent faite par les peintres amis de la bonne chère, voici ce que répondent les peintres amis de la gloire :

« Si vous ne vous sentez point cet amour ardent, ce courage indomptable, cette force puissante, cet enthousiasme prodigieux qui fait tout sacrifier au profit de l'art, ne soyez point des nôtres. Mais, si la passion qui nous anime remplit votre âme, venez à nous, et vous comprendrez alors à combien peu de chose se réduisent les besoins de la vie, combien le corps est sobre et peu exigeant, alors que l'âme n'a plus qu'une pensée, qu'un désir, qu'un vœu.

« Cependant, si un jour vous êtes assez malheureux pour n'avoir en mains que votre pinceau contre les besoins les plus impérieux de la vie, que ce jour soit un jour de deuil pour vous! que dans cette extrémité funeste, dans ce moment d'un désespoir profond, votre talent descende des hauteurs où la gloire l'appelle, mais qu'il s'enveloppe d'un déguisement tel que la postérité ne songe jamais à placer votre nom au-dessous d'une œuvre indigne de vous, et qu'une impérieuse nécessité vous aura forcé d'accomplir. »

## EST-IL BIEN POSSIBLE DE SURPASSER LES GRANDS MAITRES DE L'ART?

Ce que notre imagination ne peut concevoir, nous en admettons difficilement l'existence. Parle-t-on d'une perfection, d'une invention nouvelle, personne n'y croit; mais cette perfection, cette invention vient-elle à se réaliser, chacun alors s'écrie : « Je l'aurais deviné! » Ainsi se sont perfectionnées bien des choses, au grand ébahissement de la foule. Ces leçons si souvent données à notre imprévoyance ne nous ont point rendus plus sages. Nous n'avons foi qu'aux choses présentes, nous fermons les yeux sur tout ce qui doit éclore dans l'avenir.

Parmi les esprits arriérés dont le monde pullule, il faut citer particulièrement les peintres. Rien de plus indolent, de plus mou, de plus paresseux que ces paisibles enfants d'Apollon; tandis que depuis des siècles tout se meut, change et se perfectionne, ils restent impassibles, courbés sous

leurs vieilles routines, et toujours fidèles à leurs dieux desséchés et ver-
moulus.

Osez dire à un peintre : « Vos moyens mécaniques sont imparfaits ; ils ne
secondent point les efforts de la pensée ; vos couleurs à l'huile en usage
depuis quatre siècles absorbent vingt ans de la vie dans un sot exercice
pratique ; vos Raphaël, vos Rubens, vos Mieris, vos Gérard Dow, vos Claude
Lorrain sont encore dans l'enfance de l'art ; cherchez à faire mieux ; chassez
ces dieux ; mettez-vous à leur place. »

Osez dire de semblables choses !

Quel blasphème !

## TOUS LES HOMMES DONT L'ORGANISATION PHYSIQUE ET INTELLECTUELLE
## EST COMPLÈTE, PEUVENT-ILS DEVENIR DE GRANDS PEINTRES ?

Est-il bien vrai que l'on naisse poète, peintre ou musicien ? qu'au sein
de notre mère, la nature nous inocule pour ainsi dire le germe des arts et
des sciences ? S'il en est ainsi, que faisait donc dame nature avant l'invention de la peinture, de la sculpture et de la musique ? Sans doute qu'alors
elle avait bien peu de besogne, cette bonne déesse. En revanche, combien
elle doit être alerte aujourd'hui ! Quelle activité ne doit-elle pas déployer,
en ce siècle de lumières, pour distribuer à chaque petit embryon les
sciences nouvelles qu'il doit apporter avec lui en naissant !

J'ai vu dans une académie trois cents jeunes gens, tous à peu près du
même âge, commencer des études de peinture. Au bout de cinq à six ans,
les uns étaient fort avancés, d'autres fort en arrière.

On établit alors trois classes. La première contenait les plus avancés ; la
seconde, ceux qui l'étaient moins ; la troisième, les individus paraissant les
moins disposés à cultiver la science.

Que concluait-on alors des dispositions de ces élèves ?

Que les individus de la première classe étaient les hommes doués, les
artistes élus.

Suivons le temps dans son œuvre.

Cinq ans plus tard, les rôles sont changés : une partie des derniers
rangs est arrivée au premier et une partie des premiers est restée stationnaire.

Étonnement des professeurs ! Les augures avaient un peu menti.

Suivons le temps dans son œuvre.

Cinq ans plus tard, les rôles sont encore changés : les circonstances
favorables aux uns, défavorables aux autres, ont apporté, au thermo-

mètre du progrès, de curieuses variations : Des individus, passés d'une manière si inattendue à la première classe, restent à leur tour stationnaires.

Étonnement croissant des professeurs, qui concluent alors que les talents déjà distingués, sortis de ces épreuves, sont les véritables génies innés !

Suivons le temps dans son œuvre.

Bien des années se sont écoulées encore : la plupart des génies innés sont restés stationnaires. Quelques-uns même ont abandonné l'art pour devenir, ou marchands de draps, ou épiciers, ou commis voyageurs. — Changement extraordinaire ! — Des individus proclamés jusqu'alors les moins doués de ces petits présents que donne la bonne nature à l'état d'embryon, ont développé tout à coup leurs facultés. Les voilà, eux, qui se montrent à leur tour supérieurs aux génies innés !

Suivons encore le temps dans son œuvre.

Peu d'années se sont écoulées, et déjà ces derniers commencent à devenir stationnaires... Où cela s'arrêtera-t-il ?

Ainsi marchent dans leurs développements nos facultés ; ainsi elles marcheraient sans cesse, si les bornes de la vie ne mettaient un terme à ces incessantes variations.

Maintenant je pose une question :

Quels sont, parmi les hommes dont nous venons d'apprécier les progrès dans diverses phases de la vie, les génies innés, les génies supérieurs ?

Si l'on accorde la palme à ceux qui, en dernière analyse, sont les plus avancés, est-on bien certain que le temps les laisse à leur place ?

Si l'on considère comme inférieurs les hommes restés en arrière, est-on bien assuré que le temps ne les grandisse pas ?


## CONCLUSION.


Les Raphaël, les Rubens, les Michel-Ange ont subi aussi, dans la marche de leurs progrès, les vicissitudes attachées à la nature humaine.

En dernière analyse, ils se sont montrés supérieurs à leurs rivaux. Est-il bien certain qu'en supposant la continuité de la vie chez tous ces hommes, l'œuvre du temps n'eût point rendu le talent des peintres illustres stationnaire et accru celui de leurs rivaux ?

Que nous prouve tout ceci ? dira-t-on.

Deux choses : la première, qu'il est permis de douter de la supériorité des hommes qui se sont le plus distingués pendant un certain temps de la vie, soit au commencement, soit à la fin.

La seconde, que la supériorité qu'ont déployée les grands hommes pourrait bien n'avoir d'autre mérite que celui d'un *prompt développement des facultés*, dont la cause ne peut être attribuée qu'aux *circonstances seulement*, et non aux dons du ciel, reçus dès le sein de notre mère.

Toutes ces observations nous mènent à conclure ceci :

Ce n'est point sans quelque raison, que les peintres de la secte nouvelle établissent le système suivant :

1° *Tous les hommes bien organisés peuvent devenir de grands peintres ;*

2° *Le génie n'est pas inné ;*

3° *Les grands hommes ne sont point de grands hommes, mais seulement les enfants gâtés des circonstances et des accidents.*

Ce système conduit naturellement la secte nouvelle à formuler cette exhortation si présomptueuse aux yeux de la foule :

*Le succès des grands hommes ne doit point nous effrayer ni nous décourager : il faut chercher à les égaler, à les surpasser même.*

Les réflexions qu'on vient de lire auront-elles quelque empire sur l'esprit des jeunes gens de talent et d'avenir, mais découragés par cette idée généralement accréditée, que le talent doit être inné?

Hélas! nos arguments resteront peut-être sans résultat !

Un bon bourgeois, favorisé des dons de la fortune, s'imaginera que ces mots : *Les grands hommes sont les enfants gâtés des circonstances*, lui sont spécialement adressés.

Un gros garçon, jouissant d'une santé florissante, croira peut-être trouver son horoscope dans ceux-ci : *Tous les hommes bien organisés peuvent devenir de grands peintres.*

Cette dernière ligne, cher lecteur, vous fait sourire : je vous vois vous rengorger avec un petit air fier et satisfait...

Seriez-vous un feuilletoniste?


## FAIRE BIEN N'EST QU'UNE QUESTION DE TEMPS.


Voici ce que la secte nouvelle entend par là :

L'artiste acquiert tous les jours des connaissances nouvelles dans son art : cette progression ne peut s'arrêter qu'au terme où les facultés s'affaiblissent par l'âge, époque à laquelle il semble que l'homme moral finisse sa carrière.

Si l'artiste apprend tous les jours, évidemment la durée de la vie est pour lui d'une haute importance. Non-seulement une longue carrière permet d'accumuler de la science, mais encore elle donne des chances nombreuses de rencontrer *les circonstances heureuses* qui conduisent au succès. Que de beaux génies manquant de temps pour éclore, sont morts à vingt ans, ignorés, ensevelis sous la poussière!

*Faire bien n'est qu'une question de temps.* Il faut se souvenir que cette maxime ne se rapporte qu'à l'artiste dont toutes les pensées sont des aspirations vers la gloire, tous les instants des efforts pour la conquérir.

Le génie, *c'est la patience*, a dit Buffon. N'est-ce pas comme s'il avait dit *la patience et le temps*? Dans le sens où l'a compris le grand écrivain, cette patience ne doit-elle pas être opiniâtre, continue, sans bornes? Et comment la concevoir telle, sans du temps, beaucoup de temps?

L'homme doué de persévérance ne serait qu'un homme fort incomplet, si la durée de son existence ne lui permettait pas de faire l'application de cette patience qui, selon Buffon, constitue le génie.

On objectera peut-être que bien des hommes ont donné des preuves de génie en peu de temps; que Raphaël à trente ans sut produire des chefs-d'œuvre. A cela, l'on peut répondre ce que nous avons dit plus haut des circonstances favorables au prompt développement des facultés, circonstances qui sont l'équivalent d'une existence prolongée.

## L'AMBITION, L'ORGUEIL, LA VANITÉ, L'AMOUR-PROPRE SONT-ILS DES VERTUS DE L'ARTISTE?

Ainsi que de nombreuses cohortes de fourmis, rampant çà et là dans les sentiers étroits de votre jardin, vous paraissent dignes de pitié, ainsi paraissent, aux yeux des peintres de la secte nouvelle, tous les hommes, habitant la terre. Debout, à la hauteur des dieux de l'Olympe, nos peintres philosophes n'appartiennent point au monde matériel où nous vivons : l'Univers pour eux, c'est l'art; nos affaires les plus importantes, nos grands démêlés politiques, de petits bourdonnements d'insectes, indignes de leur attention.

Où cet orgueil, cette vanité, cet amour-propre les conduisent-ils? On s'accorde généralement à dire que la noble ambition, le noble orgueil sont les bases des grandes vertus, des grandes actions; que ces passions stimulent le génie, l'exaltent, l'enflamment; mais, jamais jusqu'à ce jour, on ne s'était avisé d'attribuer à la vanité et à l'amour-propre les mêmes résultats. Ces viles passions, se dit-on, nous inspirent une sotte satisfaction de nous-mêmes, et tendent sans cesse à nous aveugler sur nos défauts.

Écoutons ce que nos peintres ambitieux soutiennent à ce sujet.

Si la vanité et l'amour-propre, disent-ils, produisent sur de certains esprits de funestes effets, que peuvent-ils sur des hommes passionnés de notre trempe? *Qui sait aimer la gloire a des yeux d'aigle sur ses propres défauts.* Quand, se préparant à combattre sous les murs d'Ilion, les généreux enfants de la Grèce se vantaient d'accomplir les plus brillants exploits, ces sentiments de vanité et d'amour-propre ont-ils été funestes à leur héroïsme, à leurs vertus? Ces audacieuses promesses ne furent-elles pas au contraire le gage de la victoire? Lorsque, près de succomber sous les efforts des valeureux Troyens, le fils d'Atrée les leur rappela : « Quelle honte! s'écriait-il, quelle honte! O Grecs! opprobre de votre race! fantômes de héros! que sont devenues les bravades qui étaient dans notre bouche, lorsque nous nous disions les plus héroïques des hommes? A Lemnos, élevant un front ivre d'un vain orgueil, vous nourrissant de la chair des victimes et portant les coupes à vos lèvres, chacun de vous se vantait de soutenir dans le combat l'effort de cent, même de deux cents Troyens! »

Autres temps, autres mœurs.

Aujourd'hui, nos héros ne s'avisent plus de dire : « Je combattrais cent, deux cents Troyens. » Généralement, nous avons peu de raisons qui nous autorisent à nous vanter d'une pareille vigueur.

En revanche, la civilisation nous a dotés d'une qualité qui nous place bien au-dessus des héros de la Grèce.

Cette qualité, c'est la modestie.

Avec elle on ne se compromet jamais. Échouez-vous dans une entreprise, vous êtes à l'abri de la honte et du reproche; vous ne vous êtes point vanté.

O civilisation! mère de la mollesse, de la paresse, de la poltronnerie et du repos!

## LES ARTISTES DOIVENT-ILS ÊTRE MODESTES?

Il faut bien distinguer, dit-on, la véritable modestie de la fausse. Préjugé, prévention, habitude de répéter, sans réflexion et comme des perroquets, ce que nos pères nous ont appris!

Pour peu qu'on examine sérieusement la chose, on verra que, de ces deux modesties que l'on distingue, il n'en est qu'une : c'est la fausse.

La modestie, quelle que soit sa dénomination, n'est qu'une vanité adroitement déguisée, un moyen artificieux de s'attirer la louange des hommes.

Celui qui est modeste est toujours censé ignorer les qualités dont on le loue. Or, s'il ignore qu'il a de l'esprit ou du talent, on doit supposer qu'il a peu ou point de jugement, ce qui n'est pas vraisemblable, puisque, pour acquérir du talent, il lui a fallu se juger lui-même et se comparer souvent aux autres. Il met donc de la fausseté à parler de lui.

La modestie ne nous paraît une vertu si belle que parce qu'elle chatouille agréablement notre amour-propre. Si un homme, par ses talents ou son esprit, semble effacer votre mérite, vous vous sentez frappé dans votre amour-propre. — S'il se vante, vous saisissez cette occasion pour le punir de vous être supérieur ; vous le signalez comme un homme bouffi d'orgueil. — Que cet homme vienne vous serrer la main et vous dire : « Ce n'est pas moi, monsieur, qui ai du talent, c'est vous seul », votre amour-propre est satisfait : vous trouvez cet homme-là admirable, et vous êtes content de lui : — Il est modeste !

C'est ainsi que nous nous surprenons les uns les autres, en flattant nos passions, et que nous témoignons de l'admiration pour une prétendue vertu, qui n'est, à vrai dire, qu'un *attrape-niais*.

Les peintres de la secte nouvelle ont compris, non-seulement tout ce que la modestie a de faux et de ridicule, mais encore tout ce qu'elle peut avoir de nuisible au talent par ses tendances à étouffer l'enthousiasme et l'exaltation. Si l'artiste, ainsi que cela se voit aujourd'hui, est estimé d'autant plus qu'il est modeste, à quelle extrémité conduira donc la modestie ? N'est-il pas à craindre qu'à force d'être modeste l'artiste ne finisse par s'étudier à ne pas s'élever au-dessus de ses rivaux ? Pour une conscience délicate ne doit-il pas sembler peu honnête de dire sans cesse à son ami, à son voisin : *Je ne prétends pas faire mieux que vous,* tandis que traîtreusement on cherche à éclipser son mérite en se montrant supérieur à lui ?

L'homme est bien l'animal le plus perfide qu'il y ait sur la terre !

L'homme modeste surtout.

## LES ARTISTES DOIVENT-ILS CRAINDRE DE SE FAIRE DES ENNEMIS ?

La nouvelle secte se prononce ainsi sur cette question :

Que celui dont l'ambition se borne aux jouissances de la vie matérielle, se fasse des amis ; que ces amis soient des princes, des ministres, des journalistes ; qu'il se gorge de tous les honneurs, de tous les dons que ces hommes adressent à son amour-propre ; que, se croyant arrivé au faîte de la gloire, il s'endorme, ainsi que l'insouciant animal qui s'engraisse de glands : j'y consens ; c'est la conduite que peut tenir un bon bourgeois, un honnête artisan.

Mais à l'homme qu'entraîne la passion de la gloire il faut des ennemis nombreux.

Qui, mieux que nos ennemis, sait nous éclairer sur nos défauts ? Nos ennemis, en effet, sont les plus grands amis de notre gloire : l'œil constamment fixé sur nous, le moindre écart, la moindre bévue, ils nous les signalent scrupuleusement ; pour eux, nos œuvres ne sont jamais assez étudiées, assez travaillées, assez parfaites. Pour nos ennemis, nous n'avons jamais assez d'imagination, d'esprit, d'éloquence ; pour leur plaire, nous devrions sans cesse nous appliquer à nous montrer supérieurs à ce que nous sommes. — En nous poursuivant sans cesse de leurs verges impitoyables, nos ennemis nous obligent, comme malgré nous, à faire de notre mieux, et à force d'être scrupuleux et méchants, ils nous font faire des chefs-d'œuvre.

C'est à ses ennemis que Boileau doit la perfection de ses vers. Aussi ne leur laissait-il aucun relâche ; sans cesse appliqué à blesser leur vanité par de nouveaux efforts, il se créait ainsi des stimulants qui jamais ne manquaient leur but.

O vous qui rêvez un nom immortel, à l'exemple de Boileau, faites-vous de nombreux ennemis. Montrez, dans vos actions, dans vos œuvres, une fierté, un orgueil, une ambition sans bornes. Marchez à pieds joints sur la modestie ; osez dire publiquement, ouvertement : « Je veux de la gloire ; je travaille pour la gloire, rien que pour la gloire ; je serai grand, je veux être grand ! » Osez dire toutes ces choses, et bientôt vous verrez une foule d'ennemis surgir de toutes parts, et tous les hommes en général se sentiront pleins de colère contre vous, et ceux-là mêmes qui ne vous ont jamais vu, vous haïront de toute la force de leur âme.

C'est que vous aurez trouvé le secret, le véritable secret d'exciter leur haine : c'est que vous aurez marché par-dessus la modestie.

Heureux alors d'avoir soulevé contre vous tant de colères et tant de haines, vous vous sentirez dans une position à ne plus reculer devant vos audacieuses paroles, vos ambitieux projets, vos défis orgueilleux : il faudra marcher droit et ferme ! Car, blessée au cœur, la foule ennemie aura ramassé le gant ; elle vous demandera réparation de l'offense ; elle vous criera : « En garde ! » Elle vous sommera de vous armer de tout votre courage, de vous défendre de tous vos efforts ; c'est un combat à mort qu'elle vous livrera, un combat de lion, un combat de tigre, où il n'y aura point de quartier ; un combat où cependant il faudra triompher, riposter par des chefs-d'œuvre, puis des chefs-d'œuvre, puis encore des chefs-d'œuvre !

Donc, quelle puissance plus capable d'enflammer tout ce qu'il y a en nous de courage, de force et d'énergie, que la méchanceté de nos ennemis ?

Non, tous les diamants des princes, tous les banquets des amis, leurs discours flatteurs, leurs toasts bruyants, leurs superbes articles de journaux, ne peuvent faire vibrer plus puissamment toutes les fibres du génie chez l'homme vraiment né pour la gloire.

Ainsi prêche la secte nouvelle. Elle fait peu de prosélytes : les toasts bruyants et les banquets des amis sont généralement plus estimés que le courage, la force et l'énergie que peut exciter en nous la méchanceté de nos ennemis.

Il est à présumer que la secte nouvelle prêchera longtemps dans le désert.

## DU MEILLEUR MOYEN DE RAMENER LA PEINTURE MODERNE VERS LES GRANDS PRINCIPES DE L'ART.

Dans une brochure que j'ai publiée en 1844, j'ai déjà examiné cette question. On n'a point compris mon idée : peut-être a-t-on fait semblant de ne point la comprendre.

Le meilleur moyen, le seul peut-être de diriger les peintres dans une bonne voie, ce serait de placer au milieu de nos expositions les œuvres des grands maîtres.

Bien des gens ont objecté qu'il y avait, pour le peintre, un vain orgueil à placer ses œuvres à côté de celles des grands hommes.

A cela j'ai répondu :

Il n'y a point d'orgueil à chercher à établir un parallèle entre ses propres travaux et ceux des peintres les plus renommés ; mais il y a de la vanité, et beaucoup, à reculer devant un tel parallèle ; c'est l'amour-propre, la seule crainte d'une comparaison exposant les défauts à la critique et compromettant la part de réputation acquise, qui fait prendre à la plupart des peintres le parti *modeste* d'éviter toute comparaison.

Quelques personnes ont cru que ma méthode devait faire tomber dans le pastiche.

Évidemment ces personnes ne m'ont point compris.

Quand j'ai dit : Placez vos œuvres à côté de celles des grands maîtres, je n'ai pas voulu dire : Imitez leur manière, leurs défauts ; mais : Cherchez à vous pénétrer de leurs principes, à vous élever à la hauteur de leur talent.

Des feuilletonistes ont prétendu que le peintre devait faire des comparaisons de *mémoire*, c'est-à-dire rapprocher dans leur esprit les choses qu'ils ont vues de celles qu'ils voient. Pour répondre à cette observation, j'en appelle à l'expérience des peintres, sur la différence qui existe entre les comparaisons faites de mémoire et celles qui se font en présence de tableaux côte à côte placés.

## NOIR ATTENTAT A LA GLOIRE DE RUBENS.

Ayant vainement sollicité, dans l'intérêt des artistes, le placement de tableaux anciens dans nos expositions, j'ai voulu, pour mon propre compte, mettre à profit la méthode que je crois la plus propre à l'instruction d'un peintre. A cet effet, j'écrivis à M. le ministre de l'intérieur : je le priai de vouloir bien me permettre de placer momentanément un des tableaux de Rubens appartenant au Musée, à côté de mes derniers ouvrages exposés.

M. le ministre comprit parfaitement quelle leçon ce devait être pour moi que le parallèle que je voulais établir : j'obtins une promesse des plus satisfaisantes.

Vaine espérance !

Des artistes ayant appris quel était mon projet, crurent y découvrir un affreux guet-apens, une audacieuse conspiration contre la gloire du chef de l'école flamande

Une protestation énergique fut faite.

Je ne pus obtenir de tableau...

Ainsi les défenseurs de Rubens sauvèrent ce grand maître d'un imminent danger...

Sans doute l'ombre du grand peintre, charmée de leur perspicacité et de leur dévouement, leur adressera de chaleureux remercîments aux Champs-Élysées, — si un jour il parvient à les découvrir en cette demeure fortunée des grands hommes.

## EXHORTATION.

—

En terminant ici mes quelques idées sur les peintres et la peinture, je crois pouvoir rappeler les paroles que j'adressai un jour à de jeunes peintres :

« Méprisez les dons de la fortune ; que votre génie reste libre, indépendant ; ayez une haute idée de votre art, comme ce fier Italien qui ne voulut point se découvrir devant le pape qui le voyait peindre. Ne cherchez point la faveur des grands : que sont-ils près de vous, si vous devenez un grand artiste ? La gloire d'un grand peintre est au-dessus de toutes les gloires. On parle avec admiration de Raphaël, de Rubens, de Van Dyck ; on sait à peine le nom des grands seigneurs ou des fiers et hautains ministres qui vivaient de leur temps. Qu'une si belle carrière exalte votre enthousiasme, enflamme votre courage. Gardez-vous d'imiter vos contemporains dont les succès ne sont souvent dus qu'aux caprices d'une mode passagère ; évitez surtout la contagion qui répand dans les arts l'esprit futile et léger de nos voisins : les œuvres des grands maîtres qui ont été approuvées par les siècles, doivent seules vous servir d'étude. Lisez Plutarque. Comme le disait un peintre célèbre : A la lecture de la vie des grands hommes notre imagination s'échauffe et grandit. Quel que soit le genre d'ambition dont ils aient été animés, leur exemple excite en nous une immense énergie, un désir brûlant de nous élever comme eux. Quand vous vous livrerez aux travaux de votre art, rappelez-vous avec quelle héroïque fureur ses grands hommes ont travaillé à leur gloire. Alexandre-le-Grand s'appliquait sans cesse à imiter les sublimes héros de l'Iliade ; César, jaloux d'égaler l'illustre Macédonien, pleurait un jour en songeant que lui, César, n'avait rien fait encore, dans un âge où ce héros remportait d'éclatantes victoires. Avant de vous mettre à l'œuvre, souvenez-vous de tous ces traits de vertu, d'héroïsme, de ces chefs-d'œuvre des arts qui font l'admiration des siècles. Que si, au souvenir de toutes ces choses, vous êtes saisi d'enthousiasme, si vous sentez que votre poitrine se gonfle, qu'une soif de gloire vous transporte, c'est que vous aussi, vous êtes artiste. Alors vous saisirez vos pinceaux et, comme un de ces héros d'Homère cherchant dans la mêlée un ennemi digne de lui, vos regards se porteront vers les œuvres immortelles de Raphaël, de Michel-Ange, de Rubens. Alors vous travaillerez avec le désir ardent d'égaler ces maîtres; et, votre tâche achevée, plein d'une noble fierté, vous vous écrierez comme Salvator Rosa : Que *Michel-Ange vienne maintenant, et nous verrons s'il fait mieux!*

Ce que vous aurez fait ne sera peut-être qu'une chose imparfaite encore, mais au moins ce que vous aurez produit sera le résultat de tout ce que pouvait l'entier développement de vos facultés, et, soyez-en bien sûr, ce que jamais l'amour du gain n'eût pu vous inspirer.

## § III.

### EXAMEN DES TABLEAUX.

Attendu que, selon mes convictions, la critique d'art peut être considérée :

1° Comme une manifestation de la vanité et de l'amour-propre ;

2° Comme une chose souverainement sotte, ridicule, absurde, lorsqu'elle procède surtout de l'opinion des gens d'esprit, des poètes, des feuilletonistes et même des peintres ;

3° Comme une dépense d'intelligence inutile pour tout le monde, puisque chacun est doué d'un sentiment différent du *beau* et du *laid*, et qu'après tout, *le beau n'est autre chose que ce qui nous plaît.*

Je déclare ne point prétendre du tout faire ici de la critique à l'abri des gracieuses épithètes ci-dessus mentionnées.

Là où presque tous les hommes ne montrent qu'absurdité, divagation, folie, qui oserait se flatter de paraître sage à leurs yeux?

J'ajouterai qu'un but secret, et que je divulguerai plus tard, me force ici à me rendre coupable d'une faute pour laquelle j'éprouve la plus violente répulsion, la plus grande horreur.

Que Dieu, les peintres, les poètes et les feuilletonistes daignent me pardonner !

Cette déclaration faite, il me reste à dire par quel procédé je vais essayer de porter mon jugement sur les œuvres du salon.

Si nous n'avons point d'idées fixes sur le beau, n'est-il pas sage de s'en rapporter à ce que nous en disent les grands maîtres dans leurs œuvres? « L'antique et constante admiration que l'on a toujours eue pour un ouvrage, a dit Boileau, est une preuve sûre et infaillible qu'on le doit admirer. »

Je prends donc pour modèles du beau, les tableaux des peintres les plus renommés, et je les place *en imagination* parmi ceux à l'examen desquels je vais procéder. Çà et là, je me représente des œuvres de Rubens, de Raphaël, de Michel-Ange, de Titien, de Rembrandt, de Gérard Dow, de Lorrain, etc., etc.

Ces comparaisons seront malheureusement faites *de mémoire*; mais à qui la faute, si un parallèle d'un autre genre ne peut se réaliser?

Mes observations auront pour résultat d'indiquer, dans chaque tableau, deux choses seulement, deux choses plus intéressantes pour l'artiste, plus propres à lui suggérer d'utiles réflexions, que tous les discours, toutes les appréciations poétiques de nos *poétiques* feuilletonistes. Ces deux choses seront divisées ainsi qu'il suit :

1° Les parties les plus rapprochées du *beau*, comme l'ont entendu les grands maîtres;

2° Les parties les moins rapprochées de ce beau.

Ainsi, dans l'examen d'un tableau, je dirai :

Composition, dessin, ou expression, etc., dans telle ou telle partie... On sous-entendra que ces parties, sous le rapport de la composition, du dessin, de l'expression, sont les meilleures de l'œuvre conformément aux principes des grands peintres choisis comme type de perfection.

Pour le second point, le silence suffira, de sorte que les parties d'un tableau dont il ne sera pas fait mention sont celles qui m'ont semblé s'éloigner des types du beau.

Cette méthode, la plus propre, je crois, à formuler le jugement le moins absurde possible, je la conseille à messieurs les feuilletonistes, quand toutefois le goût, le sentiment et la mémoire des beaux modèles, que donnent vingt ans d'études, leur permettront de la mettre en pratique.

Mon programme posé, je commence :

MATHIEU (L.).

649. *Le Christ au tombeau.* — Composition. Dessin. Invention et expression de la Vierge.

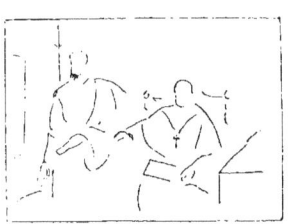

GALLAIT.

390. *Derniers moments du comte d'Egmont.* — Invention. Couleur. Expression de la tête d'Egmont. Modelé des mains.

VAN EYCKEN (JEAN).

982. *L'abondance de l'année 1847.* — Composition. Dessin et modelé de la tête de la jeune femme. Masses de lumière.

ROBBE (LOUIS).

757. *Animaux au pâturage.* — Ton vigoureux. Harmonie.

VAN SCHENDEL (P.).

1041. *Un marché hollandais.* — Rendu.

13

### NAVEZ (G. J.).

660. *La Sainte Famille.* — Composition. Style.

### STEVENS (Jos.).

889. *Les mendiants, ou Bruxelles le matin.* — Couleur. Faire.

### LAPITO (A.).

527. *Vue prise aux environs de Savone.* — Choix des lignes. Style.

### GENISSON.

409. *Vue générale intérieure de l'église de l'abbaye d'Averbode.* — Couleur. Harmonie. Perspective aérienne.

### POSE (E. W.).

1148. *Paysage, vue prise dans le Tyrol, près de Salzbourg.* — Choix des lignes.

### VAN LERIUS (Joseph).

1002. *La Chute de l'homme.* — Distribution de la lumière.

### CHAUVIN (A.).

117. *Les Bourgmestres Beckmann et Laruelle.* — Expression. Coloris. Harmonie.

### COOMANS (Joseph).

147. *La Dernière charge d'Attila à la bataille de Châlons-sur-Marne.* — Harmonie. Couleur.

### FLEURY (Robert).

364. *Jeanne Shore, condamnée comme adultère et comme sorcière, est en butte aux insultes.* — Coloris vigoureux. Clair-obscur. Vérité de carnation. Relief.

### HAMMAN (Ed.).

446. *La Lecture pantagruélique.* — Composition. Coloris.
447. *André Vésale.* — Harmonie.

### QUINAUX (J.).

744. *Vue prise dans les Ardennes.* — Lignes. Couleur. Harmonie.

### TSCHAGGENY (Édouard).

938. *Une Femme poursuivie par un taureau.* — Couleur du taureau.

### VERHEYDEN (F.).

1069. *La Balançoire.* — Composition. Dessin.

### BILLARDET (Léon-Marie-Joseph).

22. *Héloïse et Abélard surpris par Fulbert.* — Invention. Composition. Mouvement.
23. *Pierre le Vénérable, célèbre abbé de Cluny.* — Dessin. Modelé de la main.

### CHAUVIN (A.).

119. *Fuite en Égypte.* — Invention. Composition.

CALAMATTA (M^me).

78. *Ève*. — Composition. Dessin. Expression.

ACHENBACH.

2. *Paysage*. — Invention. Grandiose des lignes. Style.

DE BLOCK (Eugène).

187. *Scène de famille*. — Couleur.

CHAMPEIN (M^me Amélie).

109. *Paul et Virginie*. — Distribution des masses de lumière.

BOEHM (Auguste).

33. *Mare près de Limouro*. — Choix du site.
34. *Vue prise aux environs de Chevreuse*. — Vérité de la couleur.

CARPEY (J.).

91. *Tentation du Christ*. — Invention.

## PORTAELS (JEAN).

735. *Fatma la Bohémienne.* — Invention. Expression.
734. *Le Simoun ; souvenir de Syrie.* — Invention. Qualité de la couleur.

## BUSCHMANN (GUSTAVE).

75. *Jugement de Rébecca par les Templiers.* — Qualité des tons.

## CAUTAERTS.

95. « *En désirez-vous?* » — Couleur. Modelé.

## DE NOTER (DAVID.)

262. *Les préparatifs d'un grand repas.* — Composition.

## FOURMOIS (F.).

369. *Une bruyère dans le grand-duché de Bade.* — Vigueur de la couleur. Vérité.

## FLEURY (ROBERT).

365. *Une femme tricotant.* — Invention. Clair-obscur. Vigueur de coloris.

## GEEFS (Mme FANNY).

395. *Sainte Agnès.* — Masse de lumière.

## GENISSON.

411. *Vue du chœur de l'église de Saint-Sauveur, à Bruges.* — Piquant de l'effet. Relief.

## HENIN.

474. *Bienfaisance de Marie-Thérèse.* — Harmonie.

### ROBERT (Alexandre).

764. *Luca Signorelli, célèbre peintre italien faisant le portrait de son fils, mort accidentellement.* — Invention. Expression de la tête de Signorelli.

### JACOBS-JACOBS.

482. *Halte d'Arabes dans le désert, aux environs des Pyramides.* — Choix des lignes. Disposition de la lumière.

484. *Plaine de Thèbe inondée par le Nil.* — Piquant de l'effet. Vérité.

### JACQUAND.

485. *Le guet-apens,* XVIᵉ siècle. — Invention. Coloris.

### GALLAIT (Louis).

389. *La tentation.* — Dessin de la tête de la jeune fille. Modelé et relief de la tête et des mains du saint. Couleur. Harmonie.

### KINDERMANS (J.-B.).

504. *Paysage; vue de l'Emblève (Ardennes).* — Choix des lignes. Perspective aérienne.

### KOEKKOEK.

510. *Entrée de forêt.* — Faire. Vérité de la couleur.

### KUHNEN (Louis).

515. *Les ruines du manoir; soleil couchant.* — Composition. Fraîcheur de tons.

### LE POITTEVIN (Eugène).

571. *David Téniers conduisant Don Juan d'Autriche, son élève, visiter une kermesse.* — Composition. Tons harmonieux.

O'CONNELL (M<sup>me</sup> Frédérique).

684. *Portrait.* — Coloris. Qualité de carnation. Harmonie.
676. *L'arrestation de Charlotte Corday.* — Composition Mouvement. Coloris. Distribution de la lumière.

LINNIG (W.).

584. *Une consultation.* — Distribution de la lumière.

BATAILLE (J.).

10. *Murillo dessinant un jeune mendiant dans l'atelier de ses élèves.* — Vigueur de la couleur.

ROBERT (A.).

*Souvenir du canton d'Unterwald.* — Tons vigoureux. Vérité.

ROBIE (J.).

774. *Tableau de fleurs.* — Rendu. Vérité des morceaux du rocher.

SLINGENEYER (Ernest).

867. *Bataille de Lépante.* — Mouvement dans les groupes de la partie inférieure du tableau. Brillant de la couleur. Audace du faire.

WAUTERS (Charles).

1102. *Charles le Téméraire établissant à Malines le grand-conseil ou parlement.* — Couleur. Relief. Perspective aérienne.

NAVEZ (F.-J.).

661. *Jeunes filles à la fontaine.* — Composition. Dessin des têtes des jeunes filles.

## EECKHOUT (J.-J.).

335. *Le langage des fleurs.* — Vigueur de coloris. Clair-obscur. Charme de l'harmonie.

336. *La toilette.* — Qualité des tons. Disposition de la lumière.

## ROFFIAEN (François).

810. *Une vallée dans l'Oberland bernois, le matin.* — Choix des lignes. Perspective aérienne.

811. *Une chute de l'Aar dans les Hautes-Alpes.* — Vérité. Finesse de tons.

## SCHELFHOUT.

843. *Paysage.* — Vérité de la couleur.

## MATHIEU (L.).

620. *Tentation d'Ève.* — Invention. Dessin. Coloris.

623. *Le bouquet, souvenir de Venise.* — Dessin. Grâce.

## BRULS (L.).

1134. *L'enfant perdu.* — Composition. Couleur. Harmonie.

1135. *La prière.* — Éclat de la couleur.

## SWERTS (Jean).

905. *L'exilé.* — Invention.

## TIBERGHIEN (Louis).

924. *L'oisiveté.* — Invention. Choix des plis.

## VAN EYKEN (Jean).

990. *Épisode du Calvaire.* — Composition.

## VAN MEEN (Ch.).

1016. *Le marchand de gibier.* — Rendu du gibier.

## VAN ROOY.

1037. *La vanité.* — Couleur.

## VERBOECKHOVEN (Eugene).

1059. *Animaux à la prairie.* — Vérité. Rendu. Moelleux. Faire. Modelé. Touche.

## WITTKAMP (J.-B.).

1118. *La délivrance de Leyde.* — Couleur. Harmonie. Lumière. Franchise du faire. Perspective aérienne.

## TAVERNIER.

910. *Nuit d'été.* — Invention.

## SOMERS (Louis).

1161. *Adrien Willaert, de Bruges, dirigeant une de ses compositions musicales.* — Harmonie. Rendu des satins.

## VOORDECKER père (H.).

1094. *Une basse-cour.* — Vérité des animaux de l'avant-plan.

## EXAMEN DES STATUES.

—

« Hors le nu, disait Michel-Ange, point de salut pour la statuaire : sans
le nu, l'artiste court grand risque de tomber dans le *rocailleux et le
grotesque.* »

Les artistes éminents, auteurs des monuments que l'on vient d'ériger,
durent sans doute bien souffrir en prostituant leur talent à l'exécution de
sujets si peu faits pour la statuaire.

De quelle indignation M. Simonis ne dut-il pas se sentir ému lorsque,
descendu des hautes régions où son beau génie se nourrit de la ligne pure
et sublime des Grecs, il fut contraint de façonner, de son ébauchoir vierge
encore, les masses gigantesques ordonnées par le gouvernement!

La sculpture, plus encore que la peinture, exige des sujets de choix.

Est-ce à dire pour cela que le nombre des monuments à élever aux
grands hommes doive être restreint?

Non, mais, à l'exemple des Grecs, sachons choisir, sachons dépouiller nos
héros de ces accessoires qui, par leur singularité, leur bizarrerie, ont la
triste prérogative, non-seulement de sympathiser peu avec la beauté des
formes, mais encore celle de ridiculiser aux yeux de l'avenir les grands
hommes que nous voulons honorer.

Dans l'examen que je me propose de faire ici, je veux établir, ainsi que
pour la peinture, un parallèle entre les œuvres anciennes les plus renommées et celles dont je veux apprécier le mérite.

Les chefs-d'œuvre des Grecs devant me servir comme types du beau, on
conçoit que les formes peu sculpturales ordonnées par le gouvernement ne
peuvent entrer en lice.

Que dirait en effet l'auteur de l'*Innocence,* ce grand artiste si consciencieux, si je m'avisais de comparer les formes à la fois sveltes et robustes de
l'Achille, du Gladiateur, de l'Hercule, à son héros couvert de la cotte de
maille, du casque pesant et du lourd bouclier? Que dirait-il si je comparais
à son gros et magnifique Bayard les chefs-d'œuvre du *monte Cavallo?*

M. Jehotte ne me rirait-il pas au nez si, à côté de son héros enveloppé d'un habit superbement galonné, chaussé de bottes à l'écuyère et affublé d'une perruque à trois marteaux, je plaçais l'Apollon du Belvédère?

*Bien choisir le sujet est, pour le sculpteur comme pour le peintre, un trait de génie.*

Quand les gouvernements comprendront-ils qu'il ne leur appartient pas de dicter aux artistes les sujets qu'ils doivent traiter?

En attendant qu'ils y réfléchissent, examinons ceux qui, libres de toute contrainte, ont suivi leur goût et leurs inspirations.

### FRAIKIN (G.-F.).

372. *Psyché appelant l'Amour à son secours; statue en plâtre.* — Invention. Composition. Dessin. Grâce. Beau idéal. Style.

371. *L'Amour captif; statue en marbre.* — Invention. Composition. Dessin. Expression. Exécution.

### DANIEL.

*Cléopâtre; statue en marbre.* — Morbidesse. Draperie. Exécution.

### DE BAY (Joseph).

179. *Argus endormi par Mercure au son de sa flûte; statue en plâtre.* — Invention. Style. Nature.

### DE CUYPER (L.).

205. *Une jeune mère canadienne répandant son lait sur le berceau de son enfant; statue en marbre.* — Invention. Originalité. Souplesse des chairs.

### DUCAJU (J.).

302. *Derniers moments de Boduognat; groupe en plâtre.* — Composition. Hardiesse du mouvement.

### GEEFS (Joseph).

397. *Le Messager d'amour.* — Composition.

### JACQUET (Jos.).

487. *L'Amour désarmé; statue en plâtre.* — Invention. Dessin. Nature.
488. *La première nuit; statue en plâtre.* — Composition.

### BOURÉ (Paul).

56. *Sauvage surpris par un serpent; statue en plâtre.* — Invention. Composition des lignes. Dessin. Caractère accentué des muscles.
57. *Le jeu de billes; statue en plâtre.* Invention. Composition. Harmonie des lignes. Nature. Simplicité antique.

### MEULDERMANS (J.).

637. *La Providence éclaire le monde par la religion, les sciences et les arts; statue en plâtre.* — Style.

### VAN OEMBERG (Ch.).

1022. *Le Rêve d'amour; statue en plâtre.* — Dessin.

### VERBOECKHOVEN (Eugène).

1064. *La Méditation; statue en plâtre.* — Dessin. Nature.

VAN DEN KERCKHOVEN (Jean).

1169. *Vénus et l'Amour; groupe en plâtre.* — Composition.
1171. *Madone; figure en marbre.* — Dessin. Beau idéal.

VAN DEN KERCKHOVEN (Louis).

1175. *Le bon pasteur; statue en marbre.* — Dessin.

Je termine ici mon examen des ouvrages du salon. Il est encore une foule d'artistes d'un mérite remarquable dont je désirerais citer les noms, mais l'espace un peu restreint de mon cadre ne me le permet point. D'ailleurs, je dois faire place ici à des appréciations plus importantes et surtout plus amusantes que celles que l'on vient de lire. Les voici :

# EXTRAITS

DES COMPTES RENDUS DE QUELQUES FEUILLETONISTES ;
CONTRADICTIONS DE CES MESSIEURS.

> Les uns disent que non,
> Les autres disent que oui,
> Et moi je dis que oui et non.
>
> SGANARELLE.

Le lecteur voudra-t-il bien se rappeler ce qui a été dit aux pages précédentes sur la divergence d'opinion des feuilletonistes en matière d'art. Voici qui vient merveilleusement à l'appui de ce qui y est avancé à ce sujet :

MATHIEU. — (CHRIST AU TOMBEAU.)

*Précurseur d'Anvers du 29 août.* — L'artiste serait arrivé à faire une œuvre accomplie s'il eût été un peu plus avare de lumière.
*Indépendance du 25 août.* — Son coloris est sombre à l'excès.

*Journal des Arts du 31 août.* — Quelques imperfections de détails, des indécisions...
*Précurseur d'Anvers.* — Il y a dans ses contours une précision...

GALLAIT. — (LA TENTATION.)

*Journal de Bruxelles du 25 août.* — Cette femme pose et ne séduit pas.

*Émancipation du 19 août.* — Elle vous attache par un charme dont on ne se rend pas compte.

*Émancipation.* — L'auréole de chasteté répandue sur les délicieux contours...

*Précurseur du 29 août.* — Ses charmes ont été flétris par la débauche.

*Émancipation.* — Cette expression d'innocence et de candeur...

*Précurseur.* — Cette figure respire la sensualité, dénote le vice.

*Émancipation.* — La nature n'est point aussi noire que les œuvres de l'école espagnole dont M. Gallait s'inspire.

*Précurseur.* — Sa couleur rappelle celle du Titien.

### NAVEZ. — (ASSOMPTION DE LA VIERGE.)

*Indépendance du 25 août.* — Tout ce que nous pouvons dire de la composition, c'est qu'elle est bien ordonnée.

*Journal des Arts du 31 août.* — Devant cette composition, nous nous sentons l'imagination glacée.

*Indépendance.* — Parmi les anges qui entourent la Vierge, plusieurs sont remarqués pour la finesse du coloris.

*Sancho du 3 septembre.* — M. Navez a mis *au vert* jusqu'aux habitants des régions célestes.

### ROBERT FLEURY. — (JEANNE SHORE.)

*Émancipation du 2 septembre.* — Nous ne ferons pas compliment à M. Robert Fleury de l'échantillon que la France nous envoie de ses peintres d'histoire.

*Journal des Arts du 3 septembre.* — C'est une des plus belles toiles du salon.

*Émancipation.* — Dessin commun, incorrect, flétri.

*Journal des Arts.* — Jeanne Shore est une figure admirable, Jeanne Shore est si belle...

*Indépendance du 4 septembre.* — Jeanne Shore est horrible à voir.

### Mᵐᵉ CALAMATTA. — (ÈVE.)

*Indépendance du 29 août.* — Le dessin d'Ève est fort tourmenté et n'est pas très-correct.

*Journal des Arts du 31 août.* — Le corps d'Ève est purement dessiné.

### ROBERT ALEX. — (LUCA SIGNORELLI.)

*Indépendance du 4 septembre.* — L'expression de la figure du peintre est d'une grande vérité. C'est de la douleur profonde.

*Journal des Arts du 10 septembre.* — La tête du peintre exprime plus la réflexion d'un philosophe que la douleur d'un père.

#### HAMMAN. — (LA LECTURE PANTAGRUELIQUE.)

*Émancipation du 14 septembre.* — Le corps de cette femme s'étale avec une souplesse ravissante sur le genou du roi.

*Indépendance du 15 septembre.* — Il y a trop de raideur dans sa pose.

#### BILLIARDET. — (L'ABBÉ DE CLUNY.)

*Journal des Arts du 31 août.* — Voilà du vrai caractère religieux; du style naïf.

*Indépendance du 4 septembre.* — Sans caractère. L'expression en est dure et sèche.

#### COOMANS. — (LA DERNIÈRE CHARGE D'ATTILA.)

*Journal de Bruxelles du 11 septembre.* — Des chevaux dessinés d'un jet et merveilleux de mouvement.

*Indépendance du 4 septembre.* — L'artiste n'excelle pas à peindre les chevaux. On en voit qui ne sont ni debout ni couchés.

#### CHAUVIN. — (UNE FUITE EN ÉGYPTE).

*Journal de Liége du 12 septembre.* — La couleur est puissante.
*Indépendance du 29 août.* — Tout a une teinte verte dans ce tableau.

#### VAN EYCKEN. (SAINTE CÉCILE.)

*Indépendance du 29 août.* — Les draperies sont largement traitées.
*Précurseur d'Anvers du 2 septembre.* —Les draperies manquent d'ampleur.

#### SLINGENEYER. — (BATAILLE DE LÉPANTE.)

*Sancho du 3 septembre.* — Don Juan est empreint d'une distinction et d'une noblesse peu communes.

*Observateur du 29 août.*— Don Juan est une des figures les moins significatives, les moins attractives du tableau.

#### WILLEMS. — (LES HUGUENOTS.)

*Observateur du 17 septembre.*—Exécution généreuse, touche ferme et solide.
*Indépendance du 15 septembre.* — Faire timide et maigre.

#### VAN MALDEGHEM.

*Journal des Arts du 31 août.* — De l'originalité, de l'harmonie. La composition a de la poésie et de la grandeur.

*Indépendance du 29 août.* — C'est de la peinture fausse et maniérée.

## WITTCAMP. — (La délivrance de Leyde.)

*Précurseur du 29 août.* — OEuvre marquante par l'énergie et la bonne entente de la couleur.

*Journal des Arts du 7 septembre.* — Le ton général de ce tableau est jaunâtre et monotone.

## MANCHE. — (Funérailles d'un Nervien.)

*Émancipation du 14 septembre.* — Ce coup d'essai donne foi dans l'avenir du peintre.

*Indépendance du 10 septembre.* — M. Manche n'est pas né pour faire de la peinture.

## VOORDECKER. — (Sainte famille.)

*Observateur du 6 septembre.* — Bien dessinée.

*Indépendance du 29 août.* — Graves incorrections de dessin.

## VAN LÉRIUS. — (La chute de l'homme.)

*Précurseur du 2 septembre.* — Ève est d'un beau galbe.

*Indépendance du 29 août.* — Ève est une grosse femme rose aux formes vulgaires.

## COULON. — (Les premières armes et les poissons rouges.)

*Observateur du 12 septembre.* — Ces tableaux frappent par la vivacité et la fraîcheur du coloris.

*Indépendance du 15 septembre.* — Ces tableaux sont faibles de coloris.

*Observateur.* — Son pinceau est ferme.

*Indépendance.* — C'est peint timidement.

Je n'en finirais point si je devais inscrire toutes les petites contradictions qui me restent. J'en fais grâce au lecteur : il me saura bon gré, j'en suis sûr, de m'arrêter ici.

A l'année prochaine, la continuation du même travail. Espérons toutefois que messieurs les feuilletonistes voudront bien ne point se corriger de la plaisante manie qui les pousse sans cesse à porter leur jugement sur des œuvres de peinture et à faire des comptes rendus.

—

# LA CRITIQUE EN MATIÈRE DE PEINTURE

## EST-ELLE POSSIBLE ?

*Tot capita, tot sensus.*

Trois choses accusent la faiblesse de l'esprit humain, trois choses accusent notre impuissance à saisir le vrai, ce sont :

Nos opinions,
Nos préventions,
Nos discussions.

Avant d'entrer en matière, disons un mot sur ces trois choses.

C'est en rappelant à la mémoire la façon toute merveilleuse dont les hommes voient, sentent et discutent, qu'il sera possible peut-être d'apporter quelques lumières dans la question dont il s'agit.

### DES OPINIONS.

« L'opinion dispose de tout, a dit Pascal, elle fait la beauté, la justice et le bonheur, qui est le tout du monde. »

En effet, l'écrit, le tableau ou le morceau de musique que vous admirez, — souvent je le trouve détestable.

La femme que vous trouvez belle à ravir, je la trouve laide à faire peur.

L'homme que vous dites vertueux, — selon moi, a mérité la corde.

Hélas ! la pauvre humanité en est encore à se faire ces questions :

14

Qu'est-ce que le bien?

Qu'est-ce que le mal?

Qu'est-ce que le juste?

Qu'est-ce que l'injuste?

Qu'est-ce que le beau?

Qu'est-ce que le laid?

Hier je lisais dans un journal : « Un tel, condamné à mort par la Cour d'assises de..., vient d'être acquitté par la Cour de... »

Où donc est la justice? — la véritable?

Un homme, plein de probité et de conscience, disait, l'autre jour, à la tribune : « Mes principes, messieurs, mes principes seuls conduiraient au but désiré. »

Un autre homme, non moins consciencieux, répondait : « Erreur, messieurs, mes idées seules vous conduiraient à ce but. »

Un troisième, tout aussi consciencieux que les deux premiers, répliquait : « Ma doctrine, messieurs, ma doctrine seule est celle à laquelle il faut se rallier. »

Les trois orateurs avaient appuyé leur système d'arguments les plus convaincants :

Le premier avait raison.

Le second avait raison.

Le troisième avait raison.

Où est la vérité? — la véritable?

J'ai formé un fort beau cabinet ; je possède divers objets d'art : ces objets d'art sont-ils beaux? sont-ils laids? je l'ignore.

J'ai consulté des hommes compétents dans la matière, et voici :

Les uns m'ont dit :

*C'est beau.*

Les autres m'ont dit :

*C'est laid.*

Où est le beau? où est le laid? — le véritable beau? le véritable laid?

Peu satisfait des réponses données par mes savants, j'ai consulté des livres afin de m'instruire dans l'art d'apprécier le beau.

Le premier livre qui me tomba sous la main fut l'ouvrage de Mengs : Je lus :

*Le beau est une perfection visible, image imparfaite de la perfection suprême.*

Ceci ne m'éclairant que médiocrement, je pris un autre livre, le livre de Topffer : — *Essai sur le beau.*

Cet auteur pense bien, écrit bien, disserte sagement ; il se moque beaucoup de toutes les définitions des savants sur le beau et, lorsqu'il est prêt à nous parler de la sienne, il s'écrie :

« A présent, lecteur, souhaitons-nous le bonsoir et allons nous coucher. »

Voilà un moyen simple et facile d'en finir sur une question aussi ardue.

Je ne me décourageai point cependant : j'ouvris l'ouvrage de Winkelmann.

Cette fois je m'adressais à l'auteur des auteurs sur la matière, à un écrivain compétent, profond. Je lus :

« *Le beau est une chose dont il est plus facile de dire ce qu'elle n'est pas que de dire ce qu'elle est.* »

J'aurais voulu demander au savant Winkelmann de me dire seulement ce qu'elle n'est pas, *la chose*, et je me serais accommodé du reste : mais il est des questions qu'on se lasse de répéter.

Après la lecture du savant Winkelmann, j'ouvris l'ouvrage d'un auteur plus moderne. Les connaissances humaines, me disais-je, font chaque jour d'étonnants progrès ; il y a chance de trouver la vérité sous la plume des derniers venus.

Je lus sur le beau cette définition concluante :

Le beau, *c'est le laid.*

Ici, je fus parfaitement éclairé, et dans l'appréciation que depuis lors je fais du beau, il ne me manque que la connaissance d'une seule chose, à savoir :

Ce que c'est que le *laid.*

On le voit, l'embarras est toujours le même.

Pascal aurait-il dit vrai ? La beauté, la laideur, la justice, la bonté, le bonheur, opinion que tout cela ?

Je ne connais rien de déplorable comme la dissidence de nos opinions. Dissidence d'opinions ! cela ne dit-il pas faiblesse, incertitude, ignorance, tâtonnements ?

La dissidence de nos opinions, c'est le bout de l'oreille de l'humanité.

Vous êtes philosophe, économiste, publiciste, jurisconsulte, artiste ; vous avez étudié pendant vingt ans une question, vous l'avez résolue avec précision, avec bon sens, avec clarté ; vous communiquez votre pensée à vos concitoyens : Déception ! mille opinions, sorties de la tête de gens étrangers au sujet que vous avez étudié, s'élèvent contre vous ; on vous soutient que vous êtes dans l'erreur, que vous n'êtes qu'un songe-creux.

Êtes-vous réellement dans l'erreur, êtes-vous réellement un songe-creux ? C'est l'opinion qui vous a jugé, c'est l'opinion qui vous condamne. Voyez si vous pouvez vous fier à l'opinion.

Chacun, dans ce monde, a son idée, sa chère idée, sa bonne petite idée, laquelle est meilleure que toutes les idées des autres.

C'est décourageant, c'est désespérant, c'est à faire douter de tout.

Qui n'a dit, au moins une fois en sa vie : « Ah ! si j'étais roi !... »

Heureusement, le bon Dieu a mis ordre à ces désirs immodérés et menaçants.

« Chaque rêveur imagine son utopie, » a dit Thomas Morus.

Cette vérité est effrayante.

Un temps viendra — c'est à présumer — où les lumières seront généralement répandues ; un temps viendra où tous les hommes parleront et écriront avec une admirable facilité ; un temps viendra où chacun montera à une tribune, soutiendra, avec la logique et l'acharnement de l'homme instruit, son idée, sa chère idée.

Que se passera-t-il donc alors, bon Dieu ? Finirons-nous par nous prendre tous aux cheveux ?

L'univers deviendra-t-il un jour une assemblée législative ?

O raison humaine ! où nous conduiras-tu ?

## DES PRÉVENTIONS.

Nous rions souvent des préjugés, des préventions, et cependant nous subissons tous leur influence avec un aveuglement d'enfant.

Un livre tout à la fois curieux et utile pourrait s'écrire sous ce titre :

*Comment les préjugés et les préventions établissent des réputations et faussent notre jugement sur toutes choses.*

Par exemple, à propos d'art, il y aurait, dans un pareil livre, bien des grands hommes à rabaisser, bien des chefs-d'œuvre à rabattre. Dans un pareil livre, il y aurait bien des hommes obscurs à relever, bien des œuvres à exhumer de la poussière.

Un pareil livre serait un *Jugement dernier* où les premiers seraient les derniers et les derniers les premiers.

Je professe la plus grande admiration pour les grands hommes que l'on a toujours admirés. Cependant, l'avouerai-je ? dans un de ces moments où la pensée sonde les abîmes du cœur humain, je me suis fait une question bien hardie, bien téméraire : je me suis demandé si les hommes élevés au rang des premiers peintres sont bien les premiers peintres.

Pour répondre à cette question impie, j'ai pris la balance que chacun porte au fond de sa conscience : cette balance aux plateaux inexorables, où toutes les absurdités sont rectifiées, quelle que soit leur inviolabilité; quels que soient le respect qu'on leur doit, les autels qu'on leur dresse.

J'ai vu, et j'ai découvert quelques-unes de ces petites choses qui font quelquefois les grandes choses.

J'ai vu ce qu'il fallait d'ingrédients pour former une réputation de grand homme.

Ces ingrédients, ma balance les a pesés :

Tant d'onces de génie,

Tant d'onces de talent,

Tant d'onces de préjugés, de prévention.

Je dois constater ici que ce dernier poids fait souvent descendre le plateau jusqu'à terre.

Je me suis livré à des recherches assez curieuses, assez singulières sur les réputations.

Les réputations, ce sont des bruits qui nous parviennent d'écho en écho et dont l'origine souvent est inconnue. Les réputations, ce sont des flots qu'une petite pierre jetée au milieu d'un lac a mis en mouvement et qui arrivent jusqu'à nous en cercles toujours croissants. Les réputations, c'est quelquefois le fracas de l'avalanche, causée par le pas léger d'un insecte, par la chute d'une feuille, par le grain d'orge tombé du bec d'un oiseau.

Les réputations se font parce qu'elles se font. Nul, le plus souvent, ne sait pourquoi ni comment elles se font.

Voulez-vous faire la réputation d'un homme de bois, d'un simple mannequin? Voulez-vous que cet homme de bois jouisse de la réputation de grand écrivain, de grand peintre, de grand musicien? rien n'est plus facile.

Lancez l'éloge sans ménagement par toutes les voix de la publicité, et personne ne demandera compte de la réalité du fait.

L'éloge une fois répété, c'est un incendie qui éclate, se communique, se propage, s'agrandit de moment en moment. Tout le monde en parle, tout le monde s'en étonne.

Savez-vous la cause de cet incendie ?

C'est un brin de paille qui a mis le feu!

Raphaël est un des plus grands peintres du monde; mais, lui aussi, n'a pu échapper aux singuliers effets de nos préjugés, de nos préventions.

C'est aux écrivains, historiens ou biographes, que souvent nous devons d'avoir allumé le brin de paille, cause de l'incendie.

C'est un poëte qui, le premier, ajouta au nom de Raphaël l'épithète enflée de *divin*. Cette épithète, un second poëte la répéta, puis un troisième, puis un quatrième, et voilà l'incendie allumé !

Demandez à votre cuisinière pourquoi elle dit : Divin Raphaël ; elle répondra : « J'ai entendu dire cela. » Faites à un honnête bourgeois la même question, il répondra : « J'ai lu cela dans un livre. »

Demandez à l'auteur du livre pourquoi il dit : Raphaël le *divin* ; l'auteur du livre vous renverra à un autre livre.

Remontez de livre en livre, d'écho en écho, jusqu'au premier livre, jusqu'à la première bouche qui se servit de l'épithète.

Demandez à l'auteur du premier livre, demandez à la première bouche, pourquoi l'épithète est appliquée ; on vous répondra : « Harmonie d'un vers… fantaisie de poëte… sympathie pour le grand homme. »

Aujourd'hui, tout le monde dit : « Raphaël le divin, le divin Raphaël. »

Parmi les milliers d'hommes qui répètent en perroquets l'épithète du poëte, il en est assurément qui l'ont acceptée comme une justice rendue ou comme l'expression de leur propre admiration.

Ces hommes, qu'ils me permettent de les prendre un moment par les cheveux à la manière dont fut pris le prophète Baruch et de les transporter au Vatican. Là, lunettes sur le nez et commodément placés en face des œuvres qu'ils admirent et que beaucoup d'entre eux n'ont probablement jamais vues, je leur fais les questions suivantes :

« Dites-moi pourquoi — le pourquoi raisonné, le pourquoi scientifique, le pourquoi incontestable, le véritable pourquoi, — dites-moi pourquoi vous accordez le titre de divin à Raphaël plutôt qu'à Rubens, plutôt qu'à Michel-Ange, plutôt qu'à Apelles, plutôt qu'à Phidias ? »

A ces questions on ne répondra point ou bien le colloque suivant s'établira :

— « Nous disons *divin Raphaël* parce que ses ouvrages sont les plus admirables.

— Pourquoi sont-ils les plus admirables ?

— Parce qu'ils nous plaisent davantage.

— Pourquoi vous plaisent-ils davantage ?

— Parce qu'ils sont les plus beaux.

— Pourquoi sont-ils les plus beaux ?

— Parce que nous avons ENTENDU DIRE qu'ils étaient les plus beaux.

— Voilà une excellente raison sans doute, mais je persiste : pourquoi sont-ils beaux ? pourquoi ? »

POURQUOI ?

Voilà le grand pourquoi lâché, le terrible pourquoi ! Sans la réponse à ce pourquoi, rien ne m'oblige à trouver beau ce que vous trouvez beau, laid ce que vous trouvez laid. Sans la réponse à ce pourquoi, je vous défie de justifier votre admiration pour ce que vous admirez, de répondre à ma question par d'autres mots que ceux-ci :

*Je l'ai entendu dire.*

Sans la réponse à ce pourquoi, entre nous division incessante d'idées sur le beau, doute, ténèbres, confusion.

Pourquoi une chose est-elle belle? pourquoi ne l'est-elle pas?

Ce pourquoi adressé à une assemblée d'artistes, de connaisseurs, de philosophes, y jette à l'instant le trouble et la stupéfaction.

C'est la foudre qui éclate, c'est un mauvais génie qui apparaît, c'est une pomme de discorde qui tombe... Vous voyez aussitôt les esprits s'agiter, les discussions s'animer, et rien, rien ne répond au grand pourquoi, là, debout, semblable à un spectre, attendant le mot de l'énigme qu'il vient de poser.

Les réputations semblent fondées sur deux choses bien oiseuses.

L'une est une sorte de merveilleux, inventé au gré du goût, du caprice, de la fantaisie.

L'autre, l'appréciation du beau, qui elle-même n'est qu'une manifestation du goût, du caprice et de la fantaisie.

L'épithète donnée à Raphaël est un fait pris au hasard : ce fait constate comment les réputations s'enfantent, grandissent et s'immortalisent.

Des exemples de ce genre, il y en a mille; l'histoire des grands hommes en fournit sans nombre; j'en citerai un encore.

La réputation d'Apelles est évidemment la plus grande qui soit parmi les peintres. Depuis nombre de siècles, les ouvrages d'Apelles n'existent plus, mais cela n'empêche pas que ses ouvrages soient admirés, prônés, chantés. Les grâces de son pinceau, la perfection de son talent, la sublimité de son génie sont citées comme des modèles.

On dit à un jeune peintre que l'on estime : « Je vous souhaite, monsieur, l'habileté du pinceau d'Apelles. »

Ce souhait peut être agréable au peintre, assurément; mais n'est-il pas un peu hasardé?

De quel droit le pinceau d'Apelles a-t-il le pas sur le pinceau de Rubens, sur le pinceau de Raphaël, sur le pinceau de Michel-Ange? De quel droit? qui lui donne ce droit?

On répondra peut-être ceci : « Pline là-dessus a dit de fort belles choses. » Mais Pline a-t-il connu les œuvres de Michel-Ange, de Raphaël, de Rubens? Non! Pline n'a donc pu dire : « Apelles est supérieur à Raphaël, à Michel-Ange, à Rubens. »

Avons-nous connu les œuvres d'Apelles? Non! Qui donc s'est avisé aujourd'hui de dire : « Apelles est supérieur à Michel-Ange, à Rubens, à Raphaël ? »

Il faut pourtant que quelqu'un ait le premier porté ce jugement courtois en faveur du grand Apelles. Qui lui a fait cette politesse?

Un écrivain, un biographe, un poète !

Les préjugés et les préventions ne sont point les moindres ridicules dont le ciel ait doté notre espèce.

Vous présentez à la foule une œuvre d'art et vous dites : « Cette œuvre est de tel ou tel grand homme. Aussitôt la foule admire et s'extasie. »

J'ai vu, à l'exposition de Paris, des cercles nombreux admirer pendant trois jours un petit tableau attribué à M. D., artiste célèbre. Le tableau n'était point de lui. Les amateurs furent bien surpris d'apprendre que le tableau de M. D. n'était point de M. D. Le lendemain de cette découverte, ils trouvaient l'œuvre moins belle, puis médiocre, puis enfin détestable.

Il nous arrive bien parfois de nous révolter un peu contre les préventions; il nous arrive de dire tout bas : « C'est stupide cette chose que tout le monde admire ! » Mais qui l'oserait dire hautement? Braver des préventions, n'est-ce pas être aux yeux du plus grand nombre, un insensé, un téméraire, un ignorant?

La statue de Michel-Ange, retrouvée parmi les ruines antiques et admirée comme un chef-d'œuvre des Grecs, était une belle leçon donnée, par l'auteur véritable de la statue, à la prévention.

La prévention devait être de ce coup à jamais tuée : il n'en fut rien.

L'homme est incorrigible.


## DES DISCUSSIONS.


On pourrait diviser les discussions en deux catégories.

Les discussions de la première catégorie, je les nomme :

Discussions *à finale possible* ou *à conclusion.*

Les discussions de la seconde, je les nomme :

Discussions *à finale impossible* ou *sans conclusion.*

J'entends par discussions à finale possible celles dont les conclusions reposent sur des preuves simples, claires, incontestables aux yeux de tous les hommes, quels que soient leurs goûts, leurs caprices, leurs penchants.

Exemple :

Vous dites : « Là, au bout de ce champ, trois arbres sont plantés. »

Je dis moi que là, au bout de ce champ, deux arbres, et non trois, sont plantés.

Qui de nous est dans l'erreur ?

Nous approchons, nous examinons et nous comptons : un, deux... trois !

C'est moi qui suis dans l'erreur : la discussion est terminée :

C'est une discussion *à finale possible*.

Je nomme discussions à finale impossible, celles dont les conclusions reposent sur des preuves de nature à être soumises à l'appréciation des goûts et des sentiments divers :

Exemple :

Vous dites : « L'action de cet homme est mauvaise. »

Je réponds : « L'action de cet homme est bonne. »

Le bien et le mal étant deux choses que, selon nos opinions, nous définissons différemment, je pose cette question :

« Qu'entendez-vous par bonne action ? »

Vous répondez : « J'entends par bonne action celle qui est conforme à la saine morale.... »

La saine morale étant une chose que, selon nos opinions, nous définissons différemment, je demande :

« Qu'entendez-vous par la saine morale ?

— J'entends par saine morale ce que la vertu et... »

La vertu étant une chose que, selon nos opinions, nous définissons différemment, je demande :

« Qu'entendez-vous par la vertu ?

— J'entends par la vertu ce que ma conscience, la justice.... »

La justice étant une chose que, selon nos opinions, nous définissons différemment, je demande :

« Qu'entendez-vous par la justice ? » etc.

On le voit, ce genre de discussion ne finit point.

C'est une discussion *à finale impossible*.

A moins de s'entendre sur la définition des termes, les discussions à finale impossible peuvent durer toute une vie d'homme.

Avis aux utopistes, empressés de faire adopter leurs principes.

Chaque fois qu'un orateur, fût-il même un Cicéron, emploiera dans la discussion des mots dont la définition n'est point la vôtre, il ne pourra jamais vous convaincre.

Toutes les fois que votre adversaire se servira des mots :

Dieu, justice, beauté, bonheur, bonté, vertu, gloire, sagesse, liberté, amour, ambition, plaisir, honneur, etc., adressez-lui hardiment cette apostrophe :

« Je vous défie de me prouver ce que vous avancez. »

Le diable a trouvé moyen de tout embrouiller dans le monde ; ce moyen, le voici :

Il nous a placé à tous des lunettes invisibles sur le nez ; à celui-ci des lunettes rouges, à celui-là des lunettes noires, à cet autre des lunettes jaunes.

Les mêmes objets se voient en rouge, en noir, en jaune, se voient de toutes les couleurs.

De là naissent, dans les arts, ces opinions si diverses ; de là, les indécisions, les tâtonnements ; de là, cette éternelle confusion dans l'appréciation du beau.

La diversité de nos idées est un éternel obstacle à l'accomplissement des grandes choses.

Pourquoi le malin esprit nous permet-il de rester parfaitement d'accord sur de certaines vérités ?

Le temps qui passe, la faim qui nous poursuit, la mort qui nous attend sont d'affreuses vérités que tout le monde reconnaît sans discussion.

Chose singulière ! toute vérité tenant du chiffre est incontestable. Ainsi, vous me dites : « Le beau, c'est le laid ; » mais vous n'osez me dire : « Deux et deux ne font point quatre. »

Nos différentes manières de voir, les discussions qui en sont les conséquences sont une des choses les plus plaisantes d'ici-bas.

Nous voyons parmi les hommes, même les plus sages, des discussions acharnées, interminables ; la raison en est que ces hommes sages oublient de réfléchir à ceci :

Il est une foule de choses diversement définies dans la pensée de chacun, une foule de choses dont nos goûts, nos penchants, nos passions enfin sont les seuls appréciateurs.

On ne peut prouver à un homme qu'il ne sent pas ce qu'il sent, ne voit pas ce qu'il voit, n'entend pas ce qu'il entend.

Pascal, dans son *Art de persuader*, dit : « Accordez-vous sur la définition des termes avant de discuter. »

Quoique les règles de Pascal soient très-connues, il n'est peut-être pas hors de propos d'en rappeler ici quelques-unes.

### RÈGLES NÉCESSAIRES POUR LES DÉFINITIONS.

N'émettre aucun des termes un peu obscurs ou équivoques sans définition.

N'employer, dans les définitions, que des termes parfaitement connus ou
déjà expliqués.

### RÈGLES NÉCESSAIRES POUR LES AXIOMES.

Ne formuler en axiomes que des choses parfaitement évidentes.

### RÈGLE NÉCESSAIRE POUR LES DÉMONSTRATIONS.

Prouver toutes les propositions, en n'employant à leurs preuves que des
axiomes très-évidents par eux-mêmes ou des propositions déjà démontrées
ou accordées.

N'abuser jamais de l'équivoque des termes, et pour cela ne manquer
jamais de leur substituer au moins mentalement les définitions qui les
restreignent et les expliquent.

Ces règles de Pascal, une fois présentes à la pensée, quel dialecticien
habile pourrait nous tromper ? Que deviendraient les équivoques, les
termes obscurs, les définitions absurdes, Pascal à la main !

L'esprit sans défiance se laisse facilement tromper.

On demandait à Thucydide s'il était plus fort à la lutte que Périclès :

« La chose serait difficile, répondit-il, car, lorsque je l'ai jeté à terre, il
persuade à ceux qui nous regardent qu'il n'est pas tombé, et j'ai tort. »

Un orateur ou un écrivain sait, quand il lui plaît, prouver tout ce qu'il
veut, en se plaçant au point de vue de ses propres définitions.

Si la définition du mot *héroïsme* est pour vous ce qu'est pour moi la définition du mot *folie,* vous me prouverez qu'un héros n'est pas un homme sensé.

Si la définition du mot *richesse* est pour vous ce qu'est pour moi la définition du mot *superfluité,* vous me prouverez que la richesse est nuisible à
notre existence.

Si la définition du mot *beau* est pour vous ce qu'est pour moi la définition
du mot *laid,* vous me prouverez que ce qui me charme par sa beauté est
chose affreuse et repoussante.

On peut tout prouver,

Tout !

On ne peut rien prouver,

Rien !

Je vous prouve que deux et deux font quatre, c'est bien : mais, pour peu que vous soyez opiniâtre dans la discussion, vous évoquez le système pyrrhonien et vous dites :

« Prouvez-moi que deux et quatre existent.

« Prouvez-moi que tout ce qui nous environne existe. Prouvez-moi que j'existe, prouvez-moi que vous existez. »

On peut tout prouver, tout! On ne peut rien prouver, rien! Je le répète. Cet axiome est connu de tout le monde. Nous voyons cependant des hommes d'esprit monter à une tribune avec cette innocente pensée qu'ils pourront sans difficultés convaincre leurs adversaires.

Si deux magiciens cherchaient à se surprendre l'un l'autre au moyen des mêmes secrets, que dirions-nous?

Nos héros de tribune sont initiés aux mêmes mystères, et pourtant ces messieurs savent se regarder sans rire!

D'honneur, les augures romains étaient moins naïfs!

Avant toute discussion, je voudrais que l'on fît un examen ainsi conçu : La discussion est-elle à finale *possible* ou non?

Si elle est à finale possible, discutons.

Si elle est à finale impossible, ne discutons point.

Il est peu de discussions où la mauvaise foi, l'amour-propre et les ruses oratoires ne jouent un très-grand rôle.

Souvent aussi la plupart des discussions finissent par ces paroles :

— « Je soutiens, monsieur, que j'ai parfaitement raison : je vous l'ai prouvé.

— Et moi, monsieur, je soutiens que vous avez parfaitement tort : je vous l'ai prouvé. »

Parfois, de part et d'autre, les adversaires se portent des défis gigantesques.

Mais qu'en sort-il souvent?

Du vent.

Cette indifférence, cette mollesse, cette lâcheté, avec laquelle les hommes en général abandonnent une discussion, n'est-elle pas nuisible aux progrès des lumières?

Je voudrais que tous les hommes convaincus missent le plus grand acharnement à prouver ce qu'ils ont avancé, sans jamais se laisser décourager, soit par des difficultés matérielles, soit par l'éloquence ou l'opiniâtreté d'adversaires entêtés.

S'il ne faut qu'un grain de sable d'une certaine nuance pour prouver la vérité de votre assertion, allez le chercher, fût-ce même au fond de la mer.

J'ai été souvent témoin des discussions les plus animées, et voici ce que j'ai remarqué :

Les hommes qui emploient les ruses oratoires l'emportent presque toujours sur ceux qui ne les connaissent point.

Pour obvier à cet inconvénient, je dirai aux victimes de ces ruses : « Appelez à votre secours une parole exercée qui soit en cette circonstance comme votre avocat. »

Mais voici qui est infiniment meilleur : un moyen simple, facile, commode, à l'usage de ceux qui aiment à discuter. Ce moyen rend les parties égales au point de vue de l'attaque et de la défense, anéantit les subtilités des beaux parleurs et fait arriver promptement à la découverte de la vérité.

## RÈGLE DU BATON.

### ADDITION AUX RÈGLES DE PASCAL.

Nos voisins d'outre-Manche sont en beaucoup de matières plus judicieux que nous ; ils savent aussi mieux lire dans les replis du cœur humain.

Deux adversaires viennent-ils à soutenir deux thèses contraires ? La vérité se cache-t-elle sous d'adroites paroles, de vaines rodomontades, d'audacieux mensonges, de perfides insinuations ? Des paris sont à l'instant établis, et la partie convaincue de fausseté, est bientôt punie.

L'usage des paris est trop peu connu dans notre patrie.

Contre le pari, viennent se briser, comme le pot de terre contre le pot de fer, l'obstination la plus féroce, l'éloquence la plus entortillée, le syllogisme le plus obscur, le stratagème le mieux combiné.

Le pari, c'est le pied de la justice sur la gorge du mensonge, c'est la pierre de touche à l'usage des amis de la vérité, du bon droit, de la bonne foi. Le pari fait la terreur des faux braves, des faux savants, comme des faux Hercules. La mission du pari ne peut être complète, si la vérité découverte n'apparaît à tous les regards pure, évidente, palpable.

La règle du bâton proposée ici, n'est autre chose qu'une formule de pari. La voici :

La partie, obsédée par l'abus d'une plume ou d'une langue trop subtile, doit en appeler au jugement d'hommes compétents dans la matière sur laquelle on discute. La question décidée par le jury, — la chose est facile dans une discussion à *finale possible,* — le vainqueur reçoit comme récompense un bâton.

Ce bâton décerné au gagnant doit devenir l'instrument d'un châtiment appliqué au perdant.

Le jonc du vainqueur doit donc, d'après des conditions arrêtées à l'avance, tomber un certain nombre de fois sur les épaules du vaincu.

Ce procédé semble une plaisanterie : je prie le lecteur de le prendre fort au sérieux ; c'est un remède souverain.

Je puis affirmer que la proposition seule de mettre cette règle en pratique, a rendu des rhéteurs entêtés, doux comme des agneaux et empressés à se rendre au plus vite à l'évidence.

Sans doute, l'on peut, dans un pari, mettre un enjeu plus agréable qu'un vil bâton ; sans doute, une certaine somme au profit des malheureux, serait chose plus belle, plus noble ; mais ici, un point doit être observé.

Il est des hommes peu disposés à mettre en jeu leur or, il est des hommes peu disposés à mettre en jeu leur peau : il faut donc choisir le genre de châtiment le mieux approprié aux tempéraments.

Après l'exposé de ce moyen simple, efficace, j'ajouterai un mot.

Si, dans toutes les grandes discussions, quelle qu'en soit la nature, l'on faisait usage de ma règle, bientôt la vérité apparaîtrait pure et sans taches. Bientôt cette foule de bavards intarissables, d'écrivains aux idées opposées, se verrait forcée de s'entendre et de rendre hommage à la vérité.

Savants, philosophes, artistes, voulez-vous mettre un terme à ces éternelles contradictions si fastidieuses ? faites usage des règles de Pascal ou de la règle du bâton.

Mais vous n'écouterez point mon conseil : le Ciel créa l'homme paresseux et poltron ; il ne peut rien contre sa nature.

Vous discuterez et discuterez sans cesse ; toujours avec la même indolence, la même paresse ; toujours cet argument peu concluant à la bouche : « C'est mon opinion. »

Vous n'oserez jamais parier, exposer votre bourse ou votre dos, pour prouver la justesse d'un fait, d'un principe.

Vous n'oserez jamais le faire pour prouver une vérité acquise par la science.

Vous n'oserez jamais le faire pour prouver à vos adversaires qu'ils sont dans l'erreur.

Les discussions chez les hommes sont de petits jeux, tranquilles, amusants, commodes, où l'on peut soutenir tout à son aise les plus grandes absurdités au profit de l'amour-propre.

Dites sans crainte : « Cela est beau, cela est laid ; cette œuvre est sublime, cette œuvre est médiocre ; » nul ne vous portera le *défi* sérieux de prouver ce que vous avancez.

Je termine ici le peu de mots que j'avais à dire sur les opinions, les préventions, les discussions.

J'avais besoin de rappeler à la pensée combien nous sommes, dans nos opinions :

Injustes, ridicules, absurdes ;

Dans nos préventions :

Injustes, ridicules, absurdes ;

Dans nos discussions :

Injustes, ridicules, absurdes.

Ce qui nous amène à cette conséquence importante :

Nous sommes, dans nos jugements sur les arts, particulièrement sur la peinture :

Injustes, ridicules, absurdes.

Maintenant, entrons en matière.

La peinture a pour objet la représentation d'un certain beau répandu dans la nature; le choix de ce beau n'a point de règle fixe : le goût, la mode, le caprice, l'opinion, la prévention, de certaines conventions, sont souvent en cela nos seuls guides.

Une œuvre de peinture est donc la manifestation du goût, du penchant, du caprice, des opinions, des préventions du peintre qui l'a créée.

La critique d'une œuvre de peinture est aussi *une œuvre* : la manifestation du goût, du penchant, du caprice, de l'opinion, des préventions de l'écrivain qui l'a créée.

Maintenant, que répondre à la question suivante : « Le goût a-t-il le droit de juger le goût, le caprice le caprice, le penchant le penchant, la prévention la prévention, l'opinion l'opinion? »

Dans une discussion entre le peintre et son critique, les règles de Pascal peuvent-elles s'établir dans toute leur rigueur?

Comment pourront s'accorder deux hommes dont la discussion doit se baser sur des termes aussi diversement définis que le sont les mots *beau* et *laid*?

Je fus un jour témoin d'une discussion entre un peintre et un homme de lettres : ces messieurs, en matière de peinture, s'entendent d'ordinaire comme chien et chat.

— « Comment, monsieur, disait l'homme de lettres, je n'aurais point le droit de dire mon opinion sur votre œuvre?

— Sans doute, monsieur, répondait le peintre, vous avez ce droit, comme aussi j'ai le droit d'exprimer mon opinion sur votre critique.

— Votre tableau est détestable, monsieur.

— C'est possible, monsieur, selon votre manière de voir ; mais selon la mienne, il est excellent. Qui de nous est dans l'erreur?

— C'est vous, monsieur.

— Qui me le prouvera?

— Tout le monde ici sera de mon avis.

Ici les avis furent recueillis, et l'on fut d'accord ainsi que le sont ordinairement les feuilletonistes en jugeant une œuvre de peinture.

« Les avis sont partagés, reprit le peintre, je m'y attendais ; car notez bien ceci : je vous défie de me citer une œuvre de peinture qui n'ait ses admirateurs et ses critiques. »

Je l'ai déjà dit ailleurs : en matière de peinture il est permis de citer, comme en matière de cuisine, ce proverbe connu : *On ne peut discuter du goût.*

Cette similitude est décourageante, désespérante, ignoble, je le sais : mais il faut bien se l'avouer à regret, la cuisine et la peinture ont un côté singulièrement ressemblant.

Des hommes pensent qu'il est des chefs-d'œuvre invariablement admirés de l'univers, que le beau est le beau en tout temps, en tout lieu. Des hommes pensent que le goût, la mode, le caprice, l'opinion, ont peu ou point d'influence sur notre manière d'envisager le beau, en un mot que le beau est le beau.

Erreur! Le beau en peinture est différemment compris chez les diverses nations de la terre et différemment compris dans les diverses écoles.

Le beau est différemment compris dans un siècle et dans un autre siècle, par le même individu à diverses époques de sa vie, et au commencement, au milieu, à la fin d'une œuvre à laquelle il travaille.

En Italie, on est presque exclusivement admirateur de Raphaël et de Michel-Ange ; Rubens y est peu connu.

En Allemagne, un grand nombre admire Raphaël, Giotto, Perrugin, Léonard de Vinci ; un petit nombre admire Rubens.

En France, un certain nombre admire Raphaël ; un nombre égal admire Paul Veronèse, Titien, Murillo, Rubens.

En Hollande, un petit nombre admire Raphaël ; un grand nombre admire Rembrandt, Rubens, Teniers, Gérard Dow.

En Belgique un grand nombre admire Rubens, un petit nombre admire Raphaël, Giotto, Perrugin, Léonard de Vinci, Michel Ange.

En voyant les hommes divaguer de la sorte, le bon Dieu, du haut des cieux, ne doit-il point se rire de nous, pauvres insensés que nous sommes?

---

15

La diversité de nos idées, concernant le beau, est d'une influence déplorable sur la carrière de l'artiste : le peintre, que tant d'opinions jettent dans l'hésitation, est semblable au voyageur à qui l'on indique cent routes diverses pour arriver au but.

Bien des gens nous disent : « C'est *du choc* des idées que jaillit la lumière. »

Malheureusement la lumière qui a jailli devient souvent à son tour le sujet d'interminables discussions.

Notre siècle semble furieusement enclin à ces débats sans fin et sans profit.

Une question ici se présente :

Faut-il que, dans l'intérêt de la peinture, nous suivions cette tendance vers le *choc* des idées ?

Je vais faire à ce sujet quelques observations.

Le choc des idées égyptiennes et des idées grecques apporta la lumière à Athènes. C'était alors l'enfance de l'art.

Plus tard, il y eut unité d'idée sur le beau. Alors apparurent les sublimes conceptions de l'Hercule, de l'Apollon, du Laocoon.

Au contact des Romains, le choc des idées reprit son cours. Alors décadence de l'art.

Plus tard, la renaissance vint, avec elle l'unité des idées. Alors apparition de Léonard de Vinci, de Perrugin, de Raphaël.

Aujourd'hui, le choc des idées règne de nouveau. Où sont les Léonard de Vinci, les Perrugin, les Raphaël ?

Voltaire, en parlant du goût, dit : « Le goût peut se gâter chez une nation : ce malheur arrive d'ordinaire après les siècles de perfection. »

Ce mot ne doit-il pas nous faire réfléchir?

Des observations précédentes, il résulterait que le choc des idées fait progresser les arts lorsqu'ils sont encore au berceau et amène le doute, le trouble, la décadence dans les arts arrivés à un certain degré d'élévation.

L'unité des idées fait les grandes écoles, les grandes écoles font les grandes œuvres.

L'école des Grecs comprenait le beau de la même manière.

Raphaël et son école comprenaient le beau de la même manière.

Rubens et son école également.

Les peintres, aujourd'hui, vivent dans un scepticisme déplorable ; ils tâtonnent sans cesse, reproduisent les essais de toutes les époques. Sous prétexte *d'individualité*, ils ne ressemblent ni à Raphaël, ni à Titien, mais ils imitent à ravir Watteau, Boucher, Murillo, Pierre Mignard, Jacques Callot, et une foule de peintres de troisième et de quatrième ordre.

Ce qu'il y a de remarquable dans la conduite des artistes d'aujourd'hui, c'est que chacun d'eux se croit le seul dans la bonne voie.

« Les peintres, en général, sont un peu fous, » disent les bonnes gens. En vérité, on n'a pas le courage de chercher à soutenir le contraire.

Voici une petite parabole qui donne une idée assez juste de la conduite des peintres modernes dans le choix de leurs études :

Un jour, de joyeux compagnons avaient à se diriger de Bruxelles à Anvers, où un banquet splendide les attendait.

Les convives étaient pressés, et dans la crainte d'arriver trop tard, ils s'informèrent des routes les plus directes, des moyens de transport les plus prompts pour arriver au but désiré.

« Prenez le chemin de fer, leur disait-on de toutes parts, et vous arriverez à temps. »

Nos voyageurs goûtèrent fort ce conseil et manifestèrent leur admiration et leur enthousiasme pour cette route si belle, si directe, qui s'offrait à leurs yeux.

Mais quel ne fut pas l'étonnement de tout le monde lorsque, l'heure du départ venant à sonner, MM. les voyageurs pour Anvers se tournèrent le dos et se dirigèrent vers des points opposés.

— « Mais que faites-vous donc? » s'avisa-t-on de dire à l'un de ces voyageurs.

— « Laissez-moi faire, répondit celui-ci, j'ai *mon idée ;* je connais mon chemin. » Et s'approchant d'un air malin de l'oreille de ceux qui l'interrogeaient, il leur dit : « Je vais par la porte de Hal ; c'est, croyez-moi, le chemin le plus court ; mes compagnons n'ont pas le sens commun. »

— « Et vous, dit-on à un autre voyageur, où allez-vous en prenant la chaussée de Louvain ? »

— « Laissez-moi faire, répondit cet autre, j'ai *mon idée :* je me dirige vers le pays de Liége. C'est, croyez-moi, la route la plus courte ; mes compagnons n'ont pas le sens commun »

— « Et vous? » dit-on encore à un autre qui, marchant sur la pointe des pieds et riant sous cape, se dirigeait vers la station du Midi.

— « Laissez-moi faire, j'ai *mon idée :* je passe par Valenciennes, Paris, Lyon, Marseille. C'est, croyez-moi, la route la plus courte ; mes compagnons n'ont pas le sens commun. »

Il y avait ainsi cent voyageurs auxquels on fit les mêmes questions. A ces questions, les mêmes réponses à peu près furent faites et terminées par ces mots : « Mes compagnons n'ont pas le sens commun. »

C'est ainsi que chaque peintre marche selon *son idée*, et croit être le seul dans le bon chemin.

Ne sommes-nous pas assez vieux, assez mûris, assez expérimentés? Nos idées ne se sont-elles pas assez *choquées*? Ne savons-nous encore discerner le beau du laid? Faudra-t-il encore pour la centième fois reconnaître que toutes les routes contraires à celles qu'ont suivies les Phidias, les Raphaël, les Rubens, ne conduisent à rien?

Quand je dis : « Suivons la même route, » je ne veux point dire : « Devenons des plagiaires, faisons des pastiches. »

Raphaël fit mieux que Perrugin, et que Fra Bartholomeo, en suivant la même route.

Rubens fit mieux que Giorgione et que Paul Veronèse, en parcourant la même voie.

Faisons mieux, nous, que Raphaël et Rubens, en suivant le chemin qu'ils ont suivi.

Toute tentative individuelle, si elle n'est une perfection ajoutée aux perfections connues, n'est qu'un misérable essai, comme tous les essais, lorsque la main du temps ne les a point développés et garantis du sceau de son approbation.

La plus grande perfection de l'art sera toujours l'assemblage de toutes les perfections soudées de siècle en siècle.

Ce n'est point avec nos idées divergentes sur le beau que nous ferons progresser la peinture; ce n'est point en suivant la route de Van Ostade, de Boucher, de Watteau, que nous grefferons des beautés sur les beautés de Raphaël, de Michel-Ange, de Rubens.

Il nous manque une chose, je le répète :

*L'unité des idées sur le beau.*

Que l'on réfléchisse bien aux conséquences de nos dissidences d'opinions. L'art ne fera pas un pas si nous n'avons tous foi, comme les Grecs et les grandes écoles, dans un principe, dans un type regardé par tout le monde comme le vrai principe, le vrai type du beau.

L'art ne fera plus un pas si nous ne renonçons une bonne fois à nos petites *idées individuelles.*

Idées individuelles qui préfèrent Bernin à Phidias !

Idées individuelles qui préfèrent Dolce à Raphaël !

Idées individuelles qui préfèrent Murillo à Titien ou à Rubens !

Idées individuelles qui préfèrent une cruche, une pipe, un balai, un pot cassé aux plus belles conceptions de l'art !

De tout ce qui vient d'être dit, l'on peut conclure qu'aujourd'hui les progrès de la peinture ne sont plus possibles qu'à une seule condition ; cette condition, la voici :

## ÉTABLIR DES PRINCIPES FIXES SUR LE BEAU.

Ces règles devraient être puisées dans les œuvres le plus constamment admirées des siècles.

Bien des objections peuvent ici prendre place : je ne répondrai pas à toutes pour le moment.

On objectera peut-être que le beau ne peut avoir de principes fixes, que le sentiment seul de l'artiste est la règle.

A cela, je réponds que les arts dans leur enfance ont été pratiqués tout de sentiment, mais que le temps a établi des règles.

Les anciens dessinaient de sentiment la perspective : aujourd'hui on la dessine avec des règles fixes.

Nous disons encore aujourd'hui : le sentiment du dessin, le sentiment de la couleur. Ces deux parties de l'art n'ont pas encore été bien étudiées sous le rapport des éléments qui les constituent. Plus tard, le dessin et la couleur seront soumis à des règles, aussi fixes que la perspective.

Il ne s'ensuivra pas de là que tout le monde sera dessinateur et coloriste. Ces qualités une fois acquises à la foule, d'autres difficultés d'un ordre supérieur surgiront et la création des chefs-d'œuvre sera toujours aussi difficile.

On a trouvé bon de fixer des principes dans les langues : pourquoi ne fixerions-nous pas aussi des principes dans la langue des peintres ?

Nous serions choqués si chacun de nous s'avisait de parler ou d'écrire selon des principes créés à sa façon.

Nous ne sommes point choqués aujourd'hui en voyant chacun de nous exprimer ou apprécier le beau selon son goût, ses fantaisies, ses caprices.

Le beau de nos jours n'a point d'orthographe ; serait-ce donc chose déraisonnable de chercher à lui en donner une ?

Depuis longtemps, j'ai songé au mal qui tourmente incessamment l'artiste et qu'on nomme « la diversité de nos opinions sur le beau. »

J'ai résolu d'apporter, pour ma part, une page à l'œuvre qu'accompliront un jour des hommes de talent, et qui aura pour titre : *Grammaire des peintres*.

J'ai fait un recueil d'observations sur les causes qui constituent le beau chez les plus grands maîtres. Ce que Raphaël, Michel-Ange, Rubens, etc., ont *senti*, sera érigé en principes.

Ce travail sera publié prochainement, sous ce titre : *Du beau dans l'art de la peinture*. Cet essai sera soumis à la sagacité d'hommes compétents, et les principes, je l'espère, en seront *discutés avec une énergie soutenue* et une rigoureuse observation des règles de Pascal.

La définition du mot *beau* ne sera point faite à la façon de ceux qui se sont occupés jusqu'à ce jour de cette question.

Cette explication philosophique : le beau c'est la splendeur du vrai, ou cette autre : le beau, c'est le laid, ne suffit point à l'artiste, ne suffit point au progrès de l'art.

Ce qu'il faut à l'artiste, c'est *le pourquoi, le véritable pourquoi*. Ce qu'il lui faut, c'est la démonstration palpable, la cause matérielle qui constitue le beau et le laid.

J'accompagnerai mes observations de dessins : on verra par quels moyens matériels la forme séduit les yeux, parle au cœur, à l'esprit. Les observations s'appuieront sans cesse de l'exemple des statues antiques et des plus belles peintures de Raphaël.

Des dessins coloriés expliqueront également les causes matérielles de la beauté de la couleur dans les œuvres de Titien, de Rubens, etc.

On demandera peut-être si l'antique, si Raphaël, Michel Ange, Rubens, sont les types qui doivent nous servir à établir les principes du beau ?

A cela, je répondrai qu'ils ont reçu *le plus souvent* l'approbation des siècles ; que les siècles ont probablement raison.

A défaut d'une vérité évidente, il faut bien croire à une vérité probable.

Si nous n'avons point de confiance dans la perfection des œuvres admirées des générations, sera-ce dans les œuvres qu'une mode passagère a fait naître qu'il faudra avoir foi ?

L'artiste n'en a laissé que quelques fragments qu'on trouvera plus loin.

## LA CRITIQUE ET LES PEINTRES.

Nous l'avons vu, en matière de peinture *point de lois.*

Un critique quelconque peut donc dire au peintre le plus expérimenté dans son art : « Vous êtes un ignorant et votre œuvre est sans mérite. — Votre dessin ne me plaît pas ; votre couleur *idem* ; ce n'est point ainsi que *je comprends le beau.* »

Un peintre, à son tour, peut dire au critique : « Vous êtes un ignorant, votre critique est absurde. Vous ne comprenez point le beau. »

Nous sommes en peinture ce qu'est un peuple sauvage sans foi ni lois : le plus fort l'emporte ; chacun rend justice à sa manière et comme il l'entend.

L'absence de règles en peinture donne souvent lieu à des discussions bizarres entre les peintres et leurs critiques.

Ces discussions entre l'artiste et ses critiques est précisément ce que j'appelle :

*Discussions à finale impossible.*

La définition des termes n'y est point accordée : *beau* et *laid* sont différemment compris.

Point de règles sur le beau, voilà la cause, la véritable cause de tant de jugements divers sur les œuvres de peinture.

Point de règles sur le beau, voilà pourquoi le critique dit souvent tant de sottises dans toute la sincérité de son âme.

Voilà pourquoi ces mêmes sottises peuvent être soutenues avec d'excellentes raisons.

Voilà pourquoi il y a, entre le peintre et ses critiques, impossibilité de se comprendre, pourquoi il y a entre eux une antipathie semblable à celle qui existe entre gastronomes de goûts différents.

Point de règles sur le beau, voilà ce qui donne lieu aux axiomes suivants :

« Il y a en peinture des arguments pour tout condamner ; il y en a pour tout absoudre.

» Pas une œuvre qui ne puisse être critiquée.

» Pas une critique qui ne puisse être combattue.

» On condamne aisément un ouvrage de peinture quand l'auteur n'est pas là pour le défendre.

» Le moyen d'embarrasser un critique, c'est de le défier de soutenir, en présence de l'artiste même, les choses qu'il débite à son aise dans un journal. »

Telles sont les idées qu'un peintre peut graver en lettres d'or sur sa palette.

Il est temps que, dans l'intérêt de l'art, la critique devienne sérieusement utile aux artistes.

Il est temps que l'artiste, lui, cesse de se moquer de ses critiques. C'est du reste déloyal ; il a trop beau jeu.

Entendons-nous donc sur ce que l'on doit considérer comme le beau ou comme le laid.

Il serait essentiel qu'après s'être accordés sur les termes, les peintres et leurs critiques entrassent en discussions réglées.

Que ces discussions fussent bien des discussions selon les règles de Pascal, qu'au besoin, ce qui n'est pas à souhaiter, l'on fît usage de la règle du bâton.

Nos feuilletonistes ont assez fait de dépenses d'encre et de papier en pure perte.

C'est vraiment dommage que tant d'intelligence, d'esprit, de dévouement, ne soit point mis à profit, faute de s'entendre.

Entendons-nous donc, encore une fois, procédons avec méthode, et la critique portera ses fruits.

## APPEL A LA CRITIQUE.

Un vaste local vient d'être construit dans le quartier Léopold, moins pour y abriter quelques mauvaises toiles que pour y ouvrir un champ immense à la discussion en matière de peinture.

Une tribune sera élevée au milieu de la salle. La critique aux cent voix pourra s'y débattre à l'aise.

Les peintres seront invités à y apporter leurs œuvres, et les censeurs à discuter sur les défauts de ces œuvres.

Les ouvrages des grands maîtres ou des estampes qui les rappellent seront posés à côté des tableaux *mis en jugement* et serviront de base à la critique.

Un tribunal de peintres va donc être érigé, et les exemples des *perfections les plus avancées* seront les lois d'après lesquelles les tableaux pourront être jugés.

Ici, point de quartier pour le peintre : les critiques, feuilletonistes, savants ou bourgeois, sauront condamner avec connaissance de cause.

Ici, plus de mode, de caprice, d'opinion individuelle : la LOI SUR LE BEAU, sera là pour condamner ou absoudre.

Comme il est juste que tout accusé ait droit de défense, le peintre aura le droit de se justifier selon ces règles.

Les discussions ne seront point comme les discussions ordinaires, elles seront maintenues avec ordre, soutenues avec persévérance, sans ruses oratoires, sans détours calculés, sans faux fuyants, sans lâcheté et selon toute la rigidité des préceptes de Pascal.

Les discussions seront continuées jusqu'à solution complète, claire, évidente aux yeux de tout le monde. Il n'y aura point de merci pour le rusé, pour le poltron.

Le *pari*, l'implacable pari, la terreur des beaux parleurs, sera, au besoin, fréquemment mis en usage.

Ainsi les peintres désormais auront à trembler devant leurs juges.

Désormais, la critique, libre de toutes recherches futiles, de discours

inutiles, de calembours et de bons mots, saura fustiger le peintre à coup
sûr et le frapper au véritable défaut de la cuirasse.

MM. les feuilletonistes apprendront assurément cette nouvelle avec joie.

La critique bien intentionnée — la véritable critique — saisira avec empressement, on ne peut en douter, l'occasion de devenir sérieusement utile
à l'art et à l'artiste.

Les hommes de la presse, j'en ai la conviction, se garderont bien désormais de publier leurs bienveillantes critiques avant que ces critiques aient
été au préalable sanctionnées par la *discussion*.

Désormais, le bon bourgeois, lisant dans son journal l'article *Beaux-
Arts*, pourra le lire en toute confiance.

Si la critique ou l'éloge d'une œuvre d'art n'y était point précédée de ces
mots : *discuté au tribunal des peintres*, il serait à craindre alors que le
lecteur, lui, n'exprimât à son tour son opinion par ce mot peu français,
mais énergique :

*Blagues !*

J'aime la critique. Les corrections faites à mes ouvrages sont souvent
dues aux conseils d'hommes compétents. Cependant mes attaques contre
la critique ont fait croire à beaucoup de gens que je me révoltais à son
endroit. Quelle erreur !

Si j'ai parfois blâmé la critique, c'est la critique fondée sur des idées
*individuelles* ; la propagation de principes dictés par le *goût*, le *caprice*, la
*fantaisie* de tel ou tel.

J'ai dit : le journalisme exerce une influence pernicieuse sur la peinture,
parce qu'il est en critique l'organe *d'idées individuelles*, conséquemment
un obstacle à l'établissement de *l'unité des idées sur le beau*.

Le journalisme pourrait exercer, au contraire, une influence salutaire sur
la peinture, s'il voulait baser ses leçons sur l'idée du beau puisée dans les
œuvres des grands maîtres de l'art.

Le journalisme serait salutaire à la peinture, s'il nous ramenait à *l'unité*
des idées qui fut, pour les Grecs et pour les grandes écoles de Raphaël, de
Rubens, etc., cette puissance prodigieuse qui, en toutes choses, accomplit
des merveilles.

Le journalisme serait salutaire à la peinture, s'il cessait de publier ces
appréciations contradictoires qui mettent le pauvre peintre dans la situation de Sganarelle qui, après avoir consulté ses médecins, se trouvait un
peu moins avancé qu'auparavant.

Personne n'a, plus que moi, foi dans les avantages que présente la critique. Je crois qu'elle peut amener d'heureux résultats dans l'avenir de
l'art ; mais à deux conditions :

La première, *qu'elle soit basée sur des règles fixes du beau.*

La seconde, QU'ELLE SOIT SOUMISE A LA DISCUSSION.

Pénétré de cette pensée, je fais ici appel à la critique sur mes propres ouvrages.

Quelques tableaux exposés dans le local cité plus haut réclament toute la rigueur de la critique.

Je suis très-peu satisfait de ce que j'ai fait ; aussi ai-je résolu de ne jamais me dessaisir de mes essais afin de les corriger sans cesse.

Chaque jour, le peintre acquiert des connaissances nouvelles ; conséquemment, *faire bien n'est qu'une question de temps ;* je l'ai déjà dit ailleurs.

Je sais que bien des gens ne veulent point comprendre cet axiome et sont prêts à vous soutenir ceci :

« Plus on avance dans la vie, plus on recule dans l'art. »

A ce compte, il serait à souhaiter que les peintres en restassent à leur premier coup de crayon.

Non. Avec une vie de trois siècles et conservant ses facultés intellectuelles, un peintre, *quel qu'il soit,* pourrait espérer de surpasser les plus grands maîtres de l'art.

Dans une autre occasion, *je prouverai* ce que j'avance.

Maintenant, je reviens à mes critiques.

Je leur demanderai la permission de leur poser des conditions qui, si leur intention est de m'être utile, seront acceptées avec empressement.

Je placerai à côté de mes essais des œuvres de Raphaël ou des estampes qui les rappellent, des œuvres de Michel Ange, de Rubens, etc.

Ainsi que je l'ai dit plus haut, les ouvrages de ces grands maîtres peuvent être considérés comme règles du beau.

C'est d'après ces règles que je désire entendre faire la critique de mes travaux.

Une fois bien *d'accord* avec mes censeurs sur ce que l'on peut appeler le *beau* ou le *laid,* qu'il me soit permis d'entrer avec eux en discussion.

Quand mes juges auront prononcé leur arrêt, les questions suivantes seront posées :

« L'arrêt prononcé, est-il bien celui de tous mes censeurs sans *exception aucune ?* »

« Cet arrêt serait-il bien celui qu'approuveraient les hommes de *diverses nations, de diverses époques, de diverses écoles ?* »

Sur l'affirmative, les corrections seront à l'instant faites en présence même des juges.

Toute critique, non soumise à ce procédé, non soumise à LA DISCUSSION, peut être regardée, selon moi, comme une opinion toute individuelle dont on peut grandement soupçonner l'importance.

Toute critique, blottie dans le coin obscur d'un journal, enseignant la science à l'aide de phrases ambiguës, de traits satiriques et de personnalités,

Je la défie de comparaître devant le tribunal des peintres.

L'exposition de 1851 vient fort à propos ouvrir un champ large à la discussion.

Une foule de feuilletonistes, déjà, se sont fait inscrire pour prendre la parole à la tribune des peintres. Les discussions seront chaudes, à ce que je crois, et cela promet d'être fort curieux.

Il sera fait prochainement un compte rendu des premiers débats.

Dans le règlement établi au sujet des discussions projetées, MM. les critiques enrôlés sont convenus d'intercaler l'article suivant :

« Tous les censeurs seront invités à venir à la tribune discuter avec leurs contradicteurs les idées qu'ils auront émises dans leurs jugements portés sur les œuvres du Salon.

« En cas de refus, les critiques récalcitrants voudront bien permettre à leurs adversaires de les proclamer à son de trompe :

« IGNORANTS, MALVEILLANTS OU POLTRONS. »

Dans une des séances qui auront lieu, je me propose de faire une expérience, sinon utile, au moins curieuse.

Je prierai MM. les critiques de faire choix d'un mauvais tableau, de le placer à côté d'un tableau excellent, afin de juger de leur mérite réciproque.

Cela fait, je *prouverai*, mais *prouverai* selon les règles infaillibles de Pascal ou avec celles du bâton, que le tableau mauvais est *excellent*, que le tableau réputé excellent est *détestable*.

Dans une séance suivante, je prouverai — et toujours selon les règles de Pascal — je prouverai tout le *contraire* de ce que j'aurai avancé dans la précédente réunion.

*En matière de peinture il y a des arguments pour tout condamner, il y en a pour tout absoudre.*

Lecteur, veuillez vous en souvenir.

En attendant l'ouverture des glorieux débats qui auront lieu au tribunal des peintres, voici un extrait des comptes rendus de MM. les feuilletonistes sur l'exposition de 1851.

Ce travail, on le sait, se fait à chaque exposition triennale.

Les contradictions qu'on va lire, suite naturelle de l'absence de *règles fixes sur le beau*, seront le sujet des discussions prochaines.

Les jugements contradictoires de MM. les feuilletonistes, quelque réjouissants qu'ils soient, présentent à l'esprit deux pensées également tristes.

L'une de ces pensées est toute dans l'intérêt de l'art; on sait déjà quelle peut être cette pensée.

L'autre est dans l'intérêt de l'humanité.

En voyant ainsi les hommes sentir, voir et juger si différemment les choses, on est tenté de formuler cette conclusion peu flatteuse pour l'espèce humaine :

Les hommes sont fous ou sont bien près de l'être.

# EXTRAITS

DES COMPTES RENDUS DE MM. LES FEUILLETONISTES

SUR L'EXPOSITION DE 1851.

> Les uns disent que non,
> Les autres disent que oui,
> Et moi je dis que oui et non.
>
> SGANARELLE

## NAVEZ.

*Émancipation* du 30 août. — La CLÉMENCE ISAURE est d'un bon style.

*Sancho* du 31 août. — M. Navez est dépourvu de noblesse et de grandeur dans son style.

*Émancipation.* — Un dessin sérieux.

*Sancho.* — Un dessin qui renverse toutes les lois de l'anatomie.

## DE KEYSER.

*Indépendance* du 20 août. — M. De Keyser est resté ce qu'on l'a vu à ses débuts, un artiste sage et consciencieux.

*Sancho* du 31 août. — M. De Keyser, jadis si brillant, nous est revenu si énervé et si pâle...

*Indépendance* du 20 août. — (LA FILLE DE JAÏRE.) — Les draperies blanches qui l'entourent sont d'un bon style.

*Émancipation* du 24 août. — Le style de ces draperies n'a pas précisément la largeur historique.

## GALLAIT.

*Sancho* du 25 août. — (Art et Liberté.) ... Grandeur de style.

*Messager de Gand* du 22 août. — Des artistes lui ont reproché de manquer de style.

*Émancipation* du 19 août. — (Comte de horne, etc.) L'expression est ici puissante...

*Bulletin de Paris* du 24 septembre. — Quatre ou cinq de ses personnages manquent d'expression.

*Indépendance* du 20 août. — Quant à l'exécution, M. Gallait s'est montré plus habile que jamais.

*Observateur* du 1er août. — La touche n'est pas assez délibérée et ne rencontre jamais d'effets imprévus.

*Indépendance* du 20 août. — La force et la richesse du coloris.

*Messager de Gand* du 22 août. — Des artistes ont reproché à M. Gallait d'avoir fait abus du brun et du gris.

*Emancipation* du 19 août. — Tout cela est d'une merveilleuse vérité.

*Messager de Gand* du 22 août. — Des artistes lui reprochent de peindre la nature dans sa vérité.

*Sancho* du 24 août. — (Art et Liberté.) — Ah! nous disons merci à Gallait, pour avoir réalisé, d'une manière aussi poétique, aussi fière, aussi noble, la belle et austère pauvreté de l'artiste! Nous aussi, nous avons ressenti ces joies nonpareilles, etc.

*Messager de Gand* du 22 août. — J'ai entendu une dame se scandaliser de l'air *négligé* du héros, et dire qu'elle ne voudrait pas prendre cet improvisateur avec des pincettes.

### PORTAELS. — (Souvenir de Sicile.)

*Emancipation* du 30 août. — Paysage aux grandes lignes et d'une nature grandiose.

*Sancho* du 7 septembre. — Le *fiasco* de M. Portaels, nous l'espérons, lui donnera désormais plus de modestie.

*Emancipation.* — Ce paysage démontre qu'un artiste de talent peut s'essayer dans tous les genres.

*Sancho.* — Toute cette œuvre représente un honnête écran de cheminée.

### LEYS.

*Emancipation* du 24 août. — La figure de Rubens, dont le caractère fin et distingué est bien conservé...

*Sancho* du 14 septembre. — Le personnage de Rubens est trop sacrifié.

*Presse industrielle* du 14 septembre. — ... Une lumière qu'il prodigue également à ses toiles. Est-ce le soleil, est-ce une lampe? On reste dans un doute assez fatigant.

*Sancho.* — C'est cette lumière dont parle Shakespeare qui ne rajeunit pas seulement la nature, mais chasse du cœur de l'homme les noirs soucis, etc.

*Sancho* du 14 septembre. — Les attitudes sont faciles, élégantes et vraies.

*Précurseur* du 8 septembre. — Chacun des personnages est une individualité insignifiante agissant pour elle.

*Sancho.* — Les caractères des figures graves et réfléchis.....

*Précurseur.* — On découvre une masse de traits inertes

*Sancho.* — On sent qu'ils comprennent et respectent la majesté de l'art.

*Précurseur.* — Ils semblent savoir qu'ils ne se trouvent sur la toile que pour la couleur.

### THOMAS.

*Indépendance* du 2 septembre. — (JUDITH.) La tête de Judith est d'une belle couleur.

*Sancho* du 7 septembre. — Cette grande femme rougeaude...

*Indépendance.* — (LES ENFANTS D'ÉDOUARD.) — Nos observations porteront sur le dessin des mains qui n'est pas irréprochable.

*Sancho.* — Les mains sont dessinées avec une rare distinction.

*Indépendance.* — Le ton général trop jaune.

*Sancho.* — Le coloris est riche et harmonieux.

*Indépendance.* — Cette composition est faite pour émouvoir doucement.

*Sancho.* — On frémit en entrevoyant dans l'ombre, etc.

### VAN EYKEN. — (OSSIAN ET MALVINA.)

*Emancipation* du 30 août. — La tête du barde est d'un bel accent.

*Sancho* du 7 septembre. — Son Ossian est un modèle d'atelier, orné d'une barbe en peau de lapin.

16

## HAMMAN.

*Indépendance* du 16 septembre. — (HAMLET.) Cette figure est en tout point réussie.

*Messager de Gand* du 1er septembre. — Cet élégant fashionable tenir une tête de mort à la main ! Fi ! que cela est de mauvais goût!

*Indépendance.* — Il y a dans les traits d'Hamlet une profonde tristesse.

*Messager.* — Tristesse élégante.

*Indépendance.* — Une expression bien sentie de pitié pour les choses de ce monde.

*Messager.* — Jamais, monsieur, ce jeune dandy ne prononcera le fameux monologue : « Mourir, dormir, » etc.

*Observateur* du 19 septembre. — ROMÉO ET JULIETTE se quittent en rêveurs.

*Indépendance* du 15 septembre. — L'expression, nous la trouvons matérielle...

*Observateur* du 19 septembre. — La traduction de Shakespeare est à la hauteur du texte original.

*Émancipation* du 23 septembre. — ... dont l'artiste n'a pas compris la poésie.

### DUPREZ. — (PAYSAGES.)

*Presse Industrielle* du 21 septembre. — M. Duprez a deux toiles d'une exquise fraîcheur et d'une végétation bien naïvement humide.

*Journal d'Anvers* du 7 septembre. — M. Duprez a le malheur de mal voir les paysages qu'il peint.

*Presse Industrielle.* — D'un ensemble ravissant.

*Journal d'Anvers.* — Exemple frappant d'une maladie du nerf visuel.

### BRETON. — (LA FAIM.)

*Presse Industrielle* du 17 septembre. — Le dessin est ignoble et grotesque.

*Messager* du 1er septembre. — C'est infiniment mieux dessiné que M. Courbet.

*Émancipation* du 24 août. — On ne peut contester des qualités de couleur.

*Presse.* — La couleur est terreuse.

*Indépendance* du 28 août. — Une seule figure mérite d'être louée, c'est celle d'une jeune fille qui est agenouillée.

*Émancipation*. — La partie intéressante du tableau est un jeune enfant couché à plat ventre.

### FOURMOIS. — (LE MOULIN.)

*Émancipation* du 5 septembre. — Le ciel est largement traité et d'une force inouïe.

*Précurseur* du 19 septembre. — Excessivement tourmenté et sans effet.

*Émancipation*. — La couleur est vigoureuse...

*Précurseur*. — Des teintes grisâtres...

*Cercle des Arts* du 14 septembre. — De brillants nuages roulent dans l'azur du ciel.

*Précurseur*. — Un ciel blafard.

### LAEMLEIN. — (VISION DE ZACHARIE.)

*Sancho* du 14 septembre. — Ici tout est colossal, *inspiré*.

*Indépendance* du 20 août. — Il y a beaucoup de *parti pris* dans la bizarrerie de l'œuvre.

### VAN MALDEGHEM. — (LE CHRIST PRÊCHANT, etc.)

*Sancho* du 21 septembre. — L'artiste a utilisé ses souvenirs de voyage en Orient pour nous donner un vrai paysage biblique.

*Indépendance* du 29 août. — L'artiste a besoin de faire de ce genre une étude spéciale.

*Indépendance*. — Le personnage au premier plan se fait remarquer par un faire large et vigoureux qu'on voudrait trouver dans le reste du tableau.

*Sancho*. — Cela est lourd, pâteux et fait tache sur le ton général de l'œuvre.

*Sancho*. — L'attitude du Christ est noble...

*Indépendance*. — L'attitude du Sauveur est mauvaise.

### ROBERTI. — (RACHEL PLEURANT SES ENFANTS.)

*Émancipation* du 30 août. — Les enfants surtout sont traités avec sentiment ; le plus jeune est rendu avec douceur, etc.

*Indépendance* du 2 septembre. — Malheureusement, les enfants sont de pierre et non de chair.

## M<sup>me</sup> CALAMATTA.

*Bulletin de Paris* du 22 septembre. — M<sup>me</sup> Calamatta s'est bornée à jeter beaucoup de grâce et de coloris dans ses toiles.

*Indépendance* du 23 septembre. — (Le coloris.) M<sup>me</sup> Calamatta n'en a ni le sentiment ni le goût.

## DECAISNE. — (La Maternité.)

*Charivari* du 13 septembre. — Ce tableau est d'un bon style, la composition en est savante, les lignes sont franches, hardies, bien ordonnées ; le dessin est pur, correct, etc.

*Cercle des Arts* du 21 septembre. — C'est une œuvre manquée complétement.

## LUMINAIS. — (Les Pilleurs de mer.)

*Indépendance* du 15 septembre. — Hommes, femmes, enfants s'acharnent à leur cruelle industrie. Leur expression d'avidité, etc.

*Journal d'Anvers* du 7 septembre. — Tous ces crapauds bleus ne nous disent rien.

## DECAMPS. — (Paysage oriental.)

*Émancipation* du 5 septembre. — Les tons diaprés de ces terrains, parsemés de riches couleurs, dénotent assez le maître coloriste.

*Journal de Liége* du 4 septembre. — Ce sont des épinards plaqués.

## HUBNER. — (Age d'or.)

*Indépendance* du 9 septembre. — Un modelé délicat.

*Précurseur* du 29 août. — Le modelé laisse à désirer.

## COULON.

*Charivari* du 13 septembre. — Il compose avec esprit.

*Journal d'Anvers* du 7 septembre. — Il donne dans le fade et le maniéré.

BOURLARD. — (Deux Anges déchus.)

*Messager de Gand* du 1er septembre. — Du coloris, de la fraîcheur.
*Journal d'Anvers* du 7 septembre. — C'est une toile mal colorée.
*Messager.* — Un beau et large dessin.
*Journal d'Anvers.* — C'est une toile mal dessinée.

COURBET. — (Les Casseurs de pierre.)

*Observateur* du 1er septembre. — Le tableau de M. Courbet est un tableau de religion.
*Journal d'Anvers* du 7 septembre. — Tableau à peine digne de servir d'enseigne à une taverne de bas étage.
*Observateur.* — Un tableau fait pour rapprocher de Dieu les humbles et ceux qui souffrent.
*Journal d'Anvers.* — Nous dénonçons hautement les casseurs de pierre ainsi que le joueur de basse du même peintureur comme des types de dépravation et d'insolence.
*Sancho* du 24 août. — La vérité des attitudes...
*Messager de Gand* du 1er septembre. — Ses contours sont maigres.
*Sancho.* — La sobriété de sa couleur...
*Messager.* — Son coloris est faux.
*Sancho.* — La naïveté et la fermeté du dessin.
*Messager.* — M. Courbet ne sait ni dessiner ni peindre.

———

Le temps ni l'espace ne me permettent pas de continuer à recueillir toutes ces contradictions qui, avec une fureur toujours croissante, commencent à pulluler dans la plupart de nos journaux.

Si l'on suppose maintenant que tous les visiteurs du salon, aussi parfaitement d'accord que le sont MM. les censeurs de la presse, s'avisent d'écrire des comptes rendus, je demande si tous les magasins d'encre et de papier de la capitale suffiraient à fournir les choses nécessaires à noter toutes les joyeusetés de la critique?

Il est fort heureux que Messieurs les bourgeois n'aient pas tous la faculté de publier leurs *bonnes petites idées individuelles* et que les censeurs préférés de Molière, les servantes, les cuisinières et les bonnes d'enfant, aient le bon esprit de ne pas écrire des feuilletons.

## UN MOT SUR LA FRESQUE.

Il y a dix ans, je faisais la prédiction suivante :

« Bientôt commencera parmi nous une ère nouvelle pour la peinture. » Aujourd'hui cette prédiction commence à s'accomplir.

Deux causes devaient nécessairement amener une révolution dans le goût de nos peintres et dans celui du public : la première, la fatigue que cause toute mode trop longtemps prolongée; la seconde, les progrès de nos voisins d'Allemagne.

Les admirables petits tableaux flamands, ces chefs-d'œuvre de couleur, d'effet et de *ragoût* pittoresque, subissent aujourd'hui le sort des meilleures choses du monde, goûtées à satiété.

L'homme est ainsi fait : inconstance perpétuelle, appétits toujours nouveaux.

La peinture à fresque a fait invasion dans notre patrie. L'apparition du choléra ne nous causa ni plus d'émotions ni plus d'alarmes.

« Qu'est-ce que la fresque? » se disent les bonnes gens : « Je veux voir de la fresque ; je veux avoir un tableau à fresque. » Cette curiosité, ce désir, ce mouvement d'impatience générale à propos de la fresque, est peu rassurant pour nos artistes.

Tous les peintres, cependant, ne sont point d'humeur à peindre de la fresque : l'habitude des succès obtenus dans un genre, rend parfois tranquille et insouciant. La peinture à l'huile a des charmes auxquels le peintre et l'amateur de tableaux renonceront difficilement. A l'huile, l'artiste peut se distinguer par les seules qualités d'un *beau faire :* tel peintre est remarquable pour sa touche, celui-ci pour ses empâtements, cet autre pour la transparence de ses tons. Chacune de ces choses peut faire la gloire d'un peintre.

Dans la peinture à fresque, il n'en est pas tout à fait ainsi : les qualités d'un beau faire, si recherchées dans notre pays, y sont presque nulles. La fresque exige au plus haut degré la beauté de la forme : le dessin est son essence ; les autres parties lui sont subordonnées.

Le peintre, peu soucieux du dessin, ne doit donc pas espérer, dans la peinture à fresque, trouver moyen de se *rattraper* par d'autres parties ; il faut qu'il se résigne et prenne le parti de replonger ses pinceaux dans l'huile.

« Mais encore une fois, qu'est-ce donc que cette peinture à fresque? » me disent des personnes peu familières au jargon des peintres.

La fresque n'est autre chose qu'une peinture comme toutes les peintures ; elle ne diffère essentiellement de celle-ci que par le procédé et son application plus constante aux compositions de grand style.

Une qualité éminente la fait préférer à la peinture à l'huile : elle n'offre point comme celle-ci une surface luisante. C'est cette qualité précieuse qui permet de l'employer dans les grands édifices où le jour est si souvent contraire aux tableaux à surfaces vernies.

Le procédé à fresque, employé par les anciens artistes de l'Italie, est difficile à cause des précautions à prendre dans son application. C'est pendant que l'enduit du mur, préparé à la peinture, est humide encore que l'artiste doit y étendre ses couleurs. L'enduit trop tôt séché, il n'est plus permis au peintre d'appliquer aucune retouche.

On le conçoit, un procédé qui ne laisse point à l'artiste la liberté de corriger le lendemain ce qu'il a commencé la veille, est un procédé très-incomplet.

On s'étonne que Michel-Ange et Raphaël, ces hommes si pleins d'imagination, aient eu la bonhomie de se soumettre à ces moyens mécaniques si peu faits pour seconder le génie. Le génie, dira-t-on, est prompt dans ses opérations. Oui, mais le procédé de la fresque ne lui convient pas. Chaque jour nos idées progressent : rien ne doit s'opposer à leur développement. Quelle que soit la perfection d'une belle œuvre, le génie qui la conçut peut après un certain temps la rendre plus parfaite encore.

*Faire bien n'est qu'une question de temps.*

Dieu lui-même semble être soumis à cette loi. Qui oserait nier la perfection qu'acquiert chaque jour le plus bel ouvrage du créateur : l'homme?

Les Allemands, ces grands penseurs, ont compris tout ce que les anciens procédés de Michel Ange et de Raphaël ont de défectueux. Un moyen nouveau inventé en Allemagne, connu sous le nom de *wasser-glass*, remplace avantageusement l'ancienne peinture des Italiens; il laisse la faculté de retoucher à plusieurs reprises une œuvre commencée.

Le procédé allemand, malgré tous ses avantages, est, sous bien des rapports, susceptible encore de perfection.

Attendons avec confiance le résultat des recherches nouvelles.

Il faut à la grande peinture d'histoire un procédé prompt, facile, n'exigeant du peintre aucun effort de patience, aucun exercice préalable, mais encore une fois, qui permette de retoucher.

Dans l'intérêt de notre école moderne, l'introduction de la grande peinture est-elle un bien, est-elle un mal?

Oui et non, telle est ma réponse.

Oui, pour l'avenir de l'école; non, pour ses succès présents.

La peinture de style demande, de la part de l'artiste, de l'instruction. La peinture ordinaire demande de la patience.

L'homme instruit, soumis aux exigences de l'exécution matérielle, perd les qualités qui le distinguent dans l'art.

L'homme patient, lui, perd les qualités qui le distinguent dans l'art, à mesure que l'instruction l'éclaire.

L'homme à la fois instruit et patient constitue l'artiste phénomène : tel est le peintre d'Urbin. C'est le cheval fougueux immobile sous le frein, c'est à la fois le calme et la colère, l'eau et le feu.

Ce que j'avance ici peut être développé, appuyé sur des exemples ; mais je réserve ce travail pour une autre occasion.

L'introduction de la grande peinture est donc un mal pour notre école moderne : l'enthousiasme, le désir de produire des œuvres immortelles vont brûler, comme un feu dévorant, le cerveau de nos peintres, les faire bondir du tabouret moelleux où ils siégent avec tant d'assiduité et de succès.

Adieu patience et tous les charmes de l'exécution! adieu la couleur coquette, le rendu précieux, la touche légère! adieu tous les séduisants effets, si séduisants pour l'amateur et le marchand! adieu la peinture facile qui laisse l'esprit si tranquille et la conscience en repos! adieu la bonne bierre, la bonne pipe et surtout les nombreux écus !

L'apparition de la grande peinture en Belgique sera pour nos peintres ce qu'est parfois un remède violent pour un malade : elle causera, pour le moment, anxiété, douleurs profondes, mais bientôt elle produira les effets les plus salutaires.

Quand, il y a dix ans déjà, je disais à tout ce que la patrie contient d'artistes généreux, enthousiastes, brûlant d'une soif de gloire : « Osez, osez, tels que des héros, vous mesurer aux héros de l'art! » mes vœux n'étaient pas bien loin de s'accomplir.

Déjà nous pouvons compter de nobles et glorieux efforts, déjà quelques grandes pages au grand style décorent des monuments publics.

Honneur à ceux qui ont osé! honneur à MM. Van Eyken et Portaels, d'avoir osé sortir de l'ornière commune !

Espérons que ce noble exemple amènera nos artistes vers l'étude des chefs-d'œuvre les plus renommés.

Espérons que les peintres commenceront à comprendre la nécessité de placer les œuvres des grands maîtres au milieu de nos expositions modernes. Il est temps de savoir où en est l'art, ce qu'il a fait depuis quatre siècles, ce qu'il lui reste à faire pour doter la patrie d'une école, la première école du monde.

## PROJET D'UNE ÉCOLE NOUVELLE, QUI PRENDRAIT LE NOM D'ÉCOLE DES ÉCOLES.

Depuis Cimabue jusqu'à Rubens, toutes les manières de voir, de sentir et de rendre ont été essayées en peinture.

Quels que soient les essais nouveaux qu'aujourd'hui l'on expose à nos yeux, ils ne sont que les reflets de ce qui a été fait depuis des siècles.

L'art donc revient sur ses pas, tourne sans cesse dans le même cercle : il est temps, grand temps que la peinture prenne un essor nouveau.

Ceux qui nous ont précédés dans l'art ont apporté leur contingent d'essais et de perfectionnements. Les Michel-Ange, les Raphaël, les Titien, les Rubens ont fourni des matériaux précieux : sachons-nous en servir et formons une école, l'*école des écoles*.

Qu'une société d'artistes, déjà initiés aux mystères de l'art, mais jeunes, enthousiastes, animés du plus ardent amour de gloire, ose concevoir le projet de surpasser par des chefs-d'œuvre les chefs-d'œuvre les plus renommés.

Aux enfants des arts, et notamment à ceux qui ont cultivé la peinture, a manqué souvent la passion, l'enthousiasme, cette exaltation chevaleresque qui, dans tous les travaux d'une haute portée, nous fait accomplir des choses grandes et sublimes.

Nul ne pourra être admis parmi les artistes de cette école, sans apporter, avec les talents voulus, la liberté et l'indépendance, ces auxiliaires des grands travaux de l'intelligence.

Ces hommes ainsi choisis s'occuperont avant toute chose d'un travail d'une portée immense.

Les questions suivantes seront discutées et résolues avec la plus inébranlable fermeté :

*Quelles sont les qualités qui constituent le beau en peinture?*

*Quels sont les douze premiers tableaux du monde?*

*Quelles sont les perfections qu'on peut ajouter à ces tableaux?*

Les douze chefs-d'œuvre proclamés, on avisera au moyen de se procurer, sinon les originaux, au moins d'excellentes copies.

Ces œuvres contiendront les exemples les plus parfaits des cinq premières parties de l'art :

L'invention, la composition, le dessin, l'expression, la couleur.

Un vaste local doit être mis à la disposition des soldats de la croisade nouvelle.

Là, au milieu des douze plus beaux chefs-d'œuvre de l'univers, les audacieux champions des grands maîtres de l'art auront à soutenir une lutte difficile et terrible.

Là, chacun des combattants pourra dresser des toiles, déployer tout l'éclat de ses inspirations.

A chaque œuvre terminée, la croisade tout entière s'assemblera, afin d'en faire une critique raisonnée.

Un parallèle sera établi entre la toile nouvelle et les ouvrages des grands maîtres choisis. L'invention, la composition, le dessin, l'expression et la couleur seront les points examinés tour à tour, comparativement à tout ce que le génie de l'homme aura produit de plus parfait dans ces cinq parties de l'art.

Les fautes seront soigneusement signalées, les moyens d'y remédier *discutés* avec une telle force de raisonnement, une telle persévérance dans la recherche des *preuves*, qu'il sera permis de défier la postérité d'y ajouter un mot.

Ces deux questions, le *pourquoi et le comment*, seront toujours clairement expliquées, dussent-elles coûter des jours et des nuits de persévérantes discussions.

Entre rivaux, la leçon sera bonne; car il n'y aura point de flatteuses complaisances, point de ridicules ménagements.

Les peintres croisés se souviendront qu'un seul moyen nous reste aujourd'hui pour surpasser les chefs-d'œuvre les plus admirés : c'est de *nous approprier toutes les perfections* des diverses écoles, citées comme les modèles les plus parfaits.

Tout tableau sorti *de l'école des écoles* ne doit sentir ni la copie ni le pastiche.

L'individualité sera de rigueur, la banalité exclue.

Les œuvres des croisés, faites toutes dans un but de gloire, ne pourront servir à aucun profit matériel : après l'examen critique, elles seront destinées, si elles en sont jugées dignes, à orner les grands monuments, les églises du pays.

L'ambition, l'orgueil, la vanité, l'amour-propre, seront considérés dans l'école comme des vertus.

Tout croisé pourra, à l'exemple des combattants d'Homère, se vanter d'attaquer les plus vaillants héros de l'art : sa vanité ne sera blessante et ridicule qu'autant que le succès ne répondra point à ses brillantes promesses.

Tels sont les principaux points d'organisation de l'*École des écoles*.

Sa devise sera :
Audace! audace! audace!

Le sujet de ses discussions :
Recherche constante du beau ; moyen d'en fixer les principes.

Le but de tous ses efforts :
Éclipser la gloire des anciens par des chefs-d'œuvre nouveaux ; honorer la patrie par un nom immortel.

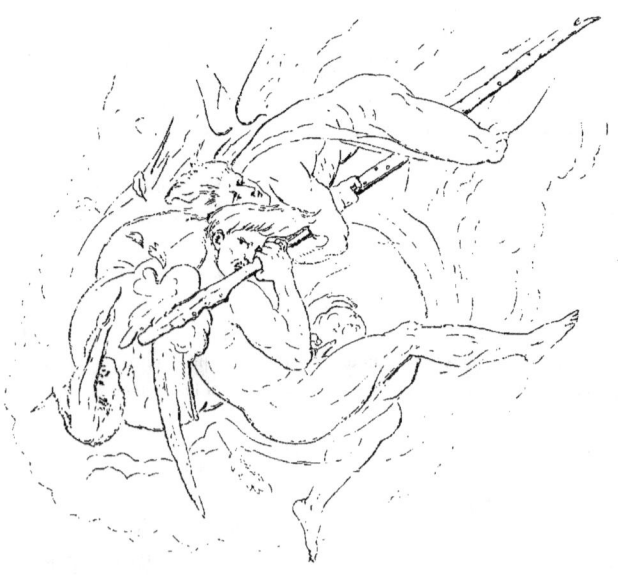

Cette gravure, qui représente un épisode du *Triomphe du Christ*, a paru dans le Compte rendu illustré du salon de 1848.

# IV

## PREMIERS ARTICLES, BROCHURES

### ET PAMPHLETS.

# DÉLIRE D'UN AMATEUR DE PEINTURE

A L'ASPECT DES TABLEAUX MODERNES, EXPOSÉS AU MUSÉE D'ANVERS.
— 1825 —

Où es-tu donc fille de Mars et de Vénus? divine harmonie, ton origine et ta puissance sont ici inconnues. Tu n'habites plus comme autrefois les ateliers de la poésie muette; et toi, magique harmonie du clair-obscur, qui fis la gloire de l'école hollandaise, toi qui attaches les regards, et par cet artifice donnes un moyen puissant pour attacher l'esprit, l'artiste qui doit faire respirer la toile, croyant posséder la haute poésie de l'art, n'invoque plus ton secours.

Divin Raphaël! vous possédiez l'art qui nous représente les passions les plus délicates du cœur humain ; à cet égard, nous vous pardonnons votre manière peut-être trop simple d'énoncer; mais vous autres artistes, si vous ne pouvez atteindre à ce sublime qu'il ne vous est pas donné de parler à mon âme, il ne vous convient guère de négliger le langage de l'art, ce clair-obscur, qualité qu'exigent indispensablement les sujets de genre, que par penchant vous préférez. Je le répète, si vous ne pouvez émouvoir mon âme, charmez au moins mes yeux, vous pouvez encore cueillir des palmes glorieuses sur les traces de l'école vénitienne.

La nature, me dites-vous, ne prend aucun soin de grouper, d'enchaîner, de masser, et cependant il y règne un accord de clair-obscur inimitable.

' Journal du commerce des Pays-Bas, Anvers, 12 septembre 1825. Le manuscrit de cet article anonyme est conservé

Hé ! puisqu'il est inimitable, ayez donc recours aux moyens mystérieux qui tiennent lieu des perfections d'imitation auxquelles il est impossible d'atteindre. Mais, sans discernement, vous me donnez une scène pathétique dans le style badin ; là, le beau carmin de la palette de Sprendonck colore un sujet qui devait me remplir d'horreur ; ici, un sujet historique, travesti en genre par la multitude des accessoires ; plus loin, le terrible Achille, sous les formes voluptueuses de Bacchus ou des portraits de famille, semblables à des boutiques de quincaillerie, attirent la foule des connaisseurs qui ne se lassent d'admirer, parmi toute cette afféterie, un beau paon dont la queue déployée leur paraît, par un rendu minutieux, avoir atteint la vraie illusion... Tous les genres de peinture deviennent tableaux de genre, en ce qu'ils manquent de ce nerf, de cette couleur, de ce style que le caractère des sujets d'histoire exige avec plus ou moins de réserve. En ce moment, je suis trop distrait par le clinquant de la discordance ; tout est brillant, rien ne l'est ; mes yeux sont partout, ils ne sont nulle part. En vain, je cherche l'harmonie...

Mes yeux, après une si grande tension, ont besoin de repos ; entrons au musée. C'est ici que je te retrouve dans toute ta splendeur, ô divine harmonie ! C'est ici ton temple... Le prince des peintres, par sa magie, m'appelle à son tableau du Calvaire ; son clair-obscur me force aussitôt à jeter les yeux sur le héros de son poëme ; je ne vois que lui ; aussi, lui seul m'intéresse. C'est bien là ce grand législateur mort pour le salut du monde. Quelle expression de calme dans tout ce corps divin ! Je suis en la présence de l'Homme-Dieu. — Je frémis, c'est une illusion ! Quel est donc cet art qui me fait éprouver la même impression que si j'eusse été à la scène du Golgotha ? De même que si j'y avais été, je n'ai qu'une idée confuse de tout ce qui entourait le sujet principal. Quelle conformité avec la nature ! Je conclus, tout en admirant ce chef-d'œuvre, qu'il fallait que l'harmonie eût réservé tous ses dons pour le siècle de Rubens.

*(Communiqué.)*

# DE LA DIFFICULTÉ

## DE JUGER LES OUVRAGES DE PEINTURE, ET DES CONNAISSANCES QUE CE JUGEMENT EXIGE.

— 1828 —

Pour juger des ouvrages de peinture, il faut des connaissances si étendues et si profondes qu'il est impossible qu'un seul individu, ni même plusieurs puissent apprécier le juste degré de mérite d'un tableau.

Cependant, tout le monde veut juger. Sans vouloir m'ériger en connaisseur, ni poser des principes, j'essaierai de montrer la manière qui, selon moi, me paraît le plus convenable pour distinguer le mérite dans les ouvrages de concours.

La peinture est composée de plusieurs parties, plus ou moins essentielles, que l'on peut diviser en supérieures et inférieures. Celles du premier ordre sont l'invention, la composition, le dessin et l'expression. Celles du second ordre sont le coloris, l'imitation et tout ce qui tient au mécanisme. S'il se rencontre, dans un concours, que l'un excelle dans l'invention et l'autre dans la couleur ou l'imitation, il sera facile de faire le choix. Si deux artistes, dit Raphaël Mengs, ont atteint le même degré de perfection, l'un dans l'imitation, l'autre dans l'idéal, il faut préférer le dernier ; car celui qui ne possède que l'imitation n'est qu'un habile ouvrier. Ainsi, quoique le talent de Netcher, de Gérard Dow, de Miéris, soit supérieur à celui de Raphaël pour le coloris et l'imitation, ils ne peuvent cependant lui être comparés. Si, dans le concours, le mérite se balance dans les premières parties de l'art, c'est plus difficile à juger ; alors il faut que celui qui doit être impartial et juste dans son jugement, connaisse bien le caractère du sujet, quelles sont les parties de l'art qui y doivent dominer ou être plus ou moins en

---

* *Journal d'Anvers* du 24 août 1828. Le manuscrit de cet article anonyme est conservé.

évidence ; qu'il sache que les sujets tranquilles ou tumultueux, terribles ou agréables, gais ou mélancoliques, doivent se disposer, se composer et s'exécuter d'une manière convenable à leur caractère ; que tous les sujets ne doivent pas être traités du même style ; qu'il faut que toutes les parties de l'art concourent à rendre l'expression générale du sujet ; que c'est cette expression du sujet qui est la principale partie de l'art, et qu'il note bien que c'est en cela que consiste le vrai mérite ; que pour l'expression l'artiste doit quelquefois tirer parti de la dureté, de la crudité, de la sécheresse et de la discordance ; qu'une belle couleur dans un sujet n'est pas une bonne couleur dans un autre ; qu'il ne doit pas se laisser séduire par une exécution léchée dans un sujet où elle doit être heurtée ; que l'harmonie doit être ou douce, ou agréable, ou tranchante, selon que le sujet le comporte ; que le tableau est totalement manqué si le sujet et l'expression n'y sont pas également rendus ; enfin qu'un juge doit être dépourvu de toute prévention et doit toujours se défier de soi-même. Ce n'est pas ce qui est conforme à son opinion particulière, ce qui ressemble à sa manière ou au mauvais goût du temps, qu'il doit préférer, mais bien ce qui est conforme aux vrais principes de l'art et à ce qu'en ont dit les grands maîtres ; il ne doit pas dire : c'est bien *parce que cela me plaît*, mais il doit dire *pourquoi cela lui plaît* et en donner, selon les principes, des raisons démonstratives et convaincantes ; les modes, qui s'insinuent dans la peinture comme en beaucoup de choses, ne doivent point le guider ; il doit considérer qu'on lui a confié le soin de découvrir le mérite, et que ce serait le comble de l'injustice et du ridicule de soumettre le sort d'un individu aux caprices et aux opinions bizarres. Telles sont, selon moi, les choses qu'il doit principalement envisager. Je crois aussi que des juges, quelque habiles qu'ils puissent être, ne peuvent, en une heure de temps, comparer, raisonner, entrer dans l'intention de chaque artiste, afin de connaître les causes qui l'ont déterminé

---

* Le premier soin de Raphaël, quand il voulait composer un tableau était de penser à l'expression ; c'est-à-dire quel devait en être le sujet, et quelles passions devaient animer les personnages qu'il voulait employer ; ensuite il calculait les degrés de ces passions et déterminait les personnages auxquels il fallait les donner, quelles espèces de figures il pouvait employer et en quel nombre ; à quelle distance il fallait les placer de l'objet principal pour concourir à l'expression générale et par ce moyen il concevait l'étendue de son ouvrage ; si le champ qu'il devait remplir était grand, il prévoyait : combien l'objet principal ou l'expression des principaux groupes avait de rapport avec les autres ; si l'action se bornait au moment actuel ou si elle devait s'étendre au-delà ; si elle était d'une expression forte ou faible ; si elle avait été précédée de quelque événement antérieur ou bien si elle devait être suivie de quelqu'autre ; si c'était un événement tranquille et ordinaire, ou bien un tumulte extraordinaire ; une scène agréable, d'une tranquillité lugubre, ou d'une tristesse tumultueuse.

MENGS, *Réflexions sur la beauté et sur le goût dans la peinture.*

dans son choix. Il faut voir plusieurs fois et plusieurs jours de suite; car il est bien difficile, en un instant, de mieux raisonner sur un objet, que celui qui y a pensé deux ou trois mois.

L'on doit donc convenir que le talent de juger n'appartient qu'à un très-petit nombre d'hommes; ce petit nombre, quelque savant qu'il puisse être, a toujours des opinions et des penchants particuliers, et ces penchants, malgré lui, influeront sur ses jugements. La peinture, comme toutes les choses humaines, éprouve des révolutions : tantôt elle s'élève jusqu'à un certain degré de perfection et tantôt elle tombe de nouveau, de sorte que ce qui, dans un temps, est l'objet principal de l'art, est regardé, dans un autre temps, comme à peine nécessaire. Le vil intérêt cause souvent la décadence de la peinture; généralement les artistes cherchent à plaire à la multitude, et pour plaire à cette multitude il faut des choses à la portée de ses connaissances. Ainsi l'imitation servile d'un objet, un mécanisme facile et agréable seront alors regardés comme parties essentielles de l'art. Ce sont ces parties qui constituent les tableaux que nous nommons *genre*. Non-seulement l'imitation des objets burlesques a l'avantage de plaire à tout le monde, mais encore l'artiste éprouve, en les produisant, toute la facilité possible, et, comme le plaisir résulte de cette facilité, tout le monde s'en mêle; alors la confusion des principes est tellement générale et le goût des futilités tellement à la mode, qu'ils se glissent dans les ateliers des peintres mêmes, qui semblaient ne s'être destinés qu'au grand genre de l'histoire; de sorte qu'il ne faudrait pas s'étonner si, dans les occasions où il faudrait décider du mérite d'un ou plusieurs ouvrages, on juge en faveur de celui qui flatte le goût général, si dépravé qu'il puisse être.

Heureux le jeune artiste ami des vrais principes, s'il naît dans un temps où les encouragements sont décernés par le bon goût! Mais s'il naît dans un siècle où le mécanisme est préféré à l'expression et où l'invention et la composition ne sont considérées que comme peu importantes, alors il doit céder au torrent, ou avoir le courage, s'il peut, d'imiter le grand Poussin, de peindre pour la postérité et, luttant continuellement contre le mauvais goût, rester toujours pauvre, mais devenir grand artiste.

## VOYAGE AUX ENFERS DE MM. N... O... ET P...

### DIALOGUE ENTRE CES MESSIEURS ET PLUSIEURS ARTISTES CÉLÈBRES, AUX CHAMPS-ÉLYSÉES.

— 15 DÉCEMBRE 1828 —

> Honni soit qui mal y pense.

#### M. O.

Messieurs, j'espère que notre voyage aux Enfers va nous procurer tout le plaisir que nous en attendons. Déjà nous approchons le sombre rivage, où se trouvent, sans doute, les ombres de nos fameux artistes, les Rubens, les Poussin, les Rembrandt.....

#### M. N.

Ma foi, mon cher O....., je crois que nous chercherons vainement parmi cette foule confuse, et que les dieux, aussi bien que les hommes, auront eu la folie de les placer aux rangs des hommes célèbres. Passons aux Champs-Élysées.

#### M. O.

Vous avez raison, je me réjouis à l'avance de confondre tous ces nigauds et d'écraser en quelques mots leur faux système.

#### M. P.

Nos ouvrages, Messieurs, nos ouvrages vont parler pour nous! Je suis curieux de voir notre fameux Rubens; j'espère que le tableau que je porte avec moi suffira pour lui prouver que, malgré sa fougue et son prétendu génie, on peut lui apprendre à peindre des batailles.

* Inédit.

### M. N.

Monsieur P., je crois qu'il sera étonné à la vue de nos tableaux; cette vérité, ce rendu, ce fini précieux, jusque dans les moindres accessoires, prouveront à cette tête chimérique combien nous sommes au dessus des systèmes de son temps, et que l'invention, la composition et les grandes conceptions qui n'appartiennent qu'à des têtes déréglées, sont bien moins ce qui constitue le vrai talent, que cette imitation parfaite de la nature telle qu'elle se présente.

### M. P.

Il faut avouer que c'est là le difficile de l'art, et en cela nous sommes bien supérieurs à ces Messieurs là! Est-il rien de plus admirable que cette exécution soignée qui rend les objets jusqu'à l'illusion? Voilà le langage de l'art, et c'est ce seul langage qui, par ses attraits puissants, captive l'âme du spectateur. Cela est si vrai que, l'autre jour, obligé de juger quel était, parmi les élèves de notre académie, celui qui possédait le plus de talent, je ne pus résister davantage dans mon irrésolution, à la vue du tableau d'un de nos plus jeunes élèves qui, avec une patience et un génie supérieurs, avait imité jusqu'à l'illusion la plus parfaite, une plume servant de panache au chapeau d'un personnage de son tableau. Croyant voir la nature elle-même, je m'approchai pour m'en assurer; une mouche qui paraissait se promener sur le tableau, couvrait une partie du petit chef-d'œuvre, je lève la main pour en chasser l'imprudente, mais que vois-je!.. C'est aussi une peinture. A ce double talent, à cette double preuve de génie, je ne balançai pas à lui accorder la palme.

### M. N.

J'aurais été de votre sentiment.

### M. O.

Et moi aussi.

### M. N.

Quel était le sujet qu'avait traité votre jeune élève?

### M. P.

Qelques paysans hollandais au bord de la mer.

### M. N.

Le sujet est pittoresque.

## M. P.

Oui, c'est vrai. Eh bien ! ce sont ces sujets que j'aime qu'ils traitent ; rien n'est plus glorieux pour un artiste que de retracer les scènes intéressantes de son pays et de transmettre à la postérité les faits éclatants qui ont illustré sa patrie. Au reste, je ne veux point forcer leur goût ; ceux qui, par une imagination trop bouillante, veulent se perdre dans le labyrinthe du grand genre de l'histoire, je les laisse s'épuiser en vains efforts, et bientôt, revenus de leur erreur et dociles à ma voix, je leur trace la route du vrai et du bon goût.

## M. N.

Pour moi, j'agis à peu près de même, je traite mes élèves en amis et leur donne les conseils les plus salutaires ; je leur dis : Messieurs, qu'est-ce que la peinture. N'est-ce pas l'art d'imiter la nature ? Eh bien ! voici le modèle, copiez ses formes, copiez sa couleur, et vous aurez atteint le but. Ce sont là les seules études qui doivent vous occuper journellement. De mon côté, veillant continuellement à votre avancement, je serai là pour vous guider, je saurai vous dire si vos teintes sont trop rouges ou trop grises. Le grand art, Messieurs, est d'imiter ce que l'on voit. Attachez-vous surtout à rendre les objets avec cette exécution polie et agréable qui charme les yeux, et vous réussirez. C'est une erreur, Messieurs, de se brouiller la tête par des études d'anatomie, de perspective, etc., et de se gâter le pinceau par cette manière de peindre des esquisses et toujours des esquisses. Il est vrai que c'est un moyen puissant pour s'exercer dans l'invention, la composition, etc., mais qu'est-ce que cela ? Je vous le répète : la composition n'est que l'effet du hasard ; c'est en cherchant, en essayant de toutes manières, que l'on y parvient. Croyez-moi, sachez exécuter et vous serez grands artistes.

## M. P.

Voilà les vrais principes, mais malheureusement ils sont négligés dans la plupart de nos académies, et notamment à celle d'A..... Le professeur qui la dirige est encore un de ces bouillants génies enthousiastes des prétendus grands principes et à qui l'on ne peut faire entendre raison sur ce point. Mais, à propos de l'école d'A..... comment ont réussi vos élèves au concours du grand prix de la peinture historique ?

## M. N.

Ils n'ont pas été reçus.

M. P.

Pas été reçus !...

M. O.

Comment ! pas été reçus, dites-vous !

M. N.

Pas été reçus, vous dis-je. C'est un galimatias à n'y rien comprendre ; il faut que les élèves de cette académie soient diablement avancés depuis l'année dernière ; ou, ce que je crois de plus probable, c'est..... qu'il y a du louche dans le jugement des concours préparatoires.

M. O.

Oui, vraiment, je crois que vous avez raison ; oui, il y a du louche là dedans. C'est un coup de patte, Monsieur N., qui mérite bien un bon coup de poing. Nous verrons ce que ces élèves à génie auront produit au concours définitif. Ils ont échoué l'année dernière, et ce ne sera pas ma faute s'ils ne croulent pas cette année.

M. P.

Pour moi, j'y serai sévère en diable, et...

M. N.

Il faudra du bon, je vous assure, pour échapper à ma vengeance.

M. O.

C'est contre le professeur surtout qu'il faut lancer la foudre ; et, dans le jugement, peu importe quelle sera son opinion, il faut le contrarier sur tous les points.

M. N.

C'est aussi mon intention, et, s'il s'avise de nous parler d'invention, de composition, d'idéal, d'esquisses, peintes sans le secours d'autrui, et de toutes ces babioles sur lesquelles il fonde toute sa gloire, nous lui répondrons, nous, selon nos principes, et cette rencontre sera bien moins un jugement qu'un champ de bataille, d'où certainement nous sortirons vainqueurs.

M. P.

Il me tarde d'en venir là ! Pour moi, je vous assure que je n'en démor-

drai pas, dussé-je..... Mais voici que nous approchons des champs
fortunés ; ne seraient-ce pas là, Messieurs, les ombres des artistes que nous
cherchons ?

### M. N.

Effectivement, je les reconnais ! Allons ! Messieurs, bonne contenance.
Cette ombre qui s'avance avec majesté me paraît être celle de Rubens.
Monsieur O., à vous la parole.

### M. O.

La présence d'un tel personnage est toujours imposante, et je vous avoue
que je ne suis pas ici dans toute ma verve poétique.

### M. N.

Prenons courage ; le voici.

### Rubens.

Messieurs, quel est le motif qui vous inspira la hardiesse de porter vos
pas sur le domaine des grands hommes ?

### M. O.

Avide d'une réputation éclatante, il n'est rien que nous ne hasardions
pour l'établir même jusqu'aux Enfers. Plusieurs fois, sans doute, la
Renommée fit retentir à vos oreilles les noms de N. et O. ?

### M. P. (bas à M. O.).

Et de P.

### M. O. (haut).

Et de P.

### M. P.

Tous trois tenant le sceptre de la peinture !

### Rubens.

Messieurs, vous êtes entièrement ignorés ici-bas. Les seuls noms qui soient
parvenus jusqu'à nous, sont G. G. D. et quelques autres. Mais ce n'est rien,
consolez-vous, nous vous rendrons justice. Voyons vos ouvrages.

(Ici les ombres de Poussin et de Rembrandt s'avancent.)

M. P. (déroulant avec fierté son tableau de la bataille de W.....)

Messieurs, voilà comme on peint aujourd'hui !

(MM. O. et N. s'empressent aussi de déployer leurs ouvrages.)

M. O.

Nous vous engageons à ne pas nous cacher votre sentiment, et à nous faire franchement les observations qui pourraient nous être utiles à l'avenir.

RUBENS.

Nous nous ferons un plaisir de vous instruire et de vous donner les conseils que l'on doit toujours aux jeunes artistes. Je m'exprime ainsi, car vos ouvrages annoncent le jeune talent ; le choix du coloris, l'harmonie, la magie des effets, l'ensemble, tout cela vous est encore inconnu ; votre esprit n'a pas encore atteint ce degré de savoir, ce génie créateur avec lequel l'artiste s'exprime en quelques coups de brosse ; vous en êtes encore aux premiers rudiments, à l'imitation, que vous me paraissez cependant posséder à un assez haut degré de perfection.

M. N.

Ce que vous appelez rudiment, est aujourd'hui la première partie de l'art. Nous ne voulons pas éblouir, comme autrefois, par un brillant luxe d'imagination ; mais, d'un pinceau moelleux, caressant, assujetti à la plus rigoureuse imitation, nous imprimons partout, jusque dans les moindres accessoires, cette empreinte sacrée de la vérité, cette puissante expression, qui, par son ascendant, séduit, attache et force le spectateur étonné à rendre hommage au pinceau, *simple imitateur de la nature*.

RUBENS.

Je vous avoue que je ne me serais pas attendu à ce que nos modernes, pour nous surpasser, se fussent avisés de tourner leur vue sur ce point. Mais je suis fâché de vous le dire, tel est l'effet produit par votre tableau, qu'il ressemble à une assemblée nombreuse d'orateurs véhéments qui, voulant à l'envi faire briller leur esprit, crient tous à la fois et étourdissent l'auditeur, forcé de se retirer sans recueillir aucun fruit utile de cette multitude de discours qui, séparés peut-être, auraient produit leur effet. Si un homme parle dans l'assemblée, les autres doivent se taire ; de même le tableau doit offrir un objet principal auquel les autres doivent être subordonnés.

M. N.

Trouvez-vous que l'on ne distingue point l'objet principal dans mon tableau ?

#### RUBENS.

Mon ami, si votre Rebecca n'était pas proche d'Éliézer, on ne pourrait la reconnaître, sa beauté ne la distinguerait pas des autres femmes, qui ne lui cèdent aucunement sur ce point, ni en richesse de teintes, ni par aucun effet qui la détache ; tout y est plat, monotone ; l'accessoire le moins nécessaire dispute de couleur, de brillant, de fini à l'objet principal. Ami, vous êtes encore loin de cet art magique qui sait sacrifier à propos et, par son puissant artifice, introduit dans l'âme du spectateur telle impression qu'il plaît à l'artiste savant de lui communiquer.

#### M. N.

Cependant, la nature, dans les scènes qu'elle présente, ne montre aucune de ces négligences ; tout y est également fini, visible et net ; on n'y voit point de ces règles factices que les artistes de votre siècle ont imaginées. Si je vois dans la nature un grand personnage qui excite mon attention, aucun des accessoires, malgré leur vérité et leur apparence, ne pourra m'en distraire. Ainsi, imitons la nature exactement et nous produirons le même effet.

#### RUBENS.

Fort bien, mon ami, voilà comme on parlait dans l'enfance de l'art ; mais, par la suite, l'expérience et le raisonnement nous apprirent que la peinture ne pouvant atteindre à l'illusion parfaite, il fallait des moyens mystérieux qui tinssent lieu des perfections d'imitation, et l'on a reconnu que par ces mensonges savants l'on pouvait exprimer la vérité.

#### M. N.

La peinture n'est donc pas l'art d'imiter la nature ?

#### RUBENS.

Non, c'est l'art d'en imiter l'apparence. Si quelqu'un avait vu Rebecca elle-même, il vous dirait : « J'ai vu sa figure aimable, la noblesse de ses traits, sa candeur, j'ai vu son attitude modeste lorsque Eliézer la présente à Isaac ; les traits du jeune homme, ceux du vieillard, ont aussi attaché mon attention. » Qu'on demande à cette personne de quelle étoffe était son manteau, quel ornement en formait la bordure, s'il était d'or ou d'argent ; elle répondra : « *J'ai vu Rebecca et n'ai qu'une idée confuse de tout ce qui l'entourait.* » Voilà donc l'impression que produit la vérité. Artiste initié dans les mystères de l'art, si votre pinceau magique traite ce sujet, le spectateur qui aura vu votre savant mensonge, dira comme celui qui a vu la vérité : « *J'ai vu Rebecca et n'ai qu'une idée confuse de tout ce qui l'entourait.* » Mais si ce même individu avait vu votre tableau, il dirait : « *J'ai une idée confuse de Rebecca, parce que je fus distrait par tout ce qui l'entourait.* »

Vous voyez que vous n'êtes pas conformes à cette vérité dont vous parlez avec tant d'enthousiasme.

#### M. N.

Nous terminerons sur ce chapitre. Vous devez avouer cependant que notre dessin est plus correct, plus soigné que de votre temps, que les caractères en sont plus conformes à l'antique.

#### RUBENS.

J'avoue que vous êtes merveilleux et nous surpassez pour tout ce qui concerne l'imitation ; mais, croyez-moi, c'est peu que de bien copier les autres, il faut quelquefois produire de son cru, et la route de pure imitation que vous prenez ne peut guère vous conduire à l'immortalité ; vous ne ferez que singer les autres, vous serez toujours sec, minutieux, et vos figures, aussi froides que le marbre que vous copiez, n'enflammeront jamais aucun homme de génie.

#### M. N.

Pourtant, dans notre siècle qui est celui des lumières, le public nous admire et préfère nos productions aux rêves chimériques de votre temps.

#### RUBENS.

Si telle est l'opinion du public, et que vous soyez, comme je le vois, soumis à ses caprices, ami, je vous plains ; votre nom périra avec vos admirateurs, et la postérité, qui saura vous juger, signalera vos ouvrages comme des exemples de mauvais goût et comme de dangereux écueils à éviter.

#### M. N.

Peu m'importe, je reste dans mon opinion.

#### RUBENS.

Fort bien. — *A Poussin :* Que dites-vous de la peinture moderne ?

#### POUSSIN.

Je ne me serais pas attendu à une décadence semblable. Quand l'art est ainsi à l'agonie, heureux l'artiste qui, brûlant du seul amour du beau, ose s'opposer à ce torrent impétueux qui l'opprime ! Mais, s'il se laisse

séduire par le vil intérêt, père du mauvais goût, il sera entraîné par la
marche et l'exemple des autres, et ne fera que passer par la porte commune, sans oser s'ouvrir aucune route inconnue vers une plus haute
perfection. Les jeunes gens adonnés au grand art de la peinture, sont
ordinairement guidés par les préjugés, ou par la sotte autorité des prétendus génies du siècle ; ils laissent étouffer en eux le feu de cet esprit
inventif qui, livré à lui-même et fier d'oser, comme un nouveau Colomb, eût
découvert un monde artistique nouveau, inépuisable de richesses inconnues. Mais tel est le sort des arts qu'ils ne doivent leur avancement qu'à
l'audace d'un génie supérieur qui ose s'affranchir de la tyrannie opiniâtre
des préjugés. Chacun de ces hommes hardis marque un pas de l'art sur
les degrés de cette échelle immense et difficile qui conduit à la perfection.
Nous n'avons vu, depuis le divin Raphaël, que quatre ou cinq de ces
géants : l'espace de temps que la nature avare emploie à l'enfantement de
ces prodiges est comme un temps de famine où l'artiste timide ne fait que
glaner les restes du champ que le dernier colosse a moissonné. Je crains
bien, en voyant ces ouvrages modernes, que la peinture ne soit dans cet
état d'ineptie qui, s'il se prolonge, la réduira bientôt à une décadence
totale.

M. N.

Vous voulez donc dire que nos ouvrages sont dépourvus d'originalité et...

M. O.

Vous croyez peut-être que nous ne pouvons nous placer à côté des plus
grands maîtres : Voyez mon Pygmalion et vous serez convaincu !

M. P.

Voyez, Messieurs, ma bataille de W..., et vous jugerez si jamais la Hollande produisit de tels ouvrages ?

REMBRANDT.

Holà ! doucement Monsieur, les ouvrages de Rembrandt vous sont-ils
inconnus ? Si cela est, je vais vous en montrer un.

(*Ici Rembrandt fait paraître un de ses ouvrages.*)

M. P., *s'approchant pour remarquer l'exécution.*

L'exécution n'est pas...

REMBRANDT.

N'approchez pas le nez aussi près, Monsieur ! La peinture est malsaine et la rudesse des coups de brosse pourrait produire à la délicatesse de votre nerf optique, des sensations pénibles qui vous feraient juger mal de mon tableau. Voyez, à la distance.

M. P.

C'est que je remarquais le peu de fini et de.....

REMBRANDT.

Peu importe, Monsieur! Un tableau est fini quand l'artiste a atteint le but qu'il s'était proposé, c'est-à-dire lorsqu'il produit sur l'âme du spectateur l'impression qu'exige le sujet.

M. N.

Permettez-moi de vous faire observer que cette draperie n'est pas peinte d'après nature; que ces sortes d'étoffes donnent ordinairement des demi teintes moins colorées, et, sur le passage de l'ombre à la lumière, des nuances un peu moins tendres.

REMBRANDT.

Mon cher Monsieur, que vous êtes minutieux et que vous connaissez peu les mystères de l'art! Sachez que ces négligences sont à propos. Mais je cesse de vous le dire, je vois que ce raisonnement est au-dessus de votre portée et que vous n'avez pas encore franchi ces bornes qui séparent le maître de l'élève.

M. N.

Apprenez, Monsieur, que ces élèves ne pâliront point à côté des grands maîtres de votre siècle.

M. O.

Il nous suffit que le public nous admire! Eh! si nous obtenons ses suffrages, n'est-ce pas une preuve évidente de notre supériorité?

M. P.

Les ouvrages que nous vous présentons doivent assez vous prouver que l'art ne fut jamais porté à un aussi haut degré de perfection.

*(Les ombres, indignées de tant d'orgueil, s'éloignent en planant avec majesté; éblouissantes de gloire, elles vont s'asseoir sur des trônes d'ivoire, ombragés de lauriers.)*

# L'ACADÉMIE D'ANVERS.

## MATHIEU VAN BRÉE.

### — 1858 * —

C'était une chose admirable que l'Académie d'Anvers, en 1822, quand le bon vieux coloriste Herreyns en était le directeur, et que M. Van Brée, alors plein de vigueur et de santé, en était l'âme tout entière.

Si l'ancienne école flamande tient une des plus belles palmes de la peinture, elle peut aussi se vanter d'avoir eu, à notre époque, la première Académie du monde. Ceux qui l'ont vue alors, qui y ont puisé, comme dans une mer profonde, toutes les richesses de leur palette, doivent en avoir un souvenir de reconnaissance et d'admiration ; il ne faut jamais oublier une bonne mère.

Peu d'hommes ont connu ce que renfermait ce vaste local, trop petit pour le génie qui le remplissait de son talent jusqu'à la voûte. Peu d'hommes ont vu, excepté les initiés aux mystères de ce temple de l'art, peu d'hommes ont pu voir ces vastes murs tapissés de tous ces dessins ingénieux, de ces fragments d'anatomie, de perspective, d'architecture, ces savantes combinaisons de lignes si bien ordonnées, si bien inventées, si bien appropriées au mode le plus parfait de l'éducation des peintres : série immense et profonde, où tout ce que l'antiquité, Michel-Ange et Raphaël ont laissé de plus beau et de plus pur brillait dans tout son éclat. Ce colossal amas, dont on aurait pu faire une immortelle pyramide, cette immense réunion du beau, du bon, de l'utile, de l'instructif, ces théories, ces principes, ces applications, cette grande et ingénieuse boussole des beaux-arts, une seule tête l'avait rêvée une seule main l'avait réalisée.

Ces matières précieuses accumulées, bien distribuées, bien gouvernées,

---

* Publié en feuilleton dans le *Journal de Liége* en 1858, reproduit en partie par le *Journal d'Anvers* du 11 octobre 1858.

faisaient de l'Académie comme une grande ruche dont Van Brée était l'abeille et le roi.

Et c'était un coup d'œil admirable que cette jeunesse ardente, qu'on voyait copier ou méditer ces pages savantes, ces lumières pures et classiques allumées au fanal des grands maîtres : ceux qui ont copié ces dessins doivent les garder précieusement: ils seront toujours un sûr bouclier contre les modes et le mauvais goût.

Qui pourrait dire, excepté les élèves de ce temps, combien ces exemples si éloquents allumaient d'enthousiasme dans toutes ces jeunes têtes d'artistes?

Dans cette brillante école de l'art, chaque intelligence croissait, fleurissait, se développait dans le degré d'atmosphère qui lui était propre. Van Brée était la lumière, le rayon du soleil, qui, à chacune de ces âmes pleines de sève et d'avenir, distribuait sa part du feu sacré : son souffle créait des peintres, des sculpteurs, des architectes.

Devant cette foule brûlant de l'amour de l'art, armée de crayons, de pinceaux, de compas, et attendant une leçon, quel talent ne fallait-il pas pour se dire : « Tout ce que cette masse doit savoir, je le sais et c'est moi qui dois le lui apprendre. »

Qui n'a point vu l'Académie d'alors, ne sait pas ce que peut l'intelligence d'un seul homme sur un millier d'intelligences.

Qui n'a point vu l'académie d'alors ne peut concevoir que l'esprit d'un seul homme puisse se multiplier, se diviser ainsi que le pain miraculeux, pour en nourrir mille talents divers, pour donner à chacun un guide sûr, à chacun de la force, ouvrir à chacun la carrière.

Ainsi échauffée par le génie qui la présidait, l'Académie alors était toute remuante, toute retentissante de cris d'enthousiasme: toutes les têtes bouillonnaient et rêvaient la gloire: c'était une ardeur brûlante, inexprimable : tous les visages étaient animés, respirant l'amour de l'étude: les concours, en se renouvelant, entretenaient de nobles jalousies. Quels efforts, quelle émulation parmi tant de jeunes rivaux! et comme leurs cœurs battaient à l'approche d'un nouveau combat!

Mais si, par hasard, vous étiez passé vers le soir près du jardin de l'Académie, il vous eût été impossible de ne point demander : « Que veut cette jeunesse impatiente, rayonnante de joie? » et l'on vous eût répondu : « Il est près de cinq heures, la leçon va commencer. »

Et sous ces arbres si frais, si pittoresques, plantés par la main qui réglait tout, les groupes, en attendant, parlaient peinture ou poésie. On admirait le buste de Rubens, et l'on disait : Celui qui fit cela maniera le marbre quand il lui plaira.

Tout à coup, un cri de joie se faisait entendre : Il vient de passer, notre maître! A la leçon. La foule encombrait l'amphithéâtre. Le professeur était déjà là au milieu, calme, attendant le silence. Si c'était une leçon d'anatomie, il tenait d'une main un fragment de squelette, sur lequel ses yeux d'artiste étaient fixés; de l'autre, un morceau de craie, qui allait faire des miracles.

A côté de lui, se voyait une vaste planche à la surface noire et polie; c'était la page sur laquelle allait se déployer sa pensée aux yeux des assistants. Toute sa physionomie alors était réfléchie, et, quoique douce, elle portait un caractère de gravité et de profondeur imposante; son regard annonçait d'avance que le maître allait parler du premier des arts. Et cette tête, toute pensive, toute expressive, toute empreinte d'une profonde conviction, faisait une belle tête d'étude et nous parlait déjà de l'art rien qu'en se montrant.

Le moment qui précédait la leçon avait quelque chose de solennel; c'était le calme imposant du Vésuve avant l'éruption.

Si je voulais confondre ses détracteurs, c'est dans ce moment, là, à côté de lui, que je voudrais les placer. Il n'est point d'image pour peindre la rapidité de la foudre; il n'en est point pour peindre le trait blanchissant sous la main rapide du professeur : c'était sur le fond noir une apparition subite, inattendue. Ceux qui étaient là restaient frappés, surpris, et attendaient du prophète l'explication de ces lignes, vraies énigmes et paroles désespérantes pour les uns, mais intelligibles et sublimes pour les autres.

C'est dans ce moment d'une chaleureuse inspiration qu'il fallait le voir jeter, tout d'un trait et sans jamais hésiter, des attitudes entières, commençant par les pieds, finissant par la tête. Sa main tourbillonnait, faisait paraître et disparaître, comme autant d'ombres magiques, toute cette charpente humaine, tous ces leviers de chairs, tous ces mouvements mécaniques. La main de Van Brée, armée d'un crayon, c'était la foudre qui d'un seul coup vous déchirait un cadavre en mille pièces, pour en étaler tous les détails à l'œil observateur.

Et qu'on ne pense pas que ces traits lancés comme des éclairs étaient des à-peu-près, de simples esquisses : non, le dessin était juste, juste à désespérer les maîtres eux-mêmes.

Qu'il était beau à voir près de la planche des leçons, s'élancer tout à coup, l'inonder de traits, la cribler d'images frappantes, d'audacieux raccourcis, de poses à la Michel-Ange; sa main une fois élancée ne s'arrêtait plus, elle volait comme la locomotive sur les rails, toujours plus étourdissante, toujours plus effrayante, parcourant des espaces immenses de difficultés, et toujours dans le bon chemin. La main suivait la pensée, la parole suivait la main. La voix allait toujours, expliquait, citait, prouvait, appuyait d'exemples. Cette voix retentissante, ces paroles abondantes faisaient un magnifique accord avec le bourdonnement du panneau et les sifflements de la craie, échauffée, broyée, pulvérisée sur la planche et dans ses doigts.

Le noir panneau devenait palpitant, mouvant, animé de chairs déchiquetées, de bras, de jambes, de torses qui se pliaient, se courbaient, se crispaient comme dans la vie. Chaque os était accusé dans ses articulations, chaque muscle dans ses attaches ; à ceux-ci, la craie savante avait blanchi le gonflement des fibres, à ceux-là, imprimé l'âme et le mouvement. Devant ce spectacle, étonnant, instructif, les yeux attentifs, immobiles, se troublaient, et cependant on comprenait, on devenait anatomiste.

En une heure de temps, l'éloquent panneau, comme un champ de bataille, avait été couvert de mille cadavres hachés, disséqués ; l'ardent crayon avait formé, arrondi, fait vivre des os et des chairs. Alors la foule s'approchait, tout était fait, tout avait été dit, la leçon était finie ; le professeur n'était plus là ; on osait aller voir de près, contempler de près, toucher cette planche encore frémissante, admirer la justesse des contours, la beauté du dessin, la hardiesse des attitudes. On restait pétrifié.

Van Brée, dans une leçon, c'était un démon, une puissance, un volcan vomissant la science qui coulait, inondait et s'imprimait dans le cerveau de ceux qui l'écoutaient.

Dans l'histoire, la composition, la perspective, la philosophie pittoresque, dans les leçons qui embrassaient à la fois tout ce qui constitue les beaux-arts, c'était toujours lui, lui, toujours savant, profond, persuasif, prompt comme la pensée. C'était le professeur type, qui créa une Académie type, l'Académie de 1822.

Quand on songe que la main d'un tel homme est paralysée par la douleur, tandis que la pensée toute verte, toute jeune encore, vibre au fond du cœur, emprisonnée dans les liens d'une maladie exténuante, quand on songe à un tel dénoûment, cela émeut, cela bouleverse.

S'il est vrai qu'il ait de nombreux ennemis, tant mieux : qui est grand a des ennemis. Si ces ennemis, pour l'accabler, ont profité du coup qui le foudroya, tant pis pour eux. L'histoire aura son jour.

Si le public, fasciné par la mode, a pu méconnaître un instant l'homme de génie, s'il a pu lui comparer une foule de pygmées que ses deux doigts d'artistes eussent écrasés, la postérité est là qui accomplit l'œuvre de justice. Il y a un siècle, on osait préférer Pradon à Racine, M. de Lamotte à Homère.

Malgré toutes ses angoisses, l'homme qui enfanta trois mille artistes sème encore la science. Trois mille artistes peuvent dire encore avec orgueil, avec bonheur : Notre père est toujours là.

Etna en repos, mais grondant encore.

# QUESTIONS

SUR LA COMPOSITION, LE DESSIN, LA COULEUR ET L'HARMONIE.

— 1859 —

*A Monsieur le Rédacteur de l'Espoir.*

Monsieur,

Une chose éminemment utile aux jeunes artistes, ce serait de leur expliquer les principes qui ont guidé les grands maîtres, et, contrairement à la coutume des savants qui se bornent à dire *cela est beau*, de tâcher de leur faire entendre *pourquoi cela est beau*.

Prenant ainsi pour exemple un de ces chefs-d'œuvre approuvés des siècles, et interrogeant pour ainsi dire chaque coup de pinceau, l'on pourrait recueillir des observations utiles non-seulement aux artistes, mais encore à ceux qui jugent les beaux-arts.

A coup sûr, cet examen exige un jugement solide et des connaissances réelles. Aussi prions-nous MM. les feuilletonistes de vouloir bien, dans l'intérêt de l'art et des artistes, s'occuper de cette question, et, en attendant, de répondre à celles-ci :

### QUESTIONS SUR LA COMPOSITION ET LE DESSIN.

#### La Vierge à la chaise de Raphaël.

Pourquoi, dans cette composition et en général dans toutes celles de Raphaël, les lignes tendent-elles à former des masses elliptiques ?

Pourquoi l'avant-bras de la Vierge, le bras et la jambe de l'enfant Jésus ne laissent-ils pas d'espace vide entre eux et prennent-ils presque tous la même direction ?

Quel effet produirait la jambe de l'enfant si elle était plus tendue sur la cuisse ? Quel inconvénient résulterait-il si elle était fléchie davantage ?

Pourquoi dans les plis du genou de la Vierge y a-t-il un œil profond ?

Si la tête de St-Jean était plus proche de celle de Jésus qu'en résulterait-il ?

En supposant la joue droite de l'enfant éclairée, quelle partie en serait altérée ?

' Imprimé dans le journal *l'Espoir* du 19 octobre 1859.

Quelles lumières, quelles ombres, et quels contours faudrait-il changer si l'on cherchait à ajouter à ce dessin la couleur de Rubens?

Si l'on augmentait le volume de la coiffure de la Vierge, quel aspect aurait alors la face?

Pourquoi derrière cette même coiffure un nœud de ruban? quelle faute y aurait-il à le retrancher?

Pourquoi le pied droit de l'enfant est-il relevé?

Si l'on retranchait le montant de la chaise, la composition y gagnerait-elle?

Pourquoi Raphaël a-t-il si souvent évité les reflets?

Si les cheveux qui couvrent les tempes de la Vierge étaient plus rapprochés de l'œil, la tête perdrait-elle de sa grâce, et pourquoi?

Quelle partie de l'art serait altérée si l'on cherchait à donner à cette composition le clair-obscur de Rembrandt?

### QUESTIONS SUR LA COULEUR ET L'HARMONIE.

*Le Christ au tombeau de Rubens* (Musée d'Anvers)

Pourquoi le corps du Christ paraît-il être une admirable copie de la nature, tandis qu'un cadavre mis à côté ne nous montre ni ce mouvement, ni cette forme, ni cette couleur?

Si l'on changeait la couleur de la draperie blanche, la couleur du corps devrait-elle changer?

Pourquoi les contours en général sont-ils si ondoyants et, s'ils l'étaient moins, quel changement devrait subir la couleur en général?

Pourquoi le sang de la plaie coule-t-il jusqu'à la draperie blanche, et pourquoi cette draperie est-elle tachée?

Pourquoi la main de Joseph d'Arimathie, malgré sa vigueur de ton, se lie-t-elle avec les chairs blanches du Christ?

Si la manche de la Vierge n'était point rouge, quelle devrait être la couleur de la Madeleine et celle de Joseph?

Si la draperie de la Vierge n'était point bleue, quel devrait être le ton général du corps du Christ?

Pourquoi Rubens a-t-il mis de la paille sur la pierre?

Pourquoi une agrafe d'or à la draperie de Joseph?

Pourquoi les cheveux du Christ sont-ils d'un ton roux?

Pourquoi les muscles ne sont-ils pas toujours à la place qu'indique le modèle, et en quoi cela touche-t-il aux principes de couleur?

Pourquoi les bras et les mains du Christ sont-ils tachés de sang?

Pourquoi la Vierge a-t-elle les paupières rouges?

Pourquoi le bras droit du Christ est-il dans l'ombre?

## LETTRE D'UN MEMBRE DU JURY.

— 1859 —

Voici le fac-simile d'une lettre adressée à M. Wiertz par un membre du jury des récompenses pour l'encouragement des beaux-arts : cette lettre, pleine de bienveillance pour l'artiste, prouve combien les lumières et la bonne foi ont dû présider au jugement rendu par la commission :

*Brussel, le 7 x^{bre} 1859.*

*Ici je supose vote Criss au tombeau*

* Autographié sur une feuille volante, avec de nombreuses ratures que nous n'avons pu reproduire.

Monsieur

J'ai le plaisir de vous anoncé que vôte reputtassion et faite, puisse que vous avé zune médaille, donte vous alé marché a la poste érritée; vous avié bésoin, mon chaire monsieur, dune médaille, puisse que le publique juge toujour dapré cela est sans conessance, sans cela vôte tallant été mais conu; il y a u baucou de discustion, on a trouvér vôte Patterokque baucou tro grand pour nos mœurs et nos institussion, vôte Criss a du bon, mais l'une atomie du cler-ossecur manque dans la pancée de l'inteligance totalement; ainsi, mon chair monsieur, peu cent fauft con orait pas porter vôte non à la pauste éritée et des reconpance sinon moi que jai fé remarqué les bauté de vôte tableau; la comission a fé bocou d'osservation; pour l'inteligance des osservassion de la comistion je vous fé ici une apersu de vôte héve; vous me pardoneré si cest fait un peu vite, mais cest tassé pour zespliqué; mon chaire ami, la comistion donte je suis l'orgue âne, toute ten admirant vôte tallan, a rendu justisse a vôte tallan, mai on a trouvé boucou de défo; dabor la janbe, quand bien meme le bra seroit naturelle, le bra droi, la comistion a trouver la main dan une fosse posission, donte elle doit être plu o ou plu ba; l'armonie de la perspettif né pas naturel, la têtte et bien mauvése, elle et ri aise san esprestion, cé tun grand défo; et permeté que je donne mon avi sur l'avi de la comistion sur le changemant; pour changé l'espression qui et dan la bouche tro serieuse, N° A, relevé le coin de la bouche plu fort pour lespression et vou zauré lespression meilleur et sa sera plu raffaëlesse et sa sera plu bau un petit peu fait bocou. N° B, les zieux plu gran parsque plu les zieux son gran plus les zieux son bau. N° C, le torce et tro réde mai le cor a de la sinplicité, pour cela cé bien tré bien parsque j'aime la simplicité et que note première maire était simple aussi. Voilà, mon chaire monsieur, pourquoi la comistion et contante de vou et vou za valu une si grande distinktion.

Soyez persuader que Rubbens, Raffaëlle et Miche et l'ange noré pas jugé autrement que nous avon jugé; jespaire, mon chaire monsieur, que cette encourragement vou zencourragerat beaucou et que vou prendré pas mauvaise part les petit défo de la commistion quel a trouvé, avecque laquelle jai l'oneur de vou salué.

Un membre du jury dé reconpences.

P. S. Conté toujour sur ma protektion.

# QUELQUES IDÉES

SUR UN NOUVEAU MODE D'ENCOURAGEMENT DE LA PEINTURE
EN BELGIQUE.

*Lettre au Ministre de l'intérieur.*

— 1840 [*] —

Monsieur le Ministre,

Les beaux-arts prennent dans notre patrie un développement extraordinaire, et il est du devoir du gouvernement de seconder de tous ses efforts et par des moyens efficaces, les louables ambitions qui brûlent de se faire jour dans cette noble carrière.

Oui, Monsieur le Ministre, les arts devraient être aujourd'hui l'objet de la plus vive sollicitude du gouvernement, car il y va d'une époque glorieuse pour la Belgique.

Trouver un système utile d'encouragement embarrasse le ministère, il l'a déclaré franchement dans une circulaire au jury des récompenses pour l'exposition de 1839.

Dans ces circonstances, le ministre doit songer à prendre conseil de l'artiste ; car, si par les ressources matérielles dont il dispose le ministre est puissant devant l'artiste, en matière d'art, l'artiste est puissant devant le ministre qui doit l'écouter.

La liberté et l'indépendance dans les conceptions du génie sont indispensables à la création des grandes choses : l'artiste soumis à une volonté étrangère perd son énergie ; c'est un lion dont de viles chaînes paralysent la force et la puissance.

Ce n'est donc point seulement en commandant aux artistes de nombreux ouvrages qu'on imprimera aux arts de rapides progrès ; ce n'est point non plus en forçant le pinceau des artistes à la représentation de quelques vains sujets d'actualité, que l'on verra se reproduire le siècle de Raphaël et de Rubens.

Protéger les hommes qu'anime l'amour de la gloire, laisser au génie la liberté de s'élever à telle région qu'il lui plaît, commander des ouvrages

[*] Feuille volante, datée de Liége, février 1840.

de telle nature que l'artiste sente la nécessité d'étudier les grands maîtres, tels sont les moyens par lesquels vous pourrez ramener une époque féconde en chefs-d'œuvre d'art, glorieuse pour notre patrie.

Il est temps aussi de nous affranchir du joug étranger ; il est temps d'avoir confiance en nos propres forces. Cessons de croire avec les Français, que M. Delacroix est un plus grand homme que Rubens ; que M. Decamp est le digne émule de Raphaël. Il est temps enfin que les peintres de notre Belgique chantent leur *Marseillaise !*

L'admiration constante et unanime des siècles, nous a indiqué les œuvres d'art que nous pouvons considérer comme types du beau et du vrai.

Or, si le gouvernement veut songer sérieusement à ramener le bon goût dans la peinture, voici ce qu'il conviendra de pratiquer :

Admettre au sein des expositions de tableaux modernes, quelques-uns des chefs-d'œuvre des grands maîtres. — Ces ouvrages posés là comme des géants à combattre, exciteraient l'enthousiasme et provoqueraient une noble lutte qui aurait pour résultat de ramener nos artistes à l'étude et à l'application des grands principes de l'art.

La récompense due aux efforts heureux dans une telle lutte, ne peut être décernée que par la postérité : tout ce que le gouvernement pourrait faire dans cette occasion serait de conserver, dans un musée spécial, ces ouvrages inspirés par l'amour de la gloire.

Décerner des médailles à des hommes graves, à des hommes qui voient l'art d'un point de vue sérieux, est un acte puéril. D'ailleurs de quel droit le jury anticipe-t-il sur les arrêts de la postérité ?

Tout encouragement est stérile pour ceux que n'anime pas l'amour de la gloire, pour ceux qui ne savent pas mépriser les richesses.

Quant à celui qui croit l'art subordonné au caprice des grands et qui recherche leur faveur au lieu de la commander, il est indigne du nom d'artiste.

Après avoir exposé les moyens qui me paraissent propres à nous ramener l'époque des grands maîtres, permettez, monsieur le ministre, que pour faire l'essai d'un nouveau système d'émulation, je vous expose ici ce que m'inspire mon courage et mon dévoûment.

Au sein de la cathédrale d'Anvers règne, comme sur le trône de l'art, le chef-d'œuvre de Rubens, *la Descente de croix.*

C'est contre cet inimitable type de perfection que je veux éprouver les efforts de mon pinceau. Dans cette lutte, inégale à coup sûr, je dois succomber : mais, comme aux champs de Troie il était beau d'expirer sous la lance d'Achille, je veux en luttant contre Rubens succomber avec gloire !

Je l'avoue hautement, la gloire de Rubens excite mon audace : loin que cette pensée soit en moi le fruit d'une téméraire présomption, elle est au contraire la manifestation sincère de l'enthousiasme ardent qui m'inspire tout ce qui peut me conduire au but où tendent tous mes efforts.

Une toile de 80 pieds serait le champ immense où je voudrais traiter le sujet que j'ai conçu : un atelier d'une dimension conforme à mon plan devrait être bâti exprès, si l'on ne trouvait pas un local convenable à cet usage.

Les frais qu'exigerait une telle entreprise, un artiste sans fortune ne peut les supporter ; le gouvernement, s'il a foi dans mon projet, pourra devenir propriétaire de ce tableau, au prix des frais qu'entraînera l'exécution.

La seule récompense que je sollicite et qui doit m'être promise avant de mettre la main à l'œuvre, c'est l'honorable faveur de voir fixer pour toujours mon tableau à côté de l'immortelle *Descente de croix*.

Puisse mon exemple exciter des contemporains plus habiles que moi, à se mesurer avec le prince de la peinture !

Puisse cette entreprise faire comprendre toute la dignité de l'art et de l'artiste !

Puisse enfin cet ensemble d'œuvres, qu'un but de gloire aura fait surgir, prouver à nos voisins que le peuple qu'ils détractent avec tant d'injustice, renferme en son sein des hommes qui comprennent le but des arts !

Si la proposition que je viens de faire obtient votre approbation, ordonnez, monsieur le ministre, qu'un atelier soit mis immédiatement à ma disposition : si au contraire la franchise avec laquelle j'exprime mes sentiments d'artiste ne rencontre pas la sympathie du gouvernement, le projet que j'ai conçu n'en marchera pas moins à son entier accomplissement : la Belgique a des citoyens qui, je l'espère, sauront comprendre ma pensée et seconder mes efforts.

J'ai l'honneur d'être, etc.

ANT. WIERTZ.

# UNE HEURE DE DISTRACTION

## PETITE RÉPONSE A DON QUIBLAGUE.

### — 1842*. —

Un de ces soirs derniers, je me trouvais à ne rien faire, et cherchais un sujet de distraction quelconque. Tout à coup, il me tombe sous les yeux un journal de Liége, qui avait reproduit, sans les faire suivre de mes réponses, les attaques dirigées contre moi par un certain écrivailleur, sur-nommé, à juste titre, *Don Quiblague.* — Je me mis alors à tracer sur le papier les lignes suivantes qui me servirent de passe-temps et pourront réparer l'omission volontaire ou accidentelle du journal en question.

Beaucoup de gens m'ont blâmé d'avoir bien voulu répondre à Don Qui-blague ,lors de la dernière exposition de Bruxelles, et me blâmeront sans doute encore de lui répondre aujourd'hui. « Vous lui faites trop d'honneur, me dit-on. Pourquoi vous occuper de lui? Trouvez-vous donc que l'homme en vaille la peine? » Eh, bon Dieu, messieurs, que vous me connaissez mal, et que vous êtes loin de deviner ici mes véritables intentions! Mettez-vous bien en tête une bonne fois, je vous prie, que froisser l'amour-propre des orgueilleux, mettre à bout leur colère et leur haine, me faire de cette classe d'hommes autant d'ennemis et de détracteurs, tel fut de tout temps, et en tout lieu, mon bonheur suprême, ma joie et mes délassements les plus doux. Ces principes, me dit-on, ne sont pas d'une âme bien chré-tienne. Ma foi, je n'y puis rien changer, et le plaisir dont je parle ici est pour moi la bonne pipe de tabac, le petit jeu de cartes, le petit verre de cognac, ma petite distraction enfin.

Que voulez-vous donc que je fasse, messieurs, lorsqu'après huit ou dix heures d'un travail assidu, je sens la nécessité d'égayer mon esprit? J'aime peu les cafés, vais rarement au spectacle, fréquente moins encore les bals et les soirées; or, peut-on raisonnablement m'en vouloir de me délasser par quelques petites distractions qui soient de mon goût?...

* Autographié sur deux colonnes, sur une feuille volante, sans date et sans nom d'éditeur.

Il est des gens graves qui viennent vous dire sans cesse : « Ne vous occupez pas de ces petites choses-là ; le temps pour vous est précieux ; laissez, laissez dire les sots, les envieux, les orgueilleux et toutes ces légions d'imbéciles qui, désespérés de se voir dans la fange oubliés, se mangent les poings, se tordent les bras et mordent les talons de ceux qui blessent leur vanité.

Quoi ! vous répondriez à de misérables garçons imprimeurs ! vous en viendriez aux prises avec un....! »

Tel est le langage ordinaire de ces hommes graves auxquels je répondrais volontiers : « Quand il vous arrive de vous reposer de vos travaux de la journée, qu'assis au coin de votre foyer et ne sachant que faire de vos mains, vous vous livrez à l'innocent plaisir de tourmenter les mouches qui bourdonnent autour de votre tête, d'écraser dans vos doigts quelqu'autre insecte assez audacieux pour sautiller sur le bout de votre nez, ou sur la surface de votre front ; quand un tel passe-temps vous occupe et vous amuse, ne trouveriez vous pas plaisant que quelqu'un vînt vous dire : Ah ! messieurs ! à quel plaisir vous livrez-vous là ! Songez plutôt à honorer votre patrie, à la gloire qui vous attend ! Fi ! des hommes tels que vous s'attaquer à une puce ; en venir aux prises avec une mouche !... »

Que chacun dise ce qu'il voudra. Selon moi, ce serait être trop peu indépendant et par trop pacifique que de sacrifier ses petits plaisirs à la crainte de blesser certains amours-propres outrés, certains orgueils fieffés.

Je vais donc m'amuser un instant à mon aise, et Don Quiblague sera pour aujourd'hui le petit sujet de ma petite distraction. Il me saura gré, j'en suis sûr, de parler un peu de lui ; car, qui diable voudrait se donner cette peine, sinon moi ?

Si Gall a dit vrai, Don Quiblague est doué d'une de ces têtes à *bosses* qui feraient la fortune d'un phrénologiste, s'il pouvait se la procurer pour ses leçons démonstratives.

Cette tête vraiment curieuse, entre autres bosses, en offre deux distinctes et fort remarquables : l'une, située vers l'arcade sourcilière, est l'organe de la mémoire des mots ; la seconde, plus forte que toutes celles qui composent le crâne et placée à la partie supérieure de la tête, est le signe qui annonce un orgueil démesuré, une folle estime de soi, de l'arrogance et de la présomption. Après ces deux bosses, on découvre dans la tête de Don Quiblague une fosse, si je puis m'exprimer ainsi, juste à l'endroit où les savants placent la bosse des actions courageuses et énergiques.

C'est avec d'aussi heureuses dispositions que Don Quiblague naquit, je ne sais où, et fut placé comme apprenti chez un pauvre imprimeur de son pays. Le petit Don Quiblague, entouré de vieux bouquins et d'affiches d'acrobates, se forma bientôt un style à lui.

Plus tard, la continuelle lecture des romans moyen âge, jointe à l'avantage de posséder la bosse de la mémoire des mots, lui fournit un vocabulaire de ces expressions gothiques et baroques, dont il assaisonne si bien ses phrases aujourd'hui.

Telle fut à peu près l'éducation littéraire de Don Quiblague ; sa mémoire, toujours sa mémoire, fait tout le fond de son esprit et de son érudition.

Il est vraiment dommage qu'avec une capacité telle, la nature l'ait doté de cette autre énorme bosse qui vient brouiller toutes les autres. L'orgueil, la vanité, l'estime de soi, porte sans cesse Don Quiblague à perdre beaucoup de temps à dénigrer ceux de ses contemporains qu'il juge intérieurement supérieurs à lui-même. Le désir de faire parler de lui, de se montrer savant et spirituel, est la seule cause de ses haines et de ses antipathies. L'impossibilité d'être quelque chose, c'est là son désespoir, et c'est à ce sentiment intime de sa nullité que l'on doit attribuer sans doute cette maladie dans laquelle il est tombé dernièrement au Musée. Ce fut le 10 août 1842, jour de l'ouverture de l'exposition de Bruxelles, que Don Quiblague parut tout à coup comme atteint de vertige ! On le voyait aller et venir dans les galeries du Musée, se frappant le front violemment :

son exaltation était extrême, et l'on assure qu'il parcourait du regard les tableaux exposés, en s'écriant avec douleur : « Est-il donc bien vrai que moi, Don Quiblague, grand littérateur, j'attire moins l'attention publique que le dernier de ces rapins ! Comment se fait-il que des femmes (car des femmes exposent aussi), de simples femmes éclipsent la gloire d'un écrivain tel que moi ? Oh ! cela ne peut plus durer, je vais démolir, je vais *crever à la pointe de ma plume d'oie,* tous ces talents bruyants, ces renommées importunes et ces gloires féminines que je ne puis souffrir. »

Telles furent les paroles de Don Quiblague, et c'est à la suite de cette menace terrible que cet innocent pourfendeur de réputations, en tout semblable à Don Quichotte, moins l'audace et la galanterie, se mit à lancer contre les artistes exposants des calembours et de mauvais bons mots qu'il appelait ses *principes de peinture.* On fit la remarque que, dans cette guerre de moulins à vent, les dames surtout étaient le principal point

de mire vers lequel se dirigeaient les grands coups d'étrivières et les chevaleresques estocades de Don Quiblague. Après ce combat sanglant, si l'on en croit le valeureux guerrier, pas une dame ne serait restée debout, la victoire aurait été complète, et les victimes rendues, pieds et mains liés, à la

disposition de leurs maris, pour ne s'occuper désormais que des choses
*connues des dames du moyen âge : la cuisine et le fuseau.*

Tel fut l'implacable arrêt que Don Quiblague lança contre les dames
exposantes. Voyez pourtant l'inconvénient d'avoir aussi énorme la bosse
de l'orgueil et de l'estime de soi; notre héros ne s'aperçoit pas que
sa plume, toute bouffie qu'elle est de nombreuses réminiscences moyen
âge, est encore à cent toises au-dessous du pinceau d'une de ces dames.

Mais ce fut le 11 septembre 1842 que l'on remarqua en lui une tendance
singulière à la manie la plus étrange qui fut jamais. Parce qu'il lui était
arrivé parfois de manier le pinceau pour donner à sa chaussure un éclat
irréprochable, il se crut tout à coup un grand peintre et appelé à régénérer
les arts en Belgique...

Ce fut à l'occasion de certaines questions de peinture qu'afin de me divertir je fis à notre maniaque, qu'il devint surtout extraordinaire. Un peintre, disait Léonard de Vinci, a besoin de vingt à trente ans d'étude avant de s'expliquer clairement la théorie de l'art. Don Quiblague n'est pas de cet avis ; il prétend, lui, se montrer un grand peintre à moins de frais : Ainsi, pour répondre à cette question que je lui adressai dans *le Globe : Qu'est-ce que la couleur?* Don Quiblague s'empara d'un dictionnaire, chercha le mot *couleur*, et répondit avec assurance : la couleur *est l'impression que produit sur la vue la lumière réfléchie par les corps.*

Puisant à la même source, il me donna aussi la définition du *dessin*, de *la touche*, de *l'harmonie* et du *clair-obscur*. Mais au milieu de ces questions si facilement résolues, il en est une qui embarrassa davantage Don Qui-blague ; ce fut celle-ci : *Dans quel pays avez-vous vu et étudié Michel-Ange?* Ici, notre peintre improvisé se troubla, ouvrit et referma le dictionnaire vingt fois sans trop savoir quel parti prendre. C'est que, voyez-vous, Don Quiblague savait fort bien que les ouvrages de Michel-Ange, dont il parle souvent, sont à Rome ; il se souvenait fort bien aussi qu'il n'avait jamais

voyagé dans ce pays-là ; cependant sa bosse de la mémoire des mots et des phrases venant heureusement à son aide en ce moment suprême, il reprit un peu d'aplomb, et se décida enfin à répondre par cette sottise : *Nous avons vu et étudié Michel-Ange là où il se trouve.*

Le côté plaisant de tout ceci, c'est qu'après des réponses de cette force, notre ingénieux Don Quiblague s'en alla dire partout à la ronde : « Avez-vous vu comment j'ai prouvé aux peintres la supériorité de mes connaissances dans l'art! » Après quoi, ayant si bien appris aux peintres ce que c'est que la peinture, le grand littérateur voulut me donner, à moi personnellement, une leçon de littérature, et pour cela il s'amusa à compter les *que* de ma lettre du 12 septembre; mais cependant, lui-même composait la sienne d'un bien plus grand nombre de *qui* et de *que*, accompagnés de 23 *nous*, par dessus le marché.

Voici l'échantillon d'une phrase de cette lettre :

« *Nous* ne répondrons plus à vos lettres, et *quelque* spirituel *que* soit le » dessin *que* vous méditez contre *nous*, pour ne pas dire pour *nous*, nous » nous engageons d'honneur à le rendre public, aussitôt *que nous* l'aurons » reçu, persuadé *que nous* sommes, *qu'il* y a tout à gagner avec un adver-saire tel *que* vous. »

Je termine ici mon petit sujet de distraction, en plaignant sincèrement Don Quiblague, ce guêpier redoutable, d'être tombé lui-même dans le plus fameux guêpier que le sort malheureux pût lui réserver. Le pauvre Don Quiblague ignore sans doute combien les moyens de publicité dont disposent les peintres et les sculpteurs sont supérieurs aux efforts de la plume des écrivains de son espèce : la toile, la pierre ou le bronze peuvent devenir des verges bien autrement durables que le papier d'un obscur journal.

Et puis, Don Quiblague ignore encore jusqu'où peut aller ma persévé-rance; il ne sait pas que le petit sujet de ma petite distraction d'aujourd'hui pourrait bien l'être encore dans vingt ans, s'il persiste jusqu'alors à ne point se corriger de sa monomanie. Un jour peut-être, il s'apercevra, mais trop tard, que les peintres peuvent à leur gré porter aux races futures, le souvenir de son nom, auquel s'attache la plus ridicule et la plus grotesque prétention dont notre siècle ait été le témoin.

En attendant l'accomplissement de la brillante apothéose de ce curieux personnage, les peintres veulent bien, une dernière fois, tenter le moyen de le guérir de la maladie phénoménale dont il a le malheur d'être atteint. Dans l'espoir donc de parvenir à lui être utile, voici ce dont on est convenu :

Le jour où Don Quiblague se présentera encore dans un certain atelier où il a été quelquefois, on le recevra avec grande pompe et grande joie; de bruyantes acclamations se feront entendre de toute part et l'atelier se changera tout à coup en une magnifique salle de banquet. Des guirlandes de lauriers en papier vert, mêlés de tendres chardons, décoreront les murailles; çà et là se dresseront des trophées allégoriques et des médaillons dans lesquels on aura représenté des singes avec des palettes, des ânes en lunettes et armés de férules, des grenouilles qui s'enflent comme des bœufs, des moucherons se noyant dans l'huile et la couleur. Au milieu de ces images bizarres, l'on n'oubliera pas d'entrelacer la plume grotesque de Don Quiblague avec la lance du chevalier de la Manche.

Tout annoncera une fête brillante, extraordinaire et comme on n'en a jamais vu : les chaises, les tables, les chevalets, les statues, les modèles et les mannequins seront placés sens dessus dessous; les rapins même auront mis leurs blouses et leurs culottes à l'envers.

A un signal donné, une musique infernale sera improvisée, le tintamarre mélodieux des chaudrons et des pelles à feu annoncera qu'une grande solennité est ouverte. Alors, un rusé rapin, parfaitement au fait de son rôle, fera un discours dans lequel il proposera Don Quiblague comme *professeur de peinture et de sculpture*. Son admission sera acceptée sans réserve et à l'unanimité. On l'invitera alors à donner une leçon; une toile sera dressée devant lui, une palette et des pinceaux lui seront offerts; chacun s'empressera de le servir; les uns broieront du sable ou de la brique, d'autres veilleront à ce qu'il ne lui manque point d'huile, que l'on remplacera par de l'eau trouble; enfin, après cette cérémonie, on dépouillera le mannequin de son manteau pour en couvrir les épaules du *professeur*.

Toute l'assemblée alors se lèvera, saluera le nouveau messie des arts, et lui adressera la question suivante : *Qu'est-ce que la couleur ?* S'il répond comme dans son feuilleton : « La couleur est l'impression que produit sur la vue, etc. » on lui placera sur le nez des lunettes vertes ou bleues, et l'on renouvellera encore la question. Si le professeur s'obstinait à répéter la même explication, c'est qu'apparemment il n'y verrait pas plus clair qu'auparavant, ou qu'il mettrait de l'amour-propre à ne point avouer que sa réponse est déplacée. Dans ce dernier cas, un des peintres présents ou le plus ancien rapin, videra de l'huile d'amande douce sur la partie supérieure de la tête du professeur, juste à l'endroit de la fameuse bosse qui le distingue, comme pour adoucir ce qu'a de trop dur et de trop âpre cette partie remarquable de son chef. Cette formalité accomplie, on proposera de boire

à la santé du régénérateur de la peinture, Don Quiblague, et à la prospérité de tous ceux qui suivront ses *principes*. Les verres alors seront remplis d'une eau pure et limpide, chacun s'emparera d'une vieille croûte de pain moisie et la trempera en manière de mouillette dans les verres d'eau.

Ici la séance sera levée, et, pour la dernière fois, l'on adressera une question au *savant professeur;* on lui demandera : *Dans quel pays avez-vous vu et étudié Michel-Ange?* Si Don Quiblague répond encore, comme dans son feuilleton : *Je l'ai vu et étudié là où il se trouve,* il faudra le sommer alors d'avouer décidément si c'est à Gheel, à Turnhout ou à Tirlemont qu'il a eu cet avantage; après quoi, s'il refuse de donner cet utile renseignement, l'assemblée s'écriera qu'il faut l'envoyer à *Rome*, et l'on étendra par terre le manteau qui couvrait les épaules du *professeur,* en priant ce digne cousin de Don Quichotte de se coucher dessus de tout son long. Quatre rapins des plus vigoureux saisiront alors les quatre coins du manteau, élèveront notre peintre imaginaire, et le feront sauter à peu près à la manière dont jadis le bon Sancho Pança se vit ballotté. Dans ce moment de gaieté générale, l'assemblée s'écriera encore une fois qu'il faut l'envoyer à *Rome,* et sur l'observation que fera un rapin, que les portes et fenêtres sont ouvertes, un autre répondra que *tout chemin conduit à Rome;* ce qui donnera à entendre à l'illustre Don Quiblague, qu'il est temps de déguerpir et que son diplôme est signé [1].

[1] Il n'est pas inutile de dire ici que le journaliste contre lequel fut dirigée cette boutade ne resta pas systématiquement l'adversaire de l'artiste, et qu'il fut un des admirateurs les plus enthousiastes du *Triomphe du Christ.*

# SUPPLIQUE

A MM. LES MEMBRES DU JURY DE L'EXPOSITION DU LOUVRE ET AUTRES SOUVERAINS JUGES DES ARTS, LES FEUILLETONISTES DE PARIS.

— 1841 —

Messieurs,

L'exposition du Louvre étant prochaine, et désirant y envoyer un de mes ouvrages, permettez, qu'à l'exemple de mes confrères, je vienne aussi, près de vous, solliciter quelques faveurs particulières.

Avant de vous spécifier la grâce que je réclame, messieurs, je me permettrai de vous dire en deux mots ce que je suis et ce que je pense sur certaines choses. Cette digression est absolument nécessaire pour vous faire comprendre l'étrange demande que je prends la liberté de vous adresser aujourd'hui.

Presque persuadé d'avance que vous allez être indulgents à mon égard, messieurs, je vais vous parler avec toute la franchise possible, en oubliant vis-à-vis de vous ces vaines formules de la modestie, qui, selon le philosophe, n'ont été inventées que pour ménager l'amour-propre de ceux à qui l'on parle.

Et d'abord, je vous dirai, messieurs, que j'ai le malheur de ne pas être Français ; et ce qui est un malheur plus grand, j'appartiens à cette nation sur laquelle vos écrivains ont dit de si singulières choses : je suis Belge, messieurs, et né sous la plus fâcheuse étoile qui se puisse rencontrer ; je n'ai aucune des qualités qui conduisent leur homme à la fortune, qui font dire aux gens que l'humble modestie flatte toujours : *Voilà un bon enfant, il faut le pousser.*

Je suis imprévoyant, imprudent, indocile : c'est moi, sans vanité, qui, l'an dernier, ai eu l'honneur de vous envoyer sous mon nom un tableau de Rubens, que vous trouvâtes fort mauvais. Pardonnez-moi, messieurs, d'avoir ainsi exposé au public votre belle compétence en matière de pein-

---

* Publié dans le *Précurseur d'Anvers* du 16 mars 1841.

ture. Je dois aussi, en passant, m'excuser auprès de messieurs les feuilletonistes, d'avoir eu l'impudence d'ouvrir un concours littéraire sur cette question irrévérente :

L'INFLUENCE PERNICIEUSE DU JOURNALISME SUR LES ARTS ET LES LETTRES.

Je suis, je le confesse, un grand impertinent, messieurs, et, je ne sais comment la chose se fait, plus je vois le bonhomme public témoigner pour les arrêts des juges suprêmes de l'art, de respect et de confiance aveugle, plus, moi, chétif, je me sens devenir fier, indépendant, orgueilleux même, et, si vous le voulez, plus je vois croître mon amour-propre. Figurez-vous que je vais jusqu'à ne point redouter la colère, jusqu'à braver la vengeance de ces juges sans appel : au contraire, ce que tant d'autres redoutent au suprême degré, je le désire ardemment, et crois que je le regarderais comme un stimulant à mon courage si ce n'était déjà le comble du courage de penser comme je pense. Oui, messieurs, l'indignation de ces terribles gens excite mon enthousiasme, et telle est ma nature sauvage et bizarre, qu'il me faut des hommes puissants à braver, de prétentieux critiques à mystifier, et le dirai-je? tout un public (le public le plus éclairé de la terre) à railler. Ce qu'il y a de plus singulier dans ces sentiments si singuliers que je professe, c'est que toutes ces entraves, qui d'ordinaire affligent le pauvre artiste, non-seulement ne m'ont point jusqu'ici fait tomber de frayeur le pinceau des mains, mais sont pour moi comme qui dirait la source d'un certain plaisir, d'une certaine jouissance diabolique que je ne puis définir. Le besoin de la lutte, messieurs, me dévore moins qu'il ne me nourrit; l'ennemi, armé du sarcasme et de la critique la plus envenimée, est pour moi une proie que je recherche avidement; c'est un délicieux provocateur de mes passions les plus vives, de mes jouissances les plus frénétiques. Un tel ennemi, messieurs, pour moi, c'est un ami : il m'offre l'occasion tant désirée de me repaître du plaisir héroïque de la lutte, du même coup qu'il provoque mes inspirations. Car, malheureusement, ce n'est qu'au milieu du choc des passions brûlantes, que je me sens disposé à reproduire des pensées sur la toile. Que voulez-vous? C'est ma folie, messieurs. Des ennemis me sont nécessaires, comme les amis le sont à d'autres; aussi, le croirez-vous? chaque jour je remercie le ciel de ceux qu'il a déjà daigné m'envoyer, et lui demande de me juger digne d'en avoir beaucoup d'autres encore.

A cette orgueilleuse folie, messieurs, se joignent deux autres folies, à l'aide desquelles j'ai la prétention de me maintenir dans une indépendance absolue, et de pouvoir défier, à coup sûr, toutes les puissances formidables qui tuèrent les Gilbert, les Géricault, les Hégésippe Moreau et tant d'autres. La première de ces folies, la voici : je me soucie fort peu des avantages de la fortune, messieurs, et ne redoute point l'hôpital. La seconde : je n'ambitionne que l'approbation de l'avenir, le sort de ceux qui, venus dans un temps où il n'y avait ni jury de peinture, ni feuilletonistes même, parvinrent à une gloire immortelle.

Maintenant, messieurs, que vous connaissez à peu près les bizarreries qui occupent mon esprit, que vous connaissez ce qui peut le mieux stimuler mon courage, j'ose avec plus de franchise vous prier de m'octroyer la grâce qui fait le sujet de cette lettre.

Ce n'est ni la complaisance vile, ni la réclame marchande, messieurs, que je demande ; la grâce que je vous prie de m'accorder, c'est que vous daigniez m'accabler de tout le poids de votre colère, de votre colère ou de votre mépris, messieurs, l'un et l'autre peuvent m'être également utiles. C'est au nom des arts que vous protégez, dont vous êtes les pères, que je viens vous supplier de vouloir bien faire tomber sur moi toutes vos foudres à la fois, de me frapper de cet anathème redoutable qui en impose si bien au public crédule. Faites, messieurs, que vos journaux versent sur moi le sarcasme et l'ironie ! ou bien, ce qui, dit-on, tue davantage encore, qu'ils gardent à mon égard le silence le plus profond, le silence du mépris !... Faites que je devienne un exemple terrible à tous ceux qui, se figurant que vous êtes comme si vous n'étiez pas pour l'homme qui porte ses espérances dans l'avenir, oseraient vous braver un jour. Prouvez, messieurs, prouvez, (la circonstance s'y prête à merveille), que votre volonté agit comme l'arrêt du sort sur l'avenir des artistes ; qu'ils ne peuvent rien sans vous. Faites aussi, messieurs, que le bon public parisien (dont les jugements, dit-on, règlent avec vous les destinées du génie) m'accable de son honorable mépris, de ses huées sauvages, de son indifférence barbare ; faites tout cela, s'il vous plaît, messieurs, faites, et vous aurez lieu d'être contents de votre protégé ; vos poisons si mortels pour tant d'autres me donneront tout d'un coup la vie à moi ! et tandis que, par vos foudres, vous aurez cru m'anéantir, vous me verrez grandir et m'élever.

Dans l'espoir que vous voudrez bien éprouver la force de vos coups sur celui qui prend la liberté aujourd'hui de vous défier de nuire, soit à son faible talent, soit à ses progrès ou à son avenir, je vous prie d'être bien assurés que c'est toujours avec les sentiments de la plus parfaite admiration que j'ai l'honneur d'être,

Messieurs,

Votre très-humble et très-obéissant serviteur,

A. WIERTZ.

# DE LA PEINTURE EN BELGIQUE.

## QUELQUES IDÉES SUR UN NOUVEAU MODE D'ENCOURAGEMENT DE LA PEINTURE EN BELGIQUE.

— 1844* —

Les chefs-d'œuvre des arts et, en général, tout ce qui honore le génie de l'homme, doit son existence aux efforts constants d'une noble émulation, à la force surnaturelle qu'inspire l'amour de la gloire. Sans l'amour de la gloire, sans l'enthousiasme qui toujours l'accompagne, l'on ne produit que des œuvres médiocres. Presque tous les siècles nous ont laissé des témoignages de ce que peut l'esprit porté à l'enthousiasme; mais c'est surtout dans les temps les plus reculés que des idées de gloire ont animé les hommes. Autrefois, l'artiste, le guerrier, le poëte n'ambitionnaient pour prix de leurs travaux qu'une simple branche de laurier. Aujourd'hui, nous ne voyons plus de ces *sublimes folies*; nous sommes plus sages, plus modestes, mieux pensants; ce n'est point à des palmes chimériques qu'aspire notre imagination positive, et de chimère qu'il était, l'or, qui nous fait vivre *de notre vivant*, est devenu le but de nos aspirations. Nous sommes dans un siècle de progrès, et l'on voit que l'intelligence humaine a fait aussi du chemin. Le poëte s'est fait homme; il a appris à manger, et, avant tout, il a horreur des *Muses crottées*.

C'est au sein des grandes cités et de la capitale de la France surtout, que se manifeste cette funeste tendance vers les idées prosaïques et mercantiles; là, les besoins de la vie matérielle commandent tellement à tous, et pour les satisfaire, il est si nécessaire de se conformer aux changements incessants qu'imposent les caprices de la mode et le goût de la nouveauté, qu'il est impossible, même au génie le mieux constitué, de se livrer avec constance aux études sérieuses. Paris est un foyer corrupteur

* Liége, Félix Oudart, 1844, extrait de la *Revue belge*, brochure in-8° de 16 pp.

qui entraîne d'abord par la nécessité, puis ensuite inspire cet amour du gain qui paralyse le germe de toute idée grande et sublime[1].

Cet esprit mercantile, que Paris souffle comme un poison aux quatre coins de la terre, aurait-il fait assez de progrès parmi nous pour étouffer jusqu'à la dernière semence de cet enthousiasme qui poussait nos pères? Je ne le crois pas : les diverses révolutions dont nous venons d'être les témoins ont assez prouvé que le sentiment de la gloire est comme un feu caché qu'une étincelle fait jaillir.

Si la gloire des armes a pu ressaisir son prestige, à quoi tient-il donc qu'un même enthousiasme n'enflamme le cœur des enfants des arts? Pourquoi, quand des Belges ont su imiter les actions grandes et généreuses des guerriers et des orateurs de la Grèce, ne verrions-nous pas nos artistes brûler aussi du désir d'égaler par des chefs-d'œuvre les hommes qui se sont distingués dans les arts?

S'il existe souvent une grande différence entre l'artiste et l'homme politique; si celui-ci a tant de chaleur et d'exaltation dans les affaires qui l'occupent, tandis que l'autre est plein de mollesse, d'indifférence, et, disons-le, d'une sorte de poltronnerie dans l'exercice de son art ; c'est que l'homme politique, l'homme de guerre agit presque toujours sous l'influence d'une passion qui excite son énergie, élève sa pensée; c'est que l'amour de la gloire, le désir de se rendre utile à la patrie le porte sans cesse aux grandes actions. Qu'on appelle l'artiste à des travaux qui excitent aussi son

---

[1] Il n'est peintre, poète, ou musicien qui ne coure à Paris, croyant y puiser la science. C'est un grand malheur pour les arts.

Quand cesserons-nous, nous autres Belges, de croire à la supériorité de nos voisins? Quand comprendrons-nous que nous avons chez nous dix fois plus d'éléments qu'il n'en faut pour former de grands artistes? Quand nous apercevrons-nous enfin que l'esprit, la vivacité, la légèreté, l'inconstance dans les idées comme dans les actions, sont précisément les qualités qui font les hommes les moins propres à cultiver les beaux-arts dans un ordre supérieur.

Pour nous guérir de la sotte prévention dont nous sommes entichés en faveur de la nation qui se dit la première du monde, il suffira de faire les trois réflexions suivantes :

*Première réflexion*. Pour rire de nous, les Français se plaisent souvent à comparer la France, immense contrée de 30 à 40 millions d'individus, à la Belgique, petit pays d'une population de 3 à 4 millions. Il y a du côté de la grande nation un immense avantage : c'est celui dont peuvent se vanter dix hommes contre un. Mais en supposant les parties à force égale, c'est-à-dire en opposant les trois millions de Belges à trois millions de Français pris dans n'importe quelle partie de la France, il se trouve que la Belgique l'emporte sur celle-ci d'une façon fort remarquable sous le rapport des arts et de l'industrie, etc., et par le nombre de grands hommes qu'elle a produits.

*Deuxième réflexion*. Si parmi les hommes qui se distinguent en France sous le rapport des arts et des lettres, l'on comptait le nombre des étrangers, combien en resterait-il de Français par la naissance?

*Troisième réflexion*. Quels sont les pays qui ont donné naissance aux plus grands artistes du monde? L'Italie, l'Allemagne, la Belgique.

ambition, son enthousiasme; qu'on lui dise : Voilà les chefs-d'œuvre de
Raphaël, de Rubens, de Michel-Ange; que ces grandes œuvres deviennent
pour vous l'objet d'une lutte constante, que ces grands hommes se présentent à votre imagination comme des héros qu'il faut égaler, qu'il faut surpasser même; qu'on lui dise aussi : Une récompense vous attend, la gloire
immortelle, un nom qui honore la patrie; qu'on lui dise toutes ces choses,
et vous le verrez aussi s'échauffer, se passionner avec autant d'ardeur que
ces soldats de la république qui, au nom d'Annibal et de César, franchirent
d'un bond les pics élevés des Alpes.

Que les amis des arts, si nombreux et si dévoués dans notre patrie,
cherchent les moyens d'inspirer à nos artistes de l'héroïsme, de l'amour
pour la gloire; qu'ils cherchent à leur inspirer ce noble orgueil qui fesait
dire au Corrège : *Et moi aussi, je suis peintre!* et nous verrons bientôt éclore
des œuvres dignes des hommes qui ont illustré les siècles derniers. Mais il
faut, pour arriver à ce beau résultat, que l'on s'empresse d'abandonner les
moyens vulgaires par lesquels on prétend encourager les arts. Malheureusement, nous n'entendons dire partout, même par les gens les plus sensés,
que ces paroles pernicieuses : *Il faut encourager les artistes par de nombreux achats de leurs œuvres; il faut qu'on les paie bien si l'on veut qu'ils
travaillent...* Malheureux! que faites-vous avec de tels principes? vous
croyez protéger les arts et vous les tuez; vous croyez faire des artistes,
vous ne faites que des artisans. D'où vient cette multitude d'ouvrages dont
le nombre vous paraît déjà trop grand? d'où viennent ces éternels sujets de
taverne que souvent vous blâmez? d'où vient enfin cette quantité prodigieuse de... (je n'ose dire le mot dont vous vous servez) qui abondent
dans vos expositions? C'est que vous encouragez les artistes à produire
ces choses-là; c'est que vous les payez, c'est que vous promettez de l'or à
tous ceux qui vous en apporteront.

Protecteurs des arts! Cette façon d'encourager n'inspire aux artistes
que l'amour du gain, et l'amour du gain, je le répète, n'élève point l'âme,
n'enfante rien de grand; l'amour du gain, c'est l'éteignoir du génie, de l'enthousiasme, de l'inspiration.

Si mes conseils pouvaient être de quelque poids, si l'on voulait bien avoir
foi en mon expérience, je demanderais que ce système d'encouragement
fût remplacé par un autre. C'est relativement à la peinture que je vais essayer
d'exposer mes idées :

Je l'ai déjà dit, les sentiments de gloire et d'ambition font les grandes
œuvres; inspirer ces passions est, selon moi, le grand secret qui peut
seul conduire les artistes à d'heureux progrès; pour y parvenir, il faut
admettre au sein des expositions modernes, les œuvres des grands maîtres
anciens.

Voici comment je voudrais que l'on mît cette méthode en pratique :

Les expositions, dirigées, soit par le gouvernement, soit par les sociétés particulières, seraient ouvertes comme par le passé à tous les artistes de toutes les classes, quel que soit le but vers lequel ils tendent; mais un salon particulier, que je nommerais *salon des grandes leçons*, serait ouvert; là seraient placés, de distance en distance, quelques chefs-d'œuvre que l'on aurait pu rassembler, je suppose deux ou trois tableaux de Rubens, deux ou trois de Raphaël ou de Titien, quelques tableaux des meilleurs maîtres hollandais, tels que Gérard Dow, Mieris, etc., etc., un ou deux des meilleurs paysagistes. Dans les villes secondaires, où il est difficile de se procurer ces chefs-d'œuvre, le gouvernement rendrait facile l'exécution du projet par l'envoi de ces ouvrages aux époques fixées pour les expositions. Avant l'ouverture du *salon des grandes leçons*, on ferait un appel à tous les peintres; on les inviterait à traiter les mêmes sujets que les tableaux des grands maîtres exposés; ce serait un concours, une lutte ouverte entre nos peintres modernes et les anciens, où la conscience de l'artiste serait son propre juge, où la récompense due aux efforts heureux, serait l'espoir d'un nom immortel : car ces œuvres, placées là dans le but qu'inspire une noble ambition, devraient y rester fixées en attendant le jugement de la postérité.

De quelle ardeur, de quel enthousiasme les artistes ne seraient-ils pas animés en travaillant à de telles œuvres, dans un tel but!

Afin de compléter ce mode d'encouragement, le gouvernement ou les sociétés des beaux-arts devraient allouer des fonds à l'achat des toiles, des couleurs, des pinceaux, et de tout ce qui est nécessaire à l'exécution des œuvres de peinture; ces objets, dont on ferait provision, seraient livrés gratuitement aux artistes prêts à entrer en lice, mais auxquels la fortune ne permettrait pas de faire les frais nécessaires à ce genre d'études.

En suivant cette méthode, en faisant cet appel aux peintres, les protecteurs des artistes découvriraient bientôt les hommes véritablement passionnés pour l'art, les hommes seuls dignes de tous leurs encouragements. Bien peu de peintres, sans doute, se présenteraient à ce difficile tournoi, bien peu auraient assez de courage, d'ambition, d'amour de la gloire pour oser tenter une telle lutte; mais de quoi se plaint-on aujourd'hui? qu'un trop grand nombre de jeunes gens se livrent aux arts sans goût, sans vocation. Eh bien! ce serait donc là une épreuve qui aurait déjà un résultat immense : celui de séparer l'ivraie du bon grain; et de dissiper à l'instant même cette multitude d'ouvriers attirés par la soif du gain. En perdant l'espoir de voir acheter leurs ouvrages par *les amateurs de peinture*, ces hommes d'argent abandonneraient bientôt leurs pinceaux pour embrasser les métiers auxquels ils sont propres. Les protecteurs des arts gagneraient singulièrement à ce procédé; les sommes à allouer seraient beaucoup moins grandes et seraient bien plus utilement mises à profit. Quatre à cinq artistes peut-être réclameraient alors leurs soins ; que faut-il de plus à la gloire d'un pays; un seul quelquefois ne suffirait-il pas ?

Tel est selon moi le mode d'encouragement qui porterait les meilleurs fruits. Si un jour l'on veut bien en faire l'essai, je tâcherai de donner à cette idée un plus complet développement.

Bien des gens sans doute me diront, en lisant ces lignes : De quoi voulez-vous donc que les artistes vivent s'ils travaillent uniquement pour la gloire ? A cela je répondrai que ma méthode ne s'adresse qu'aux véritables artistes, et voici celui à qui je donne ce nom. Si c'est un homme privé de toute fortune, il ne sacrifiera point pour cela son art, il ne le prostituera pas à de capricieuses fantaisies d'amateurs ; s'il est pauvre, il s'habituera aux privations, renoncera à toutes les jouissances de la vie matérielle, et, s'il le faut, il aura un métier à part qui le fera vivre. Le véritable artiste vit, mais il ne vit que pour vivre dans l'avenir, semblable au héros qui n'a pas faim au moment du combat; semblable au saint anachorète embrasé de l'amour divin, son enthousiasme l'alimente et le soutient. Si vous le voyez fuir le monde, se vouer même au célibat, c'est dans la crainte d'être enchaîné par des devoirs qui pourraient le détourner de ses nobles travaux. Le véritable artiste ne tient pas à jouir d'un bonheur vulgaire; il ne tient pas à la fortune, aux équipages, aux grands trains d'une maison; ce dont il a besoin, ce dont il a faim, c'est la gloire : c'est pour elle seule qu'il vit, c'est elle qui le fait vivre.

Si de grands peintres, qui ont illustré notre école, n'ont pas toujours possédé ces qualités éminentes, si malgré cela ces rares génies ont fait de belles choses, ce n'est point par là qu'il faut chercher à les imiter. Bien des artistes aujourd'hui, pour excuser leur avarice, s'appuient de l'exemple quelque peu fastueux de nos anciens peintres flamands; mais ces artistes devraient se souvenir, que pour atteindre au sublime, il ne faut point chercher à concilier l'amour du gain avec celui de l'art; l'homme qui veut atteindre au but dans son art, a besoin de toutes ses facultés intellectuelles; il doit fuir tout ce qui peut porter atteinte à leur force, à leur pureté.

Si j'étais chef d'académie, je dirais aux jeunes peintres : « Méprisez les dons de la fortune; que votre génie reste libre; indépendant, ayez une haute idée de votre art, comme ce fier Italien qui ne voulut point se découvrir devant le Pape qui le regardait peindre. Ne cherchez point les faveurs des grands : que sont-ils près de vous si vous devenez un grand artiste ? La gloire d'un grand peintre est au-dessus de toutes les gloires; on parle avec admiration de Raphaël, de Rubens, de Van Dyck; on sait à peine le nom des grands seigneurs ou des grands ministres qui vivaient dans leur temps. Qu'une si belle carrière exalte votre enthousiasme, enflamme votre courage. Gardez-vous d'imiter vos contemporains dont les succès ne sont souvent dus qu'aux caprices d'une mode passagère ; évitez surtout, évitez la contagion que répand dans les arts l'esprit futil et léger de nos voisins. Les œuvres des grands maîtres, qui ont été approuvées par les siècles, doivent seules vous servir d'étude. Lisez Plutarque. Comme le disait un peintre célèbre : en lisant la vie des grands hommes, notre imagination s'échauffe et s'agrandit ; quel que soit le genre d'ambition dont ils aient été animés, leur exemple excite en nous une certaine énergie, un désir brûlant de nous élever comme eux. Quand vous vous livrerez aux travaux de votre art, rappelez-vous avec quelle héroïque fureur ces grands hommes ont travaillé à leur gloire : Alexandre-le-Grand s'appliquait sans cesse à imiter les sublimes héros de l'Iliade ; César, jaloux d'égaler l'illustre macédonien, pleurait un jour en songeant que lui, César, n'avait rien fait encore dans un âge où ce héros remportait d'éclatantes victoires. Avant de vous mettre à l'œuvre, souvenez-vous de tous ces traits de vertu et d'héroïsme, de ces chefs-d'œuvre d'art qui font l'admiration des siècles. Si, au souvenir de toutes ces choses, vous êtes saisi d'enthousiasme, si vous sentez que votre poitrine se gonfle, qu'une soif de gloire vous transporte, c'est que vous êtes artiste ; alors, vous saisirez vos pinceaux et, comme un de ces héros d'Homère cherchant dans la mêlée un ennemi digne de lui, vos regards se porteront vers les œuvres immortelles de Raphaël, de Michel-Ange, de Rubens, vous travaillerez alors avec le désir ardent d'égaler ces maîtres ; et, votre tâche achevée, plein d'une noble fierté, vous vous écrierez comme Salvator Rosa : *Que Michel-Ange vienne maintenant, et nous verrons s'il fait mieux !*

Ce que vous aurez produit ne sera peut-être qu'une chose imparfaite encore, mais sera au moins le résultat de tout ce que pouvait l'entier développement de vos facultés, et, soyez-en bien sûrs, ce que jamais l'amour du gain n'eût pu vous inspirer.

# DES PRÉJUGES EN BELGIQUE.

## — 1845 —

### APPEL AUX ÉCRIVAINS BELGES.

Qui veut peut.

Les préventions qui existent en Belgique en faveur de la France sont aussi ridicules, aussi exagérées que celles qu'ont généralement les Français contre la Belgique. Tout ce qui arrive de Paris, œuvre de science, d'art ou d'industrie, prend à nos yeux des formes imposantes : il n'est pas une nouveauté, venant de la grande ville, que nous ne recherchions avec empressement ; pas une mode que nous n'adoptions, pas un mauvais drame que nous n'admirions, pas un insipide roman que nous ne lisions avec avidité et enthousiasme. Aussi, avec quel délice les Français exploitent notre crédulité et notre bonhomie ! Cette funeste admiration que nous faisons éclater à l'aspect de tout ce qui nous vient de France, a tellement gonflé l'orgueil de nos voisins, que la Belgique, à leurs yeux, n'est qu'un pauvre petit coin de terre inculte, stérile, et ses habitants des espèces de barbares qu'on amuse avec des riens.

Quiconque a lu les relations de la plupart des écrivains français sur la Belgique, quiconque y a lu les sarcasmes, les insultes, les grossières plaisanteries adressées aux Belges, écrivains, artistes, hommes politiques, à la nation entière, en un mot, peut se faire une idée des énormes préventions à travers lesquelles ces messieurs nous jugent et nous considèrent.

Ces préventions, ces préjugés, que malheureusement semblent partager ceux qui chez nous devraient plutôt les combattre, sont, on ne peut le nier, une véritable calamité, une chaîne pesante qui tient en laisse le génie de nos artistes, de nos écrivains et de nos industriels. L'œuvre dramatique d'un compatriote, par exemple, peut-elle réussir au théâtre ; les ouvrages de nos peintres, de nos musiciens, les produits les plus admirables de notre industrie peuvent-ils avoir quelque chance de succès sans avoir obtenu la sanction parisienne ?

' Liège, Félix Oudart, la couverture portait pour titre : *le Secret du Diable.*

La Belgique intelligente, il est triste de l'avouer, est la très-humble esclave de la France.

SERVAGE RIDICULE, HONTEUX !

Qu'il me soit permis d'élever ici ma faible voix contre ce despotisme qui nous tue, d'exprimer le pénible sentiment que m'inspire cet oubli de nous-mêmes.

Comment se fait-il que l'orgueil national, le sentiment de notre propre dignité, ne se soulèvent point tout entier contre les préjugés qui nous écrasent, contre ces outrageants défis qui tous les jours nous sont lancés à la face ?

C'est que nous sommes aveuglés par l'habitude, par cette habitude d'esclave qui soumet la puissance du lion à la main d'un faible enfant.

Que les Belges ouvrent donc les yeux une bonne fois, qu'ils essaient la force de leurs propres facultés et qu'ils osent s'y confier !

Un jugement droit et profond est cent fois préférable dans les beaux-arts à cet esprit léger et bavard dont les Français tirent si grande vanité. Si parfois le Belge n'a point comme son voisin, la vivacité, la promptitude dans la conception, toujours il marche avec plus de foi dans la voie qu'il a longtemps méditée. Le Français a une flexibilité d'esprit qui le rend propre à tout entreprendre, mais cette flexibilité même le force à changer chaque jour de goût et de principes. Le Belge, lui, n'a point cette nature mobile : participant un peu du caractère méditatif allemand, il a la persévérance, cette qualité précieuse qui, dans les œuvres de l'intelligence, conduit aux grandes choses.

Ce qui tue les arts, ce qui s'oppose le plus à leurs progrès, c'est le changement qu'apporte sans cesse le caprice des modes dans les règles du beau, qui devraient être éternelles. Paris est la source tristement féconde de ces modes corruptrices, de ces changements funestes, dont la légèreté et l'inconstance française s'accommodent à merveille.

Si les Belges ne laissaient point corrompre leur génie par les exemples dangereux qu'enfante tous les jours Paris; si, livrés à eux-mêmes, ils mettaient à profit les heureuses qualités dont ils sont doués, nul doute qu'avec ces qualités éminentes, jointes à cette puissante persistance que les Français n'ont pas, ils pourraient s'élever, dans les arts et les lettres, bien au dessus de leurs spirituels et trop présomptueux détracteurs.

Je dirai encore une fois à mes compatriotes : Osez, osez vous fier à vous-mêmes; oubliez ces préjugés absurdes qui vous humilient autant qu'ils nuisent au développement de vos facultés.

Mais j'entends des voix s'écrier de toutes parts : Insensé ! détruire des préjugés, est-ce chose possible ?

Oui, c'est chose possible; un moyen puissant, un moyen qui pénètre comme la lumière, un moyen qui tranche comme la faux, qui écrase comme la foudre, peut un jour les anéantir.

Mais ce moyen? me dira-t-on.

Ce moyen ? je l'ai trouvé.

Je l'ai trouvé, et par lui je veux que cette industrie, qui spécule sur nos préjugés, s'écroule de fond en comble ; par lui je veux que nous apprenions à rendre justice à qui il appartient ; par lui, je veux qu'avant deux ans, pas un roman, pas un drame, pas la moindre bluette, pas même la forme d'un chapeau sorti de la grande ville, ne soit encore admiré avec ce fanatisme, ces préventions outrées qui nous aveuglent aujourd'hui.

Mais avant de faire usage du moyen dont je parle, avant de divulguer ce secret précieux qui doit nous délivrer du fléau qui nous accable, j'ai besoin d'une préparation ; il faut, avant tout, que des hommes dévoués, des hommes de cœur secondent mes efforts en répondant à l'appel que je vais leur faire ici :

J'invite tous les écrivains belges à vouloir bien participer à un concours que je vais ouvrir, et dont le but sera de faire apprécier à leur juste valeur le mérite des écrivains français et celui des écrivains belges. Le prix de ce concours sera de peu de valeur : privé des dons de la fortune, je ne puis offrir au vainqueur qu'un faible ouvrage de ma main, le tableau connu sous le titre de LA JEUNE FILLE AU RIDEAU. Voici les conditions du concours :

1° Les Belges seuls sont admis.

2° Chaque concurrent présentera un ouvrage littéraire de sa composition. Cet ouvrage, quels qu'en soient le genre et le sujet, devra avoir été fait pour lutter avec un ouvrage français que l'écrivain belge aura choisi à son gré comme point de comparaison.

3° L'ouvrage présenté au concours devra donc, autant que possible, se rapprocher du genre et du sujet de l'ouvrage français, afin de faciliter le parallèle.

4° Chaque manuscrit envoyé au concours sera accompagné de l'ouvrage français contre lequel il aura à lutter, et devra m'être adressé à Liége, avant le 1er mars 1846.

5° Les auteurs français parmi lesquels on devra faire choix d'un adversaire sont : MM. Eugène Sue, de Balzac, Jules Janin, Alexandre Dumas, Victor Hugo, Frédéric Soulié, Ph. Dupin, Émile Deschamps, Capefigue, Mignet, Salvandy, Eugène Scribe, Ancelot, Bayard, Mellesville.

Immédiatement après la clôture du concours, un jury sera appelé à prononcer sur le mérite des ouvrages français et belges. L'œuvre jugée LA MEILLEURE PARMI CELLES QUI AURONT TRIOMPHÉ DES OUVRAGES FRANÇAIS SERA L'ŒUVRE COURONNÉE.

J'ai le ferme espoir que nos écrivains belges s'empresseront de répondre à cet appel, dont le but est tout dans l'intérêt de la littérature comme dans celui de la nation entière.

Deux choses peut-être vont paralyser de nobles dévouements, arrêter les efforts de quelques plumes dignes d'honorer le nom belge.

La première, c'est la crainte de manquer de modestie ; la seconde, la peur d'affronter une lutte inégale. L'une et l'autre de ces craintes me paraissent également fausses de la part d'hommes appelés par leur talent à accomplir un acte que j'ose appeler acte de civisme.

La modestie assurément est, comme tout le monde le dit, une belle chose ; mais dans le fond, qu'est-ce que la modestie ? Au risque de me brouiller ici avec tout le genre humain, je me permettrai de dire que la modestie, cette vertu si estimée des hommes, n'est, à mon avis, qu'une sotte et impertinente grimace inventée, comme le dit Voltaire, pour ménager l'amour-propre d'autrui. Parmi les nombreuses erreurs causées par l'habitude ou l'irréflexion, assurément, l'aveugle admiration que nous montrons pour la modestie n'est pas la moins ridicule. Distinguez, nous dit-on, la véritable modestie de la fausse ? — Préjugé, prévention ! Ces deux modesties que l'on cherche à distinguer, il n'en existe réellement qu'une, et c'est la fausse. Si nous interrogeons sérieusement notre conscience, quand nous faisons preuve de modestie, nous reconnaîtrons que cette retenue, cette humilité tant vantée, n'est qu'une complaisance, un sacrifice à l'orgueil ou à l'amour-propre de ceux que nous louons ou de qui nous aimons à être loués.

Que des considérations aussi puériles, aussi niaises, n'arrêtent point nos écrivains dans la question dont il s'agit. Un sentiment de gloire et de nationalité ne doit-il point étouffer ces complaisances que commande le respect humain ?

Quant à la crainte d'une lutte inégale, quelle que soit la supériorité d'un adversaire, on ne doit jamais la redouter. Voici quelques observations que j'ai faites sur ce sujet :

Entraîné par goût au plaisir que donne le spectacle de la lutte, j'ai eu plus d'une fois l'occasion d'étudier cette matière.

Dans les combats dont l'histoire nous fait part, dans les luttes où l'esprit, les talents se mesurent au concours des écoles ou des académies, dans les divers jeux où la force et l'adresse se disputent le prix de la supériorité, dans toutes ces luttes, j'ai remarqué une règle presque toujours constante ; cette règle, la voici : c'est que *la partie victorieuse est rarement celle à laquelle on prédisait le triomphe.* Quel est le secret de cette erreur ? C'est que la renommée, qui influence si bien notre jugement, est presque toujours la fille des préjugés ; c'est que la lutte qui met cette renommée à l'épreuve est comme un compas, une mesure, une balance contre laquelle viennent se briser les jugements de l'opinion. La lutte, en effet, est comme le jugement de Dieu devant lequel se confondent toutes ces vaines et orgueilleuses prétentions, tous ces absurdes préjugés qui nous rendent si souvent injustes et ridicules.

### LA LUTTE EST LA TERREUR DES RÉPUTATIONS USURPÉES.

Un homme parfaitement étranger au maniement des armes et à qui Voltaire avait fait une renommée de grand maître d'escrime, eut l'esprit de ne jamais consentir à se battre avec qui que ce fût, et conserva ainsi toute sa vie cette belle réputation qui le rendait aux yeux de ses contemporains un objet d'admiration et de terreur.

Si la *modestie* nous permettait de comparer nos œuvres à celles de ces grands hommes que le préjugé rehausse si fort de son prestige, s'il nous était permis de lutter avec eux, pas un de ces grands hommes peut-être ne conserverait le rang où nous le voyons élevé. Peut-être verrions-nous même, sur le trône de Corneille, de Phidias ou de Raphaël, s'élever des hommes sans nom, sans éclat, et à qui il ne faudrait, ainsi qu'au vainqueur du géant Goliath, que l'heure du combat pour se révéler.

Encore une fois, ne craignons pas la lutte, ne craignons point de nous mesurer contre des forces supérieures aux nôtres. Cette supériorité, si l'on veut bien y réfléchir, n'est souvent qu'une illusion. Osons accepter le gant qu'on nous jette ! C'est avec cette audace qu'une poignée de soldats met quelquefois une armée en déroute, que dans les grands événements politiques, les révolutions, par exemple, des hommes obscurs, sortis du sein de la foule, se trouvent tout à coup des orateurs, des héros, et éclipsent toutes ces grandeurs que l'habitude et le préjugé nous font regarder quelquefois comme des prodiges.

Si les hommes voués aux arts avaient la force, le courage, le dévouement des hommes politiques ; si, comme eux, ils avaient l'enthousiasme, l'amour de la gloire, celui de la patrie ; si, comme eux, ils osaient braver les préjugés pour affronter la lutte, que ne devrions-nous pas attendre alors de nos écrivains et de nos artistes !

Dans l'espèce de tournoi auquel j'appelle aujourd'hui nos écrivains belges, qu'ils s'échauffent de ces exemples de vertu civique, qu'ils s'efforcent de les imiter ! Le despotisme sous lequel leur talent gémit aujourd'hui n'offre-t-il point une analogie frappante avec ces despotismes insensés qui si souvent ont soulevé des armées de héros ? Allons, enfants

20

des muses, poëtes, écrivains de la Belgique, chantez aussi votre *Marseillaise;* secouez ce joug honteux qui vous opprime, et vengez, vous le pouvez, l'insulte si souvent faite à vos talents et à votre patrie !

## LA PEINTURE A L'HUILE.

— 1847[1]. —

La puissance de l'habitude nuit bien souvent à nos intérêts et quelquefois nous rend fort ridicules.

Je connais un vieux monsieur qui, à la première apparition des chemins de fer, ne voulut jamais croire aux prodiges de cette nouvelle invention. Faire huit ou dix lieues à l'heure, sans le secours des chevaux, était, selon lui, chose impossible. Aujourd'hui que cette question n'en est plus une, le vieux monsieur ne se tient pas pour battu, il trouve à ce mode de voyager mille inconvénients; il s'appuie de l'exemple de son père, de son grand-père, de son bisaïeul qui se sont fort bien passés de chemins de fer, et, quand il a envie de se transporter à Gand ou à Anvers, il loue un cheval ou bien se fait voiturer tranquillement dans une *vigilante*.

Tel est l'homme qui, dans le langage familier, se nomme *tête à perruque*.

Eh bien, le croira-t-on? L'habitude et la logique de ce vieux monsieur sont précisément celles de tous les peintres à l'huile dans la pratique de leur art!

Vous ne parviendrez jamais à convaincre un peintre à l'huile de la possibilité de trouver un meilleur moyen que ses couleurs à l'huile.

En vain vous lui direz qu'il n'est rien sous le soleil qui ne puisse être perfectionné; que, chaque jour, les arts, les sciences, l'industrie font d'immenses progrès. Le peintre à l'huile vous rira au nez et vous répondra que rien au monde n'est plus parfait que les moyens matériels qu'il emploie pour rendre et exprimer.

C'est que le peintre à l'huile est, dans la partie *mécanique* de son art, l'ouvrier le plus ignorant, le plus borné, le plus entêté, le plus ancré à ses habitudes, de tous les ouvriers de la terre.

Il y a quatre cents ans que l'on peint à l'huile!

Le procédé serait beau, sans doute, si, pour acquérir l'habitude de l'em-

(1) *Le Précurseur* d'Anvers du 5 février 1847.

ployer convenablement, l'artiste ne devait y consacrer quinze ou vingt ans de sa vie. Mais que l'homme d'intelligence gaspille ainsi son temps et que, pour manifester ses idées, il soit obligé de chercher à acquérir l'adresse d'un plafonneur ou d'un maçon, n'est-ce pas chose déplorable et ridicule?

Tout le monde sait que dans le peintre il faut deux hommes : *l'artiste* et *l'ouvrier*.

Mais ce que tout le monde ne sait peut-être pas, c'est que la partie de l'art qui appartient à l'artiste demande une haute intelligence et que celle qui appartient à l'ouvrier n'en demande point du tout.

Trois choses cependant sont nécessaires à ce dernier :

La première, c'est la patience d'un bœuf;

La seconde, la ténacité d'un mulet ;

La troisième, l'esprit d'un imbécile.

Bon nombre de peintres se sont distingués exclusivement dans la partie de l'ouvrier, et, par cela seul, se sont élevés aux yeux de la foule, bien au-dessus des peintres doués des qualités qui constituent l'artiste.

Jusqu'à quand cette espèce d'insulte, faite à l'esprit au profit de la matière, durera-t-elle encore? Jusqu'à quand confondra-t-on l'architecte avec le maçon ?

Je vais vous le dire :

Cela durera jusqu'à ce que la peinture à l'huile soit détrônée et remplacée par un moyen simple, facile, *soumis à l'intelligence*, et obéissant instanta-nément aux inspirations du génie, comme à la baguette magique d'une fée.

Avant un siècle, il faut l'espérer, cet événement sera accompli ; on prendra alors en pitié les peintures à l'huile, comme aujourd'hui nous prenons en pitié les premiers essais de l'art.

Voyez-vous cette découverte merveilleuse qui vient de poindre à l'horizon ?

Serait-ce là le procédé qui doit un jour obéir au génie de l'artiste? Oh ! non, il faut quelque chose de mieux, de beaucoup mieux. Cependant... c'est déjà quelque chose comme cela... peut-être est-ce déjà cela?

Salut au *daguerréotype!*

A ce mot, je vois les peintres à l'huile hausser les épaules, je les vois railler, rire à peu près de la façon dont riait le vieux monsieur lorsqu'on lui parlait des merveilles du chemin de fer.

Peintres à l'huile, mes confrères, mes amis! Hélas! serions-nous donc aussi des *têtes à perruques?*

# LA PHOTOGRAPHIE.

## — 1855 [*] —

Voici une bonne nouvelle pour l'avenir de la peinture.

L'art, comme on sait, se divise en deux parties, la partie matérielle et la partie intelligente.

Des peintres s'attachent à la partie matérielle seulement et rendent admirablement une robe de satin. D'autres s'attachent à la partie intelligente; ils inventent, composent, dessinent et semblent ignorer le rendu.

Le peintre qui rend bien, c'est le maçon qui construit; l'autre, c'est l'architecte qui invente et compose. L'architecte et le maçon en peinture sont en présence d'un grand événement. Cet événement sera pour l'architecte un sujet de joie, pour le maçon un sujet de désespoir.

Il nous est né, depuis peu d'années, une machine, l'honneur de notre époque, qui, chaque jour, étonne notre pensée et effraie nos yeux.

Cette machine, avant un siècle, sera le pinceau, la palette, les couleurs, l'adresse, l'habitude, la patience, le coup-d'œil, la touche, la pâte, le glacis, la *ficelle,* le modelé, le fini, le rendu.

Avant un siècle, il n'y aura plus de maçons en peinture : il n'y aura plus que des architectes, des peintres dans toute l'acception du mot.

Qu'on ne pense pas que le daguerréotype tue l'art. Non, il tue l'œuvre de la patience, il rend hommage à l'œuvre de la pensée.

Quand le daguerréotype, cet enfant géant, aura atteint l'âge de maturité; quand toute sa force, toute sa puissance se seront développées, alors le génie de l'art lui mettra tout à coup la main sur le collet et s'écriera : « A moi! tu es à moi maintenant! Nous allons travailler ensemble. »

Ce que je viens dire, je le disais déjà il y a dix ans.

Je me souviens qu'à ce propos quelqu'un fit cette réflexion : Les productions daguerriennes ne pourront jamais atteindre les dimensions de la nature. A quoi je répondis qu'elles arriveraient certainement à ce résultat.

Ce que je prédis alors vient d'arriver. M. Plumier, notre habile photo‧

[*] *Le National*, juin 1855.

graphe, un de ces hommes de la race des esprits chercheurs qui honorent quelquefois leur pays par quelque découverte, M. Plumier vient d'inventer le moyen de produire des dessins photographiques représentant des objets grands comme nature ! De plus, le moyen nouveau est tel qu'il peut à volonté reproduire dans toutes les dimensions imaginables...

Intelligence humaine, marche toujours! va, marche !

## DU RÉALISME.

— 1858 * —

Qu'est-ce que le *réalisme*? Vous me demandez cela mon ami, avec un air aussi inquiet, aussi épouvanté que s'il s'agissait de l'apparition d'une épidémie. — Rassurez-vous, vous n'en mourrez pas. Le réalisme est une chose toute simple, toute innocente. Le réalisme n'est pas nouveau, c'est vieux comme la terre. Les premiers peintres furent réalistes. — Les premiers essais furent du réalisme.

Est-il besoin de vous dire que ce mot réalisme n'est qu'un déguisement? Vous savez que tout déguisement attire l'attention, pique la curiosité. Le mot qui se cache sous celui de réalisme serait trop commun, trop connu, s'il se révélait sans voile. C'est un ami qui, sous le masque, veut vous intéresser, vous faire courir après lui. S'il vous disait tout de suite : « C'est moi ! » vous répondriez : « N'est-ce que toi ? » L'intrigue serait finie. Aussi, le mot en question se couvre le mieux qu'il peut, en se donnant les plus grands airs du monde. A ce que je vois, vous y êtes pris, mon ami, le beau masque vous trouble la cervelle.

Eh bien ! il faut donc vous dire son nom. Apprenez que ce grand seigneur, le réalisme, n'est autre qu'un petit mot composé de quatre lettres, juste la moitié du nombre de celui qui le déguise. Vous ne devinez pas ? Eh bien ! réalisme veut dire *vrai*. Le vrai vous a trompé, cher ami, en s'affublant d'un air de jeunesse. Oh ! comme vous voilà désappointé !

On a l'habitude de dire à ceux qui cultivent les arts : soyez vrais, soyez vrais ; chacun pousse au vrai ou au réalisme, pour me servir du déguisement, autant que possible; mais qu'arrive-t-il ? que le réalisme ne se réalise que dans la partie facile et secondaire de l'art.

Le réalisme dans l'invention, le réalisme dans l'expression, le réalisme dans le beau, dans le grand, dans le sublime, ce réalisme-là, les Raphaël, les Michel-Ange, les Rubens, seuls, en ont connu le secret. C'étaient de fameux réalistes ceux-là !

---

* Imprimé à la suite d'un compte-rendu de l'Exposition d'Anvers de 1858, par M. E. Van Malder, compte-rendu publié d'abord dans *l'École belge*, puis en brochure.

Le réalisme, disent les gens peu faits à l'argot des ateliers, le réalisme comprend l'absence de toute convention, de toute règle.

S'il en était ainsi, le tableau d'un réalisme pur devrait :

1° N'avoir point de bordure : cela détruit le vrai ; 2° point de trace de brosse ou d'outil quelconque : cela détruit le vrai ; 3° point de miroitement : cela détruit le vrai. S'il en était ainsi, le réalisme serait le *trompe-l'œil* purement et simplement. Or, si le trompe-l'œil exige l'absence complète de toute convention, de toute règle, il exige aussi qu'il n'y ait dans son ensemble ni faute de dessin, ni faute de modelé, ni faute de plan, ni faute de justesse de couleur, ni faute d'expression, ni faute de perspective linéaire ou aérienne, sans lesquels un tel tableau ne peut tromper.

L'avez-vous jamais vu, mon ami ? Vous est-il arrivé qu'une toile entourée d'une bordure dorée et pendue au mur fût une scène véritable de la nature? Que les personnages représentés parussent de véritables personnes auxquelles vous tendez la main ou ôtez votre chapeau? Non. Eh bien! croyez-le, si le réalisme était l'absence de toute règle, de toute convention, il faudrait alors les conditions du trompe-l'œil.

Le peintre qui remplira les conditions du trompe-l'œil n'est pas encore fondu.

# BOUTADES PHILOSOPHIQUES [*].

---

## I. CE QUE C'EST QUE LA MODESTIE [**].

> La modestie n'a été inventée que pour flatter
> l'amour-propre des hommes...    VOLTAIRE.

Parmi les nombreuses erreurs causées par l'habitude ou l'irréflexion, il faut remarquer l'aveugle admiration que nous professons pour la modestie.

Il faut bien distinguer, dit-on, la véritable modestie de la fausse. Préjugé! prévention! habitude de répéter, sans réflexion, et comme des perroquets, ce que nos pères nous ont appris.

Pour peu que l'on examine sérieusement la chose, l'on verra que de ces deux modesties que l'on distingue, il n'y en a qu'une : c'est la fausse!

La modestie, quelle que soit sa dénomination, n'est qu'une vanité adroitement déguisée, un moyen artificieux de s'attirer la louange des hommes. Celui qui est modeste est toujours supposé ignorer les qualités dont on le loue. Or, s'il ignore qu'il a de l'esprit ou du talent, on doit alors supposer qu'il a peu ou point de jugement, ce qui n'est pas vraisemblable, puisque, pour acquérir des talents, il lui a fallu se juger lui-même, et se comparer souvent aux autres. Il y a donc fausseté lorsqu'il parle de lui.

On se laisse trop souvent séduire par la modestie. Si l'on songeait qu'elle ne nous plaît que parce qu'elle flatte notre amour-propre, on s'irriterait contre elle, comme on se courrouce contre les courtisanes dont les sédui-

---

[*] Ces articles dont quelques-uns ont paru d'abord dans une petite revue satirique mensuelle, publiée à Liége, sous le titre : *La Commère*, ont été imprimés dans *le Précurseur* d'Anvers sous la rubrique de *Boutades philosophiques*, que nous leur laissons, en l'étendant à quelques écrits posthumes du même genre.

[**] *La Commère*, août 1842. *Le Précurseur*, 15 décembre 1846.

santes caresses ne sont combinées de telle sorte que pour tromper notre bonne foi.

La vanité nous porte trop souvent à condamner ceux auxquels l'enthousiasme ou la franchise fait oublier les convenances de la modestie.

Si un homme se lève et ose provoquer un rival à un combat d'esprit ou à une lutte quelconque, vous entendrez aussitôt cent voix l'accuser et l'accabler du plus profond mépris : c'est que ces hommes eux-mêmes sont pleins de vanité ; car s'ils n'étaient point vains, comment se sentiraient-ils blessés de la vanité qu'ils croient remarquer chez les autres ?

Convenons que la modestie ne nous paraît une vertu si belle que parce qu'elle chatouille agréablement notre amour-propre. Que si un homme de talent ou d'esprit, un homme à haute renommée, semble effacer votre mérite, vous vous sentez frappé dans votre amour-propre. — S'il se vante, vous saisissez cette occasion pour le punir de vous être supérieur ; vous le signalez comme un homme plein de vanité et d'orgueil. Mais que cet homme vienne vous serrer la main, et vous dise : « Ce n'est pas moi, Monsieur, qui ai du talent, c'est vous seul ; » votre amour-propre est satisfait, vous trouvez cet homme-là admirable, et vous êtes content de lui : — il est modeste !

C'est ainsi que nous nous surprenons les uns les autres, en flattant nos passions, et que nous témoignons de l'admiration pour une prétendue vertu, qui n'est, à vrai dire, qu'un *attrape-niais*.

---

## II. RECETTE POUR SAVOIR SI L'ON A DU MÉRITE[*].

Il nous est bien difficile de connaître l'opinion des autres sur notre propre mérite. Si nous nous fions aux vaines apparences que l'on nous montre, nous serons bien souvent trompés. Il nous faut donc avoir recours à quelques petits moyens familiers pour surprendre ce que l'on pense réellement de nous.

Un chasseur adroit et expérimenté doit prendre le gibier par son côté faible ; de même il nous faut prendre l'homme. On ne l'attrape pas, lui, cet animal que l'on dit raisonnable, au lacet, comme les grives ; à l'aide d'un morceau de lard, comme les rats.

*La Commère, août 1842. Le Précurseur, 15 décembre 1846.*

Non : l'endroit par où on le prend, c'est son amour-propre. C'est par là qu'il trahit sa pensée.

Si vous êtes écrivain, artiste, homme d'intelligence enfin, et que vous soyez quelque peu tenté de connaître l'opinion du public sur votre compte, ce que vous aurez à faire pour contenter votre curiosité ne sera pas bien difficile.

Supposons que vous ayez fait un ouvrage quelconque, que vous l'ayez livré au jugement du public, mettez-vous à l'affût, et voici les divers indices qui vous donneront la juste mesure de ce qu'on pense de vous :

Si la foule, en général, admire votre ouvrage, et s'extasie à son aspect ; si les hommes qui suivent la même carrière que la vôtre, font chorus avec les autres : — *mauvais signe, très-mauvais signe!*

Si tous ceux qui ont de l'esprit ou veulent en avoir vous font belle mine quand ils vous rencontrent dans la rue ; si l'on vous fait force compliments sur votre œuvre : — *mauvais signe!*

Si l'on dit de vous : c'est un bien bon garçon, c'est un homme bien modeste, un homme sans vanité, sans ambition : — *bien mauvais signe!...* *très-mauvais signe!... archi-mauvais signe!...* Vous êtes obligé alors de faire quelque chose de mieux pour amorcer un peu les amours-propres.

Si après cela, vous voyez çà et là quelque figure qui grimace en passant à côté de vous, si vous rencontrez *des gens d'esprit, des épiciers savants* qui ne vous saluent plus comme auparavant : — *bon signe!* le courage doit vous revenir.

Si vous apprenez que dans le public on lance des boutades contre vous ; que l'on vous trouve des ridicules : — *excellent signe! excellent signe!* Vous êtes en bon chemin.

Si tout le monde s'acharne contre vous, que des ennemis nombreux s'élèvent de toutes parts pour vous accabler; que l'on trouve détestable tout ce que vous dites, tout ce que vous faites ; que l'on vous accuse de vouloir faire du bruit, que l'on vous traite d'ambitieux, d'orgueilleux... alors, oh! alors vous avez intéressé le public sur votre compte, vous avez blessé *l'amour-propre* de beaucoup de gens, vous êtes devenu quelque chose, vous avez du mérite enfin.

NOTA. — Quand la voix de l'amour-propre blessé s'écrie : *C'est mauvais, c'est mauvais!* souvenez-vous toujours que cela veut dire : *C'est bien, c'est bien!*

### III. C'EST UN ORIGINAL*!

Quand on dit d'un homme : c'est un original, on n'a point l'intention de vouloir en dire du bien; on n'est pas soupçonné non plus de vouloir en dire du mal. — C'est une expression neutre et partant commode qui nous laisse la liberté de répondre sans rien dire, d'émettre une opinion sur quelqu'un sans nous exposer à des coups de bâton.

Cependant cette manière de parler, quelque innocente qu'elle paraisse, est le véritable écho de certaines passions qu'il n'est pas bien difficile à un observateur judicieux de deviner. — En un mot, elle annonce toujours un peu de vanité ou d'envie de la part de celui qui l'emploie.

C'est presque toujours à la suite d'un éloge fait sur quelqu'un que vous entendez dire ces mots : c'est un original.

S'il vous arrive de vous trouver dans ce cas, remarquez de quel ton et de quelle manière cela a été dit. Si aucun geste, aucune interjection ne s'est jointe à l'épithète qu'on vient de prononcer, si la voix s'est tenue dans un diapason assez modéré, et que la physionomie soit restée à peu près impassible, la personne qui aura dit : *c'est un original!* n'a senti là que le besoin de s'acquitter d'une réponse dans laquelle on ne peut distinguer que cette légère vanité commune à tous les hommes.

Si dans un cercle nombreux où l'on fait l'éloge de quelqu'un, on le loue à propos d'un fait spirituel ou satirique, remarquez celui qui partira d'un grand éclat de rire, et qui s'écriera : *Oh!... c'est un original!* On peut être certain que celui-là a éprouvé un vif sentiment de plaisir, mais un plaisir mêlé de regret, — celui de ne pas être l'auteur de l'idée ingénieuse ou singulière qui lui a arraché cette exclamation. Au milieu de cette explosion d'hilarité, il ne peut oublier qu'il approuve ainsi une idée qui appartient à un autre. Il lui rend hommage, mais cet hommage peint la situation de son cœur un peu chagrin. Il loue par ces mots insignifiants : Oh!... c'est un original!

Si, parmi la foule de ceux que vous aurez observés, il s'est trouvé une autre personne qui, avec une certaine indifférence, un sourire un peu amer,

* *La Commère*, août 1842. *Le Précurseur*, 19 janv. 1847.

ait dit : *C'est bien, mais... c'est un original!* celui-là, ne vous y trompez pas, c'est un jaloux ou un envieux; mais un envieux qui craint qu'on ne le soupçonne de l'être. Il répond par une approbation; pourtant, son amour-propre souffrant en secret, il se reprend aussitôt, et termine par une observation qui, selon lui, ne peut le trahir : Il dit : *C'est bien, mais... c'est un original!* Remarquez la différence entre *Oh!...* c'est un original, et *mais...* c'est un original. Le *oh* et le *mais* caractérisent ici les deux manières de déprécier. La première exprime bien le sentiment d'une admiration un peu jalouse; la seconde celui d'une envie qui n'ose se révéler.

Ami lecteur, si, en parlant de quelqu'un vous venez à dire : C'est un original! vous connaissez maintenant les nuances avec lesquelles cela peut être dit. Faites un retour sur vous-même, réfléchissez au ton, au geste que vous avez employé en prononçant ces mots, et vous saurez au juste quelle était la passion qui vous dominait en ce moment.

J'ai cru utile de publier les lignes qui précèdent; ce sont de ces petites observations qui nous apprennent quelquefois à nous juger nous-mêmes, lorsque nous avons l'intention de dire du mal d'autrui.

## IV. DE L'AVANTAGE D'AVOIR DES ENNEMIS [*].

Nous nous imaginons généralement que l'artiste ou l'homme de lettres, dans l'intérêt de ses succès et de sa gloire, doit, autant que possible, s'entourer d'amis.

Erreur!

C'est dans la haine, dans la rage de ses ennemis que le véritable homme de génie doit trouver ses plus belles inspirations.

Que celui dont l'ambition se borne aux jouissances de la vie matérielle, se fasse des amis; que ces amis soient des princes, des ministres; des journalistes, ou des marchands de tableaux; qu'il se regorge de tous les honneurs, de tous les dons que ces hommes adressent à son amour-propre ; que, se croyant arrivé au faîte de la gloire, il s'endorme, ainsi que l'insouciant animal qui s'engraisse de glands : j'y consens ; c'est la conduite que peut tenir un bon bourgeois, un honnête artisan.

[*] Le *Précurseur* du 19 janvier 1847.

Mais à l'homme qu'entraîne la passion de la gloire, à celui-là, il faut des ennemis, des ennemis nombreux.

Qui, mieux que nos ennemis, sait nous éclairer sur nos défauts ? Nos ennemis, en effet, sont les plus grands amis de notre gloire : l'œil constamment fixé sur nous, le moindre écart, la moindre bévue nous est scrupuleusement signalée ; pour eux nos œuvres ne sont jamais assez étudiées, assez travaillées, assez parfaites. Selon nos ennemis, nous manquons toujours d'imagination, d'esprit et d'éloquence ; selon nos ennemis, nous devrions sans cesse nous appliquer à nous montrer supérieurs à ce que nous sommes.

Si quelquefois nos ennemis sont injustes ; en revanche ils ne nous flattent jamais : faisons-nous mal ? ils nous accablent d'ironie ; faisons-nous bien ? ils redoublent de sévérité. En nous poursuivant sans cesse de leurs verges impitoyables, ils nous obligent, comme malgré nous, à faire de notre mieux, et, à force d'être scrupuleux et méchants, ils nous font faire souvent des chefs-d'œuvre.

C'est à ses ennemis que Boileau doit la perfection de ses vers. Aussi ne leur laissait-il aucun relâche ; sans cesse appliqué à blesser leur vanité par de nouveaux efforts, il se créait ainsi des stimulants qui jamais ne manquaient leur but.

O vous qui rêvez un nom immortel, faites-vous, à l'exemple de Boileau, de nombreux ennemis ; faites mieux encore : attaquez, frappez tous les hommes dans leur amour-propre, afin de les mettre contre vous. Montrez dans vos actions, dans vos œuvres une fierté, un orgueil, une ambition qui n'ait point de bornes ; marchez à pieds joints sur la modestie, cette fausse vertu qui mendie la louange.

Osez dire publiquement, ouvertement : « Je veux de la gloire, je travaille pour la gloire, rien que la gloire ; je serai grand, je veux être grand ! » Osez dire toutes ces choses, et bientôt vous verrez une foule d'ennemis surgir de toutes parts, et tous les hommes en général se sentiront pleins de colère contre vous, et ceux-là mêmes qui ne vous ont jamais vu, vous haïront de toute la force de leur âme.

C'est que vous aurez trouvé le secret, le véritable secret d'exciter leur haine ; c'est que vous aurez marché par-dessus la modestie.

Heureux alors d'avoir soulevé contre vous tant de colères et tant de haines, vous vous sentirez dans une position à ne plus reculer devant vos audacieuses paroles, vos ambitieux projets, vos défis orgueilleux ; il faudra marcher droit et ferme ! Car, blessée au cœur, la foule ennemie aura ramassé le gant ; elle vous demandera réparation de l'offense ; elle vous criera : « en garde, » elle vous sommera de vous armer de tout votre courage, de vous défendre de tous vos efforts ; c'est un combat à mort qu'elle vous livre, un combat de lion, un combat de tigre où il n'y aura point de quartier ; un combat où cependant il faudra triompher, riposter par des chefs-d'œuvre, puis des chefs-d'œuvre, puis encore des chefs-d'œuvre !

Donc, quelle puissance plus capable d'exciter tout ce qu'il y a en nous de courage, de force et d'énergie, que la méchanceté de nos ennemis !

Non, tous les diamants des princes, tous les banquets des amis, leurs discours flatteurs, leurs toasts bruyants, leurs superbes articles de journaux, ne peuvent faire vibrer plus puissamment les fibres du génie de l'homme vraiment né pour la gloire.

———

## V. COMMENT NAISSENT ET SE PROPAGENT LES FAUSSES NOUVELLES [*].

« L'esprit humain, a dit J.-J. Rousseau, par sa propension à accueillir le mensonge, semble être une terre ingrate et infertile, où l'absurde pousse et croît avec une vigueur de sève inouïe, tandis que la vérité a besoin, pour se développer, d'un travail âpre et constant, qui, le plus souvent même, reste infécond. »

A cela j'ajouterai qu'une vérité, quelque pure qu'elle soit, prend des formes ridicules, impossibles, odieuses, quand elle a passé dans les moules impurs de ces millions de bouches que l'on appelle le public !

Je pourrai en citer des centaines de preuves sérieuses : j'en prendrai une plaisante.

Un jour X. rencontre dans la rue son ami Z. — Eh ! bonjour, lui dit celui-ci : où vas-tu si vite? — Mon cher, répond l'autre d'un air contrarié, laisse-moi, ne m'arrête pas : une affaire très-pressante m'attend là-bas.

En effet, X. était pressé : une indisposition subite lui était survenue depuis quelques minutes, et le mettait dans la nécessité de rentrer chez lui au plus tôt. Cette indisposition eut des suites qui le retinrent une huitaine de jours au lit. — Pendant ce temps, voici ce qui se débitait sur son compte.

Ses amis se demandaient · « Mais où diable X. est-il fourré? — Je l'ai rencontré l'autre jour, dit l'un d'eux, mais il était si pressé que je n'ai pu l'aborder. — Où se rendait-il donc? — Que sais-je? Un rendez-vous peut-être... — Oh ! oui, oui, un rendez-vous ! » dirent les amis en gaîté.

[*] La Commère, juin 1842, et le Précurseur, 25 février 1847.

Bon ! voilà le commencement d'un cancan.

Quelqu'un, ayant entendu ce dialogue, communiqua le fait, qui, de bouche en bouche, progressa de la manière suivante :

PREMIÈRE PERSONNE. J'ai ouï dire que M. X. se rendait l'autre jour à un rendez-vous. Ma foi, on n'entend plus parler que de rendez-vous, que d'intrigues amoureuses, que d'enlèvements...

DEUXIÈME PERSONNE. J'ai entendu dire que M. X. avait commis un enlèvement... C'est sans doute la jeune dame A., sa voisine.

TROISIÈME PERSONNE. Il paraît que M. X. vient d'enlever Mme A.... Gare à lui si le mari l'attrape !...

QUATRIÈME PERSONNE. M. X. a enlevé Mme A. J'ai entendu dire que le mari l'avait attrapé.

CINQUIÈME PERSONNE. J'ai entendu dire que X. avait été surpris par un mari lequel l'avait tué.

SIXIÈME PERSONNE. J'ai entendu dire que X. venait de tuer un mari... On est sans doute à sa poursuite.

SEPTIÈME PERSONNE. Il paraît qu'on ne trouve M. X. nulle part... Cette absence m'a tout l'air d'un suicide...

HUITIÈME PERSONNE. J'ai entendu dire que M. X. s'était suicidé... Peut-être s'est-il jeté à la rivière.

NEUVIÈME PERSONNE. On vient de m'assurer que M. X. s'était jeté à l'eau... On a retiré hier un homme de l'Escaut... C'est sans doute lui !

DIXIÈME PERSONNE. On m'apprend à l'instant que le cadavre de M. X. a été repêché dans l'Escaut. Il avait probablement quelque mauvaise affaire à sa charge.

ONZIÈME PERSONNE. On m'a dit que M. X., se trouvant dans de mauvaises affaires, s'était noyé.... Mais c'est un mensonge : Je crois l'avoir aperçu sur la route de Bruxelles, voyageant en compagnie de M. Hique, de sa fille et de la mère Hique.

DOUZIÈME PERSONNE. Tout ce que l'on débite à propos de M. X. est faux. Ce qui est certain, c'est qu'il est parti pour l'Amérique. Mais sa faible santé ne lui permettra plus d'achever ce voyage, bientôt on apprendra sa mort !...

TREIZIÈME PERSONNE. Je viens d'apprendre, et le fait est positif, que M. X. est mort !...

Au même instant, M. X., plein de vie et de santé, ne se doutant de rien, parut aux yeux de celui qui proclamait son trépas. Il se promenait tranquillement sous les ombrages frais de la Place-Verte.

Alors les cancans s'arrêtèrent un moment. Bientôt pourtant, ils recommencèrent de plus belle ; mais ils prirent une autre direction. Je n'entreprendrai pas de les suivre : ce serait à n'en plus finir.

Qu'on me permette un dernier trait cependant :

Un soir, à une représentation dramatique, j'entendis près de moi un monsieur dire ces paroles à quelqu'un qui se trouvait à côté de lui : « — Désignez-moi l'homme le plus généralement estimé, l'homme que sa position, son caractère, sa vie entière mettent le plus à l'abri des traits de la malveillance, et je parie que d'ici à huit jours, je répands, sur son compte, l'accusation la plus stupide, la plus odieuse qui se puisse imaginer, accusation dont il lui sera impossible, quoi qu'il fasse, de se laver jamais. » — « Et que feriez-vous donc pour cela? » demanda avec stupéfaction l'interlocuteur de celui qui venait de mettre en avant cette affreuse vérité. — « J'entrerai dans le premier café venu, je raconterai le fait que j'aurais *inventé*, à cinq ou six personnes, d'une manière indifférente, comme le tenant de plusieurs bouches... Au bout de huit jours, toute la ville en retentira, chacun s'abordera pour en parler, vingt versions différentes circuleront, toutes plus exagérées les unes que les autres. La victime sera seule peut-être à ignorer ces bruits; et lorsqu'elle les connaîtra, il sera trop tard, le coup aura porté. D'ailleurs, comment se justifier? Comment remonter à la source d'imputations qui échappent à la vindicte des lois, par cela seul que les coupables forment cette société anonyme pour l'exploitation de la calomnie, que l'on appelle le public. »

Quant à moi, il ne m'est jamais arrivé de prendre pour des vérités les nouvelles qui courent les rues. Si ces nouvelles émanent d'un seul individu, je dis : c'est possible! Mais si elles viennent du public, je dis : c'est faux, faux, complétement faux!

---

Si un homme veut faire parler de lui, vous en voyez d'autres aussitôt qui s'en vont disant partout : « *Cet homme veut faire parler de lui.* » Ces derniers ne savent donc pas qu'en agissant ainsi, ils accomplissent les vœux du premier.

De quel côté est la sottise? [*]

[*] *La Commère*, septembre 1842.

# PLACARDS *

---

## I. PEINTURE INDEPENDANTE.

Jusqu'à ce jour, la peinture fut esclave, traitée comme marchandise, soumise à tous les caprices d'amateurs.

La peinture indépendante s'affranchit de ces servitudes ; elle brave l'influence de la mode, elle secoue le joug des fantaisies individuelles et des systèmes en vogue. Elle n'a en vue ni la décoration, ni l'ameublement ; le but de ses efforts n'est point le lucre ; elle vise aux qualités artistiques, elle cherche le beau et le vrai, consacrés par les siècles. En un mot, la peinture indépendante n'entre point dans le commerce et ne s'adresse qu'à l'intelligence.

---

* Nous réunissons sous cette rubrique, les divers morceaux que l'artiste avait écrits en caractères d'imprimerie, sur toile, sur zinc, ou sur papier, et qu'il avait affichés dans son atelier, comparant cette publicité à celle du Pasquino romain.

## II. APPEL A LA CRITIQUE.

La critique n'est qu'un besoin de l'amour-propre, a dit un philosophe, et la louange et le blâme ne sont que les vengeances de la vanité.

Quoi qu'il en soit, il faut, à propos de la critique, dire une bonne fois une chose importante, une chose qu'on n'a jamais dite, qu'on n'a jamais pensée, qui semble incroyable et qui cependant est vraie, une chose que l'on peut prouver, et prouver d'une manière irréfragable; cette chose, la voici :

*En peinture, l'absurde même se justifie.*

Quelle que soit la sagacité du critique, quelle que soit la justesse de ses observations, le peintre qui sait discuter et qui veut discuter battra en brèche toutes ses argumentations.

C'est qu'en peinture il n'y a pas de règles fixes; c'est que la règle, c'est le goût individuel; c'est que l'artiste qu'on attaque peut avoir sa règle à lui, sa règle qu'il s'est créée, sa règle que vous ne connaissez pas, sa règle que vous ne pouvez condamner cependant sans la connaître.

L'auteur de ces lignes fera, un jour, une expérience curieuse; il soutiendra publiquement deux thèses contraires; dans l'une, il prouvera que ses œuvres sont irréprochables; dans l'autre, que ses œuvres n'ont pas un pouce carré sans défaut.

Cela fait, il invitera les critiques à choisir la thèse qu'il leur plaira de défendre, sa tâche alors sera de les combattre victorieusement.

LA DISCUSSION ! LA DISCUSSION ! tel devrait être la réponse de tout artiste à l'attaque de tout critique. Mais d'ordinaire, le critique ne discute point, le critique a pour arguments les diatribes, les impertinences, les personnalités. Le critique a peur, il est craintif, il est poltron ; ce qu'il a à dire, il le dit à l'oreille, l'écrit dans un album, sur un mur à l'écart, ou dans un obscur journal où il sait qu'on ne lui répondra pas.

Est-ce à dire que tous les critiques soient ainsi faits? Non ; le véritable critique, le critique officieux, le critique utile, le critique qui se fait écouter, le critique que l'on aime et dont on peut tirer profit, c'est celui qui, sans façon, prend l'artiste à part, dans un petit coin, et, comme à un ami, comme à un frère, lui soumet ses objections et les discute avec lui.

Il faut que le peintre essaie les changements indiqués, qu'il les essaie en présence du critique même. Les corrections les mieux senties, les observations les mieux raisonnées ne sont appréciables qu'après le travail du pinceau, appréciation palpable du conseil.

Et qu'on ne pense pas qu'une appréciation rendue publique forme le goût public. Si l'application n'est point discutée, le doute est là, toujours là, et la foule, avec son gros bon sens, adresse à la critique ce mot peu français, mais énergique : BLAGUE !

L'auteur de ces tableaux attend le critique, le véritable ; il l'attend, la brosse à la main. Ses conseils seront strictement suivis, ses corrections nettement appliquées, toutes ses observations mises à profit. . . . . . s'il parvient à prouver qu'il a raison.

## III. ÉGALITÉ DES TÊTES HUMAINES.

Nous naissons tous avec les mêmes facultés. Il est entendu que nous exceptons les organisations incomplètes. Nous avons tous dans la cervelle ce qu'avait Cicéron, ce qu'avait Voltaire, ce qu'avait Michel-Ange.

Il n'est pas vrai que l'on naisse poète, peintre ou musicien. Le hasard, les circonstances, l'accident seuls font les hommes supérieurs.

Il en est tels que l'accident développe dès l'enfance, tels que l'accident ne développe point en soixante années de vie.

Voltaire écrivait à quinze ans, Jean-Jacques commençait à écrire à quarante.

Tout homme, non favorisé des circonstances, peut au moins espérer dans le temps.

*Le temps*, là est la question.

*Faire bien n'est qu'une question de temps*, avons-nous dit. Si vous êtes studieux, — et vous pouvez l'être, — n'est-il pas vrai que chaque jour vous apprend quelque chose? Reprenez l'œuvre que vous avez laissée, il y a dix ans, vous ferez mieux; reprenez-la dix ans plus tard, vous ferez mieux encore.

Vivre trente ans est une chance de succès ; vivre soixante est une chance plus grande encore. Vivre toujours serait le pouvoir d'accomplir des merveilles.

Ceux qui font vite et bien sont des hommes d'accident.

*Égalité des facultés en toute tête humaine !* Puissent ces paroles retentir jusqu'aux extrémités de la terre, exalter tous les esprits, stimuler ces milliers d'êtres nuls, qui ne sont nuls que parce qu'ils croient l'être !

La puissance humaine est ce qu'il y a de plus fort, de plus grand dans la nature.

L'idée de Dieu conçue dans le cercle de notre intelligence, n'est autre que l'idée de notre propre grandeur.

Dieu c'est l'homme !

Cessons de nous croire petits, cessons de nous humilier. Si le magicien qui roule en ses doigts tous les mondes nous montrait le double fond de ses gobelets, ses miracles ne seraient plus des miracles.

Étudions avec audace l'immortel prestidigitateur, suivons des yeux ses mouvements, ses tours de main ; à force de le voir faire, nous ferons aussi quelque chose.

Vous, qui avez trouvé le fil qui porte, en une minute, la pensée d'un pôle à l'autre, persévérez, vous trouverez bien d'autres fils.

Que, dans nos travaux, le sentiment de notre pouvoir illimité nous dise à chaque instant : Tu peux aller plus loin.

Nos pères, dans des siècles obscurs encore, tremblaient, criaient à l'impiété devant les découvertes de la science. O Galilée ! ô Vésale ! que n'eussiez-vous point fait, libres, et forts de nos convictions ! Dans le temps *bonhomme* où Raphaël et Michel-Ange, ces heureux enfants de l'accident, *travaillaient* comme des maçons, — l'œuvre terminée, la tâche remplie, tous les efforts étaient suspendus. Rien, rien ne révèle, dans les modestes ambitions de nos pères, cette voix intime qui dit : Efface, recommence et fais mieux.

Quand, dans l'avenir, des hommes d'accident seront mus par cette pensée, qu'il est possible de monter, de monter toujours, même jusqu'aux cieux, la gloire de nos aïeux alors sera bientôt éclipsée.

*Effacer sans cesse, chercher sans cesse à faire mieux,* telle est la devise qu'inspirent les grandes révélations de notre siècle et ses merveilleux progrès. Méprisons les reproches lancés par les timides, au nom de la modestie. La modestie n'est qu'une fausse vertu inventée pour flatter l'amour-propre d'autrui. Oublions ces petitesses.

Tout homme est fort, grand, puissant ; tout homme peut quand il veut ; tout homme contient un grand homme.

Pour nous, bien convaincu qu'au temps, sinon à l'accident, est due la perfection des plus grandes choses, nous osons dire : Donnez-nous le temps, et nous créerons un nouveau soleil.

Notre foi dans la force humaine sera, un jour, nous l'espérons, partagée de tous.

Niera-t-on, par exemple, que l'humanité toujours progresse?

Le chef-d'œuvre de la création, l'homme, n'est pas encore achevé.

La nature sans cesse travaille... Pour elle aussi :

*Faire bien n'est qu'une question de temps.*

---

### IV. LA PETITE BORNE DE QUIÉVRAIN.

Nos voisins ne manquent jamais, quand ils en ont l'occasion, de chercher à nous humilier un peu. C'est que, sur la petite borne de Quiévrain, ils voient sans cesse écrits ces mots :

Côté du Midi :

« Intelligence, aptitude, lumière, arts, science, industrie, honneur, gloire... »

Côté du Nord :

« Ignorance, incapacité, abrutissement, barbarie, ténèbres... »

La grande nation n'aurait-elle pas des préjugés de bonne femme? Les étrangers, pour elle, sont-ils des monstres avec de longues queues et de longs poils sur le dos?

Nous pardonnons volontiers ce petit travers à nos voisins, en faveur de leur gentillesse, de leur politesse et de leur esprit. Mais nous sommes choqués de l'influence de la borne de Quiévrain sur les hommes de haute intelligence.

M. Victor Hugo, le grand poëte, en parlant des « peuples dans les ténèbres » , s'exprime ainsi :

« Qui sont-ils? Quelle langue parlent-ils? Quels livres ont-ils dans les » mains? Quels noms savent-ils par cœur? Quelle est l'affiche collée sur les » murs de leurs théâtres? Quelle forme ont leurs arts, leurs lois, leurs » mœurs, leurs vêtements, leurs plaisirs, leurs modes? Quelle est la grande » date pour eux comme pour nous? — 93! »

Permettez-nous, Monsieur, de vous parler de l'Homme; de vous dire, selon nous, ce qu'il est, ce qu'il sera.

Dieu jeta l'homme sur la terre comme une poignée de grains dans le sillon. Çà et là, les graines commencent aujourd'hui à germer. Mais les unes ont beaucoup de soleil, les autres moins ; celles-ci sont à l'ombre, celles-là se trouvent sous des flots de lumière. En voici dans un coin aride, en voilà dans un coin plus fertile. C'est la situation du moment. C'est notre époque. Mais attendez. Voilà les germes qui poussent, les voilà qui grandissent, les voilà qui s'élèvent, qui franchissent les sillons. C'en est fait. L'obstacle qui gênait, l'obstacle qui faisait ombre, qui faisait l'inégalité des germes, a disparu. Toutes les tiges deviennent grandes, toutes deviennent belles, toutes resplendissent. Elles jouissent toutes également de la même atmosphère, de la même lumière, du même niveau. Le soleil enfin luit pour toutes. C'est l'époque où l'homme arrive à sa haute destinée.

Eh bien, Monsieur, avant cette époque, que faites-vous? Vous insultez la graine dans le sillon ; vous méprisez l'embryon qui demain peut-être sera plus avancé que vous, plus grand que vous, plus élevé que vous ! Vous êtes fier, petit brin d'herbe, parce que vous avez le côté du soleil, le côté qui fait germer un peu plus tôt ! Pitié ! pitié !

Quand vous parlez de la grande date, Monsieur, c'est le grain d'orge qui se vante, le grain d'orge qui dit à d'autres grains d'orge :

Eh ! voyez donc ! moi ! comme je germe !

Ah ! mon cher poëte, nous voyons l'homme, nous, bien autrement grand. L'homme, cette puissance immense, cette puissance sans limite !...

Dans dix mille ans, dans cent mille ans, dans un million d'années, dans cent millions d'années peut-être, l'homme aura bien une autre *grande date !* L'homme aura ri, ri, entendez-vous, de tout ce que nous pensons, de tout ce que nous faisons, de tout ce que nous disons, de tout ce que nous écrivons, de tout ce que nous appelons gloire, honneur, magnificence, héroïsme, arts, science, beauté, puissance, grandeur, merveille. L'homme aura oublié l'homme. L'homme aura lutté avec Dieu, surpris ses secrets, compris ses miracles, fait jouer seul ses machines. L'homme aura franchi les cieux, enjambé les espaces, les mondes, les soleils. L'homme, qui sait? aura bouleversé toutes choses pour devenir à son tour créateur!

Quand on songe à cela, Monsieur, quand on se met à ce point de vue de l'homme futur, à ce point de vue où la terre est petite comme une noix, que deviennent, je vous prie, vos *affiches collées sur les murs de nos théâtres*, que deviennent les *vêtements*, les *modes*, les *chapeaux*, plus ou moins ridiculement tournés, que chaque année vous nous fournissez? Que devient, devant cet avenir sans limite, la borne, la petite borne de Quiévrain?

## V. BRUXELLES CAPITALE ET PARIS PROVINCE.

On sait ce que c'est qu'un effet de boule de neige : grosse d'abord comme le poing, la boule grossit, à mesure qu'on la roule

Ainsi naissent et grandissent les villes.

Une maison a une sorte d'attraction qui en appelle une autre, deux maisons en appellent quatre, quatre en appellent huit : l'attraction qui existe entre les habitations, c'est la nécessité, ce sont les besoins de la vie qui en sont cause ; plus le nombre d'habitations aura grandi, plus les besoins seront nombreux, plus grande sera l'attraction.

Là où il y aura le plus grand nombre d'hommes, là brilleront avec le plus d'éclat l'industrie, le commerce, les arts, les sciences, les lettres, là toutes les splendeurs humaines seront attirées comme par enchantement, toutes viendront s'y fixer.

Divisez Paris en cinq ou six villes, dispersez ces villes, çà et là et Paris aura perdu toute sa force, toute sa puissance, tout son rayonnement, tout son prestige.

L'union fait la force.

Tout le monde sait cela, cela n'est pas nouveau et nous en sommes charmés, notre tâche sera facile.

Donc, une grande réunion d'hommes, c'est tout le secret qui fait la puissance, la prospérité des grandes villes. Retenons bien cela.

Cela posé, cela convenu, quels seront les moyens d'agrandir les villes ? Les moyens faciles, prompts, efficaces ?

La cause puissante de l'agrandissement des villes, chaque jour nous la touchons, nous marchons dessus et nous ne la voyons pas.

Quand, dans vos promenades, dans vos courses d'affaires loin du centre de notre ville, vous rencontrez des constructions nouvelles, n'avez-vous rien remarqué dans les espaces vides, dans les espaces laissés entre les groupes de maisons ? Non, vous n'avez rien vu, car vous êtes de la classe indifférente des hommes préférant le repos à l'étude, le sommeil à la réflexion.

Eh bien ! là où vous n'avez rien vu, se passe un phénomène curieux. Ces briques, ce mortier, ces amas de matériaux propres à la bâtisse, savez-vous qui les amène là ? Voyez ce colosse dont la tête est dans les nues, un de ses pieds posé près de ce groupe de maisons et l'autre près du groupe opposé. Ce géant, qui se tient ainsi à califourchon sur l'espace, c'est le démon de l'industrie, toujours veillant, toujours actif; il a horreur du vide; c'est lui qui couvre ce sol de briques et de pierres ! C'est lui, toujours lui, qui échelonne les maisons que vous voyez le long des routes, le long des projets de rues, aux abords des lieux habités; c'est lui qui sème ces maisons nombreuses, qui semblent se tendre les bras et faire la chaîne pour porter secours à celles qui sont éloignées.

Voici un groupe de maisons. A 600 mètres de là, on y établit une place. Cette place est destinée aux promenades, aux fêtes publiques. On y va, on s'y promène; mais en s'y promenant, on se fatigue. On veut se reposer, se rafraîchir. Que faire? Pas de cafés, pas de restaurants. Attendez; ne vous découragez pas; dans un mois, dans quinze jours, vous aurez cela. Le démon de l'industrie a pensé à vous, comme il pensera à bien d'autres.

Voilà une maison ; en voilà deux, en voilà trois. Cette population isolée, à son tour, a de pressants besoins. Le tailleur, le bottier, le boulanger sont éloignés. Vite, notre géant de l'industrie à l'œuvre ! Il bâtit, il échelonne, il accumule des maisons, et voilà tailleurs, bottiers, boulangers, bouchers remplissant l'espace. Au centre de la ville, ils étaient coudoyés, enviés, jalousés par des concurrents du même métier. Ils y croupissaient, y languissaient, mouraient de faim; maintenant, les voilà dans la nouvelle rue, bien large, bien aérée; ils se portent bien. La pratique va mal ; mais attendez, elle ira mieux ; puis elle ira bien ; car les maisons sans cesse se multiplient. L'attraction, vous le savez, va toujours son train. Il y a un an, il n'y avait rien. Cette année, la rue se dessine ; dans peu de temps, la rue sera prospère. Évidemment, les maisons sont douées de sexes différents ; il y a des accouplements.

Quelle est la cause d'un pareil résultat? La distance. Cela vous étonne? Oui, la distance. La distance a produit tout ce phénomène.

Cela dit, qu'on nous permette d'adresser à la ville de Bruxelles cette apostrophe :

Vous vous appelez capitale de la Belgique; votre position géographique est belle ; celle que vous occupez dans l'industrie et les arts est plus belle encore; osez dire ceci et sans trembler : Je veux être capitale de l'Europe.

—Cela vous fait sourire, lecteurs, c'est bien; mais permettez-nous de continuer.

La grande réunion d'hommes, avons-nous dit, c'est le secret qui fait la force, la puissance, la splendeur des villes.

Voyons, Bruxelles contient 300 mille âmes ; c'est un foyer d'attraction sur toute la Belgique.

Paris contient un million d'âmes ; c'est un foyer d'attraction pour une partie de l'Europe.

Eh bien ! si Bruxelles veut dominer l'Europe, il faut qu'il amasse trois ou quatre millions d'âmes dans son sein.

Pour accomplir cette grande œuvre, nous avons donné le moyen matériel : ménager la distance, espacer les habitations. Mais pour compléter ce grand travail, d'autres soins, ceux qui appartiennent à l'intelligence, seront nécessaires. Nous ne dirons, en passant, qu'une chose du ressort de l'homme d'État : il faut une loi, une loi qui oblige le riche bâtisseur à garder les distances voulues. Qu'on ne se récrie pas contre une telle loi ; elle ne serait pas plus arbitraire, pas plus vexatoire que celle qui m'oblige à céder mon jardin, mon champ, ma maison aux empiètements d'une route, d'un chemin de fer, établis dans un but d'intérêt public.

Nous laissons aux gouvernants, aux savants économistes, aux grands industriels, le soin de méditer sur cette matière.

Quatre millions d'hommes réunis à Bruxelles ! Cela paraît extravagant, cela paraît impossible.

Attendez. Voici mon plan, voici ce que je veux.

Prenez cette carte de la Belgique, jetez un coup d'œil sur l'ensemble : que remarquez-vous ?

De grandes et nombreuses villes, rapprochées les unes des autres, liées par des chemins de fer. Bruxelles, Anvers, Malines, Gand s'enlacent de leur longs bras de rails et semblent s'étreindre comme des membres d'une seule famille. Tout ce que vous venez de nommer de villes, tout ce que vous venez de voir d'espace entre ces villes, toute cette étendue que voyez, c'est mon plan, mon nouveau plan de Bruxelles capitale, capitale de l'Europe.

Malines, Anvers, Gand sont des jalons, des groupes d'attraction ; ces groupes déjà liés par les chemins de fer ; ces ébauches de rues déjà arrêtées, que nous reste-t-il à faire ?

Secondez l'opération mystérieuse de la propagation ; échelonnez vos palais, vos maisons ; riches constructeurs, bâtissez de Bruxelles à Malines, bâtissez de Malines à Anvers, bâtissez d'Anvers à Gand ; étendez-vous, que craignez-vous, gens à fortune ! Craignez-vous des vides, du vide dans vos affaires, du vide dans vos relations ? Aveugles ! Votre surface s'élargissant, c'est la boule de neige qui progresse, c'est ouvrir vos bras à de nouveaux avantages, c'est ouvrir vos bras pour mieux saisir tout à la fois toutes les puissances, toutes les grandeurs, toutes les gloires, tous les plaisirs, tout le luxe dont Paris est si fier. Étendez-vous, étendez-vous, dis-je : comprenez tout ce qu'il y a d'électrique, de magique dans la réunion d'un grand nombre d'hommes, — la boule de neige toujours; — vos quatre millions d'hommes réunis, c'est une montagne d'aimant où viendront se précipiter toutes les richesses de la terre.

Ériger Bruxelles en capitale de l'Europe, cette idée demande certains développements; nous les donnerons plus tard, si le ciel nous prête vie. Il sera facile de nous faire des objections : il nous sera plus facile encore d'y répondre.

Maintenant, nous avons un petit compte à régler avec les hommes en général, avec nos compatriotes en particulier.

A ceux qui nous diront : Votre projet est inexécutable, votre projet est insensé, votre projet est absurde, vous rêvez, vous êtes fou, — à ceux-là, nous répondrons :

L'homme, savez-vous ce que c'est que l'homme? L'homme est ce qu'il y a de plus faible, de plus timide, de plus chétif, de plus défiant, de plus paresseux, de plus poltron, de plus méchant, de plus obstiné, de plus entêté, de plus bête sur la terre! Mais touchez un certain ressort logé dans la tête de l'animal, et vous avez ce qu'il y a de plus généreux, de plus audacieux, de plus intelligent, de plus puissant dans la création. Le ressort qui transforme ainsi l'homme, qui le fait passer de la faiblesse à la force, de la crainte à l'audace, de la bêtise à l'intelligence, savez-vous ce que c'est? C'est la révélation de sa propre puissance, c'est la conviction profonde qu'il peut quand il veut, que sa volonté est plus forte que le feu, plus forte que l'eau, plus forte que l'air, et qu'elle doit le conduire jusqu'aux étoiles.

Orgueil! orgueil! vous écriez-vous.

De l'orgueil! Ah! que nous sommes heureux d'en parler à vous, chers contemporains! à vous surtout, chers compatriotes!

L'orgueil que vous signalez avec horreur, l'orgueil que vous jetez à la face de tout ce qui travaille, de tout ce qui s'élève, de tout ce qui rayonne; l'orgueil qu'une sotte morale condamne, qu'une sotte sagesse condamne, qu'une sotte modestie condamne, l'orgueil que vous traitez de vice, de péché même, n'est pas, croyez-le, si monstrueux, si abominable que vous le dites; l'orgueil, c'est tout ce que l'homme a de force et d'énergie au cœur, à la tête, aux entrailles; l'orgueil c'est une vertu, entendez-vous, une vertu sublime; c'est elle qui distingue l'homme penseur de l'homme paresseux, l'homme créateur de l'homme qui ne crée point.

L'orgueil est d'origine divine.

Dieu donna à l'homme la raison, à la brute l'instinct; la raison, à l'homme, l'instinct à la brute amenèrent, au commencement du monde, les mêmes résultats : l'homme et la brute mangeaient, buvaient, dormaient. Il y a avait égalité parfaite entre l'homme et la brute. Cette égalité, Dieu s'en aperçut! Il voulut relever l'homme, lui donner le désir de créer, comme lui, les œuvres grandes, sublimes; il voulut enfin qu'il lui ressemblât, et, puisant dans son sein une brillante étincelle, il l'appliqua au front de l'homme. Cette étincelle, c'était l'orgueil.

L'orgueil n'est donc pas tant à dédaigner. Moralistes imbéciles et timides, Dieu l'a partagé avec nous : Dieu peut-il nous reprocher l'abus de l'orgueil, lui qui fait tant de gigantesques soleils, tant de gigantesques choses, resplendissantes de la plus orgueilleuse magnificence ?

Dieu, c'est l'orgueil même dans sa manifestation la plus sublime.

Revenons maintenant à notre projet. C'est à ceux qui sont doués d'une trempe vigoureuse, à ceux dont la tête est de fer, la cervelle de flamme, à ceux dont l'œil ardent pénètre l'avenir, à ceux dont le regard mesure fièrement l'espace de la terre aux cieux, et osent dire : Nous y arriverons, — que nous soumettons notre plan.

Les hommes qui nous liront, qui nous comprendront, seront-ils de ceux qui ont en main la pâte du pouvoir? Hélas! pouvons-nous l'espérer? Le grand nombre n'est-il pas celui des niais, des engourdis et des trembleurs? Qu'espérer, par exemple, de ce M X..., cette manière de dindon castrat et ventru? Son abdomen à lui est le pays tout entier. C'est pour lui qu'il propose une loi, qu'il défend un intérêt quelconque. Qu'espérer de cet homme qui dit, en voyant une colonnade grecque : « Qu'est-ce que c'est que ça? » en voyant l'Apollon et la Vénus : « Qu'est-ce que ces bons hommes?»

Chers compatriotes, l'enthousiasme vous manque, l'exaltation vous manque, l'amour de votre pays vous manque, la révélation de vos propres forces vous manque. Voyons! un peu d'orgueil, s'il vous plaît! Vous pouvez être un grand peuple, un grand peuple par l'intelligence : vous pouvez faire de grandes et belles choses, glorieuses pour vous, glorieuses pour l'humanité; vous avez tout ce qu'il faut pour cela, sauf ce que je viens de signaler. Vous vous prosternez devant vos voisins. Enfants! les hommes sont des hommes partout. Qu'ont-ils donc de plus que vous, vos voisins? La vivacité, la légèreté, l'initiative, le feu de paille? Vous avez la gravité, la méditation, la persistance, le feu qui fait les grandes œuvres.

Vous voyez le Parisien remuer, travailler, édifier sans cesse: vous le croyez plus intelligent que vous, plus habile dans les arts, les sciences, l'industrie. Prévention ridicule! prévention qui fera éclater de rire les races futures! Innocents! ne voyez-vous pas que Paris, gonflé de gloires étrangères, ne doit son grand luxe, son grand nom, ses sciences qu'à une cause : LA RÉUNION D'UN MILLION D'HOMMES ?

Allons donc, habitants de la Belgique! réunissez-vous aussi, vous aurez du mouvement, de la vie! des fêtes, des monuments, des théâtres, des acteurs, des chanteurs, des danseurs. Et la foule, la foule des poètes, des peintres, des musiciens, qui accourront! Des palais de verre, des palais de fer, des musées, des expositions, artistiques, industrielles, universelles, et tout cela plus beau, et tout cela plus grand, et tout cela plus splendide dans votre ville immense, votre ville monumentale, votre ville aux quatre millions d'habitants, que dans Paris qui vous étonne, ce Paris infect, aux ruelles sales et gluantes, où près du luxe la misère grouille, où la faim dévore.

Allons! vite, à l'œuvre, tracez-moi des rues! Jetez-moi des ponts! De l'enthousiasme, de l'enthousiasme! Arrière la raison! arrière la sagesse, arrière le bon sens! Merveilles du monde, merveilles des arts, merveilles de tous les temps! Pyramides, temples, statues! Jupiter de Phidias! Coupole de Michel-Ange! Vous tous, chefs-d'œuvre immortels, à qui devez-vous le jour? Est-ce à la froide raison? est-ce à la timide sagesse? Non. C'est à l'enthousiasme, c'est à l'audace, c'est à l'orgueil, c'est à l'exaltation, c'est à l'héroïsme, c'est à l'amour de la gloire.

Allons, Bruxelles! lève-toi; deviens la capitale du monde et que Paris, pour toi, ne soit qu'une ville de province.

« L'homme a toujours raison, a dit Voltaire, quand il parle seul. Mais la critique ne paraît une chose juste, qu'alors qu'elle a triomphé des raisons qui lui ont été opposées. »

M. Wiertz offre pour prix un de ses tableaux, à l'écrivain, poëte ou journaliste, qui, en sa présence et en présence d'hommes compétents en matière de peinture, saura faire de ses œuvres exposées, une critique capable de renverser les objections de l'auteur, fondées sur les principes de l'art.

Il pense comme Diderot, que tout critique qui recule devant un défi de cette nature, « peut être regardé ou comme un homme méchant, ou comme un ignorant ou un poltron[*]. »

—

Avis. — Monsieur Wiertz offre de faire gratuitement des tableaux pour les amateurs de peinture qui, possédant un Rubens ou un Raphaël. — véritables, — voudraient placer son œuvre pour pendant à l'un ou l'autre de ces maîtres[**].

—

Monsieur W. demande un domestique sachant peindre des accessoires du moyen-âge, faire toutes les recherches, etc., etc., telles que, etc, etc.[***].

[*] Imprimé sans date sur une grande affiche.
[**] Annonce publiée dans les journaux.
[***] Annonce publiée dans les journaux.

# FRAGMENTS SUR LE BEAU

— En 1851, Wiertz écrivait :

« J'ai résolu d'apporter, pour ma part, une page à l'œuvre qu'accompliront un jour des hommes de talent et qui aura pour titre : *Grammaire des peintres*.

» J'ai fait un recueil d'observations sur les causes qui constituent le beau chez les plus grands maîtres. Ce que Raphaël, Michel-Ange, Rubens, etc., ont *senti*, sera érigé en principes.

» Ce travail sera publié prochainement sous ce titre : *Du Beau dans l'art de la peinture*. »

(Salon de 1851, p. 250 du présent volume.)

Cette idée avait préoccupé l'artiste toute sa vie.

Il avait écrit sur un carnet : « Écrire ce livre : *Des Causes qui constituent la beauté, suivi de la théorie de la peinture*. » Et ailleurs : Écrire ce livre : *Ce qu'étaient les peintres anciens, ce que doivent être les peintres modernes*. — Ailleurs encore : *Les Tableaux des maîtres corrigés*. — *Les règles fixes du beau*.

Ce livre devait contenir une théorie complète de la peinture. Les fragments qui en sont restés peuvent en donner à peine l'idée, car l'auteur n'a guère abordé les détails de son sujet. Des morceaux qu'on trouvera ici, les uns ont été rédigés en vue de cet ouvrage et ils avaient déjà été communiqués à quelques amis; les autres, d'une date plus ancienne, doivent être considérés comme des essais ou des fragments, se rapportant à cet ensemble d'idées, mais qui auraient subi une rédaction nouvelle pour entrer dans la *Grammaire des peintres*. D'autres, enfin, remontent plus loin encore. On pourrait assigner des dates approximatives à ces rédactions diverses : les fragments de la première époque dateraient de 1810 à 1848, ceux de la seconde se placeraient entre 1850 et 1858, et les derniers auraient été rédigés vers 1860.

# DU BEAU

— FRAGMENTS INÉDITS —

. . . . . . . . . . . . . . . . . . .
. . . . . . . . . . . . . . . . . . .

Que faut-il faire pour donner à la peinture une impulsion nouvelle? Que faut-il faire pour ramener nos artistes dans la bonne voie, pour soutenir la gloire de notre ancienne école belge? Voilà les questions dont chacun se préoccupe aujourd'hui.

Ces questions, notre ministre de l'Intérieur lui-même semble les poser; M. Rogier, toujours prêt à seconder notre développement intellectuel, vient d'adresser au Roi un rapport du plus haut intérêt pour l'avenir artistique de notre patrie. Nous y remarquons le passage suivant :

« L'art est menacé de s'égarer ou de se perdre, lorsqu'il n'a pas un point de départ solide et qu'il n'est pas garanti du faux goût par un système d'études fortes et classiques. »

Nous avons souvent dit notre pensée sur l'enseignement de l'art. Mais il est des choses que l'on doit répéter sans cesse. Nous sommes toujours avides de connaître ce qui féconde nos intérêts, grandit notre gloire; mais nous restons sans énergie lorsqu'il faut mettre à profit un avis salutaire.

Le jour où des hommes puissants le voudront, l'école des arts, en Belgique, sera la première école du monde. Nous n'avons point la prétention de dire ce qu'il faut pour cela; nous exposerons seulement quelques idées qui pourraient conduire à ce résultat.

Une jeunesse nombreuse, ardente, se lève de toute part, dans notre patrie ; partout elle brûle de ce feu artistique dont le sol belge semble être le foyer.

Que manque-t-il à ces plantes pleines de sève? Une culture intelligente [1].

.   .   .   .   .   .   .   .   .   .   .   .   .   .   .   .   .

## PREMIERS FRAGMENTS.

### I [2]

#### MÉTHODE POUR JUGER DU MÉRITE DES OEUVRES DE PEINTURE.

Est-il réellement possible de porter un jugement équitable sur une œuvre de peinture?

Je crois avoir résolu cette question dans une brochure publiée à l'occasion de l'Exposition de 1851.

Une cause bien simple, bien facile à comprendre, nous porte sans cesse à formuler les jugements les plus contradictoires sur les ouvrages d'art.

Cette cause, la voici :

En peinture, on n'a pas encore déterminé de règles fixes sur le beau.

Les règles n'existant point, l'appréciation des ouvrages de peinture est soumise au caprice, à la fantaisie, au goût particulier.

Celui qui écrirait aujourd'hui *homme* de cette manière : *om*, ou bien *femme* : *fam*, serait considéré comme peu versé dans l'art d'écrire.

En peinture, il n'y a point d'orthographe; les idées les plus fantastiques, les plus grotesques, les plus absurdes même, sont admises, dans la théorie comme dans la pratique. Nous avons le triste avantage, non-seulement de ne pas être blâmés, quand nous écrivons *om*, *fam*, mais de trouver encore des admirateurs et des enthousiastes.

La cause de ce mal, c'est que personne, jusqu'à ce jour, ne s'est donné la peine de fouiller les secrets des grands maîtres, de

[1] Rédaction de la 3ᵉ époque.
[2] Rédaction de la 2ᵉ époque.

mettre en ordre leurs principes et d'en former une sorte de *gram-maire* que tout le monde puisse consulter.

En attendant l'achèvement d'un travail qui aura pour but de révéler les causes matérielles qui produisent le beau en peinture et de ramener toutes les opinions vers le même sentiment du beau, voici quelques lignes qui pourront servir de guide dans l'appréciation des ouvrages de nos peintres.

## II [*]

### DES RÈGLES DU BEAU.

Le beau ne peut avoir de règles. — Il est impossible, dit-on, d'établir des règles fixes sur le beau. — Chacun sent différemment le beau, dit-on encore, donc impossible d'établir des règles... Sans qu'un seul homme se soit avisé, depuis des siècles que cela se répète, de réfléchir un instant sur les causes qui produisent en nous le sentiment du plaisir dû à l'aspect de certaine forme, de certaines couleurs.

A ces objections nous répondons :

Il n'est point d'effet sans cause ; tout a des lois dans la nature.

Cette seule réflexion eût dû arrêter court ceux qui affirment, avec une sorte d'entêtement, que le beau est une chose qui se sent et ne peut s'expliquer.

Voici ce qui prouve encore que l'on peut établir des règles sur le beau :

Y a-t-il deux choses, dans la nature, parfaitement égales de couleur ou de forme ? — Non. — Donc, il y a toujours une chose préférable à l'autre.

Le beau n'a point de règles, parce que personne n'a songé à en établir. Chacun sent différemment le beau, parce que l'on est bien forcé d'apporter ses appréciations individuelles là où l'enseignement nous manque.

L'appréciation du beau est une science qu'on ne possède point d'instinct ; c'est une science qui doit être enseignée.

Le Nègre ne trouve beau que le Nègre, le Chinois que le

[*] Rédaction de la 5e époque.

Chinois ; c'est qu'il manque à ces peuples l'enseignement du beau.

Tout l'univers, un jour, reconnaîtra les règles de la beauté, comme il reconnaît déjà celles de la géométrie et de la perspective. Avant les lois sur la justice, chacun comprenait la justice à sa manière. En ces temps barbares, ne devait-on pas dire aussi : « Chacun sent différemment ce qu'on appelle justice ; donc, il est impossible d'établir des lois sur la justice ? »

Avant de juger par les règles, nous jugeons par le sentiment.

J'ai vu une peinture antique représentant un bloc carré ainsi dessiné :

C'était de la perspective de sentiment.

Aujourd'hui, nous disons encore le sentiment du dessin, le sentiment de la couleur. C'est un reste de barbarie. Il n'est pas rare de voir un peintre tracer les contours d'une tête telle que celle-ci :

et vous dire : Voilà comme je comprends une belle tête de Vénus, voilà comme je sens la beauté parfaite.

Quand vous connaîtrez les règles du beau, comme vous connaissez celles de la perspective, quand vous connaîtrez les *pourquoi*, les *comment* en vertu desquels cette tête n'est pas belle et ne peut être celle d'une Vénus, vous comprendrez alors que votre instinct, votre caprice, votre fantaisie doit céder à une saine logique et ne peut s'opposer à des raisons basées sur des lois immuables.

Ces lois existent, ces lois subsisteront tant que nos sens resteront dans les conditions prescrites par la nature.

Cette logique est tout le secret des grands maîtres dans le choix des formes qui constituent le beau. Expliquer le *pourquoi*, c'est fixer la règle.

Voici une jambe de la Vénus de Médicis. Mille contours peuvent être rapprochés de celui de l'artiste grec. Pourquoi l'habile sculpteur a-t-il choisi la ligne qu'il nous a laissée ? Pourquoi le savant ciseau n'est-il pas allé au-delà, n'est-il pas resté en deçà ?

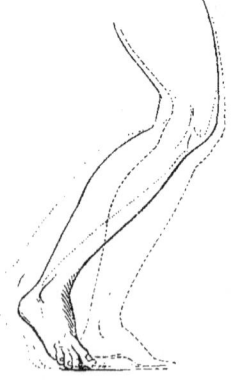

Les nombreuses définitions du beau, données par les savants, sont restées stériles ; elles sont restées sans fruit pour l'art ; pourquoi ? Parce que ce ne sont point de vagues définitions qu'il faut aux artistes, mais bien des démonstrations palpables, des contours exacts, des formes justifiées par des raisons claires, incontestables, appuyées sur des *parce que* répondant à tous les *pourquoi* possibles *.

Quand Platon a dit : Le beau est la *splendeur du vrai*, ce philosophe n'a rien révélé et n'a rien fait pour l'art. Il devait ajouter à sa définition la démonstration ; il devait prendre un crayon, tracer des lignes et dire : Voici ce qui exprime la splendeur, voici ce qui exprime le vrai, voici enfin ce qui exprime le beau.

Une seule phalange de Phidias nous en apprend davantage sur le beau que toutes les définitions des savants et des philosophes.

Les règles du beau, dit-on encore, amèneraient inévitablement de la monotonie dans les œuvres d'art.

Erreur !

DE LA BEAUTÉ EN PEINTURE **.

Expliquer les véritables causes qui constituent la beauté a toujours été chose difficile. Nous avons vu des philosophes, des physiciens, établir là dessus les théories les plus contradictoires. Parmi les diverses opinions émises sur l'origine du sentiment du beau, peut-être pourrions-nous admettre celle-ci : que nos sens, ayant sans cesse besoin d'une certaine excitation, d'un certain plaisir, nous qualifions de beau, d'agréable, ce qui remplit le mieux ce but. — En supposant que ce soit un besoin de notre organisation que la recherche constante de ce qui plaît, soit aux yeux, soit à l'ouïe, il n'est pas moins difficile d'expliquer pourquoi une chose plaît, pourquoi elle ne plaît pas. L'éducation, les circonstances de la vie, le pays où l'on vit, la mode, tout enfin modifie nos goûts et notre façon de juger et d'apprécier les choses. À mesure que nous avançons dans la vie, nos goûts changent et s'éloignent, pour ainsi dire, de la nature. Si nous considérons l'enfant pris à cet âge où ni l'habitude ni la conversation n'ont encore formé le jugement, nous le verrons donner le nom de beau aux choses qui auront frappé ses organes dans les simples conditions que la nature exige pour produire le plaisir. Ainsi, des couleurs vives et brillantes, le son bruyant du tambour, celui de la trompette sont, pour les organes encore vierges de l'enfant, des choses belles et agréables. Si son éducation est négligée, que plus tard il vive un peu éloigné du commerce des hommes, il gardera presque toujours ces idées de la beauté. Aussi voyons-nous les habitants de la campagne, qui ne sont, à vrai dire, que de grands enfants en matière de goût, éprouver à peu près les mêmes sensations que l'enfant à l'aspect de tout ce qui ébranle fortement les organes. L'idée que nous avons de la beauté est donc relative. Sans l'habitude que nous avons de nous en servir, je ne sais, par exemple, si nous trouverions le vin ou les liqueurs des choses bonnes, la fumée du tabac un parfum délicieux, le café une boisson agréable.

** Ces lignes, d'une rédaction beaucoup plus ancienne, sont écrites sur une feuille volante.

Les règles de la langue et l'orthographe amènent-elles de la monotonie dans les œuvres littéraires? Les règles de la perspective, la justesse des proportions amènent-elles de la monotonie dans les tableaux?

On s'imagine que la règle fixe amènera des résultats toujours semblables.

Erreur!

Il y a aussi la règle qui prescrit la variété.

Donnons ici une idée des moyens par lesquels nous cherchons les règles fixes. L'exemple suivant est d'une simplicité telle que nous espérons être facilement compris.

Voici un vase destiné à contenir de l'eau :

Je veux savoir quelle sera sa forme irrévocable, *relativement à son emploi*.

Je procède de la manière suivante :

Pourquoi ce vase a-t-il cette forme?

Pourquoi la partie inférieure n'est-elle pas faite de cette manière :

Parce que, sans pied, le vase ne se maintiendrait point en équilibre.

Pourquoi place-t-on, à la partie supérieure, cette saillie qu'on nomme anse?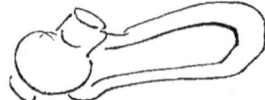

Parce que, sans ce moyen, le vase serait difficile à porter.

Pourquoi l'anse n'est-elle pas faite de cette manière :

Parce que, par son poids, elle renverserait le vase.

Pourquoi ne pas placer l'anse de cette
autre façon :

Parce que, porté par cette anse, le vase ne pourrait contenir le
liquide.

Pourquoi l'anse n'a-t-elle point cette proportion :

Parce qu'il serait impossible d'y introduire les doigts de la
main.

Il m'est prouvé que l'anse doit être faite de cette
manière :

Et le fond du pot, de cette façon :

Donc, le vase doit être fait de la manière indiquée dans le premier dessin.

C'est ainsi que, dans un tableau, chaque objet doit être examiné
par des raisons incontestables, doit être déterminé dans sa forme
et sa couleur.

Les lois qui fixent l'anse et le fond du pot dans leur forme sont
les lois de l'équilibre.

Mais les divers objets d'un tableau, mais la figure humaine, par
exemple, par quelles lois en déterminer les contours?

C'est la question que, naturellement, on doit poser ici[1].

. . . . . . . . . . . . . . . . . . . . . . . . . . .

[1] Ce fragment, inachevé, s'arrête là.

III[*]

ÉLÉMENTS QUI CONSTITUENT LA BEAUTÉ.

Un tableau se compose de huit parties principales :

L'invention, la composition, le dessin, l'expression, la couleur, le clair-obscur, le rendu, le faire.

Les principales qualités qui constituent la beauté dans la peinture sont :

La vérité, la simplicité, la symétrie, l'unité, l'ampleur, la vérité, la grâce, les proportions, la noblesse, la richesse, la concision, l'abondance, l'ordonnance, l'harmonie.

### Dans l'invention,

Les idées doivent être originales, ingénieuses, spirituelles, grandes ou sublimes.

### Dans la composition,

Il faut de la richesse sans profusion, de la simplicité sans pauvreté, de la vérité, de la concision. Les objets doivent être bien agencés, bien groupés. Les lignes, harmonieuses et mouvementées. Le sujet, bien exprimé.

### Dans le dessin,

Les formes doivent être belles, vraies, pittoresques, grandes, nobles, gracieuses, caractéristiques.

### Dans l'expression,

Il faut de la vérité, de la noblesse, de la force.

### Dans la couleur,

Toutes doivent être vraies, vigoureuses, variées, harmonieuses, éclatantes. La gamme la plus étendue doit être préférée.

[*] Rédaction de la 2e époque.

*Dans le clair-obscur,*

Il faut de la vigueur, du relief, des lumières et des ombres par masses, de la variété dans les tons et les accidents, de la vérité.

*Dans le rendu,*

La plus grande illusion possible.

*Dans le faire,*

La touche doit être caressante ou heurtée, selon le sujet. La brosse doit se montrer facile, hardie, spirituelle, habile à rendre les objets.

## DÉFAUTS DANS LESQUELS LE PEINTRE PEUT TOMBER EN EXAGÉRANT LES QUALITÉS QUI CONSTITUENT LE BEAU.

Poussées à l'excès,

La simplicité fait tomber dans la niaiserie ;
La symétrie, dans l'ornementation ;
L'ampleur, dans le ridicule ;
La variété, dans le fatigant ;
La grâce, dans le maniéré ;
La noblesse, dans l'affectation ;
La richesse, dans la profusion ;
L'abondance, dans la confusion.

L'excès du vrai, aux dépens des autres qualités, est peu agréable.

Nous déterminerons les limites qui séparent les qualités de leurs excès. Quelques éléments constituent le beau proprement dit : le poli, le luisant, l'éclat de la lumière, la vivacité des couleurs.

.   .   .   .   .   .   .   .   .   .   .   .   .   .   .   .   .   .

.   .   .   .   .   .   .   .   .   .   .   .   .   .   .   .   .   .

## IV

### LOIS PAR LESQUELLES NOS YEUX SONT CHARMÉS.

La mode, l'ignorance, le mauvais goût peuvent, pendant tout un siècle, nous induire en erreur. Mais, quelle que soit la puissance des causes qui faussent notre jugement dans l'appréciation du beau, la lumière renaît sans cesse après les jours de ténèbres. C'est que le vrai beau est immuable ; c'est qu'il a des lois éternelles, des lois que nos caprices ne pourront jamais détrôner. L'esprit, rebelle aux instincts de nos yeux, aura beau dire parfois : « L'astre de la nuit est plus beau que celui du jour »; l'organe de la vue, séduit par la lumière splendide du soleil, répondra à l'esprit : « Tu as menti. »

L'œil, ce mécanisme merveilleux, éprouve des sensations de plaisir ou de peine à l'aspect de certaines formes, de certaines couleurs. La cause de ces différents effets est un mystère que nous ne chercherons pas à pénétrer Nous voulons seulement constater quelles sont les diverses choses qui, dans une œuvre de peinture, charmeront ou ne charmeront point de tout temps l'organe de la vue. Les besoins de l'œil font la règle.

Dépouillons-nous pour un instant de toute habitude, de tout préjugé; examinons quels sont les objets qui plaisent à l'œil, à l'œil vierge encore, à l'œil non corrompu par les modes et les conventions. Si je parle ici des impressions produites sur l'œil dépourvu de passion factice et passagère, c'est que ces impressions sont précisément celles auxquelles nous revenons sans cesse après les siècles d'erreur.

Et qu'on ne dise pas que tous les yeux ne voient pas de même. Sauf des défauts d'organisation, le blanc, le noir, le rouge, ne sont-ils pas pour tout le monde le blanc, le noir, le rouge? L'objet, petit ou grand, droit ou courbe, n'est-il pas le même pour tout le monde ?

Aussi longtemps que l'œil humain sera l'œil humain :

La ligne courbe sera préférée aux lignes droites ;

* Rédaction de la 5e époque.

La forme ronde, à la forme carrée ;

La lumière, à l'ombre ;

Le blanc, au noir ;

Le rouge, au gris ;

Les couleurs éclatantes, aux couleurs sombres ;

Le brillant, au mat ;

Le poli, au rugueux.

L'ondulation, à la raideur ;

Le fondu gradué, au fondu heurté ;

Le mouvement, à l'immobilité ;

La variété, à la monotonie ;

Le vrai, au faux ;

L'unité, au décousu ;

L'ampleur, à la maigreur ;

Le gracieux, au disgracieux ;

Le noble, au trivial ;

La richesse, à la pauvreté ;

L'harmonie, à la discordance ;

La concision, au diffus ;

Les proportions, aux disproportions ;

La vigueur, à la faiblesse. —

Le beau, c'est la réunion complète de toutes ces qualités.

Croirait-on cependant qu'il est des époques où les modes nous égarent de telle sorte que nos yeux fascinés préfèrent le faux au vrai, le trivial au noble, les tons sales aux tons brillants, la clarté d'un ciel gris à la chaude lumière du soleil? La cause principale de cette anomalie est due à l'ignorance où nous sommes des choses qui constituent la beauté. L'absence de lois sur le beau laisse un champ libre à une sorte de brigandage artistique, à un laisser-aller où l'impuissance et la spéculation trouvent leur profit.

Ayons sans cesse sous les yeux la liste des beautés éternelles; ne nous laissons plus surprendre. Ce que nous venons d'énumérer plus haut, ce sont les principaux éléments qui constituent le beau; ce sont les matériaux épars des grandes œuvres, ce sont les ressorts, les rouages, toutes les pièces d'un ingénieux mécanisme, démonté et placé là sur le sol, exposé aux regards, ce n'est pas assez sans doute de les voir, de les compter; aussi allons-nous essayer de les rassembler et de démontrer comment, dans une

œuvre de peinture, les diverses qualités, désignées plus haut sous
le nom de beautés éternelles, constituent les chefs-d'œuvre admirés
des siècles.

La diversité des opinions sur le véritable sens de ces qualités
causent la diversité de nos jugements dans l'appréciation du beau.

Personne ne contestera la forme de notre pot à l'eau. C'est
qu'elle est fondée sur des lois également comprises de tout le
monde, les lois de l'équilibre. Il faut que les mots : dessin, harmonie, couleur, etc., soient clairement définis dans l'esprit de
chacun ; il faut qu'ils le soient tout autant que les lois de l'équilibre. Alors seulement la question du beau et du laid sera résolue.
Alors seulement le beau sera le beau pour toutes les nations, le
beau sera le beau pour tous les individus, quels que soient leurs
goûts, leurs caprices, leurs fantaisies. Le beau, enfin, aura ses
règles fixes.

### MANIÈRE DE PROCÉDER [*].

Afin de rendre plus frappantes les qualités, bonnes ou mauvaises,
des tableaux que l'on aura à juger, il conviendra de les placer au
milieu des œuvres des maîtres qui réunissent au plus haut degré
les qualités qui *constituent le beau*. Les tableaux devront être placés
à peu près de la manière indiquée par le dessin ci-joint :

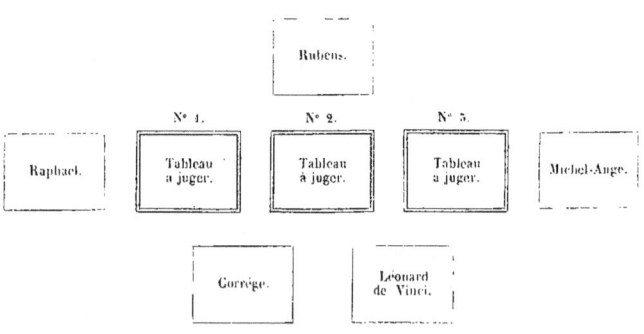

* Rédaction de la 2ᵉ époque.

Cela fait, on posera une première question; celle-ci, par exemple :

Quel est, parmi ces ouvrages, celui qui, sous le rapport de l'*invention*, remplit le mieux les conditions qu'exige cette partie de l'art?

Je suppose que ce soit le n⁰ 2.

Je prends un crayon et je marque un point au n⁰ 2.

Je passe à une autre question et je demande : Quelle est l'œuvre qui l'emporte sous le rapport de la *composition* ?

Je suppose que ce soit le n⁰ 1.

Je marque un point au n⁰ 1.

Continuant ainsi à examiner les tableaux sous le rapport du dessin, de l'expression, de la couleur, etc., je parviens à connaître, par le nombre des points, ceux qui l'emportent dans la lutte.

Certes, une pareille appréciation peut encore manquer de justesse ; mais un jugement, ainsi formulé, ne serait-il pas un chef-d'œuvre de bon sens et de critique judicieuse auprès de ceux qu'inspirent le caprice, la mode ou la fantaisie ?

En examinant ainsi tous les tableaux sous le rapport de toutes les autres parties de l'art, on parviendra à connaître, au moyen des points, ceux qui possèdent les plus belles et les plus nombreuses qualités.

Une difficulté peut surgir de l'emploi de cette méthode. . .

. . . . . . . . . . . . . . . .

. . . . . . . . . . . . . . . .

## DEUXIÈMES FRAGMENTS.

I

LA VARIÉTÉ[*].

*Partie du dessin.*

La variété est une des qualités les plus importantes de l'art;
c'est la base du pittoresque; c'est le fondement de l'édifice du
peintre. Sans la connaissance des règles de la variété, le peintre
cherche, tâtonne, hésite sans cesse; c'est un maçon sans plan, un
marin sans boussole, un voyageur perdu dans des routes inextricables.

Les peintres les plus renommés, ceux qu'on dit peintres innés,
doués du ciel, tous les hommes les plus habiles à charmer nos
yeux, sont pénétrés d'un sentiment, le seul peut-être qui les
fait ce qu'ils sont. Ce sentiment, c'est celui de la variété.

La variété, dans ses règles, touche un peu à toutes les règles de
l'art.

On conçoit quelle importance nous attachons à cet article.

La bordure d'un tableau joue un grand rôle dans les lignes de
la composition. Placer dans l'intérieur d'un cadre nos dessins
démonstratifs, ce sera initier déjà le lecteur aux mystères de la
formation d'une œuvre de peinture. Les surfaces carrées qui vont
suivre représentent donc des toiles ou panneaux qu'on supposera
destinés à devenir des tableaux.

La variété, comme on sait, est opposée à l'uniformité. Si je pose
trois points de cette manière : • • • cette disposition est uniforme.

[*] Rédaction de la 2ᵉ époque.

Si j'en pose trois de cette manière • ' . . cette disposition est variée.

Dans le premier exemple, régularité par rapport à la ligne horizontale, régularité dans les distances, voilà ce qui cause l'uniformité de l'ensemble. Dans le second exemple, irrégularité par rapport à la ligne horizontale, irrégularité dans les distances, voilà ce qui cause la variété.

Supposons devant nous une toile sur châssis, préparée pour y peindre un tableau.

Si nous avions deux points à placer le plus symétriquement possible, dans notre cadre, seraient-ils bien de cette manière?

Oui.

Eh bien! non; ces deux points peuvent être plus symétriquement placés.

Exemple :

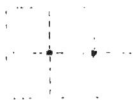

Les distances de A à B sont régulières, tandis que, dans le précédent tableau, cette régularité n'existait pas.

Est-ce là la plus grande symétrie qu'on puisse donner au placement de ces deux points? Non; ils peuvent être placés d'une manière plus symétrique encore.

Exemple :

Ici toutes les distances des points aux bords de la toile sont égales.

Si, dans le panneau ci-dessous, notre intention est de placer un seul objet, un seul point, et que ce point soit placé de cette manière :

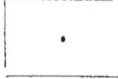

sa position ne sera point variée par rapport aux lignes horizontales et perpendiculaires de la bordure. Si le point est placé de cette manière :

sa position sera variée, par rapport aux lignes de la bordure.

Maintenant posons deux points de manière à nous éloigner de la régularité symétrique :

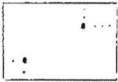

Ces points peuvent-ils être placés d'une manière plus variée ?
— Non.
— C'est ce qui vous trompe ; voici qui est plus varié.

Autre exemple d'une variété plus grande :

Dans les précédents tableaux, les deux points occupaient la partie droite et la partie gauche ; il en résultait encore une sorte de symétrie.

Dans celui-ci, les points sont portés sur un seul côté ; ce qui s'éloigne davantage de la symétrie; conséquemment, plus de variété dans cette disposition.

Nous allons maintenant ajouter un troisième point à notre tableau. Le nombre pair est encore de la symétrie. Les nombres impairs sont plus propres à jeter de la variété dans l'aspect de leur arrangement.

Dans les tableaux suivants, la disposition des trois points offre :

Le premier    [ . . · ]    peu de variété.

Le second    [ · . · ]    une certaine variété ;

Le troisième    [ · . · ]    une variété plus grande ;

Le quatrième    [ · . ]    une variété plus grande encore.

Le premier, parce que les points sont placés à distances égales ; le second, à des distances moins égales ; le troisième, à des distances moins égales encore, et le quatrième, parce que, non-seulement il place les points à des distances inégales, mais encore parce que ces points sont moins au milieu du tableau.

Le lecteur a-t-il compris? Cela est-il ainsi, oui ou non? Plein de confiance dans sa perspicacité, je continue.

Je suppose que trois personnes, en vue de s'amuser un instant, cherchent ensemble à résoudre le problème suivant :

Placer dans un tableau cinq points de la manière la plus variée possible.

Le premier ayant combiné de cette manière .    [ ·.·. · ]

Le second ainsi :

Le troisième ainsi :

Quel est celui des trois concurrents qui remporte le prix ?
C'est le troisième.

Si variée cependant que soit la disposition des points de ce troisième tableau, voici une quatrième disposition plus variée encore :

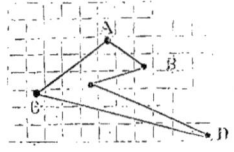

Il faut remarquer combien les distances sont moins égales, ce qui est prouvé par l'ensemble plus bizarre encore que les autres et moins symétriquement placé au centre.

D'après les divers exemples que nous venons de donner, il est facile de s'apercevoir que la variété réclame principalement :

1º Des distances inégales entre les points et des distances inégales de ces points au cadre du tableau;

2º Une disposition telle que les points ne soient placés parfaitement, ni horizontalement, ni perpendiculairement, ni diagonalement les uns avec les autres.

Pour trouver facilement les dispositions voulues, voici la règle :

Je trace sur la surface de mon tableau des carreaux de cette manière :

Le point A est distant du cadre, de l'espace de deux carreaux; le point B de trois; le point C d'un seul, et le point D touche à l'extrémité du tableau. Même variété existe dans le nombre des carreaux qui déterminent les distances des points entre eux : à l'aide des carreaux, il est facile de voir qu'aucune suite de points n'est placée dans un sens parfaitement diagonal.

La surface où nous venons de tracer des carreaux ressemble assez à un damier.

Eh bien ! voulez-vous que deux enfants, par exemple, se pénètrent en peu de temps de ces règles que nous venons d'établir : règles qui deviendront, ainsi qu'on le verra plus tard, d'une haute importance ? Invitez ces enfants à prendre un damier et des pions : donnez-leur, comme un jeu, cette question à résoudre : Poser trois, cinq ou sept pions sur le damier, de la manière la plus variée possible. Offrez une récompense à celui qui réussira le mieux.

Je suppose que le lecteur, sans se donner la peine de s'exercer sur le damier, aura compris ce que nous avons dit jusqu'ici.

. . . . . . . . . . . . . . . . . . . . . . .

. . . . . . . . . . . . . . . . . . . . . . .

Voici le moyen de trouver facilement les points dans un ordre varié :

Tracez sur la surface du tableau des lignes horizontales et perpendiculaires. Les points que l'on se propose d'établir devront se placer au milieu des petits carreaux. Si, d'un point à l'autre, on compte un nombre toujours inégal de carreaux, et si leur position entre eux n'est jamais perpendiculaire, ni horizontale, ni diagonale, l'ensemble sera parfaitement varié. Observez que le nombre de carreaux doit aussi varier entre les points et la bordure.

Un contraste suffit pour trois directions :

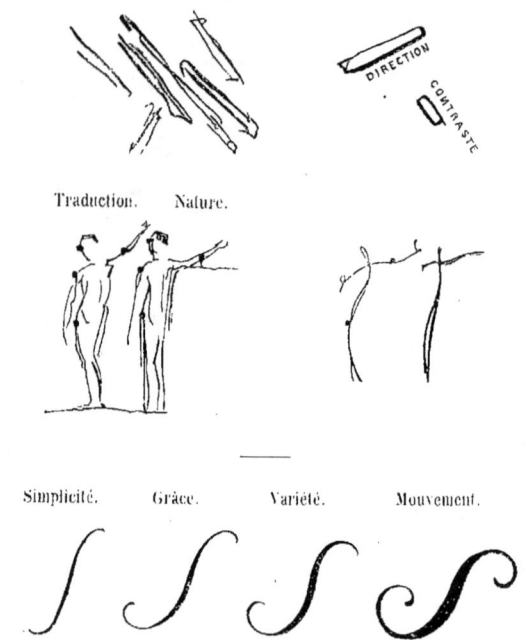

Traduction.   Nature.

Simplicité.   Grâce.   Variété.   Mouvement.

L'excès de la simplicité fait tomber dans la pauvreté. A quel degré doit-on être simple? La règle de la variété le démontre :

Après avoir appris le principe, il faut apprendre à le cacher. La prétendue science d'instinct dispense de ce soin.

## TROISIÈMES FRAGMENTS [*].

I

### DE LA COULEUR.

Bien colorier est la chose la plus simple, la plus facile et la plus *bête* du monde.

En commençant un tableau, il faut seulement avoir à l'esprit les choses suivantes :

### *Clair-obscur.*

1º Composer les objets du tableau de manière à produire de larges masses de lumière et d'ombre. Exemple de Rubens : *L'enlèvement des Sabines.*

2º Distribuer les plus grandes masses de lumière sur l'objet principal, lui donner toute la force, toute la rondeur possible, soit par le brillant, la pureté et la vigueur de la matière, soit par la combinaison du fond et des oppositions.

3º L'objet principal bien détaché, le reste du tableau doit lui être subordonné, lui servir, en quelque sorte, de fond. L'objet principal doit être comme un foyer de lumière, un soleil, dont les accessoires et tout ce qui l'environne ne sont que des rayons. Exemple de Rubens : *Le Christ au tombeau.*

L'ombre et la lumière doivent être répandues sur toute la surface du tableau. On peut donner pour exemple un parquet composé de pierres blanches et de pierres noires.

4º Les masses de clair-obscur indiquées soit par le crayon ou par des glacis de bitume, il faut distribuer sur la surface du tableau les cinq couleurs primitives.

Une couleur seule, également étendue sur la toile, n'a point de

---

[*] Rédaction de la première époque.

charmes. Opposée à une autre couleur et nuancée d'ombre et de lumière, elle offre des effets qui plaisent aux yeux. Ne faites point une draperie rouge, rouge d'un bout à l'autre ; mais ménagez quelque touche de rouge, pour en frapper quelques parties seulement, et votre draperie rouge sera brillante et harmonieuse. Ce principe doit être appliqué à toutes les couleurs que l'on emploie. Une grande surface coloriée de la même couleur ennuie les yeux.

5° On distingue les couleurs en couleurs chaudes et en couleurs froides. Les couleurs chaudes sont celles qui participent du rouge : les couleurs froides sont celles qui participent du bleu. A côté d'une couleur chaude, il faut toujours placer une couleur froide : c'est encore une espèce de parqueterie.

Opposition continuelle, variété, voilà un des grands secrets de la couleur, comme du clair-obscur. Un parquet, ainsi que je l'ai dit plus haut, est un exemple de variété continuelle, qualité qu'exige non-seulement la couleur, le clair-obscur, mais encore la composition.

Mais, si l'on suit exactement l'ordre dans lequel sont placés les carreaux d'un parquet, c'est-à-dire que si, en distribuant les masses du clair et de l'ombre, on place régulièrement une masse noire après une masse blanche, et ainsi sur toute la surface, il en résultera de la monotonie, car une variété régulière n'est plus de la variété. Changeons l'ordre trop régulier de notre parquet : plaçons tantôt deux carreaux blancs à côté d'un noir, ou trois ou quatre noirs à côté d'un blanc ; nous aurons variété de détail et variété d'ensemble.


II


PENSÉES DIVERSES.


C'est dans les ouvrages d'inspiration qu'il faut juger les artistes.


Rien n'est indigne d'exercer notre imagination, et le peintre surtout doit être universel ; il est l'intelligence la plus rapprochée du créateur ; il est son imitateur le plus direct. Dieu, qui créa l'homme, voulut bien aussi créer l'araignée. Après avoir peint un Apollon, pourquoi ne peindrais-je pas une grenouille?

Une belle conception religieuse peut être un fort mauvais tableau. Le peintre doit avant tout faire une bonne peinture et laisser faire de la morale au curé.

Renoncer aux sujets idéals, c'est renoncer à un don du ciel.

La grandeur d'une composition tient moins aux dimensions qu'au style (1833).

On voit Rome moins pour apprendre à exécuter que pour s'agrandir l'imagination.

Dans une harmonie claire, il faut procéder par masses brillantes.

Si vous dépouillez un artiste de tout ce qu'il a emprunté à l'expérience des autres, il ne lui restera qu'un vingtième d'originalité.

L'originalité isolée ne peut constituer un talent remarquable.

Vous répondrez, peut-être, Monsieur, que toutes les fois qu'un peintre suit ses propres inspirations, il fait mieux, et vous citerez à ce propos les petits tableaux de M. Ingres; puis vous dites « Ici, M. Ingres n'a pas pensé aux fresques du Vatican, il ne pensait point aux madones de Foligno. » Cela est vrai, Monsieur; mais il pensait aux tableaux hollandais, à l'harmonie et à la couleur du Titien. Ah! Monsieur, qu'il vous manque de réflexion toujours! Ne vous apercevez-vous pas que, si vous êtes homme de goût, c'est grâce à la vue des plus belles choses connues qui ont formé ce goût. Ne voyez-vous pas que, si une chose plaît à votre goût, c'est que cette chose ressemble à celles qui ont formé votre jugement. C'est pour cette raison, sans doute, que vous vous écriez devant les petits tableaux de M. Ingres : c'est digne d'un maître hollandais! Souvenez-vous, Monsieur, que les belles choses doivent ressembler aux belles choses par un côté au moins, sous peine d'être d'une originalité peu louable.

———

« Rien n'est beau que le vrai. » On a singulièrement abusé de ce mot.

———

Notre siècle, c'est le détail niais, puéril, facile.

Le poil des sourcils à l'Apollon du Belvedère.

Tailler l'arête des grandes assises des Pyramides. Voilà vos recherches archéologiques, vos petites menées, vos petits détails.

Art bourgeois! art des myopes!

———

Au caprice individuel opposons la raison universelle.

———

Il faut greffer : le fruit est meilleur.

## DERNIER FRAGMENT.

—

AVENIR DE L'ART [*].

Il est un but vers lequel l'esprit humain tend sans cesse, ce but c'est la faculté de réaliser tous ses désirs. La perfection attribuée à Dieu n'est autre que celle qu'ambitionne l'humanité. Notre esprit sera tourmenté jusqu'au jour où nous pourrons dire : Cela est parce que nous avons dit que cela soit !

Arriverons-nous à cette perfection tant espérée? Nos progrès incessants semblent l'affirmer. Quelle raison peut tout à coup nous arrêter? Avons-nous plus de droit que les générations précédentes de croire à l'impossibilité de perfections nouvelles? Se peut-il qu'il y ait un jour d'arrêt dans nos destinées? Quel que soit le terme où doivent s'arrêter les efforts de l'humanité, ce n'est que par une ascension lentement progressive qu'elle peut s'élever : c'est par étapes qu'elle voyage vers la terre promise. Ces étapes, dont la durée est de plusieurs milliers d'années, semblent, pour la plupart des hommes, l'étendue qu'il leur est permis de parcourir, et, semblables à l'enfant qui croit voir dans l'horizon le bout de la terre, les générations de vingt siècles se figurent qu'un monde nouveau ne peut succéder. Il résulte de cette erreur les effets les plus étranges : la croyance aveugle dans la stabilité des choses qui n'appartiennent qu'à l'époque, l'acharnement à vouloir maintenir ce qui n'est qu'instrument de transition et de voir dans cet instrument le but éternel de toutes nos études et de toutes nos aspirations.

Cessons d'être enfants, cessons de croire que les choses même

---

[*] Ce fragment, de la dernière époque, devait sans doute servir de conclusion.

les plus sérieuses, les plus grandes, les plus belles, doivent constamment occuper les générations à venir. Ces choses, si importantes à nos yeux, ne sont que des préparations, des études détachées, qui, rassemblées un jour, constitueront toute la puissance humaine.

Les divers éléments qui doivent ainsi nous élever aux sommets, ont de nos jours acquis une perfection plus ou moins avancée ; les uns sont à leur début, les autres sont arrivés à leur dernier développement. La difficulté de discerner les choses perfectibles de celles qui ne le sont plus nous fait tomber dans de singulières aberrations.

Parlons seulement ici de ce qui regarde l'art. Bien des gens s'imaginent que l'art peut indéfiniment se perfectionner. C'est une erreur. Il est une limite où il s'arrêtera. En voici la raison : c'est que les conditions dans lesquelles est restreinte l'imitation de la nature sont immuables. On veut un tableau, c'est-à-dire une surface plane, entourée ou non d'une bordure, et, sur cette surface, la représentation produite au seul moyen de diverses matières colorantes. Obligé de ne point sortir de ce cercle, il est facile de prévoir le terme où doit s'arrêter sa perfectibilité. Quand le tableau sera arrivé à satisfaire notre esprit dans toutes les conditions qui lui sont imposées, on cessera de s'en occuper. Tel est le sort de toute chose qui a atteint son but ; elles causent de l'ennui, on les abandonne.

Dans les conditions qui constituent le tableau, toute tentative a été faite. Le problème le plus difficile était le relief parfait, les profondes perspectives portées à l'illusion la plus complète. Le stéréoscope l'a résolu. Il ne s'agit plus maintenant que de joindre à cette perfection les autres perfections trouvées. Qu'on ne pense pas que l'art, borné à ces conditions de la surface plane, puisse jamais sortir de son cercle. Il est facile de prévoir que son dernier mot sera prochain.

Si nos paroles semblent étranges à ceux qui connaissent notre foi dans le progrès, nous répondrons que c'est précisément cette foi qui nous fait tenir ce langage. Nous avons si haute opinion de la puissance de l'homme, que nous croyons bientôt indignes de lui les petites choses qui occupent aujourd'hui sa pensée.

L'art n'est qu'une de ces petites choses, l'art n'est qu'une préparation transitoire, une étude, un jouet. L'humanité, bientôt sortie de l'enfance, abandonnera ces simples imitations, immobiles, muettes. Il lui faudra un champ plus vaste, plus conforme au développement actuel de ses progrès, de ses connaissances, de ses découvertes. L'homme est imitateur par instinct ; c'est le créateur qu'il veut imiter. Il ne sera satisfait que alors qu'il sera parvenu à imiter Dieu en toutes choses.

La peinture donc, selon nous, sera bientôt remplacée par un art plus sérieux, par l'imitation de la vie. L'art alors sera sorti du cercle qu'il parcourt sans cesse.

Quand on songe à cette élévation probable de l'esprit humain, n'est-il point déplorable de voir toute tendance rétrograde? Et. pour ne pas sortir de la question qui nous occupe, ne se sent-on pas ému de pitié en voyant de petites écoles s'élever contre la marche progressive des arts?

# PENSÉES DIVERSES.

— INÉDIT —

# PENSÉES DIVERSES

— INÉDIT —

I

La gloire est à l'éclat des arts ce que l'immortalité de l'âme est au bonheur de la vie.

—

L'idée de l'immortalité de son nom soutient l'artiste, comme l'espoir de l'immortalité de l'âme soutient le sage.

---

### LA MORT.

Nous la portons tous, en naissant, dans le sein. Il semble que nous ayons sucé, dans les entrailles de nos mères, un poison lent, avec lequel nous venons au monde, qui nous fait languir ici-bas, les uns plus, les autres moins, mais qui finit toujours par nous tuer. Nous mourons tous les jours; chaque instant nous dérobe une portion de notre vie et nous avance d'un pas vers le tombeau. Le corps dépérit, la santé s'use, tout ce qui nous environne nous détruit; les aliments nous corrompent, les remèdes nous affaiblissent; ce feu spirituel qui nous anime au dedans nous consume, et toute notre vie n'est qu'une longue et pénible agonie. Or, dans cette situation, quelle image devrait être plus familière à l'homme que celle de la mort? Un criminel condamné à mourir, quelque part qu'il jette les yeux, que peut-il voir que ce triste objet? Et le

24

plus ou le moins que nous avons à vivre fait-il une différence assez grande, pour que nous nous regardions comme immortels sur la terre?

—

. . . . . . . . . . . . . . . . . . . .

— Monsieur le philosophe, dit le poète, me permettez-vous de vous faire une question?

— Faites.

— Que pensez-vous de l'âme?

— Ce que je pense de l'âme?

— Oui, au moment de la mort, croyez-vous que la séparation de notre âme soit une chose bien pénible, bien douloureuse?

— Tenez, j'ai là dessus une idée, répondit le philosophe.

— Voyons votre idée.

— Que c'est si peu pénible qu'un jour chacun s'en donnera le plaisir.

— Comment cela?

— La mort, mon cher poète, savez-vous ce que c'est que la mort?

— Non.

— Nous sommes morts chaque fois que notre pensée voyage loin du corps.

— Mais le dernier voyage, Monsieur, celui d'où la pensée ne revient point au corps?

— Celui-là est le plus beau.

— Et c'est de celui-là qu'un jour chacun se donnera le plaisir?

— Non. Celui-là, il faut l'attendre jusqu'au moment où le corps n'a plus la force de rappeler l'âme.

— Et comment pourrons-nous goûter le plaisir d'une mort instantanée?

— Vous oubliez donc la puissance de la science et de la volonté? Un jour, et ce temps n'est pas bien éloigné, l'esprit dira au corps : « Vile matière, laisse-moi aller, je veux visiter telle région, tel monde, telle planète...

— Croyez-vous, Monsieur, que le corps obéisse? Croyez-vous que l'esprit, ainsi privé du corps, puisse voir, apprécier?...

— Oui, je crois qu'il voit mieux, qu'il apprécie mieux.

. . . . . . . . . . . . . . . . . . . .

—

Il n'y a que la mort qui puisse nous empêcher d'atteindre les dernières limites du possible.

———

Selon Wiertz [*], deux choses affreuses dans la mort : impuissance à corriger nos œuvres ; impuissance à répondre à nos ennemis !

L'idée que le premier venu, alors que nous n'y sommes plus, peut tout à son aise se placer devant notre œuvre, la commenter, la diffamer, la juger selon son caprice, selon le caprice de la mode, et faire accepter tout cela aux esprits même les plus intelligents de tout un siècle, cette idée est la plus pénible qui puisse affliger la pensée de l'artiste.

Quand elle vient le frapper, il s'écrie avec toutes les apparences de la plus profonde conviction :

« Il me semble que je sortirai de la tombe pour me défendre ! »

———

Quand le souffle de la vie s'éteint en nous ; quand l'âme, débarrassée de la matière, est lancée dans l'espace ; quand les attractions, le chaud, le froid et toutes les lois de la nature n'ont plus d'empire sur nous, sous quel aspect doivent alors nous apparaître les objets ? Plus d'échelle de proportion ! Alors, rien n'est petit, rien n'est grand...

———

L'homme parfait se présente ainsi à l'imagination :

1º Être immortel ;

2º Commander à la nature par un signe de la volonté ;

3º Avoir le pouvoir de tout détruire, de tout créer.

Cette perfection, tout homme la désire, tout homme, en naissant, porte le germe de ce désir.

Ce désir est-il insensé ?

Pour répondre à cette question, il faudrait d'abord résoudre celle-ci :

L'homme peut-il concevoir une chose qui soit impossible ?

Concevoir, n'est-ce pas déjà réaliser ?

———

[*] Ici, comme dans un autre paragraphe qu'on trouvera plus loin, l'artiste parle de lui à la troisième personne.

Celui qui n'a jamais quitté les lieux où se passèrent les premiers jours de son enfance, est un homme incomplet; il y a lacune dans son âme. Revoir, après vingt ou trente ans d'absence, les objets témoins de ces moments qu'on pourrait appeler les moments célestes de la vie, produit sur nous une si douce et si tendre émotion qu'aucune langue ne peut l'exprimer.

L'homme habitant toute sa vie les mêmes lieux n'a point le sentiment du temps qui s'écoule. L'arbre qui l'a abrité, la pierre où il s'est assis, l'enfant avec qui il jouait, tout cela pour lui n'a pas changé; et cependant l'arbre a gagné trois fois sa hauteur, la pierre s'est couverte de mousse, l'enfant est couvert de cheveux blancs!

Je suis convaincu que si l'on changeait de lieu souvent, l'on multiplierait les souvenirs. Multiplier les souvenirs, c'est prolonger la vie, ou du moins nous rappeler que nous avons vécu.

Hélas! il ne nous reste qu'une seule consolation, quand vient le moment où nous allons cesser de vivre, c'est de nous souvenir que nous avons vécu.

## II

Ce qu'il y a de grand dans la nature, c'est la pensée.

—

Les œuvres de la nature, ses miracles les plus sublimes même, n'ont jamais excité en moi une grande admiration. J'ai toujours senti ma pensée au-dessus.

—

L'homme n'est grand que par la probité et le talent, et non par la naissance et la fortune.

—

Nos études les plus sérieuses devraient être dirigées sur la connaissance de l'homme.

—

Une erreur reconnue est un progrès.

———

Les lois sont une belle chose, une chose admirable; mais il est une loi plus sage que celle d'un code,

C'est la loi de la conscience.

Une loi du code peut s'exécuter à trois degrés différents :

Le degré nécessaire, le degré inutile et le degré absurde.

Les lois d'un code peuvent s'exécuter strictement à tous les degrés; l'abus du droit peut donc exister. C'est un malheur.

La loi de la conscience, elle, n'a qu'un degré. Ce degré ne dépasse pas les limites de la raison, du bon sens et de la politesse.

C'est la loi des gens d'honneur.

Dans l'exécution d'une loi du code, à quel endroit finit le degré nécessaire, pour commencer l'inutile? A quel endroit finit l'inutile, pour commencer l'absurde?

A combien de centimètres est-on, plus ou moins, du stupide et du ridicule?

La loi du code ne le dit pas.

La seule loi de la conscience l'indique.

———

Pourquoi les fourmis font-elles leur nid dans tel endroit plutôt que dans tel autre? C'est une question que souvent l'on se fait en se promenant dans son jardin.

Quand le bon Dieu jette un regard sur la terre, ne doit-il pas, lui aussi, se faire cette question, à propos de ces autres fourmis qui bâtissent des villes, tantôt au bord d'un fleuve qui les menace de ses ondes, tantôt au pied d'un volcan qui les menace de sa lave.

Les fourmis des jardins sont incorrigibles; écrasez du pied leur édifice, leur ville; le lendemain vous les verrez recommencer leur habitation à la même place. Les fourmis que l'on appelle les hommes ne sont pas moins entêtées.

———

A L'EXPOSITION UNIVERSELLE.

Ce qui frappe d'abord, ce n'est point ce que les hommes font aujourd'hui, mais ce qu'ils feront plus tard.

Le génie humain commence à se familiariser avec la puissance de la matière.

Un premier pas est fait vers la conquête du ciel.

Les causes qui régissent les petites choses sont les mêmes qui gouvernent les grandes. Étoile ou grain de sable, tout est soumis aux mêmes lois.

. . . . . . . . . . . . . . . . . . .

J'ai vu une machine mue par l'électricité. L'électricité! étudions cette *ficelle*; une fois connue, nous serons maîtres de l'attraction.

Soleil, prends garde à toi!

. . . . . . . . . . . . . . . . . .

Voici une machine dont les mouvements sont multipliés à l'infini. Ici son corps va et vient; là un autre tourne vite ou lentement, s'arrête ou se repose à propos. Pourquoi ce cuivre bat-il régulièrement comme le cœur? Pourquoi cet autre se glisse-t-il comme un muscle sous la peau? Je vois un tube où l'eau coule comme le sang dans les veines; le tube s'engorge, il va éclater. O prévoyance divine... de l'homme! une soupape se lève, le liquide s'échappe, la vie continue. Ces gouttes d'eau et cette graisse qui tombent par intervalle sur ce membre agité sont pour le rafraîchir et l'alimenter. O prévoyance divine... de l'homme! cette machine donc se meut, boit, mange, travaille. Cette machine pense-t-elle? Je ne sais; son créateur doit le savoir. Tout ce que je sais, c'est que je vois sortir de ses mains un fil de soie, ou une bobine de coton, ou un tissu brillant, semé de fleurs, de fruits, d'arabesques aux mille et mille couleurs. Et comment tout cela se fait-il? L'inventeur le sait. Cette machine, cette forme mouvante, cet animal, enfin, qui travaille et produit des choses utiles, merveilleuses, n'est-il pas, comme le bœuf, l'âne et le cheval, un être précieux par les services qu'il rend ?

Le bœuf, mu par un coup de fouet, tire un lourd chariot, traîne de pesants fardeaux. L'être aux mains de cuivre, aux entrailles de fer, file, peint, brode.

Humanité, tu peux être fière.

L'inventeur de la machine qu'on nomme bœuf s'appelle Dieu. L'inventeur de l'autre machine, c'est l'homme.

## III

Le *Monde* est un chemin qui mène vite, mais qui ne mène à rien.

—

Pourquoi les actes stupides, absurdes ou ridicules émanent-ils souvent d'une autorité composée de plusieurs hommes? C'est que, dans ce cas, l'ignorance ou les passions n'ont pas de responsabilité et peuvent se donner carrière.

—

Voici comment mon jardinier apprécie le talent des peintres :
Un peintre à boutonnière vide, talent nul ;
A une croix, un peu de talent ;
A deux croix, un peu plus de talent ;
A trois croix, beaucoup de talent ;
A quatre croix, excessivement de talent ;
A cinq croix, énormément de talent, etc.

—

Les modes bizarres ne cesseront que quand des idées plus justes sur la beauté seront plus généralement répandues.

La bizarrerie des modes est la marque la plus certaine de l'ignorance du beau.

—

Les siècles sont les vrais juges dans les arts.

———

Rien n'est facile comme de condamner un auteur absent.

———

La critique sans discussion n'est souvent qu'une fanfaronnade.

———

Les critiques ont toujours le tort de ne pas prévoir ce qu'on peut leur répondre.

———

Le sot critique à son aise, quand l'auteur n'est pas derrière la toile.

———

Je n'admets pas de critique sans discussion.

———

Critique si tu veux, discute si tu l'oses.

———

La vigueur avec laquelle Wiertz a repoussé certaines attaques a fait dire à ses détracteurs qu'il avait horreur de la critique.

C'était une astucieuse insinuation, imaginée dans l'espoir de donner le change.

Loin de regimber contre la critique, Wiertz aime la critique. Des preuves irrécusables de ce que nous avançons seraient faciles à donner. Les hommes compétents savent combien Wiertz est disposé à faire les corrections sages qui lui sont indiquées; nul n'est plus empressé à profiter d'une juste critique.

———

Les hommes les plus vains sont aussi ceux qui sont le plus choqués de la vanité des autres.

———

## IV

Je suppose que vous receviez au beau milieu du visage le soufflet le mieux conditionné. Si vous êtes homme d'honneur, vous ne
riposterez point par un soufflet, comme le ferait un malotru; mais
vous contiendrez votre colère, vous résisterez à toutes les tenta-
tions qu'inspirent, en pareil moment, la justice, le bon sens et la
douleur, ces trois choses qui vous disent si énergiquement :
*Rends-le.* — En homme d'honneur, vous restez donc calme, et,
avec ce ton superbe qui révèle le savoir-vivre, vous dites à votre
ennemi : Vous m'avez offensé, monsieur, vous m'en rendrez raison,
demain...., à telle heure, etc., etc. Le lendemain, vous retrouvez
votre homme, cet homme qui vous a souffleté hier et qui vous tuera
peut-être aujourd'hui. Vous le revoyez avec le même calme, le
même sang-froid. L'honneur vous commande d'être très-poli envers
lui; il vous a vivement offensé; malgré cela, vous devez encore lui
faire un bien grand plaisir, un plaisir qu'il désire ardemment,
celui d'exposer votre vie à ses coups.

Ce n'est pas tout; vous savez que votre ennemi est très-adroit
et que vous ne l'êtes pas du tout. L'honneur veut également que
vous soyez tué, et vous serez tué. A votre place, un paysan, un
bourru vous eût rossé d'importance l'homme au soufflet; il eût eu
l'honneur, à sa manière, de le punir à l'instant même et sans cérémonies. Mais qu'est-ce que cela? C'est commun, c'est mal élevé;
il vaut mieux être offensé et se faire tuer.

Que dire cependant de la conduite toute honorable du monsieur
souffleté? Moi, je dis : Cela est bête. Le mot est crû, mais je le crois
juste.

Quant à la conduite du donneur de soufflet, qui, fort de son
adresse peut-être, brigue la gloire de tuer son homme, celle-là,
je la trouve lâche et infâme.

Ainsi donc, dans un duel accompli dans toutes les formes que
prescrit l'honneur, il peut y avoir *bêtise* et *lâcheté*.

Si un homme se voit injustement frappé et qu'il veut punir de mort l'auteur de l'insulte, j'aime mieux, en pareil cas, qu'il cherche à se venger à l'instant même où l'offense s'est accomplie. S'il arrive que sa main malheureuse, comme elle l'aurait pu être dans un duel, s'est rendue coupable d'un homicide, je veux alors que cet homme, dans la conscience de sa mauvaise action, vienne immédiatement livrer sa tête au glaive de la justice.

Assurément, cette conduite ne serait point louable; mais je suis tenté, moi, d'y trouver, plutôt que dans les duels tels qu'ils se pratiquent, les belles qualités dont se vantent les duellistes, en tuant avec toutes les formes de la politesse.

## V

### DE LA LITTÉRATURE BELGE.

Tout le monde parle de la contrefaçon, de son abolition, de l'avenir de la littérature belge; je veux dire aussi comme tout le monde un mot sur cette matière.

Je ne dirai rien des intérêts matériels de nos écrivains, je parlerai seulement de choses qui intéressent leur gloire.

Serez-vous plus avancés, Messieurs, quand la contrefaçon sera abolie?

Serez-vous plus souvent imprimés?

Serez-vous plus souvent lus?

Serez-vous mieux appréciés?

Serez-vous plus sûrement dans la voie du progrès?

Ces questions, je voudrais les débattre avec vous, mais je vous entends me répondre à tout cela par des raisons toutes remplies d'un bruit d'écus, comme si ces pièces rondes devaient servir de points et de virgules à chacune de vos phrases.

Mais la gloire, Messieurs, la gloire, vous n'en dites mot.

Si vous songiez à la gloire, vous diriez :

Les livres français sont plus souvent lus, plus souvent imprimés que les nôtres, parce qu'ils sont peut-être supérieurs aux nôtres.

Si vous pensiez à la gloire, vous diriez :

Les livres français sont nos maîtres, mais nous allons les combattre. Nos livres lutteront contre leurs livres, le talent va se mesurer au talent.

Si vous pensiez à la gloire, vous diriez :

Que la contrefaçon reste. Les livres de nos rivaux seront plus faciles à se procurer pour les lire, les étudier et les combattre.

Et maintenant, Messieurs, voulez-vous savoir quel est votre plus redoutable ennemi dans cette affaire? Je vais vous le dire.

Votre plus redoutable ennemi est un monstre puissant, plus terrible que ceux qui résistèrent à la massue d'Hercule.

Ce monstre aux cent mille têtes, et qui siffle ou applaudit sans examen, ce monstre, c'est :

*Le préjugé !*

Oui, Messieurs, le préjugé. Le préjugé est pour vous l'ennemi le plus redoutable ; et voulez-vous que je vous dise quelque chose qui va vous surprendre, quelque chose de tout neuf, que l'on ne croira pas et dont on rira? Voici :

C'est que le préjugé, lui seul, peut-être, nous fait rechercher avec tant d'avidité, de passion, d'enthousiasme, la littérature française ; c'est que le préjugé nous fait imprimer par légion tous les livres français.

———

M. Wiertz vient d'ouvrir un concours auquel sont appelés tous les écrivains de la Belgique. Il offre son tableau *la Esmeralda* à l'auteur de la meilleure brochure qui aura pour titre :

« Recueil des nombreuses absurdités, écrites sur la Belgique par les écrivains français, contenant les insultes, injures et vaniteuses plaisanteries adressées par eux aux écrivains, artistes, hommes d'État ou industriels de ce royaume. »

## VI

« Pour faire de la peinture nouvelle, il faut des sujets nouveaux. » Voilà ce que je conteste. La nouveauté des sujets n'apportera pas la nouveauté d'aspect. La nouveauté des sujets ne fera pas faire de meilleurs tableaux. La nouveauté des sujets, fussent-ils cent fois philosophiques, politiques, religieux, scientifiques, industriels, puisés dans Augustin Thierry, dans Henri Martin, dans Michelet, dans les événements de notre temps, si féconds en efforts, en sacrifices, en dévouements ; la nouveauté des sujets, je le répète, ne fera pas faire de meilleurs tableaux. M. Glaize est tout aussi ennuyeux, même plus ennuyeux que les autres.

Ce qu'il faut, Monsieur, pour réveiller notre attention, ce sont de meilleurs peintres.

Le plus grand maître, selon vous, Monsieur, est celui qui trouve un sujet qui vous intéresse. Quel mérite y a-t-il à cela ? Comment n'avez-vous pas songé qu'un sujet peut être donné par un ami ou par un voisin ?

Autre naïveté : vous trouvez tout d'un coup Horace Vernet le plus grand peintre : Horace Vernet a des sujets qui intéressent. Mais, dites-vous, s'il savait peindre, M. Horace Vernet serait, peut-être, un grand peintre. Voilà donc que, sans y songer, vous voyez qu'il ne suffit pas, pour être grand peintre, de trouver des sujets qui intéressent.

Vous ne voulez pas que les peintres ressemblent à Raphaël, à Titien, à Véronèse. C'est bien. Mais pourquoi ne reprochez-vous pas à ceux-ci de ressembler à leurs maîtres ? Raphaël ne ressemble-t-il en rien à Pérugin, Titien à Giorgione, Rubens à Titien ?

L'art, comme toutes les connaissances humaines, n'est point l'œuvre d'un seul homme, mais de tous les hommes. Celui qui seul voudrait créer une chose toute nouvelle ne ferait qu'une chose incomplète, mauvaise. Tout ce que les plus grands hommes ont pu faire de mieux, c'est de ressembler à ceux qui les avaient précédés, en ajoutant un peu de leur individualité.

Rien n'est moins original que Rubens, moins original que Raphaël, moins original que Titien.

Tout ce que nous devons exiger aujourd'hui des peintres, c'est qu'ils ressemblent à ceux qui les ont précédés, en faisant mieux.

Forcer les peintres à ne ressembler à personne, c'est travailler à faire pousser une nombreuse génération de petits *Courbet.*

---

UNE CURIEUSE EXHIBITION A L'ATELIER DE M. WIERTZ.

*Entrée gratuite.*

Depuis quelque temps, le public se préoccupe d'une question curieuse, celle de savoir quelle est la valeur des œuvres de nos artistes comparées avec celles des anciens. Il n'y a qu'un seul moyen d'éclairer la question; c'est de placer côte à côte les tableaux anciens et modernes. Pourquoi côte à côte, dira-t-on? Ne peut-on comparer des œuvres séparées? Non. Cela est ainsi. Les peintres savent pourquoi. Aussi évitent-ils soigneusement de se trouver en contact immédiat avec les grands maîtres. Des tableaux de Rubens, de Raphaël et de Titien, placés au milieu de nos expositions, donneraient aussitôt la valeur de nos peintures modernes. Une exposition de ce genre, M. Wiertz l'a souvent sollicitée du ministre de l'Intérieur. Mais nos artistes se sont toujours vigoureusement opposés à la réalisation de ce projet. La comparaison des œuvres modernes avec les anciennes serait tout à la fois une leçon pour nos artistes et pour le public. Les uns se corrigeraient de leurs défauts, l'autre se formerait le goût.

Une objection, ou plutôt un prétexte, se présente souvent à propos d'une exposition du genre de celle dont nous venons de parler. L'art ancien, dit-on, a des qualités qui lui sont propres; l'art moderne doit avoir aussi ses qualités individuelles. Ceci est une mauvaise excuse. Il n'y a qu'un seul beau, le beau éternel, le beau que la raison dicte, le beau qu'approuvent les siècles, le beau compris de Phidias, de Michel-Ange, de Raphaël, de Rubens.

Ces maîtres ont tous suivi la même route avec leur originalité respective. De nos jours, une mode ridicule invite nos artistes à ne suivre aucune voie, à ne rechercher que l'individualité seule. L'individualité, dit-on, est le principal élément de beauté. Les bons esprits ne se laisseront point prendre à ce piége. On sent qu'à la faveur d'un système, la médiocrité veut chercher à se faire accepter. Le chardon a beau dire : J'ai la beauté du chardon ; le bon sens répond toujours qu'il faut préférer la beauté de la rose.

———

Ce que je vais dire, je l'ai dit cent fois, et le redirai jusqu'à ce que, enfin, l'on veuille bien m'entendre.

L'art, qu'on l'entende bien, l'art ne fera plus un pas que sous les conditions suivantes :

1º D'admettre au sein des expositions les ouvrages des grands maîtres les plus constamment approuvés des siècles.

2º De bien déterminer ce que l'on doit entendre par le beau et le laid.

3º De soumettre la critique à la discussion.

———

### PEINTURE MURALE.

Dans ce moment, le gouvernement fait de louables efforts pour encourager la peinture monumentale.

Je saisis cette occasion pour dire ce que j'ai dit cent fois. Si je me répète, c'est qu'il faut frapper longtemps sur le clou que l'on veut fixer.

Sans doute, l'amour du gain est un stimulant puissant ; sans doute, nous devons à cet amour d'excellentes choses ; mais si l'amour du gain encourage, de quelle ardeur ne devons-nous pas être animés par l'amour de la gloire ?

« L'amour du gain, dit M. Levesque, n'a été que trop souvent funeste aux artistes ; trop souvent, il les a détournés de la route glorieuse que leurs dispositions naturelles et leurs premières études leur avaient tracée et dans laquelle même ils s'étaient avancés par leurs premiers ouvrages.

« C'est par l'amour du gain qu'on veut multiplier ses productions, pour multiplier aussi les moments où l'on en reçoit le prix ; c'est par l'amour du gain qu'on se refuse à des études longues et dispendieuses qui n'augmenteront pas la somme du paiement convenu; c'est par l'amour du gain qu'on se fait une dangereuse habitude de travailler de pratique, et que l'on tombe dans la manière, pour expédier plus promptement; c'est par amour du gain qu'on préfère la mode au beau, parce que le beau n'est pas toujours recherché ni même connu des amateurs, et que leurs richesses sont toujours prêtes à récompenser la mode. »

Hélas! les temps d'héroïsme sont passés. Les vertus qui animaient les héros de la Grèce animaient aussi les grands artistes de ce temps. Depuis lors, nous avons toujours dégénéré.

Ce qui nous manque aujourd'hui, ce ne sont point les dispositions, ce ne sont point les talents nécessaires à la culture des arts; ce qui nous manque, c'est l'enthousiasme, c'est l'héroïsme, c'est l'amour de la gloire.

Qu'on n'excuse pas l'amour du gain par l'exemple qu'ont donné les plus grands peintres des siècles derniers. Leur luxe, leur faste, leur amour de l'or, voilà le côté faible, le côté petit de ces grands hommes. Ils ont eu la main de l'artiste, le génie de l'artiste, mais une chose leur a manqué : une grande âme d'artiste.

Il appartient à notre siècle de progrès de nous inspirer de vues plus élevées que nos devanciers. Il faut aujourd'hui que les hommes de l'art ne travaillent point comme des maçons, comme de vils mercenaires, et cherchent à atteindre un autre but que celui de bien boire, bien manger, bien dormir. Protecteurs des arts, n'offrez donc point aux artistes de l'or, mais un nom immortel à conquérir. Érigez des murailles, placez-y çà et là les chefs-d'œuvre les plus renommés, et dites ensuite aux artistes : « Placez vos œuvres à côté de ces œuvres! combattez, luttez! Si vous soutenez la comparaison, si vous soutenez la lutte, une récompense vous attend. Cette récompense ne sera point en écus sonnants. Des lauriers couronneront votre tête. »

A cet appel bien peu s'empresseront de venir, je le suppose; mais à ceux qui seront venus, ayez foi; ceux-là seront le bon grain.

C'est à la jeunesse artistique qu'il faut, en ce moment, que l'on s'adresse; la vieillesse est routinière, vous n'obtiendrez rien d'elle, laissez-la contempler ses écus.

Dites aux jeunes gens qui montrent de l'ardeur, de la volonté, dites :

« Voici des ateliers à votre disposition, voici des toiles, voici des couleurs, voici tout ce qu'il vous faut, travaillez.

» Les œuvres jugées dignes de récompense seront placées dans les édifices publics, dans les églises, dans les palais, dans tous les monuments du pays. »

Ne dites plus alors, jeunes gens, qu'il vous manque l'occasion, les moyens matériels d'exercer votre talent. En offrant gratuitement votre travail, les villes, les villages accourront vous demander des ouvrages et s'offriront d'eux-mêmes à payer les frais d'exécution.

Si vous me demandez maintenant, ce que beaucoup d'entre vous disent pour excuser leur paresse, si vous me demandez : Que ferai-je donc pour vivre ? je vous répondrai ceci : Ceux qui ont la passion, la véritable passion de la gloire, jamais ne font cette question.

———

L'orgueil, le noble orgueil, selon le dictionnaire de l'Académie, est un *sentiment noble, élevé, qui donne une raisonnable confiance en son propre mérite et qui porte à faire de grandes choses*, etc., etc.

L'intelligence, la volonté humaine, c'est ce qu'il y a de plus grand dans la création. L'homme, avec le temps, domptera la matière ; terre et ciel lui obéiront, il sera Dieu.

Oui, l'homme sera Dieu. C'est là ma conviction, et c'est cette conviction qui constitue mon orgueil et me soutient dans tous mes travaux.

Cet orgueil n'a rien d'offensant pour personne, au contraire, puisque j'admets que tous les hommes ont droit de penser comme moi. Cet orgueil n'a rien de dangereux ; loin de m'aveugler, je me vois sans cesse au dessous de ce que je peux faire.

Ainsi, dites de mes œuvres autant de mal qu'il vous plaira, vous êtes en dessous du mal que j'en pense, en raison du point élevé où j'espère arriver. Dites, au contraire, que mes œuvres sont sublimes ; vous ne me flatterez pas le moins du monde, attendu que tout ce que j'ai fait est à mille lieues de ce que je dois faire un jour.

Les yeux fixés sans cesse vers le sublime degré de perfection auquel l'homme peut atteindre avec le temps, je regarde en pitié tout ce que je fais maintenant, et souvent, — comme un voyageur compte les jours et les nuits qu'il lui faudra marcher pour arriver à tel endroit, puis à tel autre, — je mesure, dans l'avenir, le temps qu'il me faudrait pour égaler tel maître, le surpasser, le laisser bien loin derrière moi, le perdre à l'horizon, comme un édifice lointain dont on s'éloigne sans cesse.

Cette conviction profonde de la puissance de l'homme et de tous les hommes, cette conviction profonde qu'ils peuvent, quand il leur plaît, atteindre les sphères les plus élevées, voilà ce qui me donne cet orgueil qui me soutient dans mes travaux.

Cet orgueil, je voudrais qu'il fût inspiré à tous les hommes dès le berceau ; je voudrais que cette foi dans la puissance illimitée de l'homme devînt une religion. . . . . . . . . . . . . . .

. . . . . . . . . . . . . . . . . . . . . . .

# NOTES BIOGRAPHIQUES.

Il n'est pas inutile d'expliquer ici pourquoi une analyse a été préférée à la publication de la correspondance de l'artiste et d'un choix de documents sur sa vie et ses travaux.

Wiertz ne voulait pas que ses lettres fussent publiées jamais. Cette déclaration, faite dans un journal après sa mort, reproduisait sa volonté exprimée depuis plus de vingt années ; elle souleva des objections et l'on n'en tint compte.

Ainsi, dès le 5 octobre 1841, un ami répondait à Wiertz : « Vos lettres, je les ai toutes, jamais âme qui vive ne les obtiendra. » Et les lettres de Wiertz à cette personne ont été *obtenues* et publiées. — Le 25 février 1848, Wiertz écrivait à un autre : « J'ai pris l'habitude de ne plus écrire de lettres, et la raison, c'est que je n'aime pas que mes lettres soient lues par d'autres personnes que celles à qui je les adresse. » Le 18 octobre de la même année, ce correspondant lui répondait : « Ne crois pas que je montre tes lettres, personne ne les lit, pas même ma mère. » Et cette famille a livré au public de nombreuses lettres de Wiertz. Tous les amis de Wiertz connaissaient sa répugnance sur ce point ; l'un d'eux en explique la cause, en répondant à une personne qui avait servi à l'artiste de secrétaire : « Il ne met jamais la main à la plume pour écrire à ses amis, de crainte qu'ils ne tiennent boutique de ses autographes. » (15 janvier 1845.)

Depuis longtemps, Wiertz avait pris l'habitude de ne plus écrire, même au gouvernement. On conserve plusieurs minutes de sa main, faites pour être copiées par un tiers et parlant de lui à la troisième personne. L'une de ces copies commence ainsi : « Depuis 15 ans, M. Wiertz n'écrit plus de lettres autographes, certains abus l'ayant obligé à prendre cette mesure. »

Cette déclaration s'appuyait sur d'autres faits : Lors de la levée des scellés, on trouva collée sur une malle la note suivante : « Lettres de mon père et de ma mère, brouillons, chiffons de papier, à brûler en cas de mort. Je le veux. Wiertz. » Cette malle contenait des centaines de lettres de l'artiste à son père et à sa mère, et de nombreux brouillons de sa correspondance avec son professeur Van Brée et ses premiers amis de jeunesse.

Enfin, des trois personnes qui, dans les dix dernières années de sa vie, ont vécu le plus dans son intimité et reçu ses confidences, l'une, son fondé de pouvoirs après sa mort, a fait cette déclaration ; l'autre l'a confirmée en termes formels ; la troisième a écrit ceci : « J'atteste que, dans le cours des huit années pendant lesquelles j'ai vécu dans sa complète intimité, Wiertz a toujours manifesté son vif sentiment de répulsion pour toute publication de ses lettres particulières. »

On objecte à cela que c'était de son vivant que Wiertz ne voulait pas que sa correspondance fût publiée. Mais la note ordonnant de brûler ses lettres après sa mort lève toute équivoque, et cependant ces lettres, datées de Dinant, d'Anvers, de Paris, de Rome, sont les plus anciennes, les plus nombreuses, les plus importantes.

On ajoute que ces documents, confiés à l'amitié, appartiennent à l'histoire et doivent servir à peindre les idées et le caractère d'un homme illustre

Soit, mais si la correspondance d'un homme illustre doit servir à le peindre, la publication doit au moins en être complète ; sinon, le portrait sera inachevé et il courra le risque d'être faux. Il faudrait donc livrer au public, non quelques lettres, mais toutes les lettres, y compris celles que l'artiste a ordonné de brûler et qui se rapportent à la phase la plus intéressante de sa vie. De plus, les lettres auxquelles on répond jettent autant de jour sur le caractère d'un homme que les siennes, et elles peuvent bien souvent rendre à ses actions leur véritable portée. Si le droit invoqué existe, il est réciproque. Faudrait-il tout imprimer, demandes et réponses ?

Wiertz avait l'habitude de dire que ce ne sont pas les impressions fugitives d'un artiste que l'histoire doit connaître, mais les idées et les sentiments auxquels il a jugé bon de donner une forme durable avec le pinceau, le burin ou la plume. Il ajoutait que les personnes auxquelles on se confie le mieux, que l'on consulte le plus souvent, avec lesquelles on vit dans la plus grande intimité, sont nécessairement celles avec qui l'on correspond le moins, puisqu'on en est le moins séparé. Par exemple, pour avoir des lettres de P.-L. Courier a sa femme, il a fallu qu'il fût condamné à la prison. Il faudrait donc compléter la correspondance d'un homme par des mémoires de ses amis.

Que faire, cependant ? Brûler ces documents ? L'ordre est formel, écrit, impératif : *Je le veux.*

Ces documents — tous condamnés au feu par des notes semblables — sont considérables. On peut y suivre, jour par jour, pour ainsi dire, la vie de l'artiste, depuis une note de son père sur sa naissance et une première lettre qu'il écrivit, de Profondeville, à son père au nom de sa mère, le 18 janvier 18 6 (il n'avait pas dix ans), jusqu'à ses annotations dernières sur sa maladie ou sur le rapport d'une commission académique au sujet de son procédé de peinture mate. Wiertz avait gardé non-seulement toutes les lettres qu'il avait reçues, mais il avait retrouvé ses lettres à ses parents, conservées avec soin par sa mère, et il ne les avait pas détruites ; il avait gardé aussi un bon nombre de copies de lettres à son professeur et à ses amis ; plus, toutes sortes de notes, de comptes, d'imprimés, d'articles de journaux, et jusqu'aux quittances d'arrhes de ses voyages. Ces pièces formeraient la matière de plusieurs volumes.

Cependant, quelle que soit la valeur de ces papiers, le désir de conserver le sceau de la confiance mutuelle aux confidences écrites comme aux causeries intimes, est respectable, surtout lorsque la mort rend le dépôt plus sacré et que l'ami n'est plus là pour vous rappeler vos engagements ; il n'y aurait donc pas eu à hésiter si l'ordre avait pu être respecté partout et s'il n'y avait eu aucune contravention à craindre.

Mais il y a un danger manifeste à laisser ne livrer au public que quelques traits échappés au hasard, comme des lambeaux d'une conversation coupée ; et un artiste qui n'a jamais eu de fausse modestie considérerait comme une véritable contrefaçon de n'être peint que dans une ébauche aussi incomplète. Quel danger aussi de détruire un ensemble de documents qui peuvent rectifier tant d'erreurs, et d'abandonner à la merci des éditeurs quelques débris dispersés, quelques lettres triées !

Le premier devoir était de ne rien précipiter et d'attendre. Au nombre de ces papiers, se trouvaient deux projets de donations et un testament sans date, qui a été annexé à l'inventaire notarié, puis communiqué aux Chambres, et où la volonté de Wiertz, nettement exprimée, de léguer son musée à l'Etat, est venue si utilement corroborer les déclarations de son fondé de pouvoirs. Si l'ordre avait été suivi aveuglément, quelle perte !

Attendre, c'était permettre à l'opinion de se prononcer et aux événements de se produire. L'opinion n'a pas empêché la publication de nombreuses lettres de Wiertz, et les événements prouvent deux choses : L'une, que ses correspondants se croient le droit de livrer ses lettres au public. L'autre, que les souvenirs sur sa vie ne sont pas tous exacts, et que plus d'une erreur tend à se répandre, erreur que des documents irrécusables n'auraient pu rectifier s'ils avaient été brûlés.

En attendant, il y avait lieu de trier ces papiers et de classer tout ce qui pouvait servir à l'histoire de la vie, des idées et des travaux de l'artiste. Cela fait, deux partis se présentaient : Publier les principaux de ces documents, ou les analyser. Le premier parti s'écartait réellement trop des ordres formels de l'artiste. Entre ces deux extrémités : brûler ses lettres ou les imprimer, — un moyen terme répondait suffisamment à tous les intérêts qui militent pour leur conservation : on a préféré les mettre à la disposition des organes de publicité les plus répandus en Europe, comme la *Revue des Deux-Mondes*, l'*Unsere Zeit*, la *Revue d'Édimbourg* (1), etc..., et en donner ici une analyse, la plus complète que possible, avec les dates exactes et les fragments les plus importants.

Pour composer ce résumé, l'on s'est efforcé de faire abstraction de tout sentiment étranger à la placidité de l'histoire, afin de n'omettre aucun détail utile, de donner à chaque fait l'attention qu'il comporte et de n'écrire aucune ligne qui ne fût prouvée. Ce n'est ni un panégyrique, ni un plaidoyer qui convenaient ici ; l'indispensable condition d'un travail pareil est la vérité. S'en tenir à la vérité, c'est respecter à la fois le lecteur et l'artiste.

(1) Voir la biographie de Wiertz, par M. Émile de Laveleye, *Revue des Deux-Mondes*, 15 décembre 1866, et un article de l'*Unsere Zeit* de Leipzig, du 1ᵉʳ juillet 1867.

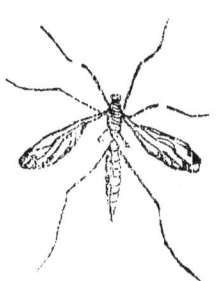

# ANALYSE

D'UNE SÉRIE DE

# DOCUMENTS AUTHENTIQUES

RELATIFS

A L'HISTOIRE DE LA VIE ET DES TRAVAUX DE L'ARTISTE.

—

Antoine-Joseph Wiertz (1) est né à Dinant, le 22 février 1806, à 9 heures du soir. Son père, Louis-François Wiertz, était né à Rocroi, le 8 juillet 1782, de Louis-Frédéric Wiertz et de Marie-Joséphe Pierron. Entré, en 1799, comme remplaçant, dans le 11ᵐᵉ régiment de chasseurs à cheval, il avait dû, deux ans après, se rendre aux Invalides-succursales à Louvain, avec un *congé absolu* (2). En 1803, il avait « donné volontairement sa démission » d'invalide, se déclarant « capable de pourvoir à sa subsistance » (3). Le 7 novembre 1804, après un court séjour à Rocroi, il était venu à Dinant épouser Catherine Disière, « journalière » (4), née à Leffe, le 28 juin 1768.

Lors de la naissance de son fils, L.-F. Wiertz était « tailleur d'habits » à Dinant. Après diverses tentatives pour se faire une position meilleure, à Dinant, à Cologne (5), à Vonèche (6), il se décida,

(1) Ce nom annonce une origine allemande. En 1588, on trouve un Paul Wieriz, feld-maréchal en Belgique. Paquot mentionne un Jean Wiertz, jurisconsulte, né à Anvers, en 1620 et un J.-J. Wierts, magistrat au xviiiᵉ siècle: l'école hollandaise a un peintre de paysage et de genre nommé Henri-François Wiertz, 1781-1858.

(2) *Congé absolu délivré au citoyen L.-F. Wiertz, dit Varnier* (du nom de Joseph Varnier, dont il avait été le remplaçant), *etc., en vertu d'un ordre du ministère de la guerre du 27 floréal an X.* Chantilly, 18 prairial, an X.

(3) Louvain, 4 vendémiaire an XII.

(4) Extrait du registre aux actes de mariage de la ville de Dinant, département de Sambre et Meuse.

(5) Passeport pour Cologne, 17 décembre 1806.

(6) Le 17 avril 1809, il entre chez M. Beauwins. (Note de sa main.) De 1811 au 18 mai 1814, il est employé comme garde-surveillant dans les verreries de Vonèche.

en 1814, à entrer dans la gendarmerie hollandaise, où il servit comme brigadier jusqu'à sa mort (1).

Le père de l'artiste était une grande âme, simple et virile. Il voulait laisser à son fils une éducation au-dessus de sa position et un caractère supérieur aux événements. On sent en lui un homme trempé par la Révolution française. Préférant l'école à l'atelier (2), il donna pour jouets à l'enfant des livres, une flûte et des crayons, voulant qu'il apprît à la fois la musique, le dessin et la grammaire. Dans cette lutte contre la fortune, la mère eût fléchi; le père tint bon, il chercha à faire de l'enfant un homme et de l'homme un fort caractère et un grand talent.

L'enfant montrait du goût pour les arts plastiques; il dessinait (3), il sculptait (4), il gravait sur bois (5). On conserve, de cette époque, des bois où l'enfant a gravé, d'après de mauvaises copies, une vierge, un tartare à cheval, des paysages, un hanneton, un moucheron (6), des dessins de dentelle, et des clichés pour imprimer les ordres du brigadier de gendarmerie. On raconte qu'il avait sculpté une grenouille qui semblait vivante; un jour, le chef de corps de son père entre dans la chambre du brigadier et recule en croyant voir une grenouille sur la cheminée. « Ce n'est rien, lui dit la mère, c'est un joujou qu'Antoine sculpte avec son couteau. » Le trait fut rapporté; il donna au jeune Wiertz un protecteur. Dès le mois d'avril 1819, âgé de 13 ans, il va habiter, à Dinant,

(1) Son entrée dans la gendarmerie date de 1814. Le 12 décembre, il est remplacé à la brigade de Namêche, et détaché auprès du quartier-maître à Namur. Le 4 juin 1816, il est nommé brigadier à cheval à Namur et va successivement, avec sa brigade, à Couvin, à Philippeville et à Ciney. Sa femme reste à la caserne avec son fils, à Profondeville, à Ciney, puis à Philippeville. (Lettre de Fr. Wiertz à sa femme, du 15 août 1818.)

(2) On trouve l'enfant à l'école de Boussu-en-Fagne, en 1816, et de Ciney, en 1818.

(3) On trouve mention : du château de Dinant, de la Roche à Bayard, d'une sainte famille, datée de Philippeville, juin 1818, d'une cuisinière, d'un chat, d'un *assemblage de fleurs*, d'un *Christ*, etc.. etc. Les uns détruits, les autres faisant partie de la collection de documents ici analysée.

(4) Vous voudrez bien me dire si on vous a renvoyé la grenouille que j'ai faite il n'y a pas longtemps; envoyez-moi la, si vous l'avez. (Lettre à ses parents, 21 avril 1819.)

« Faites scier le morceau de bois pour faire une grenouille, 12 juin 1820. »

(5) J'ai fait plusieurs gravures, je vous les envoie. Elles sont très-belles parce que M. Delaine (l'intendant de M. De Maibe) m'a donné un peu d'encre d'imprimeur, ce qui fait beaucoup. (Lettre à ses parents, datée de Dinant du 1er juin 1819.)

« Je vous envoie une gravure qui est la sainte vierge que j'ai gravée dans du buis. Lettre à son père, 1819.

« M. Hugues (le fils de M. P. Maibe) et M. Delenne sont très-contents de moi, et sont fort étonnés de mes gravures. » Lettre du 11 juin 1819.

(6) Voir plus haut, pp. 385 et 391, le hanneton et le moucheron. Les bois gravés par l'artiste ont servi à l'impression.

chez M. Paul Maibe ou de Maibe, membre des États-généraux, qui se charge de son éducation chez lui (1). Là, il fréquente l'école primaire et reçoit des leçons de dessin et de musique. Là, il voit, pour la première fois, un tableau de Rubens, et ce n'est pas sans émotion qu'on trouve dans une lettre de cet enfant, qui devait se poser plus tard en émule de Pierre-Paul, un post-scriptum ainsi conçu : « J'ai vu un tableau de *Rubins,* qui est chez M. de Maibe. » (10 juin 1819.)

On a pensé à le faire lithographe (2), c'était un bon état. Mais son père rêve mieux que cela. L'enfant fait déjà des portraits (3) ; il a 14 ans à peine et son protecteur lui écrit : « J'espère que vous marcherez à la gloire (4). »

Bientôt (5), M. Paul Maibe le conduit lui-même à Anvers, et le place à l'académie, sous la direction d'Herreyns et de Van Brée.

Wiertz a raconté son voyage dans une longue lettre à ses parents. M. Maibe, en passant à Charleroi, a mené l'enfant à la foire et lui a montré les singes et les joueurs de tours. (6) A Anvers, Wiertz est conduit par son hôte à la cathédrale devant la *Descente de Croix.*

---

(1) Sa première lettre datée de Dinant, dont il soit fait mention, est du 19 avril 1819.

(2) Lettre d'un ami à son père, 4 février 1821.

(3) Il s'applique très-fort à la peinture, travaille aux portraits dont il réussit assez bien à saisir la ressemblance, ce qui étonne même les connaisseurs ; pour autrement dire, il s'applique à cet art en toute manière : gravure sur bois, en taille douce, sur le cuivre. (Lettre de son père à M. P. Maibe, 27 avril 1820, pendant les vacances.)

(4) Lettre de M. de Maibe, du 6 juin 1820.

(5) Le 28 juin 1820, Wiertz écrit à son père :

« Je viens de recevoir une lettre de M. de Maibe, qui me fait un très-grand plaisir .. La voici :

                                        « Du Fourneau de Falemprise, 26 juin 1820.

» Je vous apprends avec plaisir, mon cher Antoine, que mon fils a trouvé à vous placer très-bien et même devant les plus grands artistes, auxquels il vous a recommandé. Il a trouvé à vous placer à Anvers chez de très-braves gens où vous serez très-bien (M. Mestriaux, plafonneur, rue Pont-Bernard, 925). Comme il est urgent que vous y alliez de suite, je vous recommanderai de vous préparer à partir dans une quinzaine de jours... »

Le 26, il reçoit, chez ses parents qu'il est allé voir à Ciney, la lettre suivante :

« Monsieur Paul Maibe me charge de vous dire qu'il est de retour depuis hier soir et qu'il désire que vous vous rendiez ici aujourd'hui sans faute, avec les effets qui vous sont nécessaires pour partir demain avec lui, pour Anvers. Il compte que vous reviendrez avec le porteur de la présente.                              » J. DELENNE. »

(6) Il arrive le 1er août à Anvers. M. Maibe voit ses professeurs et il lui laisse un billet avant de partir : « Anvers, 1er août 1820. J'ai sur le cœur, mon cher Antoine, de partir sans vous avoir embrassé ; j'ai vu M. Heirens et M. Van Brée vos professeurs, ils m'ont promis d'avoir un soin particulier de vous... Si je vous avais embrassé, je partirais content, etc. PAUL MAIBE.

C'est dans les premières années d'étude que l'influence de son père
fut utile au jeune élève. Ses conseils à son fils sont d'un stoïcien : il
lui recommande : le travail qui mène au succès, l'ordre, la modération
des désirs, le renoncement à tout ce qui ne tend pas au but le plus
noble de la vie, l'amour de la gloire. L'enfant n'a que 13 ans et son
père le traite en homme : « Je m'aperçois que vous devenez un homme
de jour en jour, » lui écrit-il chez M. de Maibe. (20 août 1819.)

Il prend même, lui, illettré, des artifices de forme pour rendre plus
attrayants ses conseils. Un jour, il écrit à l'enfant un songe en trois
grandes pages. Le père a vu son fils chez M. de Maibe ; il lui a trouvé
une attitude plus aisée, des manières plus viriles : l'enfant a pris les
usages du monde. On le complimente sur ses essais, il répond modes-
tement « et sans être emprunté ». On se met à table, il attend qu'on
l'engage à prendre place ; il s'y assied et s'y tient en homme bien élevé.
« Qu'il est changé, me disais-je, et j'étais si surpris que j'avais peine à
me contenir dans le plaisir que je ressentais ». Le père alors se transporte en rêve dans la chambre de l'enfant et s'y met « dans un petit
coin » pour observer. Tout y est propre et bien rangé, « sans arrangement ni négligence ». — « Voici une chambre que des personnes
respectables peuvent y entrer ! » L'enfant arrive ; sa joie redouble, car
l'enfant s'agenouille et prie : il demande à la sainte Vierge « de devenir
un homme vertueux, savant et éloquent dans la religion, la musique,
les arts et les sciences..... Et que je sois à même, un jour, d'être
utile à mon pays et à ma patrie ». Puis, le père, écrivain sans orthographe, trouve une des formes les plus délicates de l'art et ajoute :
« Ayant continué plus bas, je n'ai plus su rien comprendre ; il m'a paru
» cependant que vous profériez mon nom.... Le brave enfant ! il le
» demande d'un trop bon cœur et avec une trop grande confiance, pour
» que ses demandes ne lui soient pas accordées, me disais-je ! » —
Enfin, l'enfant se met à peindre, en faisant l'éloge du travail, et le père
veut lui « adresser la parole sur le travail et l'application au bien » ;
il s'éveille et ne trouve plus « qu'un songe au lieu d'une vérité aussi
avantageuse. » — Ces pages se terminent ainsi : « Cependant, me disais-je,
il est possible que mon fils accomplisse les grands avantages de ce rêve,
il en est à même.... Enfin, depuis ceci, je ne ferai plus de bien que je ne
vous aurai vu et parlé, dans l'espoir que j'ai que mon songe a quelque
chose de vraisemblable. » 1819.

L'enfant répond à cette lettre, en annonçant à son père que M. de

Maibe « a écrit à Bruxelles à un peintre pour le placer. » Et il ajoute en *post-scriptum* : « A l'égard du songe, il m'a beaucoup amusé, surtout pour la bonne tournure du discours. Ho! vous composeriez bien un livre! » (Lettre datée : mercredi 1819).

Ce n'est pas à Bruxelles, c'est à Anvers que M. de Maibe trouva à placer l'enfant. A Anvers, son père le fortifie contre tout obstacle. Les concours approchent-ils, qu'il ne se décourage pas s'il n'obtient pas le prix. Les vacances arrivent-elles, qu'il renonce au plaisir de rentrer dans sa famille, au bonheur qu'il peut procurer à sa mère et à son père, pour ne pas perdre une heure d'étude. Ainsi il parviendra à ce *grand but d'honneur et de félicité* (1).

« Servez de modèle à la jeunesse de la postérité, lui écrit-il, et qu'il » soit dit, dans la suite des temps, par les jeunes gens : Je vais » m'élancer à la gloire, comme a fait dans le passé le grand Wiertz, » qui a commencé à se distinguer à l'âge de 14 ans. » (21 janvier 1821.)

« Je vous le dis à vous-même, lui écrit-il un autre jour, à la fin » d'une longue lettre, votre bon esprit, votre bon caractère et vos » bonnes dispositions au bien me font toujours croire que vous avez » l'âge de 30 ans au lieu de 14. C'est ce qui fait que je vous consi- » dère non-seulement comme mon fils, mais encore comme mon ami. »

Et depuis ce jour, 24 septembre 1820, ses lettres commencent par ces mots : « Mon très-cher fils et ami, » et sont signées : « Votre père et ami. »

Chose digne de remarque, cet ancien soldat de la République, ce Français qui a pris du service dans les Pays-Bas, n'a pas, dans sa longue correspondance, un mot qui rappelle les guerres de l'époque : ce sont les grands peintres, non les grands généraux qu'il présente à l'enfant pour modèles; quand il parle de gloire, c'est de gloire artistique, et jamais rien, pas même une comparaison, ne rappelle à l'enfant qu'il y ait une gloire militaire.

Un profond sentiment moral domine ces conseils :

« On a autant de peine à exceller dans ces principes (de vertu) que » l'on en a à exceller dans la peinture, et pour faire un grand homme » accompli, il faut que l'un et l'autre soient réunis. Faites bien réflexion. » Car les grands hommes qui sont dans l'histoire n'ont pas fait une

_____

(1) Lettre de son père, du 24 septembre 1820.

» moindre faute qui n'ait été écrite et connue de la postérité comme de
» Dieu... (23 oct. 1821). »

C'est ainsi que le pauvre gendarme formait l'âme de l'artiste.

L'enfant semblait né pour cette éducation. Son père lui demande s'il
se plaît à Anvers; il répond : Oui, et il ajoute : « D'ailleurs, quand je
» travaille pour la gloire, je ne regarde pas où je suis, quand même je
» serais en prison. »

Cette même lettre finit par ces mots d'enfant : « Des compliments
» affectueux à votre cheval, et que je l'embrasse (1). »

Ces sentiments remplissent toute sa correspondance :

« Quels plaisirs est-ce que je ne goûte pas en travaillant du matin
» au soir pour m'instruire dans les arts! » (1er avril 1821.)

« Un caractère distingué et noble, joint à des talents extraordinaires,
» voilà ce qui fait remarquer un homme et c'est de ces qualités que je
» m'occupe....

» Je ne suis pas ici pour perdre une minute.....

» L'on me nommerait empereur de toutes les Russies, ou l'on me
» conduirait innocent à l'échafaud, mon cœur ne battrait pas plus vite. »
(3 juin 1821.) (2).

Un de ses camarades lui ayant prêté un squelette, il passe ses nuits
à le copier, afin de ne pas *déranger son travail de peinture;* pour
mieux étudier les os du corps humain, il les sculpte avec de la terre de
potier, de sorte qu'il pourra continuer ses études d'après le squelette,
quand il l'aura rendu. Il raconte ces faits à son père et il parle de son
*courage éternel.* 2 février 1822.

---

(1) Lettre sans date, 1821.
(2) Un autre jour, il écrit à son père :
« Je m'amuse tant ici que je ne saurais vous l'exprimer. L'étude de l'art du dessin,
voilà tout mon contentement ; une assiduité jointe à un courage naturel qui augmente au
lieu de diminuer et ne se peut voir surpasser tous les jours. Je vois mes compagnons se
dégoûter et se décourager en voyant les autres faire mieux qu'eux ; je trouve cela si
singulier que je ne puis m'empêcher de leur en parler, et de leur faire voir leur peu de
courage. Je voudrais même qu'ils en eussent beaucoup, c'est alors que j'aurais du plaisir
à lutter contre eux ; car je ne cherche que les difficultés et à vaincre les plus grands
courages. Quoique mes camarades n'en aient que de faibles, cela m'amuse ; mais c'est un
peu facile. Je tâche de leur en donner beaucoup, pour augmenter le mien ; si je trouve
pour deux liards de difficultés, j'achète pour un sou de courage. Cette comédie ne cessant
jamais, vous ne doutez pas que je dois avancer beaucoup ; par conséquent mes maîtres
sont contents de moi et ont du plaisir à me dire quelque chose. Je commencerai bientôt
à peindre à l'huile, ce sera vers Pâques. Je commence aussi à composer de différentes
manières ; tantôt des sujets d'histoire, et, pour varier, tantôt des sujets grotesques... »
Anvers, 2 février 1821.

Une autre fois, parlant des élèves sans audace, qui reculent devant les grands maîtres, il écrit :

« Ils s'imaginent que ce sont des dieux inimitables et non des » hommes *à surpasser.* » (1ᵉʳ mai 1821.)

On retrouvera souvent ces idées dans la vie de Wiertz.

L'élève qui parlait ainsi à Anvers avait quinze ans. Aussi, avec quelques centaines de francs, garantis par son protecteur pour sa pension à Anvers, avec un subside annuel de 140 florins (1), qui s'élève successivement à 240 (2) et à 300 (3) florins, Wiertz put faire toutes ses études et obtenir le prix de Rome, qui lui permit de les compléter par des voyages.

Ici, se retrouve la grenouille du jeune Antoine ; il en avait fait plusieurs : c'était un succès. Ses protecteurs en envoient une à Anvers. M. Herreyns « en est saisi » (4), et un premier subside est accordé à son père pour le faire instruire dans *l'art de la sculpture, pour lequel il montre de si heureuses dispositions* (5).

Il était temps que cette première éducation trempât le cœur du jeune élève. En 1822 (6), il perd son meilleur ami, son père, et, bientôt après, son protecteur (7). Mais, dès ce moment, « sa force est en lui-même, son guide est sa raison, » comme il l'écrit à sa mère (8). En dehors de ce qu'il paie pour sa table, « il est rare qu'il dépense deux liards par mois »(9).

Sa mère demande une pension pour la veuve du brigadier ; elle ne peut l'obtenir (10). Elle doit reprendre le travail ; mais son fils pourvoira bientôt à ses besoins.

Il s'exerce « à la composition » et « à nourrir son génie par de bons livres (11). » Il travaille sans cesse ; mais il varie ses travaux et prévient la fatigue : « Si j'étudiais trop, ce ne serait plus ce qu'on appelle bien » étudier (12). »

(1) Arrêté royal du 1ᵉʳ février 1821.
(2) Février 1823.
(3) Arrêté du 1ᵉʳ octobre 1823, renouvelé le 10 décembre 1827 et le 2 avril 1829.
(4) Lettre à son père, 4 mars 1821.
(5) Lettre du ministre de l'instruction publique. 9 février 1821.
(6) 16 mai.
(7) Fin de 1823.
(8) Lettre du 1ᵉʳ septembre 1824.
(9) Lettre sans date de 1823.
(10) Notification de refus, du 9 octobre 1822.
(11) Lettre à sa mère, 27 juillet 1823.
(12) *Ibid.*

Il copie Rubens (1) et fait des portraits (2). Il compose divers sujets : un Saint Pierre martyr (3), une apothéose de Rubens (4), Apollon enseignant la flûte aux bergers (5), un trompe-l'œil, premier tableau qui soit conservé de lui et qui est digne de l'être. L'artiste le décrit lui-même en ces termes :

« Je me suis mis dans la tête de peindre un enfoncement en perspec-
» tive dans ma chambre, et dans cet enfoncement ou niche, qui est
» placé en un endroit convenable, j'ai peint divers objets, comme des
» livres sur lesquels le crâne d'une tête, à côté une bouteille. J'ai
» réussi à merveille l'imitation de la nature ; tout y est peint avec préci-
» sion, et les plus difficiles ont été tentés plus d'une fois de prendre la
» bouteille dans la niche ou de lire dans ces livres. » (*Lettre à sa mère*,
du 12 juin 1824.)

Un concours de composition arrive ; le sujet donné est le martyre de saint Étienne.

» Alors, dit-il, mon esprit et mon imagination semblaient s'allier, afin
» d'avoir plus de force... Je me raisonnais en moi-même et me suppo-
» sais la force et la grandeur d'âme du saint qui avait la fermeté de
» mourir avec courage, sous le poids de la vengeance et de la rage de
» ses ennemis altérés de son sang. Enfin, m'efforçant ainsi, ma pensée
» qui semblait être bien éloignée de moi, revint tout à coup, comme
» d'un profond assoupissement ; je m'arrête, je prends un crayon et
» trace une des meilleures productions qui décidera de ma perte ou de
» ma gloire (6). »

Les succès ne lui manquèrent point, quoique « un cœur comme le sien méprise des choses qui sont un peu plus que le néant (7). » Chaque année, il obtient un prix, le premier, le second, le troisième. En 1825, un prix extraordinaire de 100 florins est institué par le Roi pour un concours d'après nature. C'est lui qui l'emporte. Et son professeur lui rappellera encore, en 1838, ce « beau concours d'anatomie, qui devait être pour lui d'un heureux présage (8). » En 1825, ses profes-

---

(1) *Le Christ mort*. Lettre du 12 juin 1822. Cette copie a été détruite.
(2) Lettre du 6 janvier 1824.
(3) Lettre du 27 juillet 1825. Détruit.
(4) Lettre du 2 décembre 1827.
(5) Détruit.
(6) 31 mars 1822. Esquisse détruite.
(7) Lettre à son père, 2 février 1822.
(8) Lettre de Van Bree ; du 12 octobre 1838.

seurs le trouvent capable de concourir pour le grand prix de Rome (1)
et lui prédisent le succès. Il s'y refuse et le prix ne peut être décerné.
En 1828, il balance la victoire (2). En 1832, il obtient le prix.

En 1829, il avait quitté l'académie pour aller à Paris (3); sa pension
de 300 florins continuée, des portraits à 30 fr. pièce, à 70 fr. les
trois, lui suffisent (4).

L'effet que produit sur lui le Louvre est grand; il en rend compte
à son professeur Van Brée. Le premier tableau qu'il voit est le
*Déluge* de Girodet. La gravure avait produit sur lui une impression plus vive. « Serait-ce ce coloris fade qui m'indispose? » Le
*Naufrage* de Géricault l'émeut davantage. Le *Brutus* de David le fait
s'écrier :

« Que tu es petit, ô David! Tu ne peux donc jamais peindre sans la
nombreuse escorte des mannequins, des modèles, des statues, des draperies et des fils d'archal pour les soutenir.... Rubens, que tu traitais
de franc barbouilleur, en dit plus que toi en quelques coups de
brosse. »

Raphaël l'arrête. Son maître lui a recommandé de l'étudier. Il se défie
des louanges exagérées qu'on lui prodigue; il l'étudie et reconnaît qu'il
« a réellement mieux dessiné, mieux exprimé, mieux choisi dans la
nature. » Mais il le trouve : « tantôt adroit plagiaire de l'antique, tantôt
fidèle imitateur de la nature, » et il conclut : « Raphaël est grand, tant
qu'il peut imiter; c'est là son génie. »

(1) « J'ai refusé et je suis beaucoup blâmé par les professeurs. » Lettre a sa mère, du
5 juillet 1826.

(2) Le prix a été accordé a l'unanimité au n° 5, comme dépassant de beaucoup le n° 1.
bien que le n° 1, comme *composition* et *expression*, possède beaucoup plus de mérite
que le n° 5. (*Extrait du procès-verbal du jury*.)

(3) Du 25 novembre 1829 aux premiers jours de mai 1852.

(4) « Je me suis arrangé avec le propriétaire (M. Tanret, marbrier, rue Amelot, 56).
Je donne par jour 80 centimes pour mon logement, café, diner et souper compris,
et 10 centimes suffisent pour nous procurer le chauffage pendant quatre à cinq jours.
Car il ne fait pas froid à Paris. Le portier nous fait toutes nos petites commissions,
arrange notre chambre et nous procure tout ce qui est nécessaire. En vérité, je ne fus
jamais si bien. Après m'être occupé de mes portraits (car j'en ai déjà fait trois ou
quatre), je vais faire une promenade en ville, voir les musées. En revenant chez moi,
après souper, notre propriétaire nous reçoit avec beaucoup d'amitié à des petites
soirées qui sont très-agréables. » Lettre à sa mère, du 30 décembre 1829.

— « Je vous prie de venir demain lundi, à 2 heures après-midi, pour me peindre,
comme nous sommes convenus, pour 50 fr., 15 mars 1851. »

— « Monsieur, je vous dirai que cette dame que vous avez vue hier ne peut donner
que 70 fr. pour les trois portraits, etc., 27 mars 1851. »                K.

« J'étudierai Raphaël, dit-il enfin, et j'apprendrai comme lui à m'ap-
» proprier adroitement les beautés des anciens ; il m'apprendra aussi
» à chercher dans la nature les belles expressions. Mais je me garderai
» de prendre ses défauts pour des beautés et me souviendrai tou-
» jours qu'il n'est pas tout à fait Dieu (1). »

Les deux lettres à Van Brée qui contiennent ces lignes sont modestes
cependant :

« Cherchant toutes les occasions de m'instruire, dit-il dans l'une,
» je me permets de vous communiquer les faibles idées d'un commen-
» çant. »

« Mon inexpérience, dit-il dans l'autre, le peu d'habitude de voir les
» écoles étrangères, et surtout mes faibles connaissances me font pré-
» sumer que, dans mes observations, peut-être trop hasardées, je suis
» souvent tombé dans l'erreur. Mais n'est-ce pas par l'erreur que l'on
» commence à s'instruire et, lorsque l'on est convaincu de ses fautes, ne
» prend-on pas alors une marche plus assurée ? »

La Révolution de juillet, qui le rend *témoin oculaire de bien des
choses terribles,* ne change rien à ses habitudes, — rien que d'amener
la pénurie des portraits.

Il a achevé diverses esquisses et des tableaux qu'il compte exposer en
1831 (2). Dans l'un, il s'est représenté lui-même peignant un modèle,
une jeune femme, qui se découvre la moitié du corps avec toute sorte
de coquetteries, pendant que l'artiste, distrait, ne pense qu'à son art et
médite son œuvre. Dans l'autre, il a peint *Adam et Ève,* qu'il a voulu
représenter après la chute et « méditant sur les maux qui doivent peser
sur l'espèce humaine » (3). Le catalogue de l'exposition contenait l'explication suivante :

2158 « *Adam et Ève.* Assis dans un lieu d'où l'on découvre une
» partie du Paradis terrestre, nos premiers parents semblent rêver aux
» moments délicieux passés dans ce séjour. Le jeune Caïn, ignorant en-
» core la malédiction divine, éprouve le désir naturel d'être transporté
» dans ces beaux lieux, ce qui le porte à faire des questions auxquelles
» Adam et Ève ne peuvent répondre. »

(1) Deux lettres à Van Brée, avril 1830.
(2) Ces deux tableaux sont à Dinant, dans la famille Disière.
(3) Lettre à un cousin (G. Disière) Wiertz ajoute : « J'ai ajouté le jeune Caïn faisant
des questions sur les causes qui les privent d'habiter le paradis. Cet état d'innocence
contraste avec la situation d'Adam. »

« Cet ouvrage, dira plus tard un journal belge (1), attira l'attention par la profondeur de la pensée avec laquelle il était conçu. ».

L'annonce du concours pour le prix de Rome ramène Wiertz en Belgique. Ils sont six concurrents, tous de l'école d'Anvers : « Les étrangers n'ont plus osé s'y frotter (2). »

Il remporte le prix et son cri de victoire nous est conservé :

« Libre du poids de l'infortune, je vais pouvoir me livrer à mes ar-
» dentes inspirations ! Je me consumais en vains projets ; je succombais,
» pour ainsi dire, sous le fardeau de mon imagination créatrice qui me
» fournissait sans cesse des idées que je ne pouvais exécuter. Je puis
» enfin communiquer mes pensées (3). »

En effet, le *Patrocle* et la *Révolte des Enfers* (4) sont déjà esquissés ; mais comment entreprendre de pareilles conceptions avec 300 florins de subside pour une dernière année et des portraits à 70 francs les trois ?

Une autre victoire est gagnée pour son cœur. Dès ses premières études, à ses pensées de gloire, il avait mêlé une idée plus touchante :
» Alors, avait-il écrit un jour à son père, votre fils, qui travaille pour
» la gloire, aura la satisfaction de récompenser ses parents des soins
» qu'ils ont eus de son enfance. » (5) Son père n'est plus là pour jouir de son rêve accompli. C'est sur sa mère qu'il reporte tout son amour. Qu'elle ne se prive de rien, elle le peut maintenant. « Reposez-vous entièrement sur mes soins. » (6) Qu'elle ne s'inquiète de rien pour son fils : « Personne n'a autant de bonheur ni ne possède plus de moyens
» de se tirer d'affaire en tout ce qui peut arriver (7). »

La mère de l'artiste n'était plus jeune alors ; au lieu de la virilité d'âme du brigadier, elle avait toutes les anxiétés de la vieillesse, toutes les faiblesses maternelles. Wiertz l'encourage, la soutient, lui résiste.

(1) *L'Émancipation* du 21 sept. 1859.
(2) Lettre du 4 mai 1832.
(3) Copie d'une lettre à G. Disière. 22 septembre 1852.
(4) « Je n'ai pas encore commencé le tableau des *Géants,* mais seulement les dessins. » (Lettre écrite d'Anvers le 29 octobre 1827). — « Laissez la *Guerre de Troyes* pour plus tard. » Lettre de G. Disière à Wiertz. 5 mars 1829. Ces premières esquisses sont conservées au musée.
(5) 30 décembre 1821.
(6) Lettres écrites de Paris et de Rome. Depuis 1822, il envoyait quelque argent à sa mère. Sur les 10,000 fr. qui lui furent alloués pour ses frais de trois années de voyage et sur lesquels il dut prélever le prix de la toile du *Patrocle,* la location d'un grand atelier, sans compter un vol de près de 500 fr. qui lui fut fait à Rome, il réserva plus de 2,300 fr. pour sa mère. (Compte arrêté par G. Disière, au 15 septembre 1837.)
(7) Lettre de Paris, 7 mars 1851.

Ce long voyage l'effrayait ; elle ne le retiendra pas :

« Moi qui ne rêve que la gloire, qui n'ai pour toute passion qu'un
» seul but, l'espoir de devenir un grand homme, l'on m'écrit de venir
» tranquillement m'enterrer dans un coin obscur ! Et qui m'écrit cela ?
» C'est celle qui devrait m'encourager, m'inspirer, me pousser (1). »

Il part ; mais il ne néglige aucun soin pour rassurer sa vieille mère,
aucune recommandation pour la fortifier.

Tantôt, c'est la gaieté du voyage : le temps est superbe ; il fait des
croquis de ce qu'il voit, ou le portrait de ses compagnons de route ;
ou bien il prend sa guitare et met les voyageurs si bien en train
« qu'ils s'attachent à lui et regrettent de le quitter. » Et il ajoute :
« C'est ainsi, ma chère mère, que, quoi qu'il arrive, j'ai toujours des
» ressources pour exciter l'intérêt d'autrui. Soyez donc tranquille sur
» mon compte (2). »

Tantôt, ce sont des recommandations sur sa santé. « Il faut que vos
» idées d'économie disparaissent. Vous avez le loisir de faire largement
» tout ce qui peut vous être utile et agréable.

» ..... Soyez donc heureuse, vous le pouvez,... Songez que je tiens
» la fortune par les cheveux et qu'elle ne m'échappera pas (3). »

Dans une autre lettre, cette sollicitude prend une grâce de forme
touchante :

« J'espère que dans peu j'aurai le plaisir de diriger votre conduite ;
» il est temps que j'aie mon tour ; c'est vous maintenant qui serez mon
» enfant gâté,... (4) »

Et toujours il met à sa portée ce qu'il voit, lui raconte ses plaisirs, la
tient au courant de ses travaux, et c'est grâce à ces soins d'un fils qui
veut *gâter sa mère à son tour*, que nous connaissons sa joyeuse humeur
et ses premiers rêves.

Ainsi, on le voit : donnant tous les soirs sur son balcon des séré-
nades aux belles Romaines qui veulent bien l'entendre ; éveillant quelquefois les voisins qui enragent et qui finissent cependant par écouter
avec plaisir ; enfin, quand ils sont tous le nez à la fenêtre, allant se coucher et penser à ses compositions du lendemain (5).

Puis, le voilà : voyageant avec une bande joyeuse d'artistes et don-

(1) Paris, 4 fév. 1854.
(2) Lyon, 22 mars 1854.
(3) Rome, 15 décembre 1854.
(4) Rome, 26 avril 1856.
(5) Rome, 9 août 1854.

nant des concerts en plein air dans les montagnes (1), — ou bien au bal masqué, *déguisé en peintre* et improvisant le portrait des marquis, des sultanes, des pierrots et des polichinelles (2). Une autre fois, il veut peindre au théâtre un portrait en quelques minutes; mais le directeur s'y refuse : ne pouvant comprendre que la chose soit possible, à moins qu'on ne soit diable ou sorcier (3).

Les choses sérieuses ne sont pas négligées. Arrivé à Rome, le 28 mai 1834 (4), dès le 9 juin, il entre à l'académie de France, que dirigeait alors Horace Vernet, et, après quelques mois consacrés à l'étude des musées, il pense à un grand tableau. Entre tous ses projets déjà esquissés, il choisit le *Patrocle,* et il cherche un atelier assez vaste. En attendant, il ébauche de petites toiles « pour montrer différentes manières d'exprimer ses pensées en peinture (5). »

Il peint : deux scènes du carnaval de Rome, qu'il *espère vendre à quelque Anglais,* (6) un brigand, des femmes italiennes, M^me Lœtitia exposée dans son cercueil (7), enfin, une copie de Raphaël pour sa mère.

« Je me propose de vous envoyer, mais sans en parler, une
» vierge d'après Raphaël dont vous feriez don à la grande église de
» Dinant. Ce serait un souvenir qui vous rappellerait sans cesse à la
» mémoire de tout le monde, et vous sentez combien je serais charmé
» si, par la suite, on y mettait votre nom; ce serait pour moi une
» grande satisfaction (8). »

Une autre fois, il écrit :

« Je ne puis vous exprimer combien je travaille avec plaisir à cet

(1) Rome, 15 août 1835.
(2) Rome, 26 avril 1836.
(3) 4 mai 1837.
(4) Itinéraire d'après une note de sa main et ses lettres : Parti de Paris, le mardi 18 mars 1834; arrivé à Lyon, le 21, 5 heures du soir. Parti de Lyon, le 26, de l'hôtel N. D., rue Sirène, où J.-J. Rousseau a logé en 1752. Arrivé à Turin, le samedi 29. Passé le mont Cenis, le 29, au soleil levant. Parti de Turin, le 2 avril. Arrivé à Milan le 3, malade; mardi, 9, au soir, entré à l'hôpital. Sorti le 17. Parti de Milan, le 11 mai, à 5 heures du matin; logé à Plaisance, le même jour; j'arrivai au moment où Marie-Louise allait au spectacle; j'y fus pour la voir. Le 12, au matin, à Parme. Parti le 14, arrivé le soir à 6 heures à Bologne. Parti le 18, arrivé le 19 à Florence. Parti de Florence le 24, de Sienne le 25; arrivé à Rome le 28 mai 1834. Sa première lettre datée de Rome, où il raconte ses impressions et fait à la plume le portrait du pape, est conservée; elle est adressée à sa mère, 7 juin 1834.
(5) Rome, 13 décembre 1834.
(6) 7 mars 1835.
(7) 11 février 1836.
(8) 7 novembre 1835.

» ouvrage, car je le fais pour vous; c'est un monument d'amour filial
» que je veux vous ériger (11 février 1836) (1). »

Une petite note a été conservée où l'artiste, au moment d'envoyer
cette image à sa mère, *qui a été bien sage*, essaie une dédicace de ce
monument d'amour filial : *Dilectæ matri dicatum*, A. Wiertz.
*MDCCCXXXVI*. Trente ans après, lorsque la mort vint le surprendre, il était occupé à copier une de ses œuvres : *On se retrouve au
Ciel*, pour la dédier à son père et à sa mère dans cette même église (2).

L'attente pour le *Patrocle* devait être assez longue :

« Je vous dirai que tout est prêt pour mon grand tableau. Ce n'est
» pas peu de chose, car pour la fabrication de la toile, le marchand ne
» pouvait trouver de place assez grande. Ensuite, il fallait la laisser
» sécher (3). Ensuite, l'atelier que j'ai trouvé ne pouvait être libre
» qu'après Pâques (4), de sorte que c'est après-demain seulement
» (27 avril 1835) que je commence (5). »

Voici comment il travaillait; c'est toujours à sa mère qu'il s'adresse :

« J'ai adopté une espèce de régime dans mon travail. Un ouvrage
» d'une telle importance demande d'être traité avec une âme de feu, et
» la nature du sujet veut dans l'exécution une hardiesse qu'un homme
» faible ou fatigué ne pourrait avoir. Je me suis donc déterminé, pour
» avoir toujours la vigueur d'esprit et de corps, à ne travailler que peu
» d'heures par jour. Je prends le plus de distraction possible, par des
» choses cependant toujours utiles. Par ce moyen, j'ai reconnu que je
» faisais plus d'ouvrage, que tout était mieux raisonné et ne sentait
» point la pesanteur et la fatigue (6). »

Il communique ses projets à Van Brée; le savant professeur se féli-
cite qu'il ose aborder un sujet classique et lui donne de bons conseils :

« Plusieurs de vos camarades ont peur d'Homère, comme de la tête
» de Méduse..... N'oubliez pas la couleur flamande pour les tons bar-

---

(1) Son cousin, G. Disière, lui répondait (1ᵉʳ déc. 1835) : « Quant à la Vierge, je saurai arranger cela et faire mettre le nom de maman dessus. » Cette copie de la *Vierge à
la chaise* se trouve dans l'église collégiale de Dinant. Mais le nom de la mère de Wiertz
n'y a pas encore été mis.

(2) Il l'avait visitée à cet effet et y avait choisi la place convenable, le 2 août 1859.

(3) Cette toile, de 30 palmes sur 22, a été payée, le 9 mai 1835, 45 écus.

(4) Cet atelier, Via-del-Olmi, 57, fut loué à partir du 1ᵉʳ mai, 3 écus par mois.

(5) Lettre à sa mère. Rome, 25 avril 1835.

(6) 20 juin 1835.

» monieux. Soyez sévère pour le dessin des formes, car vous avez des
» héros et non des Flamands à nous représenter (1). »

Wiertz répond :

« Mon intention est, dans la manière de traiter les sujets d'Homère,
» qu'il faut la sévérité du dessin, sans oublier la couleur. Je m'aperçois
» aussi combien Rubens a étudié l'école vénitienne ; l'on retrouve là
» tous les éléments de l'école flamande, mais avec des beautés particu-
» lières, qui doivent nécessairement être étudiées pour comprendre ce
» qu'on appelle la couleur. Je reconnais combien de gens se trompent
» sur ce sujet, en voulant faire de la couleur. C'est ce qu'on commence
» à comprendre en France ; *l'école qu'on nomme romantique et qui n'est*
» *qu'une mode passagère marche à sa fin.* Le retour aux études sérieuses
» reprend son empire, soutenu par les efforts de M. Ingres et l'exemple
» constant des peintres allemands. Ce n'est pas que cette école n'ait
» aussi ses défauts, mais elle est basée sur des principes qui peuvent
» mener à de grandes choses. L'inconstance de l'esprit humain est telle
» dans les beaux-arts, qu'elle ferait douter de ce qui est véritablement
» beau, si l'on ne se rappelait ce mot vrai de Boileau que ce qui a été le
» plus constamment approuvé des siècles est véritablement ce que l'on
» doit admirer (2). »

Enfin, l'œuvre aux gigantesques proportions, qu'il n'a voulu montrer
à personne avant qu'elle ne fût achevée (3), est menée à bon terme, et
sa mère le rappelle et le presse. Elle fait même écrire à son fils par le
vicaire de sa paroisse, qui donne son adresse à l'artiste belge, en spéci-
fiant qu'il s'agit de Dinant en Belgique « parce qu'il y a un Dinan en
Bretagne. » (24 octobre 1836).

Wiertz ne peut cependant quitter Rome sans y avoir montré l'œuvre
qu'il y a faite ; il ne peut quitter l'Italie sans emporter quelques
copies de grands maîtres (4), sans voir Naples et Venise (5), que le
choléra lui interdit.

Le *Patrocle* fit un grand effet à Rome. « Le plus célèbre peintre de
Rome », Camuccini, en fut « enchanté et comme saisi. Il n'a rien
vu de moderne de cette énergie » (6). Thorwaldsen, Minardi, président de

(1) Anvers, 25 juin 1835.
(2) Rome, 16 août 1835.
(3) Lettre du 1ᵉʳ janvier 1836.
(4) Lettre du 21 juillet 1836.
(5) Lettre du 12 septembre 1836.
(6) Lettre du 12 septembre 1836.

l'Académie de Saint-Luc, ne connaissent rien de plus puissant depuis Rubens (1). L'artiste a essayé son effet sur des enfants : « ils se sont enfuis en jetant des cris de frayeur (2). » Tous les savants de Rome sont enthousiastes du tableau. Des Anglais assiégent l'atelier (3), et l'Académie de Saint-Luc couronne ce succès en plaçant au nombre de ses membres le jeune peintre (4), qui y laissera, en souvenir de lui, le portrait d'un de ses membres les plus distingués, son ami Uggoni (5).

L'artiste ne se laisse pas séduire cependant par tout ce qu'on lui dit de flatteur (6). Ce qui l'occupe, c'est l'accueil qu'il recevra dans sa patrie.

La grande toile est expédiée pour Anvers (7); mais elle n'y sera pas exposée avant que l'artiste ne soit là, « pour répondre et battre ceux qui s'aviseraient de critiquer de travers (8). »

Il va suivre de près son œuvre (9) dont il a fait une copie exacte en petite dimension, de crainte qu'elle ne se perde en route (10).

Il voudrait exposer l'œuvre seule, pour quelques personnes d'élite, dans un jour convenable; car « c'est une guerre qu'il déclare à tous les peintres belges (11). »

Ces derniers mots demandent une explication, que l'artiste nous donnera lui-même.

David avait trouvé l'hospitalité de l'exil à Bruxelles, où il reçoit encore aujourd'hui l'hospitalité du tombeau; tant qu'il vécut, imposant avec une rudesse grondeuse l'autorité de son nom, la peinture flamande subit le despotisme d'une école contraire à toutes ses traditions. Herreyns seul réagissait avec son pinceau et l'on vient de voir Van Brée, qui avait le génie de l'enseignement, mêler dans ses conseils l'amour du classique au culte du nom de Rubens.

---

(1) Lettre de recommandation en italien adressée, le 15 février 1837, par Raggiolo Uggoni à Bianchi, architecte du roi et archéologue à Naples.
(2) Lettre à sa mère, du 12 septembre 1836.
(3) Lettre à sa mère, du 10 décembre 1836.
(4) Lettre à sa mère, 5 févr. 1837.
(5) Ce portrait se trouve encore aujourd'hui au musée de l'Académie de Saint-Luc.
(6) Lettre à sa mère, du 12 septembre 1836.
(7) Le 7 janvier 1837.
(8) Lettre à sa mère, du 20 juin 1835.
(9) Départ de Rome pour Naples, le 19 février 1837. De Naples à Livourne, à Florence, à Venise, à Munich, à Cologne, à Liége. Avant d'entrer en Toscane, il dut faire 18 jours de quarantaine.
(10) Cette copie existe encore, elle fait partie de la collection du musée Wiertz.
(11) Lettre à sa mère, du 15 juin 1836.

David mourut en 1825, et la réaction commença. Le salon de 1830 la vit triomphante et la révolution politique devait bientôt lui prêter l'élan du patriotisme (1). L'art belge avait pris à la fois possession de l'histoire nationale et de la couleur flamande.

Mais les bornes de l'art et du bon sens ne furent pas longtemps respectées. La renaissance flamande ne tarda pas à se confondre avec l'école romantique française. Ce ne fut bientôt qu'une débauche de coloris sans dessin, et, pourvu que la couleur fût jetée à pleines mains, que le sujet fût romantique ou emprunté à notre histoire, l'engouement du public acclamait de prétendus chefs-d'œuvre. Le salon de 1833 marqua surtout cette phase de déchaînement, à laquelle M. Ingres ne s'opposait en France qu'en se jetant dans l'extrême contraire.

On a déjà vu Wiertz se prononcer contre le romantisme. Dès 1825, il avait commencé à écrire. L'école de David, contraire au goût flamand, n'avait imposé à nos peintres que ses défauts et n'avait préparé que la décadence, fruit ordinaire du despotisme. Le jeune artiste se plaint de l'oubli de la grande peinture et de l'harmonie :

« Tous les genres de peinture deviennent tableaux de genre, en ce » qu'ils manquent de ce nerf, de cette couleur, de ce style que le carac- » tère des sujets d'histoire exige (2). »

En 1828, il conclut un autre article en ces termes :

» Heureux le jeune artiste, ami des vrais principes, s'il naît dans » un temps où les encouragements sont donnés par le bon goût. Mais, » s'il naît dans un siècle où le mécanisme est préféré à l'expression et » où l'invention et la composition ne sont considérées que comme peu » importantes, alors il doit céder au courant, ou avoir le courage » d'imiter le grand Poussin, de peindre pour la postérité, et, luttant » continuellement contre le mauvais goût, *rester toujours pauvre*, mais » devenir grand artiste (3). »

La même année, sous la forme d'un *Voyage aux Enfers*, resté

(1) « Toutes les têtes alors s'enflammaient au mot de patrie. La patrie ! Chacun voulait sacrifier sur son autel. Les uns offraient leurs bras, les autres, leurs capacités, leur fortune. Le peintre sentit qu'il devait aussi quelque chose au pays. Tous les hommes de l'art n'eurent plus qu'une pensée : ressusciter l'école flamande, relever ce glorieux fleuron national. On criait : Vive la Belgique ! on criait : vive Rubens ! etc., etc. » (Voir plus haut p. 78.) Wiertz, *École flamande, caractères constitutifs de son originalité.* Mémoire couronné.

(2) *Journal du commerce des Pays-Bas.* Anvers, 12 septembre 1825. (Voir p. 256.)

(3) *Journal d'Anvers,* 24 août 1828 (Voir p. 259.)

inédit, il faisait prononcer par Rubens, Rembrandt et le Poussin, la
condamnation d'un art qui se borne à la minutieuse exactitude des
détails, dont l'effet le plus sûr est d'étouffer l'idée principale et de sup-
primer l'ensemble : *Nescit ponere totum*, dit Horace.

### RUBENS à *Poussin*.

« Que dites-vous de la peinture moderne?

### POUSSIN.

« Je ne me serais pas attendu à une décadence semblable. Quand
l'art est ainsi à l'agonie, heureux l'artiste qui, brûlant du seul amour de
son art, ose s'opposer à ce torrent impétueux ! » (Voir p. 260.)

Depuis ses premières années jusqu'à sa mort, le culte de Rubens éclate
dans les écrits de l'artiste, comme dans sa correspondance. Mais il
avait fait des études solides, que d'utiles retards pour le concours de
Rome, ajourné de 1825 à 1828 et à 1832, avaient prolongées et forti-
fiées. Les faciles succès de l'école romantique, obtenus au détriment
de la science, le blessèrent; il s'en explique nettement :

« Les succès de tous ces jeunes peintres paraissent ici incroyables,
» écrit-il de Rome à sa mère, parce que l'on juge ici de la peinture
» d'une tout autre manière. Les honneurs deviennent *un peu communs*
» en Belgique. Je suis d'avis, et tout le monde me le conseille, de n'ex-
» poser publiquement qu'à Paris. Il est plus honorable d'être critiqué
» à Paris que loué en Belgique (1). »

Et ceci n'est point une boutade qui passe. Il écrit dans le même sens
à son professeur, qui fut « son père dans la carrière difficile de la peinture » :

« Je vous dirai que pour le moment je suis bien malheureux; je ne
» travaille point pour la gloire. J'attends avec impatience l'exposition
» de Paris. Il y a là des gens qui ont vu Michel-Ange et Raphaël, et le
» gouvernement sait reconnaître les têtes véritablement faites pour
» s'élever. Là, quand quelqu'un a fait du Vanloo, on ne lui dit point :
» Vous êtes sublime, vous êtes un Rubens; on lui dit tout bonnement :
» Mon cher, vous avez fait du Vanloo. Puis, c'est un vaste pays que la
» France, où l'on peut encourager un peintre d'histoire... »

(1) Lettre à sa mère, 26 novembre 1836.

« Je veux me sauver bien vite, afin de ne point figurer parmi les
» mille et un grands hommes qu'ils ont érigés en Belgique (1). »

Ce sentiment éclate plus ardemment dans une lettre à un camarade
d'études :

« Il faut avouer que nous avons eu tort d'aller ainsi nous perdre à
» étudier Raphaël et Michel-Ange. *Toutes ces vieilles perruques*
» *feraient bien mal leurs affaires aujourd'hui.* Ce n'est point la mode!
» Et puis, qu'est-ce que cela signifie, bon Dieu! des sujets qui ne sont
» point de *l'histoire de notre pays?* (2).

Ainsi, le choix du sujet demandé à Homère (il avait écrit sur un
carnet : Je lirais une page d'Homère, puis je les attendrais de pied
ferme), — la sévérité du style demandée aux grands maîtres (car il ne
pensait qu'aux succès solides et à l'avenir de l'art), — le soin donné
à la fois au dessin et à la couleur, — tout faisait de ce début une déclaration de guerre aux *Vanloos* belges.

Le peintre qui devait glorifier toute sa vie l'école flamande, y
rester fidèle entre tous et devenir de plus en plus coloriste, fut celui qui
réagit le plus énergiquement contre les erreurs de la renaissance.

Ce sentiment s'empara tellement de Wiertz qu'il alla jusqu'à rêver
de se faire naturaliser Français (3), car il voulait « peindre, non pour
être foulé aux pieds deux ans après, mais pour les siècles (4). »

Cette guerre que l'artiste devait soutenir toute sa vie, par ses actions
et par ses paroles, par ses œuvres et par ses écrits, en faveur des qualités supérieures de l'art : la composition, l'expression, l'harmonie, le
style, la science de la couleur unie au dessin,—contre le règne exclusif
des qualités secondaires : le sujet historique pris pour le style historique; l'idée littéraire remplaçant l'idée pittoresque; l'instinct individuel
suppléant à la science, et l'exercice de la brosse à l'étude de l'art; le
coloris sans dessin ou le dessin sans coloris; le despotisme de la mode
sur un art vénal; l'imitation minutieuse des détails inutiles : « les poils
des sourcils à l'Apollon du Belvédère », comme il dit; — cette guerre
qu'il déclarait ne fut point ouvertement acceptée en Belgique : le succès
du *Patrocle* fut unanime.

(1) Lettre à Van Brée, du 23 décembre 1837.
(2) Copie sans date d'une lettre à M. Bruls, peintre, 1837.
(3) Lettre à Van Brée déjà citée.
(4) Brouillon de la lettre à Van Brée déjà citée. Phrase rayée dans la lettre.

Un grand intérêt s'attache toujours à Anvers au début d'un lauréat du grand concours de Rome. Cette fois, ce fut de l'enthousiasme :

« C'est avec beaucoup de peine que je suis parvenu à trouver une » place passable pour l'exposer. Les salons ici sont trop petits. Mainte- » nant, il se trouve au musée de l'académie. Le jour n'y est pas bon, » il est trop sombre pour mon tableau; mais enfin, c'est tout ce que l'on » peut trouver de mieux ici.

» Malgré tout cela, il a fait un effet foudroyant. Le directeur en a été » charmé. D'après les règlements de l'Académie, je dois le laisser » exposé quatre jours pour les membres de l'Académie, ensuite une » semaine pour le public. Cela m'accommode assez (1). »

— » Je viens d'emballer mon tableau; beaucoup de personnes auraient » désiré le voir encore; mais j'ai préféré en finir tout d'un coup, mon » projet étant de *le faire voir ici le moins possible*. Tous les artistes et » connaisseurs qui l'ont vu en ont été frappés.....

» Notre cousin vous aura sans doute conté la brillante fête que les » artistes m'ont donnée ici.....

» M. Van Brée, le directeur, me témoigne bien souvent sa satisfac- » tion. Il m'invite presque chaque jour chez lui, où une nombreuse » société m'engage souvent à faire un peu de musique. A chaque » instant, des personnes viennent pour me voir, et je ne sais comment » faire pour répondre à toutes les invitations.....

» Mon tableau a fait tout l'effet auquel je m'attendais. *Tous les jour-* » *naux, et même les journaux flamands, en ont ici parlé*. J'ai vu des » personnes se trouver mal devant le tableau, comme j'en ai vu aussi » se prendre par les cheveux, ne sachant comment exprimer leur saisis- » sement (2). »

Les journaux confirment ces confidences d'un fils à sa vieille mère; ce tableau que l'artiste a laissé voir le moins possible est annoncé par toute la presse anversoise.

« M. Wiertz a compris en poète cette belle scène, dit le *Précurseur* d'Anvers, et l'a reproduite en peintre habile. La page qu'il nous « montre appartient à l'histoire de ces temps héroïques où les hommes » avaient des formes surhumaines, une vigueur de corps et une fougue » de passions analogues. Son tableau est une fidèle image de tout cela. » La matière s'y montre dans toute sa force et dans tout son dévelop-

(1) Anvers, lettre à sa mère, du 10 juin 1837.
(2) Lettre à sa mère, d'Anvers, 20 juin 1837.

» pement, mais revêtue d'un sentiment poétique, à la manière d'Ho-
» mère (1). »

Le *Courrier belge* disait à son tour au public bruxellois :

« Qui peut prévoir les destinées d'un talent qui débute ainsi? A peine
» de retour parmi nous, de son séjour à Rome, le jeune peintre s'apprête
» à quitter la Belgique. Bien peu de ses concitoyens auront été admis à
» admirer son tableau ; mais son nom leur est connu. Ils préparent à
» cette nouvelle gloire une brillante couronne (2). »

Ces dernières lignes annonçaient le départ de Wiertz pour Paris.
Il devait cependant attendre près d'une année et exposer une série de
tableaux à Liége (salle de l'*Émulation*) avant de s'y rendre. Il part en
mars 1838 (3). Il arrive dans la grande ville avant son tableau, ce qui
l'inquiète un peu, sans lui ôter sa gaieté du voyage d'Italie :

« Je vais à l'exposition, écrit-il à sa mère; la foule sera grande, car
» c'est dimanche aujourd'hui. Il faudra de l'adresse pour ne pas y perdre
» son chapeau ou ses souliers. Dernièrement, une jeune fille y a perdu
» ses cheveux ; les filous, qui font profit de tout, ont saisi le moment
» de la foule pour lui enlever sa belle chevelure. Ce n'est qu'en ren-
» trant chez elle qu'elle s'est aperçue de la disparition de ses tresses.
» Cette aventure me fait trembler pour ma barbe ; je vais donc à l'expo-
» sition, en la tenant à deux mains, car je serais désespéré qu'elle vînt
» un jour s'étaler en frisure à la boutique d'un perruquier et servir ensuite
» de moustache à un vieux masque ou de parure à une vieille
» femme (4). »

Une des premières choses qu'il fait est de louer une guitare (5).

Cependant, un dégel arrête le tableau qui arrive trop tard, et l'artiste
ne peut abandonner ainsi toutes ses espérances ; il court, il réclame, il
frappe à toutes les portes, invente toute sorte de moyens, qui lui échappent l'un après l'autre ; et, quand les déceptions ont émoussé son vif
désir d'exposer, il lutte encore pour vaincre les difficultés (6); à bout
de ressources, il proteste dans la presse ; il compare son supplice à
celui d'un homme qui se voit enterré vif ; il accuse Paris et les Pari-

(1) 17 juin 1857.
(2) Bruxelles, 23 juin 1857. Article signé L. L.
(3) Départ de Bruxelles le 22 mars 1838 à 7 heures du matin. Retour de Paris à
Bruxelles, le 11 mai, à 11 1/2 heures du matin.
(4) Lettre du 25 mars 1838.
(5) La quittance est conservée, 5 avril 1838.
(6) Lettre à sa mère, 28 avril 1838.

siens ; il maudit ce chancre de la civilisation, ce repaire de démons (1).
Mais ses espérances ne tombent pas ; c'est toujours de Paris qu'il attend
le vrai succès ; c'est là qu'il veut prendre d'assaut, s'il le faut, la
renommée.

« Ces contrariétés, loin d'abattre mon courage, ne font qu'augmenter
» la résolution que j'ai conçue, et si, comme j'y suis déterminé, je dois
» attendre l'année prochaine, je reviendrai avec de nouvelles forces.
» Déjà de nouveaux projets roulent dans ma tête (2). »

— « Je suis tout consolé maintenant, car j'espère, l'année prochaine,
» regagner le temps perdu. Je crois même que je ferai plus d'effet en
» emportant avec moi de nouveaux ouvrages auxquels je me propose
» de travailler de suite (3). »

Ces nouveaux ouvrages sont : le *Christ au tombeau*, et ses deux
volets : *Ève* et *Satan*.

On a déjà vu quelle espérance Wiertz fondait sur l'exposition de Paris.
A la demande d'évaluation, faite par les messageries qu'il chargeait de
transporter le *Patrocle*, il avait répondu : « La valeur du tableau est
inconnue, attendu que cette toile ne *sera estimée qu'après l'exposition.* »
C'était l'*estimation* de son talent qu'il attendait de la France.

Un de ses amis a vu M. Pirson, qui veut parler de lui à la Chambre
comme lauréat d'Anvers. Cet ami a répondu au représentant : « Mais
» songez, Monsieur, que M. Wiertz est membre de l'Académie de Saint-
» Luc, qu'il ne demande rien à ses compatriotes et qu'il attend l'expo-
» sition de Paris (4). »

Cependant, une certaine agitation se mêle à ses espérances, la fièvre
de l'impatience l'agite ; il se souvient des ennuis de l'année précédente.
Il part. En passant par Bruxelles, il écrit à sa mère :

« Je vais enfin voir toute cette canaille, les *enchanter* ou les faire
» danser à la baguette. Il faut enfin qu'ils apprennent à me connaître,
» il me semble qu'un original de mon espèce en vaut la peine (5). »

Il arrive à Paris. « Je suis enfin dans la ville des contrariétés »,
voilà son premier mot. Il se met en course, brave les contrariétés,
déploie ses tableaux, les installe, et, le 23 février, « jour anniversaire

(1) Lettre à sa mère, du 14 avril 1838.
(2) Lettre du 27 avril 1838.
(3) Lettre à sa mère, 7 mai 1838.
(4) Lettre de M. L. Labarre à Wiertz, sans date, timbrée du 21 nov. 1837.
(5) Lettre à sa mère, du 22 janvier 1839.

de sa naissance », dit-il en tête de sa lettre, ayant reçu de tristes nouvelles de sa famille, il veut tout savoir, il est dans un chagrin profond. Mais il annonce à sa mère que l'exposition va s'ouvrir, et il ajoute :

« Je suis dans une grande impatience.... Le moment est enfin arrivé » où j'espère le succès (1). »

Le succès ne répondit pas aux espérances de l'artiste. Il avait exposé les toiles suivantes, d'après le catalogue :

« 2120. *L'Ange du mal.*

» 2121. *Ève éprouvant la première inquiétude après le péché.*

» 2122. *Le Christ au tombeau.*

» 2123. *Le Corps de Patrocle disputé par les Grecs et les Troyens.*

» 2124. *La Fable des trois souhaits* (costumes des environs de Rome).

» 2125. *Portrait de M*ᵐᵉ *Lætitia, mère de Napoléon.* Elle est peinte » au moment où son corps fut exposé au public (2). »

La *Fable des trois souhaits* passa inaperçue. Le *Portrait de Mᵐᵉ Lætitia* attira les regards de M. Jules Janin :

« Vous n'avez pas vu, dit-il dans l'*Artiste*, et vous ne verrez pas, sans doute, dans le premier salon, à droite, en entrant, et collé contre la muraille, le tableau d'intérieur que voici : *Une vieille femme*, morte la veille, est étendue dans un cercueil en chêne, comme les fabrique l'administration des pompes funèbres pour les morts assez riches qui veulent avoir un coffre doublé en plomb, avec une clef au milieu, — précaution inutile. — Cette femme morte est enveloppée dans son linceul ; elle est coiffée d'un bonnet garni de dentelles. Dans l'appartement et sur un socle de marbre s'élève un buste blanc recouvert d'un crêpe noir. Ce buste, c'est le buste de la défunte (3). Autour du cercueil, se tient, dans l'attitude de la douleur, toute une famille désolée : le père (4), la mère, les enfants, la servante elle-même. Ce sont là autant de portraits, à coup sûr ; mais quel affreux spectacle, sous tous les rapports, pour l'homme qui passe, tenant à la main le bouquet de violettes printanières acheté sur le pont des Arts ! Cependant, quand cette famille désolée commanda ce tableau funèbre, quand elle consentit à poser ainsi devant un cercueil ouvert et rempli (5),

(1) Lettre à sa mère Paris, 25 février 1859. L'acte de naissance de Wiertz le fait naître le 22. Une note de son père porte le 23 ; Wiertz suit ici la même erreur.

(2) Ces tableaux sont au musée Wiertz, sauf le *Patrocle*, qui est au musée de Liége.

(3) Ce buste est visiblement celui de Napoléon.

(4) Ce groupe est composé de visiteurs ; le personnage que le critique prend pour le père est un officier en retraite, décoré de la légion d'honneur.

(5) L'artiste a raconté, dans une lettre, que ce tableau avait été fait de souvenir, après une courte visite à la chambre mortuaire.

quand elle eut le courage de contempler dans son repos éternel cette *vieille femme* qu'elle avait aimée, cette famille accomplissait un devoir de tendresse et de piété ; elle était parfaitement dans son droit, — le peintre aussi. — Le grand tort et le grand malheur, c'est de n'avoir pas *gardé pour soi* toute cette douleur, c'est de vouloir nous en faire part. Que deviendrait le Louvre, si chacun de nous, qui payons nos impôts et qui montons notre garde, nous avions la prétention d'en faire une succursale du Père-Lachaise? »

Le critique n'avait-il pas reconnu le buste de Napoléon, n'avait-il pas lu le catalogue, pour se tromper à ce point? Il est plus vraisemblable de supposer qu'il affecte l'ignorance, dans un sentiment d'opposition au bonapartisme qui veut *faire part* au public *de sa douleur*, ou bien pour blâmer le caractère réaliste de ce tableau, où la mère de l'Empereur est représentée *comme une vieille femme*, dans un cercueil *pareil à ceux que fabrique l'administration des pompes funèbres*, et comme l'aïeule d'un Parisien *qui monte sa garde*.

Les deux œuvres capitales de Wiertz, le *tryptique* et le *Patrocle* furent plus remarquées. Mais le *Patrocle* était trop mal placé pour que le public pût même en comprendre le sujet; les critiques les plus bienveillants ne virent dans ces deux compositions qu'une imagination puissante, mal dirigée; d'autres allèrent jusqu'au sarcasme, jusqu'à l'insulte :

« Le pas du sublime au ridicule a été complétement franchi », dit M. Edouard Thierry dans le *Messager*.

» Un assemblage monstrueux de bras, de jambes, de torses, qu'on prendrait pour l'étal d'un boucher, dit le *Voleur*, figurerait-il le corps de Patrocle disputé par les Grecs et les Troyens?... Des chiens s'arrachant un os ne s'y prendraient pas différemment. Ces anthropophages ont l'air de prendre leur nourriture. C'est sans doute pour cela que M. Wiertz a fait fuir le ventre de Patrocle. »

« A coup sûr, dit M. Burat de Gurgy, dans le *Monde dramatique,* si l'on transformait en décor de théâtre : *Patrocle disputé,* etc., tous les titis du boulevard l'accueilleraient avec des pommes cuites et crues. »

Les journaux plus sérieux mêlèrent de nombreuses objections à quelques éloges. La puissance de cet inconnu ne leur échappe point, mais le genre s'écarte trop des choses reçues pour être accepté d'emblée :

« L'énorme dimension de la toile, dit l'un, nuit à l'effet du tableau et lui donne une apparence de pesanteur qui semble menaçante pour nos têtes.... Nous n'avons plus aujourd'hui d'assez vastes édifices pour ces peintures gigantesques, et il serait déplorable que l'auteur se vît réduit à détruire lui-même le fruit de ses longs et pénibles travaux. »

(Journal des Débats.)

Un autre relève la dimension colossale des personnages et la prétention de l'artiste à faire « de l'extraordinaire. » (Le Journal des Artistes.)

« M. Wiertz, dit un troisième, ne paraît pas le moins du monde consulter le modèle. Il puise ses effets dans une imagination vagabonde. Ses figures, grandes outre mesure, pesamment modelées, étalent des nuds que jamais la nature ne donna, mais qui, dans leur grandeur barbare, ont quelque parenté bâtarde avec les rudes créations de Michel-Ange. »

(Le Courrier français.)

« Voyant, dit un quatrième, la hauteur des figures d'Homère, M. Wiertz a imaginé, sans doute, qu'on ne pouvait les présenter que dans des proportions colossales. Mon Dieu ! l'espace ne fait rien à la grandeur. »

(Le Constitutionnel.)

Mais ces mêmes journaux ont des paroles où retentit l'éloge :

« Avouons cependant, dit le premier, qu'il y a dans la pensée de cet artiste quelque chose de hardi et de Michel-Angesque, qui annonce une grande résolution.... Il y a dans les nus des beautés de dessin et des expressions même, quoique outrées, ne laissant pas d'annoncer de la chaleur et de l'énergie ; ce qui, dans les débuts d'un jeune peintre, peut, selon moi, être préféré aux tâtonnements d'une main timide. »

(Journal des Débats.)

« Il y a, en effet, dit le second, du grandiose dans son dessin, du jet, de la chaleur, du mouvement dans les poses. Dans cette vaste page, l'auteur a fait preuve d'énergie, de science même, et nous l'engageons à se moins tourmenter l'imagination pour être plus simple et plus vrai. »

(Le Journal des Artistes.)

« Très-jeune et très-passionné pour son art, dit le troisième, M. Wiertz n'est point un artiste à mépriser, et il y a en lui quelque chose du peintre. Il a bien fait d'envoyer au Louvre cette grande et lourde composition qui menace de tomber sur les spectateurs, cette confusion cyclopéenne de bras et de jambes.... Les artistes verront avec intérêt ce chaos qui n'est pas le néant, et ils applaudiront aux efforts aventureux d'un confrère qui, pour faire bien, devra faire autrement, mais sans se dépouiller de ce qu'il y a en lui de véritable originalité. » (Le Courrier français.)

Enfin, le Constitutionnel, moins bien renseigné sur l'âge de l'artiste, conclut en ces termes :

« Cependant, nous reconnaissons que le dessin de M. Wiertz a du mouve-

27

ment et de l'énergie, une énergie, à la vérité, qui touche au ridicule et à l'exagération. C'est pour cela que nous voudrions connaître les antécédents de M. Wiertz dans les arts. On nous assure, d'une part, que M. Wiertz est un vieux peintre de la Belgique; d'autre part, on dit que M. Wiertz n'a pas 30 ans. Si le tableau dont nous parlons est l'œuvre d'un jeune homme, nous n'hésitons pas à déclarer qu'il promet des qualités puissantes, quoique mal dirigées aujourd'hui. »     (*Constitutionnel du* 6 *avril* 1839.)

En abordant deux genres différents, en mettant un tryptique religieux, de dimension relativement petite, à côté de son immense combat homérique, l'artiste avait cru produire plus d'effet. Son espoir fut déçu. Le *Patrocle* nuisit au *Christ au tombeau*, il absorba toutes les préoccupations; on voulut voir toujours le même peintre, et le tryptique fut confondu dans le même jugement que la toile colossale :

« Ces indices, ajoute le *Constitutionnel*, se retrouvent d'ailleurs, avec le même mélange singulier, dans le *Christ au tombeau* et dans l'*Ange du mal.* »

Cet article du *Constitutionnel* est du 9 avril 1839; il fut jugé par les amis de l'artiste digne d'être cité en Belgique. Le 14 avril, l'*Espoir*, de Liége, le reproduit, en se félicitant que sa prédiction se soit en tout point accomplie et en se disant heureux de voir la presse et le public français « ratifier son jugement » sur l'artiste belge. L'auteur signale aussi les éloges du *Journal des Débats*, du *Courrier français* et d'autres journaux « qui se sont plu à lui reconnaître toutes les qualités qui doivent en faire un grand peintre. »

Ce n'était pas là cependant le succès qu'avait rêvé l'artiste, après tant d'années d'études. Il savait bien que la dimension de la toile ne fait pas la valeur de l'œuvre. Déjà, en 1833, il avait écrit : « La gran- » deur d'une composition tient moins aux dimensions qu'au style (1). » Il devait bientôt reprendre à nouveau le *Patrocle*, y faire de nombreux changements dans la composition et en transformer entièrement la couleur, et il écrira plus tard : « Cette composition est la troisième » sur ce sujet (2), une quatrième doit être un jour exécutée. » Enfin, il n'était pas homme à être aveuglément satisfait de lui-même, et il avait écrit à sa mère : « Je ne me laisse pas séduire par tout ce qu'on peut dire de flatteur (3). »

---

(1) Note écrite sur une lettre qu'il avait reçue à Paris, le 25 novembre 1833.
(2) L'artiste parle du tableau qui est au musée, peint en 1845, et il comptait comme une deuxième composition une lithographie publiée en 1839.
(3) Lettre de Rome, 12 septembre 1836.

Mais il avait voulu se montrer fidèle aux plus hautes traditions, aborder la grande peinture et débuter sérieusement pour être jugé de même. — Et les plus bienveillants le disaient fourvoyé; ceux qui avaient compris sa force la prétendaient mal dirigée! Aucun éloge ne put balancer ni l'indifférence du public pour des œuvres mal placées, ni les injures grossières de quelques critiques, ni les réserves de tous. Wiertz s'était évidemment fait illusion : il avait jugé Paris d'après l'Académie française de Rome ou d'après les succès de M. Ingres, quand il avait espéré y trouver un asile pour la grande peinture et le théâtre d'une gloire solide.

Quelque irritation s'était déjà mêlée à son attente. A chaque contre-temps, il avait maudit « la ville infernale » où, en 1838, il était arrivé trop tard et, en 1839, trop tôt. S'il n'avait fait aucune démarche auprès des critiques, c'était pour obtenir un véritable jugement (1); il écrit que c'est pour éprouver ces gens « qui ne parlent que quand on les paie (2). »

Mais, au fond, jusqu'à la dernière heure, il avait espéré (3). Les articles parurent et le coup fut rude. Wiertz resta inébranlable dans son projet de faire de la grande peinture; mais il prit presqu'aussitôt deux résolutions extrêmes qu'il devait tenir toute sa vie.

« Savez-vous comment on a exposé mon tableau *(le Patrocle)* à Paris? — écrit-il à un ami, — soixante pieds en l'air en raccourci, couvert d'une épaisse couche de poussière qu'on ne me permet point de souffler. Chacun demandait ce qu'il y avait là haut et moi-même je crus un instant qu'on avait tourné ma toile à l'envers. Malgré l'aspect embrouillé, ressemblant à un paysage, ou plutôt ne ressemblant à rien, quelques bons journalistes, sans se faire payer, voulurent bien se donner la peine d'en dire du bien. *Fâchez-vous donc contre des gens faits ainsi!* »

Puis il ajoute :

« Mon tableau n'ayant donc jamais été vu tel qu'il est, *je suis obligé* de l'exposer à Bruxelles, où je ne demande que de la lumière et une distance convenable. » (Lettre du 24 août 1839.)

(1) « Nous savons que Wiertz, qui comprend la dignité de l'artiste, avait pris la ferme résolution de n'avoir recours à aucun de ces moyens mis en usage aujourd'hui pour enlever des succès; il voulait laisser le public et la presse libres de toute influence, de toute prévention à son égard; il voulait enfin qu'il pût se dire, dans le cas où il obtiendrait quelques suffrages : Je ne le dois qu'à moi-même, qu'à mon talent. Les éloges que lui décernent les journaux français n'en sont que plus beaux. » (*L'Espoir*, de Liége, du 11 avril 1839.)

(2) Lettre à sa mère, du 29 mars 1839.

(3) Je désirerais bien rester ici quelques jours, pour connaître les opinions. (Ibid.)

L'artiste, qui avait rêvé de devenir Français pour faire de la grande peinture, renonce pour toujours à la France. Chaque fois qu'on lui parlera de Paris, il répondra imperturbablement : Jamais !

Dès le premier jour : « Riez, monsieur, dit-il, haussez les épaules!... Si un jour vous habitez la ville des atômes, vous sentirez les douces illusions de la vie une à une s'échapper comme les heures du dernier jour d'un condamné ; vous sentirez mourir tout ce que vous avez d'énergie, d'originalité, de talent même, pour plaire à cet amas monstrueux de qui vous dépendrez pour vivre. Oh ! non, il n'est pas plus possible de rester, dans ce pays, véritable artiste que purement vertueux (1). »

A vingt ans de là, il répétait le *Delenda Carthago :* « Tout foyer de corruption qui fait de l'art sublime une vile marchandise, est un cancer au sein de l'humanité. Lieu maudit, fût-il ma patrie, fût-il ma demeure, je dirais à toute la terre : Ne vous laissez pas attirer vers l'abîme, ou plutôt, courez, courez-y, armés de torches flamboyantes, et portez le fer et le feu dans la plaie (2). »

Mais Wiertz ne trouvera-t-il pas aussi des difficultés dans sa patrie ? Il s'y attend et il se prépare à la lutte.

L'exposition triennale de 1839 à Bruxelles fut pour lui un véritable succès. Sauf *M^me Lætitia,* il y avait envoyé tous ses tableaux exposés à Paris, et il y avait ajouté trois petites toiles nouvelles (3). Les deux grandes compositions : le *Patrocle* et le *Christ au tombeau,* eurent les honneurs du salon ; sauf de rares objections, le sentiment fut unanime. Les poëtes chantèrent l'artiste :

Passants, inclinez-vous ! saluez ! c'est Homère ! (4)

et le *Moniteur belge,* en consacrant à chacune des grandes toiles une longue étude, représentait bien l'admiration générale en faveur de ce « peintre inconnu jusqu'ici et qui, d'un bond, venait de s'asseoir au premier rang. » (6 et 14 septembre 1839).

Mais, ni ces éloges poétiques, ni cette admiration mesurée et motivée, ni les protestations qui s'y mêlèrent contre le verdict parisien, expliqué par le mauvais placement de la toile, n'arrêtèrent l'artiste. Il a vu l'en-

(1) Brouillon d'une lettre à M. L. Labarre, Liége, 15 mai 1838.
(2) 1859. *Peinture mate,* 1^re brochure. Voir présente édition, p. 101.
(3) N° 602. *Jeunes filles romaines à la fenêtre.*
 603. *Quasimodo.*
 604. *La Esmeralda.*
(4) Étienne Hénaux. — Voir aux annexes.

nemi, et cette guerre que son pays n'accepte point, il va l'entreprendre dans une vigoureuse offensive.

Il a vu le métier dominer l'art : il prend la résolution de ne vendre aucun tableau.

Plus d'une fois, des objections lui ont été présentées contre la grande peinture : « Quelques personnes m'ont observé, écrit-il, que » dans ce pays, ce genre n'est pas lucratif; cela est vrai. Mais, comme » j'ai la folie de chercher la célébrité plutôt que la fortune, je suis » décidé à rester peintre d'histoire (1). »

Lorsque, en 1827, il faisait des portraits, tout heureux d'envoyer quelque argent à sa mère, sa mère lui avait écrit : « Je ne veux pas que vous ven- » diez de *vos études*, car je sais que cela vous fera trop de peine (2). »

Après son échec à Paris, Wiertz formule ces sentiments en une ligne de conduite sévère. Un ami lui demande de peindre des tableaux de famille, il répond :

« Peindre des tableaux pour la gloire, des portraits *en buste* pour la » soupe, telle sera l'occupation invariable de toute ma vie (3). »

Wiertz sacrifiait, d'un seul coup, non-seulement la fortune, non-seulement la gloire de voir figurer ses œuvres dans les musées et les grandes collections des deux mondes, mais aussi le saint rêve d'enrichir sa vieille mère et le doux rêve d'avoir une famille. Artiste, il cherchait l'héroïque dans l'art; homme, il ne connut, pour trancher les difficultés, que les sacrifices de l'héroïsme.

Il a vu la grande peinture en discrédit, exclue du marché : il se fait le champion de la grande peinture; il demande que les œuvres des plus grands maîtres soient placées, dans les expositions, à côté des productions modernes (4). Il aborde une toile d'une dimension inconnue jusqu'alors : la *Révolte des Enfers*, qu'il sollicite de placer auprès de la *Descente de croix* dans la cathédrale d'Anvers, et il va se donner publiquement pour émule de Rubens lui-même :

« Au sein de la cathédrale d'Anvers règne, comme sur le trône de l'art, le chef-d'œuvre de Rubens, la *Descente de croix*.

« C'est contre cet inimitable type de perfection que je veux éprouver

(1) Brouillon d'une lettre datée d'Anvers, le 18 juin 1857. Le nom du destinataire, qu'il nomme M. l'abbé, manque.
(2) 8 janvier 1827.
(3) Lettre à M. P. Wauters, du 28 novembre 1859.
(4) V. plus haut, pp. 280, 295 et 301.

les efforts de mon pinceau. Dans cette lutte, inégale à coup sûr, je dois succomber ; mais, comme aux champs de Troie il était beau d'expirer sous la lance d'Achille, je veux, en luttant contre Rubens, succomber avec gloire !

» Je l'avoue hautement, la gloire de Rubens excite mon audace ; loin que cette pensée soit en moi le fruit d'une téméraire présomption, elle est, au contraire, la manifestation sincère de l'enthousiasme ardent qui m'inspire tout ce qui peut me conduire au but où tendent mes efforts.

» Une toile de 80 pieds serait le champ immense où je voudrais traiter le sujet que j'ai conçu ; un atelier d'une dimension conforme à mon plan devrait être bâti exprès, si l'on ne trouvait pas un local convenable à cet usage.

» Les frais qu'exigerait une telle entreprise, un artiste sans fortune ne peut les supporter ; le gouvernement, s'il a foi dans mon projet, pourra devenir propriétaire de ce tableau, au prix des frais qu'entraînera l'exécution.

» La seule récompense que je sollicite et qui doit m'être promise avant de mettre la main à l'œuvre, c'est l'honorable faveur de voir fixer pour toujours mon tableau à côté de l'immortelle *Descente de croix.*

» Puisse mon exemple exciter des contemporains plus habiles que moi à se mesurer avec le prince de la peinture !

» Puisse cette entreprise faire comprendre toute la dignité de l'art et de l'artiste !

» Puisse enfin cet ensemble d'œuvres, qu'un but de gloire aura fait surgir, prouver à nos voisins que le peuple qu'ils détractent avec tant d'injustice, renferme en son sein des hommes qui comprennent le but des arts (1). »

Enfin, il a vu la critique frivole, ignorante ; il se reprend à écrire, et il aborde aussitôt deux genres différents : l'esthétique et la satire.

Un concours est ouvert à Anvers, en 1840, pour l'éloge de Rubens, à l'occasion des fêtes biséculaires en l'honneur du peintre flamand. C'est l'artiste qui se pose en émule du maître qui emporte le prix (2).

Mais ces écrits sérieux ne suffisent pas à la guerre qu'il veut mener vivement. Dès 1839, il a commencé des escarmouches de petits pamphlets et de mystifications contre le goût du temps. Le jury des récompenses de l'Exposition lui décerne une médaille ; il s'en raille dans une lettre au ministre (3). Il autographie sur une feuille volante une lettre

(1) Lettre au ministre de l'intérieur. 1840. Présente édition, pp. 280 et 281.
(2) C'est à cette occasion qu'il fut nommé chevalier de l'ordre de Léopold. 30 août 1840. Il ne porta jamais de décoration.
(3) *Charivari* du 25 décembre 1839.

d'un membre du jury, où il parodie le jugement et l'orthographe de ses juges :

« *J'ai le plaisir de vous annoncé que vôte reputtasion et faite puisse que vous avé zune medaille !* »

Et la lettre est illustrée d'une charge de son tryptique (1).

Il adresse aux critiques des questions sur la composition, le dessin, la couleur et l'harmonie (2).

Il a appelé dans son *Éloge de Rubens* la France artistique d'alors « une petite maîtresse, » et un journaliste a relevé le mot ; il poursuit ce malencontreux critique de mystifications de toute sorte.

Il envoie à l'exposition du Louvre deux tableaux, dont l'un est de Rubens et y est refusé aussi bien que celui qui est signé : *le Railleur,* — refus qui fait le triomphe du peintre mystificateur.

Une nouvelle exposition triennale s'ouvre à Bruxelles, en 1842 ; il commence une série de revues de salon qu'il continuera jusqu'en 1851 ; là, il flagelle le défaut de règle, l'anarchie du goût ; il expose ses principes, juge les œuvres exposées et termine en opposant le journaliste au journaliste, et en montrant que les critiques pensent le blanc et le noir sur la même œuvre.

Que n'a-t-il pas fait dans cette petite guerre? Tantôt il peint la charge d'un de ses détracteurs : *Don Quiblague* ; tantôt il expose une carotte comme modèle du genre fini ; d'autres fois, il lance des boutades philosophiques, des suppliques ironiques au jury parisien, de petits pamphlets illustrés ; à d'autres moments, il provoque ses contradicteurs en leur posant des questions d'art et les appelle au champ clos de la discussion ; ou bien il publie des annonces comme celle-ci : « M. Wiertz demande un domestique sachant peindre les accessoires du moyen-âge, faire toutes les recherches, etc. »

Il n'est pas jusqu'à ses toiles où il ne mette des inscriptions satiriques, et dont il ne fasse une sorte de défi, en annonçant qu'il les a improvisées en quelques jours ou qu'elles sont le résultat d'un procédé nouveau : le *patientiotype* (3).

---

(1) Voir plus haut, p. 276.
(2) Voir p. 274.
(3) *Les 4 âges de la vie humaine* étaient annoncés aux catalogues de Gand et de Liége, comme exécutés par le *patientiotype*, « machine au moyen de laquelle le peintre le plus médiocre peut à volonté donner à ses ouvrages le plus précieux fini. » Ce mot de *patientiotype* est répété dans une petite inscription, au bas du tableau : la *Carotte*.

Il n'avait pas reculé devant les nudités du cadavre de *Patrocle ;* une commission exige qu'il les couvre d'une draperie. Il y colle un papier représentant une feuille de vigne dont chaque côte est formée par le mot : *nigauds,* cent fois répété. On lui refuse d'exposer une toile représentant une femme nue ; il dédie une statuette « à l'innocente commission des beaux-arts d'Anvers. »

Le *Patrocle* du musée Wiertz porte encore aujourd'hui une inscription surmontée du sceau du journalisme parisien : une plume de paon et une carotte.

Enfin, dès l'ouverture du salon de 1839, il avait demandé à un concours de démontrer l'influence *pernicieuse* du journalisme sur les arts (1).

(1) Ce projet était annoncé déjà dans le *Moniteur* du 6 septembre 1839, sans que l'auteur de l'article pût y croire autrement qu'à *une joyeuseté d'atelier ;* il fut réalisé par une lettre du 16 septembre. L'artiste y disait :

« Voici le sujet à traiter :

» *Influence pernicieuse du journalisme sur les arts et sur les lettres.......*

» Or, puisque les écrivains ont la faculté de juger les ouvrages des peintres, il m'a semblé qu'on ne trouverait pas mauvais que les peintres jugeassent à leur tour l'œuvre des écrivains.

» J'ai donc résolu de former un jury d'artistes dont je ferai partie.

» Les artistes que je prierai de m'assister de leurs lumières et pour le talent desquels j'ai une haute admiration sont MM. De Keyser, Wappers, Verboeckhoeven, Mathieu, Wauters, Decaisne, Gallait. Le concours sera fermé le 1er janvier 1840. WIERTZ. »

Un seul artiste désigné pour former le jury accepta, les autres furent remplacés. Six concurrents prirent part au concours. L'un avait écrit en vers ; un autre se présentait avec un drame en 5 actes, où il mettait en scène Wiertz dans sa vieillesse, en 1881, et lui faisait, au dénouement, venger lui-même la presse : « Quelle leçon pour les artistes qui se plaignent de la presse ! »

Deux œuvres seulement furent distinguées par le jury : l'une, publiée dans l'*Observateur,* dès le 2 octobre, est une fine satire de la question même, où l'on reconnaît la plume d'un pseudonyme bien connu, l'auteur du *Voyage d'Alfred-Nicolas ;* elle obtint une mention honorable. L'autre répondait à la question ; c'était la satire du journalisme par un journaliste ; elle obtint le prix. Voici le procès-verbal du jury :

« La commission d'artistes réunis à l'académie des beaux-arts de Louvain, sur l'invitation de M. Wiertz, ont, en séance du 14 mai, lu et examiné les six mémoires sur la question proposée au concours : *De l'influence pernicieuse du journalisme sur les arts et sur les lettres.*

» Les membres présents ont décerné à l'unanimité la palme au mémoire présenté par M. Labarre : *le tableau du Patrocle,* et accordé une mention honorable à l'auteur des lettres adressées à M. Wiertz dans les feuilletons de l'*Observateur* des 2 et 3 octobre 1839. » Louvain, quatorze mai 1800 quarante.

» (Signé) WIERTZ, L. MATHIEU, CH. VANDER EYCKEN, J.-J. BEKKER, AUG. HAUZEUR, CH. GEERTS.

En 1845, Wiertz ouvrit un autre concours. Il demandait aux écrivains belges de faire

Cette lutte a été vivement critiquée. L'artiste y déploya une verve intarissable :

« Par saint Rubens, ami Hubert, — écrit-il, le 23 octobre 1839, à un artiste (1), — vous m'avez bouté la joie au cœur en m'écrivant. Comment, diable! vous avez pu soupçonner que je donnais encore signe de vie au milieu *des tigres* qui égratignent les hommes avec des becs de plume!.... En vérité, je vous remercie de la bonne opinion que vous avez de ma robuste santé. Mais, *caro amico*, avez-vous songé, sans que le plus petit cheveu de votre tête se dresse, quel orage terrible, épouvantable, effroyable, inconcevable, va désormais peser sur ma frêle existence? Grand Dieu! abandonné des journalistes, que vais-je devenir? Et, enfin, qu'allons-nous devenir tous, misérables artistes, si les cent voix de la presse, les trompettes qui trompent et les tromperies qui trompettent cessent enfin de dire au loin des sottises en notre faveur? Ami, je le vois, il faudra nous résigner et subir le sort, s'il est possible, de tous ces malheureux morts au temps de Rubens, de Michel-Ange, et qui, ainsi que ces derniers, sont arrivés à la postérité sans le secours des journalistes. »

Il ne sépare plus la passion de la gloire d'une passion nouvelle qui eût étonné son père : *la passion de la satire* (2).

Ainsi, cet homme sobre, austère, qui ne vendait pas ses tableaux, et qui, quoique pauvre, trouvait le moyen de procurer à sa mère une vie honorable, de donner des tableaux à des églises, et de prêter sa plume à des publications qui comptaient sur lui pour réussir, ou sa bourse à toute sorte de personnes : cet artiste qui méditait la gloire et qui entreprenait des toiles de onze mètres de haut.—ne se privait d'aucun des menus plaisirs de la malignité : il semble défier la critique et appeler toutes ses sévérités, pour que l'éloge qu'il compte bien lui arracher soit sincère. L'écrivain jette des flèches au taureau, que le peintre se croit sûr de dompter.

Rien de cette lutte vive, acerbe ou joyeuse, n'avait entamé en lui

---

un ouvrage quelconque en concurrence avec une œuvre comme d'un écrivain français moderne, depuis V. Hugo jusqu'à Scribe, depuis Balzac jusqu'à Salvandy. Il offrait au lauréat sa *Jeune fille au rideau*. (V. *Des Préjugés en Belgique*. Présente édition, p. 501 et suiv.).

Comme pour le premier concours, six écrivains répondirent à l'appel de l'artiste: deux surtout étaient au nombre des auteurs belges les plus estimés. On ne rencontre nulle part la raison pourquoi le concours n'eut pas de suite : les ouvrages furent restitués aux concurrents.

(1) M. Hubert Hallaux, de Dinant.
(2) Copie d'une lettre à la comtesse d'Aubaride, 1840.

l'homme tel que son père avait voulu le tremper dans l'amour de la grandeur. Sur la même copie de lettre à la comtesse d'Aubaride où il parle de sa passion pour la satire, on trouve cette pensée :

« L'homme n'est grand que par la probité et le talent, non par la naissance ou la fortune. »

Ces escarmouches d'ailleurs n'étaient que des délassements pour le lutteur ; car cette première phase de sa vie est très-féconde.

Le concours contre le journalisme offre le même spectacle. On crut d'abord à une plaisanterie ; les grands journaux la trouvèrent mauvaise ou charmante (1) ; c'était tout un. Elle sourit à d'autres. Le concours fut ouvert : le *Patrocle* fut gagné, puis mis en loterie par le lauréat ; et c'est ainsi que la grande toile, peinte à Rome, admirée par Thorwaldsen et Camucchini, saluée au passage à Anvers avec enthousiasme et regardée comme une œuvre de premier ordre à Bruxelles, cette œuvre que l'artiste avait méditée avec tant de conscience, exécutée avec tant d'amour, montrée au public avec tant d'espérance, sortit de ses mains, au moment où il se refusait à vendre aucun tableau, et devint la propriété d'un *épicier* (2).

Mais Wiertz ne devait pas laisser s'arrêter là les destinées d'une œuvre dont les premières esquisses remontaient à sa jeunesse. En parlant d'une autre grande toile : la *Révolte des Enfers*, qui resta longtemps cachée et hors de ses mains, ce qu'il appelle être *au pilori*, il a montré en quelques lignes jusqu'où il portait l'amour de cette famille de grandes œuvres qu'il voulait créer autour de lui :

« C'est le matin, dès l'arrivée du jour, que M. Wiertz fait une révision générale de ses œuvres. Suivez-le de tableau en tableau, vous l'entendrez se dire à lui-même : Ceci est mauvais ; cela devrait être mieux, voici un grand défaut, nous n'y retomberons plus, cela sera corrigé demain. Chaque tableau a son jour, son heure, pour être revu, perfectionné ; ce sont des enfants soignés, élevés avec amour par une main paternelle.

» Dans les premiers temps, une pensée triste saisissait l'artiste ; après la révision du matin, le pilori de la salle Saint-André (à Liége) se dressait devant lui : la *Révolte des Enfers* ne recevait pas, comme les autres, la nourriture de chaque jour (3). »

---

(1) Voir le *Moniteur* du 6 et du 17 septembre 1859, l'*Observateur* du 17, le *Courrier belge* du 18, l'*Organe des Flandres* du 20.

(2) Lettre de M. Labarre à Wiertz.

(3) Ce rapport de l'artiste au ministre sera imprimé plus loin, dans les annexes.

Il devait écrire ailleurs qu'une œuvre « sortie de son atelier et ne recevant plus les corrections qu'amène le temps n'est, au point de vue de M. Wiertz, qu'un ouvrage indigne de lui. »

Wiertz ne voulut pas avoir de pareils regrets au sujet du *Patrocle* (1). N'espérant pas récupérer son œuvre, il songe à la remplacer. On lui offre de la mettre en lumière dans un musée (2), où il pourra la retoucher; il préfère l'abandonner à la destruction, car il peut faire mieux. Déjà, en lithographiant le premier *Patrocle* pour les souscripteurs de la loterie, il y avait apporté de notables changements. En 1845, il expose, à Liége d'abord, à Bruxelles ensuite, une nouvelle toile sur le même sujet. Ses amis les plus enthousiastes avaient loué la couleur vénitienne de la première toile, tandis que ses critiques les plus vifs, comme Jérôme Baruch, en reconnaissant dans l'œuvre un *remarquable dessin*, une *peinture vigoureuse*, un *sentiment puissant*, avaient reproché à l'artiste *une couleur de convention* (3). Wiertz ne tint compte de l'éloge; il abandonna la couleur vénitienne pour la gamme plus vive, plus franche et plus variée de l'école flamande, et ce n'est pas le seul changement qu'il ait apporté au nouveau *Patrocle* : Il y ajouta un cadavre gisant à terre pour rompre la monotonie des lignes produites par les jambes des lutteurs; il changea même la pose d'un de ses principaux personnages : Ménélas tirait du bras gauche le cadavre de Patrocle, pose difficile, longtemps essayée ; l'artiste le fit tirer du bras droit, et cette correction donne au mouvement du bras plus de vigueur et de vérité, en même temps qu'elle ajoute de l'éclat à la couleur. Ainsi, de progrès en progrès, il arriva que cette première toile, si admirée à Rome et en Belgique, fut répudiée par l'artiste, qui espéra longtemps sa perte et qui n'eût désiré rentrer dans sa possession que pour la détruire, non-seulement parce qu'elle avait été vendue, endommagée, rentoilée, retouchée par une main étrangère, mais surtout parce que la couleur n'était pas flamande et qu'il avait fait mieux.

Wiertz aimait la critique : il n'avait voulu mystifier que l'ignorance;

---

(1) « La destinée un peu nomade du *Patrocle* premier, disait la *Tribune* de Liége, a exposé le tableau à une rapide altération ; des lésions profondes ont décidé l'auteur à recommencer l'œuvre plutôt qu'à réparer la toile » 25 janvier 1845

« Ce quelqu'un n'avait pas chez lui de pan de mur assez large pour y placer le prix de sa victoire On dit que le tableau fut mis en cave. Bref, l'humidité fit son jeu et le tableau fut fort endommagé. » (*Moniteur* du 24 août 1845).

2) Lettre du bourgmestre de Liége à Wiertz, du 25 janv. 1844.

(3) Le *Courrier belge* du 14 septembre 1839.

il avait recueilli les observations et en avait tiré profit. Le troisième *Patrocle*, comme il l'appelle, ne souleva aucune opposition :

« Cette fois, dit le *Moniteur*, M. Wiertz a été mieux compris.... On avoue que, dans ce qu'on appelait de l'extravagance, il y a peut-être le cachet du génie. » (26 août 1845.)

Après la mort de l'artiste, la toile oubliée reparut et ne tarda pas à être achetée par le gouvernement. Aujourd'hui, le premier *Patrocle* tient le plus haut rang au musée de Liége ; le second occupe une belle place au Musée-Wiertz.

Tel est le dernier mot de cette longue lutte, dont le véritable vainqueur fut l'artiste.

Cette première phase de lutte, où la persévérance dans de grands projets se mêle à une petite guerre de satires, est marquée pour le peintre par des progrès réels dans son art.

Le premier idéal de l'enfant avait été la vérité. A peine arrivé à Anvers, il va voir la *Descente de croix* et écrit à son père :

« Je croyais qu'on n'aurait pu distinguer la nature d'avec le tableau ; » mais j'ai vu que c'était de la couleur appliquée sur la toile... Il y a » cependant quelque chose de divin là-dedans (1). »

La première œuvre qui reste de l'élève à Anvers, est un trompe-l'œil. Mais déjà il s'est demandé ce qu'il y a de divin dans ces tableaux qui ne sont pas des trompe-l'œil, et c'est, en effet, dans la conception qu'il excelle ; le rapport du jury du grand concours de 1828 lui reconnaît beaucoup plus de mérite qu'au lauréat « dans la composition et dans l'expression. »

Le tableau qui obtint le prix de Rome appartient à l'école fla-mande. Le séjour de Rome devait transformer la couleur du débu-tant. Il s'est aperçu combien Rubens a étudié l'école vénitienne, et il veut en étudier les beautés particulières « pour bien comprendre la couleur. » Cette étude apparaît dans le premier *Patrocle*, peint dans ce ton général roux et chaud, qui distingue les maîtres de Venise. Son tryptique de 1838 est peint de même ; le ton mélancolique et sévère du *Christ au tombeau* rappelle bien plus l'Allemagne que l'Italie ; Ève est bien plus dans le sentiment de Van Eyck que dans celui de Raphaël, et Satan appartient tout entier au peintre, qui l'a représenté dans la fière beauté de l'orgueil, de la jeunesse et de la force : idée nouvelle, cou-

(1) Lettre à son père, 9 août 1820.

ception hardie, exécution vigoureuse, qui, à elle seule, annonce la maturité indépendante de l'artiste. Mais la couleur rappelle encore Venise, et l'artiste reste classé par tous les critiques dans l'école italienne.

Ce fut le dernier reflet de ses études. Le second *Patrocle* est peint dans le coloris plus naturel et plus brillant de l'école flamande. Ses petites toiles attestent la même transformation, et ses vastes compositions surtout consacrent le triomphe de la couleur flamande.

Wiertz, cependant, se distingue dans l'école de Rubens, à laquelle, dès ce moment, il s'honora d'appartenir et qu'il voulait continuer et faire progresser. Il y apporte la distinction dans la fougue et la pensée philosophique dans le pittoresque. On conserve dans son musée des séries d'esquisses qui nous font assister, pour ainsi dire, à la génération de ses grandes œuvres; on l'y voit abandonner toute mise en scène qui n'équilibre pas la conception et l'exécution, pour arriver à ce que la forme y brille autant que le fond, sans que l'une empiète sur l'autre et rompe leur harmonie; on l'y voit rejeter tout détail exagéré ou mesquin et n'accepter rien que dans la mesure du vrai, dans une distinction d'expression et de forme; on l'y voit ajourner son œuvre tant qu'il n'a pas trouvé l'effet pittoresque complet, la gamme de coloris convenable, l'expression de la pensée entière, l'unité de l'idée dans l'unité du clair-obscur et de l'harmonie des couleurs; tant qu'il y reste une lacune à combler, et que les épisodes ne réalisent pas l'abondance sans profusion et « la richesse d'idées caractéristiques, » comme il dit. Tantôt c'est le dessin qu'il essaie, et l'esquisse au trait révèle une main sûre; tantôt c'est le clair-obscur, et l'esquisse est estompée au fusin par masses d'ombre et de lumière; tantôt c'est la couleur, et les couleurs primitives éclatent sous son pastel ou son pinceau, dans une gamme qu'il veut approprier au sujet. La première esquisse du *Patrocle* rappelle David, sa première exécution est vénitienne; Wiertz répudiera l'un et l'autre pour la couleur flamande. La première esquisse manque de mouvement; d'autres cherchent le mouvement en plaçant au-dessus des combattants de petits génies agitant des torches, dans le goût de Flaxman; d'autres exagèrent la fougue du combat. Wiertz ne garde de ces essais qu'un groupe unique, un épisode simple et sévère, un mouvement large, et, après sa première grande toile, après une lithographie où il reproduit l'œuvre en l'améliorant, il trouve à la perfectionner encore.

Les esquisses du *Triomphe du Christ* dénotent les mêmes soins chez un artiste qui enlevait l'exécution dernière, mais qui méditait mûrement la conception. Il a tracé pour sa première idée un cadre plus haut que large ; mais il comprend bientôt que la fuite des démons devant le Christ demande de l'espace en largeur, et il n'exécutera l'œuvre que lorsqu'il aura trouvé les épisodes complets qui doivent rendre son idée, et surtout cet ange qui vole avec la rapidité de l'éclair et chasse l'enfer devant lui, comme une foudre vivante.

Toutes ces esquisses étaient condamnées à la destruction. Elles ont été recherchées avec soin et conservées. Toutes révèlent la même conscience dans le travail, la même étude profonde des conditions de l'art, de la conception, du dessin, du coloris, du clair-obscur. Il n'est rien peut-être qui honore davantage l'artiste, en offrant des sujets utiles à l'étude de l'art.

Reprenons la suite chronologique des travaux de l'artiste, après 1839 (1).

— 1840. Exposition de Liége.

*La E'smeralda* et *Quasimodo* (déjà connus).

*Les quatre âges de la vie humaine.*

— Le 11 février, Wiertz écrit au *Journal du commerce d'Anvers* :

« Je viens de lire dans votre journal que quelques personnes qui, sans doute, me connaissent bien peu, me font l'honneur de me proposer comme professeur à l'académie d'Anvers. Afin de faire connaître ma pensée aux personnes qui s'intéressent à moi, je vous prie de vouloir bien insérer ces lignes :

« La seule place où j'aspire et devant laquelle toutes les places du monde

---

(1) N'oublions pas de mentionner, en octobre 1838, la publication d'un article intitulé : *L'Académie d'Anvers, Mathieu Van Brée.*

*Le Journal d'Anvers*, en reproduisant presque en entier cet article, disait : « M. Wiertz, élève de M. Van Brée, a fait une belle et noble action en rendant à son maître cette éclatante justice. »

Van Brée était alors vieux, malade, méconnu. Lorsque, à son retour de Rome, Wiertz lui avait écrit cette lettre si importante que nous avons citée, le vieux professeur avait dû lui faire répondre par son fils. (25 décembre 1837.) A la réception de cet article, Van Brée répondit par une lettre signée de sa main :

« Je vous remercie de grand cœur, dit-il, de votre bon souvenir. Ma santé, quoique délabrée par une maladie fâcheuse, se soutient cependant... Je suis assez heureux pour pouvoir vaquer à mes occupations. Je me rends tous les soirs en classe et j'aide journellement de mes conseils les artistes qui veulent bien me les réclamer... Quoique les temps et les hommes soient bien changés depuis l'époque à laquelle vous faites allusion, je me plais pourtant à me rappeler ces temps heureux où je ne rêvais que le bonheur de mes élèves..... »

Un an après (15 décembre 1839), Van Brée n'était plus.

ne sont rien pour moi, c'est celle où la postérité élève l'artiste. Loin de songer à enseigner ce que moi-même j'ai grand besoin d'apprendre, je veux consacrer ma vie à l'étude des grands modèles. Heureux si cette vie de travaux m'ouvre un jour la carrière où se sont illustrés ceux dont le nom reste après eux; plus heureux si mon exemple vient à servir de leçon à quelques-uns de mes concitoyens! »

Jamais il n'accepta de faire partie d'aucun jury (1), ni de l'Académie (2), et plus tard il écrira :

« Je viens de lire dans les journaux que l'on songeait à me donner la place de Wappers. Si, au moment où le philosophe profond médite sur des matières sublimes, on venait lui dire : Monsieur, voulez-vous nous apprendre l'alphabet? Je pense que l'homme, logé dans les nues, tomberait subitement de toute la hauteur de l'atmosphère (3). »

1840. Exposition de Paris. — Il y envoie deux toiles : l'une de Rubens, l'autre de lui : Une *Vierge*, signée *Lerailleur*. Toutes deux sont refusées.

1841. Passage Lemonier, à Liége. — Il y expose deux tableaux : *Un Satyre* faisant danser des enfants au son du tambour de basque. — *Vingt et une jeunes filles.*

« Nous saisissons cette occasion, dit l'*Espoir*, de Liége, pour démentir un bruit qui court en ville à propos du *Satyre* et des *Nymphes*. Il est faux que ces tableaux soient vendus. Wiertz s'est décidé à ne vendre aucune de ses œuvres. »

1841. *Une Nymphe* couronnant un enfant.

« Quelques personnes ont été étonnées, dit l'*Espoir*, en lisant la note dans laquelle nous déclarions, autorisés par lui, que Wiertz avait pris le parti de ne vendre aucun de ses tableaux....

» Cependant, que l'on ne se méprenne pas sur l'intention de Wiertz, ce n'est pas pour les conserver qu'il refuse de vendre ses tableaux; il

---

(1) J'ai toujours professé le principe qu'il y a témérité à un artiste, quel qu'il soit, de prétendre formuler un jugement équitable sur des œuvres contemporaines ; je ne puis partant accepter ces fonctions (de juré pour l'Exposition de 1840) qui m'imposeraient des devoirs tout à fait contraires à mes opinions. (*Lettre à M. le trésorier de la Commission*, 1840).

(2) Plusieurs journaux s'étant étonnés de ne pas voir son nom parmi les nouveaux membres de l'Académie, Wiertz écrivit aux journaux pour disculper le gouvernement des reproches qu'on lui adressait : « M. Wiertz, fidèle à ses principes et ayant sur l'art des idées qui ne sont pas partagées par ses confrères, n'a pu accepter l'honorable proposition qu'on lui a faite. »

(3) Copie de lettre sans date à M. Wolfers.

en fera un plus noble usage, un usage qui sera fécond en résultats bienfaisants *pour sa patrie.* » (21 janvier 1841.)

C'est à la même époque qu'il écrit au ministre de l'intérieur : « Mon but, en faisant de l'art, c'est la gloire, la gloire de mon pays. » Et un autre jour, il lui dit que son œuvre (la *Révolte des Enfers*) ne peut être faite que dans un but de gloire et de nationalité. (Octobre 1841.)

Les intentions de l'artiste de laisser ses œuvres à son pays apparaissent déjà ici avec évidence.

1841. Exposition de Gand. — *Le Christ au tombeau,* — un *Satyre,* — une *Nymphe et des enfants,* — *Vingt et une Jeunes filles* (esquisse). — *Les quatre âges de la vie de l'homme* (costumes italiens). (CATALOGUE).

1841. Liége, ancienne église Saint-André. — *La Révolte des Enfers contre le Ciel.* Nous aurons à revenir sur ce tableau.

1842. Fête de Méhul à Givet. — Wiertz peint le portrait de Méhul, d'après un portrait au pastel, le seul pour lequel le grand musicien ait posé, et il en fait don à la ville de Givet. (Lettre du 20 juin 1842.)

1842. Exposition de Bruxelles. — La *Révolte des Enfers,* exposée au temple des Augustins. — Le *Martyre de saint Denis.* — *Tableau de genre* (1), — *Une jeune fille nue,* — *La femme à la toilette,* — *Une femme athlète* (statuette en plâtre). (CATALOGUE DE L'EXPOSITION.)

Cette exposition est le point culminant de la lutte. L'artiste a fait annoncer qu'il a mis : trois jours à peindre le *Saint Denis,* une toile immense ; un jour pour la *Jeune fille à la toilette ;* vingt jours pour la *Révolte des Enfers,* qui n'a pas moins de 1,300 pieds carrés ; il a abordé la sculpture, et il a ajouté à tout cela une carotte, tableau de genre, « peint au patientiotype, après trois jours de leçons. » C'est alors aussi qu'il publie sa première revue de salon et sa lettre à *Don Quiblague.* (V. pages 135 et 282).

1843. Exposition d'Anvers. — L'*Éducation de la Vierge,* — la *Femme à la toilette,* — *Une Femme athlète.*

Au bas de l'*Éducation de la Vierge,* l'artiste a écrit :

« Pour être placé à côté du tableau de Rubens, représentant le même » sujet (Musée d'Anvers).

» Établir un parallèle entre nos œuvres et celles des grands maîtres, » c'est le puissant moyen de nous instruire et de nous élever. (Diderot). »

1844. Exposition de Liége et de Gand. — L'*Age d'or,* — une *Tête*

_____

(1) C'est la carotte.

*d'étude* représentant l'Orgueil et la Lâcheté, — une *Baigneuse* (statuette),
— une *Femme athlète* (statuette). — A Gand, il y a, en plus : *La
Femme à sa toilette* (1).

« L'auteur, dit le livret, ne s'occupant point de l'art dans un but
» matériel, ne vend pas ses ouvrages. »

La lutte continue. *Orgueil et lâcheté* est la charge d'un journaliste
qui a vivement critiqué l'artiste sur son exposition de 1842, et
que Wiertz a déjà nommé Don Quiblague. La nouvelle statuette est
dédiée « à l'innocente commission des beaux-arts d'Anvers », qui a
trouvé une de ses femmes trop nue.

1844. — Le 26 août, Wiertz perd sa mère, âgée de 76 ans.

Novembre. — Liége, Salle Saint-André. Le nouveau *Patrocle*.

1845. Exposition de Bruxelles. — Un *Combat d'Homère* (le nouveau
*Patrocle*).

Il publie : *Le Secret du Diable : Des Préjugés en Belgique.*
(V. p. 301.)

1846. Exposition d'Anvers. — Un *Combat d'Homère*.

1847. Exposition de Gand. — *Deux jeunes Filles* ou la *Belle
Rosine*.

1848. Exposition de Bruxelles. — Le *Triomphe du Christ*, — la *Fuite
en Égypte*. Le livret dit : « Ces deux tableaux, de trop grande dimension pour être placés dans les salles du Musée, sont exposés rue du
Renard, n° 33. »

Wiertz publie une revue du salon illustrée. (V. p. 161.)

Pendant cette période, les difficultés se pressaient devant l'artiste.

» Si M. Wiertz est assez riche pour ne pas vendre ses tableaux, tant
» mieux pour lui », avait dit un journal. — Wiertz au contraire était
pauvre ; c'est un artiste sans fortune qui se refuse publiquement à
vendre ses tableaux.

Wiertz, en outre, voulait faire de la grande peinture. Le prix du

---

(1) « L'*Étude* et la statuette sont exposées à Gand dans un cabinet particulier Lorsque
vous êtes dans une des petites salles de l'exposition, un homme vous murmure en
rougissant un mot à l'oreille ; puis, il va voir si personne n'approche de cette salle
presque toujours déserte, et, lorsqu'il est assuré que vous êtes bien seul avec lui, il
entr'ouvre discrètement une porte fermée à triple tour et vous introduit dans le
sanctuaire... »                    (*L'Observateur* du 31 juillet 1844 )

On a peine à comprendre ce mystère. Ces œuvres sont aujourd'hui exposées au
Musée Wiertz.

concours de Rome lui avait permis de louer le plus vaste atelier de la capitale artistique de l'Italie et de se faire tisser la grande toile du *Patrocle*. Rentré dans son pays, n'ayant d'autre ressource que le portrait, il est réduit à chercher partout les moyens de peindre de nouvelles grandes œuvres, et c'est un artiste sans atelier qui brave ainsi l'opinion publique.

On trouve dans sa correspondance de nombreux détails sur ces deux points :

Il était encore en Italie qu'un amateur belge lui écrivait pour lui demander une œuvre. Revenu en Belgique, Wiertz esquive toutes ses instances. Cet amateur, après « s'être recommandé à son souvenir pour un tableau de chevalet », s'avise de remettre une petite somme à sa mère, en à-compte du prix du tableau désiré ; Wiertz lui renvoie cette somme par les messageries (1). La même personne entre de plus en plus dans son intimité, s'attache à lui rendre de petits services, cherche tous les moyens de lui procurer des ressources et des succès : Wiertz ne cède point. Cet ami lui demande un tableau de cabinet ; il vient d'en commander un à un autre peintre, et lui-même a choisi le sujet : Rodolphe de Wert, assassin de l'empereur Albert V. « J'ai » choisi ce sujet, à cause que son objet fait époque, le supplice de la » roue ayant commencé par lui. Lisez les *Annales de l'Empire*, par » M. de Voltaire. » (Lettre à Wiertz du 16 juillet 1837).

Wiertz, après toutes ces instances, répond :

« Je dois vous avouer que ce genre de peinture est incompatible avec ma manière de voir, et, quoique j'aime à traiter tous les genres de peinture possible, je ne ferai jamais choix, pour le cabinet d'un ami, d'un sujet où l'art ne peut développer toutes ses beautés. En effet, tout ce que le moyen-âge a de plus piquant dans ses mœurs, de plus bizarre dans ses costumes et ses armures, ne pourra jamais rivaliser avec le beau, le beau immuable des Grecs, celui qui constitue le grand talent de Michel-Ange et de Raphaël. » (24 mai 1838).

L'ami se le tint pour dit et ne demanda plus que des tableaux dont le sujet fût choisi par l'artiste ou dont l'esquisse fût achevée.

Un autre jour, la même personne offre de lui faire obtenir la commande de tableaux de famille (2). Wiertz lui répond qu'il veut

(1) Quittance des Messageries générales de 190 florins, 11 juin 1838. — Lettre à Wiertz, du 14 juin.
(2) Lettres du 17 septembre et du 26 novembre 1839.

peindre « des tableaux pour la gloire, des portraits en buste pour la soupe. » L'ami s'extasie devant cette noble vocation et demande une exception en faveur de l'amitié (1). Il lui offre sa maison, sa cuisine, sa cave ; Wiertz veut garder son chez soi. Il lui offre sa nièce (2) ; Wiertz cherche l'indépendance dans le célibat. Il lui achète une maison pour lui seul (3), l'artiste la paiera en tableaux ; Wiertz refuse. Acceptera-t-il au moins des services, le prix de portraits, de petits présents à sa mère, du vin, des fruits, etc., le tout « à libérer chez le père éternel (4) ? » Sans doute ; car il croit à l'amitié désintéressée et, si son ami aime tant ses tableaux, Wiertz « les déposera tous chez lui », s'il le veut. Mais Wiertz « n'est pas un marchand », et il suppose bien que l'homme qui se dit son ami ne peut être « un acheteur. » — Enfin, cet ami lui dit qu'il ne fait pas « le commerce de tableaux » et lui promet que ses œuvres « se trouveront, à sa mort, à la place où l'artiste les aura mises. »

C'est ainsi que plusieurs œuvres sortirent des mains d'un artiste qui ne voulait point vendre de tableaux.

A plusieurs reprises, les trésoriers des diverses expositions publiques, ou des amis lui demandent, pour de riches amateurs, le prix d'une œuvre exposée : tantôt la *Esmeralda*, tantôt les *Quatre Ages de la vie*, tantôt une *Jeune fille nue*, tantôt la *Belle Rosine*, tantôt le *Christ au tombeau* (5). La réponse est invariablement la même : silence ou refus.

Toute sa vie, des amateurs reviendront à la charge et l'engageront à vendre ses tableaux ; des amis même, et ceux qui ont pris la plus grande part à ses luttes de pamphlets, le presseront : « Mais vendez donc ! feriez-vous, par hasard, consister la gloire à vendre cher (6) ? » — Même quand il put vendre cher, la réponse de Wiertz fut invariable.

Comment vivait-il, cependant ? Ses portraits lui suffisaient, et il trouvait encore le moyen de prêter son pinceau à des œuvres de bienfaisance, et de servir des amis de sa bourse, ou des journalistes de sa plume, ce qui leur donnera des abonnés (7).

(1) Lettre du 29 novembre 1839.
(2) Lettres du 15 novembre 1839 et du 28 août 1841.
(3) 22 janvier 1844.
(4) Lettre du 23 février 1840.
(5) Ces lettres sont conservées.
(6) Lettre sans date de M. L. L.
(7) Lettre du rédacteur du *Charivari*, 14 novembre 1838 ; lettres du rédacteur de la *Commère*, 25 août 1842, etc., etc. — Id., 21 mars 1844.

Ainsi, content de peu, *contentus pauci*, l'artiste tranchait une première difficulté, réputée insurmontable.

L'autre difficulté ne pouvait pas être résolue par l'artiste seul. Comment trouver les moyens de peindre une nouvelle grande toile à opposer à Rubens? Déjà, pendant ses études, il avait esquissé la *Révolte des Enfers*, et à Rome il avait hésité entre ce sujet et le *Patrocle*. Dès 1839, il songe à la cathédrale d'Anvers pour y placer la gigantesque composition. Un ami lui fait faire le plan de la nef où se trouve la *Descente de croix* (1). Mais la fabrique de l'église Notre-Dame à Anvers pourrait faire des difficultés. L'archevêque est consulté : il craint l'encombrement du monde qu'attirerait le tableau dans la cathédrale (2). Toutes les réponses équivalent à des refus.

Avant tout cependant, il lui faut un local assez vaste pour y peindre l'œuvre immense. Il avise une église de Malines abandonnée, mais, à la première démarche, il apprend qu'on va définitivement en faire un arsenal (3). En 1840, il termine une lettre, qu'il imprime et adresse au ministre, par ces mots : « Si ma proposition obtient votre approbation, ordonnez, M. le ministre, qu'un atelier soit mis immédiatement à ma disposition (4). » Il sollicite du gouvernement le subside nécessaire aux frais de l'œuvre. La demande n'est pas repoussée. M. le baron de Lafaille, directeur des beaux-arts sous M. de Theux, lui offre l'ancienne église des Augustins, à Bruxelles, avec la faculté de laisser son œuvre au gouvernement ou à la cathédrale d'Anvers (5). L'église des Augustins ne lui convient nullement. Il cherche ailleurs.

Le ministère change; M. Rogier, qui remplace M. de Theux, est saisi du même projet. Wiertz s'est décidé à informer le public que l'immense tableau deviendra la propriété de quiconque se chargera des frais d'exécution (6), et il l'annonce au nouveau ministre. M. Rogier reprend l'idée de son prédécesseur. Mais l'artiste, assuré de ses frais préalables, en est toujours à chercher deux choses à la fois : un atelier pour peindre son tableau, une église convenable où on veuille l'accepter gratuitement.

(1) Lettre de M. Florent Mols, 30 mars 1840. -

(2) Lettres du 4 avril 1840 et du 25 avril 1844.

(3) Lettre de M. P. Wauters, du 23 octobre 1839.

(4) Voir plus haut, page 281.

(5) Lettre de M. P. Wauters, du 19 mars 1840.

(6) Lettre au ministre, 5 octobre 1840. Wiertz avait déjà trouvé un amateur, comme un artiste, M. Melzer le lui écrit d'Anvers, le 15 octobre 1839.

Il songe à l'église abandonnée de Saint-André, à Liége ; il la sollicite ; même au nom du gouvernement, il ne peut l'obtenir. Une ressource lui reste : désespérant de vaincre l'obstination de la régence de Liége, il pense que le seul moyen est de donner le tableau « au musée que la ville de Liége *a l'intention* d'établir (1) » ; et il en demande l'autorisation au gouvernement : « Il importe peu, dit-il, qu'une œuvre d'art trouve sa place dans la capitale ou dans la province (2). » Le ministre le laisse maître de disposer de son œuvre. En lui accordant le subside, le gouvernement n'a établi aucune restriction à cet égard (3).

L'église Saint-André lui est accordée à ce prix, et c'est ainsi que Wiertz put peindre la *Révolte des Enfers*, dans une église abandonnée, pour un musée à peine créé.

Pendant ces négociations, on avait proposé à Wiertz de peindre un grand tableau pour une église gothique nouvellement construite à Tilborg, dans le Brabant septentrional. On demandait son prix :

« Caro Mols, répond-il à un ami, vous voudrez bien dire à ces braves gens que j'irai examiner leur église, que si j'y trouve une place où il n'y a ni cierges, ni chandeliers, ni faux jours, ni coins baroques, je songerai à faire un tableau ; mais il faut que je sois libre du choix de mon sujet, et, si j'en trouve un qui me promet de la gloire et non pas de l'or, je leur ferai un tableau pour rien. » (Septembre 1840.)

C'est ainsi qu'il fit le *Saint Denis*.

Les pourparlers pour la *Révolte des Enfers* avaient duré près de deux ans. Wiertz dut récupérer le temps perdu : l'œuvre, longuement méditée, fut rapidement exécutée. Mais, aussitôt qu'il eut un atelier, l'artiste s'empressa de demander à retoucher le tableau, qui semblait abandonné, roulé dans un coin (4). Il fit sur la même toile une œuvre nouvelle. Alors, il crut pouvoir la mettre au nombre de celles qu'il cédait à l'État pour être conservées dans son musée. Mais le tableau fut vivement réclamé ; l'artiste résista, et ce ne fut pas une des moindres souffrances de sa vie que cette lutte pour conserver dans son musée une œuvre

(1) Lettre du 15 février 1841.
(2) 15 février 1841.
(3) Lettre du ministre de l'intérieur du 27 février 1841.
(4) « Comme il était facile de le prévoir, le long séjour que cette toile a eu à subir dans la salle humide de Saint-André, lui a été pour ainsi dire mortel. »
(*Le Libéral liégeois*, 25 septembre 1847.)

capitale. Il n'avait pu obtenir un hangar où peindre sa grande toile qu'en s'exposant à des ennuis qui devaient durer plus de dix années.

Un arrangement intervint ; l'artiste n'en avait pas rempli les conditions lorsqu'il mourut ; c'est pour faire honneur à ses engagements que le gouvernement a acheté le premier *Patrocle* et l'a donné au musée de Liége (1).

La mort de sa mère avait été pour l'artiste un coup terrible. On a vu combien il l'aimait, tout en résistant aux faiblesses de son âge. Nul ne dira jamais ce qu'il souffrit de cette lutte contre celle à qui, étant à Anvers, il ne manquait jamais de demander, au bas de chaque lettre, sa bénédiction, et dont, étant homme, il voulait faire « son enfant gâtée. » Depuis son retour de Rome, elle avait été habiter Liége avec lui (2). Mais, en janvier 1844, effrayée d'un projet de voyage en Italie (3) que formaient des amis de l'artiste, elle le quitte et rentre à Dinant. Ce fut un grand chagrin pour son fils. Ses parents et ses amis de Dinant lui écrivent, coup sur coup, pour le rassurer sur la santé de la septuagénaire fugitive (4). Le 14 août, Wiertz était appelé à Dinant par un médecin qui prévoyait la mort prochaine de sa mère. Il y courut, et, le 26, — après qu'il eût fait une dernière fois son portrait sur un petit panneau, emprunté, ainsi que la palette et les couleurs, à un professeur de peinture qui devait devenir un artiste et qui resta l'ami de Wiertz (5), — sa mère mourait dans ses bras.

Son premier cri est déchirant : « Une partie de mon âme vient de s'échapper avec elle ! » (6).

Les obsèques terminées, Wiertz ne peut rester à Dinant. Dès le 28,

---

(1) Nous publions dans les annexes un mémoire de Wiertz au ministre de l'Intérieur, relatif à ces débats.

(2) Quai de la Sauvenière, n° 816, chez M. Gysselinckx. La dernière lettre conservée, de l'artiste à sa mère, est du 29 septembre 1843. Wiertz écrit de Bruxelles :

« Ma chère mère,

» J'ai été si occupé jusqu'à ce jour que je n'ai pu vous donner de mes nouvelles plus tôt. Comment va votre santé ? Il me semble qu'il y a un siècle que je ne vous ai vue. Je compte rester encore quelque temps ici ; je dois attendre que toutes mes affaires d'exposition soient entièrement terminées.... Il me tarde, ma chère mère, d'aller vous revoir et de vous embrasser. »

(3) Lettre de M<sup>me</sup> veuve Rabosée à Wiertz, du 3 mars 1844.

(4) Lettres de M. J. Disière, du 27 janvier : de M. J. Hallaux, du 31 janvier : de M<sup>me</sup> veuve Rabosée, du 3 mars 1844.

(5) M. Roffiaen.

(6) Lettre du 26 août 1844.

il règle tous les comptes de sa mère (1), et il ne tarde pas à rentrer à Liége. Il s'y tient enfermé. Personne ne le voit ; sa santé s'altère ; ses amis s'inquiètent, on lui écrit de toute part. Le séjour de Liége lui pèse bientôt à son tour ; dès le mois d'août 1845, il se rend à Bruxelles pour l'Exposition, et il y reste.

Cependant, sa passion de l'art ne s'est pas affaiblie. Il souffre, mais il profite de chaque moment de répit pour reprendre le travail et la lutte.

Quand sa mère mourut, le nouveau *Patrocle* était achevé. En novembre, il reçoit l'autorisation de l'exposer à Liége (2). L'Exposition de Bruxelles prend bientôt tous ses soins ; son tableau « écrase tout ce qui se trouve dans le grand salon », lui écrit un ami, le peintre Mathieu (3). Le *Patrocle* était mal placé d'abord : le roi avait acheté un tableau de M. Slingeneyer (4), que la Commission avait trouvé bon de mettre à la place d'honneur. Wiertz ne fait aucune réclamation officielle ; il s'adresse au peintre lui-même : son beau tableau « lui permet de croire à l'élévation de son caractère d'artiste. » Mais, son succès étant constaté, l'œuvre ne peut rien perdre au déplacement. Wiertz prie M. Slingeneyer de lui céder, « non la place d'honneur, mais l'espace que la dimension de son œuvre réclame. » Cette lettre d'artiste, adressée à un artiste (5), eut le résultat désiré ; les deux peintres fraternisèrent, et le *Patrocle* put être vu dans un jour convenable. Le bruit ne tarda pas à circuler que Wiertz allait recevoir un titre. Wiertz en rit beaucoup, ainsi que des sollicitations qui l'engageaient à saisir « les circonstances » (6).

Les années 1845 et 1846 furent des plus agitées pour l'artiste. C'est alors qu'il ouvre un nouveau concours, en publiant son *Secret du Diable*. C'est alors qu'il rompt avec le séjour aimé de Liége. — C'est alors qu'il cherche et trouve un vaste local, qu'il fait appel aux amateurs qui pourraient lui prêter des tableaux de Rubens et qu'il déploie une énergique activité à rassembler le plus grand nombre possible de ses tableaux dans son vaste atelier d'emprunt. Il souffre toujours : « Ma santé est toujours la même : un jour bien, un jour mal » (7). Mais

---

(1) Il les avait conservés.
(2) Lettre du bourgmestre de Liége, 25 novembre 1844.
(3) Lettre du 15 août 1845.
(4) *La Mort de Jean Jacobsen.*
(5) 20 août 1845.
(6) Lettre à Wiertz, du 9 septembre 1845.
(7) Lettre à M. Ferdinand Hénaux, 28 janvier 1846.

l'inaction est son plus cruel ennui : « Avez-vous oublié combien je souffre de cette inaction ! » (1). « Ma santé ne me permet pas de travailler tous les jours (2). » Mais il fait des portraits (3); il ne perd pas une occasion d'être utile et il persiste dans toutes ses résolutions. — C'est alors qu'il écrit à une parente : « Cherchez une personne qui veuille bien vous prêter 100 fr. (pour un parent dans le besoin); je m'engage à faire de mon mieux le portrait de cette personne, » (4) ou qu'il envoie à des amis, tantôt un billet de 500 fr. (5), tantôt 50, tantôt 100 fr. (6) et davantage (7). Jamais cependant il ne veut vendre de tableau : « Les *infâmes* » *croûtes* que j'ai faites jusqu'à présent sont indignes de moi, et souvent » j'ai préféré me trouver dans le besoin que de me défaire de ces mau- » vaises choses, si compromettantes pour ma gloire. Aimer ainsi la gloire, » n'est-ce pas le comble de la folie? Mais enfin, cette folie soutient ma vie » et fait mon bonheur; tout l'or du monde ne pourrait remplacer cela. » A me voir ainsi conserver mes tableaux, ne dirait-on pas que je les » aime et que je les adore? Eh bien! vous le savez, c'est précisément le » contraire. C'est parce que je n'y tiens pas du tout, c'est parce qu'ils » sont indignes de moi que je ne veux pas m'en défaire et que j'ai juré » de les brûler si je me trouvais en danger de mort (8). »

Wiertz ne songeait pas à mourir. C'est alors qu'il se prépare à peindre deux grandes compositions qui prennent déjà tout son temps. Le 13 juillet 1846, la grande toile qui doit servir à l'une d'elles est arrivée d'Anvers à Bruxelles. Le 3 août, il écrit à un ami : « Je vous annonce » que ma grande toile est prête, (pour le *Triomphe du Christ*). Le tableau » de l'église Saint-Joseph se prépare aussi dans ma tête : (la *Fuite en* » *Égypte*) (9). » Et un autre jour, 7 septembre 1846 : « Je n'ai pas encore

(1) Lettre sans date à deux dames de Liége.
(2) Lettre aux mêmes, du 7 septembre 1846.
(3) Lettre aux mêmes, sans date, déjà citée.
(4) Lettre à M^me veuve Disière, du 6 juillet 1846, publiée par M. Labarre. Le brouillon est conservé.
(5) Lettre d'envoi. Septembre 1846.
(6) « Je suis bien malheureux ! Je n'ai, en ce moment, à ma disposition que le billet de 100 fr. que voici, etc. » (Lettre sans date, 1846).
« Je ne puis vous dire combien je suis contrarié ; ayant eu quelques dépenses à faire, ces jours derniers, je me trouve, en ce moment, dans la position du véritable artiste. Les 50 fr. que je joins ici pourront-ils vous servir? » (13 mai 1846.)
(7) Reconnaissance sur timbre de 550 fr., 11 juillet 1846.
(8) Lettre à M. L. Labarre, Septembre 1846.
(9) Lettre à M. P. Wauters.

» commencé mon tableau. Un inconvénient est venu mettre du retard
» dans tout cela. L'atelier que l'on m'avait préparé était trop obscur.
» On a dû travailler à faire de nouvelles fenêtres pour me donner un
» jour égal et convenable (1). »

C'est alors, enfin, qu'il loue une habitation, la première, la seule
qu'il ait louée (2). Une dame, artiste elle-même, et qui devait lui montrer
un grand dévouement, tiendra sa maison et ne le quittera plus (3).

Tout l'automne de l'année 1846 fut consacré à ces soins. Wiertz
*se casait*, dans les premières satisfactions d'une intimité artistique,
dans l'exaltation d'une grande entreprise et dans cette existence de
travail sain et de repos fortifiant qu'à Rome il avait jugée nécessaire
à l'exécution du *Patrocle* (4). Cette fois, rien ne lui manquait. Il
existe un portrait de l'artiste peint par lui-même à cette époque (sept.
1846) : Wiertz a quarante ans; il est dans la force de l'âge et dans
la maturité de l'esprit; la gymnastique lui a rendu la santé nécessaire
au travail; son front large n'a pas un pli; une peinture vigoureuse
anime sa figure, toujours pâle, encadrée dans une chevelure et une
barbe noires; son grand œil bleu, doux et profond, a tout son éclat,
et son attitude, calme et fière, annonce la plénitude. On peut dire
que ce furent les plus beaux mois de sa vie : il créait le *Triomphe
du Christ*.

Mais comment l'artiste est-il parvenu à disposer d'un local assez
vaste? On a vu ce que lui a coûté la *Révolte des Enfers*. S'il a pu
peindre cette grande toile et son nouveau *Patrocle* dans l'église
Saint-André, cela ne lui a pas donné d'atelier. Jusque-là, il a erré
de ville en ville, cherchant un abri, n'ayant pas même d'appartement
qui lui permît de réunir ses petits tableaux dispersés, et laissant partout
où il passait ses œuvres, souvent perdues pour lui, et même son chien.
Cependant, il n'a pas cessé de préparer de grandes compositions
et la *Fin du monde* et le *Triomphe du Christ* sont esquissés,

(1) Lettre à deux dames de Liége.
(2) Le bail est du 2 juin 1846. « Mon atelier étant un peu éloigné du centre de la
ville, j'ai dû *me caser* du côté de la porte de Hal, (boulevard du Midi, 106). » Lettre du
5 août 1846.
(3) Cette dame a compris le devoir de s'effacer devant une tombe illustre. Nous
lui laisserons cette position discrète, tout à fait en rapport avec les vœux de
l'artiste.
(4) Voir page 106 un extrait d'une lettre à sa mère.

Une société construisait à Bruxelles un nouveau quartier qui porte le nom du roi Léopold Ier; elle y avait bâti une église. L'artiste, qui a médité longtemps une nouvelle épopée et qui croit le moment venu de l'exécuter, offre à la *Société civile* un tableau de non moindre dimension pour le maître-autel de l'église Saint-Joseph, à l'unique condition qu'on lui fournisse « une baraque » assez vaste pour l'y peindre; il en profitera pour sa grande composition (1). L'offre est acceptée; mais le marchand de bois demande 12,000 fr. pour bâtir le hangar, et il faut y renoncer. Heureusement, au moment même, un ami découvre une usine abandonnée, rue du Renard, à Bruxelles, et Wiertz obtient la permission d'y peindre. Mais il ne renonce pas à faire quelque chose pour l'église Saint-Joseph : « La place est si belle. » (2)

Dès le mois d'août 1845, Wiertz avait définitivement quitté Liége pour habiter Bruxelles. Installé, en 1846, dans l'usine du Renard, à peine a-t-il cette sorte d'atelier, qu'il se hâte d'y rassembler ses œuvres dispersées. *La Révolte des Enfers* (3), *le Christ au tombeau*, *la Esmeralda*, *Quasimodo*, *l'Attente*, *la Femme à sa toilette*, *Don Quiblague*, etc., rentrèrent ainsi sous la main de l'artiste, et sa correspondance témoigne de difficultés nouvelles.

En même temps, un autre soin l'occupait. Il n'avait pas abandonné l'idée d'établir un parallèle avec les grands maîtres. Dès 1834, étant à Florence, il avait écrit sur un carnet : « RÉFLEXIONS AU PALAIS PITTI. La » comparaison est le sûr moyen qui nous éclaire sur le choix du beau et » nous instruise des causes de la beauté. » Rentré en Belgique, il ne perd aucune occasion de rappeler cette idée au gouvernement dans sa correspondance, ou au public dans ses écrits. A trois reprises, en décembre 1843, en avril 1846, en mars 1849, il avait fait appel, dans les journaux, aux personnes qui pourraient mettre à sa disposition un tableau de Rubens (4) ou de Raphaël, et plusieurs offres lui avaient été faites, sans le satisfaire (5) En 1840, il avait demandé au ministre « l'hono-

(1) « Depuis longtemps ayant l'intention d'exécuter une grande machine dont les proportions ne me laissaient pas espérer de trouver un local assez grand pour la contenir, je m'empresse de pousser cette affaire et j'espère que dans peu de temps je serai à l'œuvre. » (Lettre à M. Wauters, mai 1846).

(2) Lettre à M. P. Wauters, du 31 mai 1846.

(3) Lettres du bourgmestre de Liége des 9 et 15 août 1847. Lettre de Wiertz au bourgmestre de Liége, du 11 août.

(4) V. plus haut, p. 335.

(5) Lettres à Wiertz du 17 décembre 1843, des 16 et 22 avril et 11 mai 1846, des 8 et 12 mars, et 21 juillet 1849, etc.

rable faveur de voir fixer pour toujours la *Révolte des Enfers* à côté de l'immortelle *Descente de Croix* (1). » D'autres fois, il avait demandé que les tableaux de Rubens : le *Christ au tombeau* (2) et l'*Éducation de la Vierge*, (3) fussent placés à côté des siens traitant les mêmes sujets. Le *Triomphe du Christ* achevé, il adresse au ministre la lettre suivante :

« 6 juin 1848.

» Monsieur le ministre,

» Le plus puissant moyen de ramener la peinture moderne vers les grands principes de l'art, c'est de placer, au milieu de nos expositions, les tableaux des grands maîtres. Cette idée que j'ai essayé de développer dans une brochure que j'ai eu l'honneur de vous communiquer lors de sa publication, ne peut encore, je le sens, recevoir son exécution. Des intérêts privés, des systèmes d'école, des rivalités s'y opposent. Mais, quelle que soit la force de tous ces obstacles, fatals à l'art, une idée progressive, féconde, fût-elle sortie du cerveau d'un ignorant ou d'un fou, doit avoir tôt ou tard son application. A toute chose, son temps.

» Un jour viendra où les idées sur le beau en peinture seront nettes et précises.

» Un jour viendra où tout le monde sera à même de juger une œuvre de peinture, où tous les peintres seront à même de juger leurs propres œuvres.

» Un jour viendra où la règle et non le caprice, le principe et non la mode, l'exemple des grands maîtres et non l'opinion de tel ou tel, seront les seuls guides du peintre dans l'exécution de ses ouvrages.

» Un jour viendra que la peinture, elle aussi, chantera sa *Marseillaise*, et ce jour, ce jour de progrès, sera celui où l'on admettra au sein des expositions les œuvres des plus grands peintres dont les siècles auront approuvé les travaux.

» Mais, en attendant ce grand jour, qui peut-être viendra trop tard pour moi, je désire, pour mon propre compte, mettre à profit le moyen que je crois le plus propre à l'instruction d'un peintre.

» A cet effet, Monsieur le ministre, je viens vous prier de vouloir bien mettre à ma disposition le tableau de Rubens exposé au Musée, représentant le *Portement de Croix*, afin d'établir entre cette œuvre et les tableaux dont je suis occupé en ce moment, le parallèle dont le résultat doit être une grande et utile leçon.

» La dimension de mes tableaux ne leur permettant pas d'être placés au

(1) V. plus haut, p 281.
(2) Lettre au ministre de l'intérieur, octobre 1840.
(3) V plus haut, p 187.

Musée, je désirerais que le tableau de Rubens fût transporté dans mon atelier et qu'il me fût permis de le conserver à partir du 1er juin de cette année jusqu'au 30 octobre prochain.

» Je sais, Monsieur le ministre, tout ce que ma demande semble renfermer d'orgueil et de prétention; mais je vous prie de vouloir bien remarquer qu'il n'y a point d'orgueil, ainsi que j'ai eu l'occasion de le dire un jour, à chercher un parallèle entre ses propres travaux et ceux des peintres les plus renommés, mais qu'il y a de la vanité, et beaucoup, à reculer devant un tel parallèle. C'est l'amour-propre, la seule crainte d'une comparaison exposant ses défauts à la critique et compromettant la part de réputation acquise, qui font prendre à la plupart des peintres le parti *modeste* d'éviter ce parallèle. »

Il aurait fallu démonter le châssis et rouler la grande toile de Rubens; le ministre s'y refusa. « Je n'ai pas besoin de vous dire, écrit-il à l'artiste, combien une pareille opération pourrait être préjudiciable à ces toiles anciennes, si précieuses. » (Lettre du 2 août 1848.)

Wiertz ne négligeait aucune de ses idées antérieures. Le tableau destiné à l'église Saint-Joseph porte la note suivante :

« Le peintre a fait don de ce tableau à l'église Saint-Joseph, à la » condition de le remplacer plus tard par un meilleur.

» Bien faire n'est qu'une question de temps. 22 septembre 1847. »

Le gouvernement avait fait les frais de toile des deux tableaux; le ministre demande à l'artiste laquelle de ses œuvres il destine à l'État. (29 septembre 1848.) Voici sa réponse :

« Novembre 1868.

» Monsieur le ministre,

» J'ai offert, il est vrai, un tableau au gouvernement; *mon intention même est de lui offrir un jour tous mes ouvrages;* mais ces offres, Monsieur le ministre, ne sont point faites dans un but d'argent. Grâce au ciel, le prix d'un tableau n'occupe point ma pensée. Voici, en quelques mots, ce qui fait le rêve de ma vie :

» Chercher à porter l'art à la plus haute perfection possible.

» *Ne point vendre mes ouvrages,* afin que, les gardant sans cesse à ma disposition, je puisse les perfectionner chaque jour, et, à la fin de ma carrière, les *anéantir,* s'ils sont indignes de porter mon nom dans l'avenir.

» *Quel est celui de mes tableaux que je destine au gouvernement?*

» Pardonnez-moi, Monsieur le ministre, si le système auquel je dois rester fidèle ne me permet point aujourd'hui de répondre à cette question. Quels seront, en effet, ceux de mes ouvrages qui, à la fin de ma vie, me

feront espérer un nom immortel? Quels seront enfin ceux que je sauverai
de la flamme et jugerai dignes de figurer au Musée de l'État? Hélas! je ne
puis maintenant ni le prévoir ni le deviner! »

Quand le jour de l'exposition arriva, le bâtiment, qui avait été construit
au centre de Bruxelles, eut une annexe dans un quartier de ruelles et
d'impasses, au bas de la ville, et les visiteurs durent se transporter
dans une fabrique de machines, rue du Renard, n° 33, pour y voir les
deux œuvres capitales de l'exposition : la *Fuite en Égypte* et le
*Triomphe du Christ*.

On sait quel fut le succès du *Triomphe du Christ*.

L'artiste devenait de plus en plus coloriste. Mais un autre progrès est
à signaler, car la conception est la première qualité d'une œuvre d'art.

Le *Patrocle* n'est qu'un groupe, un épisode de bataille ; la *Révolte
des Enfers* est une grande scène pittoresque. Déjà de petites toiles
accusaient la pensée philosophique du peintre ; tel était l'*Atelier ;*
telle était la *Belle Rosine*, où l'on voit une jeune fille nue regardant
un squelette ; tel était l'*Age d'or*, où, à côté d'un groupe de femmes et
d'enfants assis dans la sérénité du bonheur primitif, l'artiste a placé
un autre groupe debout, saluant, dans un élan d'enthousiasme, le
lever du soleil sur la mer. — Dans le *Triomphe du Christ*, l'artiste
a voulu représenter le mal vaincu par le martyre et le triomphe
de l'esprit sur la matière. Au-dessous d'un groupe de démons qui se
précipitent, Lucifer résiste encore, fier et indomptable. Les belles
carnations de l'ange du mal, sa mâle figure, son œil profond, superbe,
audacieux, qui cherche à regarder le Christ en face, tout ce déploiement
de force, d'audace et de beauté, contraste avec la douce figure du crucifié, entourée de nuages et n'ayant d'autre éclat que le rayonnement de
l'intelligence à travers les pâleurs de la mort. Mais cette suprême lueur
de pensée et d'amour éblouit l'orgueil et la puissance de l'enfer ; car la
force du Christ est son humilité, son arme est le martyre, sa grandeur
est dans sa mort. Il meurt, et Satan est vaincu ; des anges sonnent les
fanfares du triomphe, d'autres percent les groupes de démons de leurs
lances gigantesques, tandis que l'archange Michel se précipite comme une
traînée de feu et chasse les démons d'un geste puissant. Wiertz aimait à
représenter l'intelligence sans éclat, sans ornement, sans autre grandeur qu'elle-même, et à lui opposer toutes les splendeurs de la matière.
Il regardait comme un des points les plus difficiles l'union du pitto-

resque et de l'idée, et il voulait qu'un effet matériel incarnât la pensée philosophique.

Ses tableaux achevés, l'artiste avait repris la plume, pour recommencer une revue de salon, abandonnée depuis cinq ans. Il y répétait ses idées :

*Les écrivains sont-ils meilleurs juges en peinture que les peintres? Qu'est-ce que le beau en peinture? Est-ce folie de peindre pour la gloire? Les peintres doivent-ils vendre leurs ouvrages? Est-il possible de surpasser les grands maîtres? Bien faire n'est qu'une question de temps. Les artistes doivent-ils être modestes ou craindre de se faire des ennemis? Du meilleur moyen de ramener la peinture vers les grands principes de l'art : le parallèle entre les œuvres modernes et les chefs-d'œuvre du passé. Enfin, son désir d'être comparé à Rubens, ce qu'il appelle : Un noir attentat à la gloire de Rubens.*

Suivait l'examen des tableaux, avec des illustrations au trait ; puis, le relevé des contradictions des feuilletonistes : les uns disant oui, les autres disant non, d'autres oui et non, comme Sganarelle.

Pendant qu'il s'affirmait ainsi, le *Triomphe du Christ* était accueilli avec admiration, comme une grande idée, comme une épopée gigantesque. Provocations, satires, pamphlets, « idées bizarres, excentricités », tout fut oublié ; les plus violents antagonistes rendirent les armes, et *Don Quiblaque* salua l'œuvre avec enthousiasme. L'artiste était resté fidèle à la grande peinture, la grande peinture triomphait.

« C'est tout un poëme épique », dit le *Précurseur*.

« De pareilles œuvres se paient un million, dit M. Jubinal, ou bien elles ne se vendent pas ; on meurt de faim, au besoin, à côté d'elles. »

« Chapeau bas, messieurs ! dit la *Revue de Belgique*, car voici un homme de génie. »

L'usine du Renard n'avait été mise que momentanément à la disposition de l'artiste, et, si le succès ne lui manqua point, Wiertz n'avait encore ni un atelier fixe où peindre de grandes toiles, ni des édifices publics où les placer. Le succès du *Triomphe du Christ* va mettre fin à cet état nomade et lui donner les deux choses à la fois : son musée.

En mars 1850, il écrit à M. Rogier, ministre de l'intérieur :

» Les paroles bienveillantes que vous avez eu la bonté de m'adresser dernièrement me font espérer que vous voudrez bien prêter quelque attention aux lignes suivantes ; elles vous feront connaître en son entier le projet dont j'ai eu l'honneur déjà de vous dire un mot.

» Avant d'entrer en matière, permettez-moi, Monsieur, d'exprimer ici ma pensée sur l'orgueil dont chacun m'accuse.

» Je suis orgueilleux et j'aime à l'être ; j'aime à l'être, parce que l'orgueil est, dans ma conviction, la première vertu des hommes brûlant du désir d'accomplir de grandes choses ; je suis orgueilleux et ne crains point de le paraître, sachant qu'aux yeux des gens sensés, il n'y a pas lieu, avant la fin de l'œuvre d'un homme, de le condamner ou de l'absoudre, et que, pour juger les peintres, il faut attendre deux siècles au moins.

» Maintenant, Monsieur, me voilà un peu plus à l'aise pour vous parler de mon projet.

» La dimension de mes ouvrages, la ferme résolution de les conserver, le désir d'en créer de nouveaux sur des proportions colossales, tout me fait sentir la nécessité de construire un atelier vaste, commode et bien éclairé.

» Ma fortune ne me permet point de faire construire un édifice. *La vente d'un tableau* pourrait peut-être m'en faciliter les moyens ; les propositions mêmes de quelques spéculateurs officieux m'en donneraient aussi la possibilité ; mais toutes ces ressources, peu d'accord avec mes principes, m'ont fait prendre la résolution de m'adresser au gouvernement, espérant qu'il comprendra ma pensée.

» En conséquence, Monsieur, je voudrais faire don à l'État de tous mes tableaux de grande dimension, s'il voulait bien consentir à pourvoir aux frais nécessaires à la construction d'un atelier.

» Je proposerais les conditions suivantes :

» 1° L'atelier, dont les dimensions prêteraient aux formes monumentales, deviendrait, à la fin de ma carrière, la propriété de l'État, et pourrait servir soit de musée, de salle d'exposition, ou bien encore de refuge à tous ces besoins artistiques qui font si souvent courir à la recherche de grands locaux, si précieux et si rares dans les grandes villes.

» 2° Mes tableaux devraient, *pendant ma vie et après ma mort*, rester invariablement fixés aux murs de l'atelier.

» Voici quel serait le plan de l'atelier :

» Je désirerais qu'il fût construit dans le quartier Léopold, sur la hauteur qui borde la nouvelle station et domine la propriété de M. Dubois.

» Le terrain que je choisis est isolé, mais peu coûteux, et il deviendra plus tard le centre d'une immense et riche population.

» La longueur de l'atelier serait à peu près de 35 mètres sur 15 mètres de largeur. La hauteur devrait être de 15 ou 16 mètres environ.

» La construction la plus simple, quatre murailles et un toit vitré, pourrait coûter peut-être 25 à 30 mille francs : mais le gouvernement souffrirait-il que cette somme servit à élever un édifice d'un si misérable aspect? Laisse-rait-il perdre à l'architecture, — si fatiguée dans notre pays des murailles nues et des maisons en manière de cages d'oiseaux, — l'occasion de placer une pauvre colonne, une saillie architecturale quelconque? Ne préférera-t-il pas dépenser deux et trois fois la somme indiquée plus haut, à l'érection d'un édifice qui fût à la fois grand et monumental, objet d'art et d'utilité?

. . . . . . . . . . . . . . . . . . . . . . . . .

Le ministre trouve la proposition « d'une réalisation très-difficile au point de vue administratif »; il offre à l'artiste de mettre à sa disposition, sous certaines conditions, une somme de 30,000 francs. C'était le minimum demandé.

Quant au désir de l'artiste que le bâtiment prenne un caractère monumental, « l'exiguité » du budget des beaux-arts est un obstacle. « Toutefois, dit le ministre, il serait convenable que la construction fût » établie de telle manière qu'elle pût, dans l'avenir, recevoir un accrois- » sement. »

L'idée de Wiertz était admise tout entière, au moins pour l'avenir, et il put rêver de voir son musée devenir le beau temple grec en grès rose, dont il voulut tout d'abord représenter en briques les ruines.

Les négociations ainsi entamées aboutirent bientôt. Ce premier con-trat est trop important pour ne pas être donné ici en entier :

« Entre M. Ch. Rogier, ministre de l'intérieur, etc.

Et M. Wiertz, peintre d'histoire, il a été convenu ce qui suit :

ART. 1. — Le gouvernement belge met à la disposition de M. Wiertz une somme de trente mille francs destinée spécialement à mettre M. Wiertz à même de se construire un atelier dans le quartier Léopold.

ART. 2. — Cette somme de trente mille francs sera payée en trois termes annuels de dix mille francs chacun.

ART. 3. — Le bâtiment et le fonds sur lequel il sera construit, devien-dront la propriété du gouvernement. A cet effet, M. Wiertz remettra l'acte constatant l'achat et le paiement du prix du fonds.

ART. 4. — M. Wiertz aura sa vie durant la jouissance de l'édifice pré-mentionné, il ne pourra céder ou transférer cette jouissance à aucune autre personne.

ART. 5. — M. Wiertz, eu égard aux avantages qui lui sont faits par le pré-sent acte, cède dès à présent au gouvernement la pleine et entière pro-priété des tableaux suivants : LE COMBAT D'HOMÈRE (1), — LA CHUTE DES

(1) C'est le second *Patrocle*.

Anges, — le Triomphe du Christ. *Ces tableaux, ainsi que ceux dont M. Wiertz pourrait ultérieurement disposer en faveur du gouvernement, demeureront invariablement fixés aux murs de l'atelier, qui deviendra ainsi un musée,* dont l'accès sera permis au public, sous certaines conditions à régler ultérieurement.

Ainsi fait et convenu à Bruxelles, le 2 juillet 1850, en double original, etc.

*Signé :* Ch. Rogier, — Wiertz. »

Ce contrat signé, Wiertz achète le terrain et se bâtit un atelier sur le plan du petit temple de Pœstum. Mais ses prévisions ne tardent pas à être dépassées; la dépense s'élève bientôt à plus du double de la somme allouée, et Wiertz n'a aucune ressource, excepté sa peinture; il offre donc au ministre trois nouveaux tableaux : le *Christ au tombeau, Ève* et *Satan*. Sa lettre reproduit une résolution qu'on rencontre dans toute sa vie :

« Je me permettrai de vous rappeler, M. le ministre, que mon inten-
» tion est de laisser, à la fin de ma carrière, la totalité de mes ouvrages
» fixés aux murs de l'atelier (1). »

Enfin, il ajoute :

« Je sais apprécier tout ce que le gouvernement a fait de sacrifices en m'accordant des choses en dehors des habitudes administratives ; mais je crains qu'une interprétation exagérée de ce sacrifice ne devienne un argument capable de faire repousser mes dernières sollicitations. S'il en était ainsi, je prendrais la liberté de faire remarquer que :

1° A part les formules ordinaires écartées pour moi, il ne m'a été accordé de faveur que celle à laquelle tout artiste a droit en vendant ses œuvres au gouvernement ;

2° Que la somme qui m'a été donnée n'est point consacrée à mes propres intérêts seulement, mais à ceux de l'État, en élevant un édifice utile dans l'avenir et dont la valeur est déjà doublée aujourd'hui ;

3° Que la somme qui m'a été accordée, pour une fois, pourrait bien offrir un chiffre moins élevé que celle à laquelle tous les artistes peuvent prétendre toute leur vie en recevant des commandes du gouvernement.

Pardonnez-moi, Monsieur le Ministre, ces longues observations; mes études, ma liberté, mon repos sont menacés, et l'implacable huissier est à ma porte. »

L'offre fut acceptée, et un nouveau contrat fut signé par le ministre (M. Piercot), le 1er septembre 1853.

(1) 20 octobre 1852.

Huit ans après, des circonstances nouvelles devaient amener une troisième convention. Une rue fut percée dans les abords du musée, de façon à laisser, entre la propriété de l'État, sur sa plus grande largeur, et la rue nouvelle, un terrain à bâtir de forme triangulaire. Wiertz s'inquiéta, craignit que des maisons ne vinssent entourer son jardin et masquer le musée ; il s'adressa au gouvernement.

« Déterminé, dit la convention du 6 février 1861, par les avantages considérables que le domaine de l'État trouverait dans l'annexion du terrain de M. D., annexion qui aurait pour résultat de faire aboutir la propriété appartenant déjà au domaine, par une large façade, à la rue du Remorqueur, M. Wiertz a ouvert des négociations tendant à l'acquisition du terrain dont il s'agit, etc. »

Par ce contrat, le gouvernement autorise Wiertz à acquérir le terrain pour le compte de l'État. Mais, en considération des avantages qu'il doit retirer de cette acquisition, l'artiste cède à l'État un tableau de plus : *Le Phare du Golgotha*, que l'un des deux actes signés le même jour évalue à 300,000 francs. La somme à payer par l'État est de 23,000 francs.

De ces trois contrats il résulte que, pour une somme de 87,000 fr. (1), et à charge d'un usufruit dont l'artiste devait jouir bien peu d'années, l'État devenait propriétaire d'un vaste terrain, des plus avantageusement situé, d'un bâtiment qui sert au musée Wiertz et de sept tableaux de l'artiste, dont un seul était évalué par contrat à 300,000 francs et dont un autre, le *Triomphe du Christ*, avait été l'objet d'une offre de 100,000 francs de la part du gouvernement russe.

Ces calculs ne furent pas sans se présenter à l'esprit de l'artiste : *La vente d'un tableau*, comme il l'avait écrit au ministre, pouvait lui faciliter les moyens de se créer lui-même un musée, et plus d'une proposition, comme l'achat du *Christ au tombeau*, comme l'exhibition d'une grande œuvre à l'étranger (2), lui avait été faite. Mais ces conventions, qui ne passèrent pas dans les Chambres sans quelque opposition contre un ministre tombé, semblèrent à l'artiste préférables à tout : elles lui permettaient de conserver ses tableaux pour lui et pour son pays ; et

(1) Chiffres ronds.
(2) Wiertz avait pensé plus d'une fois à faire voyager ses tableaux ; d'abord le *Patrocle* : Lettre du ministre, 22 mars 1847 ; puis, le *Triomphe du Christ* : Projet de contrat offert à l'artiste pour l'exhibition de ce tableau en Angleterre, décembre 1848. Lettres de M. Fr. Dam, datées de Londres, 10 et 24 janvier 1849.

toute sa vie, il conserva une sérieuse reconnaissance envers le ministre qui avait rempli ses vœux.

Ainsi, sans avoir vendu de tableaux, l'artiste avait enfin un atelier. Il se hâta d'y rassembler au grand jour toutes ses œuvres.

Cela ne pouvait lui suffire. Wiertz voulait se servir de cet atelier et remplir ce musée. Et déjà il médite un double progrès : dans le matériel de l'art et dans la conception.

Dès 1847, il a écrit sur la peinture à l'huile une page très-vive (1) : « Un temps viendra, disait-il, où l'on prendra en pitié la peinture à l'huile. » En 1851, dans une nouvelle revue de salon, il consacre un mot à la fresque ; il signale le wasser-glass des Allemands comme un procédé préférable à l'huile, mais susceptible de perfection. Il faut à la grande peinture un procédé meilleur, dit-il, et il ajoute : « Attendons avec confiance le résultat de recherches nouvelles (2). »

Quand Wiertz écrivait ces lignes, il était certain d'avoir trouvé.

La grande peinture souffre du miroitement de la couleur à l'huile et se plaint des difficultés de la fresque. Depuis longtemps, on cherchait à remplacer la fresque ancienne par de meilleurs procédés. Wiertz, que ni le wasser-glass ni l'encaustique ne satisfaisaient, voulut réunir les avantages de l'huile et de la fresque, en évitant les inconvénients de l'une et de l'autre. Sa première idée, sa véritable invention, fut d'abandonner la muraille comme la cause de la plupart des difficultés de la fresque et des dangers qu'elle fait courir à l'œuvre ; il se mit à chercher un procédé de peinture mate sur toile. Son succès, a-t-il dit, dépassa toutes ses espérances (3).

Ses premiers essais remontent à l'époque où, pour se trouver à proximité de l'usine du Renard, il avait loué une maison, boulevard du Midi, (1846). Aussitôt son atelier construit, il les reprit avec ardeur. En 1850, il avait peint plusieurs figures, esquissé quelques compositions, pour mettre à l'épreuve les différentes manières d'employer son procédé. En 1853, il abordait une immense toile, « en vue surtout d'établir une comparaison entre son nouveau procédé et la peinture à l'huile (4). » Les journaux annonçaient sa découverte (5) et le public était admis à

(1) Voir plus haut, pp. 507 et suiv.
(2) Voir plus haut, p. 548.
(3) Voir plus haut, p. 110.
(4) *L'atelier de M. Wiertz* (petit catalogue), par Marcelin Lagarde.
(5) *L'Indépendance* du 22 mai 1855, etc.

voir, à côté du *Patrocle*, la *Lutte homérique*. Enfin, lorsque, en 1859, il publia une première brochure pour énumérer les avantages de son invention, les murs de son atelier étaient presque couverts de grandes peintures mates.

Ces recherches, la bâtisse du musée et ces premiers essais de peinture nouvelle avaient pris à l'artiste plusieurs années, (1846-1853); mais ces années n'avaient pas été perdues pour son art.

La peinture s'est emparée des annales des peuples; les grandes scènes de l'histoire ont pris place, dans nos musées, à côté des sujets païens ou chrétiens, et les martyrs de la liberté à côté des martyrs du christianisme. Wiertz voulut entrer dans la vie moderne autrement que sur les pas de l'histoire : une fois en possession d'un atelier et d'un procédé meilleur, rivaliser avec les maîtres dans la conception et l'exécution ne lui suffit plus; il veut peindre le monde nouveau, être de son temps et faire passer dans la fresque le verbe du XIXe siècle. Dès lors, il laisse Homère, Dante, Milton; il abandonne la mythologie, la religion, l'histoire; il crée ses sujets et les demande aux réalités les plus sombres, aux plaies les plus hideuses du temps, aux rêves supérieurs ou aux aspirations les plus généreuses de l'époque.

Après le *Triomphe du Christ*, après la *Lutte homérique*, des œuvres nombreuses de tout genre et de toute dimension, de peinture et de sculpture, à l'huile ou au nouveau procédé, vont se suivre, attestant la fécondité de sa pensée et sa volonté de mettre l'art en possession de la vie moderne.

C'est à la fin de l'année 1851 que Wiertz put aller habiter son atelier. Dès lors, il n'exposa plus ailleurs. Voici, depuis le *Triomphe du Christ*, la suite de ses travaux :

1849. — *L'Enfant brûlé*, ou *S'il y avait des Crèches*, exposé pour la première fois dans l'usine du Renard, en février 1849.

1850. — *Jeune fille se préparant au bain*. Essai de peinture mate en grisaille. — *La Forge de Vulcain*.

1851, Exposition de Bruxelles. *La critique en matière d'art est-elle possible ?* Revue du salon. (V. plus haut, pp. 209 et suiv.)

Le 26 octobre. — *Lettre à l'Indépendance*. Wiertz a élevé dans son atelier une tribune de discussion publique; il y convie les feuilletonistes. Voici des fragments de cette lettre :

 « Monsieur,

» Je viens d'apprendre, par l'effet du plus grand hasard, que vous aviez écrit quelque chose dans votre journal sur ma brochure intitulée : *Salon de 1851.*

» Je ne sais, monsieur, ce que vous en dites ; toutefois, je vous remercie, car vos confrères les feuilletonistes et vous-même peut-être, aviez bien juré de n'en dire mot.

» On m'apprend aussi que vous avez un vif désir de faire quelques petites critiques sur mon nouveau tableau exposé.....

» Allons, monsieur, du courage ! Venez donc me dire à moi-même ce que vous avez envie de m'apprendre ; il y a longtemps que j'attends de vous et de vos confrères cette marque de politesse et de loyauté.

» J'ai eu l'audace de placer à côté de mon tableau des gravures d'après les œuvres de Raphaël, Rubens et Michel-Ange, afin que, à l'aide du parallèle, on saisisse facilement tous les défauts. »

Pour l'instruction du critique, on lit non loin de là les lignes suivantes :

« Deux conditions doivent être observées si l'on veut que la critique soit
» juste et utile. La première, qu'elle soit basée non sur le sentiment indivi-
» duel ou le goût d'une mode passagère, mais sur l'exemple donné par les
» grands maîtres les plus constamment approuvés par les siècles.

» La seconde, qu'elle soit communiquée de *vive voix à l'auteur même* du
» tableau et soumise à une *discussion entre lui et le censeur.* »

» Voilà, monsieur, le moyen de faire de la critique utile.....

» Vous trouverez au milieu de l'atelier une tribune consacrée à la critique.

» Allons, point de timidité, de crainte d'enfant ! Ne faisons point comme les gamins qui lancent de loin des pierres aux grandes personnes dont ils n'osent approcher !.....

» Je vous jure, monsieur, que vous serez enchanté de mes principes.

» Savez-vous bien, monsieur, que c'est une terrible chose que d'argumenter sur le beau en peinture? Tenez, le jeune homme inexpérimenté qui s'aventure dans cet infernal labyrinthe, est semblable à une pauvre petite mouche prise dans les fils inextricables d'une affreuse araignée.

» Le guêpier est tel, monsieur, qu'il peut tout à son aise engloutir quarante mille feuilletonistes, sans que cela paraisse (1)..... »

1852. — Il dessine au charbon sur les murs de son atelier : *Les Titans menaçant le soleil, un Combat de serpents,* etc. Ces dessins se sont effacés. On conserve une petite esquisse du premier sujet.

— *La Révolte des Enfers* est entièrement retouchée.

_____

(1) *La Nation*, 26 octobre 1851.— Derrière la tribune qu'il avait en effet dressée dans son atelier, Wiertz avait dessiné au charbon, une immense araignée au milieu de sa toile.

— *Le Sommeil de la Vierge.*

— Annonce dans les journaux :

« PARALLÈLE entre les tableaux de M. WIERTZ et les œuvres de RAPHAEL et de RUBENS.

» DISCUSSION *publique ouverte aux critiques tous les jours, de* 10 *à* 5 *heures, dans l'atelier de M. Wiertz, quartier Léopold.* (1) »

1853. — *Faim, folie, crime.*

— *La Liseuse de romans.*

— *La Lutte homérique,* peinture mate.

— *Pensées et visions d'une tête coupée,* tryptique, peinture mate.

1854. — *L'Inhumation précipitée.*

— *Le dernier Canon* (peinture mate).

— *Le Suicide.*

1855. — *L'Orgueil.*

— *Les Choses du présent devant les hommes de l'avenir* (mat).

— *La puissance humaine n'a pas de limites* (mat).

1856. — *Une seconde après la mort.*

— *Le Miroir du diable.*

— *L'Apothéose de la Reine* (esquisse).

1857. — *La jeune Sorcière.*

1858. — *On se retrouve au ciel* (grisaille).

— *Le Phare du Golgotha* (mat).

Publication de *l'Éloge de Rubens,* couronné à Anvers en 1840. (V. plus haut, pp. 3 et suiv.)

1859. — *La Chair à canon* (mat).

— *L'Embuscade* (mat).

Publication d'une première brochure sur la peinture mate. (V. pp. 89 et suiv.).

1860. — *Un Grand de la terre* (mat).

— *La Naissance des passions,* groupe statuaire.

— *Le Lion de Waterloo* (mat).

1861. — *Le Soufflet d'une dame belge* (mat).

— *Insatiabilité humaine* (mat).

— *Plus philosophique qu'on ne pense* (mat).

— *Les luttes,* groupe statuaire.

1862. — *Le triomphe de la lumière,* groupe statuaire.

(1) La *Nation* du 2 octobre 1852.

— *En Famille*, six grisailles (huile et peinture mate), faites pour illustrer un volume de poésies, publié pour une œuvre de bienfaisance.

— *La Confidence*.

1863. — *Les Orphelins* (mat).

— *Heureux Temps* (mat).

— Mémoire couronné sur les caractères de la peinture flamande (V. plus haut, pp. 43 et suiv.)

1864. — *Une Scène de l'enfer* (mat).

— *La Civilisation au* XIX^e *siècle* (mat).

— *Le Bouton de Rose*.

1865. — *Les partis jugés par le Christ* (mat).

— *Les partis selon le Christ* (mat).

Un autre progrès se montre visiblement dans ces œuvres nouvelles ; il suffit, pour le constater, de suivre par la pensée l'artiste peignant, après *la Lutte homérique : le Dernier Canon, la Puissance humaine n'a pas de limites, le Phare du Golgotha, un Grand de la terre, les Partis jugés par le Christ*. On y voit Wiertz devenir de plus en plus coloriste flamand ; tous ses efforts tendent à pousser le clair-obscur et la couleur à leur extrême puissance. Le *Patrocle* se ressent encore des traditions académiques ; le *Triomphe du Christ* est peint dans un coloris et un clair-obscur vigoureux, mais sobres, graves, contenus : Wiertz semble avoir voulu d'abord l'alliance du dessin et de la couleur. Dans ces nouvelles toiles, il incarne une idée philosophique dans une conception pittoresque, en poussant à ses plus audacieuses limites les effets du coloris et du clair-obscur.

Il a opposé l'intelligence à la matière dans le *Triomphe du Christ* ; cette opposition se retrouve dans *Un grand de la terre*, avec plus de hardiesse. Ici, c'est un homme, Ulysse, qui représente l'intelligence ; l'artiste l'a placé devant un Polyphème aux dimensions colossales, aux carnations vigoureuses, au moment où le géant se met à dévorer ses compagnons qui cherchent à fuir terrifiés ; le héros debout, la main sur son glaive, regarde l'œil du monstre et médite la résistance. Pour ajouter le contraste du coloris au contraste de la taille et de la pose des antagonistes, l'artiste a peint derrière Ulysse un grand feu qui éclaire le monstre et qui ne laisse voir le héros que dans la pénombre, de sorte que cet homme, si petit et peint en noir comme une ombre chinoise, brave le Titan dans tout l'éclat de sa force. L'opposition est la même dans les deux tableaux; mais ici le procédé est nouveau, hardi, puissant.

Le *Triomphe du Christ* a plusieurs épisodes et le nimbe du crucifié n'y répand qu'un pâle rayon. Le *Phare du Golgotha* n'est qu'un ensemble immense : Des groupes d'esclaves, fouettés par un centurion, sont forcés d'élever la croix qui doit les sauver, tandis que les anges du mal, plus intelligents que les hommes du despotisme, repoussent la croix. Idée nouvelle, profonde, vraie; exécution dont l'unité est demandée au clair-obscur : la tête du Christ, cachée par un nuage, jette sur les esclaves des torrents de lumière; d'immenses rayons traversent la toile dont ils occupent, pour ainsi dire, tout le premier plan, et le tableau emprunte une vigueur nouvelle à cette hardiesse, unique dans son genre.

*La Puissance humaine n'a pas de limites* présente un autre effet. L'idée est riante : Un groupe d'adolescents des deux sexes, échappés aux liens de l'attraction terrestre, s'élève, la main tendue vers les astres. Au bas, se trouve un groupe qui s'émerveille; au milieu, un enfant tient, comme une balle d'or, un astre entre ses bras et plane sur le dos, dans un raccourci vu des pieds. Une gamme de couleur brillante et douce répond au sujet; le raccourci de l'enfant est hardi, sans effort; la difficulté vaincue y produit la grâce, c'est une chose neuve à la fois et une chose charmante; et l'ensemble arrive à l'unité sans que l'artiste ait eu besoin de la grande ressource des noirs profonds, des carnations bronzées et des rayons lumineux. La peinture mate triomphe ici; jamais on n'a tiré du clair-obscur un parti aussi délicat.

La plume de l'artiste, on l'a vu, n'était pas restée inactive. Le mémoire couronné sur les caractères de l'art flamand est son œuvre la plus substantielle. Il avait écrit aussi sur son procédé deux mémoires, dont un posthume, et il n'avait pas abandonné la polémique. Il avait composé des pamphlets qu'il affichait dans son atelier (1), et il avait cloué sur la porte du musée une déclaration qui résume toutes ses idées :

### « PEINTURE INDÉPENDANTE.

» Jusqu'à ce jour, la peinture fut esclave, traitée comme marchandise, soumise à tous les caprices d'amateurs.

» La peinture indépendante s'affranchit de ces servitudes; elle brave

(1) Voir plus haut, pp. 324 et suiv.

l'influence de la mode, elle secoue le joug des fantaisies individuelles et des systèmes en vogue. Elle n'a en vue ni la décoration, ni l'ameublement ; le but de ses efforts n'est point le lucre ; elle vise aux qualités artistiques, elle cherche le beau et le vrai, consacrés par les siècles. En un mot, la peinture indépendante n'entre point dans le commerce et ne s'adresse qu'à l'intelligence. »

Enfin, il avait entrepris une œuvre annoncée bien des fois : une étude générale sur le beau. Il voulait remonter jusqu'à la conformation de l'œil humain pour rechercher les principes du beau plastique, comme la science du langage remonte à la conformation des organes de la parole. Puis, il eût fait pour les grandes écoles ce qu'il avait fait pour l'art de Rubens ; il eût établi les lois de la composition, de la variété et de l'unité, etc.; les règles du dessin, du coloris, du clair-obscur ; et il eût terminé par de larges aperçus, dont une partie existe, sur l'avenir de l'art (1).

D'un autre côté, il avait cherché depuis longtemps un procédé de reproduction pour la peinture et une matière pour la sculpture, plus solide que le plâtre et plus malléable que le marbre. La gravure sur bois ne pouvait lui convenir. Il avait lui-même lithographié *Esmeralda*, *Quasimodo,* quelques portraits et le *Patrocle* ; mais il n'était pas satisfait du dessin sur pierre. Il avait salué avec enthousiasme l'invention de Daguerre (2) et la photographie (3) ; bientôt il entreprit de nombreux essais de ce procédé ; quand il publia les six grisailles photographiées intitulées : *En famille*, il avait déjà essayé, avec M. Fierlants, de photographier la *Lutte homérique* au moyen d'un carton en grisaille au pastel, et le cliché du *Sommeil de la Vierge*, exécuté sous ses yeux, a pu servir à la reproduction de son musée, faite après sa mort.

Si ce procédé répondait à ses désirs et pouvait rendre les qualités de l'école flamande, il se proposait d'illustrer l'*Iliade*, qu'un ami avait commencé de lui traduire en vers (4). Dès 1862, il s'était essayé à reproduire son musée, « non pas seulement tel qu'il est, mais tel que le » peintre le rêve et le réaliserait si les moyens d'exécution répondaient » à la fécondité et à la hardiesse de son génie » (5).

(1) Voir plus haut, pp. 339 et suiv.
(2) Voir plus haut, p. 308.
(3) Page 309.
(4) *Marbres antiques*, par Ch. Potvin, Bruxelles, 1862.
(5) *Le National* du 18 décembre 1862.

En effet, son vaste atelier ne lui suffit plus. Déjà il a esquissé trois nouveaux groupes de sculpture : *La Perfection humaine*, *Combat de serpents*, *la Fraternité*, et il en a annoncé un autre : peintre, il avait pris Rubens pour émule; sculpteur, il veut s'attaquer au *Laocoon*. Les projets de tableaux ne lui manquent pas non plus; depuis 1840, il a esquissé la *Fin du monde*, et il a repris plusieurs fois, pour le mûrir, ce sujet qui aurait couvert toute une paroi de son musée; il a crayonné les *Titans menaçant le soleil, la Course des nations à la lumière, la Belgique chasseresse*, etc.

Le 23 octobre 1862, on lisait dans l'*Observateur* :

« Nous apprenons qu'il est question d'agrandir considérablement l'atelier de M. Wiertz. Trois vastes salles y seraient ajoutées, l'une destinée à la sculpture, les deux autres à une série de tableaux dont les esquisses annoncent une œuvre grandiose. Une de ces compositions occupera tout un panneau de la galerie; elle aura pour titre : *La Fin du Monde*. On comprend tout ce que le pinceau de Wiertz peut tirer d'un tel sujet.

» Considérées sous le rapport des conceptions, de l'ensemble de l'œuvre et des splendeurs artistiques, ces galeries promettent de dépasser la première qui ne serait, en quelque sorte, que le *péristyle* du musée nouveau. Le gouvernement ne manquera pas de seconder les grandes visées de l'artiste, le seul qui atteigne le genre héroïque et soit à la hauteur de l'épopée. Rassembler ces œuvres d'un audacieux génie, c'est élever à la Belgique un monument qui fera dans l'avenir un de ses plus beaux titres de gloire. »

L'artiste lui-même écrivait :

« Que diriez-vous, mon ami, si tout à coup un musée trois fois grand comme le mien se présentait à votre imagination, si l'œuvre la moins importante de ce musée l'emportait sur tout ce que j'ai créé jusqu'ici.... »

Ces projets auraient reçu un commencement d'exécution si la santé de l'artiste avait répondu à l'activité de sa pensée et si des ennuis moraux ne s'étaient ajoutés à ses souffrances physiques. Son atelier n'était pas bâti lorsque les réclamations de la ville de Liége vinrent le troubler dans son espérance de réunir toutes ses œuvres sous son pinceau. Ces réclamations devaient se renouveler pendant plus de dix années (1), et les menaces, l'intervention d'un avocat, même d'un

---

(1) 1re lettre, 24 mars 1851. — 27 juillet 1862, lettre de M. Romberg, annonçant que le conseil communal attendra *le moment favorable* pour réclamer ses droits.

huissier, devaient jeter plus d'une fois l'artiste dans une exaspération dont les lignes suivantes, tracées de sa main, donneront une idée :

« Vivant dans l'intimité de l'artiste, qu'il me soit permis, Monsieur, » de vous prévenir que la violence n'amènera aucun résultat; au con- » traire. Qui connaît Wiertz sait qu'aucune puissance humaine ne peut » le forcer à agir contrairement à ce qui touche à ses principes, à ce » qui fait son bonheur et sa gloire.

» L'artiste a destiné à la flamme toutes ses œuvres, si elles ne peuvent » recevoir la dernière main. Or, je vous dis ceci confidentiellement : » A la première apparition de l'huissier, la *Chute des Anges* tombera » dans le néant, et la ville de Liége, ou plutôt ceux qui la représentent » auront la gloire d'avoir amené ce résultat.

» L'homme qui se sent pour les méchants une haine profonde, l'homme » dont toute autorité, tout despotisme, toute pression gonfle le cœur » d'une rage toujours prête à éclater, l'homme, enfin, qui pour punir » un ennemi, quelque grand, quelque puissant qu'il soit, ferait le sacri- » fice de sa vie; cet homme, quand on le traite sans violence, sans » contrainte, est doux comme l'agneau. Ah! Monsieur, quelle malheu- » reuse idée de lui avoir envoyé un huissier!... »

Ce n'est pas que Wiertz se refusât à remplacer le tableau offert à la ville de Liége; il s'y était engagé dans un de ses contrats avec l'État belge, et il n'avait pas cessé de répandre gratuitement ses productions. L'église de Tilborg et l'église Saint-Joseph avaient reçu des toiles presqu'aussi grandes, et, à chaque occasion, Wiertz, malgré sa maladie, malgré son manque de ressources, prêtait son pinceau à des actes de bienfaisance ou de patriotisme.

Cependant, Wiertz souffrait. L'obstacle qui limita la fécondité de la seconde phase de ses travaux fut une maladie mal définie, qu'il appelle une *lassitude perpétuelle*, soit que des ateliers humides et le va et vient continuel sur l'immense échelle dont il se servait pour peindre ses grandes toiles lui eussent donné ce mal, soit que ses recherches chimiques pour son procédé eussent infiltré dans son sang un lent poison. Wiertz était robuste (1); il avait été sobre toute sa vie, en toute chose, sauf au travail. Ce mal le tracassait plutôt qu'il ne le menaçait. Mais ces souffrances sans danger lui causaient des ennuis sans trève : elles

_____

(1) L'autopsie, nécessaire à l'embaumement, a constaté une forte constitution sans aucune lésion organique.

l'empêchaient de produire. Il s'irritait de ce qu'un rien vînt suspendre
ses projets et paralyser son activité physique, en lui laissant tout son
génie artistique. Il lutta dix ans contre ces maux, s'adressant à tous les
médecins, ayant recours à tous les systèmes. Sa pauvreté volontaire
l'avait fait passer pour misanthrope, sa maladie insaisissable le fit
passer pour hypocondre. Il a décrit lui-même cette maladie, qui éclate au
sortir d'un concert où il était resté debout et qui se traduit d'abord par
des palpitations. Il la montre résistant à tous les efforts : ni les promenades
ni la gymnastique n'y font rien. L'artiste devient un gymnaste fort et
habile ; la lassitude augmente. Repos absolu pendant des mois entiers,
nourriture fortifiante : *lassitude toujours!* Le malade quitte Liége, vient
habiter Bruxelles ; la nourriture est changée, les habitudes sont chan-
gées ; la maladie reste immuable. Il passe successivement par toutes
les conjectures, par toutes les terreurs. « On lui suppose tour à tour,
dit-il, une maladie du cœur, une maladie de la moëlle épinière, un
rhumatisme, une maladie du foie, de la rate, des reins, etc. » Il s'irrite ;
des paroles de découragement lui échappent. « Le malade ne demande
point de remède à sa maladie ; seulement, il en demande la cause. »
Ce qui le navre, c'est l'idée des œuvres qu'il a conçues et qu'il prévoit
ne pouvoir exécuter. « Ma carrière n'était pas encore commencée ; une
maladie impossible à guérir est la seule cause de mon désespoir. »

Une fois, ce dut être dans une nuit d'insomnie, il croit avoir trouvé
cette cause. Il écrit :

« Je crois avoir découvert enfin le secret de mon affreuse maladie :

» L'empoisonnement !

» L'empoisonnement, entendez-vous, n'est pas étranger à mon mal.
» L'empoisonnement par absorption. Je viens d'en acquérir la conviction.

» Ne rions pas et ne rions plus ! C'est pour avoir ri trop longtemps
» que des médecins nonchalants m'ont plongé dans un abîme.... »

A chaque crise, l'artiste se croyait perdu pour son art. A chaque
répit, il se hâtait de produire. Il eût voulu ne pas perdre une minute,
ne plus être astreint à faire des portraits *pour la soupe*. Le modique
prix d'entrée de son atelier ne lui suffisait pas. Dès qu'il eût annoncé son
procédé dans une brochure, il pensa à le mettre dans le domaine public,
moyennant une indemnité : Il pourrait ainsi être tout entier à son art.
Le gouvernement accueillit l'idée une première fois, en 1860 (1). Il

---

(1) Lettres du ministre à Wiertz, du 29 novembre 1859 et du 24 février 1860, etc.

s'agissait d'une somme de 30,000 fr. Mais une commission s'en mêla, voulut connaître le secret de l'artiste, et rien n'aboutit.

En 1863, la Chambre des représentants ouvre une longue discussion sur la fresque et la peinture murale ou monumentale. Ce fut un espoir pour l'artiste, inventeur de la fresque flamande. Avec quelle attention, avec quel intérêt il suit le *Moniteur belge* et l'annote. Mais que de choses tristes à noter! A chaque page, il écrit d'un doigt fiévreux, en marge du *Moniteur : Faux, niais. — Voilà comme on juge la peinture. — M. \*\*\* ne sait pas ce que c'est que le style. — C'est ridicule. — Quelle condition pour la grande peinture! — Les Flamands n'aimaient point la fresque, parce qu'ils n'avaient pas un procédé qui pût remplacer la peinture à l'huile. — Il faut le dire une bonne fois : la peinture murale n'est pas la plus élevée; la peinture la plus élevée est celle qui est le plus libre d'obéir aux conditions de l'art.*

Cependant, on discutait des avantages et des inconvénients de la fresque. Ne va-t-on pas faire au moins mention de son procédé? Ignorerait-on qu'il existe? Le ministre de l'intérieur parla longtemps; il signala les inconvénients de peindre à l'huile sur la muraille ou de suspendre, en les inclinant, des tableaux à l'huile dans les monuments publics, et il ne dit pas un mot de Wiertz. *Ignorance complète!* écrit l'artiste.

Les procédés qu'on emploie sont-ils bons? se demande le ministre. « A cela je ne puis répondre qu'une chose, c'est qu'on emploie en » Belgique les procédés qu'on emploie *dans les pays étrangers.* » Le ministre ne savait-il pas que son propre département avait acquis déjà une œuvre de Wiertz d'après un procédé qui ne s'employait pas à l'étranger, et que l'achat de ce procédé nouveau avait été décidé en principe?

Tous les orateurs firent comme le ministre. *On feint d'ignorer*, écrit Wiertz.

Un seul représentant (1), l'ancien ministre qui avait négocié avec Wiertz, ne pouvait garder le silence :

« Cet artiste se dit l'inventeur d'un procédé nouveau, dit M. Rogier, » et je ne pense pas, avec l'honorable M. D..., que, hors du procédé à » l'huile, tous les autres procédés sont exécrables. Il se dit l'inventeur » d'un procédé nouveau qui donnerait beaucoup plus de fixité à la

A M. Rogier, alors ministre des affaires étrangères.

» peinture à fresque, à la peinture murale. Que l'on visite, au surplus,
» son atelier, et l'on verra que cet artiste remarquable ne méprise pas
» la peinture murale, la peinture monumentale. »

Wiertz fait écrire aussitôt à M. Rogier, — la minute de la lettre
est de sa main. — Après l'avoir remercié de sa bienveillance et s'être
plaint d'une parole légère sur *ses caprices*, il ajoute avec amertume :

« Il est malheureux, pour l'art, que vous n'ayez pas en cela (son
» procédé) la confiance qu'inspire une invention allemande ou française !
» On s'est lamenté des heures entières sur l'absence d'un procédé de
» fresque convenable, et pas un mot sur l'invention de notre artiste !

» On a cité des étrangers, on a cité Flandrin. Ah ! Monsieur, citer
» Flandrin à ce propos ! Soixante-dix voix (1) avaient à défendre une
» thèse et pas une n'a trouvé l'argument le plus fort pour la soutenir !
» C'est impardonnable !... »

La Chambre avait tenu cette discussion jusqu'aux derniers jours de
février. Le mois de mars et surtout les mois d'avril et de mai furent
remplis de crise pour la santé de l'artiste (2).

Il fallut que l'exposition au salon du Louvre, l'année suivante, d'un
tableau peint sur pierre au *wasser-glass*, par M. Michel Echter, de
Munich, et la publication d'un mémoire du docteur Fuchs sur la
stéréochromie, remissent cette question vitale à l'ordre du jour de
l'*étranger*, pour que Wiertz eût le courage de laisser offrir encore son
procédé au gouvernement de son pays.

En 1864 donc, les négociations furent reprises (3) ; l'artiste ne
demandait qu'une rente viagère de 3,000 fr., rien que pour remplacer
le produit de ses portraits. Tout échoua encore sous les commissions
académiques ; l'artiste, blessé, a laissé des notes sévères sur le rapport
qui lui fut communiqué. Elles finissent ainsi :

« Je plains sincèrement les gouvernements qui veulent le bien. »

C'est le 20 avril 1865 que ce rapport fut communiqué à l'artiste.
Si le gouvernement avait accepté ses offres, quand ce n'eût été que
pour donner au peintre les moyens de ne plus rien produire que pour
son musée, c'est-à-dire pour le pays, l'artiste n'eût pas joui de sa
pension viagère plus de deux mois ! De banales difficultés l'ont empêché

(1) 77 voix votèrent l'allocation demandée en faveur de la peinture murale.
(2) Journal de sa maladie, par Wiertz.
(3) Lettre de M. Ch. P. au ministre, suivie d'un projet de contrat.

d'avoir cette satisfaction dernière de vulgariser lui-même son secret.

Plus d'une fois, le moyen de tirer parti de son procédé lui avait été offert. Il n'avait jamais voulu le vendre. Il aurait voulu « le livrer gra-
» tuitement. » Un jour, cependant, désespérant d'obtenir rien de son pays, il songea à s'adresser à l'étranger. En 1857, la grande-duchesse Marie de Russie avait visité son atelier et avait particulièrement en-tretenu l'artiste de son invention (1). Après l'échec de ses négociations, Wiertz se mit à écrire à la grande-duchesse : il voulait lui envoyer sa brochure et il lui disait :

« Jusqu'à ce jour, j'avais espéré de mon pays l'achat de mon inven-
» tion ; mais la peinture monumentale en Belgique est peu cultivée et je
» dois renoncer au plaisir de voir ma patrie faire la première l'applica-
» tion de ma méthode. »

Mais l'artiste se ravisa, hésita, recula, et finit par ne pas envoyer sa lettre. Il préférait léguer à son pays son invention avec son musée.

Ces ennuis, les exaspérations qui s'en suivaient, rendaient plus fré-quentes les migraines ou les névralgies intestinales de l'artiste. C'est dans une de ces crises que se voyant réduit à faire encore des portraits et se sentant empêché par sa mauvaise santé de produire autre chose, il écrivit cette lettre sans date, empreinte d'un profond désespoir :

« Fatigué d'une maladie qui dure depuis plus de 15 années, je vois que je serai forcé de rester à la *préface* de mon œuvre. Quand je m'entends louer sur ce que j'ai fait, j'éprouve une tristesse profonde ; je compare mes œuvres à celles qui devaient les suivre. Hélas ! quelle destinée est la mienne ! Le ciel m'avait donné tout ce qu'il faut pour atteindre les plus hauts sommets ; une seule chose me manque : la santé.

» Que diriez-vous, mon ami, si tout-à-coup un musée trois fois grand comme le mien se présentait à votre imagination, si l'œuvre la moins importante de ce musée l'emportait sur tout ce que j'ai créé jusqu'ici, dans les angoisses de mon affreuse maladie ? Que diriez-vous si tout cela, qui n'existe point, pouvait cependant exister ? Comprenez-vous maintenant ma douleur ? Je me sens assez fort aujourd'hui pour m'élever bien haut dans les arts, et je suis forcé, comme par une main de fer, de me contenir dans le repos ! Oh ! si je pouvais me cacher à moi-même ou mourir inconnu dans un pays lointain ! (2) »

Cette maladie irritait l'artiste ; on eût dit d'un lion sous la piqûre d'un

---

(1) *Écho de Bruxelles* du 25 août 1857.
(2) Minute d'une lettre, sans date et sans nom de destinataire.

moucheron. Mais elle n'inquiétait personne et elle lui avait laissé assez
de temps pour remplir son musée. Elle venait de lui laisser un répit de
quelques mois, et il songeait plus sérieusement que jamais à se bâtir un
nouvel atelier; l'un des plus beaux jours de sa vie fut celui où il s'en-
tretint de ce projet, chez lui, avec un haut fonctionnaire du gouvernement (1), lui montrant dans son jardin l'emplacement le plus favorable
et se laissant aller à son rêve partagé.

Ce fut son dernier beau jour. Un anthrax, dont personne ne prévit la
gravité et qui devint tout-à-coup charbonneux, l'emporta presque subitement le 18 juin 1865. Il avait 59 ans.

Un ami a raconté sur sa tombe sa dernière entrevue avec l'artiste :

« Je me rappellerai toujours ses dernières paroles. Il souffrait; un hoquet
opiniâtre secouait par moment sa forte poitrine ; mais sa puissance de
volonté et de pensée était entière. Il venait de me confier des instructions
dernières. Il me dit :

» — Ce n'est rien pour l'humanité qu'un homme qui tombe. Mais quand
on est soi-même en cause, c'est chose grave de se trouver en face de cette
terrible énigme de la mort. »

Nous avions lu quelquefois ensemble les grandes paroles de Socrate
rapportées par Platon ; je les lui répétai :

« — Wiertz, ne savez-vous pas que nous avons une âme immortelle? »

Il se prit à rêver ; puis, après un accès de souffrance :

« — D'où peuvent me venir ces sottes maladies, dit-il, moi qui n'ai
jamais commis un seul excès ?

» — Vous vous êtes sacrifié à votre art, mon ami », lui dis-je.— Et pour
détourner sa pensée de l'idée de la mort, j'ajoutai : « Mais votre tempérament
a résisté à de plus fortes secousses, et vous avez encore bien des chefs-
d'œuvre à faire.

» — A quoi me sert mon imagination à présent? dit-il. On se détache
facilement des misères humaines.

» — Vous me l'avez répété souvent, lui dis-je, quelque sphère élevée
que nous supposions, quelque parfaite que puisse être une race ou une
intelligence, partout où il y a un être pensant et sentant, il y a cette manifestation supérieure de la pensée et du sentiment qu'on nomme l'art.

» — C'est vrai, dit-il ; Dieu même serait incomplet s'il n'était pas artiste.

» Ce fut le dernier mot de cette conversation dernière. Nous nous serrâmes
la main pour la dernière fois. Deux jours après, la Belgique et l'art moderne
avaient à pleurer la mort d'un homme de génie. »

(1) M. Ed. Sievens, secrétaire-général du ministère de l'intérieur.

La mort de Wiertz fut une perte pour la Belgique. Plusieurs artistes et littérateurs prirent le deuil; le *Cercle artistique* de Bruxelles arbora, jusqu'après les obsèques, au balcon de la Maison du Roi, un drapeau voilé d'un crêpe funèbre.

Quelques parents et amis s'arrêtèrent à l'idée de faire embaumer l'artiste, et le conseil communal d'Ixelles prit aussitôt deux résolutions : par l'une, la rue du Remorqueur prit le nom de rue Wiertz; par l'autre, un caveau, sur une double concession de terrain, était offert gratuitement, dans le cimetière d'Ixelles, pour y recevoir les restes mortels du peintre qui avait bâti son musée sur le territoire de cette commune (1).

Wiertz avait désiré d'être inhumé dans son musée. Un ami prit aussitôt l'initiative d'exposer au ministre de l'intérieur et au conseil communal d'Ixelles que les deux conditions exigées par la loi pour ces sortes d'inhumations ne s'opposaient pas, dans leur esprit, au vœu de l'artiste :

« En effet, la première de ces conditions est surtout exigée pour que ces inhumations ne soient pas précaires et ne restent pas exposées à toute sorte de mutations de propriété et de déplacements. Or, l'atelier de M. Wiertz étant la propriété de l'Etat, et l'article 5 de la Convention du 2 juillet 1851 entre M. Wiertz et le gouvernement stipulant que les tableaux que l'Etat possède doivent *rester invariablement fixés aux murs de l'atelier qui deviendra un musée*, condition qui sera bientôt corroborée par de nouveaux contrats, la stabilité de cette propriété dans les mains de l'Etat et la pérennité de sa destination assurent la durée de l'inhumation sollicitée, bien mieux qu'un droit de propriété personnelle.

» La seconde condition de la loi n'a qu'un intérêt en vue : la salubrité publique. Ce grave intérêt sera entièrement sauf dans l'espèce. M. Wiertz ne sera déposé dans la tombe qu'après avoir été embaumé d'après la méthode dite égyptienne. »

Dans le cas où la loi dût être prise à la lettre, on demandait si, eu égard à la donation faite à l'État, eu égard au mérite de l'artiste, il n'y avait pas lieu de solliciter du législateur une autorisation exceptionnelle.

Ni l'une ni l'autre autorité ne crurent pouvoir accéder à cette requête ; ce qu'il fut possible d'obtenir, c'est une déclaration de M. le ministre

---

(1) Lettre du collège des bourgmestre et échevins à l'exécuteur testamentaire de Wiertz, 25 juin 1865.

de l'intérieur portant que « si, plus tard, une législation nouvelle dérogeait à celle qui nous régit, le gouvernement pourrait prêter la main à l'accomplissement du vœu du grand artiste ». (Lettre du 23 juin 1865.) L'administration communale consentit de même à regarder l'inhumation à Ixelles comme provisoire : « Aussitôt que les restes de M. Wiertz pourront être légalement transportés dans son musée ou dans son jardin, l'administration communale d'Ixelles prêtera la main à l'accomplissement du vœu du grand artiste ». (Lettre du 5 juillet 1865.)

C'est donc à la génération nouvelle qu'appartiendra le soin de faire rentrer Wiertz dans son musée.

Le 21 juin, eurent lieu les cérémonies funèbres, au milieu d'un grand concours de population. Les coins du poêle étaient tenus par le président du *Cercle artistique* de Bruxelles, M. Vervoort ; par MM. L. Gallait, peintre, Eug. Simonis, statuaire, et Ch. Potvin, homme de lettres.

Trois discours furent prononcés sous le dais funéraire élevé entre les deux colonnes achevées qui se trouvent au milieu de la façade de l'atelier : l'un par le bourgmestre de Dinant, M. Wala ; l'autre par M. L. Labarre, de Dinant ; le troisième par M. Ch. Potvin.

Le 27 juin, l'embaumement était entièrement terminé ; il fut procédé au scellement du cercueil de l'artiste. Voici le procès-verbal de cette cérémonie :

L'an mil huit cent soixante-cinq, le vingt-septième jour du mois de juin,

En présence de MM. Alphonse Vandenpeereboom, ministre de l'intérieur, et Charles Rogier, ministre des affaires étrangères de Belgique, et autres personnes soussignées,

Les soussignés : André Uytterhoeven, chirurgien en chef honoraire des hôpitaux de Bruxelles,

J. Bougard, ancien professeur à l'Université libre de Bruxelles,

L. Watteau, ancien médecin des armées françaises,

Tous trois docteurs en médecine,

Et J.-B. Depaire, pharmacien-chimiste, membre de l'Académie de médecine de Belgique et professeur à l'Université libre de Bruxelles,

      Ont déclaré :

1° Qu'après avoir procédé, selon la méthode dite égyptienne, à l'embaumement de M. Antoine-Joseph Wiertz, peintre d'histoire, né à Dinant, le 22 février 1806, décédé à Ixelles, le 18 juin 1865, vers 10 heures du soir,

Le 25 juin 1865, vers une heure de relevée, ils ont déposé le corps dans un cercueil de plomb, portant l'inscription suivante :

## ANTOINE WIERTZ,

PEINTRE D'HISTOIRE,

NÉ A DINANT, LE 22 FÉVRIER 1806,

DÉCÉDÉ A IXELLES, LE 18 JUIN 1865.

Que la même inscription sur plomb (1) a été déposée dans le cercueil, qui a ensuite été soudé sous leurs yeux ;

Qu'enfin, ce cercueil de plomb a été placé dans un coffre en bois de chêne, avec une petite plaque d'argent portant ces mots :

*Antoine Wiertz.*

2° Qu'après avoir embaumé séparément le cœur de M. Wiertz, ils l'ont placé dans un petit sac en gutta-percha, noué d'un ruban rose, et l'ont déposé dans un coffret en plomb, portant sur le couvercle l'inscription suivante :

ICI REPOSE LE COEUR

DE

## ANTOINE WIERTZ,

PEINTRE D'HISTOIRE,

NÉ A DINANT, LE 22 FÉVRIER 1806,

DÉCÉDÉ A IXELLES, LE 18 JUIN 1865.

Et que ledit coffret a été ensuite soudé sous leurs yeux.

En conséquence, ce jourd'hui, en présence de MM. Alphonse Vandenpeereboom, ministre de l'intérieur, et Charles Rogier, ministre des affaires étrangères, et autres personnes soussignées, ils ont fait remise à M. Charles Potvin, légataire universel du défunt, du cercueil et du coffret qu'ils ont déclaré contenir le corps et le cœur de M. Wiertz, embaumés avec les plus grands soins et dans un état de conservation parfaite.

En foi de quoi, ils ont dressé le présent procès-verbal qu'ils ont signé :

ANDRÉ UYTTERHOEVEN, J. BOUGARD, L. WATTEAU, J.-B. DEPAIRE.

Aussitôt après, M. Ch. Potvin, en présence de tous les soussignés, a remis le coffret renfermant le cœur de M. Wiertz à MM. Jacques-Joseph Wala, bourgmestre, Édouard Lambert, échevin, Alphonse Lion et Victorien Willame, membres du conseil communal de la ville de Dinant.

Acte de tout ce qui précède a été donné par les soussignés et dressé en

(1) Cet exemplaire de la plaque porte, par erreur, la naissance de Wiertz au 24 février.

trois expéditions sur parchemin, dont l'une a été remise à M. le bourgmestre d'Ixelles, l'autre à M. le bourgmestre de Dinant, l'autre au légataire
universel.

Le présent procès-verbal sera en outre imprimé sur trois plaques de
plomb qui seront déposées entre le cercueil de plomb et sa caisse en bois
de chêne (1).

En foi de quoi, toutes les personnes présentes ont signé :

MM. ALPH. VANDENPEEREBOOM.
    CH. ROGIER.
    ED. STEVENS, secrétaire général du ministère de l'intérieur.
    A.-J. HAP, bourgmestre, GREYSON et GERBER, échevins d'Ixelles.
    J.-J. WALA, ED. LAMBERT, ALPH. LION, VICT. WILLAME.
    CH. POTVIN.

    FÉTIS, directeur du Conservatoire de musique.
    SIMONIS, statuaire, directeur de l'Académie de Bruxelles.
    GALLAIT, peintre.
    LEYS, peintre.
    VERVOORT, président du *Cercle artistique* de Bruxelles.
    MADOU, VERBOECKHOVEN, SLINGENEYER, ROFFIAEN, DE TAEYE, OTTO,
        peintres; BOURÉ, sculpteur; BAL, graveur; FIERLANTS, photographe.
    BÉRARDI, directeur du journal *l'Indépendance belge.*
    BÈDE, directeur du journal *l'Écho du Parlement.*
    MADOUX, directeur du journal *l'Étoile belge.*
    J. DISIÈRES, RABOSÉ, ALB. PICARD, LABARRE, CAMBIER, PAUWELS,
        DEBUCQ, parents et amis.

Le lendemain, 28 juin, le cœur de Wiertz était reçu à Dinant avec
une grande solennité, au milieu d'une émotion générale. En descen-
dant du convoi, un membre de la députation, chargée de se rendre à
Bruxelles pour y recevoir le précieux dépôt, M. l'échevin Lambert, fit
remise au conseil communal du cœur de l'artiste, qui fut déposé sur
un char funèbre. M. Lambert s'exprima ainsi :

. . . . . . . . . . . . . . . . . . . . . . . . . . . . .

« Wiertz voulait que son cœur reposât dans sa ville natale, où il avait
passé ses premières et belles années, où il comptait tant d'amis.
Noble volonté qui s'accomplit aujourd'hui !

(1) Un double de ces plaques est déposé au Musée.

Le prestige du nom de Wiertz nous a procuré, à Bruxelles, l'accueil le plus sympathique, le plus touchant. Là nous avons trouvé, entouré des hommes les plus distingués dans les arts, les sciences et les lettres, un homme aussi haut placé par ses belles qualités que par ses fonctions de ministre. M. Vandenpeereboom nous a dit :

« La ville de Dinant reçoit un dépôt précieux, confié à sa garde; c'est la » plus noble partie de ce qui reste d'un homme illustre; que ce dépôt lui » soit sacré, car Wiertz appartient à la Belgique, au monde des arts. »

Vous tous qui m'écoutez, prenez avec moi l'engagement solennel de veiller d'un œil jaloux sur ce dépôt confié à notre honneur, à notre reconnaissance.

Que la ville de Dinant sache comprendre et remplir les devoirs qui lui sont imposés !

Ces devoirs ne sont pas seulement d'élever à Antoine Wiertz un monument digne de son nom et de sa gloire ; elle doit s'associer à la pensée, à la volonté de ce mort illustre.

Est-ce pour la mesquine satisfaction d'obtenir un monument que Wiertz nous a légué son cœur? Là encore se trouvait une idée aussi noble qu'utile.

Sachez-le, en léguant son cœur à la cité dinantaise, Wiertz a voulu (et qui plus que lui en avait l'autorité) enseigner ce que devient celui qui se livre sans relâche au travail, qui puise dans les luttes une puissante énergie et ainsi marque son passage d'une auréole de gloire et d'immortalité.

Que ce grand exemple soit présent à nos cœurs.

Cœur de Wiertz, entre dans ta ville natale, entouré de tes parents, de tes amis, de tes compatriotes !

Ville de Dinant, reçois-le avec respect et reconnaissance, car désormais tu es associée à la gloire d'un de tes enfants, proclamé illustre par la Belgique, par le monde entier des arts. »

Alors, le cortége se forma ; l'artiste fit son entrée triomphante dans sa ville natale, qu'il avait quittée dès l'âge de 14 ans, pour se livrer à des études opiniâtres qui devaient le mener si loin. Son cœur fut déposé à l'hôtel de ville.

Aussitôt après la mort de l'artiste, dans la soirée du 18 juin 1865, les scellés avaient été mis sur la maison mortuaire par les soins de M. le juge de paix d'Ixelles. Le 29 juillet et jours suivants, les scellés furent levés et un inventaire fut dressé de tout ce qui se trouvait dans le musée et dans la maison de l'artiste, par M. le notaire Martha, et en présence de M. le notaire Heetveld désigné par ordonnance du président du tribunal civil à l'effet de représenter les intéressés et les absents.

Le 22 juin, le testament, qui avait été déposé dans les mains de M. le notaire Martha, était déposé au greffe du tribunal de première instance. Le 24, le fondé de pouvoir de l'artiste présentait au ministre de l'intérieur un projet de donation à l'État des œuvres du musée. Les négociations furent longues ; elles aboutirent à un vote des Chambres législatives. (Chambre des représentants, 18 mai, Sénat, 24 mai 1866).

Nous publions l'exposé des motifs de la loi et le rapport de la section centrale :

## CHAMBRE DES REPRÉSENTANTS.

### Séance du 17 avril 1866.

CRÉDITS AU DÉPARTEMENT DE L'INTÉRIEUR POUR DÉPENSES RELATIVES AU LEGS A L'ÉTAT DES ŒUVRES ARTISTIQUES DE M. WIERTZ.

### EXPOSÉ DES MOTIFS.

### PREMIÈRE PARTIE.

#### LEGS. — DÉLIVRANCE.

Messieurs,

Le 18 juin dernier, mourait dans l'atelier que l'État lui avait fait construire, un artiste dont toute l'existence fut consacrée au culte de l'art. Dès sa jeunesse, il écrivait ces lignes, qui peuvent résumer sa vie :

« Heureux le jeune artiste, ami des vrais principes, s'il naît dans un temps » où les encouragements sont donnés par le bon goût, mais s'il naît dans » un siècle où le mécanisme est préféré à l'expression et où l'invention et » la composition ne sont considérées que comme peu importantes, alors il » doit céder au courant, ou avoir le courage d'imiter le grand Poussin, de » peindre pour la postérité, et, luttant continuellement contre le mauvais » goût, rester toujours pauvre, mais devenir grand artiste. »

Ces aspirations ne tardèrent pas à se formuler en une ligne de conduite que l'artiste exposa à plusieurs reprises, notamment dans sa correspondance avec le Département de l'Intérieur : Ne point vendre ses ouvrages, afin de pouvoir les perfectionner sans cesse, et, à la fin de sa carrière, laisser à son pays tous ceux qu'il jugerait dignes de figurer dans un musée de l'État.

En 1851, le Gouvernement, qui avait encouragé les débuts de l'artiste et pris une part active à ses premiers travaux, s'associa directement à ses projets, en lui élevant un atelier en rapport avec les dimensions de ses œuvres.

Par les conventions du 2 juillet 1850 et du 1er septembre 1853, conclues entre l'honorable M. Ch. Rogier, ministre de l'intérieur, et M. Wiertz, le Gouvernement mettait à la disposition de l'artiste une somme de 64,000 fr., destinée à l'achat d'un terrain et à la construction d'un atelier, dont l'État serait propriétaire et dont l'artiste aurait la jouissance, sa vie durant.

L'artiste, de son côté, cédait à l'État six de ses principales œuvres et s'engageait à revêtir de fresques les murs de l'atelier, à la condition expresse que : « *ces tableaux, ainsi que ceux dont il pourrait ultérieurement* » *disposer en faveur du Gouvernement, demeureraient invariablement fixés* » *aux murs de l'atelier, qui deviendrait ainsi un musée de l'État.* »

Enfin, la rue appelée alors la rue du Remorqueur et qui porte aujourd'hui le nom de l'artiste, ayant été décrétée, le Gouvernement, déterminé par les avantages considérables que l'État trouverait dans l'annexion d'un terrain situé entre le jardin de l'atelier et la rue nouvelle, alloua à l'artiste, par la convention du 1er février 1861, une somme de 23,000 francs, à l'effet d'acquérir ce terrain, au nom de l'État, et, moyennant ce, l'artiste lui céda un septième tableau, aux mêmes conditions que les autres.

Il résulte de ces conventions que la situation de l'État, au décès de M. Wiertz, était celle-ci :

L'État restait propriétaire du terrain, du bâtiment et de sept tableaux :

1° Le Combat d'Homère, ou le Patrocle,
2° La Chûte des anges,
3° Le Triomphe du Christ,
4° Le Christ au tombeau,
5° Ève,
6° Satan,
7° Le Phare du Golgotha.

Il avait, en outre, à réclamer les fresques dont l'artiste s'était engagé à revêtir les murs de l'atelier, par sa lettre du 27 octobre 1852 et par les conventions des 1er septembre 1853 et 1er février 1861.

De son côté, le Gouvernement restait obligé de laisser ces œuvres et

toutes celles dont l'artiste aurait pu disposer en sa faveur, invariablement
fixées aux murs de l'atelier et d'en faire un musée de l'État.

En dehors des engagements respectifs dont il vient d'être parlé, nous
avons à rappeler que toute la carrière de l'éminent artiste révèle chez lui
la pensée de tout sacrifier au culte de son art, pour léguer à sa patrie celles
de ses œuvres qu'il jugerait dignes d'elle. Aussi M. Ch. Potvin, institué son
légataire universel, s'est empressé de déclarer au Gouvernement que c'est
cette pensée qu'il a reçu mission d'exécuter ; que chaque fois que M. Wiertz
lui a parlé de ses volontés dernières, tant après qu'avant son testament du
17 juin 1865, il lui a formellement exprimé sa volonté que son œuvre artistique fût remise à l'État belge et qu'il l'a chargé de faire la délivrance de
ce legs, en y apposant certaines conditions indiquées ci-après. M. Potvin
se considère donc comme obligé de respecter et d'exécuter cette volonté,
comme si elle avait été exprimée dans un testament régulier.

D'un autre côté, cette déclaration de M. Potvin est confirmée par un écrit,
auquel il ne manque que la date pour constituer un testament valable. Cet
écrit, dont l'existence est constatée dans l'inventaire dressé le 29 juillet
1865, par Mᵉ Martha, notaire à Bruxelles, est conçu en ces termes :

« Je fais don à l'État de tous mes tableaux. Je désire qu'ils restent fixés
» aux murs de l'atelier. »

(Signé) Wiertz.

En présence de l'offre de délivrance de ce legs, faite par M. Potvin, plusieurs points devaient attirer l'attention du Gouvernement et, dans la longue
instruction que nous avons ouverte à ce sujet, nous n'avons négligé aucun
moyen de nous éclairer sur les intérêts de l'État.

Ces points consistent :

### 1. Origine des droits du légataire universel.

Le comité de législation institué au Département de l'Intérieur et composé des magistrats les plus éminents, et l'avocat, conseil ordinaire du
Département de l'Intérieur, ont déclaré le testament inattaquable ; et l'usage
que M. Potvin veut faire de ses droits ne peut que lui donner plus de force
encore.

### 2. Validité de la délivrance de legs, faite à l'État.

D'après une jurisprudence constante, fondée sur les art. 1235 et 1340 du
Code civil, la délivrance d'un legs purement verbal doit être considérée
comme l'exécution d'une obligation naturelle et se trouve à l'abri de toute

contestation. (*Voir* jugement du tribunal de Bruxelles, 26 janvier 1859, *Belg. jud.*, 1, p. 1045. — Arrêt de la Cour de cassation de France, du 19 décembre 1860, Dalloz, *Rép.*, 1861, 1, 17. — Arrêt de la Cour de Dijon, du 22 novembre 1865, Dalloz, *Rép.*, 11ᵉ cahier.) Il est à remarquer, au surplus, que, si la sincérité des déclarations relatives à l'existence du legs verbal pouvait laisser des doutes dans l'esprit de ceux qui prétendraient en éprouver un préjudice, ces doutes deviennent impossibles en présence d'un écrit tel que celui qui existe au profit de l'État.

En effet, aux termes de l'art. 1340 du Code civil, la confirmation, ratification ou exécution volontaire d'une donation par les héritiers ou ayants cause du donateur, après son décès, emporte leur renonciation à opposer soit les vices de forme, soit toute autre exception. Il est de doctrine et de jurisprudence que cette règle est applicable aux testaments entachés de nullité. (*Voir* Bruxelles. Arrêt, 23 mai 1822. Dalloz, vᵒ *Disposition entre vifs et test.*, nᵒ 2552 et suiv.)

La déclaration de M. Potvin pourrait donc être considérée comme une confirmation irrévocable de cette note, qui constituerait ainsi un testament olographe.

### 3. *Les fresques.*

Aucun acte n'est intervenu entre le Gouvernement et M. Wiertz à l'effet de désigner les fresques peintes par lui en exécution de ses engagements. Mais, l'État entrant en possession de toute l'œuvre artistique de M. Wiertz, toute réclamation de ce chef n'a plus aucune raison, en fait.

### 4. *Intérêts de l'État.*

Les avantages de l'État n'étaient pas douteux. Obligé par les conventions antérieures de conserver le musée et, par conséquent, de faire les mêmes frais de surveillance, d'entretien et de clôture pour les tableaux qui lui appartiennent et pour les fresques qu'il pourrait réclamer, il a tout intérêt à compléter l'œuvre qu'il a commencée et à réaliser le projet qui a déterminé l'artiste dans toutes ses conventions avec l'État.

Ces points tranchés, les conditions de la délivrance de legs étaient toutes tracées par la déclaration du légataire universel, qui se trouve confirmée par plusieurs preuves écrites. D'après cette déclaration, M. Wiertz a mis à son legs verbal fait à l'État les charges suivantes :

*A.* La clause de la convention du 2 juillet 1851, relative à la constitution du musée, doit être étendue à tous les tableaux, comme cette clause le stipulait.

*B.* Le procédé de peinture mate doit être mis dans le domaine public par le Gouvernement.

*C.* L'État devenant propriétaire de tous les droits de M. Wiertz sur son œuvre artistique absente de l'atelier, doit s'engager à les faire valoir.

*D.* L'État doit satisfaire à toutes les réclamations légitimes et repousser toutes les autres, au sujet de l'œuvre artistique.

*E.* L'État doit prendre à sa charge tous les droits de succession.

*F. Idem,* les frais d'inhumation, d'inventaire, ainsi que tout le passif de la succession. Enfin, le légataire universel doit être tenu indemne de tous frais et charges, directs ou indirects.

L'acceptation du legs devant entraîner une dépense à charge du trésor public, pour l'exécution des conditions imposées par le défunt, le Gouvernement a cru nécessaire, avant d'accepter la libéralité, de vous demander l'allocation d'un crédit de 10,000 francs (1), à l'effet de pourvoir à cette exécution.

## DEUXIÈME PARTIE.

### DÉPENSES URGENTES.

L'État, devenu propriétaire du Musée, sera obligé aussitôt de pourvoir à la conservation des œuvres d'art qu'il renferme.

Le moindre accident perdrait sans retour les œuvres de sculpture dont M. Wiertz n'a laissé qu'un exemplaire en plâtre. L'État aura à pourvoir à leur conservation.

Des mesures devront être prises pour préserver les peintures mates des dangers de l'humidité. L'artiste les a indiquées dans un mémoire spécial.

Le public devant être admis gratuitement à visiter le musée, il est nécessaire de le garnir d'une balustrade.

L'appropriation d'une seconde salle pour les petits tableaux qui n'ont pas trouvé place dans le musée, y compris quelques déplacements et encadrements, nécessiteront une nouvelle dépense.

La publication de l'œuvre artistique et littéraire de M. Wiertz demande trop de soins pour être abandonnée à la spéculation privée. Le défunt avait

---

(1) Ce chiffre se décompose comme suit :

| | |
|---|---:|
| Embaumement, honoraires des médecins . . . . . . . | 4,000 » |
| Frais d'inhumation . . . . . . . . . . . . . | 1,446 78 |
| Frais de maladie. . . . . . . . . . . . . . | 266 35 |
| Passif . . . . . . . . . . . . . . . . | 2,588 92 |
| Scellés, inventaire notarié, etc. . . . . . . . . . | 1,697 95 |
| | 10,000 » |

commencé la reproduction du musée avec un de nos plus habiles photographes. L'État aura à intervenir, au moins par une souscription ; ce qui lui permettra de déposer un exemplaire de ces publications dans les bibliothèques, les académies et les musées du pays.

Ces diverses mesures comporteront une dépense de 75,000 francs.

*Le Ministre de l'Intérieur,*
ALP. VANDENPEEREBOOM.
*Le Ministre des Finances,*
FRÈRE-ORBAN.

## PROJET DE LOI.

LÉOPOLD II, ROI DES BELGES,

A tous présents et à venir, salut,

Nos Ministres de l'Intérieur et des Finances, présenteront en Notre nom, aux Chambres, le projet de loi dont la teneur suit :

Il est ouvert au Département de l'Intérieur :

1° Un crédit de 10,000 fr. pour couvrir les dépenses à résulter de l'exécution des charges apposées au legs fait à l'État par M. Wiertz, peintre d'histoire ;

2° Un crédit de 75,000 fr. pour couvrir les dépenses relatives à la conservation des tableaux et sculptures délaissés par M. Wiertz, à la publication de son œuvre et aux travaux d'appropriation intérieure et extérieure du bâtiment et au service de surveillance.

Ces crédits seront couverts, au moyen des ressources ordinaires du budget.

Donné à Bruxelles, le 16 avril 1866.

LÉOPOLD.

Par le Roi :

*Le Ministre des Finances,*
FRÈRE-ORBAN,
*Le Ministre de l'Intérieur,*
ALP. VANDENPEEREBOOM.

# CHAMBRE DES REPRÉSENTANTS.

—

Séance du 5 mai 1866.

—

RAPPORT FAIT, AU NOM DE LA SECTION CENTRALE, PAR M. AUG. COUVREUR.

Messieurs,

C'est une œuvre commencée depuis plus de quinze années que le Gouvernement vient vous demander de continuer aujourd'hui, et la libéralité de l'artiste éminent qui lègue son œuvre à l'État rend cette tâche singulièrement facile.

Il est presque superflu de répéter et vous aurez tous remarqué combien la situation de l'État est avantageuse : Moyennant un usufruit, dont M. Wiertz a joui : quinze années, pour une somme de 30,000 francs, douze années pour 34,000 francs et quatre années pour une dernière somme de 23,000 francs, — l'État reste propriétaire, non-seulement d'un terrain qui vaut aujourd'hui le double de toute la somme avancée, mais aussi d'un bâtiment qui peut servir de Musée public, et de sept tableaux, dont un seul, évalué dans les conventions, a été estimé à 300,000 francs.

Mais l'artiste n'avait qu'un but en faisant avec le Gouvernement ces conventions, pour lesquelles il conservait envers l'honorable M. Rogier une véritable reconnaissance, et son but n'était rempli qu'à demi.

Dès le début de sa carrière, en 1839, il avait écrit familièrement à un ami : « Peindre des tableaux pour la gloire, des portraits en buste pour la » soupe, telle sera l'occupation invariable de ma vie ! »

Par ces mots : *Peindre pour la gloire*, l'artiste entendait ne pas vendre ses œuvres pour les léguer à son pays, et sa résolution fut invariable.

Dès 1848, il la communiquait en ces termes à M. le Ministre de l'Intérieur : « J'ai offert un tableau au Gouvernement; mon intention même est » de lui offrir un jour tous mes ouvrages. » (Lettre du 4 novembre 1848.)

En 1852, il répétait : « Je me permettrai de vous rappeler, M. le ministre, » que mon intention est de laisser à la fin de ma carrière la totalité de mes » ouvrages fixés aux murs de l'atelier. » (Lettre du 27 octobre.)

Ses dernières conventions avec le Gouvernement datent de 1861. En

1862, il songe à compléter l'œuvre commencée. En effet, lors de la levée des scellés, il a été trouvé, dans les papiers du défunt, deux copies de différente rédaction d'un même projet, contenant chacune : une donation entre-vifs, cédant de nombreux tableaux à l'État belge, et un testament instituant un légataire universel, chargé de lui donner le reste. M. Wiertz avait déjà fait choix alors de ce légataire, et l'on comprend que son conseiller ait jugé préférable que l'artiste simplifiât la mission de son légataire universel en remettant lui-même à l'État toutes ses œuvres achevées, sauf à demander le concours d'un ami pour celles qu'il laisserait après sa mort.

Ces copies peuvent être considérées comme des instructions écrites données au légataire universel et M. Wiertz ne fit qu'en reproduire une des clauses, lorsque, le 17 juin 1865, il écrivit ses dernières volontés en ces termes :

« Je nomme mon ami Ch. Potvin mon légataire universel. »

Ce testament venait-il contredire toute la vie de l'artiste ? Non, sans doute ; si M. Wiertz avait choisi pour légataire celui de ses amis qu'il avait mis le plus dans la confidence de ses projets, qui en avait préparé avec lui l'exécution et qui, tout récemment, venait de renouer, en son nom, avec le Gouvernement, des négociations pour la mise dans le domaine public du procédé de peinture mate (mémoire de M. Potvin au ministre de l'intérieur, suivi d'un projet de convention, en date du 23 mai 1864), ce ne pouvait être que pour que cet ami menât à bonne fin des projets médités ensemble.

En effet, le testament ayant été ouvert le 22 juin, le 24 juin, M. Potvin écrivait à M. le ministre pour lui annoncer qu'il était chargé de faire remise à l'État des œuvres du musée Wiertz, et depuis ce jour, ses déclarations n'ont pas varié ; les conditions qu'il soumettait alors au Gouvernement sont celles qu'on nous propose aujourd'hui.

Le déclaration de M. Potvin pouvait suffire et répondait à tout ; on peut être cru sur parole quand on fait un pareil usage d'un droit que la loi rend absolu et dont on ne doit compte qu'à sa conscience.

Cependant, le légataire universel lui-même a voulu entourer sa déclaration de toutes les preuves, et elles sont complètes. L'exposé des motifs a donné la plus importante, et nous avons trouvé utile d'en soumettre quelques autres à la Chambre pour établir ce premier point : l'intention de l'artiste de léguer son œuvre à l'État.

Un second point : la condition imposée à l'État de conserver ce legs dans le musée Wiertz, n'est pas moins mis en lumière par diverses pièces dont quelques-unes sont bonnes à rappeler ici.

La première convention (du 2 juillet 1850) stipule cette condition, non-seulement pour les tableaux cédés, mais pour tous ceux dont l'artiste pourrait ultérieurement disposer en faveur du Gouvernement. L'exposé des motifs vous a déjà fait connaître cette clause qui pourvoit à tout et engage l'avenir.

La dernière convention, faite du vivant de M. Wiertz, répète : « Il (ce » tableau) restera fixé au mur de l'atelier et sera soumis aux stipulations » faites entre M. le ministre de l'intérieur, d'une part, et M. Wiertz, d'autre » part, par rapport à d'autres tableaux dont la propriété a été précédem- » ment cédée à l'État. Ces stipulations sont consignées dans une convention » du 2 juillet 1850, à laquelle les parties se réfèrent. »

Les projets de donation entre-vifs et de testament s'expriment de même, et l'on y sent la préoccupation de donner à cette clause la rédaction la plus expressive. L'une de ces copies porte : « Cette donation est faite à la condi- » tion expresse, à laquelle le gouvernement s'engage, que cette œuvre » (toute l'œuvre du musée) restera perpétuellement et inséparablement » réunie dans le grand atelier actuel, etc. »

Enfin, l'artiste se préoccupait tellement de cette condition, qu'un des projets de testament, après l'avoir reproduite, ajoute : « Pour l'exécution de cette condition, *sans laquelle aucune de mes œuvres ne serait devenue la pro-* » *priété de l'État,* je m'en remets à la bonne foi de mon pays. »

On pourrait se demander pourquoi l'artiste, ayant ces intentions, n'a pas institué l'État son légataire universel. Une clause d'un de ses projets de testament nous l'explique : « Je charge mon légataire universel de faire don » à l'État belge de toutes celles de mes œuvres que je ne lui aurais pas » données, et que mon légataire jugera dignes de figurer dans mon musée, » *sans que l'État ait le droit d'intervenir en rien dans ce choix de mon léga-* » *taire qui connaît mes instructions.* »

Ainsi, les actions et les écrits, les conventions comme les projets, la correspondance de l'artiste aussi bien que les déclarations de son légataire universel, tout s'accorde ; et le premier sentiment que nous tenons à exprimer, en présence de cet ensemble de vues patriotiques, c'est la recon- naissance du pays pour un artiste qui a renoncé, non-seulement à la for- tune, mais aussi à l'honneur de voir ses œuvres figurer dans les musées et les galeries de l'étranger, pour mettre toute sa gloire dans la création d'un musée national.

Ces points principaux bien établis, la section centrale n'en a négligé aucun autre. Nous avons trouvé tout en règle : le testament en due forme ; la levée des scellés, l'envoi en possession, l'inventaire notarié, faits dans la plus sévère légalité.

Les conditions proposées dès le 24 juin ont été acceptées. Il n'y manquait que la forme, et le légataire universel s'était abstenu de la proposer au Gouvernement.

La forme légale à donner à des déclarations aussi formelles et appuyées de tant de preuves a demandé une sérieuse instruction. Le gouvernement, vous le comprendrez, ne pouvait s'entourer de trop de lumières; lorsqu'il s'agit d'une œuvre perpétuelle à instituer, quelques mois de délai ne se marchandent pas.

La forme préférée présente le double avantage d'être à la fois l'expression la plus nette de la vérité tout entière, et le moyen de transmission de propriété le plus sûr dans l'espèce.

Quant à la deuxième partie du projet de loi, elle nous semble être autant dans l'intérêt de l'État qu'en faveur de l'artiste testateur, et elle serait le fait d'un bon propriétaire, s'il n'était plus digne d'y voir le premier gage de la reconnaissance de l'État légataire. A ce double titre, le gouvernement aura, dans l'avenir, d'autres soins à prendre pour lesquels la Chambre ne lui ménagera pas son concours (1).

. . . . . . . . . . . . . . . . . . . . . . . . . . . . . .

Déjà, en 1839, Messieurs, le *Moniteur belge* rendait hommage au succès d'un artiste « inconnu jusqu'alors, qui, d'un bond, venait de s'asseoir au premier rang. » Il applaudissait « au brillant avenir qu'annonçait cette peinture homérique du *Patrocle* » et constatait la presque unanimité du public en faveur « de la belle et grande pensée exprimée dans l'*Ange du mal.* »

En 1857, le *Moniteur universel* de France parlait de même. Il donnait des éloges à « la grande puissance de composition, de coloris et de dessin de ces épopées » et à certaines pages des œuvres littéraires de l'artiste « que les écrivains les plus renommés de la France ne renieraient pas. »

La postérité confirmera-t-elle ce jugement sur des œuvres que la critique, en Allemagne et en Angleterre, a exaltées bien davantage encore ? Nous l'espérons pour la gloire de notre pays. Mais ce que nous pouvons affirmer à coup sûr, c'est que l'histoire honorera ce caractère invariable dans son dévouement, cette puissante individualité qui a rêvé de grandes choses et à laquelle aucun succès n'a manqué, pas même celui des oppositions violentes ; et la Législature belge tiendra à honneur que l'histoire ajoute que les représentants du pays ont accueilli, avec non moins d'empressement

(1) Nous supprimons les demandes de renseignements faites par la section centrale et les réponses du Gouvernement. On les trouvera au *Moniteur*. Citons seulement la 6ᵉ question :

« 6° La clôture du Musée et l'aménagement de ses abords sont-ils compris dans le » crédit de 75,000 francs ?

» Non, comme on peut le voir d'après le détail de cette somme donné plus haut. C'est » une dépense à laquelle le Gouvernement aura à pourvoir, et qui concerne exclusive- » ment le département des travaux publics. »

que le gouvernement, le legs d'un artiste qui a tout sacrifié à son art, et pour qui l'amour de la gloire se confondait si intimement avec l'amour de la patrie (1).

Le Président,

A. MOREAU.

Le  Rapporteur,

AUG. COUVREUR.

Le vote de la Chambre et du Sénat fut favorable, et c'est ainsi que fut définitivement institué le musée Wiertz. La délivrance de legs fut aussitôt réalisée devant notaire (2). Le contrat remet à l'État : 1° les œuvres de peinture et de sculpture (3) ; 2° le procédé de peinture mate ; 3° divers objets ayant servi à l'artiste et destinés à être conservés comme souvenirs de lui ; 4° tous les droits que Wiertz possédait ou s'était réservés sur les œuvres d'art de sa composition qui ne se trouvaient pas en sa possession lors de son décès.

Les principales conditions ont été présentées à la Chambre dans l'Exposé des motifs ; mais il n'est pas inutile de reproduire l'article 3 du contrat :

« Toutes les œuvres de M. Wiertz, y compris les sept tableaux et les » fresques ou peintures mates appartenant à l'État en vertu des con- » ventions des 20 juillet 1851, 1er septembre 1853 et 6 février 1861, » ainsi qu'il a été dit et reconnu ci-dessus, et toutes celles que l'État » pourrait recouvrer ou acquérir de ses deniers, resteront invariable- » ment fixées aux murs de l'atelier, qui deviendra ainsi un musée de » l'État, dont l'accès sera permis au public, sans que ces œuvres puis- » sent jamais être dérobées, en tout ou en partie, à la vue du public. »

Wiertz, ennemi de toute fausse modestie, a écrit ces lignes sur lui-même :

« Raphaël naît d'un père artiste et dans un temps où règne le bon goût ; un pape lui commande de grandes œuvres, une fortune brillante le seconde dans ses études, dans ses travaux ; il est apprécié, compris de son temps. Des avantages à peu près semblables protègent Rubens et Michel-Ange. Wiertz, privé de tous les secours qui conduisent au succès, trouve en lui-même toutes les ressources nécessaires. Il est sans fortune, sans protection,

---

(1) Ce rapport est suivi d'une annexe contenant la liste des œuvres de peinture et de sculpture cédées à l'État. On trouvera plus loin le catalogue complet du Musée.

(2) Acte de délivrance du legs du 9 juin 1866, et acte supplémentaire du 6 septembre 1866.

(3) On en trouvera l'énumération plus loin.

sans conseil; le goût du siècle est contraire à ses instincts, il doit le combattre et, pour le combattre, se restreindre aux plus dures conditions. S'il n'y a pas de Léon X pour lui, il est lui-même son protecteur. S'il n'a pas les occasions d'accomplir de grands travaux, il sait lui-même les faire naître. Il se commande à lui-même de grandes pages, se crée un Vatican à lui, une chapelle Sixtine à lui ; il se forme un musée. »

Ce musée, rêve de tous ses instants, but de tous ses efforts, est définitivement créé selon ses vœux.

Se préoccupant surtout de rendre à jamais son œuvre indivisible et d'en faire un musée public, Wiertz, dans un de ses projets de testament, avait répété une clause déjà citée, et avait ajouté :

« Pour l'exécution de cette condition, sans laquelle aucune de mes » œuvres ne serait devenue la propriété de l'État, *je m'en remets à la* » *bonne foi de mon pays.* »

« Le pays, dit M. Emile de Laveleye dans la *Revue des Deux Mondes*, a reçu ce legs avec reconnaissance et il saura le conserver avec un soin pieux. Il y va non-seulement de sa bonne foi, mais de sa gloire. »

---

C'est ici le lieu de donner le catalogue du Musée-Wiertz. Nous laisserons l'artiste parler lui-même de ses œuvres.

# LE MUSÉE.

---

## L'ATELIER DE M. WIERTZ (1)

OUVRAGE POSTHUME.

### AVANT-PROPOS (2).

Le lecteur ouvre ce petit livre, en parcourt rapidement les pages, sourit d'un air malin et murmure ces mots :

« Qu'est-ce que ceci ?

Qu'est-ce que cela ?

Pourquoi dire ces choses ?

Voilà une idée absurde !

Ceci est ridicule.

Cela est faux.

Cela est impossible.

Voilà bien de l'orgueil.

Voilà qui est peu modeste.

(1) Le musée Wiertz, légué à l'État, y compris les tableaux cédés du vivant de l'artiste et deux petites toiles achetées depuis sa mort, se compose des œuvres dont nous allons donner l'énumération. Nous laisserons l'artiste en parler lui-même, d'après un manuscrit de sa main, où il fait pour son musée ce qu'il avait fait pour les expositions de 1842, 1848 et 1851. Nous publions ce manuscrit en entier, en classant les tableaux par ordre chronologique, en comblant les lacunes par des extraits de la correspondance de l'artiste, ou par d'autres documents. Tout ce qui n'est pas extrait de ce manuscrit est imprimé en plus petits caractères. Le titre : l'*Atelier de M. Wiertz,* est de l'artiste.

(2) Wiertz a laissé de cet avant-propos deux rédactions. Nous avons préféré la plus concise qui est évidemment la mise au net de l'autre.

Quelle présomption !

Je ne suis pas de cet avis.

Quelle erreur est celle-là.

Oh ! je vous prouverai bien le contraire. »

— Vous ne prouverez rien du tout, Monsieur, et vous allez être parfaitement de mon avis.

Autrefois, avant l'invention de la poudre, un homme doué d'une grande force physique pouvait dire à un adversaire dépourvu de cet avantage : « Je vous battrai, je vous tuerai ». Aujourd'hui, un enfant de dix ans et un Hercule de six pieds se trouvent égaux, armés tous les deux d'un pistolet.

Autrefois encore, lorsque l'instruction était peu répandue, un sophiste, fort dans la science des moyens oratoires, eût pu dire à un homme ignorant cette science : « Je vais vous prouver... Je vais vous convaincre ». Aujourd'hui que l'instruction est plus répandue, un homme fort simple et un homme fort savant se trouvent égaux, armés tous les deux des ruses oratoires.

J'ai connu deux avocats qui, pour s'exercer dans l'art de persuader, choisissaient une proposition quelconque sur laquelle chacun d'eux soutenait une thèse contraire. Souvent, pour s'exercer, les deux adversaires changeaient de rôle ; ils défendaient aujourd'hui ce qu'ils attaquaient la veille.

— Que prouve tout ceci? dira mon lecteur.

— Eh bien, monsieur, voici ce que cela prouve :

Attendu qu'il est possible de soutenir deux thèses contraires sur le même objet, les hommes à mon avis commettent une grande sottise : celle de s'attaquer sur leurs diverses manières de voir, de sentir et de penser.

Attendu qu'aux moyens des ruses oratoires on peut tout attaquer ou tout défendre, il en résulte une chose à laquelle bien peu réfléchissent. C'est qu'un auteur et son critique sont deux hommes initiés aux mêmes mystères, qu'ils ne peuvent se regarder sans rire et que tous les arguments dont chacun fait étalage dans l'intérêt d'une attaque ou d'une défense, deviennent un jeu inhabile à changer les convictions respectives.

Avant d'écrire un livre, nos pères, dans la prévision des coups de la critique, se défendaient dans une longue préface. Cette méthode, fort laborieuse déjà, amenait des attaques nouvelles, et des volumes entiers s'écrivaient sans amener l'accord parmi les adversaires.

Aujourd'hui que l'instruction est plus générale, que tout le monde connaît, ou du moins soupçonne l'existence de l'art de persuader, n'est-il pas un peu ridicule, quand on avance une opinion, d'étaler tous les moyens connus pour la faire adopter?

Ne pourrait-on, pour ne point perdre de temps, placer en tête d'un livre, comme on place à sa ceinture un pistolet pour sa défense, un signe qui voulût dire tout à la fois ceci : « Et moi aussi, j'ai à ma disposition les armes que l'on appelle moyens oratoires, ces armes que tout le monde connaît, qui peuvent également défendre l'erreur et la vérité. Je puis, au besoin, fournir arguments, citations, preuves, et tout l'attirail propre à séduire, tromper, éblouir, entraîner, convaincre. »

Ce signe représenterait une pile de livres, afin de rappeler les nombreux volumes qu'il est possible d'écrire pour ou contre une cause quelconque. Après avoir ainsi exhibé son arsenal littéraire, l'auteur, libre de toute recherche propre à justifier ses assertions, énoncerait franchement ses idées, ses opinions et se bornerait à dire : *Cela est ainsi, je pense de telle manière* (1).

Quelque peu important que soit ce petit livre, je veux, à titre d'essai, faire usage du procédé. Et non-seulement je placerai le signe en tête de ces pages, mais encore aux endroits où je soupçonnerai le lecteur d'oublier ce signe.

Cela dit, j'entre tranquillement en matière comme un homme armé de pied-en-cap entre dans une noire forêt infestée de brigands, sans gêne, sans précautions, les mains dans les poches et le nez au vent.

Tous ces tableaux ne sont considérés par l'artiste que comme des études, des tentatives, des essais, après lesquels, si Dieu lui prête vie, il commencera à produire des œuvres qui donneront la véritable mesure de son talent.

(1) L'artiste a repris cette idée ailleurs et s'en est servi dans la préface de sa brochure sur son procédé de peinture mate. Voir page 91.

I. — **Les Grecs et les Troyens se disputant le corps de Patrocle.**

1837. — Huile. Hauteur, 5 mètres 20. Largeur, 8 m. 52. — Exposition
de Paris et de Bruxelles. 1839.

Composition, mouvement, dessin, expression. L'artiste semble avoir
mis ici en œuvre toutes ses forces pittoresques. Erreur cependant. Cette
composition est la troisième sur ce sujet (1) ; une quatrième doit être
un jour exécutée. Ce n'est pas le seul tableau que M. Wiertz se propose
de recommencer. A chaque reprise, l'œuvre devient meilleure. L'expérience a bien convaincu l'artiste de ceci, que : *recommencer cent fois,
c'est faire cent fois mieux ; faire bien n'est qu'une question de temps.*

—

II. — **Le Christ au tombeau. — Satan. — Ève.**

1839. — Tryptique à l'huile. Panneau principal : H. 1,34. L. 1,61. — Volets :
H. 1,34. L. 0,67. — Exp. de Bruxelles et de Paris, 1839 — *id.* de Gand, 1841.

Signaler la composition, le dessin, la couleur (ton vénitien). La tête
d'Ève est d'un galbe parfait. L'idée du génie du mal et, contrairement
à ce que l'on a toujours fait, celle de lui avoir donné les formes belles,
ont excité de tout temps une approbation générale.

—

III. — **Esméralda.**

1839. — Huile. H. 1,12. L. 0,95. — Expos. de Bruxelles, 1839.

—

IV. — **Quasimodo.**

1839. — Huile. H. 1,12. L. 0,95. — Exp. de Bruxelles, 1839.

—

V. — **La Toilette.**

1840. Huile. H. 1,38. L. 1,00. — Exp. de Bruxelles, 1842. Anvers, 1843.

Formes d'une belle nature, ton argentin, opposé au ton doré du pendant (*l'Attente*). Ici le flou du pinceau prouve que l'artiste sait peindre
de différentes manières.

(1) Le premier tableau, peint à Rome, se trouve actuellement au Musée de Liége.
L'artiste compte comme deuxième composition, une lithographie qu'il a faite en 1810.
La troisième, peinte en 1843, se trouve au Musée-Wiertz.

### VI. — Une Carotte au patientiotype.

1840. — Huile. H. 0,22. L. 0,30. — Exposé à Bruxelles, en 1842, sous le titre :
*Un Tableau de genre.*

Au coin du tableau, l'artiste a représenté une étiquette sur laquelle il a écrit ces
mots :

FAIT PAR L. VERDULDIG APRÈS QUINZE LEÇONS DE PEINTURE.
PROCÉDÉ DU PATIENTIOTYPE.

—

### VII. — 21 Jeunes filles.

Esquisse à l'huile d'un tableau exposé à Gand en 1841.

—

### VIII. — Les quatre Ages de la vie humaine.

Costumes italiens. Huile sur papier.

1840. — Esquisse d'un tableau absent du Musée. — Exp. de Gand, 1841.

—

### IX. — Baigneuses et Satyres.

1841. Huile. H. 0,93. L. 1,08.

Esquisse. Couleur et distribution de lumière remarquables.

—

### X. — L'Age d'or.

1842. — Esquisse du tableau absent. — Huile sur papier. — Exp. de Liége, 1844. —
Exp. de Gand, 1844.

—

### XI. — L'Attente.

1842. — Huile. H. 1,00. L. 0,75.

Originalité d'invention. Dessin pur, vigueur de tons à la vénitienne.
Belle tête, expression vive et bien sentie.

—

### XII. — Le Martyre de Saint-Denis.

1842. — Esquisse du tableau absent. — Exp. de Bruxelles, 1842. — Le tableau se trouve
dans l'église de Tilborg.

—

### XIII. — La révolte des enfers contre le ciel.

1842. — Retouché en 1853. — Huile. H. 11,55. L. 7,95. — Exp. de Bruxelles, 1842.

Sujet de création.

Remarquer l'invention, la composition des lignes d'ensemble, l'expression générale du sujet, la fougue portée au plus haut degré, l'aspect effrayant qu'exige le sujet, le dessin hardi et nerveux, l'audace partout. Remarquer le dessin, la couleur, le clair-obscur tout plein de ruses et d'artifices pittoresques.

Dans les détails, remarquer encore : la fierté de l'ange ordonnant la retraite aux réprouvés ; l'amas de serpents s'anéantissant sous les coups de la foudre et se dissipant en fumée ; le groupe de démons géants élevant dans les airs une montagne qu'ils manient comme un bouclier ; la lune avec toutes ses taches et dont la grandeur indique que la scène se passe dans des régions inconnues, etc.

———

### XIV. — L'éducation de la Vierge.

1843. — Huile. H. 2,20. L. 1,35. — Exp. d'Anvers 1843.

Sujet souvent traité ; cependant invention et composition originales. Le coloris est vigoureux. Le baiser de sainte Anne est une idée neuve. Sentiment, expression. Grâce dans le dessin. (Tableau à corriger.)

———

### XV. — Le Patrocle.

1843. V. le n° 1.

———

### XVI. — Le Brigand calabrais.

1843. — Huile. H. 1.12. L. 0,70.

Ce sujet avait été traité à Rome en 1853. L'artiste, à propos de ce premier tableau, écrivit ceci :

« Un beau soir, je me promenais, un peu éloigné des murs de la ville. Je contemplais ce beau soleil dorant les montagnes et les bois ; le calme qui régnait dans ces beaux lieux n'était interrompu que par le doux chant des oiseaux qui saluaient les derniers rayons de Phœbus ; le silence de la campagne, les fleurs et la molle verdure qui ployait sous mes pas, tout m'invitait à goûter la douceur du repos, lorsque tout à coup je me sens saisi par le collet, et une voix de tonnerre me crie : « Arrête, la bourse ou la vie ». Je me retourne avec précipitation et vois avec effroi le canon d'un fusil dirigé sur ma poitrine. « Arrête, lui criai-je avec fermeté, je ne suis pas Anglais, je suis artiste peintre, je n'ai jamais d'argent en poche que pour mes modèles. Or, comme je te trouve un fort bon modèle de scélérat, fais-moi le plaisir de rester un instant dans cette position, et mon argent ne sera point perdu ». Le brigand sourit et parut goûter la proposition. Je me mets à le croquer, mais je n'ai pas plutôt achevé le buste que le scélérat s'élance sur moi avec fureur, je réplique par un coup de poing terrible et saisis son arme qu'il tâche de dégager de mes mains; trois fois je la tourne, retourne avec une violence incroyable, trois fois il essaie à son tour de l'arracher de mes mains sans pouvoir me faire lâcher prise. Je trébuche, il échappe, je m'élance de nouveau sur lui et le prends par le milieu du corps... Je fus bien étonné de ne presser que l'oreiller de mon lit ; il était huit heures du matin, j'avais bien dormi et, comme vous voyez, assez bien rêvé... Je m'éveillai donc tout étonné et je pris la résolution de faire le portrait de ce brigand. » (Lettre de l'artiste à un parent, Rome, 1835.)

___

### XVII. — Deux jeunes filles, ou la belle Rosine.

1847. — Huile. H. 1,40 L. 1,00. — Exp. de Gand, 1847.

Deux jeunes filles! où est la seconde? La seconde est cet assemblage d'ossements que vous voyez pendus à la muraille....

On peut dire ici les plus belles choses sur le mérite de l'invention, du dessin, du coloris. Cela prête à la description la plus poétique. Ne pas oublier la délicatesse du fini. A cette occasion parler des différentes manières d'exécution du peintre.

___

### XVIII. — La Fuite en Egypte.

1848. — Esquisse du tableau absent. — Exposition de Bruxelles, 1848. — Le tableau se trouve au maître-autel de l'église Saint-Joseph, Quartier Léopold, à Bruxelles.

___

### XIX. — Le Triomphe du Christ.

1848. — Huile. H. 6,25. L. 11,04. — Exp. de Bruxelles, 1848.

On a fait les plus beaux éloges de cette vaste composition. Toutes les qualités qui distinguent le peintre dans l'invention, le dessin, la couleur, se trouvent ici réunies. La description peut être grande et poétique.

Appeler l'attention sur la tête du Christ, sur celle de Satan ébloui des rayons du Christ. Remarquer le ton grave, sombre, imposant, si différent des autres tons et qui convient au sujet; l'idée du serpent et de la pomme précipitée dans le gouffre est ingénieuse. Le mot *sublime* a été souvent prononcé à propos de l'ange exterminateur, qui, dans sa pose, le jet de ses draperies et le doigt tendu de la main gauche, semble une flèche lancée dans l'espace.

### XX. — L'Enfant brûlé.

1849. — Huile. H. 1,82. L. 2,50.

.Sujet neuf. Composition aux lignes expressives. Remarquer le dessin de la tête de l'enfant, le cri de douleur et d'effroi rendu par le pinceau, l'idée touchante du jouet apporté par la mère.

———

### XXI. — La Forge de Vulcain.

1850. — Huile. H. 2,12. L. 2,80.

Le peintre a essayé d'allier la couleur au dessin. De nombreux changements doivent être faits à ce tableau ; au point de vue du peintre, il est le moins avancé de toute la galerie ; il doit devenir un des plus importants.

———

### XXII. — Jeune fille se préparant au bain.

1850. — Grisaille. P. mate. H. 1,26. L. 0,87.

Carton. Peinture mate. Exemple du degré de fini et de modelé que l'on peut apporter au moyen de ce procédé. Grâce et nouveauté dans la pose. Certaines parties modelées avec une finesse remarquable. Sera reproduit avec le coloris.

———

### XXIII. — Le Sommeil de l'enfant Jésus.

185... — Carton au crayon. Grisaille. H. 2,00. L. 1,58.

Idée neuve. Les mêmes qualités, sous le rapport du dessin et du clair-obscur, que dans : On se retrouve au ciel. Noblesse et distinction dans la tête de la Vierge. Grâce, style et beauté. Doit être reproduit avec le coloris (1).

———

### XXIV. — Lutte homérique.

1855. — P. mate. H. 6,10. L. 8,90.

Sujet créé. Ceci est un peu de tout ce que nous raconte Homère. Lutte des dieux et des hommes ; combats formidables où les armes volent en éclats, où les membres humains sont fauchés comme la faible tige des blés.

Fougue, feu, emportement pittoresque.

Composition habile ; effet harmonieux.

(1) L'artiste en a laissé un essai sur une toile de moindre dimension.

Quand on demande à M. Wiertz pourquoi il fait des figures de 20 à 30 pieds, il répond : « Pourquoi d'autres font-ils des figures de trois pouces? En effet, les dimensions que prend le premier sont-elles moins vraies que celles qu'adoptent les autres? Assurément non. Les figures de grande dimension paraissent dans un grand local à la mesure de la nature. Les figures de trois pouces, à quelque distance qu'on les place, restent éternellement fausses dans la dimension. — Mais, dit-on encore, à la distance, on voit aussi la nature petite. — Oui, mais dans le lointain, voit-on la nature avec les détails qu'on est habitué de prodiguer dans les petits tableaux? »

### XXV. — La Liseuse de romans.

(Intérieur des cabinets.)

1853. — Huile. H. 1,25. L. 1,55.

L'invention est une des principales parties de l'art. Sans invention une œuvre de peinture vous laisse froid.

Une belle jeune fille lisant un roman peut être le sujet d'un joli tableau que l'on admire, puis, que l'on passe; mais faire que ce sujet si simple vous surprenne, vous électrise, vous attache, il faut pour cela de l'invention, prendre les choses par le côté imprévu, saillant, pittoresque, le côté caractéristique enfin, où la forme, la couleur, l'expression, la vérité se montrent dans un jour tel, que vous êtes cloué devant l'œuvre et forcé de l'admirer, il faut pour cela de l'invention.

Remarquer le modelé, la difficulté vaincue des raccourcis, la vérité des objets en perspective, la réflexion dans le miroir, l'ingénieuse idée du démon fournissant des volumes.

### XXVI. — Pensées et visions d'une tête coupée.

Tryptique : première minute. — Deuxième minute. — Troisième minute.
1853. — P. mate, sur toile. H. 2,65. L. 1,70.

« Peut-être mon tableau servira-t-il un jour d'argument contre la peine de mort, je le souhaite. » (*Lettre à un ami*, 1853.)

Sujet d'invention, remarquer l'originalité de l'idée. Abondance, imagination, composition pittoresque, coloris sombre, harmonieux, convenable au sujet. L'aspect général est imposant, mystérieux. La troisième page étourdissante par le nombre d'idées ingénieuses. L'idée de l'ombre du supplicié dans les bras de l'ange est peut-être ce que l'on a fait de plus saisissant en peinture. Tableaux à corriger, ainsi que la légende.

L'artiste a écrit au bas de cette œuvre la légende que voici :

*Première minute. Sur l'échafaud.*

« Tout récemment encore quelques têtes tombaient sous l'échafaud. Ce fut à cette occasion que l'auteur de ces tableaux eut l'idée de faire des recherches sur cette question :

LA TÊTE SÉPARÉE DU TRONC CONSERVE-T-ELLE ENCORE PENDANT QUELQUES SECONDES LA FACULTÉ DE PENSER ?

Voici le récit d'une expérience faite à ce sujet.

... Accompagné de M*** et de M. D., savant dans les expériences magnétiques, je fus introduit sous l'échafaud ; là, je priai M. D. d'employer les moyens nouveaux qu'il croyait propres à me mettre en rapport avec la tête coupée. M. D. y consentit. Il fit quelques préparations, et nous attendîmes, non sans émotion, la chute d'une tête humaine.

A peine l'heure fatale avait sonné que l'horrible couperet, après avoir ébranlé de sa chute toute la machine, fit rouler à travers l'affreux sac rouge la tête du supplicié.

A cet instant nos cheveux se dressèrent, mais il n'était plus temps de reculer. M. D... me saisit la main (j'étais sous son influence magnétique), me conduisit vers la tête palpitante et me dit : « Que sentez-vous ? que voyez-vous ? » L'émotion m'empêcha de répondre sur le champ, mais aussitôt, plein d'une agitation extrême, je m'écriai : « Horreur ! la tête pense ». Je voulus alors me soustraire à tout ce que j'éprouvais, mais j'étais cloué comme sous le poids d'un affreux cauchemar. La tête donc du supplicié voyait, pensait, souffrait. Et moi, je voyais ce qu'elle voyait, comprenais ce qu'elle pensait, appréciais ce qu'elle souffrait. Combien de temps cela dura-t-il ? Trois minutes, m'a-t-on dit. Le supplicié a dû croire que c'étaient trois siècles.

Ce que l'homme tué de cette manière souffre, aucune langue humaine ne peut le dire. Je me bornerai ici à transcrire les réponses incohérentes, souvent sans ordre, que j'ai faites aux questions qui me furent adressées dans le moment où je me trouvais en quelque sorte identifié avec la tête coupée.

Voici ces réponses :

Un bruit horrible bourdonne dans sa tête.

C'est le bruit du couperet qui descend.

Le supplicié croit que la foudre est tombée sur lui et non le couperet.

Chose singulière ! la tête est ici, sous l'échafaud, et elle croit se trouver encore au-dessus, faisant partie du corps et attendant toujours le coup qui doit la séparer du tronc.

Horrible étouffement !

Plus possible de respirer !

Cet état est causé par l'apparition d'une main surnaturelle, gigantesque, qui pèse comme une montagne sur la tête et le cou.

L'asphyxie devient plus violente.

La main monstrueuse appuie toujours davantage.

Le supplicié étrangle.

Un nuage de feu passe devant ses yeux.

Tout est rouge et scintille.   .   .   .

L'impitoyable main est parvenue à serrer le cou plus violemment encore.

Le supplicié croit lutter contre elle, il cherche à se dégager; ses mains s'attachent à cette main terrible, elles se cramponnent, se tordent, se déchirent... vains efforts !

Quelle situation, mon Dieu ! les parois du cou sont jointes par la pression... C'en est fait...

Cette main féroce, inhumaine, quelle est-elle donc? Le patient vient de la reconnaître. La pourpre et l'hermine effleurent ses doigts.

Oh! des tourments plus horribles encore s'apprêtent.

### Deuxième minute. Sous l'échafaud.

La pression est devenue une coupure .

Voilà seulement que le supplicié a la conscience de sa position.

Il mesure de ses yeux de feu la distance qui sépare sa tête du corps et il se dit ceci :

Ma tête est réellement coupée. ·

Maintenant le délire redouble de force et d'énergie.

Dans l'imagination du supplicié, il lui semble que sa tête brûle et tourne sur elle-même: que l'univers s'écroule et tourne avec elle, qu'un fluide phosphorescent tourbillonne autour de son crâne en fusion.

Au milieu de cette fièvre horrible, une pensée insensée, incroyable, inouïe, s'empare de ce cerveau mourant.

Le croirait-on ? Cet homme dont la tête est tranchée conçoit encore une espérance. Tout ce qui reste de sang bouillonne, s'agite et se précipite avec fureur dans tous les canaux de la vie, pour s'y raccrocher.

Dans ce moment, le supplicié croit tendre ses mains convulsives et pleines de rage vers sa tête expirante.

Je ne sais ce que signifie ce mouvement imaginaire. Attendez... Je comprends... C'est horrible !

Oh! mon Dieu, qu'est-ce donc que la vie que cela se dispute ainsi jusqu'à la dernière goutte de sang?...

Ce mouvement! Eh bien! c'est cet instinct qui nous porte à précipiter le secours de nos mains vers une blessure béante. Ce mouvement! c'est dans le dessein, l'épouvantable dessein de replacer la tête sur le tronc afin de conserver encore un peu de sang, encore un peu de vie!

... Je me sens un malaise extrême, je désire que cela finisse...

Voici des souffrances d'un autre ordre qui commencent, les souffrances morales. Une foule d'images se présentent à l'esprit de l'homme tué par la guillotine et lui suggèrent ces pensées-ci :

« Je vois mon cercueil, on me place dedans, des milliers de vers m'y attendent pour » me dévorer.

« Les médecins m'entourent et regardent mon cou, c'est sans doute pour étudier.

» Mes juges sont là aussi, mais plus loin dans un beau salon... Je les vois à table, tran-
» quillement assis, ils parlent de choses indifférentes. Est-ce possible !

» Aujourd'hui même, je serai à l'hôpital, ma tête du moins ; on fera bien de singulières
» expériences ; on coupera dans mes chairs, il y aura bien des curieux. C'est aujour-
» d'hui aussi que l'on m'enterre, il n'y aura point de prières pour moi ; ceux qui seront
» là fuiront et auront peur.

» Je vois ma famille : ma femme est morte, morte de douleur, mes enfants l'entourent
» et pleurent.

» J'ai beau leur dire de m'aider un peu, de rapprocher ma tête de mon cou, que le
» temps presse, qu'il sera trop tard, que le sang coule toujours, ils ne m'entendent pas.
» Je les vois maintenant bien loin, que font-ils là ? Ils sont agenouillés devant des gens
» qui semblent rire et danser.

» O mon Dieu ! c'est pour leur demander du pain.

» Le plus petit de mes enfants est resté près de moi. Oh ! comme je l'aime celui-là.
» C'est bien lui ; ses cheveux blonds et frisés, ses petites joues rondes et roses... Le
» pauvre petit me voit, me sourit et veut m'embrasser. Trois fois je l'ai attiré sur mon
» sein pour le couvrir de mille baisers, trois fois nos têtes ont vainement cherché à se
» rencontrer. Hélas ! l'une d'elles était trop loin.

» Voilà qu'il se retire en jetant des cris d'effroi. Il regarde ses petites mains, elles se
» sont rougies à mon cou. »

... Les yeux du supplicié ont roulé dans leur orbite sanglant.

... Ils se sont fixés vers le ciel, il lui semble voir la voûte immense du firmament se
déchirer en deux et les deux parties se retirer comme de grands rideaux. Derrière,
apparaît dans des profondeurs infinies, une fournaise ardente, où les astres semblent
s'engloutir et se consumer pour jamais. Il lui semble que l'air est imprégné d'une poussière de feu dont chaque grain répond à une de ses douleurs. Au milieu de la grande
clarté des cieux, il voit un objet sombre, informe, qui, à chaque battement du cœur
s'avance et grandit ; du sein de ce fantôme étrange retentissent des ricanements odieux
qui se prolongent et se changent graduellement en des accents lamentables et étouffés.
Une grande obscurité s'étend de toute part. Le noir fantôme a touché les pieds du supplicié, il le sent s'étendre et s'appesantir comme du plomb sur tous ses membres
glacés... Tout le corps s'est fait granit.

C'est la mort...

Non, pas encore.

*Troisième minute. Dans l'Éternité.*

Ce n'est pas encore la mort ; la tête pense toujours et souffre.

Souffrance de feu, qui brûle, souffrance de poignard qui déchire, souffrance de poison
qui engourdit, souffrance de membres qu'on scie, souffrance d'entrailles qu'on arrache,
souffrance de chair qu'on hache et qu'on broie, souffrance de membres qu'on cuit à petit
feu à l'huile bouillante, souffrance d'épilepsie, de rage, de tétanos. Tous ces maux réunis
ne peuvent donner une idée de ce que souffre le supplicié. Quand finiront donc ces
épouvantables tourments ?

Un doute affreux glace ici d'effroi le supplicié ; serait-il mort et cet état de souffrance
serait-il celui qu'il doit endurer toujours, toute l'éternité peut-être ?

Horrible pensée ! La nouvelle phase dans laquelle il vient d'entrer n'a plus aucun sens pour l'homme vivant. Tout ici annonce la présence d'un monde inconnu. Ces nuages dans l'espace, ces sinistres lueurs, vacillantes et fugitives, tout ce chaos, enfin, où combattent sans cesse les éléments de vie et de mort, où tant d'épouvantables choses se reproduisent dans un éternel mouvement de rotation, tout cela serait-il le séjour futur où notre âme, après la mort, doit errer sans fin ?....

En cet instant, le misérable qui souffre est encore occupé des choses de la terre.

Il voit dans un coin obscur son cadavre pourrir et se dessécher ; puis, ce qui n'est donné qu'aux esprits d'un autre monde d'apercevoir, il voit comment s'accomplissent les mystères de la transformation. Tous les gaz qui composaient son corps, les matières sulfureuses, ammoniacales ou alcalines, il les voit se dégager de ses chairs putréfiées et servir ensuite à la formation d'autres êtres vivants. Plus loin, celui que la hache vient de tuer voit tomber dans un abîme de feu l'infâme guillotine avec ses bourreaux.

Cette dernière apparition serait-elle un de ces effets dus à la prescience habituelle aux mourants ? Si l'affreux instrument de Guillotin doit être anéanti un jour, que Dieu en soit loué !

Maintenant les choses humaines disparaissent, elles semblent se fondre peu à peu dans les ténèbres d'une nuit profonde, une légère vapeur se voit encore, mais la voilà qui s'éloigne, s'affaiblit, s'efface... Tout est noir... L'homme guillotiné est mort.

Dans ces dernières apparitions, des personnes voient le châtiment éternel dû au coupable ; d'autres, plus humaines, croient apercevoir dans le nuage du centre l'âme du supplicié recevant d'un ange le baiser de paix. »

—

### XXVII. — Faim, Folie, Crime.

(Intérieur des cabinets.)

1833. — Huile. H. 1,50. L. 1,65.

Quand le peintre ne sera plus, on dira de ceci que c'est sublime d'invention. Toute une époque ici est caractérisée ; ce sujet prête à bien des réflexions.

L'illusion est complète. Ne croyez pas que ce soit là l'effet de l'ouverture par laquelle on regarde ; un choix savant de certaines formes, de certains effets de modelés, de certaines lignes perspectives, produisent le relief ; d'autres peintures, non moins vraies que celle-ci et vues sans le secours de l'appareil, prouvent assez que la magie du pinceau a fait ici tous les frais.

Les trous n'ont été imaginés que pour les sujets qui réclament un genre particulier d'examen.

—

### XXVIII. — L'Inhumation précipitée.

(Intérieur des cabinets.)

1854. — Huile. H. 1,80. L. 2,55.

Surprenant sous le rapport de l'invention et du rendu. Appeler l'attention sur la vérité de la main, la perspective linéaire et aérienne des cercueils sur tous les plans disposés de manière à produire l'illusion la plus complète.

—

### XXIX. — Le Suicide.

1854. — Huile. H. 1,68. L. 2,10.

L'invention doit frapper tout d'abord. L'idée de l'ange qui prie, pleure et s'envole, doit être remarquée, ainsi que l'attitude de Satan qui d'une main excite le suicide, et de l'autre tient un pistolet en réserve.

Le ton général est sombre et convient au sujet. Occasion de faire remarquer les diverses gammes dont le peintre dispose à son gré.

Dessin et modelé.

—

### XXX. — Une seconde après la mort.

1855. — Huile. H. 1,68. L. 1,26.

Idée ingénieuse et saisissante. Noblesse, austérité, style dans la draperie. Expression de la tête jetant un dernier regard de pitié sur la terre. Faire remarquer l'idée du livre échappé des mains et ces mots sur le livre : *Grandeurs humaines*.

—

### XXXI. — La puissance humaine n'a pas de limites.

1855. — P. mate. H. 3,53. L. 2,50.

On peut dire beaucoup de choses sur la nouveauté du sujet, l'élévation des idées. Ce tableau, que l'on peut classer parmi ceux qui traitent l'*Histoire de l'avenir*, offre des qualités pittoresques remarquables. Les effets du clair-obscur, le brillant de la lumière sont portés au plus haut degré. C'est un coup de soleil au milieu de l'atelier. La peinture mate triomphe ici dans tout son éclat.

Au bas de ce tableau, on lit la légende suivante :

« Quand, plein de foi dans sa haute destinée, l'homme aura oublié les petites choses » qui l'occupent encore aujourd'hui ; quand, par ses études profondes, ses nombreuses » découvertes, la nature sera devenue obéissante à sa voix, son génie alors s'emparera

» de l'étendue des airs, il y établira sa demeure, touchera du doigt les étoiles, et, tou-
» jours avide de grandeur et de puissance, il ira jusqu'à démolir, au gré de ses désirs,
» ces milliers de mondes qui roulent dans l'immensité des cieux. »

---

XXXII. — **Les choses du présent devant les hommes de l'avenir.**

1855. — P. mate. H. 1,90. L. 2,40.

Composition originale, pittoresque. Coloris brillant. On peut s'étendre
ici sur le mérite de l'idée, elle prête à la description la plus piquante.

---

XXXIII. — **L'Orgueil.**

1855. — P. mate. H. 5,98. L. 5,00.

Pour être placé dans le jardin avec cette inscription :

*Orgueil, vertu qui inspire les grandes œuvres.*

Une échelle lumineuse s'élève de la terre aux cieux. Sur chacun des
échelons sont placés les chefs-d'œuvre des arts : des monuments, des
statues, etc., etc. La draperie a du style, elle est grandement et savamment jetée. Signification : c'est à l'orgueil qu'on doit les plus puissants
efforts de l'esprit humain.

Plusieurs tableaux feront suite à celui-ci et seront placés au jardin
sur les murs extérieurs de l'atelier. Ils auront pour titre : Audace, Persistance, Volonté, etc. Qualités, y compris l'Orgueil, considérées par le
peintre comme les vertus de l'artiste.

---

XXXIV. — **Le dernier Canon.**

1855. — P. mate. H. 6,15. L. 9,97.

On peut dire ici les plus belles choses sur l'idée, l'invention, la composition, etc. Les figures allégoriques semblent passer sur le champ de
bataille comme un ouragan impétueux. Le tableau déborde d'idées et
d'ingénieuses pensées. Dessin, couleur, harmonie, il ne le cède point
aux autres. Harmonie surtout.

Remarquer le mouvement et l'énergique fierté de la figure de la Civilisation, le grandiose des plis de son manteau. Les détails du champ de
bataille sont très-remarquables, effets et accidents auxquels les peintres
de bataille n'ont jamais songé.

32

### XXXV. — L'Apothéose de la Reine.

1856. — Esquisse à l'huile. H. 1,17. L. 0,77.

A l'occasion des grandes fêtes du mois de juillet 1856, on pria M. Wiertz d'*imaginer* quelque chose en l'honneur de la Reine. L'artiste se mit aussitôt à l'œuvre et exécuta la plus étonnante composition qu'il soit possible de rêver.

Le tableau devait avoir 150 pieds de haut et être placé sur la place Royale, dont il eût dépassé les plus hautes façades. L'œuvre ne fut point exécutée, faute d'emplacement convenable. Les nombreux arcs de triomphe avaient envahi tout le terrain qui pouvait servir à cet objet.

---

### XXXVI. — Le Miroir du Diable.

1856. — Dyptique. — Huile. H. 0,97. L. 0,72.

---

### XXXVII. — La jeune Sorcière.

1857. — Huile. H. 2,20. L. 1,35.

Coloris éblouissant, vérité des chairs, idées ingénieuses dans les détails de la composition. Lumière large et puissante d'éclat.

---

### XXXVIII. — La Chair à canon.

1859. — Huile. H. 1,00. L. 1,28.

Invention, composition et couleur. Ces trois qualités sont ici portées à la hauteur du talent du peintre. L'idée prête à la description.

---

### XXXIX. — On se retrouve au ciel.

1859. — Huile, grisaille. H. 1,45. L. 1,85.

Tout déborde ici d'invention et de poésie. Le dessin et le modelé sont conformes aux grandes traditions de l'école de Raphaël. Cette composition prouve que le peintre peut traiter les passions douces et tranquilles, aussi bien que les passions fougueuses et terribles. Remarquer le dessin de la tête de la mère, la grâce dans la disposition des masses de lumière et d'ombre.

---

### XL. — L'Embuscade.

1859. — P. mate. H. 1,57. L. 1,05.

On peut dire de jolies choses sur le motif de cette composition. Les fleurs ici font presque l'objet principal et produisent un contraste frappant avec les autres tableaux. Remarquer l'expression de l'amour, les tons fins du ciel et la fraîcheur du paysage. Décidément, la peinture mate s'adapte admirablement à tous les genres.

---

### XLI. — Le Phare de Golgotha.

1859. — P. mate. H. 9, 19. L. 6, 70.

Sujet créé, sur le texte biblique. Imprévu dans l'invention, composition remarquable par l'enchaînement des lignes. Clair-obscur savant, nouveauté dans l'aspect général, effet saisissant. Le peintre a déployé ici toute sa fougue, toute sa science, dans le dessin, le coloris et l'expression. Faire remarquer l'idée des bras qui poussent et repoussent la croix. Mouvement pittoresque et significatif, qui résume un point difficile de l'art : *l'union du pittoresque et de l'idée.* — Signification : triomphe de la lumière sur les ténèbres. — Remarquer, dans les détails d'idées, le groupe d'esclaves fouettés, caractérisant ainsi l'époque où le Christ vint tendre la main à l'esclave. Toute la scène éclairée par les rayons qui émanent de la tête du Christ. L'aspect hardi, nouveau, produit par le corps du Christ caché à demi dans les ténèbres.

---

### XLII. — Le Lion de Waterloo.

1860. — P. mate. H. 3,50. L. 4,65.

L'artiste a écrit au bas de ce tableau la légende suivante :

*He would rush from the mount to redress the wrongs of Europe.* (Il bondirait de son socle pour venger les griefs de l'Europe.)

Idée, fougue, mouvement, couleur, ces qualités peuvent être remarquées dans cette page. L'imagination a dû faire de grands frais dans cette audacieuse composition. Tout ce qui s'y voit ne pose point comme un âne ou un mouton. Saisir l'attitude et l'expression de la colère du roi des animaux, c'est prendre la nature *au vol.* Ce que l'on voit ici est la reproduction d'une image passée sur la rétine du peintre, plus prompte cent fois que sur l'objectif du photographe. En quelle circonstance M. Wiertz a-t-il vu un lion dévorant un aigle? En quel lieu et de quelle manière l'artiste a-t-il vu les modèles de la chute des géants, les modèles des démons fuyant devant le Christ, etc., etc. ? — C'est un secret.

---

### XLIII. — Un grand de la terre.
#### 1860. — P. mate. H. 6,80. L. 9,18.

Une des grandes difficultés du peintre aujourd'hui, c'est de trouver un aspect nouveau.

Tous les sujets imaginables ont été à peu près traités. Tous les tableaux, il en est peu d'exceptés, présentent un ensemble que l'on a vu déjà. Ici l'aspect est si nouveau, si imprévu, si original que le spectateur étonné s'arrête comme malgré lui pour subir les impressions que le pinceau lui a préparées. Remarquer les difficultés du dessin vaincues, la force, la puissance du coloris, la hardiesse du parti de lumière, les ingénieuses combinaisons du clair-obscur qui détachent les objets en trompe-l'œil, l'imposante attitude d'Ulysse au milieu des divers caractères et mouvements qui expriment la plus profonde terreur. Remarquer aussi le petit doigt de pied du géant écrasant une tête et donnant ainsi la mesure de sa force et de sa stature. Signaler l'enchaînement des lignes qui semblent fuir devant le pied et la main du cyclope.

---

### XLIV. — En famille.
#### 1860. — Six cartons grisaille. H. 0,58. L. 0,43.

LA FAMILLE. — LES AMOURS. — L'ENFANT. — LA GRANDE FAMILLE. — LA VIE ET LA MORT. — MORT POUR LA PATRIE.

---

### XLV. — Plus philosophique qu'on ne pense.
#### 1861. — P. mate. H. 1,00. L. 1,30.

Ce petit tableau, exécuté en peinture mate, est un des plus brillants de la galerie. Remarquer le dessin et la grâce de la jeune fille, les contrastes dans les divers tons des chairs des trois personnages, la hardiesse des oppositions sur un fond de ciel, le paysage suave et riant.

---

### XLVI. — Insatiabilité humaine.

Ou : *Les trois souhaits.*

1861. — P. mate. H. 1,50. L. 1,91.

Sujet qui fait bien contraste parmi ceux qu'a traités le peintre. On reprochait à M. Wiertz de reproduire souvent des scènes tristes ou effrayantes. Le peintre ne se le fit pas dire deux fois ; il improvisa, pour ainsi dire en quelques jours, une suite de petits tableaux dont les sujets gracieux ou riants répondent suffisamment peut-être à ses critiques. — Savamment groupé, vigoureusement coloré.

———

### XLVII. — Le Soufflet d'une dame belge.

1861. — P. mate. H. 1,75. L. 1,55.

Sujet neuf, pensée hardie, exécution audacieuse et facile, expression saisissante et vraie. La tête de la femme est à remarquer.

Ce tableau a été composé dans l'intention de prouver la nécessité pour les dames de s'exercer au maniement des armes. On sait que M. Wiertz a donné l'idée d'établir un tir spécial pour les dames et qu'il a offert pour prix du concours de ce tir le portrait de l'héroïne victorieuse.

———

### XLVIII. — La Curieuse.

Peinture sur muraille, 185... H. 2,05. L. 0,80.

On a souvent parlé du réalisme en peinture. Généralement, les tableaux qui portent le nom de réalistes sont peu d'accord avec ce titre. Le réalisme pur devrait comporter des qualités telles qu'un objet représenté pût sembler pouvoir se *prendre à la main.*

En un mot, le réalisme pur devrait être le *trompe-l'œil,* purement et simplement.

Nous croyons qu'il serait fort difficile de donner un exemple plus parfait du genre, que celui qu'offre la *Curieuse à la porte des cabinets.* Selon nous, M. Wiertz est, quand il le veut, le peintre réaliste par excellence.

A propos de trompe-l'œil, disons que peu de personnes savent apprécier à sa juste valeur les *trompe-l'œil* du peintre.

Si, généralement, l'on estime peu ce que l'on appelle proprement *trompe-l'œil,* c'est que jusqu'ici ce genre de peinture n'a été pratiqué que par des peintres médiocres, des peintres d'enseignes, bornés seulement à la représentation de quelques objets de nature morte. Les sujets qu'aborde M. Wiertz, il les rend avec la vie, le mouvement, l'expression. Nul n'avait osé penser à traiter de telles choses en trompe-l'œil.

L'exemple de M. Wiertz donnera-t-il naissance à un genre nouveau ? En attendant, nous recommandons aux réalistes de méditer sérieusement ces peintures réellement réalistes.

---

### XLIX. — Les Orphelins (1).

1865. — P. mate. H. 2,20. L. 2,80.

On lit au bas du tableau : *Appel à la bienfaisance.*

---

### L. — Heureux temps.

1864. — Peinture mate. H. 1,55. L. 2,05.

---

### LI. — La Confidence.

1864. — Huile. H. 1,00. L. 0,75.

---

### LII. — Le Bouton de rose.

1864. — Huile. H. 0,98. L. 0,59.

---

### LIII. — Une Scène de l'Enfer.

1864. — P. mate. H. 1,85. L. 2,20.

---

### LIV. — La Civilisation au xixᵉ siècle.

1864. — P. mate. H. 1,75. L. 1,35.

Ces deux tableaux forment avec le n° XLVII : *le Soufflet d'une dame belge*, une sorte de tryptique dont une *Scène de l'Enfer* tient le milieu.

---

### LV. — Les Partis jugés par le Christ.

1865. — P. mate. H. 2,20. L. 1,55.

---

### LVI. — Les Partis selon le Christ.

1865. — P. mate. H. 2,20. L. 1,55.

---

(1) Les tableaux qui suivent ne sont pas notés dans le manuscrit de l'artiste, dont la rédaction remonte à une date antérieure.

## SCULPTURE.

---

### LVII. — **Une Femme athlète.**

1842. — Statuette. H. 0,77. — Exp. de Bruxelles 1842, d'Anvers 1843, de Liége 1844.

---

### LVIII. — **Une Baigneuse.**

1844. — Statuette. H. 0,43. — Exp. de Liége 1844.

---

## LES QUATRE AGES DE L'HUMANITÉ.

### LIX. — 1re époque. — **Naissance des passions.**

1860. — 0,55 — 0,45 — 0,65.

---

### LX. — 2e époque. — **Les Luttes.**

1860. — 0,70 — 0,45 — 0,60.

---

### LXI. — 3e époque. — **La Lumière.**

1862. — 0,65 — 0,55 — 1,20.

---

## PROJETS NON EXÉCUTÉS (1).

---

### LXII. — 4e époque. — **Perfection humaine.**

Petite maquette en terre glaise.

« L'homme ne touche plus à la terre que de l'extrémité des pieds ; toute passion mauvaise est éteinte. La pensée, désormais, s'élance vers les mondes nouveaux. Chaque jour est une conquête sur la matière. L'homme, dans ses combinaisons infinies, compose et décompose toutes choses. C'en est fait, il devient maître de diriger les lois suprêmes. Il commande à la nature : elle obéit ; il s'élance dans l'espace... On ne

---

(1) Nous empruntons la description des groupes non exécutés au *Catalogue raisonné* de M. le docteur Watteau.

peut se faire une idée plus parfaite de la puissance et de la perfection humaines. Après la victoire des passions funestes à son bonheur, à sa félicité, quoi de plus noble, de plus digne de l'homme que l'étude des mystères de la création? quoi de plus souhaitable que de commander aux éléments, de franchir les espaces, de vivre de la vie des dieux? — C'est à ce point de vue de l'artiste qu'il faut considérer ici son œuvre. Le mouvement ascensionnel de ces deux figures, cette quiétude dans l'expression, ce geste et ce regard dirigés vers les cieux, concourent d'une manière merveilleuse à développer la pensée du sculpteur qui a soutenu jusqu'au bout de l'Histoire de l'humanité, ses qualités toujours victorieuses, malgré la grandeur et la difficulté des sujets.

---

### LXIII. — La Fraternité.

Maquette en terre glaise.

Cette maquette est peut-être une variante de la précédente.

---

### LXIV. — Un Repas de serpent.

Petite maquette en terre glaise.

« Voici un sujet terrible, effrayant : un chasseur, un simple bûcheron peut-être, est attaqué par un serpent. L'homme se débat, broyé, expirant sous l'étreinte des nœuds multipliés du reptile. Quoique armé d'une hache, il ne peut se défendre ; ses membres sont paralysés ; son corps plié, ramassé en une sorte de boule, offre une idée saisissante ; mais on recule d'horreur quand on songe que cette forme est celle que lui imprime d'instinct le monstre qui va le dévorer. Déjà, la proie n'est plus une conquête qui résiste, qui combat ; c'est une pulpe de chair qui passe à l'état d'alimentation. Elle doit d'abord se plier, s'assouplir, se façonner comme une pâte molle, après quoi, prendre une forme convenable, suffisamment pétrie, pour s'introduire petit à petit dans le long tube destiné à la digérer. Encore quelques instants, et vous la verrez apparaître, ainsi qu'un point introduit de force dans la jambe d'un bas ; vous la verrez passer doucement, lentement, sans obstacle, dans l'horrible canal qui doit lui servir de tombeau.

L'invention, l'imprévu, la combinaison des lignes, tout est surprenant dans ce groupe effrayant. L'artiste assurément a puisé dans le coin le plus brûlant de son cerveau cette idée extraordinaire et saisissante.

### Laocoon et ses fils.

La maquette manque.

« Le progrès dans les arts, les sciences, les lettres, le progrès dans l'industrie, le progrès dans toutes les connaissances humaines, c'est la science du présent, fruit du passé. Sans l'expérience du passé, que ferions-nous ? Recommencer ce que nos pères ont fait : des œuvres grossières, de pitoyables essais. Avant la pioche, la scie et le marteau, l'homme se creusait des habitations avec les ongles ; avant la navette, il se couvrait de feuilles ou de la peau de quelque animal tombé sous ses coups. Il est des hommes aujourd'hui qui s'imaginent progresser en oubliant les enseignements de nos pères. Un écolier griffonnant des bons-hommes sur ses cahiers d'études est, selon eux, dans la bonne voie : il est lui, il n'a étudié personne ; il fait ce qu'il sait, ce qu'il sent, c'est un artiste. Voilà pour l'art. Maintenant vous, charpentiers, vous, serruriers, vous, maçons, si vous voulez être à la hauteur de votre siècle, si vous voulez progresser, ne vous embarrassez ni du marteau, ni de la scie de vos devanciers : vous gratterez le bois, le fer, le marbre avec vos doigts, il est vrai ; mais au moins, vous serez original, vous serez *vous*, vous ferez ce que vous sentez, vous serez dans le bon chemin. — De telles folies ne peuvent être prises au sérieux ; *il faut être à sa mode*, c'est le cri de l'impuissance et du désespoir. Ceux qui le poussent ne sont pas plus sincères que l'homme chauve qui disait à ceux qu'il voyait pourvus d'une riche chevelure : « Portez perruque, portez perruque, cela vaut mieux, c'est infiniment plus beau. » Une foule d'individus sont *eux* parce qu'ils ne peuvent être autre chose, et ils trouvent consolant de persuader aux autres qu'il faut leur ressembler.

» L'art est un édifice encore en construction, où chacun doit apporter sa pierre. Le degré de perfection où nous le voyons aujourd'hui est le résultat de beaucoup d'efforts réunis. Les uns ont apporté la grâce, les autres la couleur, ceux-ci les effets de lumière, ceux-là le modelé, le rendu, et la dernière perfection sera celle où toutes ces qualités réunies seront portées aux dernières limites du possible.

» L'œuvre que nous avons sous les yeux est le résultat d'une tentative de l'artiste, tentative qui, aux yeux de certains esprits, sera considérée comme une irrévérence de la plus haute gravité. Heureux si à cette occasion les épithètes les plus injurieuses ne lui sont pas adressées. Peu soucieux des cris désapprobateurs, Wiertz, nourri dans les discussions et les combats opiniâtres, marche droit où il a dessein d'aller. Donc, il s'est dit ceci : « Le moyen de s'élever, c'est de chercher à établir un parallèle entre nos œuvres et celles des maîtres les plus renommés. » Ce qu'il a dit si souvent pour le travail du pinceau, il le répète pour celui de l'ébauchoir. On sait avec quelle malignité on a interprété les paroles du maître : on l'accusait d'orgueil, d'audace insensée ; on l'accusait de suivre un principe qui conduit à l'imitation servile. Nous ne répéterons pas ici les réponses victorieuses que fit l'artiste à ces accusations, nous citerons seulement ses œuvres et nous demanderons si elles sont originales.

» Le groupe qui nous occupe représente Laocoon et ses fils dévorés par des serpents. L'artiste, fidèle à son principe, place à côté de son essai le célèbre groupe des Grecs. Ce que nous avons sous les yeux est l'esquisse d'une œuvre qui sera exécutée sur de grandes proportions.

» Afin de faciliter le moyen de comparer sa composition à celle des anciens, l'artiste a mis en regard la réduction esquissée de cette dernière et la place ainsi dans les mêmes conditions, c'est-à-dire au même degré d'achèvement. Cette audacieuse entreprise, nul avant Wiertz n'a osé y songer. L'admiration traditionnelle qu'a excitée le chef-d'œuvre antique, le religieux respect que de tout temps cette merveille de l'art a inspiré, la science profonde enfin que demande l'exécution d'un tel sujet, tout cela constitue une série de motifs puissants qui ont fait tomber le ciseau des mains des plus habiles. Ces motifs, notre artiste ne s'en est point ému, et il s'est dit : « Quelle que soit la témérité de mes tentatives, je veux exposer aux yeux de la critique le résultat de mes efforts. »

» Laocoon était prêtre d'Apollon. Minerve, irritée un jour contre lui, fit sortir de la mer deux serpents monstrueux qui le dévorèrent lui et ses deux fils, au moment où il offrait un sacrifice aux dieux.

» L'artiste a choisi l'instant où Laocoon, déjà enlacé dans les nœuds du serpent, cherche à fuir : son amour paternel a dû lui faire songer bien moins à sa vie qu'à celle de ses enfants. Dans sa précipitation, il a enlevé dans ses bras le plus jeune de ses fils, il le presse contre sa poitrine, il le couvre de son corps palpitant, il veut le sauver au prix de sa vie ! Avec quel énergique désespoir il repousse de son bras gauche le monstre affreux prêt à atteindre l'être chéri ! Quel mouvement et quelle justesse dans l'action de ce bras !

» A la jambe gauche du malheureux père, s'attache l'aîné de ses fils : sentiment aussi vrai, aussi touchant, aussi pathétique que celui qu'exprime le bras du Laocoon. En cet instant suprême, l'artiste ne pouvait mieux choisir ses motifs d'expression. Le mouvement général imprimé à l'ensemble est d'un aspect saisissant, et l'on doit conclure que cette œuvre, à l'état d'esquisse seulement, exprime déjà parfaitement, et de la manière la plus énergique, cette scène horrible et si pleine d'émotion.

» Avec tout le respect que l'on doit aux anciens, nous nous permettrons de dire un mot de critique sur l'œuvre antique. Les qualités que nous trouvons absentes dans la composition des Grecs, sont précisément celles que nous ferons remarquer dans la composition de l'artiste moderne. Le lecteur peut donc, en jetant un coup d'œil attentif sur les deux esquisses mises en regard, comprendre facilement notre pensée sur l'objet qui nous occupe.

» Laocoon, comme nous l'avons vu, est prêt à offrir un sacrifice aux dieux. Notre imagination nous le représente respectueusement debout devant l'autel, lorsque tout à coup les horribles serpents s'élancent pour le dévorer. Quoi de plus naturel à ce père infortuné que de chercher à fuir, de saisir ses enfants, de les protéger de son corps et de toute la puissance de ses bras ?...

» Or, que voyons-nous dans le groupe antique? Au moment de cette attaque terrible, Laocoon s'assied tranquillement, et sur quoi, sur l'autel préparé pour les sacrifices. N'est-ce pas manquer tout à la fois de convenance, de vérité, de sentiment et d'expression? Nous savons combien les anciens mettaient de sobriété dans le mouvement; mais cette sobriété est-elle bien ici à sa place? — L'attitude un peu académique du père, et celle des deux fils placés symétriquement de face à ses côtés, l'indifférence enfin de ce père pour ses enfants, indifférence qui se trahit par l'attitude d'une défense toute personnelle, constituent, selon nous, des fautes réelles et d'une importante gravité. Le mouvement, le sentiment, l'expression, la vie, sont des qualités artistiques mieux rendues dans les temps modernes que dans les temps anciens. L'amour de la beauté pure, calme, sans passion, fut, chez les artistes grecs, l'objet de constantes préoccupations; les sujets empreints de douce quiétude étaient propres à leur génie. Mais quand les ciseaux de ces grands maîtres avaient à traiter la fougueuse épopée, la passion violente, le drame aux poignantes douleurs, aux terribles épouvantes, ils faiblissaient, ils manquaient de force, de vie, de mouvement. — Nous savons tout ce que l'on nous répondra au sujet de la symétrie et de la raideur que nous reprochons au Laocoon; nous savons que cette composition dut se soumettre aux exigences architecturales, qu'elle fut destinée à l'ornementation d'une niche; mais nous ne persistons pas moins à soutenir que le vrai dans le sentiment, l'expression, le mouvement, manquent essentiellement dans cette grande œuvre. Les qualités que nous désirerions lui voir, s'opposent-elles aux conditions qui lui furent imposées? Nous ne le pensons pas, et nous croyons que, dans toutes les conditions possibles, l'expression la plus vraie, la plus parfaite des passions humaines, excitera de tout temps l'admiration des hommes.

» D'après ce que nous venons de dire, il est facile de deviner à laquelle de ces deux compositions nous donnons la préférence. Nous ne pouvons parler encore des qualités d'exécution, nous attendrons que l'œuvre soit entièrement terminée. »

# ÉTUDES, PREMIERS TABLEAUX,

## PETITES COMPOSITIONS, ESQUISSES, ETC.

---

### Vingt-un bois gravés par Wiertz, à l'âge de 11 à 13 ans.

Une vierge. — Un tartare de Crimée à cheval. — Deux paysages. — Louis XVIII. — Un moucheron. — Un chien. — Un pêcheur. — Un scarabée, etc. (1).

« J'ai fait plusieurs gravures, je vous les envoie. Elles sont très-belles, parce que M. Decaisne m'a donné un peu d'encre d'imprimeur. »
(Lettre à son père et à sa mère, Dinant, 1er juin 1819.)

« Je vous envoie une gravure qui est la sainte vierge, que j'ai gravée dans du buis. »
(Lettre à son père et à sa mère, datée de Dinant, 1819.)

### Médailles.

Huit médailles en argent ou en vermeil obtenues à l'Académie d'Anvers.
Une médaille offerte à l'artiste par la ville de Dinant à l'occasion du prix de Rome. 1832.
Une médaille en or, décernée à l'Éloge de Rubens. Anvers, 1840.
Une médaille en vermeil, décernée à un mémoire sur les caractères constitutifs de l'école flamande. Bruxelles, 1865.

### Le Père de l'Artiste.

1821. — Au crayon. (En portefeuille).

« J'ai montré à M. Herryns votre portrait. »
(Lettre à son père, du 22 octobre 1821.)

### Portrait de la mère de l'artiste.

1838. — Huile. H. 0,55. L. 0,46.

### Portrait de l'artiste dans sa jeunesse.

1838. — H. 0,56. L. 0,45.

### Portrait de l'artiste dans l'âge mûr (2).

1860. — Pastel, grisaille. H. 1,06. L. 0,86.

Ce portrait était destiné par l'artiste à être reproduit par la photographie.

---

(1) Les deux plus petites de ces gravures ont été imprimées pages 585 et 591. Les bois mêmes, tels que l'artiste les a sculptés, ont servi à l'impression.
(2) Le plus beau portrait de l'artiste n'est pas au musée ; on a vu plus haut (p. 441) quand il a été peint.

### Une Tête de mort.

1824. — Trompe l'œil à l'huile. H. 0,56. L. 0,45.

« Je me suis mis dans la tête de peindre un enfoncement en perspective dans ma chambre, et dans cet enfoncement (ou niche) qui est placé en un endroit convenable, j'ai placé divers objets, comme des livres, sur lesquels est un crâne, à côté une bouteille; j'ai réussi à merveille l'imitation de la nature, tout y est peint avec précision, et les plus difficiles ont été tentés plus d'une fois de prendre la bouteille hors de la niche ou de lire dans ces livres. »

(Lettre de l'artiste à sa mère, datée d'Anvers, le 12 juin 1824.)

### Concours de Rome (1828).

Esquisse du tableau, avec lequel l'artiste a concouru pour le prix de Rome, en 1828.

Sujet : « Démocède de Crotone est tiré de son cachot ayant encore les liens aux mains, et conduit devant Darius, qui depuis sept jours et sept nuits souffre d'une inflammation aux pieds et lui demande s'il possède des connaissances en médecine ».

(Rollin, *Histoire ancienne*.)

Extrait du procès-verbal du jury :

« ..... Ayant examiné séparément et comparé avec soin les œuvres des concurrents, » le prix a été accordé à l'unanimité des voix au n° 5, comme dépassant de beaucoup le » n° 1, bien que le n° 1 (Wiertz), comme composition et expression, possède beaucoup » plus de mérite que le n° 5, et est digne par conséquent d'être encouragé. »

Wiertz écrit à ce propos à son oncle :

« Je suis le premier et je ne le suis pas. Les opinions ont été partagées et le sort a voulu que la pluralité me fût contraire. Quoique l'avantage y consacré ne me soit pas décerné, j'ose dire, vu l'approbation générale, que je l'ai mérité. Aussi, je suis aussi content que si j'avais obtenu tous les avantages. Je prie donc ma mère de s'en réjouir et, comme entre nous je n'ai pas besoin d'user de modestie et puis dire franchement les choses comme elles sont, j'ose me flatter, d'après cette épreuve, que je ne dois craindre aucun élève des meilleures Académies du royaume. »

### Le Carnaval de Paris.

Paris, 1850. — Huile sur papier. H. 0,20. L. 0,50 (1).

### Prix de Rome.

L'esquisse du tableau qui a obtenu le prix de Rome en 1852.

Sujet : Scipion l'Africain recevant son jeune fils des mains des ambassadeurs du roi Antiochus.

L'original se trouve au musée d'Anvers, salle de réunion de la direction.

(1) Ici devraient se placer deux tableaux exposés à Paris en 1851 : L'*Intérieur de l'atelier* et *Adam et Eve*. Nous les signalons en note parce qu'il n'en reste aucune esquisse au Musée. Ces tableaux sont à Dinant, dans la famille Disière.

### Longchamps à la villa Borghèse.

1834. — Huile. H. 0,32. L. 0,40.

### Une Scène du Carnaval de Rome.

Rome, 3 mars, 1835. — Huile. H. 0,36. L. 0,29.

### Une Scène du Carnaval de Rome.

Rome, 4 mai 1835. — Huile. H. 0,27. L. 0,39.

« Je n'ai pas encore un atelier assez grand pour mon tableau (*Patrocle*); dans ce moment, c'est fort difficile à trouver. En attendant je ne perds pas mon temps, je viens de faire un petit tableau d'une scène de carnaval. »

(Lettre à sa mère, Rome, 1835.)

### La Fable des Trois Souhaits.

Rome, 1836. — Huile. H. 0,28. L. 0,40.

Même sujet que le n° XLVI. Costumes des environs de Rome.

### Mᵐᵉ Lœtitia.

1836. — Huile. H. 0,52. L. 0,64. — Exp. de Paris, 1859.

« Une nouvelle qui va aussi vous intéresser, c'est la mort de Mᵐᵉ Lœtitia, mère de Napoléon ; cette bonne femme s'est pour ainsi dire endormie, elle était âgée de plus de 80 ans. Elle fut exposée sur un lit funèbre à la curiosité publique. Vous devez bien penser que je n'étais pas des derniers pour voir le personnage le plus intéressant de notre siècle. J'ai fait le jour même son portrait, j'en ai fait un petit tableau que j'ai exposé de suite au grand étonnement de tout le monde qui le croyait fait comme par enchantement. »

(Lettre de l'artiste à sa mère, de Rome, le 11 février 1836.)

Une figure et un bras du tableau le **Patrocle**.

(Peinture mate, faite en vue d'une comparaison avec la peinture à l'huile.)

### La Lutte homérique. 1ʳᵉ idée.

### Heureux Temps.

1837. — Huile. H. 1,09. L. 1,75.

(V. le même sujet peint plus tard, n° L.)

### Don Quiblague.

1844. — Huile. H. 0,71. L. 0,60. — Exp. de Liége 1844.

### Une Tête coupée.

1855. — Huile sur papier, d'après nature. H. 0,43. L. 0,57.

### Une Vieille.

1856. — Panneau à l'huile. H. 0,11. L. 0,09.

**Le Concierge.**

186... — P. mate. H. 1,09. L. 0,69.

**Le Chien dans sa niche.**

186... — Huile. H. 1,27. L. 0,87.

---

# ESQUISSES PRÉPARATOIRES DES GRANDS TABLEAUX.

—

Onze esquisses du **Patrocle.**

Vingt-trois esquisses de la **Chûte des Anges.**

Onze esquisses du **Triomphe du Christ.**

Sept esquisses du **Phare du Golgotha.**

Dix esquisses de **Un Grand de la Terre.**

—

## DIVERSES ESQUISSES.

*La Fin du monde. Deux esquisses.*
*Les Titans menaçant le Soleil.*
*La Course des Nations à la lumière.*
*Satan.*
*Le triomphe de Satan.*
*La Belgique chasseresse.*
*Le Christ et les Enfants.*
*Le Christ au ciel.*
*L'Échelle de Jacob.*
Quatre esquisses au pastel.
Quatre esquisses au pastel.
Six esquisses au pastel.
14 copies de tableaux de maîtres.
Sept esquisses à l'huile.
15 études, — paysages, — tête, etc.

---

De nombreuses questions se pressent dans la pensée et la conscience de l'artiste. Les unes relatives à ses ressources matérielles, à ses moyens de vivre et de produire; les autres concernant ses œuvres mêmes et les lois qui y président. Wiertz trancha les premières par le caractère; il voulait résoudre les autres par la science unie à l'inspiration : *Conjurat amice*, dit Horace.

Ce dernier problème, tranché depuis des siècles par le bon sens antique, revient régulièrement à l'ordre du jour, à chaque crise de l'art, et surtout dans les époques qui attendent tout du génie individuel. Le génie est Dieu, dit-on; le chef-d'œuvre est une « variété du miracle. » Dès lors, de ce qui vient de lui, tout s'explique, même ses défauts; tout s'amnistie, même ses vices; tout doit être admiré, même ses bacchanales. « Car on se tait quand on sent Dieu ! » Dès lors aussi, « l'art est la région des égaux, » point de distinction entre Dieu et Dieu; point de progrès de génie à génie; ils se succèdent « sans faire mieux; ils font autrement. » Ils n'avancent pas; l'idée marche, l'art tourne sur lui-même. Et ces hommes, égaux entre eux, dieux pour le reste, formant aristocratie jusque dans le ciel, « se retrouvent en famille dans l'infini (1). »

La pensée de Wiertz est diamétralement opposée à cette théorie. Pour lui, ce ne sont pas les génies qui sont égaux, mais tous les hommes. Dieu n'a pas besoin de s'incarner dans un artiste; tout homme peut cultiver en soi l'étincelle divine. Le génie n'est qu'une des facultés communes à tous, développée à sa plus haute puissance par les circonstances, par le temps, par l'étude. L'homme peut tout ce qu'il veut, dit-il avec Jacotot. Bien faire n'est qu'une question de temps, est sa devise; et cet homme, qu'on appela si souvent un génie, écrivit ces mots :

« L'art est l'œuvre de plusieurs; il ne peut être l'œuvre d'un seul. Le

(1) Voyez *Shakespeare*, par V. Hugo.

» premier qui traça le profil grossier d'un nez, d'une bouche, fit tout ce
» qu'il pouvait faire.... Le second, qui corrigea ce profil fit tout ce qu'il
» pouvait faire. Quel que soit le génie d'un seul, il n'a qu'une petite part
» à donner, qu'une petite pierre à ajouter à l'édifice de l'art (1). »

Shakespeare a dit de même : *Poets are abstract or brief chronicle on
the time.*

Laquelle honore le plus l'homme de ces deux théories? Serait-ce
celle qui ne laisse d'espérance d'atteindre aux grandes choses qu'à la
condition de se croire un dieu de naissance, sorte de thaumaturge, au-
dessus de la critique humaine, au-dessus même de la morale vulgaire,
et n'ayant pour preuve de divinité que le succès de chefs-d'œuvre infaillibles et d'un orgueil impeccable. Ou bien n'est-ce pas celle qui inspire
à tout homme le sentiment de sa puissance et qui remet tous les succès,
toutes les missions, au travail, à la persévérance, au courage, à la vertu
humaine? « L'homme n'est grand, dit Wiertz, que par la probité et le
talent, non par la naissance et la fortune. »

« L'intelligence, la volonté humaine, dit-il encore, voilà ce qu'il y a
de plus grand dans la création.... Cet orgueil n'a rien d'offensant pour
personne, puisque j'admets que tous les hommes ont droit de penser
comme moi. Cet orgueil n'a rien de dangereux; loin de m'aveugler, je
me vois sans cesse au-dessous de ce que je peux faire.... Les yeux
fixés sans cesse vers le sublime degré de perfection auquel l'homme
peut atteindre avec le temps, je regarde en pitié tout ce que je fais
maintenant.... Cet orgueil, je voudrais qu'il fût inspiré à tous les
hommes dès le berceau; je voudrais que cette foi dans la puissance
illimitée de l'homme devînt une religion (2). »

Nous voilà loin du chef-d'œuvre, « variété du miracle. »

Le génie-Dieu implique la négation du progrès de l'art. Le génie
purement humain affirme la perfectibilité de la forme comme de l'idée.
« Ce ne sont pas des dieux inimitables, mais des hommes à surpasser ».
avait dit l'enfant. La foi de l'artiste resta telle, s'il ne voulut jamais
se séparer de ses tableaux, c'était pour pouvoir les corriger sans cesse.
Ce sentiment qui l'a poussé à tous les sacrifices et à tous les courages,
lui a fait jeter d'audacieux regards au-delà de la peinture et prévoir
même des progrès qui feront disparaître un art qui l'a fait grand.

(1) *Peinture mate*, première brochure, p. 95.
(2) OEuvres posthumes. V. p. 385.

« Cessons d'être enfants, cessons de croire que les choses même
» les plus sérieuses, les plus grandes, les plus belles, doivent constam-
» ment occuper les générations à venir. Ces choses, si importantes à nos
» yeux, ne sont que des préparations, des études détachées, qui, rassem-
» blées un jour, constitueront toute la puissance humaine....

» L'art n'est qu'une de ces petites choses, l'art n'est qu'une prépara-
» tion transitoire, une étude, un jouet. L'humanité, bientôt sortie de
» l'enfance, abandonnera ces simples imitations, immobiles, muettes. Il
» lui faudra un champ plus vaste, plus conforme au développement actuel
» de ses progrès, de ses connaissances, de ses découvertes....

» La peinture donc, selon nous, sera bientôt remplacée par un art
» plus sérieux.... (1) »

On voit dans un coin du Musée Wiertz une peinture mate intitulée :
*Les choses du présent devant les hommes de l'avenir*. Une main est le
point central de ce tableau, composé de trois têtes énormes ; c'est la
main d'un géant qui montre à une femme et à un enfant des drapeaux,
des canons, des couronnes, des arcs de triomphe, contenus tous, comme
des hochets, dans le creux de cette main, tandis que l'autre main du géant
fait le geste d'un antiquaire maniant du bout du pouce et de l'index des
infiniment petits. L'une de ces couronnes doit être celle du génie-Dieu,
adorable même dans ses défauts et prédestiné à faire des miracles.

Wiertz soutient donc que l'art attend sa grandeur des facultés
humaines ; que, ces facultés se développant à travers les siècles, l'expérience acquise doit bientôt venir en aide au goût instinctif et trouver
dans les créations du génie les lois de l'art ; que ces lois, loin d'entraver
l'inspiration, centuplent la puissance de l'artiste, qui peut ainsi franchir,
en quelques années d'étude, tout un passé de découvertes, et partir des
dernières étapes du génie pour marcher en avant : *Plus haut, toujours
plus haut*, comme dit Gœthe ; que l'art a été en progressant depuis
Phidias, en passant par Raphaël, Michel-Ange et l'école de Venise,
jusqu'à Rubens ; que la peinture flamande s'est assimilé et a fécondé
toutes les ressources du génie, qu'elle marque le point culminant de
l'art du passé et doit être le point de départ de l'art moderne. Il conclut
à l'étude des maîtres, non pour les imiter, mais pour s'emparer de tous
leurs secrets, et s'en servir, selon le génie de son temps, dans l'entière
liberté de son propre génie ; non pour les suivre, mais pour les surpasser !

(1) OEuvres posthumes. V. pp. 364 et 365.

Cette théorie n'était pas une parole vaine pour un artiste qui n'a reculé devant aucune audace, ses tableaux l'attestent, ni devant aucune étude, ses écrits en témoignent ; et il ne sera pas inutile de résumer ses idées sur quelques-unes des plus grandes lois de l'art.

La première nécessité de toute composition artistique est l'unité. Wiertz veut que l'unité d'un tableau apparaisse de loin, avant qu'on n'en soit assez près pour en distinguer les personnages. Deux moyens atteignent surtout ce but. L'un est une ligne générale d'ensemble, ce qu'il appelle la ligne *synthétique*. « Elle embrasse toute l'étendue de la scène et, par son mouvement, exprime déjà le caractère du sujet » (1). Ainsi, dans les *Amazones* de Rubens, cette ligne représente une déroute ; dans le *Constantin*, un choc ; dans le *Portement de croix*, une marche ; dans la *Chute des réprouvés*, un écroulement et comme l'éruption d'un volcan. L'autre moyen d'unité est une gamme générale de couleur, appropriée au sujet ; et l'artiste va de la grisaille, traitée au pastel, finie et harmonieuse, rappelant Raphaël, comme dans *le Sommeil de la Vierge*, jusqu'aux ternes et sombres couleurs rappelant Rembrandt, dans le *Suicide ;* du riant éclat où s'épanouit le charme de la beauté, le sourire de l'esprit ou le rêve du bonheur, jusqu'à la vigueur ardente et dramatique des tons chauds, heurtés, pleins de contraste, des grands drames religieux ou allégoriques. Car il comprenait aussi la loi de variété ; jamais il n'applique ni le même procédé, ni le même dessin, ni le même coloris à ses différents sujets. Grisaille au pastel, à l'huile, au procédé mat, couleur à l'huile ou peinture mate, genre de Raphaël ou genre de Michel-Ange, clair-obscur de Rembrandt ou de Rubens, gamme de tous les tons, il n'a négligé rien pour donner à chaque idée la forme qui lui convenait le mieux, et ce n'est pas là le côté le moins original de son œuvre.

Cette unité est impossible sans le clair-obscur. Sans le clair-obscur, Michel-Ange divisera en compartiments son *Jugement dernier*, et maint tableau sera plutôt un habile étalage de figures que l'ensemble bien groupé des acteurs d'une même scène. Cette unité exige encore deux conditions trop oubliées : Pour ne pas distraire l'attention du sujet principal, chaque détail, couleur ou dessin, doit être d'autant moins achevé et moins brillant à mesure que diminue son importance dans l'ensemble, et la physionomie des personnages elle-même doit

(1) *Caractères constitutifs.* V. p. 51.

s'effacer dans la physionomie des masses, de sorte que l'expression individuelle des figures ne fasse que concourir au caractère général du groupe. Dans son premier article, qui remonte à 1825, l'élève avait déjà fixé nettement ce point ; « Tout est brillant, donc rien ne l'est ; mes yeux sont partout, ils ne sont nulle part, » dit-il, en parlant de peintres qui finissent les détails. Puis il se transporte devant le *Calvaire* de Rubens et il s'écrie : « Son clair-obscur me force aussitôt à jeter les yeux sur le héros du poème ; je ne vois que lui. » — Ceux qui ont reproché à l'artiste l'emploi de ces artifices, oubliaient l'anecdote de la perdrix de Protogène.

Un autre problème divise les écoles et les passionne, c'est l'éternelle question du réel et de l'idéal. L'artiste, qui a fait des trompe-l'œil toute sa vie, raille avec un souverain dédain ces prétendus novateurs qui cherchent le réel dans le mauvais, « peinture d'enfant », et le vrai dans une exactitude minutieuse : « les cils à l'Apollon du Belvédère ». Mais il n'a reculé devant aucune des réalités du drame humain ; ce qu'on admire dans le peintre du *Gin* (1), lui a été souvent imputé à erreur, et son musée est rempli de trompe-l'œil, autant pour reposer l'esprit du public dans ces *délassements pittoresques*, que pour atteindre à l'illusion. Il pensait que la peinture, forme ou fond, n'a d'autres limites que ses moyens particuliers d'exprimer une idée, ce qu'il appelait : le beau pittoresque.

D'un autre côté, le peintre de l'*Inhumation précipitée* et du *Chien dans sa niche*, de *Faim, folie, crime* et de la *Curieuse*, n'a jamais oublié les grands procédés de l'idéal. Il savait que l'idéal d'une époque en est une des plus nobles réalités. Il ne voulait pas que, sous prétexte de réalisme, on supprimât les points élevés, la partie héroïque, le côté divin de l'art ; il a écrit : « Renoncer aux sujets idéals, c'est renoncer à un don du ciel. — Ce qu'il y a de grand dans la nature, c'est la pensée. » — (2). Il se plaisait à placer un sujet dans les sphères supérieures, à faire planer les génies de la vie générale au-dessus des événements particuliers de la sphère terrestre, à représenter à côté du fait l'idée qui l'a engendré, à incarner les forces de la nature et la puissance de la pensée, dans des génies allégoriques, dans des types héroïques ou dans la grandeur épique des groupes humains.

Si nous passons aux questions de forme, l'alliance du dessin et de la

____

(1) « On sent en lui (Howart) un honnête homme qui appelle crûment les choses par leur nom et qui ne recule, par devoir, devant aucune des difformités du vice. » (Esquiros, *Revue des Deux-Mondes*, 1862.)

(2) *Pensées diverses*, pp. 361 et 572.

couleur est peut-être celle de toutes qui est la plus obscurcie par les
préjugés. L'excellence de la couleur flamande n'est guère mise en
doute, mais le dessin lui est contesté et l'on va jusqu'à poser en principe que l'un ne peut dominer qu'au détriment de l'autre. Wiertz a
abordé deux fois le préjugé en face, la plume et le crayon à la main.
Il n'a pas craint de mettre aux prises Rubens avec Raphaël sur ce terrain
où le peintre italien règne en maître. Selon lui, Raphaël dessine la
chose au repos; Rubens la peint en mouvement. Le contour du premier est exact comme un trait de compas, le modelé du second est
vrai comme la vie. Or, s'il est de rares scènes qu'on peut représenter
comme en arrêt et posant devant l'objectif d'un photographe, même dans
ce cas, l'œil qui les embrasse n'en voit pas les traits tels qu'ils sont en
réalité, mais tels qu'ils apparaissent dans l'ensemble; et, quand le
mouvement s'y joint, ce que le regard en saisit au vol, dans cette
seconde que rend la peinture, n'est pas le contour exact, le trait fini,
mais le trait fondu, le contour en mouvement. Partant de là, l'école
flamande peint la chose comme on la voit à sa place, au lieu de la dessiner telle qu'elle est isolément. Wiertz conclut que dessiner avec la
couleur, comme grouper avec le clair-obscur, comme faire de la perspective aérienne au lieu de la perspective linéaire, est un progrès, et que
le dessin des coloristes est plus vrai, plus pittoresque, plus artistique
que celui des dessinateurs. « La ligne de Rubens, dit-il, est un vers de
Corneille (1). »

A quoi servent cependant ces théories, concluant à l'audace, et ces
secrets arrachés aux maîtres pour inspirer l'orgueil de les surpasser, si
l'artiste n'a pas seulement le pain quotidien, ni un atelier, ni une toile,
et si l'or des amateurs ne vient pas donner l'essor à son génie? « L'or
ne suffit pas, a dit M. Gustave Planche, pour élargir le domaine de l'art,
il achète ce qui est fait, il ne suscite pas des pensées nouvelles, des
pensées qui pour se produire ont besoin d'un vaste espace. C'est à
l'État que ce rôle appartient. » Et le critique de la *Revue des Deux-
Mondes* (2) attribue à l'or de l'État français la supériorité de la France
sur l'Angleterre dans la grande peinture. « Un art nouveau viendra :
la sculpture des colosses au grand jour », dit M. Michelet : — et un cri-

(1) *École flamande, caractères constitutifs*, etc., p. 54.
(2) 1855, t. 2, p. 471.

tique qui cite ces paroles reproche au gouvernement français de n'avoir pas favorisé ce grand art et d'avoir refusé à Barye « *le droit de se produire* dans toute sa valeur »; de sorte que ses deux grands lions sont « des essais faits à *loisir forcé* (1). »

Wiertz voulait la grande peinture et la grande sculpture, son musée l'atteste, et il a écrit sur le socle d'un de ses groupes, le *Triomphe de la Lumière* : « Pour être exécuté en dimensions colossales. » Mais il pensait que la puissance de l'artiste est ailleurs que dans la loi de l'offre et de la demande, ou dans les idées suscitées par l'or de l'État. « Si la passion qui nous anime remplit votre âme, écrit-il aux jeunes artistes, venez à nous, et vous comprendrez alors à combien peu de chose se réduisent les besoins de la vie et combien le corps est sobre et peu exigeant, alors que l'âme n'a plus qu'une pensée... (2). »

Wiertz, en vivant pauvre, trouva sa force en lui-même; il put consacrer à son art le plus grand trésor dont l'homme dispose, la plus inviolable liberté qu'il possède : sa vie. Il se donna à lui-même le *droit de se produire*, et il fit, *à loisir volontaire*, de la grande peinture et de la grande sculpture. « Quant à celui qui croit l'art subordonné au caprice des grands et qui recherche leur faveur, au lieu de la commander, écrit-il, en 1840, au ministre, il est indigne du nom d'artiste. »

Ainsi, sans le concours d'un Léon X, ni d'un Henri IV, Wiertz se commanda à lui-même et exécuta sa chapelle sixtine et sa galerie Médicis (3). Tandis que trop d'artistes ou d'écrivains, sous prétexte d'alimenter leur génie par le désordre ou par le luxe, gaspillent leur talent pour gagner de l'or, recherchent les sinécures, s'afferment à des marchands et se plaignent de n'avoir pas les moyens de s'occuper de grandes choses, — toute la vie de Wiertz n'a pas coûté à la fortune publique une année de dépenses de certains Gargantuas de l'art, et, avec ces faibles ressources, il a pu vouer sa vie entière à son culte et léguer à sa patrie tout un musée.

Cette indépendance, qui prenait souvent les allures de l'originalité et les apparences du paradoxe, semblait une bravade contre l'opinion, une satire du goût et des mœurs du temps, et, le costume que l'artiste avait choisi aidant, ainsi que la forme de ruine antique donnée à son atelier, Wiertz fut bientôt taxé de singularité et de misanthropie.

(1) Sylvestre : *Les Artistes français.*
(2) *Salon de* 1848. Voir plus haut, p. 178.
(3) V. p. 481.

Ceux qui l'ont connu, ceux qui l'ont vu une heure, l'ont représenté autrement :

« Sa belle figure, — dit un écrivain français, dans le *Moniteur universel* du 9 janvier 1857 — portait le caractère de la pensée, non celui de l'exaltation. Son œil, d'une grande douceur d'expression, regardait haut, mais sans arrogance, et si le travail avait déjà plissé son front, creusé ses joues et teinté sa barbe noire, c'était comme pour ajouter un charme de plus à sa physionomie. En résumé, c'était une de ces figures qui vous inspirent, à première vue, une vive sympathie. Il nous aborda de la façon la plus gracieuse, et, après que mon ami m'eut présenté, nous causâmes d'art et de littérature. Je n'eus point de peine à reconnaître que son instruction égalait son habileté de peintre et, de plus, je le trouvai sincèrement modeste. Aux éloges que je me plaisais à faire de ses œuvres, il répondait avec simplicité. »

Wiertz avait l'esprit fier, un haut sentiment de l'orgueil humain, le cœur simple et bon. Il alliait la persévérance de l'étude, le calme des recherches et cette conscience exigeante qui n'est jamais satisfaite du résultat, à l'enthousiasme, à la passion, à la furie de l'art. Chez lui, le courage patient s'unissait à l'ardeur de la lutte, et la fermeté du dévouement qui eût été jusqu'au martyre, à une susceptibilité qui allait jusqu'au défi, à une impressionnabilité qui le faisait bondir devant les plus petites misères de la vie.

Il n'a jamais porté la croix qu'il n'a pas *daigné* refuser. Il a refusé le titre d'académicien et les fonctions de directeur de l'école d'Anvers. Il n'a jamais accepté de faire partie d'aucun jury artistique. Il s'est obstinément refusé à subir la loi sur la garde civique. Il ne voulait laisser sortir aucune œuvre de son atelier, ni publier ses lettres particulières, et, dans les dix dernières années de sa vie, il coupa court à toute correspondance. Il se disait absent chaque fois qu'un grand personnage visitait son atelier et n'eut aucune décoration étrangère. On l'a vu plus d'une fois, en plein salon d'exposition, tourner le dos à un riche amateur qu'on lui présentait et qui se mettait à lui débiter des lieux communs élogieux ou des conseils de boutiquier. Un jour, à Liége, une actrice célèbre lui est envoyée par le directeur du théâtre pour qu'il fît son portrait. La belle, jeune et légère, entre chez l'artiste pauvre. « Je n'ai qu'un quart d'heure à vous donner », dit-elle avec une morgue coquette. — « Qu'à cela ne tienne! » répond l'artiste, en tirant sa montre. Les quinze minutes n'étaient pas écoulées : « C'est fait, » dit-il. La jeune femme, toute ébahie de se trouver ressemblante, change de ton et lui demande quand elle doit revenir pour poser une seconde fois. « C'est inutile, dit-il, je puis achever le portrait, seul ; demain il sera terminé. » Le lendemain, la jeune femme accourt. « Pardonnez-moi, mademoiselle, je n'ai pas un quart d'heure à vous donner », lui dit l'artiste, et il garda le portrait, après avoir vengé la dignité de son art.

Cependant, il était bon, liant, affable, de relations faciles et douces. Il n'avait ni le loisir, ni l'initiative de rechercher personne ; il avait peu de relations, et disait souvent : on ne voudra pas croire que Gallait et Wiertz ne se sont jamais parlé ; mais il désirait la société d'hommes intelligents et d'amis dévoués. Il se plaisait à causer avec les artistes et les écrivains, se mettait à l'aise avec les plus grands et mettait les plus petits à l'aise avec lui. Il écoutait les observations, les sollicitait, les mettait à profit, aimait à discuter, trouvait un grand plaisir aux plus vifs débats et apportait beaucoup de finesse ou d'ardeur à dépister ses contradicteurs. Parlant de ses œuvres, pour l'éloge comme pour la critique, comme s'il y eût été étranger, il ne les considérait que comme des essais ou des ébauches. Il tenait dans son musée un registre ouvert où les visiteurs écrivaient leurs appréciations ; il suivait avec intérêt ces impressions de la foule, et aimait à y chercher les contradictions des écoles, la naïveté du goût, le caractère des hommes.

Il était naturellement gai et porté à l'entrain. Dans ses premiers voyages, il amusait les voyageurs avec sa guitare ou son pinceau, faisant de la musique, des portraits, ou des paysages du haut des voitures publiques. Il avait été excellent flutiste et n'abandonna jamais sa guitare, sur laquelle il improvisait chaque jour au dessert. Il conserva toute sa vie une grande simplicité de récréations, la naïveté des impressions et l'enjouement de la jeunesse.

Il s'intéressait à toutes les productions, à toutes les découvertes, et se plaisait à interroger les personnes compétentes pour se tenir au courant de tous les progrès de l'esprit humain.

Il rêvait l'alliance des arts et a essayé plusieurs fois d'exposer ses tableaux au théâtre, avec musique et poésie, appropriées au sujet. Le miroitement de la couleur à l'huile s'y opposa. Son procédé mat le lui eût permis, et il projeta souvent de mettre en scène une œuvre où le peintre, le musicien et le poète auraient concouru, dans une égalité complète, et cherché l'harmonie des beaux-arts

Sa pauvreté volontaire ne l'empêcha jamais d'être utile aux autres ;

cet art auquel il sacrifiait tout, il le mettait au service de ses amis ou des malheureux. Il partageait déjà sa pension de Rome avec sa mère, En faisant des portraits pour vivre, il trouva le moyen de donner souvent, sinon de fortes sommes. Que de fois n'a-t-il pas vidé sa bourse dans une main d'ami (1). Quand il ne peut pas la vider, et pour cause, il écrit : « Procurez-moi un portrait, le prix sera pour vous. » Que de petites toiles n'a-t-il pas faites pour des loteries philanthropiques ou des tirs nationaux. Chaque année, il en donnait régulièrement une, le portrait du numéro gagnant, à sa ville natale (2). Aucun sinistre n'affligeait le pays qu'il ne mît à contribution, en faveur des victimes, son seul trésor : sa palette. Ceux qui lui ont rendu de légers services, qu'il acceptait avec aisance, en ont reçu en échange de petits trésors de peinture.

Cette sollicitude s'étendait plus loin. Quand l'*Association pour le progrès des sciences sociales* émit la question de la morale dans l'art, Wiertz rendit le concours possible en offrant comme prix le portrait du lauréat. Un ami voulait-il « témoigner sa reconnaissance » à une famille ; il demandait à Wiertz un portrait. Quand une salle lui était prêtée pour y exposer une œuvre, il l'y exposait au profit des pauvres. Quand il eut son atelier, il y donna des concerts philanthropiques (3); une tombola artistique attirait le public. Que de fois n'est-il pas allé, sa boîte sous le bras, dans une maison en deuil, peindre la mère, l'épouse, l'enfant,

---

(1) Voici une de ces lettres qui peut être publiée d'autant plus facilement que la minute ne porte pas le nom de la personne à qui elle était adressée :

« Je plains bien sincèrement votre position, monsieur, et ne puis que maudire ceux qui, doués d'une immense fortune, pourraient si facilement l'améliorer.         •

» Si les hommes gorgés d'or songeaient plus souvent aux revers qui les menacent, peut-être seraient-ils moins insensibles aux maux d'autrui.

» Je regrette vivement, monsieur, que mes moyens ne me permettent point de vous être bien utile; pourtant, le hasard me faisant aujourd'hui un peu plus riche que vous, un devoir bien naturel m'engage à vous offrir ce que je puis : si demain vous êtes plus riche que moi, que l'inconstante fortune me talonne à mon tour, vous voudrez bien alors, monsieur, me rendre le petit service que je vous offre aujourd'hui.

» Agréez, monsieur, l'assurance de ma considération distinguée.

                                                        » WIERTZ. »

(2) En 1857, un journal de Dinant disait : « Ordinairement *le lot Wiertz* est confondu pour le tirage avec les autres objets de plus ou moins de valeur. Pourquoi ne lui ferait-on pas les honneurs d'un tirage spécial et d'une émission séparée d'actions? » (*Le Cultivateur* du 1er fév. 1857). Voyez aussi *le Journal de Dinant* du 30 mai 1861.

(3) 23 octobre 1859, 5 octobre 1862 et 29 novembre 1863.

qu'un ami venait de perdre ! Tantôt, il entourait de fleurs la figure du
cadavre ; tantôt, il la faisait revivre ; à cette vue, le veuf, l'orphelin, le
père fondait en larmes, et l'artiste avait trouvé dans son art le secret
des plus saintes consolations. Ses amis lui ont vu donner des soins à
une petite fleur des champs que la femme d'un ami avait plantée dans
son jardin ; il la cultivait comme souvenir de la morte et n'abandonna
ce soin que lorsqu'il devint inutile.

S'il s'irritait souvent des plus petites choses, il avait pour les autres
une philosophie pratique de la vie qui le rendait indulgent, non indiffé-
rent ; tolérant, non par scepticisme, mais par la connaissance du cœur
humain ; et cet homme, susceptible, satirique, provocateur, compatis-
sait même aux faiblesses d'autrui, et cherchait à soulager des peines
dont il n'approuvait pas toujours la cause.

Deux opinions extrêmes ont trouvé crédit sur ses mœurs ; elles sont
également fausses. Wiertz a pu dire avant de mourir qu'il n'avait pas
commis un seul excès ; mais Wiertz avait un cœur d'homme avec une
âme d'artiste. Son premier vœu, qui marche de pair avec ses rêves de
gloire, fut de récompenser ses parents. Sa vieille mère avait mille
craintes, il ne se laissa pas arrêter dans sa carrière, mais on a vu avec
quel soin il la rassurait !

Il a renoncé au bonheur de la famille, pour garder son indépendance
d'artiste ; mais il a connu l'amour et les précieuses intimités qui élèvent
le cœur. Ceux qui disent le contraire ne voient pas que, pour en faire
un idéal, ils en feraient un monstre. Il aimait les enfants et plus d'une fois
un cri de regret sortit de son cœur, car il se sentait des entrailles de père.

Wiertz n'aurait pas aimé ! Qu'on regarde ses œuvres ; elles prêchent
la fraternisation des hommes et l'on y sent palpiter l'amour universel.
Qu'on regarde l'*Enfant brûlé* : une mère a dû laisser seul son enfant,
pour aller aux provisions ; elle retrouve le berceau en flammes ; elle a
jeté son panier et s'est précipitée sur l'enfant, en poussant un cri terrible. Dans le panier, au-dessus des légumes, on voit un hochet : la
bonne mère n'avait pas cessé de penser à son enfant ; pressée, heureuse
de le revoir, elle lui rapportait le jouet du pauvre. — Un homme qui
n'aurait pas aimé n'eût pas été capable, n'eût pas été digne de trouver cet
émouvant détail d'une scène de deuil.

L'amour est une des grandeurs de la vie, la première de toutes.
L'artiste doit être homme avant tout et tenir à l'humanité par toutes ses
fibres.

Un siècle, aussi agité que le nôtre de questions politiques et religieuses, veut être renseigné sur les opinions des hommes illustres et pénétrer jusqu'au fond de leur âme. Wiertz a laissé une toute petite esquisse où il s'est représenté courbé sur son chevalet, absorbé par le travail ; en dessous de lui, tout en bas, on aperçoit, dans les nuages, une petite boule noire, c'est la terre. L'artiste a appelé cela : *Ma politique*, et il aurait pu ajouter : *Ma religion*. Tous les grands problèmes l'intéressaient ; il pratiquait la liberté et poussa l'indépendance jusqu'aux extrêmes limites du possible dans un pays libre ; il aimait sa patrie et eût voulu la voir grande entre toutes : il a écrit des pages brûlantes pour l'encourager au progrès, la venger du dédain ou l'exciter à la grandeur. Mais il ne voulut être d'aucun parti ni d'aucune religion. Il ne s'est jamais mêlé de politique active ; il regardait ces questions comme au-dessous du domaine de l'art. Il avait coutume d'exciter les artistes ou les écrivains aux grandes visées, et sa passion était communicative : « Quand je vous quitte, lui écrit un ami, j'en ai à rimer pour quinze jours. » Mais ce *sursum corda* ne manquait jamais d'avoir pour corollaire le dédain des luttes de partis. Wiertz portait le même sentiment dans les questions religieuses. Il respectait les mille divergences de l'esprit et l'infinie variété des manifestations de la conscience ; il eût voulu voir toutes les religions fraterniser dans des fêtes solennelles ; il se plaçait à une hauteur d'où l'on n'aperçoit plus les nuances religieuses, ni les barrières des États et des cultes ; et il ne fut d'aucune religion pour ne pas sortir de cette religion universelle. Wiertz mourut et fut enterré en libre-penseur (1).

(1) Dans un discours prononcé à Dinant lors de la remise du cœur de l'artiste à sa ville natale, un ami a caractérisé en ces termes la religion de l'artiste :

« En voyant certaines de ses toiles, on a dit : Voilà un grand peintre païen. Devant
» d'autres, on a salué l'artiste chrétien. Wiertz n'était ni païen, ni chrétien, il était
» homme. Il voyait dans toutes les religions, dans toutes les philosophies, des expres-
» sions diverses de la conscience humaine, des essais, souvent opposés, de civilisation
» générale. Il n'eût pas voulu arracher un espoir à ceux qui rêvent, une consolation à
» ceux qui souffrent.

» Il admirait cette antiquité qui a donné au monde les Xeusis et les Phidias, les
» Appelle et les Praxitèle ; mais il savait que les religions de la Grèce sont mortes et
» que l'art survit aux cultes !

» Il demandait au catholicisme ces grandes scènes où il personnifiait la lutte de la civi-
» lisation, l'héroïsme du martyre, les principes de fraternité. Mais il n'acceptait aucune
» borne à la pensée, aucune limite à la conscience, aucune autorité révélée s'imposant à
» la raison.

» Nulle manifestation de l'esprit humain ne lui était étrangère. Païen avec Ovide

Ces sentiments, inspirés, dans une époque de luttes souvent mesquines, par une haute idée de la puissance humaine, revivent dans les œuvres de l'artiste, et l'atelier qui les réunit est devenu un musée national.

Ne le dissimulons pas cependant, Wiertz ne fut compris et aidé qu'à demi dans sa patrie à laquelle il sacrifiait tout ; sa mort n'a désarmé ni les adversaires de son indépendance, ni l'indifférence pour la grande peinture, et le même journal qui a le premier applaudi au début du lauréat de Rome, le *Précurseur* d'Anvers, a pu dire, le lendemain de sa mort : « A cette grande nature artistique, la Belgique a mesuré la faveur avec une parcimonie bourgeoise que l'avenir regardera, non comme un oubli, mais comme une faute. »

Wiertz sentit plus vivement, plus cruellement que personne, combien ces luttes, qui auraient pu lui être épargnées et qu'il a dû soutenir seul contre tous, épuisaient son temps et sa santé, qu'il brûlait d'employer à la création de grandes œuvres. « Ma carrière était à peine commencée ! » s'écrie-t-il avec désespoir dans les dernières années de sa vie. « Il est malheureux, écrit-il à un ministre, que vous n'ayez pas dans mon procédé la confiance qu'inspire une invention allemande ou française. »

Wiertz comprenait les causes de cette sorte d'abandon ; il les a lui-même exprimées : « Deux choses lui font obstacle, dit-il, en parlant de lui-même. Son isolement dans nos rapports sociaux, son isolement dans

---

» quand le poète dit à l'homme de porter le front haut levé vers le ciel, il a mis, dans de
» grandes toiles, l'orgueil de l'homme sans borne, sa puissance sans limite, ses conquêtes
» sans maître.

» Chrétien avec celui qui a répété si haut la grande parole : Aimez-vous les uns les
» autres, il a affirmé dans une vaste épopée : le *Triomphe du Christ*, la supériorité de
» l'intelligence, de l'intelligence qui doit respecter comme une sœur, honorer comme
» un compagnon d'armes, aimer comme une noble épouse, la nature, la force, la beauté,
» la vie, toutes les splendeurs et toutes les fécondités de la matière !

» Mais il était plus que païen et plus que chrétien ; il était de son époque. Il était
» citoyen avec la Constitution qui proclame la conscience libre et la nation souveraine ;
» il était homme avec ces philosophes qui disent à l'humanité : Tu es l'organe de la
» justice.

» Avec cette haute compréhension de la vie, Wiertz respectait les mille divergences
» des consciences dans la grande variété du génie humain ; il eût voulu rassembler tous
» les hommes en une fête de fraternité, en un grand *revival*, comme on en voit se réunir
» dans la grande république du Nouveau-monde, au nom d'un droit suprême : la liberté ;
» au nom d'une idée supérieure : la morale ; au nom d'un avenir sublime : la démo-
» cratie. »

la route artistique qu'il s'est tracée. » Aussi, avec une imagination qui
ne trouvait aucun espace assez large et qui eût voulu embrasser l'univers entier, il fut réduit à vivre pour ainsi dire de lui-même. Il trouva
plutôt un obstacle qu'un auxiliaire dans cette vie générale qui était son
unique existence ; il fut privé de cette communication, de ces échanges
du génie avec son siècle, et il ne put jamais se retremper que dans sa
propre pensée, dans l'étude solitaire de l'art, dans le rêve de l'avenir.
Le concours du présent lui a manqué ; il n'a pas été mis à même de
produire tout ce qu'il eût pu produire, si sa pensée n'avait pas été
réduite, comme la mère d'Apollon, à chercher partout et toujours un
terrain solide, une Délos artistique, pour y enfanter ses œuvres.
Deux esquisses : la *Fin du monde* et l'*Apothéose de la Reine*, donnent
une idée de ses projets. Ces tableaux n'auraient pas eu moins de
150 pieds, l'un en hauteur, l'autre en largeur. La *Fin du monde* eût
occupé tout un pan de muraille du nouvel atelier qu'il rêvait de bâtir.
L'*Apothéose* était destinée à décorer une place publique lors des fêtes
du 25ᵉ anniversaire. On y eût vu tout un peuple se précipitant sur le
péristyle d'un palais pour saluer d'acclamations et couvrir de fleurs
un monument élevé à la première reine des Belges. Le projet fut jugé
trop coûteux, et les fêtes ont passé sans laisser d'autre grand souvenir
artistique que cette esquisse non exécutée.

Wiertz pensait que la peinture est faite pour les monuments publics,
que là elle vit de la vie générale et prend sa place dans l'époque. Un
musée lui semblait une nécropole, où l'on rassemble les œuvres
du passé, échappées à la ruine des édifices dont elles faisaient partie.
Aussi, l'artiste a rarement refusé l'occasion de placer une grande toile
dans une église, et souvent il l'a cherchée : c'est à défaut de la cathédrale d'Anvers qu'il donna sa *Chute des anges* au musée de Liége.
Mais sa peinture n'était pas de celles qui pussent figurer dans les
églises modernes ; il sentait que les aspirations du XIXᵉ siècle doivent
chercher un théâtre artistique ailleurs. Ce sont des édifices de la vie
nouvelle qu'il aurait fallu à l'auteur du *Dernier canon*, de *La Puissance
humaine n'a pas de limites*, et même du *Triomphe du Christ*. Si Wiertz
avait eu à sa disposition, non-seulement les froides murailles d'un atelier isolé, mais les monuments publics de la civilisation moderne : des
gares de chemins de fer, des chambres législatives, des salles d'université, des halles, des hôtels de ville, (il a même voulu essayer
du théâtre), qui pourrait dire quel monde nouveau, vivant, dramatique,

pittoresque, il eût jeté sur la toile? Quand on lui fit une offre, il était trop tard.

Quelque chose doit étonner bien plus peut-être que les obstacles qu'il a rencontrés, c'est que, dans ce double isolement et sans jamais déroger à ses résolutions, il ait pu produire tant d'œuvres et tant d'aussi grandes œuvres, où l'on sent rarement les effets d'une situation pareille; c'est que, devant puiser toute sa force en lui-même, il ait trouvé en lui-même ce que, étant enfant, il appelait un *courage éternel!*

Les édifices manquant, Wiertz se créa un musée. Mais la vie moderne qui palpite dans ses œuvres, est telle que le musée de cet homme, à qui l'on a tant reproché de faire de l'art gigantesque, de l'art inaccessible au vulgaire, est le plus fréquenté, le plus aimé de la foule, et devient de plus en plus une œuvre populaire.

L'avénement d'une classe nouvelle ne manque jamais d'avoir une influence profonde sur les lettres et sur les arts, qui n'aident pas toujours à la transformation de la société, mais qui toujours se transforment avec elle. L'art de notre époque ne peut être compris qu'à ce point de vue : pour le bien juger, il ne faut pas oublier que le xixe siècle est un siècle de transformation ou de révolution ; qu'il aspire à la liberté, qu'il vit d'indépendance, et qu'en attendant l'émancipation du peuple, la bourgeoisie, si elle ne gouverne point partout, règne déjà du moins dans les travaux de l'industrie et dans les arts de la pensée.

Or, la plus grande crise, comme le plus grand progrès, en toute chose, consiste à passer du sentiment primitif à la raison éclairée, de l'instinct à la connaissance, des traditions à la science ; et cette crise, qui n'est possible que par la liberté, en est la conséquence naturelle ; une fois libre, on raisonne ; aussitôt maître, on veut choisir. Plus de principe unique, enseigné, suivi, transmis comme un dogme artistique, comme une loi nationale, comme le secret de la grandeur ou du patriotisme ! Toutes les méthodes sont remises en question, toutes les théories sont traînées à la barre de l'examen, toutes les règles sont frappées *à priori* de suspicion. Dût-on s'exposer à la confusion des idées, on n'accepte aucune idée que sous bénéfice d'inventaire, et l'on nie l'autorité. Le doute méthodique est le commencement de tout progrès.

Ces crises ne sont pas sans danger. Le sentiment personnel, émancipé de l'école, ne reprend ses droits qu'en les exagérant ; la liberté ne

ramène à la science qu'après une période de déchaînement, où l'indépendance semble le talent, où l'audace passe pour du génie. Libre, on
se croit tout permis; le goût public, entraîné par la même révolution,
autorise tout; la critique, non moins divisée, n'empêche rien, et les
études elles-mêmes perdent toute autorité et participent de l'anarchie
générale.

La classe qui règne et qui achète pourrait-elle imposer la sévérité du
goût, les études sérieuses, la hauteur morale de l'art? Qui donc lui eût
donné cette certitude d'éducation, cette élévation de sentiment qui
manquent aux artistes et aux critiques, ses maîtres? La classe qui règne
date d'hier; au goût de l'art qui l'honore, au sentiment de liberté qui
l'anime, elle ne peut joindre ni les traditions du passé, ni une esthétique
nouvelle. Le luxe grandiose des temps aristocratiques n'est plus; l'essor
des beaux-arts, sous l'impulsion de puissantes démocraties, peut se rêver
à peine : le règne du Tiers-État n'est pas celui de la grande peinture.
Après les temples et les louvres, en attendant les palais de l'industrie,
les forums et les panthéons, l'art est réduit aux hôtels d'une aristocratie
nouvelle, qui ouvre déjà ses salons à l'histoire de la liberté, mais qui
n'ouvre encore aux arts qu'un horizon, étroit comme sa fortune, borné
comme sa pensée. Là règne la mode : il suffit de plaire.

Cette situation a produit deux résultats également dangereux : le
métier et la spécialité. A quoi bon l'inspiration élevée et la science
complète; à quoi bon les hautes qualités philosophiques et esthétiques
de la conception; à quoi bon le grand style et les difficiles combinaisons du pittoresque et du clair-obscur, si la pratique suffit au goût personnel, si le succès, si la fortune s'obtiennent par l'exercice patient
d'une des qualités artistiques secondaires, qui sont plus que les autres
à la portée de l'admiration publique? L'imitation servile de la nature,
l'idée banale remplaçant la conception, le rendu, l'effet, la manière
suppléant au style, tout ce qui frappe le vulgaire, triomphe.

Cette perfection de la forme, cette recherche du vrai seraient utiles à
un art qui ne peut dédaigner aucun progrès, si elles ne se faisaient pas
au détriment des conditions supérieures du beau; elles profiteront à
l'avenir. En attendant, il n'est rien que le présent ne sacrifie aux qualités matérielles du métier : conception, composition, dessin, couleur,
style, tout est réduit à la peinture de genre.

L'art, ainsi entendu, ne pouvait manquer de recourir aux spécialités,
si favorables au commerce : chaque artiste veut avoir la sienne, depuis

le pastiche du moyen-âge jusqu'à la peinture microscopique, depuis
les mœurs du bivac jusqu'aux modes parisiennes, depuis les chevaux jusqu'aux chiens. Le goût public n'y fait aucune différence et paie
tout, largement ; le même tableau peut se recopier vingt fois, sans
fatiguer la vente, et, la vogue aidant, chaque salon bien tenu veut posséder un de ces *meubles* à la mode. Ainsi l'harmonieux développement
de toutes les facultés d'un artiste, qui fait les véritables et grandes
personnalités, cède la place à un spécialisme qui ressemble à ce travail
abrutissant d'un ouvrier réduit à faire toute sa vie le même rouage
d'une montre.

Le métier est contraire à l'inspiration, à la dignité, à la grandeur, à
la mission de l'art ; la spécialité tue toute originalité, tout naturel, tout
progrès, toute fécondité réelle chez les artistes ; le premier en fait des
marchands, l'autre des automates. Ainsi, l'exercice de la liberté a conduit d'abord à la confusion de l'ignorance et au règne des qualités
secondaires et de l'art bourgeois !

Cette situation, dont nous poussons à l'extrême les inconvénients,
n'est pas sans présenter de nombreux avantages. Tout d'abord, elle
assure la liberté de l'artiste, elle fait pour lui ce que le xvie siècle a fait
pour les savants, le xviiie pour la politique ; elle remplace l'autorité par
l'observation, supprime le *magister dixit* et établit le *self-government*
des beaux-arts. La liberté peut bien s'acquérir au prix de quelques difficultés ; on ne la paiera jamais ce qu'elle vaut.

Puis, les arts modernes, tels qu'ils sont, expriment exactement notre
époque de recherche et de transition ; ils reflètent ses tiraillements et
ses témérités, sa banalité, ses corruptions et ses espérances ; ils affirment la variété infinie de l'art, dans la seule unité possible aujourd'hui :
la vérité de l'époque.

Mais ce siècle a aussi ses grandeurs, ses aspirations, son idéal, et
l'art moderne a déjà produit bien des individualités puissantes, bien
des ressources nouvelles, éléments meilleurs du beau. Le danger le
plus notoire de cette situation, signalé par tous les critiques, remarqué
dans toutes les expositions, est de nuire à la grande peinture ; mais ce
danger lui-même est plus transitoire et plus apparent que réel et
durable ; car la grande peinture sera toujours l'apanage exclusif des
grands artistes, et jamais les talents ordinaires n'en ont été plus écartés
qu'aujourd'hui, ce qui est utile ; tandis que ces entraves sérieuses, ces
dures épreuves n'arrêteront pas le génie, elles le forceront au con-

traire — impulsion utile — à sortir des routes battues, à entrer de plain pied dans la vie nouvelle, à créer la véritable grande peinture moderne.

Aussi, par une sorte d'instinct de conservation, qui résiste à tous les engouements, ce qu'on appelle, ce qu'on attend comme les messies de l'art, ce sont les grandes personnalités. Les écoles, dans les époques de tradition, préconisent surtout le talent; les temps de liberté cherchent de préférence et exaltent par-dessus tout le génie. Le génie! on lui permet tout, même ce qui va à l'encontre de sa mission; on amnistie jusqu'à ses erreurs, on accepte jusqu'à ses vices, tant on sent que la grandeur, l'avenir, la puissance sociale de l'art sont dans ses mains.

La critique s'est transformée dans les mêmes vues. Notre époque n'aime pas les panégyriques, elle veut connaître tout l'homme avec les défauts de ses qualités et le revers de ses vertus. Il serait ridicule aujourd'hui d'idéaliser les hommes illustres pour les présenter comme des héros sans tache, des types abstraits, des êtres légendaires, auxquels rien ne manquerait que d'être humains. Quelle que soit la gloire d'un artiste, on veut voir en lui un homme et non un faux dieu; on aime à le laisser se peindre lui-même, et l'on a plus de confiance dans une lettre de Rubens ou une phrase de Michel-Ange que dans ces élucubrations qui, pour glorifier un homme, en feraient volontiers un monstre sans âme. On veut, enfin, voir le caractère dans l'œuvre, et l'homme dans l'artiste. Notre siècle ne compte que sur la vérité libre; ce n'est pas avec des légendes idéalistes ou des portraits contrefaits que l'art prendra possession de la grandeur.

La critique, comme l'époque, attend tout du génie, du génie humain! Mais qu'est-ce que le génie ainsi compris, sinon un agent de révolution? Le génie est au talent, ce que le révolutionnaire est à l'homme d'État. L'art affecte deux caractères de grandeur bien distincts selon les époques : Tantôt, quand un peuple ou une dynastie s'arrête au faîte du succès, l'art, comme sous Périclès, sous Léon X ou Louis XIV, est l'épanouissement d'une civilisation. Tantôt, dans les temps de lutte, l'art se fait le soldat du progrès, pousse le cri du combat et devient révolutionnaire. Wiertz, dans une époque de transformation politique et sociale, a prêté son pinceau à tous les combats du progrès, et jeté la peinture au plus fort de la mêlée. Puis, rêvant le triomphe, et sentant que l'art a besoin surtout de s'épanouir dans les sphères sereines de l'idée, il s'est transporté en esprit dans une ère meilleure, dont il a

34

peint les grandeurs et les conquêtes, il a entonné le chant de triomphe de la civilisation future et s'est fait le Michel-Ange de l'avenir.

A tous ces points de vue, où nous avons essayé de résumer les principaux côtés de l'art moderne, à tous ces points de vue, Wiertz mérite d'être connu, étudié, compris, dans toute la vérité de sa vie, de sa pensée et de son œuvre. Nul plus que lui, — homme, artiste, écrivain, — n'a bravé le préjugé, rompu avec la mode, lutté contre l'ignorance, dédaigné le métier, pratiqué l'indépendance de l'art, maintenu son droit aux grandes choses, recherché les qualités supérieures de conception et de style. Nul plus que lui n'a conservé, sans concession et sans réticence, une personnalité puissante, intacte, indomptée jusqu'à la tombe. — On prétend que les règles sont des entraves à l'inspiration : nul plus que lui n'a conseillé, préconisé, pratiqué l'audace des plus hautes entreprises artistiques, tout en cherchant les lois du beau dans les révélations traditionnelles du génie et du goût. — On veut que l'art soit réel, humain, de son époque : nul n'est entré aussi profondément, aussi résolûment que lui dans notre époque, dans ses réalités dramatiques les plus terribles, comme dans ses aspirations les plus idéalistes ; nul plus que lui n'a voulu être de son temps par tout ce que son temps a de navrant ou de sublime. — On dit que les besoins matériels de la vie sont un obstacle à la grande peinture, à la grande sculpture, que nul n'achète et que peu d'États commandent : lui, né pauvre, sans autre ressource que le portrait, ayant systématiquement refusé toute commande, il n'a fait que du grand art, et il est mort en léguant à son pays tout un musée d'œuvres aux proportions gigantesques. — Ce siècle attend tout du génie et veut scruter jusqu'au dernier repli du cœur de l'artiste : lui, n'a dissimulé aucune idée qui pût contrarier le goût public, aucun sentiment qui pût contredire les idées reçues ; dédaignant les accusations vulgaires autant que la modestie hypocrite, il n'a pas craint de faire de l'orgueil l'âme des grandes choses ; il a voulu que ses œuvres restassent inséparables pour être appréciées, non sur un choix des meilleures, mais sur toutes et tout entier, et il a osé se juger lui-même ; et lui aussi, après des luttes où cet orgueil n'a point fléchi, il s'est entendu, non-seulement dans son pays, mais en Angleterre, en Allemagne, même en France, appeler un homme de génie.

Ce n'est pas un panégyrique, — répétons-le — ni un plaidoyer qui convenaient ici ; la vérité est l'indispensable condition d'un travail pareil. Si la vérité peut être tournée à blâme, le biographe n'a pas dû hésiter à dire la vérité sur un artiste qui n'a jamais reculé devant une critique et qui a toujours préféré la discussion à l'éloge. Si la vérité est favorable, l'art y gagnera autant que l'artiste, car la peinture flamande aura trouvé un nouveau maître pour propager dans l'école moderne une science du beau et une audace dont elle fait sa gloire.

Un jour, — et déjà l'œuvre de la postérité a commencé, — un jour, quand les partis auront oublié, quand les passions d'hier auront disparu avec les hommes d'aujourd'hui, quand il ne restera de Wiertz que son musée, ses livres et l'histoire de sa vie de dévouement, on comprendra mieux cet artiste, qui n'eût pas été indigne de la galerie de Plutarque; on se souviendra que, dans une époque de lutte, il a lutté en se plaçant au-dessus des partis; que, dans une époque de liberté, il a proclamé que la condition préalable de la liberté est la science, mère de l'audace; que, dans une époque d'industrie et de spéculations, il a renoncé même au nécessaire pour rester fidèle à son culte; que, dans un temps utilitaire et bourgeois, il a compris l'art révolutionnaire, et que, sans autre protecteur que lui-même et en bravant tout le monde, il a fait de la grande peinture; on se demandera comment, né pauvre et resté pauvre toute sa vie, il a pu réaliser des projets qui, de l'aveu général, exigent le large concours des deniers publics, et l'on saura qu'il y est parvenu par cette vertu que les Anglais expriment d'un mot : le *self-help*, et qui sont le secret de tous les hommes du peuple devenus grands. Alors, l'école de Rubens reprendra ses hautes destinées, sous l'impulsion de ce nouveau maître, et l'histoire honorera en Wiertz, non-seulement le génie artistique, mais ce qui est supérieur au génie : le caractère.

ANNEXE ET NOTES.

# ANNEXE.

---

*Mémoire à l'appui de la réponse de M. Wiertz à la réclamation de la* CHUTE
DES ANGES *par l'administration communale de Liége.*

(Voir pp. 426 et 458.)

Les réclamations que M. le bourgmestre de la ville de Liége adresse
à M. Wiertz, et surtout la forme judiciaire qu'elles ont affectée déjà
et qu'il menace de leur donner encore, font supposer que ce magistrat
ignore beaucoup de choses qui devaient être parfaitement connues de ses
prédécesseurs.

Ce récit est nécessaire, et sera bref, autant que possible.

M. Wiertz habitait Liége lorsqu'il conçut l'idée de peindre une toile intitulée : la *Révolte des Enfers;* mais il manquait d'atelier pour l'exécuter.
L'église de Saint-André, alors abandonnée, semblait convenable à son
projet. Cet édifice (devenu depuis le musée) était propre à tout : tantôt
c'était un industriel qui y étalait des curiosités ; tantôt des peintres déco-
rateurs qui y établissaient leur atelier. Bref, commode pour tout le monde,
ce local était ouvert à tout le monde ; il suffisait pour en disposer d'adresser
une demande au conseil communal.

M. Wiertz crut pouvoir obtenir permission comme tout le monde. L'auteur
de *Patrocle* s'était grandement trompé ; il trouva chez les conseillers des
antipathies profondes.

Une lettre est adressée, elle reste sans succès. Une seconde, plus pres-
sante, même refus l'accueille ; une troisième enfin indisposa fortement les
échevins ; la réponse au peintre se terminait ainsi : *Nous vous prions, monsieur, de ne plus revenir sur ce sujet.*

Cette lettre fut un coup de foudre pour l'artiste.

L'impatience le rongeait dans l'enfantement de son œuvre. Revenu de
son étonnement, il tente une quatrième démarche ; cette fois, il se présente
en personne au conseil communal.

« Je viens, messieurs, dit-il, vous importuner encore ; prêtez-moi, je
» vous prie, cette salle, je vous offre en échange le tableau que je veux y
» exécuter. »

Quelques sourires sardoniques accueillirent cette proposition ; mais on
voulut bien réfléchir, cependant, et bientôt la salle fut mise à la disposition
du peintre.

A peu de temps de là, l'artiste s'installe, peint sa toile en dix-neuf jours
et l'expose au public ; il l'expose ensuite à Bruxelles ; puis, fidèle à sa promesse, il la renvoie à Liége.

Là, des portefaix traînent le tableau dans un coin obscur de l'église abandonnée, et on le laisse gisant dans la poussière et l'humidité.

On avait jugé que cette grande machine, fort embarrassante, ne valait
pas la peine d'être déployée et mise au jour.

Combien resta-t-elle dans cet état de rebut et de détérioration ?

Cinq années !

Cinq années ! Un coup de poignard par jour pour l'artiste !

Alors seulement, M. Wiertz commença à comprendre quelle estime on
faisait de son œuvre ; alors, il apprit que sa toile, qualifiée des noms les
plus injurieux, était un meuble maudit, dont on ne savait que faire. Le
musée en serait très-embarrassé ; il fallait à la *machine* un jour particulier,
un jour qui rendrait impossibles les autres tableaux. Bref, on eût été bien
charmé de voir le grand colis à cent lieues de là.

Le don de l'artiste était abandonné, avec mépris, et son œuvre exposée à
périr.

Les choses en étaient là, lorsqu'un jour, par la voie des journaux, un bon
bourgeois de Liége demanda des nouvelles du tableau.

On se décida alors, il le fallait bien, à sortir de son coin le malencontreux rouleau. On déploya la toile, et, soit à dessein de nuire, soit pour
donner du jour à la salle, on arracha les appareils qui pouvaient ménager
la lumière à l'œuvre dédaignée de l'artiste.

La grande toile était placée enfin, mais dans quelles conditions ? Le jour,
contraire presque sur tous les points, rendait l'œuvre ridicule ; ici, l'on
voyait une jambe sans corps, là, un corps sans bras, et quelquefois on ne
voyait rien.

— « Que vous disais-je ? — s'écriaient alors certains intéressés.

— » Pitoyable ! — répondait la foule. »

En effet, c'était pitoyable.

D'abord, on avait caché l'œuvre, maintenant on la déshonorait.

Placer un tableau dans un jour contraire, c'est mettre le peintre au pilori.

Les tracasseries et les humiliations de ce genre, les artistes seuls savent
les comprendre. Jusqu'ici, tout disait à M. Wiertz que son œuvre était chose
désagréable aux autorités liégeoises ; qu'elle était considérée comme un
embarras et une charge plutôt que comme un présent ; et que, pour lui, il
vaudrait mieux cent fois qu'elle fût réduite en cendres, qu'exposée ainsi
au public. Tout lui disait, enfin, que la continuation de cet état de choses
nuisait à sa réputation d'artiste.

Le peintre n'y tenait plus, ce qui se passait là faisait le tourment de sa vie.

Le pilori de la salle Saint-André avait déjà duré longtemps, lorsque M. Wiertz songea à bâtir un atelier. Son vœu le plus ardent avait toujours été de réunir ses œuvres, afin de les améliorer sans cesse ; il s'était dit : Ne vendons jamais de tableaux ; restons pauvre et poursuivons notre tâche !

D'accord avec le gouvernement, qui avait compris sa pensée, le peintre construisit un vaste local, pour y abriter ses tableaux. Là, M. Wiertz peut, tout à son aise, étaler ses grandes compositions, les voir, les revoir chaque jour, et y faire des changements importants.

C'est le matin, dès l'arrivée du jour, que M. Wiertz fait une révision générale de ses œuvres. Suivez-le de tableau en tableau, vous l'entendrez se dire à lui-même : Ceci est mauvais, cela devrait être mieux, voici un grand défaut ; nous n'y retomberons plus ; cela sera corrigé demain.

Chaque tableau a son jour, son heure, pour être revu, perfectionné ; ce sont des enfants soignés, élevés avec amour, par une main paternelle.

Dans les premiers temps, souvent une pensée triste saisissait l'artiste. Après la révision du matin, le pilori de la salle Saint-André se dressait devant lui : la *Révolte des Enfers* ne recevait pas, comme les autres, la nourriture de chaque jour.

Sans cesse agité par ce souvenir, M. Wiertz résolut un jour de retoucher sa grande œuvre ; il pria le Conseil communal de la lui renvoyer.

On accéda, sans peine, à la demande, et ce fut avec le plus louable empressement que la *grande machine* fut expédiée.

Après un séjour de plusieurs années dans l'atelier du peintre, la *révolte des Enfers* avait reçu trois transformations remarquables, qui en font une œuvre complétement nouvelle et qui font comprendre aujourd'hui ce que l'artiste entend par cette devise : *Faire bien n'est qu'une question de temps.*

De l'œuvre artistique offerte à la ville de Liége, il ne restait guère que la toile, et, par suite de ces transformations, la *Révolte des Enfers* était devenue la *Chute des Anges.* De nouveaux perfectionnements attendent encore cette œuvre.

Cependant, nulle réclamation n'était faite par le Conseil communal de Liége.

Il était évident pour l'artiste qu'on était bien charmé d'être débarrassé de son œuvre.

*La grande machine,* si méprisée, était rentrée joyeuse sous les ailes du maître ; elle jouissait d'une lumière splendide et recevait chaque jour plus de vie et plus d'éclat ; elle fut acceptée par le gouvernement au nombre des toiles qu'il s'est engagé à maintenir invariablement fixées au mur de l'atelier.

Cette nouvelle, rapportée par les journaux, arrive à Liége, et MM. les échevins se ravisent ; cette toile, si méprisée, a donc une valeur ! tout aussitôt, on en revendique la propriété : l'artiste en *a fait hommage* à la ville de Liége en 1841 ; donc, si la cession a eu lieu, on poursuivra *qui de droit* (1).

(1) Lettre au ministre, du 4 janvier 1851.

Ainsi, ce tableau, livré autrefois au mépris et à la dévastation, ce cadeau gênant, fut réclamé comme une propriété, richement payée !

Le gouvernement, qui appréciait le but de l'artiste, intervint et forma le projet de stipuler qu'un autre tableau remplacerait la *Chute des Anges*. pour être offert à la ville de Liége.

M. Wiertz, sans hésiter, signa cette convention (1), qui fut aussitôt communiquée au Conseil communal de Liége et acceptée par lui (2).

L'auteur de la *Chute des Anges* a donc promis de *faire hommage* d'un nouveau tableau à la ville de Liége.

Cependant, la convention acceptée et signée en 1853, ne suffit déjà plus en 1859. C'est la grande toile que l'on redemande. C'est le tableau de la *Chute des Anges* que l'on veut posséder. De nouvelles réclamations tombent des nues et, dès la première lettre, on menace l'artiste de les porter devant *qui de droit*. On veut bien reconnaître encore que l'artiste a fait hommage de cette toile à la ville de Liége, mais on entend récupérer une œuvre à laquelle on *attache*, cette fois, *la plus grande importance*.

Cette détermination est bien arrêtée, et, pour que l'artiste n'en ignore, on la lui signifie bientôt par huissier.

Voici comment l'exploit s'exprime :

« Attendu que le sieur Wiertz a, dans le courant du mois d'août 1800 cin-
» quante-sept, redemandé un tableau de grande dimension peint par lui, et
» *appartenant* à la ville de Liége, pour y faire des retouches. »

*L'hommage* a disparu ; cette fois, le tableau *appartient*.

« Attendu que le sieur Wiertz paraît avoir cédé le tableau à l'État;
» Attendu que la *vente de la chose d'autrui étant nulle*, et la ville de Liége
» ayant adressé de pressantes réclamations au gouvernement, celui-ci *a*
» *formé le projet* de stipuler qu'un tableau serait peint par le sieur Wiertz,
» en remplacement de la toile prémentionnée.
» Attendu qu'à la demande du gouvernement, la ville de Liége a déclaré,
» dans le courant de 1853, qu'elle consentirait à une convention dans
» laquelle l'artiste s'engagerait à remplacer le tableau par un autre tableau,
» *peint par lui-même*, pourvu que ce tableau *fût équivalent à celui dont la*
» *ville était privée ;*
» *Attendu que la ville de Liége n'a plus reçu de communication relative à*
» *ce projet de convention*, à laquelle elle n'entendait n'adhérer que sous des
» conditions *qui ne se sont point accomplies, et* qui n'a jamais eu de *carac-*
» *tère sérieux et définitif ;*
» Si est-il, etc., etc., etc..... (3).

Constatons d'abord une erreur grave dans le papier timbré. Le gouvernement n'a pas seulement *formé le projet de stipuler, etc.*, il l'a réalisé, et quoi-

(1) Contrat du 1er septembre 1853.
(2) Lettre du Conseil communal au ministre, en date du 16 septembre 1853.
(3) Signification par l'huissier André, en date du 22 mars 1860.

qu'elle dise le contraire, la ville de Liége a reçu *communication* de l'article du contrat signé le 1er septembre 1853, entre l'État et M. Wiertz, article qui donne à ce projet de convention un caractère *sérieux et définitif*.

Ces conditions qui *ne se sont pas accomplies,* ne peuvent être autre chose que le silence de l'artiste sur des lettres plus ou moins menaçantes, écrites en vue de presser le peintre de faire vite la *chose*.

Les travaux d'imagination, chacun le sait, ne sont pas purement matériels ; si je dis à mon tailleur : « Je veux que mon habit soit fait pour dimanche », j'ai le droit d'être mécontent si cette condition n'est pas *accomplie*.....

D'un autre côté, l'on comprend aussi que le tailleur, pour rassurer la *pratique* lui fasse parvenir des *communications relatives* à l'habit, et lui écrive de temps à autre des choses comme celles-ci : « Je fais aujourd'hui les manches, demain j'attache les poches, etc., etc. »

Il a fallu dix ans à l'artiste pour perfectionner son œuvre ; il a fallu dix ans aux échevins de la ville de Liége pour comprendre que cette œuvre a une valeur. Aujourd'hui, l'on ne veut pas laisser au peintre le temps de méditer et de mettre à exécution une œuvre nouvelle.

Au nombre de ces conditions qui ne *se sont pas accomplies*, il s'en trouve une d'un caractère *très-sérieux* :

La ville de Liége a consenti à accepter un autre tableau, pourvu que ce tableau fût *équivalent* à celui dont la *ville était privée.*

Équivalent ! Comment comprenez-vous cela, monsieur le bourgmestre ?

Est-ce de la valeur artistique qu'il s'agit ?

Comment la juger ?

La ville de Liége sera-t-elle satisfaite ?

La ville de Liége, peut-être ; mais messieurs les échevins ?

Nommerez-vous une commission d'artistes ?

Allez-vous renouveler l'éternelle question, non résolue encore depuis des siècles, du beau et du laid ?

Ah ! messieurs, vous voilà lancés dans une voie hérissée de contradictions et d'examens, bien difficile à suivre !

Si vous traitez matériellement les choses, ainsi qu'on aurait bien droit de le soupçonner, la valeur intrinsèque de la toile sera exigée égale à la première ; or, vous ne serez peut-être pas fâchés de savoir que la première toile fut payée deux mille francs à Anvers, à la maison Vannuffel et Coveliers.

Toutes les réclamations demandent à l'artiste de fixer *le sujet et les dimensions de la toile* nouvelle.

Le sujet !

Quatre échevins et un bourgmestre vont donc juger de la conception d'une œuvre d'art sur un titre, et en accepter, en discuter, en refuser le *sujet.*

Les dimensions !

Si la toile devait avoir un centimètre de moins que la première, *l'équivalent*, sans doute, serait réclamé *à qui de droit*, devant *qui de droit.*

Il y a plus ; le placet ajoute :

« Et du même contexte, j'ai déclaré audit sieur Wiertz que ma requé-
» rante proteste de tous *dommages-intérêts soufferts ou à souffrir* et qu'elle
» réserve *tous droits quelconques.* »

Des dommages-intérêts! Que M. Wiertz y prenne garde! Il a déjà *privé* si longtemps la ville de Liége de sa propriété! Si l'inspiration se fait attendre et que Liége ait encore à souffrir, tout son atelier ne suffira pas à payer les *dommages* et tous *droits quelconques.*

Savez-vous, monsieur le bourgmestre, ce qui arriva lors de l'entrée de votre huissier à l'atelier de M. Wiertz? C'était un matin; le peintre, toujours occupé de son art, se promenait tranquillement et méditait, lorsque votre messager lui remit l'exploit, et l'artiste, qui sut toujours mépriser l'or, repousser l'appât du gain, put lire en tête de ce papier, des mots dont voici le sens :

— La ville de Liége accuse M. Wiertz d'avoir dérobé le tableau de la *Chute des Anges,* pour le vendre ensuite, à son profit. —

*La vente de la chose d'autrui,* — dit le papier timbré.

Après cette lecture, le peintre replia le papier; il avait tout vu, avec le léger sourire d'un homme qui connaît les passions humaines, qui en a pitié et qui les étudie tranquillement, au profit de son art.

L'huissier sort; « Qu'on le rappelle! » — s'écria l'artiste, car il lisait au bas de l'exploit : « Coût, sept francs quatre-vingts centimes. » M. Wiertz voulait payer, il ne trouva dans son secrétaire que cinq francs cinquante centimes; et il avait besoin, ce jour là, de faire les frais de quelques couleurs ou pinceaux pour travailler... à la nouvelle toile, peut-être, dont il doit vous faire hommage, M. le bourgmestre.

Le pays jugera un jour ce qu'il y a d'odieux et de ridicule dans tout cela. Il y verra :

1° Un don d'une grande valeur, accepté avec mépris d'abord, puis réclamé par huissier, en échange d'un service sans valeur aucune;

2° Le présent d'un artiste se tournant contre lui, comme s'il avait été fait à des ennemis de sa réputation d'artiste et d'honnête homme;

3° Un nouveau don accepté en échange du premier, et la prétention en justice de reprendre le premier;

4° Un artiste honorable accusé d'avoir volé ce qu'il a donné;

5° Un échange de bons procédés où celui qui reçoit exige que le cadeau soit de grande valeur, où celui qui donne est sommé, de par la loi, de faire une œuvre d'art de grande valeur, s'il ne veut être traîné devant les tribunaux, etc., etc.

Qu'y a-t-il, cependant, en réalité dans tout cela?

Est-ce le premier don qui livre l'artiste aux huissiers, en attendant les juges et les gendarmes?

Quand M. Wiertz donna sa toile avant qu'elle fût peinte, quelle valeur avait-elle?

Aux yeux des conseillers liégeois, aucune, si l'on en juge par la valeur donnée en échange. L'église de Saint-André se prêtait gratuitement au premier marchand forain.

Aucune, si l'on en juge au cas que l'on fît du tableau pendant cinq années.

Aux yeux du peintre? Sa toile n'a acquis de mérite qu'après dix années d'études et de travaux, qui en ont fait une œuvre entièrement nouvelle.

Sur ces dix années, l'église Saint-André entre pour dix-neuf jours.

Dix-neuf jours de location d'une grange banale! Quelle valeur !

*L'équivalent* que le papier timbré réclame, doit être, en toute justice, calculé à l'époque du cadeau et d'après la valeur donnée en échange, à ce compte il se réduit à zéro ?

*La vente de la chose d'autrui est nulle,* dit le papier timbré.

On voit comment *cette chose* appartenait à *cet autrui.*

Disons ce qu'on entend par la *vente.*

Lorsque M. Wiertz eut fait sur la toile de l'église Saint-André une œuvre nouvelle, il joignit cette œuvre à celles qui font l'objet d'un accord entre lui et le gouvernement belge.

D'après cet accord, le peintre reste détenteur de ses œuvres pendant sa vie, conserve sur elles tous ses droits d'artiste, les seuls qu'il apprécie, et en cède la propriété à l'État, à la condition qu'elles ne soient jamais séparées.

L'État, de son côté, accorde à M. Wiertz l'usage de son atelier, dont le terrain vaut déjà plus que le double de la somme dépensée.

Pour l'artiste, c'est là le rêve de toute sa vie accompli, c'est le couronnement de tous ses efforts.

Avoir un atelier assez vaste, conserver toutes ses œuvres sous son pinceau, les fixer, les réunir à jamais dans sa patrie et dans une même salle! M. Wiertz préfère ces avantages artistiques à toutes les offres des marchands.

La vente d'un seul tableau lui eût donné tout cela en propriété entière ; mais M. Wiertz ne vend pas ses tableaux.

Il ne vend pas même *sa chose!* et on l'accuse d'avoir vendu *la chose d'autrui!*

Des mandataires d'une ville comme celle de Liége devraient y réfléchir à deux fois avant de se servir de pareils termes, au sujet d'un artiste aussi désintéressé.

Mais il y a une convention ! Ici, l'huissier croit triompher et il menace.

La convention ! Elle prouve que M. Wiertz, malgré le cas qu'on avait fait de son œuvre, loin de nier son présent, loin de vendre la *chose d'autrui,* est toujours disposé à donner sa chose à autrui. De plus, la ville de Liége, en donnant son adhésion à la convention, a accepté, a ratifié cette cession, qu'on incrimine aujourd'hui (1).

La convention ! Est-ce un marchand? Est-ce un artiste qui l'a signée? M. Wiertz ne vend, ni ne commerce, ni ne trafique.

Devient-il marchand malgré lui, quand il promet un don? Non! C'est M. Wiertz, avec ses habitudes antimercantiles, avec sa pauvreté volontaire (2),

---

(1) Lettre au ministre du 16 septembre 1855.

(2) Ce mot n'est pas exagéré. A la mort de l'artiste, l'inventaire notarié a constaté un actif de 502,230 fr. 50. Un seul tableau y est évalué 50,000 fr., c'est *un Grand de la terre.* Le chiffre le moins élevé est 500 fr. : *le Chien dans sa niche.* Celles des esquisses qui ont été inventoriées sont cotées à 1 fr. — Dans la somme totale, quand on a retranché les tableaux, les plâtres, les palettes, les chevalets, les échelles et les bancs de

avec ses préjugés, si l'on veut, qui a promis, et non un peintre marchand, travaillant à la pièce ou à l'heure, et fait tout exprès pour les conventions avec M. le bourgmestre de Liége.

L'artiste n'a pas signé en commerçant *une traite, à date fixe, à l'ordre* d'un *créancier ;* il a promis, en artiste, un cadeau à l'une des plus illustres villes de son pays.

Il croit devoir quelque chose à la célèbre commune liégeoise, rien à ses bourgmestre et échevins, quand ils parlent, en acquéreurs, de la *qualité de propriété liégeoise* que rien ne peut faire perdre à la *Chute des Anges.*

Ce cadeau, il le fera, non en voleur qui restitue, non en marchand qui paie, non en peintre qui a vendu, mais en artiste qui fait hommage d'une œuvre à une des plus illustres villes de sa patrie, et selon son caractère, selon ses principes, selon ses aspirations, selon ses illusions, selon ses préjugés, selon lui-même, enfin !

Il n'y a point de juge qui puisse forcer un artiste à s'inspirer, à jour fixe !

Il n'y a pas de gendarme qui puisse forcer un peintre à peindre une toile en *équivalent.*

Malgré la qualité des arguments de MM. les édiles liégeois, malgré la phrase comminatoire qui terminait toutes leurs réclamations, M. Wiertz ne pouvait se résoudre à penser que la noble ville de Liége ne pût prêter l'oreille et le cœur à des sentiments plus élevés. Au placet timbré, il répondit par la lettre suivante, que, dans ses illusions d'artiste, il croyait digne d'être comprise dans la patrie de Grétry et de Lairesse :

    « Monsieur le bourgmestre,

» La peine infinie que j'éprouve à concilier vos désirs avec mes principes
» me force à insister sur une demande dont dépendent le succès de tous
» mes efforts d'artiste et la tranquillité de mon existence.

» Guidé par des raisons qu'inspire la passion de l'art, je me suis imposé,
» dans mes travaux, une certaine ligne de conduite, dont voici les principaux
» points :

» 1° Ne vendre aucun tableau, quel que soit le prix offert ;

» 2° Ne pas laisser sortir de mon atelier une seule toile, un seul croquis ;

» 3° Réunir tous mes ouvrages, afin de les améliorer sans cesse ;

» 4° Anéantir, à la fin de ma carrière, toute œuvre qui n'aurait pas reçu
» les dernières corrections ;

» 5° Sacrifier chaque jour de ma vie à ce travail ;

» 6° Renoncer au gain, à la fortune, à tous les biens matériels, contraires
» à mon but.

---

l'atelier, quelques exemplaires des œuvres littéraires de l'artiste, quelques gravures échangées contre des portraits, quelques livres offerts par les auteurs; puis, quelques pièces d'argenterie, une montre, une demi-pièce de vin, offertes par des amis; si l'on ne tient pas compte non plus de quelque argent comptant qui n'a pas suffi à acquitter les dettes courantes, — le mobilier de l'artiste : lit, vêtements, linge, instruments de gymnastique, meubles de cuisine, etc. n'est pas entré pour plus de 150 fr. Encore, le lit de l'artiste inventorié ne lui appartenait-il pas. (*Note de l'éditeur.*)

» Tels sont, Monsieur le bourgmestre, les principes que je professe, tels
» sont les sentiments qui seuls me donnent espoir et courage.

» Cette ligne de conduite, le gouvernement la protége; il s'est conformé
» à mon désir, en s'engageant à maintenir dans un même lieu les œuvres
» que je destine à former un ensemble indivisible.

» Le pays, j'ose le croire, applaudira à mes efforts.

» La ville de Liége, elle, cette partie intelligente de la Belgique, pour-
» rait-elle penser autrement?

» Confiant dans l'amour qu'elle porte aux arts, c'est en leur nom, Monsieur
» le Bourgmestre, que je viens prier la ville de Liége de vouloir bien
» renoncer à ses prétentions.

» Imposer à l'artiste une tâche contraire à ses principes, n'est-ce pas
» paralyser ses efforts, porter le trouble et la tristesse dans sa vie, s'op-
» poser, enfin, à ce qu'il appelle sa gloire?

» Dans une folle ambition d'artiste, Monsieur le bourgmestre, je crois
» accomplir une œuvre qui honorera un jour ma patrie. C'est une illusion
» peut-être, mais que la ville de Liége, cependant, veuille bien ne pas y
» mettre obstacle; n'est-elle pas aussi la patrie?

» Soyez pour moi, Monsieur le bourgmestre, un interprète bienveillant
» auprès de vos collègues, et agréez, je vous prie, l'assurance de ma con-
» sidération distinguée.

» (Signé) WIERTZ. »

Cette lettre fut accueillie par un refus (14 septembre 1861), et, le
19 mai 1862, M. Wiertz recevait une nouvelle missive qui lui rappelle ce
refus et le prévient « qu'à défaut d'une réponse satisfaisante, *dans le délai*
» *de huitaine, l'affaire* sera portée devant les tribunaux. »

Il ne reste au peintre menacé d'autre ressource que de rassembler dans
un mémoire toutes les considérations artistiques qu'il a invoquées en vain
vis-à-vis du Conseil communal de Liége; de les exposer à une autorité
supérieure, plus sympathique et plus bienveillante, et de prier M. le Ministre
de l'intérieur d'interposer sa haute médiation pour empêcher un hommage
d'artiste de dégénérer en procès de marchand.

M. Wiertz ne désespère pas que les mandataires de la ville de Liége
reviendront à des sentiments plus artistiques, à des procédés meilleurs;
qu'ils renonceront à considérer un don comme une propriété qu'on puisse
revendiquer en justice, et comprendront, d'une manière plus élevée, la
dignité d'une grande ville.

WIERTZ.

# NOTES.

—

Page 209. *Exposition de 1851.* Cette revue de salon a paru d'abord dans le feuilleton du journal *la Nation*; puis, en une brochure, petit format, de 72 pages. Bruxelles, Aug. Decq, 1851.

P. 264. *Le Voyage aux Enfers.* Un dessin au trait et à la plume est joint au manuscrit : on y voit un peintre qui déroule une toile devant les trois maîtres avec un geste d'orgueil; derrière lui, un autre peintre porte sa toile roulée sous son bras et va l'imiter, et un troisième porte un immense portefeuille sur son épaule. On lit au bas de cette caricature :

« M. P..: Voilà, messieurs, comme on peint aujourd'hui ! »

P. 327. *La Petite Borne de Quiévrain,* et p. 329. *Bruxelles capitale et Paris province.* Ces deux placards manuscrits sont illustrés de dessins au crayon à demi-effacés. On a préféré ne pas les reproduire que de s'exposer à en donner une copie inexacte.

P. 420. — Note 4. — Wiertz devait voir toute sa vie les poètes fraterniser avec lui. Voici, par ordre de date, quelques-unes des poésies qui lui furent adressées : Janvier 1830, l'EMPEREUR, par M. André Van Hasselt, dédié à son ami Antoine Wiertz. — 1837, A WIERTZ, par M. L. Labarre (*Revue belge*). — 16 déc. 1839, LE PATROCLE, par M. Étienne Hénaux (*Revue belge*). — 1839, FLEURONS ARTISTIQUES, recueil de sonnets sur l'exposition, dont un à WIERTZ, par Antonin Roques. — 1840, 8 avril, A L'AUTEUR DE PATROCLE, improvisation de M. Eugène de Pradel. — 1841, A WIERTZ, sonnet par M. Marcelin Lagarde. — Sonnet par M. Henri Cavé (*Précurseur*). — 1844, 29 déc. ÉPITRE A WIERTZ, sur le 2ᵉ PATROCLE, par Paulus Studens (Victor Henaux). — 22 sept. 1845, STROPHES par M. Clément Michaels. — 1845 et 1846, deux ÉPITRES à Wiertz, à propos de PATROCLE, par M. A. Van Hasselt (*la Renaissance*). — 1848, 3ᵉ ÉPITRE du même auteur, sur le TRIOMPHE DU CHRIST (*Ibid*). — 1849, ÉPITRE A WIERTZ, par M. Van Soust. — Signalons en outre deux poésies de M. Ad. Ma- thieu, des vers de MM. L. Guilliaume, J. Dumoulin, et une série de pièces d'après les tableaux de l'artiste, insérées dans deux volumes de poésies de M. Potvin : *Patrie* (1849), et l'*Art flamand* (1867).

P. 424. *Concours sur le journalisme.* — En rappelant ce concours dans des notes manuscrites pour sa biographie, Wiertz exprime ainsi son idée : *De l'influence pernicieuse de la* MAUVAISE *critique.*

P. 430. *Ces esquisses étaient condamnées à la destruction.* — Les instructions de Wiertz étaient formelles. Mais, comme on l'a dit pour ses lettres (p. 391), entre ces deux extrémités : les brûler ou les exposer en public, un moyen terme répondait suffisamment à tous les intérêts qui militent pour leur conservation : on s'est arrêté à l'idée de les conserver dans une pièce spéciale qui ne serait accessible qu'aux artistes et aux personnes munies d'une autorisation, et M. le ministre de l'intérieur s'est rallié à cette condition.

P. 435. *Refus de vendre des tableaux.* — « Je suis chargé de répondre à une question importante que vous venez d'adresser à M. Wiertz ; il s'agit de la vente d'un tableau... Vous savez que Wiertz serait plutôt disposé à vendre sa vie, et qu'il a fait le sacrifice, non-seulement de toutes les jouissances que peut donner l'argent, mais je dirai même du nécessaire de chaque jour pour n'en point venir à cette extrémité. » — (1858, Minute au crayon, de la main de l'artiste, pour être recopiée par la personne qui devait répondre à sa place.)

P. 454. *La puissance humaine n'a pas de limites.*
Wiertz alla en 1855 à Paris, visiter l'exposition universelle.
On trouve sur son carnet des pensées comme celle-ci : « Voici un genre nouveau ; ce n'est pas l'histoire du passé, mais celle de l'avenir du genre humain. » — On y trouve aussi plusieurs petites esquisses du tableau : *La Puissance humaine n'a pas de limites*, que l'artiste ne devait pas tarder à exécuter.
Après son voyage de lauréat, en France, en Italie et en Allemagne, et après les expositions de Paris de 1838 et 1839, Wiertz n'est plus guère sorti de son pays. Notons cependant quelques voyages. Nous avons déjà dit qu'en 1855, il alla visiter l'exposition universelle de Paris ; le 20 juin 1861, il retourne à Paris voir l'exposition de peinture. Il avait vu le Musée de Munich à son retour d'Italie, mais il n'avait jamais vu les Musées de Hollande. Il y alla aussi en 1861.
Wiertz étudiait sans cesse, — il l'a dit bien des fois, — et sans cesse il remettait en question les grands problèmes de son art. A Paris, il revoit les œuvres d'Ingres, de Cornélius, de Delaroche, etc. Il écrit de l'exposition : « Premier aspect détestable ; des images, des enluminures, des placards de toutes couleurs. » Il court au Musée revoir : Raphaël, qu'il juge à son aise ; le Titien, qui lui paraît « mieux qu'autrefois » ; Rubens, qu'il admire : « Rubens triomphe ! Harmonie ! » écrit-il. Il visite les ateliers et il écrit : « Ce que les siècles ont approuvé est absurde, ou ce sont les peintres mo-

dernes qui sont dans l'erreur. Impossible de rien inventer de plus contraire à tout ce qu'on a admiré jusqu'à ce jour. »

Il visite le Musée du Luxembourg, les cartons d'Ingres, le tableau de Couture, et parlant des peintres français : « Rubens et Titien pour eux sont *communs* », dit-il. Il va à Versailles ; les tableaux de Vernet lui semblent « les plus vrais de mouvement et de couleur. » Il va au Panthéon : « De la rondeur dans le modelé, les Français ne comprennent point cela », écrit-il. Il va à Saint-Germain, à l'école des beaux-arts, à la Madeleine, à Saint-Vincent-de-Paul, etc.

Il en revient toujours à Rubens : « Les œuvres des maîtres ne nous disent-elles pas éloquemment ce qu'ils pensaient en les produisant? L'opinion de Rubens sur les ouvrages de l'exposition est tout entière dans ses œuvres.

« Les chairs de Rubens en général sont d'un ton égal. Il en résulte une grande harmonie... »

Enfin, il conclut, se parlant à lui-même : « Tout considéré, la voie que nous avons suivie, il faut la continuer. »

De son voyage en Hollande, Wiertz n'a laissé que des notes incomplètes.

P. 454. *Le soufflet d'une dame belge.*

La lettre suivante, adressée à M. le bourgmestre de Dinant, explique le but de l'artiste :

« Là où la liberté d'un peuple fut menacée, l'histoire raconte des merveilles du courage des femmes. Dans les circonstances que nous redoutons, nos dames seraient-elles moins grandes que celles de l'histoire? En douter serait leur faire injure. Établissons donc, s'il se peut, des cibles où les dames puissent s'exercer; ouvrons des concours où des prix leur seront offerts.

» La moitié d'une population se compose de femmes; n'est-ce pas là une puissance formidable! Chaque femme a deux bras, chaque bras peut s'armer d'un revolver, chaque revolver peut contenir une balle destinée à punir le soldat envahisseur qui porterait son audace jusqu'au foyer domestique.

» Les femmes ne combattent point sur le champ de bataille, mais elles peuvent défendre l'inviolabilité de la famille.

» Si mon idée, M. le bourgmestre, est quelque peu réalisable, je serais fier de voir la ville de Dinant prendre encore l'initiative et faire appel, l'an prochain, à la plus belle moitié de la Belgique.

» Je m'inscris d'avance parmi les donateurs; j'offre de représenter l'héroïne du concours, les armes à la main, l'attitude assurée et, à la manière antique, le front couvert d'une couronne de lauriers.

» 17 septembre 1860.

» Signé : Wiertz. »

P. 466. *Aussitôt que les restes de M. Wiertz pourront être légalement transportés dans son Musée ou dans son jardin.* — Quelques jours après les obsèques de l'artiste, plusieurs personnes formèrent le projet d'ouvrir une souscription publique pour lui élever un monument. Le *Cercle artistique* eût pris la direction de cette souscription ; le monument eût été élevé dans le jardin public du Musée, et l'on y eût établi un caveau, destiné à recevoir les restes de l'artiste, lorsqu'ils auraient pu y être transportés.

Le gouvernement, consulté, pensa qu'il lui appartenait d'élever, aux frais de l'État, un monument à l'artiste qui avait légué à l'État tout son musée. En effet, les règlements communaux exigeant la clôture de la propriété de l'État, un projet de clôture monumentale fut fait, à la demande de M. le ministre de l'intérieur, par les soins de M. l'ingénieur en chef chargé des bâtiments civils. Ce projet contenait un monument à Wiertz, qui devait être élevé dans le jardin du Musée. Les plans et les devis étaient achevés et le projet de loi rédigé et adopté. Un obstacle imprévu fit ajourner, non abandonner ce projet. La section centrale ayant présenté au gouvernement cette question : « 6° La clôture du Musée et l'emménagement de ses abords sont-ils compris dans le crédit? » — Le gouvernement répondit : « Non..., c'est une dépense à laquelle le gouvernement aura à pourvoir.... », et le rapporteur de la section centrale faisait allusion à ce projet lorsqu'il disait : « Quant à la deuxième partie du projet de loi, elle nous semble être autant dans l'intérêt de l'État qu'en faveur de l'artiste testateur, et elle serait le fait d'un bon propriétaire s'il n'était plus digne d'y voir le *premier gage* de reconnaissance de l'État légataire. A ce double titre, le gouvernement aura, *dans l'avenir, d'autres soins* à prendre, pour lesquels la Chambre ne lui ménagera pas son concours. » (*Rapport de la section centrale*, par M. Couvreur.)

P. 498. *On se retrouve au ciel.* — La première idée de ce tableau a été inspirée à Wiertz par le désir de consoler une mère. Ne pouvant faire le portrait de l'enfant, il peignit un petit tableau à l'huile, destiné à être mis sous verre dans une broche, et qui n'est autre que : *On se retrouve au ciel*, en dimensions microscopiques.

Cette broche existe ; elle appartient à M^me L. L..., qui possède aussi le plus curieux tableau de chevalet qu'ait peint l'artiste. Wiertz y a représenté sa levrette *Piccolo*, couchée sur une chaise, où se trouvent des accessoires de toilette. Ce tableau mérite à tous les égards de figurer au Musée. C'est le seul que l'artiste ait traité dans ce genre.

# TABLE DES MATIÈRES.

### Peinture flamande.

Pages.

ÉLOGE DE RUBENS, mémoire couronné à Anvers (1840. . . . . . 3

   I.   *Introduction.* . . . . . . . . . . . . . . . . . *ib.*
   II.  Parallèle de Rubens et de Michel-Ange, partie de l'invention
         et de la composition . . . . . . . . . . . . . 9
   III. Parallèle de Rubens et de Raphaël, partie du dessin . . . 17
   IV. Parallèle de Rubens et de Titien, partie de la couleur. . . 27
   V.   Parallèle de Rubens, Corrège et Rembrandt, partie du clair-
         obscur. . . . . . . . . . . . . . . . . . 35
   VI. *Conclusion* . . . . . . . . . . . . . . . . 37

ÉCOLE FLAMANDE DE PEINTURE. CARACTÈRES CONSTITUTIFS DE
    SON ORIGINALITÉ. Mémoire couronné par l'Académie de
    Belgique (1863) . . . . . . . . . . . . . . . 43

    *Préface de la seconde édition.* Lettre à messieurs les
    membres de l'Académie (*inédit*). . . . . . . . . *ib.*
   I.   *Introduction.* . . . . . . . . . . . . . . . 45
   II.  L'école . . . . . . . . . . . . . . . . 47
   III. Première partie. Composition . . . . . . . . . . 49
   IV. Deuxième partie. Dessin. . . . . . . . . . . . 55
   V.   Troisième partie. Couleur. . . . . . . . . . . . 65
   VI. Résumé . . . . . . . . . . . . . . . . . 73
   VII. École flamande moderne. . . . . . . . . . . . 75

### Procédé nouveau.

PEINTURE MATE. PREMIÈRE PARTIE. (1859.) . . . . . . . . . 89

   I.   Espèce de préface. . . . . . . . . . . . . . . *ib.*
   II.  L'art aujourd'hui . . . . . . . . . . . . . . 93
   III. La fresque . . . . . . . . . . . . . . . . 102
   IV. Peinture mate . . . . . . . . . . . . . . . 109
   V.   Conclusion . . . . . . . . . . . . . . . . 117

DEUXIEME PARTIE. LE PROCÉDÉ. (*Œuvre posthume.*) . . . . . . 119

### Revues de salon.

Salon de 1842, Bruxelles. (1842.) . . . . . . . . . . . . . 135

   I.   *Préface* . . . . . . . . . . . . . . . . . . ib.
   II.  *Examen des tableaux* . . . . . . . . . . . . . 145
   III. *Opinions des journaux.* . . . . . . . . . . . . 151
   IV. *Conclusion* . . . . . . . . . . . . . . . . . 154

Les feuilletonistes démolis par eux-mêmes. Salon d'Anvers. (1843.) . 157

Exposition nationale des Beaux-Arts. Salon de 1842. Peintre, peinture et critique. (1848.). . . . . . . . . . . . . . 161

   I.   De la critique . . . . . . . . . . . . . . . ib.
   II.  Quelques idées sur les peintres et la peinture. . . . . 174
   III. Examen des tableaux. . . . . . . . . . . . . 191
   IV.  — des statues. . . . . . . . . . . . . . . 202
   V.   Extraits des comptes-rendus de quelques feuilletonistes.
      Contradictions de ces messieurs. . . . . . . . . 205

Exposition de 1851. La critique en matière de peinture est-elle possible? (1851.) . . . . . . . . . . . . . . . . . . 209

   I.   *La Critique en matière de peinture,* etc. . . . . . . ib.
   II.  Extraits des comptes-rendus de messieurs les feuilletonistes. 239
   III. Un mot sur la fresque. . . . . . . . . . . . . 246
   IV.  Projet d'une école nouvelle, etc. . . . . . . . . . 250

### Premiers articles, brochures et pamphlets.

Délire d'un amateur de peinture à l'aspect des tableaux mo-
   dernes, exposés au musée d'Anvers (1825). . . . . . . 255
De la difficulté de juger les ouvrages de peinture, etc. (1828.) . 257
Voyage aux enfers. 1828. (*inédit*) . . . . . . . . . . 260
L'Académie d'Anvers. Mathieu Van Brée. (1838.) . . . . . 270
Questions sur la composition, le dessin, la couleur et l'har-
   monie. (1839.) . . . . . . . . . . . . . . . . 274
Lettre d'un membre du jury. (1839.). . . . . . . . . . 276
Quelques idées sur un nouveau mode d'encouragement de la
   peinture en Belgique. Lettre au ministre de l'intérieur. (1840) . 279
Une heure de distraction. Petite réponse à Don Quiblaque. (1842) . 282
Supplique à messieurs les membres du jury de l'exposition du
   Louvre (1841.). . . . . . . . . . . . . . . . . 292
De la peinture en Belgique. Quelques idées sur un nouveau
   mode d'encouragement, etc. (1844.) . . . . . . . . 295
Des préjugés en Belgique. (1845.) . . . . . . . . . . 304
La peinture à l'huile. (1847.) . . . . . . . . . . . . 307
La photographie. (1855.) . . . . . . . . . . . . . 309
Du réalisme. (1858.) . . . . . . . . . . . . . . . 311

BOUTADES PHILOSOPHIQUES (1842).

I. Ce que c'est que la modestie . . . . . . . . . . . 313
II. Recette pour savoir si l'on a du mérite . . . . . . . 314
III. C'est un original . . . . . . . . . . . . . . . 316
IV. De l'avantage d'avoir des ennemis . . . . . . . . 317
V. Comment naissent et se propagent les fausses nouvelles . . 319

PLACARDS . . . . . . . . . . . . . . . . . . .

I. Peinture indépendante . . . . . . . . . . . . . 323
II. Appel à la critique . . . . . . . . . . . . . . 324
III. Égalité des têtes humaines . . . . . . . . . . . 325
IV. La petite borne de Quiévrain . . . . . . . . . . 327
V. Bruxelles capitale et Paris province . . . . . . . . 329
VI. Affiches . . . . . . . . . . . . . . . . . . . 335

## Fragments sur le beau.

### Ouvrage posthume. (1840-1858).

Du beau . . . . . . . . . . . . . . . . . . . . 339

PREMIERS FRAGMENTS.

I. Méthode pour juger du mérite des œuvres de peinture . . 340
II. Des règles du beau . . . . . . . . . . . . . . 341
III. Éléments qui constituent la beauté . . . . . . . . 346
IV. Lois par lesquelles nos yeux sont charmés . . . . . . 348

DEUXIÈMES FRAGMENTS.

I. La variété . . . . . . . . . . . . . . . . . . 352

TROISIÈMES FRAGMENTS.

I. De la couleur . . . . . . . . . . . . . . . . . 359
II. Pensées diverses . . . . . . . . . . . . . . . . 360

DERNIER FRAGMENT. Avenir de l'art . . . . . . . . . . 363

## Pensées diverses.

### Ouvrage posthume.

I. La mort . . . . . . . . . . . . . . . . . . . 369
II. L'exposition universelle . . . . . . . . . . . . . 372
III. Le monde . . . . . . . . . . . . . . . . . . 375
IV. Le duel . . . . . . . . . . . . . . . . . . . 377
V. De la littérature belge . . . . . . . . . . . . . 378
VI. Peinture nouvelle . . . . . . . . . . . . . . . 380

Une curieuse exhibition à l'atelier de M. Wiertz. . . . . . 381
Peinture murale. . . . . . . . . . . . . . . . . 382
L'orgueil. . . . . . . . . . . . . . . . . . . . 384

### Notes biographiques.

Note préliminaire . . . . . . . . . . . . . . . . 389'
Analyse d'une série de documents authentiques relatifs à l'his-
toire de la vie et des travaux de l'artiste . . . . . . . 393
LE MUSÉE. — L'atelier de M. Wiertz, ouvrage posthume de
l'artiste. . . . . . . . . . . . . . . . . . . 483
Suite de l'Analyse. . . . . . . . . . . . . . . . 512

### Annexe et notes.

ANNEXE. Mémoire à l'appui de la réponse de M. Wiertz à la réclamation de la Chute des Anges par la ville de Liége. . . 535
NOTES . . . . . . . . . . . . . . . . . . . . 544